Für Flora und für Jules für immer

Was in uns vorgeht, ist einfach zu schnell und zu riesig und zu vernetzt für Wörter, als dass es mehr als nur die Umrisse eines winzigen Teils des Inhalts eines gegebenen Augenblicks skizzieren könnte.

»Good Old Neon«, 2001

Inhalt

Kapitel 1

»Nennen Sie mich Dave«

Jede Geschichte hat einen Anfang, und so fing die Geschichte von David Wallace an: Er wurde am 21. Februar 1962 in Ithaca, New York geboren. Sein Vater James war Doktorand der Philosophie in Cornell und kam aus gehobenen Verhältnissen. Davids Mutter Sally Foster stammte aus einer ländlicheren Gegend, ihre Familie verteilte sich auf Maine und New Brunswick, ihr Vater war Kartoffelbauer. Vom Großvater, Pastor einer Baptistengemeinde, hatte sie mit der Bibel lesen gelernt. Nachdem sie mit einem Stipendium ein Internat besucht hatte, ging sie ans Mount Holyoke College, um Englisch zu studieren. Sie wurde Vorsitzende der Studentenvertretung und erreichte als erstes Mitglied ihrer Familie einen Bachelor.

Als Jim und Sally zwei Jahre nach David ihre Tochter Amy bekamen, wohnte die Familie bereits in Champaign-Urbana, Zwillingsstädten mitten in Illinois und Heimat der wichtigsten öffentlichen Hochschule des Staats. Die Familie war nicht gerne aus Cornell weggezogen – Sally und Jim mochten das hügelige Umland dort sehr –, aber die Philosophische Fakultät der Universität hatte Wallace eine Stelle angeboten, die er nicht ablehnen konnte. Bei der Ankunft war das Paar verblüfft, wie trostlos ihre neue Stadt wirkte, wie flach und schmucklos. Dafür wurde Jim bald eine unbefristete Professur in Aussicht gestellt, Sally schrieb sich wieder ein, um ihren Master in englischer Literatur zu machen, und 1969 kauften sie schließlich ein zweistöckiges gelbes Häuschen in einer kurzen Straße nahe der Universität. Nur wenige

Straßen trennten sie von Feldern voller Mais und Sojabohnen, von Ackerland, so weit das Auge reichte, und einem endlosen Horizont.

Hier wuchsen Wallace und seine Schwester wie die anderen Kinder der Gegend in einem Zuhause auf, in dem viel Wert aufs Lernen gelegt wurde. Daneben herrschten die typischen Werte des Mittleren Westens wie Normalität, Güte und Gemeinschaftssinn. Angeberei wurde nicht gerne gesehen, dagegen war Freundlichkeit wichtig. Die Familie Wallace lebte in einem bescheiden großen Haus mit Blick auf andere bescheiden große Häuser. Die Nachbarn waren nie weit weg, und wie sich ein Freund erinnert, waren die Kinder des Viertels meist in Cliquen auf ihren Fahrrädern unterwegs. Und man konnte fast meinen, in dieser Zeit hieße jeder zweite Junge David.

Nach dem Unterricht in der Yankee Ridge Elementary School wurden Hausaufgaben gemacht. Um Viertel vor sechs aß die Familie zu Abend. Danach las Jim Wallace den Kindern Geschichten vor. Jeden Abend war für Amy und David je eine Viertelstunde reserviert, in der sie in ihren Betten mit Sally über alles reden konnten, was sie beschäftigte. Um halb neun, mit den Jahren dann später, wurde das Licht ausgeschaltet. Wenn die Kinder schliefen, unterhielten sich die Eltern, erzählten sich ihre Neuigkeiten und sahen um zehn Uhr die Abendnachrichten, bevor Jim um Punkt halb elf das Licht ausknipste. Jede Woche brachte er aus der Bibliothek einen Stapel Bücher mit. Sally suchte sich am liebsten Romane aus, von John Irving bis hin zu typischer Collegelektüre, die sie noch einmal las. In Davids Augen lief der Haushalt wie eine perfekte, gut geölte Maschine; er erzählte später in Interviews, er könne sich daran erinnern, wie seine Eltern Händchen haltend im Bett lagen und sich gegenseitig aus *Ulysses* vorlasen.

Davids ganze Welt drehte sich um seine Mutter. Sie verwöhnte ihn mit seinen Lieblingsgerichten Roastbeef und Makkaroni mit Käse, backte für seinen Geburtstag Schokoladenkuchen und kutschierte die Kinder in ihrem VW-Käfer, der nach einem Unfall durch einen AMC Gremlin ersetzt wurde, durch die Gegend. Sie kochte an Davids Geburtstag Bœuf Bourguignon und nähte Schildchen in seine Kleidung (die Wallace zum Teil noch im College trug).

Niemand hörte David so zu wie seine Mutter. Sie war klug und witzig, er konnte ihr alles anvertrauen und übernahm von ihr die Liebe zur Sprache. Selbst, als er später mit den Nachwirkungen seiner Kindheit zu kämpfen hatte, sprach er immer voller Zuneigung von der Leidenschaft für Wörter und Grammatik, die seine Mutter ihm mitgegeben hatte. Wenn es für etwas kein Wort gab, erfand Sally Wallace es: »Griebel« waren kleine Fusseln, vor allem die, die man an den Füßen ins Bett schleppte, *»twanger«* waren Dinge, deren Namen man nicht kannte oder die einem gerade nicht einfielen. Wenn sie starke Abneigung oder Angst vor etwas beschreiben wollte, fand sie es »zum Jaulen«, und um es zu steigern, bekam sie das »zuständige Jaulen«. Solche Wörter und Wendungen fanden wie vieles aus Wallaces Kindheit den Weg in seine Texte.

Auf Außenstehende konnte Sallys Begeisterung für den korrekten Sprachgebrauch extrem wirken. Wenn jemandem am Esstisch ein Grammatikfehler unterlief, hustete sie so lange in ihre Serviette, bis der Sprecher seinen Fehler bemerkte. Sie beschwerte sich jedes Mal, wenn sie in einem Supermarkt ein Schild mit der Aufschrift KEINE SCHECK'S entdeckte. (Wallace schrieb diesen Feldzug im *Unendlichen Spaß* der lüsternen Mutter Avril Incandenza zu, der Mitbegründerin der »Militanten Grammatiker von Massachusetts«.) Sally betrachtete Grammatik nicht nur als Werkzeug, sie war die Eintrittskarte in den Club der Gebildeten. Die Vorstellung, bei jeder Äußerung stünde so viel auf dem Spiel, faszinierte David und machte es noch aufregender, eine begabte Mutter zu haben. Dazu trug auch ihre Feinfühligkeit bei – Sally konnte Geschrei nicht ausstehen. Wenn sie sich über etwas geärgert hatte, schrieb sie einen Zettel. Und wenn David oder Amy etwas entgegnen wollten, schoben sie die Antwort auf einem Briefchen unter ihrer Tür durch. Wallace entwickelte schon als kleiner Junge feine Antennen für heikle Gemütslagen. In dem kurzen Gedicht, das er mit fünf Jahren schrieb, klingen die Seufzer seiner Mutter durch:

Immer fleißig ist meine Mutter,
Und für Brot braucht sie Butter.
Sie macht das Bett. Und backt das Brot.
Und ist das geschaft,
Ist sie halp tot.

Ebenso hing der Junge an seinem Vater, einem liebevollen, wenn auch etwas zerstreuten Menschen, einem beständigen, freundlichen Mann, der ihm jeden Abend am Esstisch vorlas. »Mein Vater hat eine wunderbare Lesestimme«, erzählte Wallace mit Mitte dreißig in einem Interview,

> und ich weiß noch, als ich fünf war und Amy drei, hat er uns *Moby Dick* vorgelesen – und zwar ungekürzt. Bevor – ich glaube, etwa nach der Hälfte nahm Mom ihn beiseite und erklärte ihm, dass, ähm, sich kleine Kinder nicht gerade rasend für, Sie wissen schon, für Cetologie interessieren. Ähm, also haben sie – aber ich glaube, am Ende musste Amy nicht weiter zuhören. Und bei mir war es nur nach dem Motto: »Dad, ich habe dich lieb. Ich bleibe hier sitzen und höre dir zu.«

Die Erinnerung war überzeichnet – Wallaces Vater sagt, ihm sei schon klar gewesen, dass man kleinen Kindern nicht *Moby Dick* vorlas, schon gar nicht die langweiligeren Stellen –, aber sie veranschaulicht, wie David die Beziehungen innerhalb der Familie wahrnahm: der freundliche Vater, nicht ganz von dieser Welt, die fügsame kleine Schwester und im Mittelpunkt David, der von seiner Mutter behütet wurde und gleichzeitig versuchte, sich von ihr freizukämpfen.

Wallace hatte eine glückliche, normale Kindheit, das betonte er später mehrfach. Er war ein dünner Junge mit Zahnlücken, schlaffen Haaren und Pony. Er mochte die Chicago Bears, war von ihrem Star-Linebacker Dick Butkus begeistert (er würde »einen großartigen Sergeant im Vietnamkrieg« abgeben, schrieb er in einem Schulaufsatz) und wollte selbst Footballspieler werden. Oder Gehirnchirurg, um seiner Mutter mit ihren Nerven zu helfen. Er fand sich selbst normal – und war es auch. Gleichzeitig merkte man ihm an, dass er aus einer begabten Familie stammte, die, ähnlich wie Salingers Familie Glass, ihre Gedankenwelt mit großer Freude auf die echte übertrug. »Zuhören«, befahl ihm seine Mutter einmal, als er drei Jahre alt war. »Ich bin doch zu hören«, antwortete David. Als er acht oder neun war, machte die Familie bei einer Autofahrt aus, in ihrem Gespräch die Silbe »pi« jedes Mal durch »3,14159« zu ersetzen. Wallace konnte mit Sprache spielen, aber sie war nicht das Wichtigste für ihn; er fand, Logik und Rätsel würden ihm wenigstens genauso liegen. Ein Freund aus Kindertagen besuchte als Erwachsener eine Signierstunde von Wallace und war verblüfft, als sein Freund immer noch die fünfundzwanzigstellige Zahl herunterrasseln konnte, die sie als Kinder zusammen auswendig gelernt hatten.

In einer autobiografischen Skizze etwa aus dem vierten Schuljahr schrieb er:

> Dunkle, mittellange Haare dunkelbraune Augen [...] Mag Tauchen, Football, Fernsehen, Lesen. Größe 140 cm Gewicht 31½ Kilo.

Unter solchen knappen Entwürfen probierte Wallace gern Unterschriften aus: Dave W. David W. »Hi«, stellte er sich mit neun in einem Brief an einen Lehrer vor. »Ich heiße David W. Aber nennen Sie mich einfach Dave.« »David Foster Wallace« setzte er über ein Gedicht über Wikinger, als er sechs oder sieben war (»Würdest du heute einen Wikinger sehen / wäre es besser, ihm aus dem Weg zu gehen«), um zu sehen, ob der Mädchenname seiner Mutter in seinen Namen passte.

Auch die Texte, die Wallace als Kind schrieb, waren größtenteils durchschnittlich, aber wenn sich die Gelegenheit bot, kam sein Humor zum Vorschein. Er hatte eine Vorliebe für Parodien. »Fruchtkringel«, fabulierte er in einer Schreibübung in der Grundschule, »sind köstliche bunte Engel der Barmherzigkeit für Magen und Geldbeutel«, und Rülpsi-Limo pries er an mit: »Schmeckt so nass – wenn du keinen Durst hast, schalte lieber weg.« Wie von selbst kam er auf Wortspiele und Satire, auf die Kehrseite der Dinge.

Im Hause Wallace war es immer möglich, Einspruch zu erheben. Seit David zehn war, hatte er seinen Eltern auf Zetteln genau erklärt, was er ungerecht fand, und so nahm er natürlich an, die restliche Welt würde genauso großen Wert auf seine Meinung legen. Wie vorauszusehen war, stieß diese Einstellung bei vielen Erwachsenen nur auf mäßige Gegenliebe. Davids lautes »Warum?« und »Das ist doch Unsinn!« waren vertraute Töne an der Yankee Ridge Elementary School, die er von 1969 bis 1974 besuchte, und obwohl die Lehrer erkannten, wie klug er war, hielten ihn viele für schwierig. In den Sommerferien nahmen er und Amy oft an einer Tagesfreizeit im Crystal Lake Day Camp teil, und als er die Betreuer mit ihren Regeln irgendwann leid war, lief er schnurstracks zu Fuß den mehrere Kilometer langen Weg nach Hause. (Seine Mutter fuhr darauf wütend zum Camp und verlangte, ihren Sohn zu sehen. Als die Betreuer ihn nicht vorzeigen konnten, sagte sie: »Weil er zu Hause ist!«)

Als David zehn Jahre alt war, trat seine Mutter eine Vollzeitstelle als Englischlehrerin am Parkland Community College an. Manchmal war sein Vater zu Hause und arbeitete an einem Buch, an anderen Tagen lag der Haustürschlüssel unter der Fußmatte. Seine Zeit verbrachte Wallace mit Lesen. Er verschlang die *Hardy Boys* und den *Zauberer von Oz* und *Old Mother West Wind* von Thornton Burgess. Er mochte Abenteuer und Fantasy und genoss wie die meisten Jungen die spannungsvolle Reise von der Bedrohung zum Triumph. Er befasste sich mit Büchern über Haie und lernte auswendig, wann und wo es Angriffe gegeben hatte. Immer wieder las er *Bertie comes through*, ein Buch über einen linkischen Teenager mit Durchhaltevermögen (»›Ich gebe mir wenigstens Mühe‹, sagte sich Bertie«). In der sechsten Klasse, er war zwölf Jahre alt, verhalf er seiner Grundschule zur Teilnahme an der Endrunde der »Bücherschlacht« – eines »interschulischen, buchstabierwettbewerbsähnlichen Lese- und Gedächtnisturniers«, wie er es im *Unendlichen Spaß* umsetzte. Die Lokalzeitung brachte ein Foto von Dave, auf dem er sich mit erhobener Hand auf eine Frage stürzte. Noch im gleichen Jahr wurde sein Name ein zweites Mal gedruckt, als er mit einem Gedicht über den Boneyard Creek, einen alten Abwassergraben hinter der Stadtbücherei, einen geteilten ersten Platz erreichte:

Wusstet ihr, dass sich da Ratten vermehren?
Dass sie am liebsten in diesem Abfall verkehren?

Dafür gewann Wallace 50 Dollar. Er las den wuchtigen Science-Fantasy-Roman *Der Wüstenplanet*, die Komödien von P. G. Wodehouse und ging oft ins Kino, wo er natürlich auch *Der weiße Hai* sah, der ihm endgültig Angst vor Haien bescherte. Als er älter war, sah er sich immer wieder *Willkommen Mr Chance* mit Peter Sellers an und war fasziniert von Sellers' Figur, die ihr ganzes Wissen aus dem Fernsehen bezog. Einmal im Monat setzte Sally die Kinder samstagnachmittags vor einem Kino in der Innenstadt von Urbana oder Champaign ab, damit sie sich ansehen konnten, was sie wollten. Hatte der Film keine Jugendfreigabe, schrieb Sally den Kindern eine Erlaubnis, damit sie ihn trotzdem sehen konnten.

Und schließlich gab es noch das Fernsehen. Zusammen sah sich die Familie Wallace *Mary Tyler Moore*, *All in the Family* und *M*A*S*H* an. Weil Jim und Sally Wert auf Verantwortung und Selbstständigkeit legten, bekam David mit zwölf einen eigenen Schwarz-Weiß-Fernseher. In Champaign-Urbana konnte man nur vier Sender empfangen – die drei landesweiten und einen nichtkommerziellen –, trotzdem hockte David Stunde um Stunde auf dem kratzigen grünen Sofa in seinem Zimmer und sah fern: Wiederholungen von *Ein Käfig voller Helden*, *Star Trek*, *Night Gallery* und *Der Nachtjäger*. Er mochte auch die Zeichentrickserien am Samstagmorgen und die Monsterfilme am Abend, die er so gruselig fand, dass er sich mit seinem kleinen Fernseher in den Wandschrank verzog. Sogar Seifenopern sah er sich an – am liebsten *Springfield Story* – und Gameshows wie *Der Preis ist heiß*. Er sah so intensiv und ausufernd fern, dass sich seine Eltern schon Sorgen machten, und er selbst räumte später ein, dass das Fernsehen einen großen Einfluss auf seine Kindheit hatte und eine entscheidende Größe war in »der schizogenen Erfahrung des Heranwachsens«, wie er es mit Anfang dreißig in einem Interview formulierte; »ich war einerseits ein echter Bücherwurm und habe ständig gelesen, andererseits habe ich absurd viel ferngesehen«. Er fügte hinzu: »Durch das Lesen habe ich vielleicht nicht so viel ferngesehen wie meine Freunde, aber meine tägliche Riesendosis habe ich trotzdem bekommen, das können Sie mir glauben.«[1]

Aggressionen waren im Hause Wallace nicht gern gesehen – gewalttätige Sendungen waren das Einzige, was die Eltern verboten –, trotzdem konnte David bösartig werden. Den Großteil seines Ärgers bekam seine Schwester ab. Als sie drei Jahre alt war, schlug er ihr bei einem Unfall beim Tauziehen, wie es in der Familie nur hieß, die Schneidezähne aus. In der neunten Klasse wurde er wegen eines nichtigen Streits so wütend auf sie, dass er sie im heimischen Garten zu Boden stieß und durch die Hinterlassenschaften ihres Hundes zog. Ihr Schweigen erkaufte Wallace sich mit seinem geliebten Motobécane, einem Fahrrad, für das er monatelang sein Taschengeld gespart und Rasen gemäht hatte.[2] Er tischte seinen Eltern eine ausgeklügelte Ausrede auf, die sie nicht glaubten. Noch als Teenager zog er Amy gnadenlos auf, er sagte ihr, sie sei hässlich oder fett, und wich mit übertriebener Geste zurück, wenn sie den Flur entlangkam, oder schnitt Grimassen, wenn sie sich beim Essen einen Nachschlag nahm.

Diese Gemeinheiten heben sich von Wallaces restlichem Leben

ab. Seinen Mitschülern ist er als fröhlich, beliebt und witzig in Erinnerung geblieben, schulisch gesehen im oberen Mittelfeld. Er selbst fühlte sich unbedeutend, unansehnlich und als Außenseiter. Manche Dinge, von denen er sich wünschte, sie seien wahr, waren es nicht. So behauptete er Jahre später, er sei extrem athletisch gewesen – eine »echte Sportskanone«, wie er sagte –, doch das stimmte nicht. Bei den spontanen Footballspielen nach dem Unterricht mischte er nie mit, und jeder wusste, wie schlecht er Basketball spielte. Auf dem Platz brachte er keine Anmut auf und arbeitete mit Hakenwürfen, um Körperkontakt zu vermeiden. Abends lag er zu Hause im Bett und überlegte, was an seinem Körper alles nicht stimmte. Wie er sich später in einer Notiz erinnerte:

> Füße zu dünn und schmal und Zehen seltsam geformt, Knöchel zu dünn, Waden nicht muskulös genug; Oberschenkel quatschen beim Hinsetzen ekelhaft auseinander; Pimmel zu klein oder wenn nicht von der Länge her, dann vom Umfang.

Das sei seine Version vom Schäfchenzählen, sagte er. Er schwitzte viel, was ihm peinlich war. Aber Wallace hatte immer einen starken Willen – »ich gebe mir wenigstens Mühe« –, und so schaffte er es im vierten Schuljahr in eine Little-League-Baseballmannschaft, das Team von Meadow Gold Dairy, das einen durchweg miserablen Eindruck hinterlassen hat. Mit elf oder zwölf schnupperte er sogar in die angesehenste Sportart der Gegend und spielte Flag Football. Sport galt als wichtige Währung, auch an der recht behüteten Brookens Junior High School, an der Wallace nach dem Besuch der Yankee Ridge das siebte Schuljahr verbrachte. Persönlich entwickelte sich Wallace zum Spaßmacher, er konnte andere gut nachahmen und teilte mit seinem bissigen Humor gelegentlich ordentlich aus, bevor er sich in die Gruppe zurückzog. Einen Klassenkameraden, der Zeitungen austrug, bewarf er mit Schneebällen und lief weg, als der Junge sich wehren wollte, nur um danach zurückzukommen und ihn wieder zu bewerfen. Er machte sich darüber lustig, dass der Vater des Jungen Blumen mochte. Meist konnte er die Machtverhältnisse gut einschätzen, aber einmal stichelte er gegen ein paar größere Jungs, die ihn dafür im Umkleideraum mit der Unterhose an einen Jackenhaken hängten. Nachdem Wallace es heruntergeschafft hatte, kratzte er seinen Rest Stolz zusammen und zog ab. Dieses Bild war nicht leicht zu vergessen, weder von seinen Freunden noch von Wallace selbst. (In dem Roman *Der bleiche König*, den Wallace mehr als zwanzig Jahre später schrieb, erleidet der schleimige Leonard Stecyk einen ähnlichen Hosenzieher.)

Ein weiteres Thema taucht in Wallaces Kindheit immer wieder auf. Er glaubte später, dass die psychischen Störungen, die sein Leben in weiten Teilen bestimmen sollten, zu dieser Zeit begannen. »Sommer '71 oder '72« – Wallace war neun oder zehn Jahre alt – »Erstes Auftreten von ›depressiven Verstimmungen und pathologischer Angst‹«, hielt er gegen Ende seines Lebens in einer Zusammenfassung seiner Krankengeschichte fest. Er entwickelte eine übersteigerte Angst vor Mücken, besonders vor ihrem Summen. Seine Eltern wie auch seine Schwester sagen, zu dieser Zeit hätten sie noch keine Probleme bemerkt. »Es ist weit leichter, einen Fehler zu beheben, den man sehen kann«, erklärt eine Figur im *Unendlichen Spaß*. Doch in dieser Familie, die sich für ihre Offenheit rühmte, fühlte Wallace sich nicht sicher genug, um sich zu offenbaren. Damals wie auch später in seinem Leben hatte er Angst, man würde ihn nicht mehr mögen, wenn man ihn zu gut kannte. Oder ihn doch so wenig mögen, wie er sich selbst mochte. Er fühlte sich als Betrüger, als Opfer des »Blendersyndroms«, wie er später schrieb. Er glaubte, dass seine Eltern Großes von ihm erwarteten, und hatte Angst, er könne diese Erwartungen nicht erfüllen. Das einzige Familienmitglied, bei dem er sich wirklich wohlfühlte, war Roger, der Hund der Familie. Roger lebte das ganze Jahr über in einer Hundehütte hinter dem Haus, weil David allergisch war, und der Junge ging regelmäßig hinaus, um dem Hund Gesellschaft zu leisten und die Eisschicht auf seinem Wassernapf zu durchstoßen. Wie sich seine Schwester erinnerte, empfand er »unglaubliches Mitgefühl« mit dem Beagle-Pointer-Terrier-Mischling.

Zu Beginn seiner Teenagerzeit machte Wallace zwei wichtige Entdeckungen: Tennis und Marihuana. Diese beiden Stützen halfen ihm durch die Highschool. Weil an der Brookens kein Tennis angeboten wurde, nahm Wallace im Park Unterricht. In seinem Freundeskreis war er der Erste, der Tennis spielte. Er fand sofort Gefallen an dieser Sportart und merkte, dass er den anderen Spielern gegenüber im Vorteil war, wenn er die Winkel berechnete und sich auf die Windgeschwindigkeit einstellte. Dadurch schlug er sich in dem Spiel hervorragend, obwohl er für sein Alter nicht kräftig war. Angesagt war die Sportart nicht gerade, im Mittleren Westen kannten die meisten Leute sie nur aus dem Fernsehen. »Es war genauso seltsam, als wäre er gut in Jai Alai gewesen«, erinnert sich ein Freund. »Außer ihm spielte niemand Tennis.« Aber Wallace liebte das Spiel und war mit Feuereifer dabei – die 50 Dollar für seinen Aufsatz über den Boneyard Creek steckte er in einen Aufenthalt in John Newcombes Tenniscamp in Texas. An der Urbana High School gab es eine Mannschaft, der Wallace in der neunten Klasse beitrat. Sie gehörte zu den besten Teams öffentlicher Schulen in der Region. Mit ihren T-Shirts mit abgeschnittenen Ärmeln, den Stirnbändern und bunten Schnürsenkeln legten sich die Spieler ein Image als Außenseiter zu, immerhin hatten Tennisspieler damals noch Weiß zu tragen – sie waren die harten Sportler von einer großen öffentlichen Highschool, auch wenn sie an der Schule selbst als tennisspielende Weicheier galten. Wallace war vor der Highschoolzeit der beste Spieler in seinem Freundeskreis gewesen und blieb auch dort unter den Besten.

Aber man kann der Biologie nicht ewig davonlaufen. Wallace kam spät in die Pubertät, und die anderen überholten ihn im

Wachstum nach und nach. Sein Höhepunkt als Spieler lag zu Anfang der Highschoolzeit. Seine Gewohnheit, jeden Schlag zu durchdenken, hatte einen Nachteil: Seine Teamkameraden spielten eher instinktiv und waren dadurch schneller. Auch wenn er in seinem Umfeld nicht mehr der beste Spieler war, war Wallace immer noch sehr gut – als er mehr als zehn Jahre später im *Harper's Magazine* stolz behauptete, er sei »fast großartig« gewesen, übertrieb er nur leicht. Nach seinem letzten Highschooljahr belegte er noch immer Platz elf der Middle Illinois Tennis Association, auch wenn seine guten Freunde John Flygare und Martin Maehr, die weniger lange Tennis spielten, die Plätze fünf und sieben belegten. Ihm war klar, worauf es hinauslief. Flygare erinnert sich, wie sie im Sommer 1980 bei den Central Illinois Open das Finale der Unter-Achtzehnjährigen im Doppel gewannen und Wallace anschließend sagte, das sei das letzte Turnier gewesen, das er je gewinnen würde. Und er sollte recht behalten.

Ab dem Sommer 1976, Wallace war vierzehn, gaben die drei Freunde Tennisunterricht in denselben öffentlichen Parks in Urbana, in denen sie selbst spielen gelernt hatten. Als Tennislehrer lebte Wallace seine Freude an Wörtern aus. Als ihm auffiel, dass »overheads« – Überkopfschläge – in Handbüchern meist als OH abgekürzt wurden, hießen sie bei ihm nur noch »Hydroxide«. Seine Mannschaften benannte er nach Passagen aus *Ulysses*, es gab die Irrfelsen und die Rinder des Sonnengottes. In einem anderen Jahr musste sich jeder Spieler, der eine der Übungen vermasselte, einen Teil von Wallaces (erfundener) Lebensgeschichte anhören.

Die Tennismannschaft deckte auch Wallaces soziale Kontakte ab. Diese Sportart zog eine bestimmte Art Mensch an, zu der Wallace eher passte als zu den meisten anderen in der großen städtischen Highschool. Seine Teamkameraden fanden ihn etwas seltsam, aber nicht unergründlich. Im ersten Highschooljahr wurden die Spieler von ihren Eltern zu Turnieren im ganzen Bundesstaat gefahren, aber bald machten die älteren ihren Führerschein, und die Gruppe konnte allein überall hinfahren. Die Spieler klapperten die Turniere ab, übernachteten in Hotels, aßen in Hamburgerschuppen und schlugen die Zeit mit Minigolf tot. Einmal besuchten sie ein Konzert von Van Halen, ein anderes Mal zog die Truppe ohne Wallace los, als er mal wieder ewig unter der Dusche stand. In den Motels teilten sich je zwei Jungen ein Bett und machten »Lattenkontrolle«. Sie waren ein Team, niemand war immer nur dabei oder nur draußen, man teilte aus und steckte ein; wenn man nicht aufpasste, konnte einem schon mal jemand ins Bett pinkeln. Mit seinem bissigen Humor und seiner Energie steckte Wallace immer mittendrin, er war weder der Anführer noch ein Außenseiter. Diese Jungs, seine Kumpel aus Shampoo-Banana, wie Champaign-Urbana gern verballhornt wurde, blieben sein Leben lang seine Freunde und kamen noch an ihn heran, als er berühmt war, wie es wenige andere konnten. Bei Mädchen hatten seine Teamkameraden mehr Erfolg als Wallace, und er versuchte frustriert, die komplexe Anziehungskraft nach dem gleichen Prinzip zu berechnen wie die Flugbahn eines Tennisballs: »Woher weiß man, wann man sich mit einem Mädchen verabreden kann?« »Woher weiß man, wann man sie küssen darf?« Seine Teamkameraden sagten ihm, er solle nicht so viel nachdenken, er würde es einfach wissen.

Marihuana – die zweite große Entdeckung seiner Jugendzeit – half Wallace, sich weniger befangen zu fühlen und seine wachsende Angst einzudämmen. Ende der Siebziger war Gras im ganzen Mittleren Westen zu bekommen. Es war nicht richtig legal, wurde aber auch kaum versteckt und als Partydroge zum Bier konsumiert. Ein Freund erinnert sich, wie die Spieler auf dem Heimweg von einem Spiel in Danville hinten im Bus One-Hitter durchzogen und der Trainer vorne so tat, als würde er nichts merken. Das Gras machte sie auch empfänglicher für Schönheit – wenigstens glaubten sie das. Wenn sie high waren, hörten sie sich die damals aktuellen Kifferbands an:

> Ich erinnere mich an KISS, REO Speedwagon, Cheap Trick, Styx, Jethro Tull, Rush, Deep Purple und natürlich an die guten alten Pink Floyd.

Diese Worte stammen von Chris Fogle, einem »Kaputtnik« im *Bleichen König*, aber sie könnten genauso gut von Wallace selbst sein. Er kiffte gerne zu Hause, bevor er lernte. Seine Eltern tolerierten sein Verhalten. Trotzdem stellte sich Wallace lieber in einem der oberen Badezimmer auf einen Stuhl und blies den Rauch durch den Abluftventilator hinaus, um nicht aufzufallen. Vielleicht hatte er sich selbst vor Augen, als er im *Unendlichen Spaß* über Hal, ebenfalls ein Kiffer, schrieb, dass er »die Heimlichtuerei ebenso schätzt wie das Kiffen«. Seine Schwester erinnert sich, dass sein Vater einmal von seiner Zeitung aufsah und seinen Sohn, der gerade aus dem Haus gehen wollte, bat, im Auto kein Marihuana zu rauchen. Ein Mitschüler von der Highschool brachte ihn mit Acid in Kontakt, und er unternahm seinen ersten Trip, als seine Eltern an einem Wochenende verreist waren. Allerdings wurde ihm übel, und er verbrachte die nächsten vierundzwanzig Stunden im Bett. Danach erzählte er seiner Schwester, er habe gedacht, er würde sterben. Was funktionierte, war Gras, dadurch fand Wallace zu Gelassenheit und emotionaler Zurückgezogenheit. Gleichzeitig wusste er, dass Marihuana eigene Ängste hervorrufen konnte und er vielleicht in einer isolierten, klaustrophobischen Bewusstseinslage stranden würde. In solchen Momenten war nichts klar oder beständig, und die Gedanken drehten sich im Kreis, bis unangreifbare Wahrheiten – die Bedeutung von Wörtern, die Struktur der Wirklichkeit – infrage standen. In einem späteren Essay beschrieb er die Problematik beim Kiffen und erinnerte sich, wie man unter dem Einfluss der Droge

> ChipsAhoy! isst und ganz gebannt auf eine Golfübertragung im Fernsehen starrt. […] Den jugendlichen Kiffer springt der schreckliche Gedanke an, dass zum Beispiel die Farbe, die er als

> Grün sieht, und das, was andere Menschen als »Farbe Grün« bezeichnen, vielleicht gar nicht das gleiche Farberleben meinen. [...] Dieser ganze Gedankengang wird so leidig und anstrengend, dass der j.K. am Ende vollgekrümelt und wie gelähmt in seinem Sessel hängt.

Schulisch gesehen erwischte Wallace einen guten Start in die Highschool. Die Aufgaben fielen ihm leicht, er hatte sämtliche Lektüren und Aufsätze schon wenige Wochen nach Unterrichtsbeginn erledigt, so blieb ihm Zeit zum Abhängen und Tennis spielen. Und jedes Jahr trat seine Intelligenz deutlicher zutage – einer Englischlehrerin blieb Wallace als der klügste Schüler in Erinnerung, den sie je hatte. Als Mitschüler von ihm abschreiben wollten, entwickelte er als Gegenmaßnahme seine eigene winzige Druckschrift, zumindest erzählte er das später. Irgendwann fragte er seinen Vater, worum es in der Philosophie ging. Jim Wallace gab seinem Sohn den *Phaidon* zu lesen, Platons Argumentation für ein Fortbestehen nach dem Tod. Wallace begriff den philosophischen Gedankengang des Dialogs auf Anhieb. Dabei erkannte sein Vater zum ersten Mal, wie brillant sein Sohn war und dass sein Verstand schneller arbeitete als der Verstand »jedes Studenten, der je in meinen Seminaren saß«. Seiner Mutter wurde zu dieser Zeit bewusst, dass David einfach »alles aufsaugte«. Er war unter den Besten seines Jahrgangs. Außerdem gehörte er dem Debattierclub an und gewann einen Preis für den besten Schüleraufsatz.

Doch diese neuerlichen Erfolge standen auf tönernen Füßen. Innerlich wurde Wallace immer unglücklicher. Seine Kindheitsängste waren zurückgekehrt. Manchmal handelte er zwanghaft, er wollte oder konnte nichts unerforscht lassen, was Einfluss auf sein Leben hatte. Auf sein Umfeld wirkten solche Verhaltensweisen vor allem komisch, eher wie ein Tick als eine Krankheit. »Neurologisch gesehen bin ich sehr empfindsam veranlagt: ich vertrage weder Autofahrten noch Flüge noch Höhen; meine Schwester sagt immer, ich vertrage das Leben nicht«, schrieb er später in einem Essay. Gegen Ende seiner Highschoolzeit waren seine Probleme allerdings kaum noch zu übersehen. Als die Familie am fünfzehnten Geburtstag seiner Schwester ausgehen wollte, weigerte er sich, das Haus zu verlassen. »Warum sollte ich das feiern?«, fragte er bissig. Die Familie war verdutzt und schob es auf seine ständig schwelende Konkurrenz mit Amy, dabei litt er, wie ihnen erst Jahre später klar wurde, unter einem akuten Angstschub. Die Familie ging ohne ihn. Er redete davon, sein Zimmer schwarz zu streichen (im College gesellte sich zu den Tennisstars an seiner Pinnwand ein Zeitungsbild von Kafka mit der Schlagzeile: »Das Leben selbst war die Krankheit.«). Amy erinnert sich, dass er schon gegen Ende seines dritten Highschooljahres oft zu durcheinander war, um den Unterricht zu besuchen, und im letzten Jahr, kurz vor dem College, wuchs sich die Angst, die gleich unter der Oberfläche seines Lebens gelauert hatte, zu veritablen Panikanfällen aus. Er war nicht sicher, was sie auslöste, aber er merkte, dass sie bald zu einer Endlosschleife wurden, in der er Angst hatte, die anderen könnten seine Panik bemerken, was ihn nur noch panischer machte. Das war ein entscheidender Moment für Wallaces Psyche, den er nie vergaß – er erkannte die Gefahr eines zerrütteten Verstands, von Gedanken, die sich nur noch auf sich selbst bezogen. Nach diesen Erfahrungen fürchtete er sich sein Leben lang vor den Konsequenzen einer geistigen und schließlich emotionalen Isolation.

Um seine Angstschübe zu verbergen, lief Wallace mit seinem Tennisschläger und einem Handtuch durch die Schule. Es sollte so aussehen, als würde er schwitzen, weil er gerade vom Tennisplatz kam. Zwischendurch duschte er. Vor dem Unterricht befiel ihn oft Übelkeit. Er dachte, er sei vielleicht nur nervös. In einer Kultur und einer Umgebung, in der man mit psychischen Erkrankungen noch sehr verkrampft umging, versuchte er wohl, selbst eine Diagnose zu stellen (»anankastischer Denkzwang, Hyperhidrose und parasympathische Erregungsschleifen des Nervensystems« gehören zu den Diagnosen, auf die der Phobiker David Cusk im *Bleichen König* kommt). Seine Mutter beschrieb später in einem Interview, seine Ängste seien ihr wie ein »schwarzes Loch mit Zähnen«[3] vorgekommen, aber weder sie noch ihr Mann wussten, was sie dagegen tun konnten, außer ihren Sohn in der Schule zu entschuldigen, wenn es nötig war. Vielleicht hofften sie, das Problem würde sich verflüchtigen, wenn er das College besuchte. Offensichtlich machte Wallace körperliche Veränderungen durch – Depressionen treten häufig zum ersten Mal in der Pubertät auf –, aber vielleicht reagierte der junge Mann auch auf die Umgebung, in der er aufgewachsen war, auf die Weite und die unstrukturierte Welt der späten Siebziger im Mittleren Westen. Wenn er ausweichend oder ängstlich war, lag es vielleicht zum Teil daran, dass es ihm schwerfiel, die Regeln zu verstehen.

Obwohl sich Wallaces Krankheit gegen Ende seiner Highschoolzeit verschlimmerte, bekam es niemand so recht mit, schon gar nicht Wallace selbst. Er brachte Höchstleistungen und funktionierte äußerlich gesehen. In der Schule war er oft genug anwesend. Die Heftigkeit seiner Wutausbrüche fiel nie als eigenständiges Symptom auf. Im letzten Jahr an der Urbana High interessierte sich Wallace für eine Mitschülerin, Susan Perkins. Sie war mit einem anderen jungen Mann zusammen, mit Brian Spano, einem gemeinsamen Freund, aber als Wallace eines Abends eine Party gab, ging Spano früh nach Hause, und irgendetwas passierte zwischen Perkins und Wallace. Er schlug mit der Hand so fest gegen den Kühlschrank, dass er am nächsten Tag mit einem Gips in der Schule erschien.

Der Besuch einer angesehenen Privathochschule war einer der Punkte, in denen sich die Wallaces von einem Teil ihres Umfelds im Mittleren Westen unterschieden. Wallace erzählte seinen Freunden, er solle in die Fußstapfen seines Vaters treten und nach Amherst gehen, und erfand damit einen zusätzlichen Stressfaktor, der schwerlich noch fehlte. Dagegen erinnert sich Jim Wallace, dass er das Oberlin College für eine gute Wahl für seinen Sohn hielt und mit ihm Richtung Osten nach Ohio fuhr, um sich zuerst diese Hochschule anzusehen. Wallace graute es vor Bewerbungsgesprächen. Das Leben selbst empfand er fast wie ein Schauspiel, und ein Spiel im Spiel war zu viel für ihn. Während des Vorstellungsgespräches stieg in Wallace Panik auf. Später sollte er diesen Moment zu Hals Zusammenbruch in der Anfangsszene des *Unendlichen Spaßes* verarbeiten:

> Mein Herz rumpelt wie ein Wäschetrockner mit Schuhen drin. Ich setze eine Miene auf, die als Lächeln verstanden werden will. Ich wende mich hierhin und dorthin, ganz leicht, um alle Anwesenden an dieser Miene teilhaben zu lassen. [...]
> Seine Finger sehen aus, als paarten sie sich, während sich mein X-Vierer löst und ich die Stuhllehnen umklammere.

Nach dem Gespräch kehrte Wallace in sein Hotel zurück und übergab sich in den Eiskübel. Später im Herbst besuchte er die Alma Mater seines Vaters. Der langjährige Leiter der Zulassungskommission von Amherst führte das Vorstellungsgespräch selbst. Vielversprechende Kandidaten nahm er gern sofort auf – dadurch hielt er sein College im Vergleich zu Harvard und Yale konkurrenzfähig. Wallace hatte hervorragende Noten, spielte gut Tennis und hatte durch seinen Vater eine Verbindung zum College. Er war zugelassen, bevor er den Mund aufmachte. Zu Hause fragte er seine Eltern: »Wenn ich zustimme, muss ich mich nicht mehr bei anderen Colleges bewerben, richtig?« Jim Wallace sagte Ja. »Abgemacht!«, meinte Wallace.

In seinem letzten Sommer zu Hause gab er im fünften Jahr in Folge zusammen mit Maehr und Flygare Tennisunterricht. Ihm war nicht klar, was im letzten Jahr passiert war, vor allem hoffte er wohl, dass es sich nicht wiederholen und er seine Probleme zurücklassen würde, wenn er nach Osten ging. Er brannte darauf, zur größeren intellektuellen Welt zu gehören und zu beweisen, dass er seinem Vater im akademischen Bereich ebenbürtig war. Also packte er am Ende des Sommers seinen Lieblingsbademantel und einen Anzug mit Krawatte für formelle Anlässe in seinen Koffer und machte sich auf den Weg nach Osten. In den letzten Tagen vor der Abreise streifte er durch die umliegenden Maisfelder, um Abschied zu nehmen.

Kapitel 2

»Der echte ›Waller‹«

In der Begrüßungsrede für den Abschlussjahrgang 1984 in der Johnson-Kapelle hielt der Rektor von Amherst die neuen Studenten an, Unwissen zu überwinden und einander mit Toleranz zu begegnen. Er schloss mit einem Gedicht von Emily Dickinson, deren Großvater zu den Gründern der Hochschule gehörte:

Symptom der Zuneigung ist Sprache
Wie Schweigen –
Vollkommenste Verständigung
Hört keiner
Es gibt sie und im Innern
Wird sie bestätigt –
Seht, sprach einst der Apostel
Und sah nicht!

Wallace wurde ein Zimmer zusammen mit Raj Desai und Dan Javit zugeteilt, zwei jungen Männern, die Ärzte werden wollten. Bei Desai hatte Wallace schon einen etwas sonderlichen Eindruck hinterlassen, als er seinem zukünftigen Mitbewohner im Sommer schrieb, er würde doch in der Nähe von Amherst wohnen und könnte »ein paar der größeren Sachen mitbringen – etwa den Kühlschrank«, erinnert sich Desai. Er hatte den Brief damit beendet, er würde sich auf »ein produktives und inspirierendes Jahr« freuen. Auch solche Förmlichkeiten, die Wallace gelegentlich in ungewohnten Situationen überkamen, ließen den Sprung von der Highschool zum College für ihn trotz seiner Intelligenz zu einer Herausforderung werden.

Die drei jungen Männer teilten sich zwei zusammenhängende Zimmer in der Stearns Hall im zentral gelegenen Gebäudekarree. Das Wohnheim war überfüllt und nicht gerade massiv gebaut; man hatte es nach dem Zweiten Weltkrieg für die heimgekehrten Soldaten hochgezogen, die sich scharenweise einschrieben, und so konnte man seine Nachbarn durch die Wände hören.[4] Die drei jungen Männer schliefen in einem Zimmer, Wallace in der oberen Etage eines Stockbetts (die er »Ritze« nannte), Javit in der unteren, Desai in einem Einzelbett auf der anderen Zimmerseite. Das zweite Zimmer war eigentlich zum Lernen gedacht, nur hatte Desai eine Vogelspinne mitgebracht. Die Spinne machte Wallace mit seiner Insektenphobie nervös. Sie entblößte die riesigen Beißklauen, als wollte sie sich durch das Glas auf ihn stürzen. Es dauerte nicht lange, und Wallace zog die Bibliothek vor.

Wallace war von Amherst wechselweise begeistert und völlig verschreckt, aber vor allem war er desorientiert. Er war mehr als anderthalbtausend Kilometer von zu Hause entfernt an einem schnieken College mit fast ausschließlich männlichen Studenten. Die ersten Studentinnen dort hatten das College noch nicht ganz durchlaufen, und ein Viertel der Studenten hatte Väter, die wie James Wallace selbst Amherst besucht hatten. In eine solche Welt hatte Wallace bisher nur in den Verbindungshäusern an der University of Illinois hineinschnuppern können, in denen es so ganz anders zuging als in seiner verstandesbetonten Familie. Meist mochte Wallace nicht, was er nicht kannte, weshalb er um diese Szene einen weiten Bogen schlug. (Später betitelte er das Amherst der Studenten mit Treuhandfonds als »Armrest«, als bequeme Stütze.) Gleichzeitig freute er sich – weil er von zu Hause fort war, weil er sich mit handverlesenen Gleichaltrigen unter Spitzendozenten bewegte, weil er das Gefühl hatte, hier den Erwartungen seiner Eltern gerecht zu werden. Er sah sich immer noch als normalen jungen Mann, als Tennisspieler und hervorragenden Schüler, und genau das wollte er in Amherst sein. Das College war bekannt für seine vielen Chöre, und Wallace erzählte seiner Familie, er sei dem Glee Club beigetreten, in dem auch Prinz Albert von Monaco Mitglied war.

Allerdings durchzogen auch Angst und die Furcht vor der Angst sein Verhalten, und obwohl er versuchte, den Collegeerfahrungen gegenüber offen zu sein, zog er sich aus Selbstschutz zurück. Am liebsten war es ihm, wenn alles vorhersehbar war, er seine Arbeit im Griff hatte und von vertrauten Menschen umgeben war. In der Stearns entwickelte er schnell einige Gewohnheiten. Jeden Tag stellte er seinen Wecker auf die gleiche Zeit, damit er morgens von seinem Etagenbett klettern, sich im Gemeinschaftsbad die Haare zurückkämmen und anschließend noch ein zehnminütiges Nickerchen machen konnte. Und jeden Tag trat er dabei zwei Mal auf die untere Matratze – erst beim Hinunterklettern, dann beim Hochklettern – und weckte dabei den schlafenden Javit.

Anfangs aßen er und seine Mitbewohner zusammen und verbrachten Zeit miteinander. Alle drei traten der zweiten Tennismannschaft bei, deren Training jedem Interessierten offenstand. Wallace brachte für Tennis keinen Ehrgeiz mehr auf – seinem alten Freund John Flygare erzählte er, die besten Spieler in Amherst seien einfach zu gut – und versuchte nie, in die erste Mannschaft zu kommen. Gegen normale Gegner schlug er sich allerdings immer noch beeindruckend. Desai und Javit bestaunten seine weiten Topspinschläge und die Wucht, die er aus seinem abgenutzten Tennisschläger herausholte. Davon abgesehen gab Wallace einen extrem höflichen, seltsam zögerlichen und dürren Kommilitonen ab. Seine Akne, die ihn in der späteren Highschoolzeit befallen hatte, verschlimmerte sich schlagartig, und er behandelte sie mit einer Salbe, wofür jeder einzelne Pickel in seinem Gesicht ausgiebig und sorgsam untersucht werden musste. Hinter seinem Rücken wurde er manchmal »Hackfresse« genannt. Ohne etwas Genaues zu wissen, vermuteten seine Mitbewohner, dass er unter extremem Stress litt. Javit erinnert sich, wie verblüfft er war, wenn Wallace, den er sonst als zurückhaltenden Kopfmenschen kannte, gelegentlich morgens ihr Zimmerfenster aufriss und »Ich liebe Amherst!« in den Innenhof schrie. Auf ihn und Desai wirkte Wallace einsam. Die beiden anderen Jungs bekamen Besuch von ihren Familien und hatten Freunde. Wallace wirkte, als hätte er beides nicht; seine Mutter hatte ihn am College abgesetzt und war gleich wieder verschwunden, und die Päckchen, die sie regelmäßig schickte, schienen seine Bedürfnisse, welche es auch waren, nicht zu befriedigen. Er fand auch keine Freunde, so wie Javit und Desai. (Beim gut aussehenden Desai, sollte Wallace später grummeln, standen die Mädchen Schlange, um seine Wäsche zu waschen.) Einmal nahmen die drei auf dem Campus alberne Fotos auf. Auf einem hält Wallace – glatter, schimmernder Pony, ein T-Shirt der Chicago White Sox über einem schwarzen Rolli – eine ausgestreckte Hand unter seinen leeren Briefkasten und sieht verletzt in die Kamera. Auch wenn Wallace zu Hause scheinbar nicht vermisst wurde, vermisste er sein Zuhause. Er träumte von den Feldern in Illinois und der Kleinstadt, in der er aufgewachsen war. Wie sich seine Familie erinnert, schrieb er, die Berge in Massachusetts seien »nett«, aber die Gegend sei nicht schön, »so wie Illinois«.

Mit der Zeit setzten sich Desai und Javit, die sich beide auf ihre Vorbereitungen zum Medizinstudium konzentrierten, von Wallace ab – er war ein freundlicher, aber verloren wirkender dritter Mitbewohner. Sie begriffen nicht recht, was in seinem Kopf vor sich ging, aber sie ahnten, dass es etwas anderes war als in ihren Köpfen. Wahrscheinlich war sich nicht einmal Wallace ganz sicher, was los war. Niemand hatte etwas über ihn herausgefunden, dass ihm unangenehm gewesen wäre, aber nur, weil sich offenbar niemand genug dafür interessierte. Er wusste, was er brauchte, womit es ihm besser gehen würde: hervorragende Noten. Es wäre ein gutes Gefühl, allen zu zeigen, was er konnte; seine Schüchternheit schloss Konkurrenzdenken nicht aus. Glatte Einsen, erklärte er später dem *Amherst Magazine*, waren für ihn eine Möglichkeit, sich »vor den Menschen zu verstecken und zu versuchen, mir – durch ›Leistung‹ oder was auch immer – die Erlaubnis zu erarbeiten, in Amherst zu sein, dabei merkte ich in meiner Egozentrik gar nicht, dass ich die Erlaubnis mit der Aufnahme aufs College längst bekommen hatte«.

In der Highschool hatte Wallace gerne bekifft gelernt. Diese Gewohnheit nahm er in Amherst wieder auf, zusammen mit zwei jungen Männern, die auf dem gleichen Gang wohnten. An den meisten Tagen trafen sie sich spätnachmittags im Zimmer der beiden, um eine Dreiviertelstunde lang Bong zu rauchen und Musik zu hören, bevor sie in die Mensa gingen, sobald sie öffnete (sie nannten sich die »17.01-Uhr-Brigade«). Wallace beeilte sich beim Essen und trank Kaffee mit einem Teebeutel in der Tasse. Um Viertel vor sechs machte er sich auf den Weg in die Frost Library, wo er sechs Stunden lang lernte, bis sie schloss. Nach einer Weile fand er auf dem Campus Plätze zum Lernen, die durchgehend geöffnet hatten, etwa das Merrill Science Center oder die Webster Library mit ihren ausgestopften Eisbären und den Botanikbüchern.

In diesem ersten Semester vertiefte sich Wallace in Einführungsveranstaltungen zur Anglistik, Geschichte und Politikwissenschaft und belegte als Wahlfach Evolution und Revolution. Spätabends kehrte er mit seinen Büchern in die Stearns Hall zurück. Oft ging er danach noch in das Zimmer, in dem es Gras gab. Die jungen Männer plauderten ungezwungen. Die Drogen heiterten ihn auf, er wurde eher zum Wallace der Highschool, den in Amherst niemand kannte. Ein Mitglied der Gruppe erinnert sich, dass die drei Freunde öfter ein Quiz mit den Titelmelodien von Serien spielten. »*Hazel*?«, hieß es etwa. »Wie ging die noch mal?« Heißhungerattacken wurden mit den Freihofer-Keksen aus Sally Wallaces Carepaketen gestillt. Danach schlurfte Wallace zurück zu seinem Zimmer und zog im Bademantel los, um sich die Zähne zu putzen oder noch mal zu duschen, bevor er sich für die Nacht in die »Ritze« zurückzog.

Vielen Kommilitonen ging irgendwann auf, dass Wallace nicht nur intelligent war, sondern erstaunlich intelligent, einer der klügsten Menschen, denen sie je begegnet waren. Ein Freund erinnert sich, dass er Wallace einmal in einem Seminar über englische Lyrik des zwanzigsten Jahrhunderts über die Schulter sah, nachdem der Dozent ihre Arbeiten über Philip Larkin zurückgegeben hatte, und auf Wallaces Arbeit las: »1+ – einer der besten Texte, die ich je gelesen habe.« Das Seminar zur Erkenntnistheorie beherrschte er regelrecht, er löcherte den Dozenten mit so vielen fortgeschrittenen Fragen, dass der Professor Wallace bitten musste, sie sich für seine Sprechstunde aufzuheben. »Er war nicht gerade beängstigend, aber er hat mir mehr abverlangt als jeder andere Student, den ich je hatte«, erinnert sich Willem DeVries.[5] Für Desai, seinen Mitbewohner im ersten Studienjahr, kam der Moment der Erkenntnis eines Nachts im zweiten Semester gegen ein Uhr morgens, als Wallace, wahrscheinlich bekifft, in ihr Zimmer kam und ihn bat, ihm seine Arbeit über Heinrich V. auszuleihen. Vorher, erinnert sich Desai, hatte Wallace sich das Stück für das Shakespeare-Seminar, das beide belegt hatten, kurz angesehen. Jetzt blätterte er den Aufsatz seines Mitbewohners durch, legte ihn aus der Hand und schrieb in wenigen Stunden eine Arbeit, für die er eine Eins bekam. »Und ich habe mich für klüger gehalten«, dachte Desai damals. »In diesem Moment habe ich eine Ahnung davon bekommen, was er alles schaffen konnte.« So ging es in Amherst nicht nur ihm. Im ersten Semester bekam Wallace zwei weitere Einsen und eine Eins minus. Im zweiten Semester gewann er den Preis für den besten Notendurchschnitt im ersten Studienjahr. »Un veritable bijou«, schrieb sein Dozent, nachdem er seinen letzten Aufsatz für ein Gotikseminar gelesen hatte.

Solche Reaktionen machten Wallace glücklich – glücklicher, als es angebracht war, wie er später fand. Auch im Zwischenmenschlichen kam er mit der Zeit trotz seiner Schüchternheit besser zurecht und fand Freunde. Spät im ersten Semester lernte er Mark Costello kennen, ebenfalls Studienanfänger und ein kluger, verschmitzter junger Mann, der wie Wallace in der Stearns Hall wohnte und jede wache Minute in der Bibliothek verbrachte. Beide hatten große öffentliche Highschools besucht und spürten deutlich den Unterschied zwischen ihrer Herkunft und der vieler anderer Studenten an einem College, das mehr Wert auf ein ausgewogenes Gesamtbild denn auf Brillanz legte. (Costello hatte für das Verzeichnis der Erstsemester kein Foto von sich, sondern vom Star der Leichtathletikmannschaft seiner Schule eingereicht.) Keiner von beiden wäre je zur Champagnerparty von Delta Kappa Epsilon oder der Strandparty von Psi Upsilon eingeladen worden, und beiden war das demonstrativ egal. Costello konnte mit seiner eigenen Geschichte über Übelkeit beim Vorstellungsgespräch aufwarten: Auf dem Weg zum Direktor der Zulassungskommission war ihm auf der Route 9 schlecht geworden. Wallace konterte, er habe sich auf dem Weg zu seinem Gespräch in Amherst in die Büsche neben dem Lord Jeff Inn übergeben (was vielleicht sogar stimmte). Allerdings gab es auch Unterschiede. Wallace rauchte Gras, Costello trank nicht einmal. Costello, der aus einer großen irisch-katholischen Familie stammte, überlegte, Priester zu werden; Wallace wollte unbedingt flachgelegt werden. Trotzdem entwickelte sich zwischen den beiden eine enge Freundschaft. Es dauerte nicht lange, bis Wallace ihm seine geheimen Lieblingsplätze zum Lernen verriet. Er fragte Costello, ob er sich im nächsten Jahr das Zimmer mit ihm teilen wolle, und sein neuer Freund willigte ein.

Als der Sommer begann, war Wallace erleichtert. Während der Highschool hatte er zu Hause noch Ängste entwickelt, jetzt hatte er paradoxerweise das Gefühl, er könne dort ausspannen. Dort stand er nicht mehr auf der Bühne, als die er das College empfand, und fühlte sich nicht mehr beobachtet. Die meisten seiner alten Freunde waren noch dort, auch Flygare und Maehr. Den Sommer verbrachte er damit, im sechsten Jahr im Blair Park Unterricht zu geben, zu lesen und sich zuzudröhnen. Einer seiner neuen Erstsemester-Freunde, Fred Brooke, der auch in der Stearns Hall wohnte und schreiben wollte, besuchte ihn einmal zu Hause, und die beiden gingen spätabends in den Park, um Tennis zu spielen. Umschwirrt von Moskitos schlugen sie die Bälle hin und her und tranken in der Hitze von Illinois Bier.

Im zweiten Studienjahr wurde Wallace und Costello eines der schlechtesten Zimmer auf dem Campus zugelost, ein winziges Doppelzimmer neben dem Fernsehraum in der Moore Hall. Einmal pro Woche fuhr nachts um drei Uhr unter ihrem Fenster ein Laster vor, um den Müllcontainer der Mensa zu leeren. Trotzdem fühlte Wallace sich wohler als in seinem ersten Jahr. Er hatte seine gewohnten Abläufe und spürte zunehmend, dass er den Anforderungen gewachsen war. Er machte sich keine Sorgen mehr, er würde seine Eltern enttäuschen oder ihr Geld verschwenden. Costello an seiner Seite zu haben – einen anderen Menschen neben sich zu wissen, auf dessen Verhalten er sich verlassen konnte – war eine enorme Hilfe. Langsam kam ein glücklicherer Wallace zum Vorschein. Wenn er morgens zum Duschen loszog, trug er seinen ramponierten Bademantel von zu Hause – und machte sich dabei Sorgen, die Clearasilschlieren könnten wie Spermaflecken aussehen –, ein Kapuzenshirt von den Parkland College Cobras und Stiefel mit offenen Schnürsenkeln. »Dave, musst du so rumlaufen, kannst du nicht mal den Bademantel zumachen?«, fragte Costello ihn manchmal. »Meinst du, ich will aussehen wie ein Spinner?«, fragte Wallace dann zurück. Das Gurgeln und Zähneputzen dauerte eine Dreiviertelstunde, danach wurde seine Akne minutiös untersucht und behandelt. Zurück in seinem Zimmer, breitete er seine Handtücher zum Trocknen über Regale, Stuhllehnen und Bettpfosten. (Wallaces Angst vor Keimen war typisch für einen Phobiker. Sie war gleichzeitig echt und übertrieben und bemäntelt von einer selbstironischen Haltung, mit der er sein Leiden gleichzeitig betonte und verbarg.) Er holte seine Sammlung Kifferkassetten hervor: Pink Floyd, *Switched-On Bach*, REO Speedwagon, Frank Zappas »Don't Eat the Yellow Snow«. Im ersten Collegejahr hatte Wallace kaum oder gar nicht ferngesehen, aber mit dem Fernsehraum direkt neben seinem Zimmer konnte er seiner Neigung frönen, wenn der Raum ansonsten leer war. Er sah sich gern Wiederholungen von *Hawaii Fünf-Null* und donnerstagabends die neue Serie *Polizeirevier Hill Street* an. Seifenopern, die mit ihren übertriebenen Handlungen und überzeichneten Figuren ebenfalls zu seinen Lieblingsformaten gehörten, wären ihm allerdings zu peinlich gewesen. Überhaupt mochte er beim Fernsehen nicht gesehen werden, und wenn jemand im Zimmer war, ging er weiter. Aber das Fernsehen war eine geschätzte Gewohnheit, eine willkommene Fluchtmöglichkeit vor den permanenten Interaktionen, die das Leben in einem Wohnheim mit sich brachte.

An den meisten Nachmittagen trieb ihr Lerneifer Costello und Wallace um Viertel nach fünf an einen bestimmten Tisch in der Valentine Dining Hall. In Prüfungsphasen erhöhte Wallace die Teebeuteldosis in seiner Kaffeetasse von einem auf zwei. Er stürzte das koffeinlastige Gebräu hinunter und zog weiter in die Bibliothek. (Sonntags wartete er schon nach dem Frühstück auf der Treppe vor dem Gebäude, bis der Bibliothekar aufsperrte.) Wenn die Bibliothek schloss, spannten er und Costello bei einem Glas Scotch aus. »Ich glaube, heute ist ein Zwei-Gläser-Abend«, meinte Wallace manchmal. Er unternahm mehrere Anläufe, das Marihuana aufzugeben, weil es seinen Lungen schadete. Und er ließ sich ein wenig von Costellos Begeisterung für Politische Geschichte anstecken. Über die Lokalpolitik in Illinois wusste er schon dieses und jenes, er kannte Big Jim Thompson und die Stevenson-Dynastie, der auch der zweifache Präsidentschaftskandidat Adlai Stevenson entstammte. Jetzt fasste er den Plan, bei seinem Kongressabgeordneten Ed Madigan Praktikant zu werden. Zusammen mit Costello, Nat Larson, einem weiteren Freund, und Corey Washington, fünfzehn und Student im ersten Jahr, trat er dem Debattierclub des Colleges bei. Vor Menschen zu reden machte Wallace Angst – er sprach quäkig und fing an zu stottern, wenn er nervös wurde –, trotzdem schloss er sich an, weil es sich bei einer Bewerbung fürs Jurastudium auf seinem

Lebenslauf gut machen würde. Sie fuhren die Ostküste rauf und runter zu Wettbewerben. Seinem Teamkollegen Chris Coons ist Wallace als brillant und witzig während seiner Auftritte in Erinnerung geblieben, mit »der schlechtesten Art vorzutragen, die ich je gehört habe – nuschelnd und verlegen und ohne die Richter oder Zuschauer anzusehen«. Im Gegenzug verspottete Wallace ihn als den »Coonsgah« und unterhielt seine Freunde damit, den zukünftigen Senator von Delaware nachzuäffen.

Auch im dritten Semester heimste Wallace nur Bestnoten ein. In der Einführung in die Philosophie bekam er eine Eins plus, in Englisch, dem Spezialgebiet seiner Mutter, eine glatte Eins. Freunden erzählte er, er wolle beide Eltern zufriedenstellen.

***

Anfang Januar kehrte Wallace ans College zurück. Als er fuhr, war er voller Hoffnung gewesen und hatte das Gefühl gehabt, allmählich glücklich zu werden, aber nach seiner Rückkehr erzählte er Costello, Weihnachten sei »schlimm« gewesen. Konkreter wollte er nicht werden. Mit den Scherzen, merkte sein Mitbewohner, war es vorbei. Er wirkte teilnahmslos und gab auch keine Imitationen mehr zum Besten. Es überraschte Costello, er hatte nicht gewusst, dass Wallaces Herumkaspern und Imponiergehabe nicht unbedingt eine Fassade, aber doch nicht sein wahres Ich waren. Wallace war selbst überrascht. Seine Ängste waren ihm vertraut, vielleicht hatte er sie schon mit einer Depression in Zusammenhang gebracht, aber jetzt befielen ihn die wiederkehrenden Probleme der Highschoolzeit viel stärker als zuvor; es war, als hätte jemand in ihm einen Schalter umgelegt. Er war verzweifelt und dachte an Suizid. Ein paar Wochen hielt er durch und versuchte mit aller Kraft, wieder er selbst zu werden. Irgendwann bemerkte William Kennick, ein Philosophieprofessor und früherer Mentor von Wallaces Vater, was los war – er kannte Depressionen von seiner eigenen Familie –, und brachte Wallace zu einem Therapeuten. Wenig später kam Costello in ihr gemeinsames Zimmer, wo sein Mitbewohner zusammengesunken mit seinem grauen Koffer zwischen den Beinen wartete. Wallace trug eine Mütze der Chicago Bears und einen hellbraunen Parka. »Ich muss nach Hause«, erklärte er Costello. »Was ist los?«, fragte Costello. »Ich weiß es nicht. Mit mir stimmt etwas nicht«, antwortete Wallace. Er entschuldigte sich immer wieder und sagte, er mache sich Sorgen, das College würde Costello einen scheußlichen neuen Mitbewohner zuteilen, wenn er selbst fort war. »Ich lasse dich im Stich«, sagte er seinem Mitbewohner. Costello fand es seltsam, dass Wallace sich so auf ihn konzentrierte. War nicht Wallace derjenige, dem es schlecht ging? Schweigend begleitete er seinen Mitbewohner zum Bus nach Springfield, der Wallace zum Flughafen bringen würde.

Wallaces Eltern nahmen ihren Sohn auf und gaben ihm sein altes Zimmer im ersten Stock. Nach seinem schwierigen letzten Highschooljahr konnte dieser Ausgang keine große Überraschung für sie sein, jedenfalls sagten sie nichts. Mit suizidalen Depressionen hatten sie schon Erfahrung: Sallys Schwester und ihr Onkel hatten sich das Leben genommen. Die Familie ließ Wallace kommen und gehen, wie er wollte. »Wir bedrängten ihn nicht«, sagt seine Mutter. »Wir dachten, wenn er darüber reden will, wird er schon darüber reden.« Tatsächlich vertraute er sich seiner Schwester Amy an, die ihm früher vor allem lästig gewesen war. Er erzählte ihr, wie beängstigend und unangenehm er die Welt fand und dass nichts mehr eine Bedeutung zu haben schien. Er fragte sich, wer er wirklich war – der Vorzeigestudent aus Amherst oder der junge Mann, der nie allein zurechtkommen würde? –, und seine Schwester machte sich insgeheim die gleichen Sorgen. Doch mit der Zeit trat Besserung ein, und im Frühling fand er eine Stelle als Schulbusfahrer. Es tat gut, wieder im Mittleren Westen zu sein und die tröstlich ebene Prärie zu sehen. Aber als die Kinder ihm pampig kamen, warf er den Job hin, ließ den Bus einfach stehen und lief nach Hause. Voll halb ernster, halb gespielter Entrüstung schrieb er Costello, es sei doch erschütternd, dass Urbana jemanden, der bekanntermaßen geisteskrank war, ein Fahrzeug voller Kinder steuern ließ. Weil er nicht gerne telefonierte, baute er stattdessen einen regen Briefkontakt zu Costello auf, der Wallaces Probleme so weiter miterlebte.

Daneben schrieb er Geschichten. In der Highschool hatte Wallace gelegentlich komische Texte verfasst, aber mit dem Wechsel nach Amherst war sein Interesse daran erloschen.[6] Wie Wallace es später beschrieb, galten fiktionale Texte auf dem Campus als Gebiet von »geckenhaften Schöngeistern«, die »mit Baskenmützen auf dem Kopf herumstolzieren und sich das Kinn reiben«. Sie waren sensibel, und seine eigene Sensibilität wollte Wallace nicht herauskehren. Die Art von Verstand, die er bei Schriftstellern für nötig hielt, empfand er als beängstigend. Aber allein zu Hause versuchte er es noch einmal. Er arbeitete an einer Geschichte mit dem Titel »The Clang Birds«, so Costello, in der ein erfundener Vogel immer kleinere Kreise flog, bis er in seinem eigenen Hintern verschwand. In der Erzählung leitete Gott eine existenzialistische Gameshow, deren Kandidaten unmögliche oder paradoxe Fragen beantworten sollten. Gott gab den Buzzer nicht aus der Hand, und niemand konnte aus dem Spiel aussteigen. Er versuchte sich auch an subtileren Texten, etwa an einem Prosagedicht über die Maisfelder von Illinois, das er Costello schickte, und einer Geschichte über ein hübsches Mädchen, das von seinem betrunkenen Freund bei einem Autounfall getötet wird. Vielleicht gab es daneben auch größere Projekte – seine Zielsetzung war jedenfalls ehrgeizig. Costello erinnert sich an einen Brief von Wallace, er wolle Prosa schreiben, die man »noch in 100 Jahren« lesen würde. Er war beeindruckt – er hatte nicht mal geahnt, dass sein Mitbewohner Literatur schreiben wollte oder konnte.[7]

In der Ehe von Wallaces Eltern kriselte es schon seit geraumer Zeit. Im Frühsommer sprach Sally Wallace mit ihrer Tochter über die Probleme und kündigte an, sie wolle ausziehen. Sie bat

Amy, es David beizubringen. Ihren Sohn traf es schwer. Er weigerte sich, sie in ihrem neuen Zuhause zu besuchen. Amy merkte, dass ihr Bruder »sich verraten fühlte. Er glaubte fest, dass in einer Familie alle die Wahrheit sagen und sich entsprechend benehmen sollten.« Jahre später sollte er einer Freundin schreiben, in dieser Situation habe ihn am meisten getroffen, dass seine Mutter »mir die Wirklichkeit nicht zutraute, aus Angst, sie würde mich verletzen.« Damals konnten diese Ereignisse Wallaces Genesung allerdings nicht ausbremsen. Bei ihm standen Ereignis und Krise nicht immer in direktem Zusammenhang. Vielleicht dämpfte es den Schlag ein wenig, dass er sich im Laufe des Sommers öfter mit Susie Perkins traf. Perkins studierte jetzt Psychologie an der Indiana University. Sie gingen eine Beziehung ein. Wallace fühlte sich stark zu ihr hingezogen, er suchte jemanden, der ihn umsorgte und seine Mutter ersetzte. Costello erinnerte ihr Verhalten seinem Freund gegenüber an ein Mädchen, das sich um einen verletzten Vogel kümmerte.

Im Herbst 1982 kehrte Wallace nach Amherst zurück. Die Situation war ihm unglaublich peinlich: Die Legende vom talentierten Studenten war dahin. Er erzählte auch nicht, was passiert war – von seinen engen Freunden kannte nur Costello die Wahrheit. Die beiden jungen Männer hatten beschlossen, wieder zusammenzuziehen und Nat Larson mit ins Boot zu holen. Kurz vor Semesterbeginn fuhren sie zu einem Campingausflug nach Maine und Nova Scotia. »Wir stopften uns an Buffets mit frischen Meeresfrüchten voll und lagen am Strand«, erinnert sich Fred Brooke, der sie begleitete. Wallace fühlte sich unter Männern oft am wohlsten, aber gleichzeitig störten ihn die Insekten so, dass er im Auto schlief. Die anderen amüsierten sich über das Klatschen, das nachts zu hören war, aber auf Costello, der ihn am besten kannte, wirkte Wallaces Verhalten genauso beängstigend wie lustig. Er wusste, dass Wallace das volle Programm an Phobien durchlief, wenn er gestresst oder labil war.

Bei der Zimmerverlosung fiel den dreien eine Bleibe in der Stone Hall zu, einem der »geselligen« Wohnheime, wie sie genannt wurden. In diesen Häusern gingen die Zimmer von einem Gemeinschaftsraum ab und waren deutlich netter als die Zimmer in der Stearns Hall oder der Moore. Wallaces Freunden fiel auf, dass er jetzt anders aussah. Statt der Cordhosen und T-Shirts der White Sox und der Bears, die im Mittleren Westen typisch waren, trug er abgetragene T-Shirts aus dem Secondhandladen und rissige Shorts, oft zusammen mit seiner geliebten Kapuzenjacke. Er mochte aufgeschnürte Timberlands und doppelte Socken. Der neue Kleidungsstil zeigte eine innere Veränderung an. Er distanzierte sich allmählich von der Kultur des Mittleren Westens, die ihn geprägt hatte, in der man radikal, aber auf keinen Fall unhöflich sein konnte. Mit seinem »Schmuddellook«, wie es hieß, deutete er schon leise an, dass er nicht mehr der nette Collegejunge von nebenan werden wollte. Auch seine unausgegorenen Pläne, in die Politik zu gehen, waren gestorben. »Kein Mensch wählt jemanden, der in der Klapse gesessen hat«, erklärte er Costello und erinnerte ihn an Thomas Eagleton – der Senator und Amherst-Absolvent hatte 1972 seine Kandidatur als Vizepräsident zurückziehen müssen, nachdem seine Elektrokrampftherapie gegen Depressionen bekannt geworden war.

Nach seiner Rückkehr ging Wallace bei seinen Kursen keine Risiken ein. In seinem ersten Semester nach der Auszeit schrieb er sich für Logik, christliche Ethik und antike und mittelalterliche Philosophie bei Kennick ein. Als einziges nichtphilosophisches Fach belegte er Französisch, das er für einen Abschluss in diesem Bereich brauchte. In allen vier Kursen bekam er Bestnoten, wobei ihm das Logikseminar besondere Freude machte. Laut Kursbeschreibung sollten »der kategorische, hypothetische, adjunktive und disjunktive Syllogismus« ebenso behandelt werden wie die »Konzepte der Widerspruchsfreiheit, Vollständigkeit und Entscheidbarkeit«. In der Logik lag man entweder falsch oder richtig, und die Hürden vor einer richtigen Lösung – Trägheit, gedankliche Nachlässigkeit – konnte Wallace mit seiner enormen Konzentration immer überwinden. Später sprach er von dem »besonderen Kribbeln«, das er bei analytischer Logik verspürte, und dass man »nach einer halben Kladde wirrer Ansätze bei der traumhaft einfachen Lösung eines Problems« fast schon ein »Klick« hörte. Im Handumdrehen wurde aus ihm ein »eingefleischter Syntaxfanboy«, wie er sich selbst beschrieb.

Wallaces Vater hielt von diesem Bereich nicht viel, er wandte ein, Logiker würden wichtige Fragen – nach freiem Willen, nach Schönheit – durch formale Diskussionen über die Sprache hinter diesen Fragen ersetzen, aber Wallaces Verstand kam bei dieser Art von Arbeit auf Touren. Sie ersetzte die Mehrdeutigkeit des echten Lebens durch Klarheit. Und wie er später in einem Interview erzählte, hatte diese äußerst abstrakte Philosophie für Wallace den Vorteil, dass er auf dem Gebiet seines Vaters arbeiten und ihm gleichzeitig die »obligatorische lange Nase drehen« konnte. (Man könnte es auch so interpretieren, dass er immer noch beiden Eltern gefallen wollte – immerhin ist die Grammatik auch ein logisches System.)

An Kennicks antiker und mittelalterlicher Philosophie fand Wallace aus anderem Grund Gefallen. Vor etwa dreißig Jahren hatte sein Vater den gleichen Kurs belegt, und sosehr er dem Schatten seines Vaters entfliehen wollte, suchte er auch seinen Schutz. Kennicks Einführung in sein Lieblingsgebiet bestand aus drei Teilen, der erste behandelte die Antike. Alle zwei Wochen verlangte Kennick eine Hausarbeit. Die Studenten sollten sich dem Material unbeleckt nähern und nur mit eigener Forschung und Gedanken arbeiten, ohne Sekundärquellen hinzuzuziehen. »Ich möchte, dass Sie Texte schreiben und nicht nur Wörter verarbeiten«, erklärte Kennick. Wallace erfüllte diesen strengen Zeitplan mit seiner eigenen Routine. Er schrieb eine erste Fassung, die er zweimal von Hand überarbeitete, dann folgten zwei weitere Überarbeitungen im Adlersuchsystem auf seiner Smith-Corona.

Als maximale Länge hatte Kennick fünf Seiten vorgegeben, weil er fand, dass es das Denken anrege, sich kurz zu fassen. Wallace konnte unter dem Bann seiner galoppierenden Gedanken keine so kurzen Arbeiten schreiben. Bei einem der Aufsätze ließ Kennick ihn die Wörter zählen und merkte, dass Wallace fünfhundert auf eine Seite gequetscht hatte, fast doppelt so viele wie üblich. Trotzdem gab er Wallace in seinem Seminar eine Eins plus. Und Wallace sonnte sich in Kennicks Zuneigung.

Wallace mochte Komödien, es war ihm schon als Kind leichtgefallen, komische Texte zu schreiben. Also holten er und Costello in diesem Semester die campuseigene Satirezeitschrift *Sabrina* aus der Versenkung. In einem Büro im Keller der Frost Library stellten sie jährlich mehrere Ausgaben zusammen, die sich an der *Harvard Lampoon* orientierten. Ihr Hauptquartier diente gleichzeitig als lockerer Treffpunkt zum Tratschen und Aufstellen von Thesen, wie eine Verlängerung ihres Tischs in der Valentine Dining Hall. Die Atmosphäre war gebührend unreif. Ein Redaktionsmitglied erinnert sich an eine lange Diskussion darüber, ob Frauen furzten, und dass Wallace darauf beharrte, sie würden es nicht tun. Die Zeitschrift war oft genauso kindisch, doch konnte Wallace auf diesen Seiten seine Leidenschaft für Parodie, Nachahmung und Farce ausleben. In der *Sabrina* führte er unter der Überschrift »Fragen Sie Bill« einen Kummerkasten und forderte die Leser auf, ihre Fragen bei Professor Kennick einzureichen. Bertrand Russell meldete sich mit dem Geständnis, er sei in Alfred North Whitehead verknallt, und fragte, was er tun solle. »Wenn sich eine Beziehung über die Prämisse absichern muss, der monistische Atomismus besitze auch nur einen Funken Bedeutung für die nachaufklärerische Auffassung phänomenologischer Realität, lohnt es nicht, für sie zu kämpfen«, antwortete der *Sabrina*-Kennick streng. Die meisten Geschichten waren Gemeinschaftsprojekte, aber Wallace ließ seine Kindheitsbegeisterung für die Detektivgeschichten der Hardy Boys wieder aufleben und schrieb allein »Die Sabrina-Brüder und der Fall des gehängten Hamsters«:

Plötzlich tauchte unter Knattern und Fehlzündungen ein unheilvolles zweimotoriges Flugzeug auf. Es verlor an Geschwindigkeit und trudelte auf den Berg zu. Genau in Richtung der Sabrina-Brüder!

Zum Glück hörte das Flugzeug im letzten Moment auf, zu existieren.

»Meine Güte«, rief Joe, »nur gut, dass wir Figuren in einem völlig unglaubwürdigen Kinderbuch sind, sonst wäre es um uns geschehen!«[8]

Durch die Zeitschrift wurden Wallace und Costello bis zum Frühjahrssemester ziemlich bekannt auf dem Campus. Ihr Tisch in der Valentine zog eine kleine, aber eifrige Anhängerschar an. Bei Wallaces Freundschaften in Urbana hatten Spitznamen als feste Größe dazugehört, und jetzt konnte er sie wieder voll auskosten. Hier war er »der Daver« und »der Waller«. Costello war »Marcus Aurelius« wegen seines Vornamens, seines Philosophengestus' und der Denkerstirn; Nat Larson war nach »Lederstrumpf« Natty Bumppo der »Bumpster«. Corey Washington, Wallaces Freund aus dem Debattierclub, wurde »Apple« oder »der Reaktor« genannt, in Anlehnung an den Kernreaktor. Später stieß Washingtons Mitbewohner Miller Maley dazu, ein Wunderkind, das als jüngster Student seit Jahrzehnten mit zwölf Jahren nach Amherst gekommen war. Immer noch unsicher nach seinem eigenen wackligen Einstieg in die Pubertät, hatte Wallace die jüngeren Washington und Maley gern in der Nähe. Außerdem war Washington Afroamerikaner, eine deutliche Minderheit am College, was den Verweigererstatus am Tisch inmitten der plumpvertraulichen Atmosphäre von Amherst noch unterstrich. In ihrer sonst verwaisten Ecke der Mensa pendelten die Gespräche der Gruppe zwischen persönlichem und sexuellem Frust, intellektuellem Enthusiasmus und Fachsimpeleien. Laut Washington drehten sie sich immer wieder um die Themen »Wittgenstein, der New Deal, Cantor, Tagespolitik, Mathematische Logik, Descartes, scharfe Mädchen, Kant usw.«. Sie sprachen über Seminare, erfundene oder erhoffte Freundinnen und Wochenendpartys an der University of Massachusetts oder dem Mount Holyoke College, das Amy Wallace jetzt besuchte.

Costello und Wallace bildeten zusammen die Doppelspitze der Truppe. Costello brachte Autorität, Ernsthaftigkeit und ein unerschöpfliches Interesse für den New Deal mit, Wallace hatte Inbrunst und verfügte über einen Verstand, der schneller zu surren schien, als er sprechen konnte, dazu war er witzig, machte geistreiche Kommentare und unterhielt seine Freunde mit Parodien. In diesem Semester hatte er ein Wirtschaftsseminar belegt. Wollte jemand sehen, wie Friedrich Hayek von einem Mädchen aus Wilton, Connecticut angemacht wird? Er konnte seine Großeltern nachahmen, seine Nachbarn in Urbana oder Costello (wenn er nicht mit am Tisch saß). Trotzdem merkte jeder, dass er seinen Mitbewohner mochte. Man sah die beiden selten ohneeinander. Auf den jungen Washington wirkte ihre Beziehung »wie eine Ehe«.

Seine neugewonnene Beliebtheit hielt Wallace nicht davon ab, sich noch intensiver aufs Lernen zu stürzen. John Drew, der ebenfalls zu seinem Kreis gehörte, erinnert sich an ein unterschwelliges Konkurrenzgehabe, ein »ständiges Punktezählen und Beäugen, wer der Klügste ist«. Im Frühling besuchte Wallace Kennicks zweites Einführungsseminar über frühneuzeitliche Philosophie. Dieser Kurs begann mit Hobbes und arbeitete sich über Locke, Berkeley und Hume zu Kant vor. Wallace war begeistert davon, wie Kennick den deutschen Idealisten Kant ankündigte (und ahmte ihn liebend gern nach): »Schnallen Sie sich an. Es geht aufwärts!« Daneben belegte er wieder Französisch, Metaphysik und Wirtschaftswissenschaften. In letzterem Fach musste Wallace sich anstrengen. Er war zwar gut in der Theorie, aber nicht im Rechnen. Doch weil sein Notendurchschnitt auf dem Spiel stand, arbeitete er unablässig für dieses Fach und gewann sogar einen Preis für die beste Studentenarbeit. Costello besuchte das gleiche Seminar, und für ihn kam hier der Moment, in dem er erkannte, wie begabt sein Mitbewohner war. Wallace bekam in diesem Semester, im Frühjahr 1983, in jedem Fach eine Eins plus, sein Notenschnitt war perfekt. Die Depression von Anfang 1982 lag hinter ihm und war beinahe vergessen, vielleicht sogar von ihm selbst. Wenn er gefragt wurde, warum er das College verlassen hatte, antwortete er nicht oder erzählte ausweichend, ein Freund sei gestorben und er habe Zeit gebraucht, um darüber hinwegzukommen.

Im Mai fuhr Wallace nach Hause. Er schrieb sich an der University of Illinois für Sommerkurse in Logik und Analysis ein und wollte während der gesamten Semesterferien lernen. Aber diese Entscheidung bereute er bald. Er schrieb Washington, er könne sich nicht konzentrieren, während »es nach Blumen duftet und die Vögel singen und durch das Klassenfenster das Zischen von eisgekühlten Old-Milwaukee-Dosen dringt. Irgendwann stand ich auf und sagte ›Nein‹. Genau so.« Tatsächlich war der Grund vielleicht Susie Perkins – Wallace erzählte Freunden, zwischen ihnen würde es ernster werden. Er brach Analysis ab und beschied sich mit einem weiteren Logikseminar, was ihm ohnehin eher lag als Mathematik – in Mathe hörte er das »Klick« nicht.

Sein Zuhause hatte sich verändert. Sein Vater hatte das Jahr allein verbracht und zur Gesellschaft das Radio laufen lassen. Doch nichts konnte Wallaces Überschwang bremsen. Er war auf einem Höhenflug und der klügste Student in Amherst, und das machte ihn übermütig. Er fühlte sich endlich anerkannt und bestätigt. Anfang des Sommers warnte er Washington, der am Teilchenbeschleuniger der Stanford University arbeiten wollte, er müsse sich daran gewöhnen, »mit stumpfsinnigen, uninteressanten Menschen zu tun zu haben, sogar mit ihnen zu leben«. Dieser brüderliche Ratschlag zeigt, wie sehr Wallaces Selbstbewusstsein nach seinem Zusammenbruch zurückgekehrt war.

Obwohl Wallaces Eltern getrennt lebten, hatten sie ihre Ehe noch nicht aufgegeben und besuchten nach wie vor einen Therapeuten. Jetzt wollten sie die ganze Familie einbinden. Wallace und Amy ließen sich widerwillig darauf ein. Um der Familiendynamik der Wallaces auf den Grund zu gehen, bat der Therapeut Amy, ihre Familienmitglieder so aufzustellen, wie sie selbst sie wahrnahm. Amy weigerte sich und zeichnete stattdessen ineinandergreifende Zahnräder an die Tafel.

Nach dem Experiment war Wallace genauso verärgert darüber wie vorher: »Und die Paartherapie wuchs sich zur Familientherapie und was weiß ich nicht alles aus«, sollte er später im *Besen im System* schreiben. Dass Amy für den Therapeuten aufmalen sollte, wie sie ihre Familie sah, arbeitete er in dem Roman zu einer Szene um, in der sich die Familie von Lenores Schwester im ritualisierten Bemühen, ihre Gefühle zu zeigen, Masken aufsetzt und dafür von einem auf Laserdisc aufgezeichneten Publikum Applaus erntet. Vielleicht war Wallace wütend, weil die Therapie die offizielle Trennung nicht verhindern konnte. Wenig später teilten Jim und Sally den Kindern mit, sie würden sich scheiden lassen. Aber einen Monat später kehrte ihre Mutter in das Haus zurück, das sie ein Jahr lang nicht betreten hatte. Die Kinder fragten nicht, was passiert war, und die Eltern erzählten es nicht von sich aus, erinnert sich Amy.

Im Laufe des Sommers veränderte sich auch Wallaces Haltung zur Literatur. Er hatte schon immer Romane gemocht und gelesen, er fand sie fesselnd und entspannend und saugte die Informationen auf, die sie enthielten. Alles in den Regalen seiner Eltern hatte er verschlungen, von *Fanny Hill* und der Sammlung Untergrundpornohefte *The Pearl* aus dem neunzehnten Jahrhundert, die in der Highschoolzeit mit seine erste Wahl zum Masturbieren war, wie er einmal einem Therapeuten erzählte, über beliebte Krimiautoren wie Ed McBain und John D. MacDonald bis zu literarischen Autoren wie Updike und Kafka. Freunde und Verwandte wollten ihm oft Bücher vorschlagen, die beide Interessengebiete seiner Eltern vereinten. Darunter fielen vor allem die bekannten populärphilosophischen Titel, die damals Dauerbrenner waren, etwa *Zen und die Kunst, ein Motorrad zu warten*, was Wallaces Mutter ihm, wie er Washington in diesem Sommer schrieb, »praktisch in den Hintern rammte«.[9] Aber um solche Lektüre ging es ihm nicht. Was zum ersten Mal seinen Jackpot knackte, wie er es später ausdrückte, war »Der Ballon« von Donald Barthelme. Barthelme erzählte keine gradlinigen Geschichten. Er versuchte, die Oberfläche der Erzählung aufzubrechen, damit das Gerüst, das die Illusion trug, durchschien. Wie andere Postmodernisten wollte er den Leser die Konventionen der Scharade nicht vergessen lassen, sondern sie ihm deutlich machen. Ein wirklich befriedigter Leser war sich immer bewusst, dass er nur eine Geschichte las.

»Der Ballon« ist typisch für Barthelme. In der Geschichte erscheint über Manhattan ein riesiger Ballon. Während er über der Stadt hängt, nähern sich ihm verschiedene Figuren und stellen Überlegungen über ihn an, jede aus ihrem eigenen Blickwinkel. Kinder springen zum Spaß auf dem Ballon herum, während Erwachsene schimpfen, er sei sinnlos, oder erzählen, wie sie sich fühlen, wenn sie den Ballon ansehen. Die Polizei sorgt sich, er könne die öffentliche Ordnung stören. Am Ende enthüllt der Erzähler den Ballon als ein Produkt seiner Fantasie, das er nur aufgeblasen hat, weil er sich einsam fühlte. Einen solchen Text wusste ein selbst ernannter »eingefleischter Syntaxfanboy« wie Wallace zu schätzen. Er legte das Innere der Literatur frei, so wie Logik das Innere der Sprache freilegte. Jahre später erzählte Wallace in einem Interview, durch Barthelme habe er zum ersten Mal bei Literatur das »Klick« gehört. Er fügte hinzu, Barthelmes Art zu schreiben spreche ihn viel mehr an als die Romane, die er in der Highschool gern gelesen hatte und die sich damit begnügten, eine Geschichte zu erzählen. »Updikes Romane sind schön«, erklärte Wallace, »aber es macht nicht Klick.«

Bald fiel ihm ein weiteres postmodernes Buch in die Hände – Thomas Pynchons *Versteigerung von No. 49*. Charlie McLagan, ein Kommilitone, hatte ihn im Semester zuvor auf Pynchon gebracht. McLagan war ein Jahr unter Wallace und anders als der Rest der Gruppe. Er stammte aus einer wohlhabenden Familie, die in einem Vorort von Chicago lebte und dem örtlichen Countryclub angehörte. In Amherst blieb er für sich, er bewohnte im abgelegenen Tyler House ein Einzelzimmer mit Madrasmustern an den Wänden, das er »den Uterus« nannte. Seine beiden Katzen hatte er Verbrechen und Strafe getauft. McLagan las breit gestreut, bevorzugte eine fantasievolle Lektüre und ließ jeden wissen, dass er mit seiner Freundin schlief. Wenn Wallace und Costello ihn in seinem Wohnheimzimmer besuchten, tranken die drei Gin Tonic, aßen Nutter-Butter-Kekse und hörten U2. (Wallace war begeistert, als er herausfand, dass sein Mitbewohner wie der Bandgitarrist The Edge aussah.) Wenn Wallace ihn allein besuchte, ging es mehr zur Sache: Obwohl Wallace aufhören wollte, Gras zu rauchen, kifften er und McLagan. »Gottverdammter Charlie und sein verdammter Drogenzauber«, schrieb er Washington in diesem Sommer. Manchmal warfen die beiden Acid ein, aber Wallace merkte, dass ihm Pilze lieber waren. »Nimm weder LSD noch Koks, das ist beides gefährlich und teuer, in dieser Reihenfolge«, riet Wallace Washington, aber »Pilze sind witzig und du wirst albern und hältst dich für klüger, als du bist [...], was eine Weile Spaß macht.« Bei ihren Trips hörten Wallace und McLagan sich immer wieder auf McLagans teurer Stereoanlage »The Big Ship« von Brian Eno an. Für McLagan klang der Song nach Geburt, Wallace hörte die Erde zur Zeit der Dinosaurier heraus.

Eines Tages war McLagan Wallace und Costello über den Weg gelaufen, als sie gerade über *Hundert Jahre Einsamkeit* diskutierten, und hatte ihnen seine Ausgabe von *No. 49* zugeworfen, die beide prompt lasen. Der Roman erzählt die Geschichte von Oedipa Maas, einer jungen Frau, die eine jahrhundertealte Verschwörung um eine geheime Postgesellschaft namens Tristero aufdecken will. Auf ihrer Reise durch Kalifornien begegnet Maas Menschen, die Puzzlestücke zur Lösung des Rätsels beisteuern – die komplette Handlung könnte aber auch halluziniert sein oder der Schwindel eines Exfreundes, darüber bleibt der Leser im Unklaren. Was Wallace an dem Buch ansprang, war die Vorstellung, ein Leben in Amerika sei ein Leben in einer verwirrenden Welt, in der Bedeutung gebrochen und verzerrt wurde, vor allem von den Medien, die jede Geste vereinnahmen und umgestalten. Wie eine der Figuren sagt, während sie Richtung Fernseher deutet: »Das Zeug verfolgt einen bis in die Träume, wissen Sie. Verdammte Maschine.«

No. 49 war ein wendiger und ironischer Metakommentar, der enormen Eindruck bei Wallace hinterließ (so enormen, dass Wallace unwohl bei dem Gedanken war, was er Pynchon verdankte, und er später in einem Brief an einen seiner Lektoren log, er habe das Buch nie gelesen). Wallace mit Pynchon, erinnert sich Costello, war wie »Bob Dylan, der Woody Guthrie entdeckt«. Ein postmoderner Autor räumte den Platz für den nächsten. Barthelme war hermetisch, Pynchon ausufernd. Anders als Barthelme versuchte Pynchon, die Gewaltigkeit Amerikas zu erfassen. Und er zeigte, dass der Ton und die Sichtweisen der Massenkultur – *No. 49* gewinnt seine Energie aus Popsongs, Fernsehserien und Krimis – in Romanen neben ernsten Themen auftreten konnten. Jedenfalls war das Buch witzig, und wie man witzig sein konnte, wusste Wallace schon. Der ironische Ton war eine gezieltere Version dessen, was er und Costello in der *Sabrina* veröffentlicht hatten.

Seit Anfang 1982 hatte Wallace nicht mehr unter Depressionen gelitten, aber jetzt, zwanzig Monate später, bekam das schwarze Loch mit Zähnen ihn wieder zu fassen. Gegen Ende eines sonst schönen Sommers bekam er akute Angstattacken, vielleicht, weil ihn nach seinem perfekten Semester im Sommer der Eindruck befiel, er hätte einen toten Punkt erreicht. Im vergangenen Jahr hatte noch ein Klick das andere übertönt. Später erklärte er in Interviews seinen Zusammenbruch – nicht ganz überzeugend – damit, ihm sei schlagartig klar geworden, dass er nicht Logiker werden wollte, und er habe »mit zwanzig eine Art Midlife-Crisis erlitten, was wahrscheinlich kein gutes Omen für meine Lebensdauer ist«. Dieses Fach erschien ihm plötzlich leblos und pedantisch, und sein erstaunlicher Notendurchschnitt war nicht mehr als eine Flucht, ein Zeichen seiner Angst, sich mit echten Menschen statt mit trockenen Gleichungen zu beschäftigen. »Das obsessive Lernen, das mich zum Leben erweckt hat«, erklärte er später in einem Interview, »hat mich gleichzeitig nicht leben lassen.« Woher seine Schübe auch kamen, sie wurden noch schlimmer, als ein Psychiater zur Linderung der Angstzustände Tofranil verschrieb, ein trizyklisches Antidepressivum.

Wallace hasste das Medikament, weil es ihn apathisch machte. Er bereitete sich gerade auf den dritten Teil von Kennicks Seminar über die Geschichte der Philosophie vor, aber wenn er Wittgensteins – in seinen Worten »Onkel Ludwigs« – *Philosophische Untersuchungen* lesen wollte, konnte er sich nicht konzentrieren. Dabei interessierte sich Wallace sehr für Wittgenstein. Sein Vater hatte bei einem Schüler des österreichischen Philosophen studiert, und Kennick ebenso. Zuerst versuchte Wallace, die Nebenwirkungen zu ignorieren. Er spielte Tennis, ging ins Fitnessstudio, schwamm »ein klitzekleines bisschen«, »gammelte herum«, wie er Washington schrieb, ohne anfangs seine Krise zu erwähnen. Dabei warf ihn noch mehr aus der Bahn, dass Wittgenstein zu sagen schien, was er selbst noch dachte und Pynchon schon schrieb: dass Erfahrung einem Spiel glich und dass alle Menschen für immer kategorisch voneinander getrennt waren. Noch voller Hoffnung kehrte er zu seinen Kommilitonen zurück, glitt aber in immer tieferes Leiden ab.

Im Herbst erwartete ihn am College eine unangenehme Wohnsituation. Er hatte sich mit Costello, für den das letzte Studienjahr begonnen hatte, einer größeren Gruppe angeschlossen, in der sich etwa acht Studenten zwei Wohneinheiten teilten. Unter so vielen jungen Männern gelang es Wallace nicht, sich wohlzufühlen. Zu der Gruppe gehörten auch ein paar versnobte Privatschüler, die Wallace prinzipiell gegen den Strich gingen (den Kontakt zu einem seiner Kifferfreunde aus dem ersten Collegejahr hatte Wallace abgebrochen, als sein Freund einer Studentenverbindung beitrat). Wallace verlor das ohnehin wacklige Gleichgewicht und zog sich zunehmend zurück. Am Esstisch in der Valentine Hall hockte er stumm zwischen seinen schwatzenden Freunden. Wenn sie drängelten, er solle jemanden nachahmen, reagierte er nicht. Ebenso wie Costello im Jahr zuvor lernten sie ihren Freund von einer anderen Seite kennen.

Wallace dachte insgeheim wieder daran, sich zu verletzen. McLagan ging ihm durch den Kopf. In den gemeinsamen Stunden im »Uterus« hatte Wallace mit McLagan auch über Selbstmord gesprochen. Sie hatten Musik gehört und über Ian Curtis von Joy Division geredet, der sich mit dreiundzwanzig Jahren erhängt hatte. McLagan hatte während der Highschoolzeit selbst mit einer Flasche Champagner in der Hand auf einer Überführung gestanden und überlegt, sich auf den Illinois Tollway zu stürzen. Er fand, Selbstmord könne möglicherweise der passende – vielleicht sogar notwendige – Abgang eines sensiblen Künstlers aus der brutalen Welt sein. Wallace war sich da nicht so sicher, obwohl er schon tiefere Verzweiflung erlebt hatte, als es sich seine Freunde vorstellen konnten. Selbsttötung erschien ihm eher als Flucht denn als Lösung. Er kannte Depressionen zu gut, um in ihnen etwas Glanzvolles zu sehen. Er suchte nach Möglichkeiten, sich zu verletzen, beschloss aber schließlich, wieder eine Auszeit zu nehmen und sich einen Psychiater zu suchen.

Beim zweiten Mal war es für Wallace noch beschämender, das College zu verlassen. Im zweiten Studienjahr hatte ihn niemand gekannt, niemand hatte sich dafür interessiert, ob er kam oder ging. Aber im Herbst 1983 gehörte er zu den besten Studenten des Colleges. Gerade erst hatte er ein Stipendium als vielversprechendster Philosophiestudent bekommen, das er zurückzahlen musste. Mit leichten Abwandlungen wiederholte sich die Szene aus dem zweiten Jahr. Costello fuhr Wallace zum Bradley Airport in der Nähe von Hartford, damit er nach Hause fliegen konnte. (Das Auto, ein AMC Pacer, tauchte später zusammen mit dem Gremlin von Wallaces Mutter im *Bleichen König* auf.) Beim ersten Mal anderthalb Jahre zuvor hatte Wallace noch mit den Tränen gekämpft, dieses Mal zeigte er kaum eine Gefühlsregung. Er erzählte Costello immer wieder, er habe gedacht, er hätte eine Strategie, aber jetzt sei ihm klar, dass er sich etwas vorgemacht hatte. Auf den letzten dreißig Kilometern schwieg er, und er erlaubte Costello nicht, den Wagen abzustellen und ihn zum Gate zu bringen.

Seinen anderen Freunden hatte Wallace nicht erzählt, dass er ging. Es fiel ihm nicht leicht, sich anderen anzuvertrauen, aber bei Corey Washington hatte er mittlerweile das Gefühl, er könnte ihm gegenüber offen sein. Deshalb erklärte er sein Weggehen in einem Brief, als er gerade zu Hause war: »Ich war in Amherst sehr kurz davor, etwas Dummes und Unwiderrufliches zu tun, aber aus Vernunft oder Feigheit, je nachdem, ob man es wie meine Eltern oder wie Charlie M[cLagan] sieht, will ich mich bemühen, dass es mir besser geht, damit ich existieren kann.« Er fügte hinzu, er sei jetzt in den Händen eines Arztes, dem er vertraue. Zum Teil spielte er diese Enthüllung seinem Freund gegenüber herunter: »Zu den scheußlichen Symptomen einer schweren Depression gehört es, dass es unmöglich ist, etwas zu tun oder nichts zu tun; als Anhänger von Jumping Joes [ihr Logikdozent] Berühmtem Ausgeschlossenem Dritten kannst du sicher nachvollziehen, dass diese Situation unhaltbar ist.« Ernsthafter schrieb er Washington, der Psychiater, dem Wallace den Spitznamen »Dr. Tetemaigrir« (eine französische Anspielung auf den englischen »shrink«, den Seelenklempner) verpasst hatte, habe einiges »wirklich Fundierte und Nicht-fruchtlose« über Depressionen zu sagen. Der Arzt setzte das Tofranil ab und verschrieb wahrscheinlich ein anderes Antidepressivum. Allmählich begriff Wallace etwas, das ihm entweder noch niemand gesagt hatte oder für das er erst jetzt aufnahmefähig war: Er litt unter einer psychischen Störung, die ihn sein Leben lang begleiten würde. Er konnte sie nicht einfach ignorieren. Obwohl er die Sorge seiner Familie teilte, dass sich, wie Amy es ausdrückte, »seine Aussichten auf ein eigenständiges Leben als Erwachsener so ziemlich in Luft auflösten«, setzte bei Wallace ein Heilungsprozess ein, der »schwärende, eitrige Ulcus durum im Zentrum meines Hirns« ging zurück, wie er Washington schrieb. Er entschuldigte sich für die Fassade, die er aufgebaut hatte, und fügte in einem anderen Brief hinzu: »Jetzt siehst Du, wenn auch indirekt, den echten ›Waller‹ vor Dir: undefinierbar fehlerhafte Ware mit einem leichten Transportschaden.«

Selbst während seiner Depression und der Behandlung las Wallace ausgiebig. *Die Enden der Parabel* von Pynchon, erzählte er McLagan, schaffte er an acht Abenden. Er schrieb auch, konzentrierter als je zuvor. Seine Arbeit hatte eine neue Ebene erreicht. Nachdem seine Hoffnung dahin war, er könne sich in der Präzision der logischen Philosophie verlieren, hatte er vielleicht das Gefühl, es bliebe ihm nichts anderes übrig. Er konnte sich nirgendwo mehr verstecken. Jedenfalls brachte er jetzt Texte zustande, zu denen er vorher nicht in der Lage gewesen wäre. Darunter etwa »Der Planet Trillaphon im Verhältnis zur Üblen Sache«, die Geschichte eines jungen Mannes, der wegen psychiatrischer Probleme das College verlässt. Zwar ist sie nicht streng autobiografisch, aber das »Ich« des Autors und das des Erzählers weisen so große Parallelen auf wie nie wieder in Wallaces fiktionalen Texten; das Entsetzen darüber, psychisch krank zu sein, ist noch frisch. Zum ersten Mal deutete sich Wallaces Stil an, etwas zu sagen und sofort einzuschränken, nur um es anschließend einen Tick nachdrücklicher und einfallsreicher zu wiederholen. Für große Teile der Geschichte griff Wallace auf seine Erinnerungen seiner jüngsten traumatischen Zusammenbrüche zurück. Auch sein namenloser Erzähler leidet unter der »Üblen Sache« – seiner Bezeichnung für Depression. Wegen »eines echt absolut lächerlichen Vorfalls, bei dem Elektrogeräte in der Badewanne eine Rolle spielten und über den ich wirklich nicht viel sagen möchte« – er hat versucht, sich das Leben zu nehmen – befindet er sich am Anfang der Geschichte in einer Psychiatrie. Auf der Station lässt ihm Dr. Kablumbus die Wahl zwischen einer Elektrokrampftherapie und einer Behandlung mit Antidepressiva. Der Erzähler entscheidet sich für die zweite Möglichkeit, aber durch das Medikament – Tofranil – wird er müde und antriebslos, genau wie Wallace im Sommer zuvor. Trotzdem versichert uns der Erzähler – so ernst wie Wallace in seiner ersten Zeit in Amherst –, dass die Behandlung gar nicht so schlimm ist. »Sie sind eigentlich ganz okay«, behauptet er über die Antidepressiva, »aber so, wie es okay wäre, auf einem anderen Planeten zu leben, wo es warm und gemütlich ist und Essen und frisches Wasser gibt: Es wäre okay, aber es wäre natürlich nicht die gute alte Erde.«

Doch möglicherweise naht Rettung in Gestalt einer Patientin. Auf der Station lernt der Erzähler May Aculpa kennen, eine junge Frau, die Wallace wahrscheinlich aus der Geschichte übernommen hat, die er Costello ein Jahr zuvor gezeigt hatte. May Aculpa und der Erzähler unterhalten sich und flirten, aber als zwischen ihnen gerade eine Beziehung entstehen will, wird die hübsche junge depressive Frau entlassen, nur um wenig später bei einem Autounfall zu sterben. »Ich wollte gestern Mays Eltern anrufen«, berichtet der Erzähler zum Schluss, »um zu sagen, dass es mir unendlich leidtue«, aber er erreicht nur ihren Auftragsdienst.[10]

Die Geschichte »Planet Trillaphon«, die Wallace nach seiner Rückkehr ans College in der *Amherst Review* veröffentlichen sollte, war eher thematisch als stilistisch kreativ. Aufbau und Tempo entsprechen gut geschriebener Studentenprosa; Wallace dekonstruierte noch immer fertige Geschichte, um herauszufinden, was sie zusammenhielt. Jahre später prahlte er in einem Interview mit David Lipsky, er habe im College die Begabung besessen, »eine seltsame Art Fälscher zu sein. Ich kann klingen wie beinahe jeder andere.« Hier durchforstete er Pynchon nach Namen und J. D. Salinger nach dem richtigen Ton, aber Salingers gespielte Naivität wirkt wie durch eine Gogol'sche Linse vergrößert, wenn Wallace seinen abendlichen Kampf mit der Akne als surreale Erfahrung beschreibt:

> Es war total schräg, aber vor drei Jahren litt ich in meinem letzten Jahr an der Highschool zunehmend an etwas, das ich im Nachhinein wohl Halluzinationen nennen muss. Ich glaubte, in meinem Gesicht würde neben der Nase eine riesige Wunde

> in der Wange klaffen, eine große, tiefe Fleischwunde [...] Kurz vor dem Schulabschluss [...] wurde es richtig schlimm, wenn ich da die Hand vom Gesicht nahm, sah ich Blut an den Fingerspitzen und Gewebespuren und Schmadder, und ich konnte das Blut sogar riechen [...]. Und als meine Eltern eines Abends mal ausgegangen waren, habe ich Nadel und Faden genommen und versucht die Wunde zu nähen.

Hier tritt sein literarisches Gespür klar hervor. In seiner Prosa ist nichts unwichtig oder überflüssig. Sie vermittelt das Gefühl, das Bewusstsein würde uns täuschen und quälen, uns helfen, eine Mauer zu errichten, hinter der wir uns vor unserem eigenen Ich verstecken können, aber gleichzeitig würde die beglückende Macht der Worte die Verzweiflung der Geschichte lindern, die Hoffnung auf Rettung durch Liebe wecken – ein zarter Ansatz, der schnell weggewischt wird und viele Jahre lang nicht mehr in Wallaces Texten auftauchen wird.[11]

Das Neue und Besondere an »Trillaphon« ist allerdings, mit welcher Genauigkeit der Erzähler eine schwere Depression beschreibt, wie gebannt er einen Geisteszustand veranschaulicht, den er uns eindrücklich begreiflich machen will. Diesen Text kann man schwerlich für eine durchschnittliche Studentengeschichte über Depression halten, die der Erzähler abtut als »einfach eine total intensive Traurigkeit so wie das Gefühl, wenn einem der Hund stirbt [...] und nach ein paar Tagen ist es ganz weg«. Eine echte Depression, betont der Erzähler, ist etwas anderes:

> Ich würde sie damit vergleichen, dass mir total schlecht ist, richtig sterbenselend. Ich versuche mal, das zu erklären. Stell dir vor, dir ist hundeübel. [...] Jetzt stell dir vor, dass deinem ganzen Körper übel ist. [...] Stell dir vor, jeder Zelle, jeder einzelnen Zelle deines Körpers wäre genauso übel wie dir vom Magen her. Und nicht nur deinen eigenen Zellen, auch den E. coli und Laktobazillen, den Mitochondrien, den Basalkörpern, allen ist

übel und sie brodeln und brennen wie Maden in deinem Hals, deinem Hirn, in jeder Ecke, überall, in allem. Allen ist einfach hundeübel. Jetzt stell dir vor, dass jedem einzelnen Atom in jeder einzelnen Zelle deines Körpers so übel ist, unerträglich schlecht. Und jedem Proton und Neutron in jedem Atom [...] aufgequollen, pochend, verfärbt, voll Übelkeit und ohne eine Chance, jemals alles zu erbrechen, um das Gefühl loszuwerden. Jedem Elektron ist schlecht, es trudelt unkontrolliert durch sein Juxhausorbital, wo dicke gelbe und violette Giftgase durcheinanderwabern, alles unwuchtig und schwummrig.

Doch für den Erzähler ist nicht einmal damit das niederdrückende Gefühl einer Depression beschrieben. »Du selbst bist die Üble Sache«, schließt er und greift damit die Schlagzeile auf, die Kafkas Bild auf Wallaces Pinnwand begleitete (»Das Leben selbst war die Krankheit«);

Das ist alles [...]. Du selbst bist die Krankheit. [...] Hier wird dir das alles klar. Und wenn du redegewandt bist, ist das wohl der Moment, [...] wo du in das schwarze Loch blickst und es dein Gesicht trägt. Wo die Üble Sache dich völlig auffrisst, besser gesagt, wo du dich selbst auffrisst. Wo du dich umbringst. Dieses ganze Gerede über Leute, die sich umbringen, wenn sie eine »akute Depression« haben; wir sagen: »Heilige Scheiße, wir müssen sie irgendwie davon abhalten, sich umzubringen!« Das ist falsch. Denn weißt du was? Diese Menschen *haben* sich schon umgebracht, den Teil, der zählt. [...] Wenn sie »Selbstmord begehen«, schaffen sie nur noch Ordnung.[12]

Wallace schickte Washington ein kurzes Gedicht, um seine Rückkehr zum zweiten Semester des Studienjahres 1983–84 anzukündigen:

Rosen sind rot,
Veilchen sind blau,

Mir geht es gut,
Dir, hoffe ich, nicht mau.
Wittgenstein
War 'ne warme Schwester,
Ich komme nach Amherst
Zum neuen Semester.

Charlie McLagan, der vom Haus seiner Eltern in einem Vorort von Chicago aufgebrochen war, holte Wallace mit dem Familienkombi auf der Fahrt nach Osten in Urbana ab. Während sie über die Interstate brausten, hörten sie Joy Division und Brian Eno. McLagan nahm in diesem Jahr eine Auszeit, und Wallace verbrachte eine Woche bei ihm und seinem Mitbewohner in Boston. Auf McLagan wirkte Wallace verändert – zerbrechlich, zögerlich, ständig entschuldigte er sich, ob er den Fernseher zu laut stellte oder die Seife in der Dusche aufbrauchte (er wusch sich die Haare mit Seife, weil er nicht das Shampoo seines Freundes verschwenden wollte). McLagans Mitbewohner witzelte, es würde nicht mehr viel fehlen, bis Wallace sich dafür entschuldigte, dass er Sauerstoff verbrauchte. Silvester besuchten die drei eine Nacktbar in der Combat Zone, dem Rotlichtviertel von Boston. Als Wallace sagte, er finde es deprimierend, meinte McLagan, er sei zu weich. »Das ist das echte Leben«, verkündete er.

Im neuen Semester zeigte Wallace, dass er sich jetzt ernsthaft für Literatur interessierte. Er glaubte, um besser schreiben zu können, müsse er es studieren, genau wie Philosophie. Also belegte er in den nächsten beiden Semestern Kurse über den amerikanischen Roman und moderne britische Lyrik. Im ersten Kurs hatte es ihm vor allem der schwerfällige naturalistische Roman *Gier nach Gold* von Frank Norris angetan, im zweiten das kryptische *Wüste Land* von T. S. Eliot. Er besuchte ein Seminar über literarische Methoden und Theorien und war begeistert von Jacques Derridas Essays »Die zweifache Séance« und »Platons Pharmazie«. Norris' Buch zeigte, wie viel Raum Bizarres in Romanen fand, sogar in vorgeblich realistischen Romanen, während Eliot, dessen Gedicht für seine zahlreichen mehrdeutigen Endnoten berühmt ist, Raum für Selbstreflexion im literarischen Schaffen andeutete. (Wallace sollte später sagen, dass er Endnoten so mochte, weil sie »fast wie eine zweite Stimme im Kopf« waren.) Vom Einfluss dieser drei Autoren sollte Derridas am längsten bei Wallace nachhallen. Seinem Dozenten Andrew Parker erzählte Wallace, er habe sich sehr gefreut, einen Philosophen zu entdecken, der sich für Literatur interessierte.

Die größte Neuerung in Wallaces Leben war das Seminar für kreatives Schreiben, das er belegte. Für ihn war das eine erstaunliche Wahl. Das literarische Umfeld am College gefiel ihm immer noch nicht. Es wirkte auf ihn weibisch und sensibel und egozentrisch. Außerdem war er ein junger Mann aus dem Mittleren Westen, und junge Männer aus dem Mittleren Westen lasen vielleicht Romane oder gaben Seminare oder machten ironische Bemerkungen über sie, aber sie wollten nicht am College lernen, wie man Romane schrieb; fiktionale Texte taugten eigentlich nicht fürs Studium und auch nicht als Arbeit. Der Erzähler in »Planet Trillaphon« fasst wohl Wallaces Haltung zusammen, wenn er über May sagt: »Sie wollte mit dem Schreiben erfundener Geschichten ihren Lebensunterhalt verdienen. Ich sagte, ich wüsste gar nicht, dass das ginge.«

Amherst stand kreativem Schreiben ähnlich skeptisch gegenüber. Das College bot nur ein einziges Seminar dazu an, das dem Fachbereich Anglistik angegliedert war. In diesem Jahr gab Alan Lelchuk das Seminar, der als Gastautor lehrte. Dem erfahrenen Schriftsteller fiel der hagere junge Mann in der hinteren Reihe mit der umgedrehten Baseballmütze und den deutlichen Meinungen gleich auf. Als Wallace eine Geschichte einreichte, urteilte Lelchuk, der Text sei oberflächlich und vertrackt, »Philosophie mit spitzfindigen Bemerkungen«. Hatte der junge Mann einen klugen Gedanken, erinnert sich Lelchuk, war er »eingebettet in drei klugscheißernde Sätze«. Lelchuk ließ Wallace zu einem Gespräch darüber antreten und rechnete damit, der Student würde wütend werden und das Seminar verlassen. Er erklärte Wallace, er könne Philosoph sein oder Schriftsteller, und wenn er Schriftsteller sein wolle, könne Lelchuk helfen; er solle eine Woche darüber nachdenken. Zu seiner Überraschung kam Wallace am nächsten Tag zurück und bat ihn um Hilfe. Lelchuk gefiel das, er dachte, Wallace würde eingestehen, wie viel er zu lernen hatte. Aber insgeheim kochte Wallace vor Wut. Er war wahrscheinlich Amhersts bester Student und erwartete den Respekt, der dieser Position gebührte. Kritik hörte er nicht gern. Aber dann las Lelchuk, der realistische Romane im Stil eines Philip Roth schrieb, einen Auszug aus seinem neuen Roman *Miriam in Her Forties* vor, und Wallace beruhigte sich. An einer Stelle nimmt ein Afroamerikaner die erste Mahlzeit zu sich, nachdem er aus dem Gefängnis entlassen wurde, und erklärt: »Einen Hauch besser als Gefängniskost.« Damit hatte er Wallace und seinen Freunden ihren neuen Dauerbrenner beschert. Bei einem Blick auf das Wetter: »Ein Hauch Regen, oder?« Und auf dem Weg in die Valentine Hall: »Steht dir der Sinn nach etwas Frühstückskost?« Für Wallace verkörperten Lelchuks Bemühungen die typisch plumpe realistische Massenliteratur. Er fand, das könne er besser.

Lelchuk war von Wallaces Texten zwar nie begeistert, aber er erkannte das ungewöhnliche Talent seines Studenten und gab ihm eine Eins minus. Das war die schlechteste Note, die Wallace seit dem ersten Semester bekommen hatte. (In einem Interview erzählte er später, er habe seine Geschichten erst schreiben und dann auf konventionell trimmen müssen, um diese Note zu bekommen.) In den Kursen über Literaturtheorie, Erkenntnistheorie und Ethiktheorien stand er auf Eins plus, in Amerikanischer Literatur nach dem Bürgerkrieg auf einer Eins. Er wurde bei Phi Beta Kappa aufgenommen und gewann drei Collegeauszeichnungen, eine dafür, dass er in seinen ersten drei Jahren die besten Noten bekommen hatte.

Als Wallace im Herbst 1984 zu seinem letzten Studienjahr nach Amherst zurückkehrte, erwartete ihn eine neue Herausforderung. Costello war fort, er hatte mit einem zweifachen summa cum laude abgeschlossen; wie es hieß, als erster Student seit vierzig Jahren. Er hatte zwei Abschlussarbeiten geschrieben, einen Roman und eine Abhandlung über den New Deal. Aus seinem typischen Wetteifer heraus beschloss Wallace, mit seinem Freund gleichzuziehen. In Philosophie interessierte er sich immer noch für die Struktur der Sprache. Seine Begeisterung gehörte jetzt zwar der Literatur, aber dieses extrem formale Gebiet faszinierte ihn nach wie vor, und ihm war klar, dass er nach dem Abschluss eher eine Stelle in einer Philosophischen Fakultät bekommen als vom Schreiben leben könnte. In der Schule hatte er etwas von Richard Taylor gelesen, einem Philosophieprofessor an der Brown University, der 1962 in einer elegant knappen Abhandlung behauptet hatte, die Zukunft sei vorherbestimmt. Taylors Aussagen in »Fatalismus« waren nicht im landläufigen Sinne philosophisch, sondern eigentlich Aussagen über die Schlüsse, die aus der Logik der Sprache folgen. In den Argumenten erkannte Wallace genug Ansatzpunkte für eine Antwort von der Länge einer Abschlussarbeit.

Taylor argumentierte: Weil jede Behauptung per definitionem entweder wahr oder falsch ist, sind im Moment auch alle Aussagen über die Zukunft wahr oder falsch. Doch wenn das stimmt, wie kann unser Handeln das Ergebnis überhaupt kausal beeinflussen? Handeln wir nicht nur gemäß einer Zukunft, die längst in Stein gemeißelt ist? Wallace führte in seiner Arbeit als Beispiel eine Bombe an, die in Amherst explodierte. Sollte ein Terrorist am College eine Atombombe zünden, würde der Campus von einer hohen Strahlendosis verseucht. Wenn also jetzt wahr ist, dass es diese Strahlendosis geben wird, müsste daraus folgen, dass eine Nuklearexplosion stattfindet. Ist die Aussage dagegen jetzt falsch, wird es keine Explosion geben. Aber da die Aussage jetzt entweder wahr oder falsch ist, ist bereits vorherbestimmt, dass das eine oder das andere Resultat eintritt.

Taylors elegante Formulierung wirkte wasserdicht, und sollte sie stimmen, würde sie weitreichende unschöne Auswirkungen nach sich ziehen. Noch wichtiger aber mag für Wallace gewesen sein, dass diese scheinbar einfache Argumentationskette – »Taylors berühmt-berüchtigter Essay«, schrieb Wallace in seiner Arbeit – mit dem Schluss, der freie Wille sei nur eine Illusion, eine Art Wurmloch in der Logik des Universums erzeugte und Wallace schon so reichlich mit der existenten Welt zu kämpfen hatte, dass ihm die Vorstellung eines weiteren Wurmlochs nicht gefiel.

Er war nicht der Erste, der gegen Taylors These argumentierte, und er war beeindruckt, wie gut sie dem Gegenwind bisher standgehalten hatte; es würde nicht leicht werden, sie zu widerlegen. »Der perfekte Nährboden für Magengeschwüre«, schrieb er Professor Kennick. Er wollte Taylor auf seinem eigenen linguistischen und formalen Terrain schlagen. Er behauptete, Taylor habe in seinem Essay zwei leicht verschiedene Formen der Zukunft nicht sauber auseinandergehalten. Es gibt einen Unterschied, erklärte Wallace, zwischen einer Zukunft, die (als Paradox) die Gegenwart formt, und einer Zukunft, die (dem allgemeinen Verständnis entsprechend) durch die Gegenwart geformt wird. Wenn man über die Vergangenheit sagt: »Ich konnte es nicht tun« oder »ich kann es nicht getan haben«, drückt beides etwas anderes aus. Im ersten Fall stellt man die strittige Behauptung auf, dass Ereignisse in der Zukunft die Handlung in der Vergangenheit eingeschränkt hätten, während man im zweiten Fall lediglich feststellt, dass Ereignisse in der Zukunft im Einklang mit der Vergangenheit standen. Taylor, befand Wallace, konnte nur behaupten, dass die Zukunft durch die Gegenwart bestimmt wurde, nicht umgekehrt.

Wallace schrieb seine philosophische Abschlussarbeit in einem zwanglosen Plauderton, der beinahe an die Männerrunden in der Valentine Hall erinnerte. Allerdings erforderte analytische Philosophie eine formale Notation ähnlich der Mathematik. Die beherrschte Wallace nicht, so gut er auch sonst alles nachahmen konnte. Reine Mathematikseminare hatte er in Amherst gemieden, weil er befürchtet hatte, sie könnten seinen Notendurchschnitt senken. Ihm war klar, wie seltsam das wirkte: Mathetheorie zu beherrschen, ohne mathematische Probleme lösen zu können. »Es kommt mir fast vor wie schummeln«, hatte er Washington im dritten Studienjahr geschrieben, »als würde man einem Mädchen den Rock über den Kopf ziehen und es auf den nackten Bauch küssen, bevor man sich auch nur vorstellt oder es auf einen Milchshake oder so einlädt.« Jamie Rucker, ein befreundeter Student, half ihm ein wenig bei den Notationen. Am Rest arbeitete er mit Jay Garfield, einem Juniorprofessor am Hampshire College, der mit anderen die Arbeit betreute. Wallace schloss mit einer Rüge, die aus dem Mund seines Vaters hätte stammen können: »Wenn Taylor und die Fatalisten uns eine metaphysische Schlussfolgerung aufzwingen wollen, müssen sie Metaphysik betreiben, nicht Semantik. Und das erscheint nunmehr vollkommen zutreffend.« Der Prüfungsausschuss Philosophie sprach ihm ein summa cum laude zu. Das restliche Semester verbrachte Wallace damit, anderen Studenten bei ihren Arbeiten zu helfen. »Das war ein tolles Jahr für Abschlussarbeiten«, erinnert sich DeVries.

Im selben Herbst begann Wallace seine zweite Abschlussarbeit, einen Roman, und er merkte sofort, dass ihm das Schreiben besser gefiel, als Taylor zu widerlegen. (Später sollte er sagen, Literatur würde 97 % seines Verstandes beanspruchen, Philosophie nur 50 %.) Auf dem Campus folgte ihm schon leise der Ruf als Schriftsteller. Nachdem er sich mit seinen Freunden beratschlagt hatte, hatte er im vergangenen Semester »Planet Trillaphon« in der *Amherst Review* veröffentlicht, der Literaturzeitschrift des Colleges. »Soweit wir wissen«, schrieben die Herausgeber in der Autorenvorstellung, »hat er diesen Planeten nie verlassen.« Einige Studenten, die den Text kannten, hatten da allerdings ihre Zweifel. Sie hatten das Porträt eines jungen Mannes mit Depressionen zu Recht als teilweise autobiografisch gelesen. Manchmal sah jemand Wallace und erzählte seinen Freunden, das sei der Typ, der mal eine Elektrokrampftherapie bekommen hatte. Sie zeigten sich gegenseitig einen eichenen Querbalken im ehemaligen Verbindungshaus von Chi Phi – in Wallaces letztem

Studienjahr waren Verbindungen vom Campus verbannt – und vertrauten sich mit Kennermiene an, hier habe Wallace versucht, sich zu erhängen. Zum ersten Mal in seinem Leben nahmen die Leute Notiz von ihm, wobei sein Ruf ebenso auf seinem enormen Arbeitseifer gründete wie auf dem Verdacht, er sei geisteskrank.

Besonders bei den Frauen in Amherst erregte er Aufmerksamkeit. Sie bewunderten seine unangepasste Art und seine außergewöhnliche Intelligenz, und sie bewunderten, wie er sie bewunderte. Mit der neu gewonnenen Aufgabe als Schriftsteller, die ihm vielleicht auch Mut gab – »Schriftsteller neigen gattungsmäßig zum Gaffen«, schrieb er später in einem Essay –, taxierte er sie auf eine Art, die er sich vorher nie getraut hätte. Eine, erzählte er seinen Freunden, »schminkt sich geschickt«. Eine andere – die er hübsch fand – hatte »kotzweiße Haut«. Die blassgrünblauen Augen von Washingtons erster Freundin kommentierte er damit, sie bräuchten »etwas Lebensmittelfarbe«. Seine extreme Befangenheit in Bezug auf seinen eigenen Körper wandte sich nach außen und führte zu einer anhaltenden erotischen – eines seiner Lieblingswörter – Fokussierung. Er erinnerte sich daran, dass seine Schwester im ersten Collegejahr mit einer jungen Frau zusammengewohnt hatte, die sehr hübsch war und sehr hässliche Füße hatte, und verwendete diese Beobachtung als eine allgemein anerkannte Wahrheit, mit der er den Roman für seine Abschlussarbeit begann. Mit Schwung und geplagt von Schuldgefühlen, stürzte er sich in Affären und fing an, eine Strichliste zu führen. »Riechst du das, Core?«, fragte er seinen Freund einmal im April, als sie über den Rasen vor der Valentine Dining Hall liefen. »Es ist Frühling. Der Duft von Mösen liegt in der Luft.« Er rauchte Nelkenzigaretten, bekam Kopfschmerzen, nahm Advil, gewöhnte sich die Zigaretten ab und wurde auch die Kopfschmerzen los. Er witzelte, er würde Bayer erst richtig reich machen. Er versuchte mehrmals, mit dem Kiffen aufzuhören, fing dann wieder an, wollte es aber nie recht zugeben. Wenn er high war, stöberte er Washington auf und überredete ihn, im

Lebensmittelladen etwas gegen seinen Heißhunger zu besorgen. »Corey«, fragte er seinen Freund, »hast du nicht Lust auf Chips?«, und dann brachte er ihn dazu, welche für ihn zu kaufen. In seinem Studentenjob als Telefonist saß Wallace an einem Apparat aus den Siebzigern mit großen, eckigen Tasten. Er mochte die bunte Mischung aus Stimmen, die sich meldeten, aus Anrufern, die nach dem Weg, der Campuspolizei oder einer Information fragten, die sie längst haben sollten – die Nummer für den Lieferdienst der beliebtesten Pizzeria rückte Wallace grundsätzlich nicht heraus. In ruhigen Momenten schrieb er Szenen seines Romans.

Wallace sah auch in der Moore Hall fern und erzählte Washington, der Gemeinschaftsraum würde nach den Studentinnen riechen, die dort morgens Sport trieben. Zu den altbekannten Serien gesellten sich *Late Night with David Letterman* und am Wochenende religiöse Sendungen, die ihm bei Teilen seines begonnenen Romans nützlich waren. Aber weil Costello fort war und das Buch gute Fortschritte machte, schrieb er meistens. Als Student im letzten Jahr stand ihm ein eigenes Zimmer zu und damit eine Privatsphäre, wie er sie zuletzt in der Highschool gehabt hatte. Er breitete überall seine Handtücher aus. An die Wand hinter seinem Schreibtisch hängte er das berühmte Foto von Thomas Pynchon als Student mit Hasenzähnen an der Cornell. Abends konnte man Wallace meist in seinem Zimmer oder in der Frost Library beim Schreiben antreffen. Er hatte Dale Peterson kennengelernt, einen Englischdozenten, der ein Seminar über Wahnsinn in der Literatur hielt.[13] Peterson – Wallace nannte ihn den »Wal« – war liebenswürdig und hilfsbereit. Er hatte Wallaces enormes Talent erkannt und wollte ihn ermutigen. Als er Wallaces Arbeit betreute, ließ er ihn einfach machen, was er wollte. Wallace spürte, wie die Worte aus ihm herausströmten, und hielt abergläubisch jeden Tag den gleichen Ablauf ein, damit sie nicht versiegten. Er hatte Charlie McLagan eine Motorradjacke abgekauft und trug sie immer, wenn er an seiner Arbeit schrieb, und ließ zum Beispiel eine Zeit lang immer wieder

»MLK« von U2 und »Born in the USA« von Bruce Springsteen laufen. Zum Schreiben benutzte er billige Stifte von Bic. Wenn er einen verlor, mit dem er gut geschrieben hatte, ging er seine Wege ab, bis er ihn fand, und schrieb mit ihm weiter, bis die Tinte ausging. Diese Stifte, die ihm Glück brachten, nannte er seine »Orgasmuskulis«.

Als der erste Entwurf fertig war, tippte er ihn auf seiner Smith-Corona bis in die frühen Morgenstunden ab und nahm dabei erste Änderungen vor. Er arbeitete so unermüdlich, dass der Student im Nachbarzimmer der Moore sein Bett von der gemeinsamen Wand abrückte. Wallace bat Professor Kennick, sein Büro benutzen zu dürfen, um seinem Nachbarn den Lärm seiner »Blob-artigen« und »ausufernden« Anglistikarbeit zu ersparen. Als McLagan fragte, wie es laufe, antwortete Wallace, das Buch entwickle sich so schnell, als würde sich in seinem Kopf eine Schriftrolle abspulen; er war weniger Autor als Schreiber. Er erzählte Washington, er habe in einer dreistündigen Sitzung vierundzwanzig Seiten geschrieben. Wenn er nicht schrieb, war er so aufgekratzt, dass er in die Turnhalle ging und Sit-ups machte, bis er brechen musste.

Sein Mammutprojekt – die meisten Studenten schrieben nicht mehr als fünfzig Seiten – sprach sich herum, was seine Bekanntheit noch steigerte. Und er war sich nicht zu fein, seine langjährige Unsicherheit mit seinem neuen Ruhm auszugleichen. Nachdem ein Kommilitone ihn im Tennis geschlagen hatte, lud Wallace ihn an seinen Arbeitsplatz in der Bibliothek ein. »Ich schreibe gerade einen Roman mit fünfhundert Seiten«, prahlte er und zeigte ihm sicherheitshalber noch das Manuskript.

Den Anstoß für den Roman, aus dem *Der Besen im System* werden sollte, gab eine hingeworfene Bemerkung einer Freundin, wie Wallace später seinem Lektor erklärte. Sie hatte ihm erzählt, sie wäre lieber eine Figur in einem Roman als ein echter Mensch. »Ich fing an zu überlegen, worin der Unterschied bestand«, schrieb Wallace. Außerdem grübelte er seit einiger Zeit über einen uralten Rat für Schriftsteller nach, den Lelchuk ihm gegeben hatte: »Zeigen, nicht erzählen.« Was sollte das eigentlich heißen, wenn alles Schreiben Erzählen war? Aber wenn Wörter Bilder der Dinge waren, die sie bezeichneten, war dann nicht alles Schreiben auch Zeigen? Mit der letzten Überlegung spann er die Gedanken von Ludwig Wittgenstein (»Onkel Ludwig«) weiter, für dessen Untersuchungen der Beziehung zwischen Sprache und Wirklichkeit sich Wallace zunehmend interessierte. Seine Begeisterung für formale Philosophie schwand, und die entstandene Lücke wurde von Wittgenstein gefüllt. Der Wiener Philosoph hatte zwei sehr unterschiedliche Abhandlungen über Sprache verfasst. In der ersten hatte er als junger Mann geschrieben, die Sprache spiegle die Wirklichkeit wider, und die Vorstellung eines abstrakten Gedankens sei bedeutungslos – Wörter entsprächen der Wirklichkeit auf die gleiche Weise, wie eine Fotografie dem fotografierten Gegenstand entspricht. Nach Wittgenstein folgt daraus, dass man außerhalb seiner selbst nichts mit Sicherheit kennen kann. Diese Feststellung – »der Verlust der gesamten äußeren Welt«, wie Wallace es später in einem Interview ausdrückte – war für ihn beängstigend und gleichzeitig zutiefst faszinierend. Der Anfang des *Tractatus logico-philosophicus*, in dem Wittgenstein seine Theorien darlegte, gehörte für Wallace zu den »zwei schönsten Anfangssätzen in der westlichen Literatur«: »Die Welt ist alles, was der Fall ist.«[14] Sprache – und damit auch das Denken – kann nur beherrschen, wovon wir direkt sinnliche Kenntnis haben können. Das Vorwort des *Tractatus* beginnt mit den Worten: »Dieses Buch wird vielleicht nur der verstehen, der die Gedanken, die darin ausgedrückt sind – oder doch ähnliche Gedanken –, schon selbst einmal gedacht hat.« Wenn irgendein Buch nach Wallace rief, dann dieses.

Aber er wusste auch, dass Wittgenstein seine frühen Überlegungen später umgestoßen und den Schluss gezogen hatte, Sprache sei etwas Gemeinsames, eine Art Schneeballsystem, das sich auf eine allgemeine Anerkennung der Regeln stützte; Wittgenstein bewertete Sprache jetzt als Spiel. Auch dieser Aspekt mit der implizierten Aufforderung, seinen Sinn für Humor und spielerischen Umgang mit Sprache zu entfesseln, sprach Wallace an. Später stellte Wallace die Fragen, die Wittgenstein in ihm aufgeworfen hatte, als trivial und drollig dar. In einem Interview beschrieb er den *Besen* als banal, als eine verstohlene Autobiografie, »eine empfindsame Geschichte eines empfindsamen weißen Oberschichtjungen, der gerade von einer Art Midlife-Crisis von kühl-verkopfter analytischer Mathematik zu einem kühl-verkopften literarischen Ansatz getrieben wurde [...] und die seine Existenzangst, er sei nur eine 37,6 °C warme Rechenmaschine, in die Angst verwandelte, er sei nicht mehr als ein linguistisches Konstrukt«. Damals allerdings waren die Folgerungen aus Wittgensteins Theorien für ihn sehr lebendig. Immerhin war der späte Wittgenstein Wallace in guten und der frühe Wittgenstein Wallace in deprimierten Phasen.

Wallaces literarisches Manuskript und seine philosophische Abschlussarbeit gehörten zusammen: Beide fragten, ob Sprache die Welt beschrieb oder sie auf eine unterschwellige Art definierte und sogar veränderte. Begreifen wir Erlebnisse aufgrund einer objektiven Realität oder vor dem Hintergrund eigener kognitiver Beschränkungen? War Sprache ein Fenster oder ein Käfig? Wallace, mit seinen psychischen Problemen, strebte natürlich eine wahre und aufrichtige Betrachtung an – oder wenigstens eine freundliche, spielerische Illusion. Die starke Verbindung zwischen Sprache und Objekt veranschaulichten Wallace und seine Freunde in der Valentine gern mit ihrem Lieblingsbeispiel. Was war bei einem Besen wichtiger, die Borsten oder der Stiel? Die meisten wählten die Borsten als Antwort, dabei kam es darauf an, was man tun wollte. Zum Fegen waren wirklich die Borsten wichtiger, aber wenn man ein Fenster einschlagen wollte, brauchte man den Stiel.

Wallace ließ seine Geschichte 1990 spielen, in der nahen Zukunft, und um seine philosophischen Fragen herauskramen zu können, erfand er die vierundzwanzigjährige Lenore Stonecipher Beadsman, die vor Kurzem ihren Abschluss am Oberlin College gemacht hatte (während all ihre weiblichen Verwandten Mount Holyoke und die männlichen Amherst besucht hatten). Genau wie Wallace im College arbeitet Lenore als Telefonistin. Und genau wie alle Frauen für Wallace ist auch Lenore ein Rätsel, eine Chiffre, ein Objekt der Begierde für den männlichen Blick. Die »Frau, die immer nur weiße Baumwollkleider und schwarze Converse-Basketballschuhe trägt, gleich einer unergründlichen und beunruhigenden Uniform«, ist eine unbehagliche Seele, die »sich ihre Neurosen zurechtschnitzt wie ein Walfänger einen Walzahn«. Im Innersten sorgt sie sich, ob sie echt oder erfunden ist. Wie ihr Freund Rick Vigorous (Amherst, Abschlussjahrgang 69) bemerkt:

> Sie hatte nur manchmal den Eindruck, also nicht immer, aber in bestimmten, ganz konkreten, überwachen Momenten, als hätte sie außerhalb dessen, was sie sagte, tat und empfand, kein eigenes Leben, weil nämlich genau das nicht mehr ihrer Kontrolle unterlag.

Lenore liegt diese Sorge im Blut: Ihre Urgroßmutter und Namensgeberin Lenore Beadsman, mittlerweile über neunzig und in einem Pflegeheim in der Nähe untergebracht, hat bei Wittgenstein studiert und seine radikale Idee einer unabhängigen Sprache übernommen.[15] Rick sagt über sie:

> Nach allem, was ich weiß, hat sie Lenore eingeredet, sie sei im Besitz von Wörtern mit unvorstellbarer Macht. Wirklich, das ist kein Witz. Nicht von Dingen oder bestimmten Ideen, sondern Wörtern. Diese Frau ist ganz besessen von Wörtern. Die genauen Hintergründe durchschaue ich natürlich nicht und zweifle auch, ob ich das möchte, aber offenbar war sie damals auf dem College eine Art Genie und erwarb sich einen Platz im Graduiertenprogramm der Universität Cambridge. [...] Auf jeden Fall hat sie dort klassische Literatur, Philosophie und wer

> weiß was noch alles studiert, aber ausgerechnet bei einem durchgeknallten Genie namens Wittgenstein, der die Auffassung vertrat, alles auf der Welt sei Sprache. Im Ernst. Wenn dein Auto nicht ansprang, lag der Fehler irgendwo in der Sprache. Liebesunfähigkeit bedeutete, du warst verloren in der Sprache. Verstopfung hatte seine Ursache in einer Blockade linguistischer Sedimente. Ich hielt das ja schon immer für Quatsch.

Er fügt hinzu: »Alle diese Wörter, dieses ominöse Buch, der Glaube an eine Welt aus Wörtern, dazu Lenores Überzeugung, dass ihr das eigene Leben weder gehört noch für sie gedacht ist: Also, ich kann mir nicht helfen, hier stimmt etwas nicht.«

Zu Beginn des Romans ist die ältere Lenore aus ihrem Pflegeheim verschwunden, zusammen mit einer ganzen Handvoll anderer Bewohner. Als Hinweis auf ihren Verbleib hat sie eine Zeichnung eines explodierenden Kopfs zurückgelassen. Lenore macht sich auf die Suche nach ihrer Ahnin, ähnlich wie Oedipa Maas, sie will herausfinden, wo ihre Urgroßmutter abgeblieben ist und was das mit ihrem ontologischen Unwohlsein zu tun hat. Als Begleitung gab Wallace Lenore einen Nymphensittich mit, angelehnt an den Sittich von Dale Peterson, der seine Abschlussarbeit betreute. Im Buch wird daraus Vlad der Pfähler, ein scheußlicher Vogel, der aus der Bibel zitiert und zotige Bemerkungen wiederholt, die er aufgeschnappt hat.

Wallace war noch eine weitere Figur wichtig, LaVache Stonecipher, Lenores Bruder. LaVache ist ein depressiver, brillanter Amherst-Student, der seinen Kommilitonen bei ihren Hausarbeiten hilft und im Gegenzug Drogen bekommt, die er in seinem künstlichen Bein versteckt. (Wallace erzählte, er habe sich im College mit Gras für die Hilfe bei Abschlussarbeiten bezahlen lassen.) LaVache ist die klügste Figur des Romans und spannt sogar Wittgenstein zu seinem Vorteil ein. Zum Beispiel nennt er sein Telefon »Lymphknoten«, damit er ehrlich Nein sagen kann, wenn sein Vater, dem er aus dem Weg gehen will, ihn fragt, ob er ein Telefon hat. Im Gegensatz zu seiner Schwester Lenore bieten

LaVache seine Ironie und Distanziertheit Schutz, doch gleichzeitig ist er gefangen, eine Randfigur ohne Mitte, die buchstäblich nur mit einem Bein auf dem Boden stehen kann. Er verströmt »die ›moralische Klarheit‹ der Unreifen«, wie Wallace es später nannte. »Niemand erwartet von mir, etwas anderes zu sein, als ich bin«, sagt LaVache, »nämlich ein Abfallprodukt, das nichts weiter tut, als sein Bein zu füttern.« Fast unweigerlich sieht man in ihm einen Vorboten von Wallaces Problemen, die sich bald verschärfen sollten. Der Titel des Buches rührte von einem Satz her, den Sally Wallace von ihrer Großmutter übernommen hatte. Wenn sie ihren Kindern Äpfel schmackhaft machen wollte, sagte sie: »Na kommt, das ist der Besen im System.« Wallace gefiel dieses Bild mit dem Anflug von Wittgenstein.

Während der philosophische Grundstein zu Wallaces Buch eindeutig von Wittgenstein gelegt wurde, waren die literarischen Einflüsse noch deutlicher. Wallaces Verstand arbeitete analytisch, und für den *Besen* sezierte er die postmodernen Romane, die er gerne las. Überwältigend ist Pynchons Einfluss, von ihm stammen die Namen, die Atmosphäre leichter Paranoia und der Eindruck eines giftigen, von Medien und Unterhaltung durchtränkten Amerikas. Die unaufgeregten Dialoge voller Wiederholungen übernahm er von Don DeLillo, dessen Romane er während der Arbeit an seinem Buch gelesen hatte. (Einmal überraschte ein Freund, der in Amherst in Teilzeit als Wachmann arbeitete, Wallace an seiner Telefonzentrale, als er gerade *Ratner's Star* durchackerte.)[16] Die genauen, neckischen Beschreibungen der Frauenfiguren wirken wie Anleihen bei Nabokov, bei dem wiederum Pynchon studiert hatte. Die Melange verschiedener Formen – Geschichten in Geschichten, Sitzungsmitschriften, Dienstberichte, Rock-Medleys und durchgeknallte Versatzstücke – stammten auch von Pynchon ebenso wie von anderen Postmodernisten wie Barthelme und John Barth. Wenn Lenore erklärt, East Corinth, die Vorstadt von Cleveland, in der sie wohnt, solle aus der Luft wie die Silhouette von Jayne Mansfield aussehen, denkt man unwillkürlich an Oedipa Maas und ihren ersten Blick auf San Narciso, die erfundene Stadt bei Los Angeles, die in ihren Augen der Leiterplatte eines Transistorradios mit der »festen Entschlossenheit zur Kommunikation« ähnelt.[17]

Die ganze DNA des Buches ist von Pynchon durchsetzt: Man spürt ihn in der Atmosphäre, wenn es um nicht ganz ernst gemeinte firmeninterne Intrigen geht, um Treffen in zwielichtigen Bars und um Psychiater, die hilfebedürftiger als ihre Patienten sind (Dr. Jay ist ebenso wie Dr. Hilarius aus *No. 49* »voll erfreulicher Abweichungen von der orthodoxen Lehrmeinung«). Das ging so weit, dass McLagan ein paar Seiten las, als Wallace ihm das Manuskript zeigte, und es dann zurückgab, weil er keine Zeit für einen Pynchon-Abklatsch hatte. Allerdings war McLagan zu abschätzig. Wallace hatte sehr wohl etwas Eigenes geschrieben. In seinem Buch gibt es feine, aber tiefgreifende Unterschiede. Pynchons Oedipa Maas ist gefühllos, sie rauscht mit einem vagen Eindruck der Unzerstörbarkeit, der in die Sechziger passte, über ein dysfunktionales Amerika hinweg. Dagegen strebt Wallaces Lenore – »eine schöne, kluge, witzige, größtenteils glückliche junge Frau mit allenfalls ein paar kleinen, wenngleich recht interessanten Problemchen«, wie Dr. Jay sie beschreibt – nach Kontakt.[18] Im *Besen* steckt Schmerz. An der Oberfläche mag er noch unbeschwerter klingen als Pynchons Roman, aber direkt darunter brodeln Unbehagen und Sehnsucht. Wallaces Unruhe, seine Angst vor einer Welt, in der nichts Wurzeln hat, und sein tiefes Bemühen herauszufinden, was Frauen wollen und wie man eine Beziehung zu ihnen aufbaut (»Woher weiß man, wann man sie küssen darf?«), sind offensichtlich. Die Grenze zwischen dem Selbst und dem Anderen bleibt Thema: Rick Vigorous hat einen so kleinen Penis, dass er mit Lenore nicht schlafen kann; eine andere Figur, Norman Bombardini, ist derart massig, dass er buchstäblich versucht, sie zu essen, während Lenore selbst fast genauso körperlos wirkt wie ihre Urgroßmutter. Auch das bizarre Auf und Ab von Wallaces Leben in Amherst findet sich wieder, dem College, von dem Wallace genau wie Vigorous fand, es habe »meine emotionale Mitte verschlungen, psychische Krater hinterlassen und den Pendelschlag meiner Gefühle mit dem Hammer der Maßlosigkeit behauen«. Später sollte Wallace das Buch abtun als etwas, das »ein echt schlauer Vierzehnjähriger« geschrieben hatte, aber das ist nicht ganz fair: Dieser Heranwachsende ist nicht nur schlau, er versucht auch, zu kommunizieren.

Im Spätfrühling 1985 bewerteten Dale Peterson und die anderen Mitglieder von Wallaces Prüfungsausschuss den *Besen* mit einer Eins plus, und Wallace konnte mit Costellos doppeltem summa cum laude gleichziehen. Außerdem hatte er etwas Wichtigeres über sich herausgefunden – er wusste jetzt, was er tun wollte. Die Belletristik hielt ihn gepackt wie nichts anderes zuvor, sie riss ihn aus der Zeit und erlöste ihn zum Teil von dem Schmerz, er selbst zu sein. Seinem Mitbewohner erzählte er, wenn er schrieb, »spüre ich meinen Hintern auf dem Stuhl nicht«. Als Costello im Frühjahr vor Wallaces Abschluss den Campus besuchte, lief er auf dem Rasen Kennick in die Arme. »Costello? Ein Freund von Wallace, oder?«, fragte der Professor und verlangte: »Sagen Sie ihm, dass er Philosophie studieren muss.« Costello gab die Botschaft weiter, aber Wallace tat sie mit einem Achselzucken ab.

Kapitel 3

»Westwärts!«

In seinem letzten Collegejahr bewarb Wallace sich für mehrere Programme für kreatives Schreiben. Ihm kam gar nicht der Gedanke, dass er sich einfach irgendwo hinsetzen und schreiben könnte, mit seinem akademischen Hintergrund war der Seminarraum für ihn ein Muss. Außerdem war ihm klar, dass er bei seiner labilen psychischen Verfassung eine Krankenversicherung brauchte, die man nur mit einer festen Anstellung bekam, und dass die einzige Arbeit für einen Schriftsteller das Unterrichten war und er dafür einen MFA brauchte, einen Master of Fine Arts.

Er verschickte ein Kapitel aus dem *Besen* zusammen mit seinen überragenden Zeugnissen und der langen Liste seiner Auszeichnungen. Zusagen kamen unter anderem vom Writers' Workshop der University of Iowa und der Schreibwerkstatt der University of Arizona. Iowa war für diesen Bereich die angesehenste Universität des Landes – was Wallace völlig klar war; er erzählte Costello, Iowa sei »für einen MFA wie Harvard für Juristen« –, allerdings konzentrierte man sich dort auf die Art realistischer Belletristik, die ihn am wenigsten interessierte.[19] Dagegen erhielt er aus Arizona einen verlockenden Brief. »Statt des ›Guru‹-Systems (mit der Tendenz, eine bestimmte ›Schule‹ zu fördern, und mit Studenten, die häufig für einen Meister schreiben oder seinen Stil imitieren)«, erklärte Mary Carter, die Leiterin der Schreibwerkstatt, »fördern wir Vielfalt.« Anders gesagt würde Wallace in Arizona nicht am Ende schreiben müssen wie John

Cheever, wie an den meisten anderen Hochschulen; er würde seiner eigenen Stimme nachgehen können. Das Programm war zwar klein, aber im ganzen Land angesehen, und neben der Zulassung wurde ihm ein Stipendium über 8000 Dollar angeboten. Als Wallace aus Iowa hörte, er müsse die volle Unterrichtsgebühr bezahlen, war der Fall entschieden. Er schickte dem Workshop seine Antwort. »Ich habe kein Geld und muss dorthin gehen, wo ich finanziell unterstützt werde«, machte er ihnen unverblümt klar. McLagan sagte ihm, er solle sich freuen, dass er in den Westen ging. Die Wüste sei wunderschön und die Frauen außergewöhnlich. Bei seiner Abschlussfeier erhielt Wallace mehrere akademische Auszeichnungen, die ihn insgesamt auf zehn brachten, wahrscheinlich ein Rekord für Amherst.

Wallace traf Ende August in Tucson ein. Die Schönheit Arizonas wirkte auf ihn wie eine Offenbarung. Das Licht war anders, beim Anblick der dünenähnlichen Berge kam er sich vor »wie auf dem Mond«. »Es ist wirklich hübsch, wie sie das Licht einfangen, wirklich interessant«, erzählte er seinen Collegefreunden in einem gesprochenen Brief, den sie im Herbst hin und her schickten. »Unfälle«, fuhr er fort, »passieren in Tucson vor allem, weil die Menschen von der Sonne hypnotisiert sind, wenn sie durch die Frontscheiben starren.« Er dachte, zwischen den braunvertrockneten Vorgärten und dem Vorgebirge voller Kakteen könnte er glücklich werden.

Er war bereit für einen Neuanfang. Im Sommer hatten er und Perkins sich endgültig getrennt. Zuerst war er über das Ende der Beziehung erleichtert, aber dann überkamen ihn Schuldgefühle. Er erkannte, dass sein Verhalten in Amherst die Beziehung zu der Frau zerstört hatte, die in seiner schwersten Zeit zu ihm gehalten hatte.

Im Frühsommer beschloss er, von Urbana aus nach Amherst zu fahren und Corey Washington für einen Besuch abzuholen, und als es so weit war, steckte er in einer stummen Krise. Wie mit Rick Vigorous im *Besen* ging auch mit ihm die Fantasie durch.

Perkins war auch in Urbana, und er empfand es als Qual, ihr so nah zu sein. »Was macht sie wohl gerade?«, hörte Washington ihn oft fragen. »Wessen Auto steht jetzt in ihrer Auffahrt?« Wallace stellte sich vor, sie würde mit anderen Männern schlafen. Seine missliche Lage ähnelte dem Dilemma, das seine Mutter nach seinem ersten Zusammenbruch in Amherst heraufbeschworen hatte: Er hatte wieder – zu Recht oder zu Unrecht – das Gefühl, jemand, auf den er sich zutiefst verlassen hatte, habe ihn verraten. Sie hatten es gewagt, seine Wirklichkeit zu verändern. Wallace klammerte sich so fest an seine wenigen emotionalen Gewissheiten, dass es einem vernichtenden Schlag gleichkam, wenn sie plötzlich wegbrachen. Sie entfachten einen Kreislauf aus Schmerz und Desorientiertheit, vermischt mit Schuldgefühlen, die sein Hirn an die Grenze der Erschöpfung trieben.

Washington sah, wie sich sein Freund zurückzog. Wallace sprach nur noch leise und nüchtern, ohne einen Funken Humor. Sie sahen stundenlang zusammen fern. Die Sendungen schienen Wallace zu trösten; sein Freund hielt seine Hand und versuchte, den Kontakt zu ihm zu halten. Im Hintergrund besprachen Wallaces Eltern, was zu tun sei. Sie wirkten auf Washington überraschend wenig überrascht, allerdings hatten sie diese Situation in den letzten Jahren bereits zweimal durchgemacht. Nach zwei Tagen brachten sie ihren Sohn in ein Krankenhaus in der Stadt und entschuldigten sich vielmals bei Washington, der mit dem Bus zurück nach Amherst fuhr.

Wallace verbrachte mehrere Wochen in der psychiatrischen Abteilung des Carle Hospital. Wahrscheinlich zogen die Ärzte in Betracht, er könne unter einer bipolaren Störung leiden und manisch depressiv sein. Dass sein Zusammenbruch auf einen extrem produktiven Frühling folgte, hätte für diese Diagnose gesprochen, aber die Ärzte behandelten ihn mit Nardil, einem MAO-Hemmer, der oft bei atypischen Depressionen eingesetzt wurde. Diese Diagnose – die wichtigsten Charakteristika dafür sind eine Überempfindlichkeit bei persönlicher Zurückweisung und eine rasche psychische Genesung, wenn sich die Umstände bessern – hörte Wallace lieber. Sie klang weniger nach dem Urteil »geisteskrank« als nach der medizinischen Feststellung einer Störung, mit der er sich schon auseinandersetzte. Aber Nardil – in einer Geschichte aus seiner Zeit in Arizona verglich Wallace die Tabletten mit »diesen kleinen runden Red Hots, die wir als Kinder immer gegessen hatten« – war ein älteres Antidepressivum, ein Standardmedikament in den Sechzigern und Siebzigern, das viele Einschränkungen in der Ernährung verlangte. Wallace durfte weder Schokolade essen noch Kaffee trinken, er sollte auch keinen Alkohol und keine Drogen zu sich nehmen. Räucherkäse, Erdnussbutter und Hotdogs waren verboten, und lange gelagerte und fermentierte Nahrungsmittel sollte er ebenso meiden wie Leber. Hielt er sich nicht daran, drohten heftige Kopfschmerzen und ein möglicherweise gefährlich hoher Anstieg des Blutdrucks.

Das Nardil wirkte schnell. Im August verließ Wallace das Krankenhaus und war auf einer Art Höhenflug. Auf dem Weg an seine neue Hochschule unternahm er einen Abstecher nach Los Angeles, um eine junge Frau zu besuchen, die ihm in Amherst nahegestanden hatte. Auf dem College war Wallace eine Beziehung mit Andrea Justus eingegangen, die im Hauptfach Kunst studierte. Justus bewunderte Wallace, der zu dieser Zeit am College eine kleine Berühmtheit war. (Ihr Freundeskreis hatte ihm den Spitznamen »der schlaue Kerl« verpasst.) Sie hatte ihn gebeten, ihre Abschlussarbeit über Gebärden in der Kunst sprachlich aufzupolieren. Sie freundeten sich bald an. Als Justus in Kunstgeschichte mit einer Zwei plus benotet wurde, marschierte Wallace in das Büro ihres Dozenten und wollte wissen, warum sie keine Eins bekommen hatte. Weil Perkins weit weg war, vertiefte Wallace seine Beziehung zu Justus. Sie mochte seine Art zu reden und seinen intensiven Blick – er machte eine Bemerkung über eine seitlich abstehende Wimper, die zuvor niemandem an ihr aufgefallen war. Wallaces Geschichte, er habe sich ein Semester freigenommen, um den Selbstmord eines Freundes zu verarbeiten, berührte sie besonders. Als Justus ihn einlud, auf dem

Weg nach Tucson in Kalifornien vorbeizuschauen, nahm Wallace an. Im August fuhr er nach Los Angeles. Kurz nach seiner Ankunft in Fullerton, einer Stadt in Orange County, rief Sally Wallace an, um der Mutter seiner Freundin zu sagen, dass ihr Sohn ein starkes Antidepressivum nahm und bei bestimmten Lebensmitteln vorsichtig sein musste.

Was Wallace über Südkalifornien wusste, stammte größtenteils aus Büchern, darunter *Die Versteigerung von No. 49,* in dem die erfundene Stadt San Narciso beschrieben wird als »ein weites Feld von Häusern [...], die wie gut gedeihende Saat alle mit der gleichen Geschwindigkeit aus der dunkelbraunen Erde gewachsen waren«. Aber Wallace war guter Stimmung und mochte die Gegend. »Echt großartig«, schrieb er Washington. Noch besser war die Küstenstadt Newport Beach, ein »widerlich kitschiges, protziges Möchtegern-Venedig«. In trübsinnigeren Zeiten konnte er eine solche Umgebung nicht ertragen, aber im Moment erschien ihm die Welt fröhlich und gut. Das Pärchen besuchte eine Party auf einem Boot, das durch die Bucht fuhr und dabei an John Waynes Haus vorbeituckerte. Außerdem verbrachten sie eine Nacht im Hotel Laguna in Laguna Beach, und Wallace überwand seine Angst vor Haien so weit, dass er ins Meer ging, zum zweiten Mal in seinem Leben. Auch das hatte er vielleicht dem Selbstvertrauen und Wohlbefinden durch die erfolgreiche neue Medikamentierung zu verdanken. Justus' Mutter war großzügig und nachsichtig, ganz ähnlich wie seine eigene. Wenn er nicht unter Menschen sein wollte, blieb er allein im Zimmer seiner Freundin, ohne Licht und mit heruntergelassenen Jalousien, und hörte Squeeze und INXS. Er musste sich noch an das Antidepressivum gewöhnen, das oft morgens eine Hochstimmung und nachmittags Müdigkeit auslöste. (Justus' Vater, der selbst Arzt war, wunderte sich nicht, als Wallace bei einer gemeinsamen Fahrt durch Los Angeles im Auto einschlief.) In diesem Sommer wüteten in der Region Flächenbrände, sodass riesige Rauchwolken aufstiegen, und Wallace schrieb Costello, es sei doch erstaunlich zu sehen, wie reiche Angelenos am

Strand den Sonnenuntergang bewunderten, während die Welt brannte.

Nach seinem Besuch nahm er Justus auf die achtstündige Fahrt nach Tucson mit, wo er seine neue Bleibe beziehen wollte. Sie hatte in der Stadt Freunde, und die beiden verbrachten eine so nette Zeit miteinander, dass sie überlegte, auch nach Tucson zu ziehen, was bei Wallace die Alarmglocken schrillen ließ. »Ich bin weder bereit noch fähig, etwas so Ernstes wie damals mit Susie anzufangen«, schrieb er Washington, »und ich kann mir nicht die Verantwortung dafür aufladen, dass [Andrea] meinetwegen herzieht.« Das war nicht seine einzige Erwägung. »Die meisten Mädchen hier sind einfach unglaublich schön, wie ein 10 000 Studentinnen starker Jahrgang 88«, schrieb er. Zum Glück stellte sich heraus, dass es Justus nicht ernster war als ihm. »Sie ist ein atemberaubend vernünftiges Wesen (Salinger-Trope)«, berichtete Wallace, »und wenn sie auf dem Niveau, das wir uns erarbeitet haben, hier wäre, wäre es fabelhaft für mich.«

Justus fand es erstaunlich, wie unpraktisch ihr Freund war. Sie half ihm, mit dem Geld, das er normalerweise in der Sockenschublade aufbewahrte, ein Bankkonto zu eröffnen. Als sie sich seine zukünftige Wohnung ansahen, die er sich mit einem Optikstudenten teilen sollte, stellten sie fest, dass die Wände in »einer Art Uringelb« gestrichen waren und das Ganze, wie Wallace seinen Freunden später in einem gesprochenen Brief erzählte, »in absteigender Reihenfolge nach Lysol, einem anderen Lufterfrischer, sehr, sehr, sehr altem Sperma und noch mehr Urin« roch. Justus drängte ihn, er solle sich eine andere Bleibe suchen, und erinnerte ihn daran, dass er jetzt erwachsen war. (Wallace an Washington: »Stimmt vielleicht nur zur Hälfte.«) Mit der Kaution, die er sich auszahlen ließ, gingen die beiden auf Wohnungssuche. Es dauerte nicht lange, bis Wallace eine kleine Wohnung in der North Cherry Avenue fand, in einem heruntergekommenen Viertel nahe der Uni. Die Anlage sah wie ein überwuchertes Motel aus und bestand größtenteils aus einem Parkplatz; es war eine unschöne Ecke in einer unschönen Stadt, »überall Giftspinnen und totes Gras, Kies, Gewaltverbrechen«, wie er Professor Kennick nach Amherst schrieb.

Trotzdem war Wallace zufrieden. Er hatte eine junge Frau in seiner Nähe, aber nicht zu nah, und einen Ort, an dem er schreiben konnte. Seine Wohnung bot zwei Zimmer, eine Küche und, genau wie in seinem zweiten Collegejahr mit Costello, einen Blick auf einen Müllcontainer. »Ein guter Müllcontainer«, berichtete er seinen Freunden. »Er ist weiß gestrichen. Etwa so groß wie ein kleiner Laster. Wenn der Wind von Norden weht, verströmt er einen recht starken Geruch.«[20] Mit seiner Smith-Corona auf dem Schreibtisch und überall ausgebreiteten Handtüchern richtete er sich häuslich ein. Draußen waren ein Pool und reichlich Palmen. »Ihre Stämme«, erzählte er seinen Freunden, »sind irgendwie fleischig. Und ihre Wedel – sie haben keine Blätter; wenn man sie Blätter nennt, wird man schief angesehen – viele Wedel stehen in Winkeln ab, die an Lovecraft erinnern. Sie halten sich nicht recht an die bekannten Gesetze.« Auch die Schwarzen Witwen überall in Tucson regten seine Fantasie an. »Man grillt sie mit einem Gasbrenner in ihren Netzen und hofft, dass einem ihre trauernden Gefährten nicht von der Palme auf den Kopf fallen.«[21]

Das Beste an dem Zimmer war, dass er darin schrieb. Er konnte stundenlang ohne Unterbrechung arbeiten, rauchte dabei viel – was er sich im letzten Collegejahr angewöhnt hatte – und schrieb mit der Hand auf losem gelbem Papier oder in Notizbücher. Letztere hatten auch die Funktion, »kleine Eingebungen zu schnappen, bevor sie entkommen konnten«. Er fand heraus, dass er nicht nur in seiner kleinen Wohnung schreiben konnte, sondern überall – im Raucherzimmer der Bibliothek, auf einer Bank, in einem Café. Und er brauchte keine Schreibwerkstätten oder Anregungen von Dozenten, um loszulegen; er explodierte förmlich vor Wörtern. Unter anderem konzentrierte er sich auf die Geschichte »Für immer ganz oben« über einen dreizehnjährigen Jungen, der an seinem Geburtstag auf einem Sprungbrett im Schwimmbad steht und über seinen bevorstehenden Sprung ins Erwachsensein sinniert. Der Junge würde gleichzeitig am liebsten wieder nach unten klettern und ins Becken springen. Während er erstarrt auf dem Sprungturm steht, durchlebt er Ängste, die Wallace sicher vertraut waren. »Du bist zu dem Schluss gekommen, dass die Angst hauptsächlich vom Denken kommt«, bemerkt der Erzähler. In den Bedenken des Jungen fängt Wallace seine eigenen ambivalenten Gefühle über den Übergang vom Kind zum Jugendlichen ein (vielleicht auch über die Gefahren des Schreibens). Am Ende springt der Junge, wie es sein muss. »Das Sprungbrett wird nicken, und dann schießt du in die Luft«, erklärt der Erzähler, »und schwarze Augen aus Haut schielen blind in den wolkenscheckigen Himmel, wo nadelspitze Lichtpfeile hinter schroffem Fels versiegen, denn der ist für ewig. Der ist für ewig. Tritt auf die Haut und verschwinde.« Die Geschichte war kein typisches Beispiel für die Art Literatur, für die Wallace sich zunehmend interessierte – wenig später fand er sie sentimental und schwülstig –, aber in der ersten Zeit in Arizona freute er sich einfach darüber, wie leicht ihm alles zuflog.[22]

Kurz nach seiner Ankunft begann das Semester. Von den siebentausend eingeschriebenen Studenten der University of Arizona machten die Teilnehmer der Schreibseminare einen winzigen Teil aus, ähnlich wie Wallaces kleiner Freundeskreis in Amherst. Sie mieteten zusammen Häuser, aßen zusammen, tranken zusammen, bandelten untereinander an und lasen und kommentierten gegenseitig ihre Geschichten. Den symbolischen Nabel ihrer Welt bildete das Poetry Center, ein hübsches Ziegelsteinhaus, aber gearbeitet wurde zum größten Teil in dem hässlichen, recht neuen Gebäude für Moderne Sprachen. Das Programm wurde von Carter geleitet, einer Romanautorin unbekannten Alters.[23] Sie war berühmt dafür, rauchend an ihrem Pult zu stehen und zu schreiben, aber als Wallace nach Arizona kam, hatte sie das Rauchen schon aufgegeben – und damit auch das Schreiben. Das ganze Programm war von Konkurrenzdenken und einer ordentlichen Portion Neid durchzogen, aber Wallace bemerkte das anfangs entweder nicht, oder es war ihm egal. »Hier ist es großartig, Corey«, schrieb er seinem Freund Washington kurz nach seiner Ankunft. »Die Stadt, das Wetter, die Schule, die Frauen, die Studenten im Programm, die Frauen, die Dozenten usw. Ich bleibe mindestens die nächsten drei Jahre hier.«

Für die meisten MFA-Studenten war das Schreiben an sich eine Berufung. Literaturkurse belegten sie nur, um die Bedingungen für ihren Abschluss zu erfüllen. Wallace allerdings interessierte sich immer noch für die Konzepte, die der Literatur zugrunde lagen, und schrieb sich im ersten Semester für ein Seminar über englische Sprachgeschichte ein, was prompt zu dem Versuch führte, eine Geschichte auf Altenglisch zu schreiben. Dazu kam ein Seminar über Literaturtheorie mit dem Schwerpunkt auf Derridas *Grammatologie*. Für Wallace, der den Großteil der Lektüre spätestens aus Amherst kannte, war der Kurs ein Kinderspiel. Er schrieb seinem früheren Theorieprofessor Andrew Parker, er würde es sehr genießen, sich wieder mit schwierigen Texten auseinanderzusetzen, und fragte seinen Dozenten für Literaturtheorie in Arizona, ob er noch einmal *Wahrheit und Methode* von Hans-Georg Gadamer lesen sollte, in dem der Autor den Ansatz kritisiert, die Betrachtung von Literatur zu einer Wissenschaft zu machen. Der Dozent versicherte ihm, es würde genügen, wenn er das Buch einmal gelesen hatte. Er war sich nicht sicher, ob die Frage ernst gemeint war oder nicht oder irgendwas dazwischen. Er wusste nur, dass Wallace mit Abstand sein bester Student war.

Das Belletristikseminar wurde von dem Gastdozenten Richard Elman geleitet, einem Lehrer und erfahrenen Autor von Romanen und Essays. Einmal ließ er seine Studenten im Seminar ihre Geschichten vorlesen, schlief dabei auf seinem Stuhl ein und schnarchte laut. Trotz allem war er intelligent und belesen und hatte bessere Kontakte nach New York und zu Verlegern als jeder andere, den Wallace kannte, was ihn für den ehrgeizigen jungen Studenten interessant machte. Sie tauschten Klatsch aus, spielten zusammen Tennis, und in seinem Seminar las Wallace zum ersten Mal etwas von Gilbert Sorrentino, dessen genaue, fast schon analytische Beschreibung der Kindheit im Roman *Die scheinbare Ablenkung des Sternenlichts* ihn reizte, etwas Ähnliches zu versuchen.

Wallace war kein zögerlicher Erstsemester mehr. Er war gereift, vielleicht nicht emotional, aber sicher im Umgang mit anderen, und in Graduiertenprogrammen, die er schon seit seiner Kindheit kannte, fand er sich leichter zurecht als in seinem Studentenleben an einem schnieken College. Er wusste, wie sich im akademischen Betrieb die Rädchen drehten und wie man ihren Lauf beeinflussen konnte. Nur für das Zwischenmenschliche besaß er immer noch kein gutes Händchen. Oft prahlte er auf eine Art, die auf andere nicht gerade nett wirkte. »Wie gut kennst du Pynchons Werk?«, fragte er etwa, wenn er einen Kommilitonen kennenlernte. »Entschuldigung«, mischte er sich ein, als er zufällig hörte, wie eine Studentin »vertrauensvoll« sagte, obwohl sie offensichtlich »vertrauenswürdig« meinte. »Meine Mutter ist Englischlehrerin, und ich muss dir sagen, dass du das Wort falsch benutzt.« (1999 kommentierte er diese Zeit in einem Interview mit: »Ich war ein ziemlicher Arsch.«)

Wenigstens wurde seine Großspurigkeit immer durch seine höfliche und zuvorkommende Art gemildert. Jeder Dozent war ein »Professor«, alle, die auch nur ein wenig älter waren als er, waren »Mr« oder »Ms«. Manchmal grenzten seine feinen Manieren an eine Parodie. »Nach einer Weile«, erinnert sich der Autor Robert Boswell, der bei Wallaces Studienbeginn als Lehrbeauftragter an dem Programm mitarbeitete, »gewann ich den Eindruck, dass es irgendwie gleichzeitig aufgesetzt und echt war.« Dazu war Wallace auf dem Papier, wo er sich sicherer fühlte als im Mündlichen, sanfter. In den Workshops fielen seine schriftlichen Kommentare zu den Arbeiten seiner Kommilitonen ebenso wohlwollend aus, wie seine mündlichen Bemerkungen bissig sein konnten. Er erkannte das Potenzial ihrer Geschichten. »Verstehe mich nicht falsch: Es gefällt mir«, schrieb er einem Kommilitonen auf die letzte Seite seiner Geschichte, »so sehr, dass du es nicht einfach als ›perfekt‹ beiseitelegen solltest.« Unter seine Unterschrift malte er ein großes fröhliches Gesicht mit riesigen Augen und einer langen senkrechten Linie für die Nase. Seinen Freunden riet er oft, sie sollten die negativen Bewertungen ihrer Dozenten ignorieren und sich daran halten, was ihnen richtig erschien.

Wallace freundete sich vor allem mit anderen Studenten aus dem Mittleren Westen an. Sie waren leichter einzuschätzen und hatten die gradlinige Art, mit der er aufgewachsen war. In Elmans Seminar lernte er Heather Aronson aus Iowa und Forrest Ashby aus St. Louis kennen. Wallace versuchte auf seine erprobte Art, sich mit ihnen anzufreunden: Er fragte sie, wie sie sich als Schriftsteller bezeichnen konnten, ohne Derrida gelesen zu haben, aber das schreckte sie nicht ab. Der sportliche Ashby spielte mit Wallace Tennis und war beeindruckt von seinem Talent. Als Aronson sich einmal vor den Schwarzen Witwen in ihrem Haus fürchtete, eilte Wallace mit einer Schutzbrille und einem Gasbrenner zur Rettung. Bei gemeinsamen Treffen hörten die beiden anderen Wallace liebend gern zu, und sie waren betroffen, als Wallace erzählte, er habe nach dem Selbstmord eines Freundes für ein Jahr das College verlassen.

Er sammelte bei ihnen Material, genau wie bei allen anderen. Ashby erzählte ihm, er habe seiner neugeborenen Schwester die Füße geküsst, weil er Mumps hatte. Wenig später tauchte diese Geschichte in »Für immer ganz oben« auf, genauso die »sehr weiche, gelbe Decke« aus Ashbys Kindheit.[24] Als sie an einem anderen Abend Kansas City und St. Louis dabei zusahen, wie sie sich Plätze in der World Series sicherten, machte Wallace ihre Gin Tonics unauffällig stärker. Wie hatten sie ihre Jungfräulichkeit verloren, wollte er wissen. Er behauptete, er habe einen hervorragenden Gaydar, war dann aber überrascht, als er erfuhr, dass Ashby schwul war.

Mittlerweile hatte Wallace erkannt, dass die »perfekt symmetrischen« Universitätsschönheiten in Arizona sich nicht für ihn interessierten. In seinen altbackenen Langarmshirts, seinen

Timberlands und der geliebten Lederjacke von McLagan entsprach er kaum dem lockeren, sonnigen Prototyp in Arizona. Also wandte er sich den Frauen in seinem MFA-Programm zu. »Die Mädchen in der Schreibwerkstatt sind auf eine andere Art erotisch«, berichtete er seinen Freunden in Amherst. »Sie haben eine Vorliebe für Sandalen. Lange Haare. Die Achseln sehen nicht so häufig Rasierer, wie ich es mir wünschen würde.« Immerhin räumte er ein, sie würden auf »eine mystische, versonnene, leicht abgedrehte Art erotisch wirken«.

Im Herbst lernte Wallace bei einer Party unter dem Motto »Scheiß auf Kunst. Jetzt wird getanzt« Gale Walden kennen, eine junge Lyrikerin. Sie stammte aus der Nähe von Chicago und verkörperte alles, was in seinem rationalen Elternhaus mit Skepsis betrachtet wurde. Ihr Denken war elliptisch, voller Fantasie und schien eine entspanntere Beziehung zur Realität zu verheißen. Sie las ihr Horoskop, besaß Tarotkarten und trug im heißen Arizona altmodische perlenbestickte Pullover.

Wallace fand Waldens Selbstständigkeit und ihr reizvoll derangiertes Äußeres anziehend. (»Schlabberiger Sex-Appeal zieht Erdedy an wie ein hell erleuchtetes Fenster eine wohlerzogene Motte«, schreibt Wallace über eine seiner Figuren im *Unendlichen Spaß*.) Außerdem kannte sich Walden mit einer Art Lyrik aus, mit der Wallace sich noch nie beschäftigt hatte, und in der es nicht wie bei Eliot um Ideen ging, sondern um Gefühle. Sie nannte ihn »David« statt »Dave«. Er verbesserte ihre Grammatik und brachte ihr Geschichte bei.

Walden war nicht sicher, ob sie sich mit Wallace einlassen sollte. Sie war vier Jahre älter und fand ihn unreif, »fast, als würde er nicht reden, sondern zwitschern«, erinnert sie sich. Sie klapperte ihre Freundinnen ab und fragte: »Soll ich was mit ihm anfangen?« Um ihr bei der Entscheidung zu helfen, bombardierte er sie mit Briefen, sprang aus Büschen hervor, um sie zu überraschen, und schrieb ihr einen Beileidsbrief, als ihr Hund starb. Mit diesem Brief brachte er sie dazu, sich mit ihm fürs Kino zu verabreden, und als der Film ausverkauft war, gingen sie in ein Café, wo Wallace sie mit seinem brillanten Verstand für sich gewinnen konnte.

Bald wurde aus den beiden ein Paar, das jeder im Programm kannte – er das verstandesbetonte Genie, sie die gefühlsbetonte Schönheit. Sie einigten sich darauf, dass sie nicht Tennis spielen und er nicht tanzen musste. Den Altersunterschied teilten sie unter sich auf: Er würde sich zwei Jahre älter machen, sie sich zwei Jahre jünger. Walden erinnerte sich, dass sie so über die Zukunft reden und sagen konnten: »Wenn wir dreißig sind ...« Er begleitete sie zu ihren Lyrikseminaren. Eines Abends schaute Wallace bei seiner alten Freundin Andrea Justus vorbei, um sich ihr Auto zu leihen, und fuhr am Ende mit ihr zu einem seiner Lieblingsorte in den Bergen. Sie setzten sich auf die Motorhaube des Wagens, betrachteten die glitzernde Stadt unter sich, und er testete an, ob sie wirklich so atemberaubend vernünftig war, indem er ihr von der außergewöhnlichen, schönen und begabten Frau erzählte, mit der er jetzt zusammen war. (Justus reagierte verärgert.) Eine Freundin wie Walden war für Wallace neu: Bisher hatte es ihn zu Frauen gezogen, die ihm zu sicherem Stand verhalfen und ihn, wenn nötig, retteten. Jetzt hatte er eine Muse gefunden, die seine Kreativität anspornte. Costello ließ er wissen, er habe eine epochale Schönheit gefunden.

Bei Susie Perkins, einem Mädchen aus seiner Heimatstadt, hatte Wallace ganz er selbst sein können, aber bei Walden hatte er das Gefühl, er müsse ihr etwas vorspielen, was ihm bei seinem natürlichen Hang zu Rätseln und Geheimnissen nicht schwerfiel. Weil sie Musiker mochte, spielte er ihr ein Album der Zumbyes vor, einer angesehenen A-cappella-Truppe aus Amherst, und behauptete, eine der Stimmen sei seine. Dann musste er seine Freunde aus Amherst bitten, ihn nicht zu verraten.[25] Ihre Beziehung hatte etwas Mythopoetisches, Sprunghaftes. Einmal verlangte Walden, Wallace solle ihr ein Burgerbrötchen ohne Burger besorgen. Wallace verschwand für zwei Stunden und erzählte anschließend, er habe sich mit einem Kassierer bei McDonald's angelegt.

Aber vor allem schrieb Wallace wieder. Er fing mit neuen Geschichten an und überarbeitete alte. Die Arbeit ging ihm schnell und leicht von der Hand. Wenn er aufsah, waren Stunden vergangen. Er entwickelte sich zu einer anderen Art Schriftsteller. Die Verwandlung ging langsam vor sich, und er verlor nie ganz sein Interesse an Wörtern und Spielen und der Frage, woher wir über die Welt wissen, was wir wissen, den Dingen, die den *Besen* ausmachten, aber es ging in eine neue Richtung. Was er über Literaturtheorie las, spornte ihn an, über diese Nabelschau hinauszuwachsen und eine neue Art des Schreibens für sich zu entdecken.

Wallace war nicht der Einzige, der auf eine neue Art schreiben wollte, dieses Ziel teilt jede neue literarische Generation. Von den Zwanzigern bis zu den Fünfzigern hatten sich die meisten Autoren der Moderne verschrieben, sie betonten psychologische Subjektivität und nahmen nicht mehr für sich in Anspruch, über objektives Wissen zu verfügen. Viele Autoren der Sechziger und Siebziger stellten angesichts eines hässlichen Amerikas, das von der Kultur der Massenmedien durchtränkt war, die Oberflächlichkeit des literarischen Schaffens selbst in den Vordergrund. Wallace lagen natürlich viele Autoren dieser postmodernen Bewegung sehr am Herzen, besonders Barthelme (der, wie er später sagte, auf dem College »meinen Jackpot knackte«) und Pynchon, den er, ähnlich wie Bombardini im *Besen im System*, verschlungen hatte.

Aber die Autoren, die Wallaces Generation direkt vorausgingen, hatten einen deutlich anderen Weg eingeschlagen. Sie waren bestrebt, ihre Texte kurz zu halten und einen ausgeblichenen Realismus zu präsentieren. Das Leben wog schwer, das Dasein bot nur wenige Möglichkeiten für Freude oder Erlösung. Im Minimalismus transportierten einfache Sätze große Bedeutung, und der Besuch einer Kellnerin im K-Mart kündete von Elend und vertanen Chancen. Das war die Welt, wie Raymond Carver sie sah und seine Tausenden Nachfolger sie interpretierten.[26]

Als Wallace sein Studium in Arizona aufnahm, schrieben MFA-Studenten in ganz Amerika an Geschichten im minimalistischen Stil und rührten an den Überdruss und die Enttäuschung über eine Welt, die sie vor allem von anderen Minimalisten kannten. Der Haltung der Minimalisten gegenüber Amerika und dem lähmenden Einfluss des Landes auf seine Bewohner stimmte Wallace zu, aber ihm gefiel nicht, wie klaustrophobisch ihre Texte in Form und Sprache wirkten. Minimalistische Geschichten verschafften dem Leser keinen Eindruck davon, wie es sich für ihre Figuren anfühlen würde, die Probleme des echten Lebens auszuhalten. Im Grunde glichen sie einem Unwohlsein, das man sich beschaulich ins Gedächtnis ruft. Während Wallace fraglos wusste, wie es sich anfühlte, von den Impulsen des modernen Lebens überwältigt zu werden – wenn er unter Stress stand, reagierte er auf sie sogar deutlich extremer, als irgendwer ahnte –, wollte er Erfahrungen nicht auf diese Art nachbilden. Als Autor wollte er alles umfassen, alles einbeziehen, er war ein Maximalist, der jeden Aspekt Amerikas einfangen wollte.

Die meisten Dozenten in Arizona waren keine großen Freunde der Postmoderne, sie verbanden sie mit einer anderen Zeit und anderen Umständen und einer Affektiertheit, die in einer durch und durch amerikanischen Geschichte nichts zu suchen hatte. Vom Minimalismus hielten sie allerdings auch nichts, er wirkte auf sie wie eine Modeerscheinung. Daran störte sie vor allem ein Element, das Wallace bewunderte. Elman gab seinen Studenten *Ein starker Abgang* von Jay McInerney und *Unter Null* von Bret Easton Ellis zu lesen. Ellis und McInerney waren durch und durch Minimalisten, die es langweilte, gelangweilt zu sein. Mitte der Achtziger waren die Bücher des Brat Pack, wie die Autoren genannt wurden, zur Pflichtlektüre der begüterten, gebildeten jungen Generation geworden. Wie es vorauszusehen war, verrissen die Studenten in Elmans Seminar die schlichten Handlungsabläufe und Schilderungen, die auf die Tränendrüse drückten. Wallace war allerdings nur teilweise ihrer Meinung. Ihn interessierte, wie ihre einfachen Erzählungen den Leser packten und festhielten, und wie Ellis mit Markennamen kulturelle Informationen wie Status und sogar Gefühlslagen knapp veranschaulichte. »Worüber sollen wir sonst schreiben?«, wollte er wissen. »Über Pferde und Kutschen?«[27]

Was den Dozenten in Arizona dagegen gefiel, waren wohlgeformte realistische Kurzgeschichten. Wohlgeformte Geschichten konnte man lehren, mit Anmerkungen versehen und dem jeweiligen Talent anpassen. Die meisten Dozenten hatten selbst im Iowa Writers' Workshop gelernt, wo solche Geschichten die Regel waren. Ihrer Meinung nach sollten Geschichten von den Figuren getragen werden; sie wollten Spannungsbögen haben und Krisen, die zu Erleuchtungen führten. Damit Geschichten funktionierten, sollten die Leser vor allem wissen, um wen es ging und warum die Ereignisse in der Geschichte so wichtig für die Hauptfigur waren. »Zeigen Sie uns, was für die Figur auf dem Spiel steht«, verlangten die Dozenten immer wieder, genauso wie: »Warum erzählt er oder sie uns diese Geschichte?«

Als Wallace sich an der Universität einschrieb, wusste er wahrscheinlich nicht viel über die Dozenten dort. Mary Carter hatte in ihrer Zusage kein Programm beschrieben, das den Schwerpunkt auf realistische Literatur legte, im Gegenteil. Aber Wallace begriff bald, dass die Dozenten in Arizona etwas anderes wollten als er. Er hatte mittlerweile einen Punkt erreicht, an dem er sich weniger für konventionelles Erzählen interessierte und sich eher an Form und Stimme ausprobieren wollte. Im *Besen*, fand er, habe er die Leser unterhalten, jetzt wollte er sehen, was er noch mit ihnen tun konnte. Und nachdem ihm klar geworden war, dass diese Fragen in Arizona nicht zur Diskussion standen, genoss er die folgenden Kontroversen vielleicht sogar – bei Lelchuk hatte er gemerkt, dass Widerspruch ihn anregte. Möglicherweise provozierte er die Dozenten sogar absichtlich.

Im ersten Semester wurde der Workshop von Jonathan Penner geleitet, der selbst am Iowa Workshop teilgenommen hatte und vorwiegend wohlgestaltete realistische Romane voll präziser Beobachtungen verfasste. Penner, damals in den Vierzigern, hatte Wallaces Bewerbung unterstützt, weil er von dem eingereichten Kapitel des *Besens* begeistert war, in dem zwei Anwärter für eine Studentenverbindung aus Amherst in das Wohnheimzimmer von Lenores Schwester platzen und sie und ihre Mitbewohnerin dazu bringen, auf ihren Hinterteilen zu unterschreiben. Diese Szene ist ein Rückblick ins Jahr 1981 und ganz anders als der Rest des Buches. Wer nur diese Seiten kennt, könnte meinen, Wallace habe eine deftige, schwungvolle Geschichte geschrieben, ein Bravourstück im Stil des frühen Philip Roth oder eine Fortschreibung von Terry Southern – vielleicht sogar von Lelchuk.[28] Als Penner Wallaces neue Beiträge für den Workshop las, stellte er überrascht fest, dass offenbar ein ganz anders gearteter Autor nach Tucson gekommen war. An die Stelle der kraftvollen Komik und sprachlichen Gewandtheit war ein experimenteller, selbstreferenzieller und gewollt uneleganter Stil getreten. Wallace spielte mit den erzählerischen Elementen und ordnete sie neu, um zu sehen, ob ihn etwas ansprang. Gleichzeitig probierte er das gesamte Handwerkszeug der Postmoderne durch. Unter anderem wollte er so eine Mauer zwischen dem Schreiben und der Freude des Schreibens errichten. Zum Einstieg in »Hier und dort«, die erste Geschichte, die Wallace einreichte, parodierte er typische minimalistische Anfänge: »Ich küsse ihr bitteres Foto. Es ist milchig vom Küssen. Ich erkenne den Umriss meiner Lippen auf ihrem Bild. Ich lerne weiterhin von ihr, ohne dass sie das weiß.«

Im gleichen Stil geht es weiter. Bruce, der für Wallace steht, hat es aus der Bahn geworfen, dass seine Freundin – »eine gewisse kühle, straffe, schmalhüftige undsoweiter Studentin an der Indiana University« –, ihrerseits als Geliebte mit Helfersyndrom an Susie Perkins angelehnt, die Beziehung beendet hat. In einer überzeichneten Version der typischen Collegetrennungsgeschichte grübelt er auf der Fahrt zu älteren Verwandten in Maine, im fiktiven Prosopopoeia (wörtlich »eine Maske aufsetzen«, aber auch die rhetorische Figur, einem abwesenden Sprecher eine

Stimme zu verleihen)[29] darüber nach, was schiefgelaufen ist. Das frühere Paar und sein Therapeut unterhalten sich in dem Raum, den der Rhythmus der Straße in Bruces Gedanken eröffnet, die ganze Geschichte wird in Rückblenden erzählt, wie ein erinnerter Tanz dreier Stimmen.

Wie wir erfahren, zerbrach die Beziehung unter anderem an Bruces Wunsch, »der erste wahrhaft große Dichter der Technologie« zu werden. Worauf der Therapeut (in dem anscheinend etwas von Lelchuk oder Penner steckt) einwirft:

> Bruce, also, ich sehe mich veranlasst, dich daran zu erinnern, dass sich eine Fiktionstherapie, die Erfolg haben soll, in dem angestrengten, man könnte sogar sagen hart eingeschränkten, definierten und strukturierten Raum verorten muss, in dem sie agiert. Sie muss als Text angenommen werden, das heißt als Fiktion, das heißt als Projekt.

Bruce entgegnet ungerührt: »Eine solche Fiktion interessiert mich nicht«, und verkündet anschließend sein Manifest über eine andere Art des Schreibens (und eine neue Form der Beziehung):

> Keine singuläre Telizität mehr, Kontemplationen, warmer Kleeatem, wogende Brüste, Geschichten als Symbol, Kolosse; kein Mensch mehr, Faust an der Stirn oder Hand am Dekolleté, verstanden im Sinn einer stampfenden, dröhnenden, erhitzten Natur, ihrerseits begriffen als gefärbt, geformt, umgeben von Düften, sinnstiftend kraft Qualitäten. Keine Qualitäten mehr. Keine Metaphern mehr. Gödelnummern, kontextfreie Grammatiken, Zustandsautomaten, Korrelationsfunktionen und Spektren. Hier nicht sinnlich, sondern kausal verstanden, hier wirksam. Hier im intimsten Sinne. [...] Ich sehe mich zugegebenermaßen als Ästhetiker der Kälte, der Neuheit, der Richtigkeit, des wahren und makellosen Hiers.

Während die Kilometer vorbeiziehen, klammert sich Bruce zwischen den Tiraden seiner Exfreundin und seines Schreibdozenten mit Mühe an seine Vision einer Fiktion, deren »Bedeutung rein sein« soll. Das Ende der Geschichte gestaltet sich traditioneller, als Bruce versucht, den kaputten Ofen seiner Verwandten neu anzuschließen, und dabei feststellen muss, dass er trotz seines Ingenieursdiploms vom MIT keine Ahnung hat, wie das Gerät funktioniert. Der Leser vermutet an dieser Stelle allerdings eine weitere Parodie, eine Subversion des ordentlichen Endes und des klassischen Bildes von Heim und Herd für die Familie.

Als Wallace »Hier und dort« in Penners Workshop vorstellte, waren die Studenten beeindruckt. Während sie bemüht waren, sich in die Grenzen der wohlgestalteten Geschichte einzupassen, bemühte Wallace sich, diese Grenzen zu überwinden. Penner dagegen beurteilte die Geschichte als »geschwätzig, träge und langweilig«.[30] Als Nächstes stellte Wallace »Liebe« vor, eine Geschichte in der Geschichte aus dem *Besen*, in der sich Donald und Evelyn Slotnik mit ihrem Nachbarn Fieldbinder über einen anderen Nachbarn unterhalten, der möglicherweise dem Sohn der Slotniks nachstellt. Dann folgte »Solomon Silverfish«, eine Geschichte über einen jüdischen Anwalt, dessen Frau an Krebs starb. Über den Großteil der fast dreißig Seiten hält sich die Geschichte genau – beinahe spöttisch genau – an die narrativen Spielregeln. Der Blickwinkel wechselt brav von einer Figur zur nächsten, jede spricht mit ihrer eigenen Stimme: »Sophie ist Solomons Ein und Alles, und umgekehrt, denkt Mrs. Solomon, so viel Glück und Freude in diesen zweiunddreißig Jahren, dass es nicht gereicht hätte, Gott auf Knien zu danken.« Doch in der letzten Szene bricht ein magischer Moment hervor, der zu Malamud gepasst hätte, ein glückseliger Liebesakt auf einem Friedhof, der zufällig von dem vorbeifahrenden, mit Heroin vollgepumpten Zuhälter Too Pretty beobachtet wird:

> Ich renk mir fast den Hals aus, wie sie es meinem Kumpel im Stehen besorgt, sie treiben's wie die Kinder, zu sauber, zu glück-

> lich, mein Alter mit dem Arsch aufm Marmor, und ich höre nix, nur mein Atmen und … so ein hohes, schwaches Heulen von dem brennenden Tor, und die Steine blitzen in der Sonne, als hätten sie selbst Feuer in sich drin.

»Sie haben hier eine gute, bewegende Geschichte, David«, schrieb Penner dazu. »Sie ist etwa halb so lang.«[31] Penner war selbst jüdisch-konservativ und fand es »ein wenig beleidigend«, dass Wallace Juden zum Ziel seiner Komödien machte; er erinnert sich, dass er sich fragte, warum Wallace immer wieder Geschichten über Figuren mit seiner eigenen Religionszugehörigkeit bei ihm einreichte. Einige Kommilitonen vermuteten, dass Wallace so einen Dozenten triezen wollte, der ihn nicht so lobte, wie er es erwartete. Wenn das stimmte, funktionierte es möglicherweise. Penner erkannte Wallaces Talent und hatte das Gefühl, er würde es missbrauchen. Einmal nahm er Wallace beiseite und erklärte ihm, wenn er weiter so schriebe wie bisher, würden »wir es sehr bedauern, Sie zu verlieren«.[32]

Penner dachte, er würde Wallace bloß die Hilfe geben, die er in Arizona gesucht hatte, aber Wallace war fassungslos und wütend und gleichzeitig aufgekratzt. Wie so oft, wenn man ihn reizte, reagierte er mit Humor. Im Freundeskreis ahmte er gern Penners Eigenarten nach, wobei das Hämorrhoidenkissen, das der Dozent mit in den Seminarraum brachte, ein gefundenes Fressen war. Er schloss sich Penners sonntäglichen Basketballspielen an. Wallace beschränkte sich nicht mehr auf schüchterne Hakenwürfe. Er genoss das Kräftemessen mit seinem Dozenten auf einem säuberlich gefegten Feld. (Penner war berühmt dafür, dass er vor den Spielen jedes Steinchen vom Platz fegte.)

Als im Dezember ein kleines Apartment in einer Reihe Bungalows in der East Adams Street frei wurde, wo schon einige andere Studenten aus dem Schreibprogramm wohnten, zog Wallace um. Mitsamt Büchern und Handtüchern siedelte er in die »casita« über. Die Miete war günstig, und sie konnten Waldens neuen

Welpen Jonson über Nacht bei sich behalten. (In der Wohnung in der North Cherry Avenue waren Haustiere verboten gewesen.) Im Bungalow lief nur ein Verdunstungskühler, und Wallace, der auch stark schwitzte, wenn er nicht von Angstschüben geschüttelt wurde, gewöhnte sich an, sein Tennisstirnband auch außerhalb des Platzes zu tragen. Während der Monate in Arizona ließ er sich die Haare wachsen, und das Stirnband hatte den Vorteil, dass sie ihm nicht ins Gesicht hingen. Er fühlte sich wohl damit – es war Teil seiner Ablehnung gegenüber der Konformität des Mittleren Westens, ein kleiner Schock für die Bourgeoisie und hielt ihm außerdem den Schweiß aus den Augen –, und so probierte er verschiedene Kopftücher aus, um zu sehen, wie die Leute reagierten. Ab und zu lieh er sich Tücher von Walden. Einmal mopste er eine türkisfarbene Schärpe von Heather Aronson und band sie sich um den Kopf. Ihre Schwester Jaci, die in derselben Stadt wohnte, sagte ihm, er würde aussehen wie jemand von Kajagoogoo.

Für Wallace war seine Arbeit in Arizona neu und anregend. *Der Besen im System* gehörte seiner kreativen Vergangenheit an, aber ihm war klar, wie wichtig eine Veröffentlichung war. Er wollte sich endlich einen Namen machen. Unter den Dozenten hörte er sich nach jemandem um, der sein Manuskript lesen und Verbesserungsvorschläge machen würde, fand aber keinen Abnehmer. Die Aussicht, für ein umfangreiches Studentenprojekt mit postmodernem Einschlag Zeit aufzuwenden, wollte niemanden reizen. Deshalb bat Wallace kurz nach seiner Ankunft Boswell um Hilfe. Boswell, der das Programm mit Bravour absolviert hatte, machte Anmerkungen zum Buch und riet Wallace zu einem Agenten. Sein Freund solle fünfzehn Seiten an fünfzehn verschiedene Literaturagenturen schicken und sehen, wer zuerst reagierte. Nach wenig mehr als einem Monat in Tucson hatte Wallace ein abgabefertiges Manuskript. Ein neckisches Begleitschreiben lag bei:

> Mir wurde von Menschen, denen man ihrer Position nach ein Urteil zutrauen dürfte, versichert, *Der Besen im System* sei nicht nur unterhaltsam und marktgängig, sondern wirklich gut, vor allem für das erste große Projekt eines sehr jungen Schriftstellers (wenn auch nicht jünger als manch andere – Ellis, Leavitt –, deren Romane auch wegen des verständlichen Interesses der Leser an neuer, junger Literatur erfolgreich waren).

Er legte ein Kapitel aus der Mitte des Buches bei und erklärte, der Anfang würde den Leser nur verwirren, »weil der Roman keine durchgehend lineare, diachrone Struktur besitzt«. Vielleicht hatte er aus seiner Erfahrung mit Penner gelernt, dass bestimmte Kapitel den Leser nicht richtig auf die bevorstehende Mischung aus Parodie, Philosophie und Wittgenstein'schem Witz vorbereiteten. Eines der Päckchen gelangte zur Agentur Frederick Hill Associates in San Francisco, wo es von Bonnie Nadell geöffnet wurde. Sie war neu in der Agentur und hatte zuvor in der Lizenzabteilung von Simon & Schuster gearbeitet, als *Unter Null* veröffentlicht wurde. Nadell gefiel der großspurige Ton des Briefs, und sie war von dem Wort »diachron« beeindruckt, das sie nicht kannte. Beim Lesen sprach sie die kraftvolle Komik des Kapitels an. Der Ton erinnerte sie an Pynchon, mit dem sie sich auf dem College beschäftigt hatte. Nadell bat um weitere Manuskriptseiten. Nicht lange, nachdem Wallace ihr den Rest geschickt hatte, nahm sie den Roman an. Bei ihrem ersten Telefonat nannte Wallace sie »Ms Nadell«, bis er herausfand, dass sie nur ein Jahr älter war als er. Er hatte so wenig Geld, dass er sie bat, für ihn eine Kopie des Romans anzufertigen. »Stellen Sie sich einen jungen Mann vor, der von Keksen und Kool-Aid mit Traubengeschmack lebt [...] und dann versuchen Sie mal, nicht gerührt zu sein.« Nadell hatte leider auch kein Geld und brachte eine Freundin bei einem Verlag dazu, den Roman zu kopieren.

Weil es schon einen bekannten Schriftsteller namens David Rains Wallace gab, schlug Nadells Chef Fred Hill, der früher für Sierra Club Books gearbeitet hatte, vor, Wallace solle seinen vollen Namen benutzen. Wallace behauptete später, diese Änderung seines Namens sei gegen seinen Willen geschehen – »Ich hätte mich auch Seymour Arschl genannt, wenn er mir das gesagt hätte«, schrieb er Don DeLillo zwanzig Jahre später –, aber in Nadells Erinnerung war Wallace mit seinem neuen dreiteiligen Namen zufrieden. Er hatte schon als kleiner Junge verschiedene Namensvarianten ausprobiert, und diese war als Hommage an seine literaturbeflissene Mutter passend.

Nach Thanksgiving schickte Nadell den Roman an mehrere Lektoren, unter anderem an Gerry Howard bei Viking Penguin, der sofort antwortete. Howard hegte eine Vorliebe für die Postmoderne und nostalgische Gefühle für die literarische Kultur, der sie entstammte. Er liebte Wörter und Wortspiele und Literatur, die den künstlichen Aspekt des Erzählens offenlegte. Pynchons Werke kannte er in- und auswendig, und er hatte eine Sammlung mit Prosatexten aus den Sechzigern herausgegeben. Allerdings fand er, der *Besen* sei anders, er würde die postmodernen Ansätze auf eine neue Art verwenden. Beim Lesen des Manuskripts dachte er, er habe etwas wirklich Neues vor sich, »eine Vorahnung der Zukunft amerikanischer Literatur«. Er erinnert sich: »Er transportierte nicht nur einen Stil, sondern ein Gefühl, eine spielerische Ausgelassenheit, [...] die unterschwellig durchdrungen war von einer permanent reflektierten Selbstreflexion.« Für ihn – und viele andere, die das Buch lesen sollten – bot Wallace die Hoffnung auf eine Alternative zum Minimalismus und zu Literatur wie von Ellis, einen Ausweg aus der fahlen Geisteshaltung seiner Zeit. Im *Besen* lag in der Verzweiflung Optimismus, in der Einsamkeit ein Hochgefühl. Sich überstürzende Wörter, deutete der Roman an, könnten die deprimierende Anomie amerikanischen Lebens überwinden. Howard bot Nadell 20 000 Dollar, eine unter diesen Umständen recht hohe Summe, als Mindestgebot für das Recht, spätere Gebote anderer Verlage zu überbieten. Wie sich zeigte, bot außer ihm niemand auf das Buch. Howard beschloss, den Roman vor allem als Taschenbuch aufzulegen.[33] Diese Strategie hatte schon bei der Veröffentlichung von *Ein starker Abgang* funktioniert und sich in der Branche verbreitet, um jüngere Romanleser zu erreichen.

Wallace war begeistert. Es war unglaublich, wie schnell er einen Verleger gefunden hatte. Er wartete zwei Stunden vor Waldens Tür, um ihr die Neuigkeiten zu berichten. Wenig später flog er nach New York, wo Nadell für ihn leihweise eine Wohnung in der Upper West Side aufgetrieben hatte. Er traf sich mit Howard und später mit Nadell, die in der Stadt aufgewachsen war. Im Hungarian Pastry Shop in der Nähe der Columbia University trafen sie sich mit einigen ihrer Collegefreunde. Man sprach über Lieblingsautoren, auch über Pynchon, hatte aber Sorge, wie ein Freund sich erinnert, Wallace könne sich bei der Diskussion unwohl fühlen, und so wechselte man das Thema. Derselbe Freund erzählte, sein Lieblingswort sei »feucht«, und besonders gerne höre er es zusammen mit »Lendenschurz«. (In einer seiner späteren Geschichten legte Wallace diesen Spruch Alex Trebek in den Mund, dem Moderator von *Jeopardy*!)

In den Räumen von Viking Penguin in der 23. Straße setzte sich Wallace in seinem U2-T-Shirt mit seinem Lektor zusammen, der verblüfft bemerkte, wie jung Wallace aussah. Howard war besorgt, Wallace könne über die offenen Schnürsenkel seiner riesigen Turnschuhe fallen, und amüsierte sich darüber, dass sein neuer Autor darauf bestand, ihn »Mr Howard« zu nennen, obwohl er erst Mitte dreißig war. Wallace wirkte auf ihn seltsam befangen und schien nur eine lose Verbindung zur großen weiten Welt zu unterhalten; wie er später in einem Interview sagte, erinnerte der dreiundzwanzigjährige Wallace ihn an »ein frisch geschlüpftes Küken«.

Trunken vor Begeisterung fuhr Wallace nach Hause, er ließ sich so weit mitreißen, dass er Costello schrieb, Howard habe *Die Enden der Parabel* lektoriert (was nicht stimmte, aber immerhin hatte Howard Pynchon dazu bewegt, für eine Neuauflage des Romans seines Freundes Richard Fariña das Vorwort beizusteuern). Zurück in Urbana, fuhr er zu Walden nach Chicago, sah sich mit ihr *Fool for Love* an, die Verfilmung von Sam Shepards neuem Theaterstück über ein streitendes Paar, und aß mit ihr in dem Restaurant Printers' Row. Wallaces Ehrgeiz meldete sich, und er bat Washington, der Betreuerin des Absolventenrundbriefs von Amherst die frohe Kunde zu stecken, »natürlich ohne ihr zu sagen, dass ich dich darum gebeten oder auch nur zugestimmt habe«.

Howard sah in seinen Händen ein Ausnahmebuch, das brillant und intuitiv war und jede Norm ignorierte. Mit einem Nachschlagewerk über Wittgenstein neben sich machte er sich daran, das lange Manuskript zu lektorieren. Zu Beginn des neuen Jahres schickte er Wallace vier Seiten mit Änderungsvorschlägen, vor allem einige Stellen betreffend, die er ausschweifend fand, und zu Problemen in der Chronologie. Angesichts der Länge des Manuskripts erschien ihm das als recht wenig.

Wallace bereitete sich gerade auf das Frühjahrssemester vor, und Howards Brief brachte ihn aus dem Tritt. Bei seinem fragilen Selbstvertrauen traf ihn selbst sanfte Kritik schmerzlich, und weil ihn negative Kommentare in prächtigste Selbstzweifel stürzen konnten, reagierte er sofort und spielte den Ball zurück. »Falls es übereilt erscheint«, versicherte er seinem Lektor, »sollten Sie wissen, dass ich außer essen und rauchen nichts ANDERES getan habe, seit ich Ihren Brief mit den Vorschlägen bekommen habe.« Taktisch geschickt fügte er hinzu: »Dass ich Ihnen so schnell antworte, heißt nicht, dass ich nicht bereit und willens wäre, einen weiteren Durchgang zu machen, wenn Sie es für nötig halten. [...] Dann ziehe ich das noch mal eine Woche lang durch.«

Wallace hatte Howard versprochen, er würde im Hinblick auf das Lektorat mit sich reden lassen, er würde »neurotisch und obsessiv« sein, sich aber nicht »zu uneinsichtig an meinen Text klammern«. Im Großen und Ganzen hielt er Wort. Wenn Howard Branchenerfahrung oder Leserreaktionen als Argument anführte, gab Wallace sofort nach. Wallace hatte ein Wortspiel über Raymond Carver und Max Apple, der komische Romane schrieb, eingebaut. »Dieser Witz mit Carver und Apple ist zu gewollt, dafür würde es Kritik hageln. Streichen Sie ihn«, schrieb Howard, und Wallace strich. Howard fand, Wallace würde in seinen Dialogen zu häufig Auslassungszeichen benutzen, um fehlende Reaktionen anzuzeigen. Wallace nahm einige heraus. Dr. Jay, der bizarre Psychologe, den sowohl Rick Vigorous als auch Lenore besuchen, wirkte auf Howard langweilig. »Je mehr Sie sein Gerede zusammenfassen oder sogar streichen, desto besser für das Buch«, beharrte er. Besonders Dr. Jays »Membrantheorie« über zwischenmenschliche Beziehungen wirkte auf ihn »abstoßend und viel zu seltsam für das Buch, und sie hängt (glaube ich) nur äußerst entfernt mit dem zusammen, was Lenore mit Lenore B. vorhaben könnte.«

Diese Kritik war zu viel. Der Vorwurf, er sei nicht sorgfältig oder würde abschweifen, brachte Wallace auf. Ihm war extrem wichtig, dass sein Verstand anerkannt wurde. Die Membrantheorie gehörte zu seinen Lieblingselementen des Buchs. Der geistig verwirrte Dr. Jay ist der festen Auffassung, menschliche Beziehungen könnte man vor dem Hintergrund des Ringens um die Grenze zwischen dem Selbst und dem Anderen verstehen. Physische Grenzen waren gleichzeitig psychische Grenzen: »Waschzwang ist Identitätsangst«, lernt Lenore von Dr. Jay. Durch die Membran um uns sind wir sicher und sauber, laufen aber auch Gefahr, uns zu isolieren. Das klang nach Freud, entsprang Wallaces Beschäftigung mit Literaturtheorie und berührte Wallace, der selbst von Hygiene besessen war. Gleichzeitig spielte es auf die sexuellen Probleme von Vigorous mit Lenore an – ihre eigenen Grenzen behindern seinen kleinen Penis. Den Brief seines Lektors beantwortete Wallace mit einem Häppchen der imposanten Methodik, mit der er seine Dozenten in Arizona verblüffte. Die Membrantheorie, schrieb er,

> könnte wohl abstoßend wirken [...], ist aber für die untergründige Handlung des Buches entscheidend, die im Wesentlichen ein Dialog zwischen Hegel und Wittgenstein einerseits und Heidegger und den zeitgenössischen französischen Denkern

> Paul de Man und Jacques Derrida andererseits ist, wobei diese Debatte in einer grundlegenden Unterscheidung zwischen Ich und Anderem wurzelt, die beide Lager als weniger ontologisch/metaphysisch betrachten denn als vorwiegend (bei Hegel und Witt) historisch und kulturell oder (bei Heidegger und de Man und Derrida) als linguistisch, literarisch, ästhetisch und fundamental super- oder metakulturell.

Durch diesen langen Satz gewann Howard einen Eindruck davon, wie sorgfältig sein junger Autor das philosophische Konstrukt ausgearbeitet hatte, das dem Buch zugrunde lag – oder welch eiserner Wille hinter der extrem sprachgewandten Fassade steckte –, und er gab nach. Ein konkreteres Problem hatte Howard mit dem Ende: Es gab keines. Auf den letzten Seiten scheint Lenore kurz davor zu sein, ihre Urgroßmutter zu finden, aber wir erfahren es nicht genau. Nadell hatte diesen Punkt bereits angesprochen, bevor sie Viking Penguin das Buch verkauft hatte. Sie empfand die Geschichte wie abgehackt. Sie schlug vor, Wallace solle einen traditionelleren Schluss erwägen. Wallace blieb dabei – *Die Versteigerung von No. 49* endet bekannterweise auch mitten in der Szene.

Auch Howard dachte, der Text verlange nach einem richtigen Schluss. Er drängte seinen Autor, er solle an »die Gesetze des Lesens« denken. Wallace begriff diesen Ausdruck mit der Zeit als »eine ganze Reihe von Werten und Toleranzfähigkeit und Vermögen und Geduldniveau der Leser, die man bedenken muss, wenn man das Unterfangen wagt, etwas für andere zu schreiben«. Anders gesagt verdiente ein Leser, der sich durch einen langen Roman wie den *Besen* arbeitete, zu wissen, was am Ende geschah. »Außerdem bringen Sie sich um die Möglichkeit, dem Buch ein großartig theatralisches Ende zu geben«, schalt der Lektor seinen jungen Autor.

Phrasen wie »die Gesetze des Lesens« wirkten auf den Theoretiker in Wallace verführerisch. Seine Unbeholfenheit in Gefühlsfragen brachte eine seltsame Mischung aus Dankbarkeit und

Gleichgültigkeit mit sich. Im Laufe der Jahre sollten sich viele Lektoren fragen, ob Wallace sich mit seiner übertrieben wirkenden Ehrerbietung über sie lustig machen wollte. Die Antwort lautet: ja und nein. In Wallaces Augen hatte Howard für ein Jugendwerk alles aufs Spiel gesetzt, wofür er, Wallace, gar nicht dankbar genug sein konnte. Gleichzeitig war er in gewisser Weise berechnend. Er plante schon, anschließend einen Kurzgeschichtenband zu veröffentlichen, und es wäre unklug gewesen, seinen Lektor zu verprellen – oder seine Leser, bevor er überhaupt welche gefunden hatte.[34] Also schrieb er Howard, ob aufrichtig oder nicht – oder so halbwegs –, die Idee von den Gesetzen des Lesens habe bei ihm »einen tiefen, bleibenden Eindruck [...] hinterlassen«. Er versicherte, er wolle kein Buch schreiben wie »Kafkas ›Forschungen eines Hundes‹ ... Ayn Rand oder der neuere Günter Grass oder Pynchon in seinen seltenen schlechteren Momenten«. Die Bücher, die er meinte, bereiteten in seinen Augen nur ihren Autoren Freude. Trotzdem konnte er das Ende einfach nicht umschreiben. Damit hätte er riskiert, das Buch in einen realistischen Roman zu verwandeln, und hätte seine tiefste Überzeugung über die Beziehung zwischen Leser und Figur (und damit zwischen Leben und Leser) verraten:

> Ich gebe zu, dass ich einen möglicherweise ärgerlichen Hang zum Antiklimax habe, der vielleicht von Pynchon stammt, aber was ich voll und ganz unterschreiben kann, ist seine Maxime, dass bei einem Buch, in dem der Leser auf sozusagen metaphysisch-literarische Art in die missliche Lage der Hauptfigur versetzt werden soll und das ohne befriedigende Auflösung für diese Figur endet, es nicht nur unfair, sondern zutiefst unangebracht wäre zu erwarten, dass das Buch dem Leser am Ende die Genugtuung verschafft, welche der Figur vorenthalten wird – das beste Beispiel dafür ist *No. 49*.

Er habe versucht, schrieb er Howard, ein richtiges Ende zu verfassen, in dem »Greise auftauchen, Enthüllungen enthüllen und alles geklärt wird«. Aber diese Szene, die er Howard nie schickte (falls es sie überhaupt gab), erschien ihm zu glatt. Das war ein echtes Problem für ihn. »Ich bin jung und verwirrt und von Fragen besessen, die für mich im Moment die Erfahrung zusammenfassen, ein Mensch in der menschlichen Gesellschaft zu sein.« Er bat Howard: »Können Sie mir dabei helfen?« Er wollte damit sagen, dass er die Wirklichkeit als fragmentiert, mittelbar, unausgewogen wahrnahm und sein Buch diese Zersplitterung einfangen musste, wenn die ganze Erfahrung etwas bedeuten sollte – genau deshalb schrieb er so, wie er schrieb. Schließlich bestand er darauf, sein Ende beizubehalten und den Roman mitten im Satz abbrechen zu lassen, als Rick Vigorous, Lenores Exfreund, die körperlichen Grenzen von Mindy Metalman durchstoßen will und ihr versichert: »Ich halte mein« – wobei das fehlende Wort elegant und selbstbezüglich »Wort« lautet.[35]

Damit gab sich Howard zufrieden; er hatte es versucht. Er fand das Buch in seinen Händen immer noch beeindruckend und hatte das Gefühl, es berste – ob mit konventionellem Ende oder ohne – »vor purer Freude eines aufblühenden Talents«. Noch bevor das Lektorat beendet war, schrieb er Nadell: »Ich freue mich sehr, beim Beginn dieser großartigen Karriere dabei zu sein.«[36] Der Titel des Buches stand noch zur Diskussion. In Amherst hatte die Geschichte als *Great Ohio Desert* begonnen, in Anspielung auf eine fiktive, von Menschen geschaffene Sandfläche in der Nähe von Cleveland, deren zweideutiges Akronym in der Geschichte vorkommen sollte, dann sollte sie *Three Deserts* heißen (»Rick, Lenore und G.O.D.«, schrieb Wallace in einer Notiz an Howard) und gelangte schließlich mit dem Titel *Der Besen im System* zu Howard. Amy Wallace schlug nun *Familientheater* vor, was auf die Familientherapie der Wallaces im Sommer 1982 anspielen sollte, aber am Ende gewann der *Besen*.

Wallaces Leben verlief von nun an zweigleisig. Sein Buch sollte bald als erste Erstausgabe in der Literaturreihe eines wichtigen New Yorker Verlags erscheinen, aber er war immer noch MFA-Student im ersten Jahr und stand Dozenten gegenüber, die von seinem Erfolg nicht gerade begeistert waren. Aufgrund persönlicher Abneigung, beruflicher Missgunst und einer ablehnenden Haltung der Postmoderne gegenüber betrachteten Wallaces Dozenten jeden seiner Erfolge als fragwürdig – wenigstens deutete er die Situation so.

Wallace hatte sich mit einem Kommilitonen namens JT angefreundet. »Jate« – niemand wusste, wofür seine Initialen standen – war ein ehemaliger Marine, der im heißen Tucson mit Mütze und Bomberjacke aus Leder herumlief. Seine Wohnung in der 9. Straße nannte er seine »Bude«. Im Wohnzimmer stand eine Fitnessstation, in der Küche stapelten sich Kästen mit Diätcola bis knapp unter die Decke. Für Wallace wurde die 9. Straße zu einem Ersatz für den verlorenen »Uterus« in Amherst. Dort entspannte er sich, versteckte sich vor Gale Walden, kiffte und vertiefte sich, wie er in einer Geschichte aus dieser Zeit schrieb, in »makrokosmetische Spekulation«. JT spielte einen Gegenpart, wie Wallace ihn zunehmend suchte, jemanden, der sein Freund sein konnte, ohne ihn wirklich zu kennen. Sie gewöhnten sich ein paar Standardphrasen an. Wenn JT fragte: »Wieso bist du so schlau?«, antwortete Wallace: »Das kommt vom Lesen.« Erstlingsromane hießen bei ihnen »der große Scheiß«, weil man alles hineinpackte, was man kannte. Zusammen mit einem befreundeten Studenten gaben sie eine Parodie auf den Newsletter des Schreibworkshops heraus, die vom »University of Aridzona Piety Center« stammen sollte:

Wie viele Jonathan Penners braucht man, um eine Glühbirne zu wechseln?
Einen. Mehr als einen Jonathan Penner zu haben widerspräche den grundlegenden Regeln der Erzählperspektive.

Wie viele Robert Boswells braucht man, um eine Glühbirne zu wechseln?
Zwei: Einen, um die Glühbirne zu wechseln, und einen, um den Preis entgegenzunehmen.

JT dachte sich auch einen Witz über Wallace aus, den Wallace aber strich, als er mit dem Manuskript allein in der Druckerei saß. Viele Opfer der Scherze waren beleidigt, was Wallace nicht besonders überraschte; noch während sie die Ausgabe fertigstellten, spielte er seinen Anteil daran herunter.

JT war für Wallace eine wichtige Hilfe. Wallace war ein Kind der Akademikerwelt, hatte aber wenig Ahnung von der Welt außerhalb. Sie machte ihm schnell Angst und wirkte oft überwältigend, trotzdem erkannte er, dass es ohne breiter gefächerte Erfahrung schwierig werden würde, sich als Schriftsteller zu entwickeln. Einmal stellte Wallace sich vor, wie eine Biografie ausfallen könnte, und witzelte gemeinsam mit JT: »›Dave saß im Raucherzimmer der Bibliothek, zog nachdenklich an seiner Zigarette und überlegte, wie die nächste Zeile lauten sollte.‹« Er fügte hinzu: »Wer will denn so was lesen?« JTs Geschichten waren ein erster Schritt, um das Problem zu lösen. Er erzählte Wallace, er habe in den Siebzigern nach einem Unfall mit einem International-Harvester-Laster im Koma gelegen, und Wallace verwendete den Unfall in einer Geschichte. An einem anderen Tag, noch zu Beginn des Semesters, legte JT eine Platte von Keith Jarrett auf. Während sie sich die Improvisationen anhörten, erzählte JT dem bekifften Wallace von einer Fahrt mit seinem Bruder, einem Türsteher mit dem Spitznamen Big, zu einem Konzert der Grateful Dead. Direkt davor hatte Wallace eine Albensammlung von Placebo Records durchgesehen, einem Punkrock-Label. JT war mit vielen Musikern bei Placebo und ihren Kollegen befreundet, und zwei Namen aus dieser Gruppe finden sich auch in der Geschichte über die Fahrt zum Konzert: Big und Mr Wonderful. Wallace lief zu seinem Bungalow und kam einige Tage später mit einer Geschichte zurück, die von einem durchgedrehten jungen Republikaner namens Sick Puppy erzählt wird, der besondere Freude daran hat, Frauen mit Feuerzeugen oder Streichhölzern anzusengen, während sie ihn fellationieren.[37] Die Geschichte fängt an mit:

> Gimlet hatte einen Traum gehabt, nämlich, dass sie zu einer Art Flüssigkeit würde, wenn sie gestern in kein Konzert gegangen wäre, deshalb hörten sich meine Freunde Mr Wonderful, Big, Gimlet und ich gestern in der Irvine Concert Hall in Irvine einen Klavierabend von Keith Jarrett an.

Die Geschichte »Kleines Mädchen mit komischen Haaren« schlug den gleichen Ton an wie *Unter Null*. Mit gelangweilten, geistlosen Figuren Langeweile darzustellen hielt Wallace für ein Zeichen schlechter Literatur, aber als geborener Nachahmer bewunderte er die starke Stimme, die Ellis gefunden hatte, und erkannte ihr Potenzial. Also trieb er diese Stimme weiter, als Ellis es getan hatte, über das Glattgeschniegelte ins Groteske oder Widerliche.[38] Als Costello zu Besuch kam und Wallace den Anfang von *Uhrwerk Orange* zitierte, bemerkte Costello, dass der Roman von Anthony Burgess ein weiteres Vorbild für die Geschichte war, die sein Freund gerade geschrieben hatte. Wallace erklärte, Burgess' Roman zeige, wie man mithilfe von Hyperbeln eine emotionale Leere ausdrücken könne. (Was er Bret Easton Ellis verdankte, sollte Wallace nie einräumen. Als Howard nach der Lektüre der neuen Geschichte fragte, ob Wallace *Unter Null* gelesen habe, antwortete Wallace mit Nein.)

Wenn Wallace nicht bei JT war, war er mit Walden zusammen. Weihnachten 1985 hatten beide Probleme mit ihren Autos, und sie kamen überein, es sei romantisch, wenn sie sich treffen und in Kolonne nach Tucson fahren würden, Wallace von Urbana aus, Walden von der South Side in Chicago. Das Problem war nur, dass Wallace sich für die Rückfahrt schon mit seiner Schwester Amy verabredet hatte, die auf einen Besuch mitkam, dazu noch mit seiner Freundin Heather aus Iowa und Forrest aus St. Louis. Als Wallace, Amy, Heather und Forrest also mit zwei Autos Oklahoma erreichten, rief er Walden an, die wollte, dass er ihr Gesellschaft leistete, bis ihr Auto repariert war. Ohne noch viel zu reden, fuhr Wallace los. Er warf seine Pläne so schnell um, dass sie nicht einmal den Koffer seiner Schwester aus seinem

Kofferraum nahmen. Als er und Gale Tucson endlich erreichten – »zwei defekte Wagen zockeln durch die Wüste« –, wie Walden sich später in einem Gedicht erinnerte –, war Amy verletzt und verwirrt und hatte blutende Füße, weil sie sich von Heather Schuhe leihen musste.

Unterwegs lauschte Wallace auf die Mundarten des Südwestens. Er wollte schon lange eine Variation des Romans *Omensetter's Luck* von William Gass schreiben, weil ihn der lakonische Hillbilly-Ton der Geschichte ansprach. Als »eine seltsame Art Fälscher« wäre es eine nette Herausforderung, diesen Ton zu imitieren. »An Raststätten fing er an, wie in ›John Billy‹ zu reden«, erinnert sich Walden. »Er wollte den Tonfall richtig hinbekommen.« Zu Hause angekommen, schrieb er einen Entwurf. »Und ich sag noch zu Simple Ranger, wie das war, als Chuck Nunn Junior dem Mann, welcher ihm Unrecht angetan hatte, unrecht tat und sich dann aus dem Staub machte, wohin, weiß niemand«, berichtet der namengebende Erzähler. Wie immer steckte in dieser Hommage ein Teil Parodie. Der ursprüngliche Autor sollte so weit verdrängt werden, bis er unsichtbar wurde. Dabei war Wallace vollkommen egal, dass die Geschichte nicht leicht zu lesen war; ihm ging es allein um die Sätze.

Als Wallace zum Frühjahrssemester 1986 wieder an der Universität war, beschloss er, seinen MFA schneller voranzutreiben. Nachdem er Washington gegenüber getönt hatte, er werde »mindestens die nächsten drei Jahre« bleiben, nahm er sich jetzt vor, sein Graduiertenstudium in zwei Jahren abzuwickeln. Vielleicht wollte er gleichzeitig mit Walden fertig sein, die ihren Abschluss für den kommenden Juni plante, oder Studiengebühren sparen. Er schrieb sich für einen Workshop bei Mary Carter ein, die das Programm leitete, und reichte zusätzliche Geschichten ein, um zwei Scheine zu bekommen. Daneben belegte er ein Seminar über Literaturtheorie und Freie Studien über die Theorie und Praxis der Lyrik. Als in Letzterem ein Kommilitone Derrida als Zeitverschwendung bezeichnete, wurde Wallace so wütend, dass alle dachten, es würde zu einer Prügelei kommen. Er war immer noch überzeugt davon, dass die Theorie den ernsthaften Schriftsteller von anderen unterschied und dass Schriftsteller ohne theoretischen Unterbau bloße Entertainer waren. Diese starke Gewichtung der Theorie erfüllte außerdem eine Ersatzfunktion, ebenso wie seine Neigung zu Geschichten mit prägnanten Stimmen. Sie fing die überschüssige Schaffenskraft auf, die in Bereichen wie der Figurenentwicklung, in denen er nicht von Natur aus glänzte, eher zu Frust geführt hätte. Einem Schriftsteller, der noch eine seltsame Kombination aus Imitator und Techniker war, bot sie eine bequeme Zuflucht.

In Carters Workshop erlebte Wallace seine glücklichste Zeit in Arizona. Die Programmleiterin unterstützte ihn so, wie Dale Peterson es in Amherst getan hatte. Sie selbst hatte absolut konventionell und nicht einmal besonders gut geschrieben, aber sie erkannte, dass die Arbeiten ihres Protegés außergewöhnlich waren, und ermutigte ihn, zu schreiben, was er wollte. »Er wird uns noch alle sehr stolz machen«, prophezeite sie den anderen Studenten. Es war für alle offensichtlich, dass sie ihn unterstützte. Bei einer Verlegertagung, zu der Carter geladen hatte, stellte sie Wallace wichtigen Literaturagenten und Verlegern vor. Zur Überraschung seiner Kommilitonen, die ihn für schüchtern hielten, meisterte Wallace die Herausforderung. Sie hatten nicht gewusst, dass er solche Spielchen beherrschte, wenn er nur wollte.[39]

Um in Carters Workshop zwei Scheine zu bekommen, musste Wallace im Laufe eines Semesters sechs neue Geschichten einreichen, ein strammes Programm. Aber voller Inspiration schrieb er weiter gut und schnell und überall, wo er wollte. An einem Wochenende in diesem Frühling verschwand er. Walden machte sich Sorgen, rief bei ihm an, fuhr vorbei und klingelte an der Tür der »casita«, bekam aber keine Antwort. Am folgenden Montag legte er ihr im Büro der *Sonora Review*, der Literaturzeitschrift des Programms, »Tiere sehen dich an« vor, eine Geschichte über eine junge Frau, die in *Jeopardy!* unschlagbar ist. Sie war dreißig Seiten lang. »Ich habe die ganze Zeit geschrieben«, erzählte er

Walden, die geglaubt hatte, er sei mit einer anderen Frau durchgebrannt.

In »Tiere sehen dich an« versuchte Wallace zum ersten Mal, Themen ernst zu behandeln, die noch im *Besen* vor allem Lacher erzeugen sollten. In der Hauptsache geht es um die Beziehung zwischen Menschen und den Bildern, die sie aus den Medien übernehmen und die ihre Gedanken durchdringen und formen. Die Geschichte erzählt von Julie Smith, der Gewinnerin der letzten siebenhundert Folgen der Gameshow. Sie ist eine kluge, sonderliche Frau um die zwanzig, eine Nachfahrin von Lenore Beadsman, die ihrerseits Oedipa Maas (und Amy Wallace) nachfolgte. Den Verantwortlichen der Show, Merv Griffin und Alex Trebek, stellt sich nun die Frage, ob sie ihre Gewinnsträhne in *Jeopardy!* fortsetzen darf. »Und die Spielregeln?«, wirft einer der Mitarbeiter ein. »Fünf Folgen, danach ist Schluss. Der Kandidat kann erst im *Jeopardy der Meister* wieder antreten, und das ist im April. [...] Außerdem unfair gegenüber den anderen Kandidaten. Unsere Glaubwürdigkeit steht auf dem Spiel.« Griffin schätzt dagegen die Einschaltquoten und die Werbeeinnahmen und, auf einer komplexeren Ebene, die Unvermeidbarkeit eines großartigen Bildes. Er erkennt, dass Julie Smith anders ist. »Dieses Mädchen ist wie ein Brennglas«, sagt er, »wie ein Filter für die gewaltigen, die anarchischen Kräfte, die so mancher in der Branche ein Leben lang vergeblich sucht und zu kanalisieren trachtet.« Dieser Filter funktioniert nur, wenn sie im Fernsehen ist. Ohne Kamera wirkt die junge Frau beinahe gefühllos, nur auf dem Set erwacht sie zum Leben. Wie der Erzähler erklärt:

> Bei Rotlicht geschieht etwas mit Julie. Einfach ein Etwas. All das, was zuvor gerade durch sein Nichtvorhandensein auffiel, ist nun schiere Präsenz. [...] Und die Kamera verweilt auf ihr, wird zum Voyeur. [...] Ihr Gesicht, in Großaufnahme, strahlt ein eigenartig züngelndes Flackern ab – wie das Fernsehbild selbst, und kündet, für jedermann sichtbar, vom Einssein mit den Fakten auf der Anzeigetafel.

Julie scheint als natürlicher Abkömmling des Fernsehens einige seiner Eigenschaften zu übernehmen und so wie Pynchons San Narciso eine »feste Entschlossenheit zur Kommunikation« zu entwickeln. Am Ende beschließt Griffin, Julie gegen ihren autistischen Bruder antreten zu lassen – »erstklassige PR«, kommentiert ein Mitarbeiter –, und die Geschichte voller Spiegel und Figuren, die einen kurzen Blick auf ihre Spiegelbilder erhaschen, findet ein passendes Ende mit dem wichtigsten Spiegelmoment überhaupt: »Julie und das Publikum sehen sich an.«[40]

Wallace entwickelte sich als Schriftsteller weiter. Seine Beschäftigung mit den Medien war mehr als ein bloßer Aufhänger. Über der Geschichte schwebte ein vager, allgegenwärtiger, aber nie allwissender Ton. Der Kritiker Sven Birkerts bemerkte später in einem Essay in der Zeitschrift *Wigwag*, dass »Wallace die Geschichte im Grunde nicht erzählt, sondern für längere Momente den Raum um seine Figuren herum einnimmt«. In diesem aufgeladenen Raum um die Figuren findet das künstlerische Wirken statt. Die Geschichte verweigert sich dem MFA-Gebot, den Leser schnell »zu packen«. Was steht für die Protagonistin auf dem Spiel? Alles und gleichzeitig nichts; die Spannung der Geschichte verbleibt mit dem Erzähler im Äther über ihr.

In Carters Workshop wurde die Geschichte gut aufgenommen. (Sie sollte auch später zu Wallaces bekanntesten Texten gehören. Jahrelang wählte er sie für öffentliche Lesungen aus.) An einer Stelle sagt Alex Trebek: »Mein Lieblingswort ist *feucht*. Wirklich mein absolutes Lieblingswort, vor allem im Zusammenhang mit meinem zweitliebsten Wort: *Lendenschurz*.« Als Wallace den jungen Mann, von dem er den Ausdruck im Hungarian Pastry Shop in New York gehört hatte, bei einer seiner Signierstunden in der Schlange entdeckte, rief er: »Du bist doch der Typ mit dem feuchten Lendenschurz!«

Am Ende des Semesters beschloss Wallace, in Tucson zu bleiben. Walden würde dort sein, und er konnte einen Schein für einen Dozentenworkshop beim Southern Arizona Writing Project machen. Üblicherweise fuhr Wallace im Sommer nach Hause, und es wurde eine unerfreuliche Erfahrung, es dieses Mal nicht zu tun. Er fand die Wüstenhitze erdrückend, und in der Beziehung zu Walden kamen Probleme auf: Sie hatten schon über die Zukunft gesprochen, über Ehe und Kinder, aber Wallace war dafür noch nicht bereit. Sie fuhren für ein paar Tage nach Nogales, gleich hinter der mexikanischen Grenze – »ein ziemlich deprimierender Ort«, wie sich Walden erinnert –, und hörten sich die ganze Nacht Mariachigruppen an. Sie trennten sich, wenn auch nur vorübergehend. »Es ist heiß hier. 38 Grad und steigend«, berichtete Wallace im Juli in einem Brief an Washington. »Ich habe keine Arbeit, keine Freundin, keine Freunde.« Er schrieb, er »kiffe zu viel und schmolle«.

Zu Sommerbeginn beschäftigte er sich mit den Fahnen für den *Besen*, der im kommenden Januar erscheinen sollte, aber die Arbeit erschien ihm alt und schal. Er sagte JT, er würde es gern wie Norman Mailer machen und ganz von vorn anfangen. Gleichzeitig begann der später vertraute Kampf mit den Korrektoren. Sie wollten seinen Text glattbügeln, weil sie nicht verstanden, wie gründlich durchdacht seine Abweichungen von der Standardgrammatik waren. Wenn er an einer ungewöhnlichen Stelle ein Komma setzte oder einfache statt der sonst üblichen doppelten Anführungszeichen setzte, gab es dafür einen Grund. Im April hatte er Nadell geschrieben, er werde »den Korrektor korrigieren« müssen. Die Arbeit war für ihn ermüdend. Als im Juli die Druckfahnen kamen, zeichnete er sie Howard mit einem typisch wirren Kommentar frei: »Hoffe Sehr, Dass Ich Diese Spezielle Anhaufung Von Wörtern Nie Wieder Sehen Muss, Werde Sie Aber Gerne Ansehen Wenn Es Viking Irgendwie Hilft.«

Howard bemühte sich derweil um Zitate für den Klappentext. »Keine Autobiografie, kein Kokain, keine Rockclubs, jede Menge Ehrgeiz und Ideen«, versprach er Don DeLillo, der abwinkte, genau wie Dutzende Anderer. Die meisten, die das Buch wenigstens durchblätterten, hielten es wahrscheinlich für einen Abklatsch von Pynchon oder DeLillo selbst. Elman gehörte zu den wenigen, die es immerhin in gewisser Weise lobten. Auf Wallaces Bitte las er das Manuskript und schrieb Howard: »Der Landstrich im Herzen Amerikas bringt seine eigenen menippeischen Satiriker hervor. Das Genie des jungen David Wallace ist ungetrübt. Den Löwenanteil seiner Anleihen zahlt er mit Zinsen zurück.« Als Wallace das Zitat bekam, fragte er seinen ehemaligen Dozenten, was er damit meinte. »Halten Sie das bescheidene Trommeln nicht für ein Zeichen fehlender Bewunderung Ihres Talents«, antwortete der Lehrer ausweichend. Bei Howard gab er sich weniger bedeckt. »Bei allem Charme kann ich Davids Buch kaum als originell in den üblichen Bedeutungen des Wortes bezeichnen.« Nur halb im Scherz fügte er hinzu: »Wenn Sie wirklich gute Bücher herausbringen wollen, nehmen Sie meine.«

Kurz nachdem Wallace im Juli die Druckfahnen rausgeschickt hatte, besuchte er Costello, der in Denver ein Praktikum in einer Anwaltskanzlei absolvierte. Sie planten für das Wochenende eine Spritztour, aber Costello wurde in letzter Minute in die Kanzlei gerufen. Wallace begleitete ihn, um sich anzusehen, wie es in einem Büro zuging. Sie parkten in einer Tiefgarage unter dem knapp sechzig Etagen hohen Gebäude und fuhren mit dem Aufzug zu Costellos Büro. Wallace setzte sich mit großen Augen in einen leeren Konferenzraum. Während sein früherer Mitbewohner lange mit einem anderen Anwalt telefonierte, notierte Wallace in einer Kladde einen ersten Entwurf der Geschichte »Zum Glück verstand sich der Vertriebsrepräsentant auf HLW«. In dieser Geschichte treffen zwei leitende Angestellte zufällig in einem riesigen Bürogebäude aufeinander, das als »leer und hell, enteignet und autonom« beschrieben wird. Der Ältere der beiden Männer erleidet in der Tiefgarage einen Herzinfarkt und sinkt langsam und unaufhaltsam zu Boden:

> Der Vertriebsrepräsentant verfolgte, wie der für Überseeproduktion verantwortliche Vice President eine Pirouette drehte, einen unsicheren sauberen Streifen in den Ruß einer Betonsäule

> harkte, in der Pirouette gegen den Beton-Donut trat, der ein Durchfahrt verboten-Schild stabilisierte, und dann in die Luft tatzte, sich krümmte, zusammensackte und fiel.

Der Jüngere kommt ihm zu Hilfe. Es wird nicht klar, ob er dem anderen Mann mit seinen Reanimationsversuchen das Leben retten kann. »Sie teilten auch Schmerzen, aber das wussten sie natürlich nicht«, erklärt der Erzähler.

In dieser Geschichte zeigt sich bereits der paradoxe Ansatz, der Wallaces literarische Texte später prägen sollte: Ein inniges Bedürfnis nach menschlichem Kontakt wird durch Sätze ausgedrückt, die ihn demonstrativ zu verbieten scheinen, als müssten wir erst alle Stadien bürokratischer Deformation durchlaufen, bevor wir einander als Menschen berühren können. Diese Haltung durchdrang später einen Großteil der Erzählungen im Band *Oblivion* und zuletzt auch den *Bleichen König*, wo sie für ihn problematisch wurde, aber bei diesem ersten Auftauchen fiel sie Wallace leicht.[41]

Am nächsten Tag fuhren er und Costello los. Ihr Ziel war St. Francis in Kansas, etwa dreihundert Kilometer weiter östlich. Dort war ein bekannter NPR-Sender beheimatet, ein nichtkommerzieller Radiosender. Costello erinnert sich, dass Wallace wie Oedipa Maas »zur Quelle des Signals vordringen wollte«. Im Osten Colorados übernachteten sie in einem billigen Motel. Als Wallace am nächsten Morgen unterwegs bemerkte, dass er seine Kladde mit der »HLW«-Geschichte vergessen hatte, fuhren sie die dreißig Kilometer zum Motel zurück, um sie zu holen; Wallace erwähnte, dass sie auch »etwas Großes« enthalte – Costello nahm an, es ging um den Anfang eines neuen Romans. Sie machten noch einmal kehrt und fuhren nach St. Francis, wo sie ein paar Minuten lang auf dem Parkplatz standen. In diesem Monat fotografierte eine Freundin von Walden Wallace für sein Umschlagfoto. Er zog dafür die Lederjacke an, die er McLagan abgekauft und die ihm immer Glück gebracht hatte.

Das Herbstsemester 1986 begann mit zwei großen Veränderungen. Mary Carter war aus der Universität gedrängt worden, und sie war nicht kampflos gegangen. Wie Wallace Nadell schrieb, machte sie wenig später »in London einen Rechtsstreit und einen Nervenzusammenbruch durch«. Carters Weggang brachte Wallace in eine unangenehme Lage. Er war ihr Liebling gewesen, zum Teil wurden die beiden für ein Paar gehalten, nicht zuletzt, weil Carter ein paar Jahre zuvor einen Roman über eine ältere Frau und einen jüngeren Mann veröffentlicht hatte. Dass er in ihre Wohnung zog, nachdem sie weggegangen war, fachte die Gerüchte noch an. Einige Leute sahen das als eine Art Geschenk an (tatsächlich berechnete sie ihm Miete und verbot ihm, im Haus zu rauchen). Es gefiel ihm in der Eigentumswohnung, die deutlich netter war als der Bungalow mit Verdunstungskühler, in dem er ein Jahr gewohnt hatte. Möbel und Wandteppiche waren farblich aufeinander abgestimmt, und er konnte den Pool benutzen. »Ich habe verflixt wenig geschafft«, beklagte er sich bei Washington über diesen Sommer, als es endlich September wurde, »nur einen lahmen Kurs belegt und sonst im klimatisierten Zimmer gesessen und Gras geraucht.«

Weil sein Stipendium ausgelaufen war, musste Wallace im Herbst selbst Kurse geben. Die Aussicht stimmte ihn nicht fröhlich. Nach seiner Ankunft erzählte er seinen Freunden aus Amherst in einem gesprochenen Brief, die Studenten der UA seien »etwa so intelligent wie ein ziemlich gestörter Mensch«. Aber vor allem war ihm bewusst, dass die Beziehung zwischen Dozent und Studenten der zwischen Darsteller und Zuschauern glich. Als Lehrer musste er permanent unterhaltsam sein, um gemocht zu werden – und niemand wollte mehr gemocht werden als Wallace. Dass er glaubte, er könne das nicht, war nicht das einzige Problem, er war auch nicht sicher, dass er stolz auf sich sein würde, wenn er es schaffte. Am ersten Morgen, an dem er lehren sollte, lag er im Büro der *Sonora Review* im Gebäude für Moderne Sprachen auf dem Boden und konnte sich nicht rühren. »Lasst ihm Platz. Er ist nervös«, flüsterte Walden allen zu. Die anderen waren entsetzt. Sie hatten Wallace als Inbegriff des Selbstbewusstseins kennengelernt.

Aber wenn Wallace sich einmal vorgenommen hatte, etwas gut zu machen, gelang ihm das normalerweise auch. Schwierig war nicht das Eintauchen, sondern der Sprung ins kalte Wasser. Er mauserte sich schnell zu einem erstklassigen Dozenten, beliebt und voller Charisma. Alles, was seine Studenten schrieben, ging er genau durch, mit seinen umfangreichen, aufrichtigen Kommentaren wollte er sie beeindrucken. Dabei war es egal, dass sie vor allem mittelmäßige Texte ablieferten, und auch, dass es um einfache Kurse für wissenschaftliches Schreiben ging, anders gesagt um Studenten, von denen die meisten den Kurs einfach abhaken wollten, um sich auf andere Dinge zu konzentrieren. Ihre Arbeiten wurden durch die belebende – er hätte gesagt »erotische« – Kraft seines Verstandes interessant. Was er in »Tiere sehen dich an« über Julie Smith schrieb, traf genauso auf ihn zu:

> Diese Julie Smith jongliert nicht nur mit Fakten, nein, sie verleiht ihnen Gehalt, sie macht sie menschlich, fördert qua Präsentation die affektiven, die geradezu kathartischen Valeurs von einfachem Lexikonwissen zutage.

Wie bei Julie Smith zeugte sein Verhalten zugleich von unverhältnismäßigem Engagement und einem Funken Ironie. Als die Universität einen Prüfer schickte, der seine Lehrtätigkeit bewerten sollte, ließ Wallace sich von jedem Studenten in seinem Kurs einen Apfel mitbringen. Sei es, dass sein Spott geschätzt oder nicht bemerkt wurde, jedenfalls gewann er in diesem Jahr den Preis als bester Lehrassistent der Fakultät.

Allerdings kam er durch das Unterrichten zu einer schweren Einsicht: Seine Leistungsfähigkeit hatte Grenzen. Wenn er Kurse gab, zapfte er den Vorrat an, den er für das Schreiben nutzte. »Ich gehe frühmorgens aus dem Haus und komme abends zurück«, schrieb er Washington zu Semesterbeginn, »betrinke mich sofort und falle verschwitzt in Halbschlaf.« Zwei Monate später folgten weitere Klagen an Washington: »Meistens sitze ich herum, rauche Gras oder Zigaretten und mache mir Sorgen, weil ich nicht arbeite, und Sorgen wegen der Spannung zwischen Sorge und dem Mangel an und der tatsächlichen Arbeit, die von der Sorge befeuert wird.«

***

Die Wintervorschau 1987 von Penguin versprach »einen ehrgeizigen, frechen Roman über die Ängste und Sorgen einer neuen Generation«, doch die Rezensionen in Branchenblättern erkannten nicht, was am *Besen* und an Wallace besonders sein sollte. In der *Kirkus Reviews* zum Beispiel wurde der Autor abgetan als »pubertärer Pynchon, ein dürftiger Don DeLillo«, wenn auch eingeräumt wurde, er habe »sogar etwas von einem Original«. Walden las Wallace die Besprechung am Telefon vor und brachte ihren Freund damit ins Schleudern. »Der Typ schien regelrecht sauer zu sein, weil er das Ding lesen musste«, beschwerte sich Wallace später aufgebracht bei Howard. Besonders ärgerte ihn, dass der Kritiker die Punkte in Anführungszeichen, vor deren übermäßigem Gebrauch Howard ihn schon gewarnt hatte, als pseudo-Wittgenstein'sche Pausen bezeichnete. »Wenn die Technik von jemandem geklaut ist, dann von Manuel Puig«, bemerkte er. Offiziell erschien das Buch am 6. Januar 1987 – mit einer bösen Überraschung im Gepäck. Viking Penguin schickte Wallace eine Rechnung über 324,51 Dollar, weil er einige Änderungen des Korrektors rückgängig gemacht hatte. Er war erbost. »Vielleicht«, schrieb er Howard, »hat der Verlag gar nicht bemerkt, dass der/die Korrektor/in von einer ganzen Affenhorde gebissen war? Mit Sicherheit habe ich in den Fahnen nicht für 300 Mäuse willkürlich herumkorrigiert.«

Die Buchbesprechungen nach Erscheinen fielen freundlicher aus als die in der *Kirkus*. Während sie den *Besen* nicht gerade als

Wegbereiter betrachteten, erkannten die meisten wenigstens an, dass mitten im erstarrten Ödland des Minimalismus ein Vierundzwanzigjähriger die Kräfte der postmodernen Literatur wiederbelebte. Die *Washington Post Book World* setzte die Kritik auf die Titelseite und erklärte, der *Besen* sei »ein großartiges Buch [...] ein fabelhafter Roman«. Die *New York Times Book Review* befand, das Buch sei

> eine ungeheure Überraschung in der überbordenden Tradition von Stanley Elkins *Franchiser*, Thomas Pynchons *V* und John Irvings *Garp und wie er die Welt sah*. Genau wie diese Romane verdankt auch David Foster Wallaces Buch seinen Charme und seine Schwächen dem Überschwang – überzeichnete Figuren, Geschichten in Geschichten, unmögliche Zufälle, eine angesagte, aber echte Vorliebe für Popkultur und vor allem eine Verspieltheit, die der Literatur in letzter Zeit fast abhandengekommen ist.

Was Kritikerin Caryn James nicht gefiel, war das Ende, an dem »ein verkrampfter Running Gag in einer konstruierten Erklärung endet und Figuren, auf die wir gewartet haben, nie auftauchen«. Es folgten ähnliche Besprechungen: überschwänglich gegen schludrig, Hommage gegen Plagiat. Von Michiko Kakutanis Kritik in der Tageszeitung *New York Times* war Wallace besonders getroffen. Viele Schriftsteller hätten sich gefreut, wäre ihr Erstlingswerk von einer Kritikerin besprochen worden, die bekanntermaßen einen Blick für junge Talente besaß. Ihr Lob, Wallace besitze einen »reichen Vorrat an Ehrgeiz und Erfindungsgeist«, war sicher schmeichelhaft, trotzdem erzählte Wallace einem Freund, er habe sich zwei Tage lang in seinem Zimmer verkrochen und geweint, nachdem er einen weiteren Abschnitt über die Parallelen zwischen seinem ersten Buch und Pynchons bekanntestem Roman gelesen hatte. »Mir erschien die Besprechung nicht besonders wohlwollend«, schrieb Wallace später an Howard. »Aber wenn Sie und Bonnie sie nett finden, will ich es sehr gern auch so sehen.« Insgesamt erklärte er Howard, die Kritiken hätten ihn »ziemlich runtergezogen«.

Die Filmgesellschaft Alliance Entertainment erwarb für 10 000 Dollar die Optionsrechte auf das Buch. Es hieß, für die Regie würde sich möglicherweise Terry Gilliam interessieren, dessen Film *Brazil*, eine in naher Zukunft angesiedelte Satire, Wallace sehr mochte. Im Winter 1987 versuchte sich Wallace an einem Treatment, für das er die Handlung vereinfachte und den philosophischen Unterbau strich. »In der Geschichte«, schrieb er im Abriss, »geht es nicht nur ums Erwachsenwerden, sondern auch um romantische Liebe und die Liebe der Familie und eine Heldin, die sich mit ihrer Vergangenheit aussöhnt, und um das Zusammenspiel dieser drei Elemente mit dem Heranreifen im Besonderen und dem Menschsein im Allgemeinen«. Später schrieb er: »Bonnie, ich habe noch nie in meinem Leben eine Arbeit als schwieriger und freudloser empfunden. Dieses Projekt ist für mich gestorben, durch meinen Kopf schwirren Erzählungen.« Er scherzte, wenn sie das Drehbuch schreiben würde, könnte sie gerne das Geld haben.

Trotz aller Bedenken und der durchwachsenen Kritiken hatte der *Besen* Eindruck gemacht. Unter den Kritikern schälte sich Einigkeit darüber heraus, dass man Wallace als Schriftsteller im Auge behalten sollte, und sei es als Ausgleich zum literarischen Brat Pack von Bret Easton Ellis, Jay McInerney und der Kurzgeschichtenautorin Tama Janowitz. Einige Leser sahen vielleicht sogar den »Wegbereiter«, den Howard erkannt hatte, das Aufkeimen einer neuen, jugendlichen Empfindsamkeit voller Selbstzweifel. Penguin druckte 14 000 Exemplare und legte später nach. Welchen Eindruck das Buch gemacht hatte, sah man unter anderem daran, dass das *Wall Street Journal* ein kurzes Porträt mit dem Titel »Das Wunderkind und sein wilder Erstlingsroman« über Wallace brachte. »Man könnte meinen, ein brillanter junger Mann, der schon vor seiner Abschlussfeier einen Roman veröffentlicht, würde sich weitere Seminare ersparen, aber dieser junge Mann ist nicht nur gebildet, er ist klug«, setzte der Kritiker an. Wallace äußerte sich gegenüber Nadell: »Nett, wenn auch etwas herablassend. Ich kam mir die ganze Zeit vor, als würde mir ein älterer Verwandter liebevoll die Haare zerzausen.«

Ein weiteres Zeichen für das wachsende Interesse an Wallace in diesem Frühjahr war die Einladung, an einer Lesung im West Side YMCA in Manhattan teilzunehmen. An diesem Abend sollten auch T. C. Boyle, Laurie Colwin und Frank Conroy lesen. Bei einer so großen oder wichtigen Veranstaltung war Wallace noch nie aufgetreten, schon der Gedanke versetzte ihn in Panik. »Wegen der Lesung bin ich so nervös, dass ich kaum atmen kann«, schrieb er Nadell kurz vorher. Am Abend der Veranstaltung besuchte er mit den anderen Autoren ein chinesisches Restaurant. Zwischendurch entschuldigte er sich mehrmals unauffällig, um sich auf der Toilette zu übergeben.

Im Saal lasen die Autoren in alphabetischer Reihenfolge, was Wallace Zeit ließ, noch nervöser zu werden, während Gerry Howard ihn besorgt beobachtete. Schließlich war Wallace an der Reihe. Nachdem Howard ihn vorgestellt hatte, stand Wallace auf der Bühne, schenkte sich ganz gemächlich ein Glas Wasser ein, nippte daran, stellte es weg, leckte sich die Lippen und sagte: »Aaah.« »Wissen Sie«, erklärte er dem Publikum, »das wollte ich schon immer mal machen.« Schallendes Gelächter. Wallace schlug das Buch auf und las eine der Geschichten in der Geschichte vor, die Rick Vigorous Lenore erzählt, und in der das Weinen eines Kleinkindes eine Reihe unglaublicher, katastrophaler Ereignisse auslöst. Die Zuhörer waren von der bravourösen Hommage und der Parodie auf John Irvings Geschichten begeistert und spürten, welches Charisma dieser junge Schriftsteller ausstrahlte. Sie teilten seine Freude darüber, dass er seine Angst überwunden hatte. Howard fand, das sei »vielleicht die beste Lesung, die ich je erlebt habe«. Ein Pressesprecher von Penguin schrieb Nadell einige Tage später, sie müsse sich keine Sorgen machen. Wallace selbst fragte sich, was passiert war. »Die Lesung lief wirklich gut«, berichtete er Nadell, »und ich fand es wunderbar auf der Bühne (etwas verstörend)«.[42]

Während Wallace sein letztes Semester in Arizona begann, stieß die Beziehung zwischen ihm und Gale Walden an ihre Grenzen. Das Ende des Studiums war abzusehen, aber danach war nichts klar. Wallace wusste nicht, was er wollte, außer allein zu sein – es sei denn, das wollte er gerade nicht. Er trank und kiffte viel, was dabei half, Walden auf Distanz zu halten. Sie beschlossen zu heiraten – Walden sagt, Wallace wollte mit ihr durchbrennen –, aber gegen Ende des Frühlings war es offensichtlich, dass es keine Hochzeit geben würde. »Ich schätze, die Verlobung hat sich so ziemlich erledigt«, schrieb er Nadell Mitte April, wobei er seine Erleichterung unter dem Gefühl begrub, ihm sei Unrecht geschehen; »man kann schlecht mit jemandem verlobt sein, der nicht mit einem spricht.«

Die wachsende Gewissheit, er würde bald ein waschechter Schreibdozent sein, bedrückte Wallace. Er wusste, dass das Einkommen vom *Besen* nicht einmal seine bescheidenen Bedürfnisse finanzieren konnte. »Schreiben heißt unterrichten«, sagte er jedem, der zuhörte. Aber wenn er schon unterrichten musste, hatte er im letzten Jahr auch gelernt, dass er mit dem Umfang der Tätigkeit vorsichtig sein musste. Dale Peterson aus Amherst sagte, er könne möglicherweise eine Teilzeitstelle bekommen. Wallace war interessiert; er hatte eine Stelle mit Aussicht auf Festanstellung an der Northwestern abgelehnt (wenigstens schrieb er das Peterson, obwohl die Universität keine Unterlagen darüber hat und es unwahrscheinlich klingt). An den Ort zurückzukehren, an dem der *Besen* entstanden war, hatte einen besonderen Reiz. »Könnten Sie mir grob den Stand der Dinge sagen?«, hakte er im Frühjahr nach. Peterson riet ihm, er solle sich gedulden; es würde einige Zeit dauern, um seinem Protegé einen Termin zu verschaffen.

Im April erschien in der *Arrival*, einem kleinen Hochglanzmagazin aus Berkeley, ein Porträt von Wallace. Ein Freund von Nadell hatte es verfasst, und es wurde von einem Foto begleitet, in dem Wallace in Jeans und kariertem Hemd in einer Wüste voller Riesenkakteen steht. Er ließ die Arme locker herabhängen, als würde er gleich nach seinem Revolver greifen. »Hängt ihn höher«, lautete die Überschrift. Offensichtlich gab es einen neuen Sheriff in Fiction Town, USA. Im Artikel selbst zeigte Wallace offen seine Geringschätzung für die Art des Schreibens, mit der er sich gerade zwei Jahre lang im Workshop herumgeschlagen hatte. »Belletristik, die nicht mehr will, als die Wirklichkeit kunstvoll abzubilden, interessiert mich nicht«, erklärte er. »Bei den meisten Büchern heutzutage kotzt mich an, dass sie einfach langweilig sind.«

Neben dem Porträt brachte *Arrival* mit der Geschichte »Lyndon« auch eine Kostprobe von Wallaces Arbeit, eine fiktionalisierte Biografie des sechsunddreißigsten amerikanischen Präsidenten Lyndon B. Johnson im Stile von Robert Coovers Roman *Die öffentliche Verbrennung* aus dem Jahr 1977, die Wallace kurz zuvor gelesen hatte. Wallace stellte Johnson einen fiktiven Berater namens David Boyd zur Seite und gab ihm einen Geliebten, der – ein Anachronismus – an Aids starb, und tatsächlich bilden die Schwierigkeiten durch die Liebe – die Liebe der Männer zueinander, Lady Birds Liebe zu LBJ, die Liebe Fremder zu einer Person des öffentlichen Lebens – den kreativen Kern der Geschichte. »Ich habe noch nie einen Menschen erlebt, der so sehr geliebt werden wollte wie LBJ«, bemerkt ein Stabsmitarbeiter.

Bemerkenswert war »Lyndon« wegen seines präzisen Tonfalls und der genauen Beobachtungen, die zum Teil aus Büchern und zum Teil von JT stammten, dessen Mutter mit jemandem in der Regierung befreundet war. Gleichzeitig war das typisch Manische in Wallaces Arbeit spürbar gedämpft. Wie bei »Tiere sehen dich an« wirkte »Lyndon«, als wäre ein neuer, ernsthafterer Schriftsteller hervorgetreten. Pynchon wurde als Vorbild verdrängt, zumindest kamen andere hinzu. In einem späteren Interview führte Wallace seine veränderte Haltung auf *Blue Velvet* zurück, den unkonventionellen Film noir von David Lynch. Er hatte ihn mehrfach gesehen und empfand ihn als eine Offenbarung, so sehr, dass er ihn fast ein Jahrzehnt später in einem Interview erwähnte:

> Bei diesem Film ist mir zum ersten Mal aufgegangen, dass man als Surrealist oder auch als eigenartiger Schriftsteller nicht aller Verantwortung enthoben ist. Im Gegenteil, es bringt Verpflichtungen mit sich, sogar höhere [...] Egal, welches Ziel der Surrealismus hat, er erreicht es eher, wenn 99,9 Prozent absolut real sind [...] Ich meine, schon das Wort Surrealismus besteht doch größtenteils aus Realismus. Es ist ein Extra-Realismus, Realismus mit Sahnehäubchen. Es ist dieses eine Detail in einer Einstellung von Lynch, das nicht passt, das aber untergehen würde, wenn nicht alles andere makellos und durchstrukturiert wäre.

Etwa um diese Zeit beendete Wallace auch eine neue Kurzgeschichte über einen Gast bei *Late Night with David Letterman*. Wallace erzählte Costello, eine Folge der Sendung ein paar Jahre zuvor habe ihn auf die Idee gebracht. Der Sänger Billy Idol hatte dem Moderator gegenüber geprahlt, seine Songs seien so beliebt, dass Straßendealer ihre Drogen nach ihnen benannten: Kokain war »White Wedding«, Quaaludes hießen »Rebel Yells«, und Marihuana lief unter »Dancing with Myself«. Nach einem kurzen Moment antwortete Letterman: »Sie müssen ja sehr stolz auf sich sein.«

Das hatte die grundlegende Inspiration geliefert; die direkte Quelle war eine neuere Folge der Letterman-Show mit der Schauspielerin Susan Saint James, bei der Wallace fleißig mitgeschrieben hatte – »weil mich die Vorstellung faszinierte, dass eine Fernsehschauspielerin für Oreos wirbt und sich dann Lettermans Fragen stellt, warum sie so etwas tut und welche Auswirkungen es auf ihre Karriere haben könnte«, wie Wallace auf die Frage eines Anwalts für Verlagsrecht antwortete, als die Geschichte rechtliche Probleme nach sich zog.

In der Geschichte »Mein Auftritt«[43], die dabei herauskam, wollte Wallace wieder zeigen, wie die Medien alles durchdrangen, von der Geschichte bis zu unseren eigenen Gedanken. Allerdings verengte Wallace in der Letterman-Geschichte den Blickwinkel und konzentrierte sich darauf, wie das Fernsehen in seinen

Augen die Haltung verbreitete, man würde schon alles kennen und wissen. »Mein Auftritt« spielt ebenso wie der *Besen* in der nahen Zukunft und beginnt mit einer schlichten Feststellung: »Ich bin eine Frau, die am 27. März 1989 in der *Late Night Show* von David Letterman aufgetreten ist.« Weiter wird erzählt, wie ihr medienerfahrener Ehemann Rudy und sein Freund Ron die Schauspielerin auf ihren Auftritt bei dem Talkshowstar vorbereiten. Zuerst sträubt sie sich gegen die Vorstellung, ein Auftritt bei Letterman sei etwas anderes als einer etwa bei Johnny Carson. »Ach komm, so ein Ungeheuer ist David Letterman auch wieder nicht«, wendet sie ein. Ihre Betreuer erklären ihr geduldig, dass es bei ihren Instruktionen nicht nur um Letterman selbst geht, sondern sie soll begreifen, dass sich die Maßstäbe für bewundernswertes und akzeptables Verhalten geändert haben. Wir schätzen nicht mehr Menschen, die Wissen oder Anteilnahme beweisen, sondern diejenigen, die beides demonstrativ nicht besitzen. Diesem kulturellen Wandel, für den Letterman nur ein Symptom darstellt, könne man sich nicht widersetzen:

> »[...] tu so, als wäre dir schon seit ewigen Zeiten klar, was für ein absurder Firlefanz das alles ist, lauter Klischees, Hype und Banalitäten – und eben deshalb ein Riesenspaß.«
> »Aber so bin ich nicht.«
> Die Katze gähnte.
> »Nicht einmal in meinen Rollen«, sagte ich.
> »Okay«, sagte Ron, beugte sich zu mir herüber und goss einen Schuss Rum über die Eiswürfel, auf denen sich gefrorene Cola abgesetzt hatte.

Ron und Rudy reden weiter und erklären, Ironie sei die Sprache der Elite geworden. »Die Leute müssen merken, dass du das Spiel durchschaust, nur so hast du eine Chance«, betont der Ehemann der Schauspielerin. Sie tritt also auf, macht sich ein wenig über sich selbst lustig und kommt damit bei ihrem Gastgeber gut an – der fiktionale Letterman nennt es »grotesk nett«, sie in der

Sendung zu haben –, nur fühlt sie sich nachher wie ausgehöhlt. Sie hatte sich so gegeben, wie sie war, nur hatte es niemand gemerkt – nicht einmal ihr Mann.

Wallace hatte schon vorgeschlagen, auf den *Besen* einen Band mit Erzählungen folgen zu lassen. Nach einigem Zögern – Erzählbände verkauften sich nicht so gut wie Romane – ließ Howard sich von der Idee überzeugen und zahlte einen Vorschuss von 25 000 Dollar. Für Wallace war das eine großartige Entwicklung, die bestätigte, dass der *Besen* seine Wirkung nicht verfehlt hatte – er hatte aus ihm einen Schriftsteller mit einem Verlag und einer Karriere gemacht. Das neue Buch mit dem angedachten Titel *The Long and Short of It* würde ihm, wie er Nadell erfreut im April 1987 schrieb, die Chance geben, »die aktuelle Literaturszene etwas aufzumischen«.

Wenn er Wallaces Geschichten als Buch herausgeben sollte, wandte Howard ein, mussten sie vorher an anderer Stelle veröffentlicht werden; Wallace besaß noch keinen Ruf als Autor von Kurzgeschichten und hatte bei Zeitschriften bisher sehr wenig Erfolg gehabt. Und das lag nicht an mangelndem Einsatz. »Ich arbeite zurzeit an vielen kurzen Erzählungen und habe schon einige zusammen, die ich ziemlich gut finde«, hatte er Dale Peterson ein Jahr zuvor geschrieben. Er hatte Nadell gebeten, sie herauszuschicken: »Ich glaube, sie sind gut – wenn auch etwas ausgefallen.« Er konnte sie sich im *Esquire*, im *Atlantic* und im *New Yorker* vorstellen. Nadell merkte zaghaft an, dass seine Geschichten für solche Mainstream-Magazine zu avantgardistisch seien. In diesen Zeitschriften herrschten noch Realismus und Minimalismus vor – straff erzählte Geschichten mit nüchternem Ende. Wallace bot etwas anderes. Sogar Nadell fiel es bei manchen Erzählungen schwer, sie zu mögen. »Nicht sehr nett, Bonnie«, schrieb er nach ihrer ungeschönten Reaktion auf »John Billy«. Nadells Gefühl hatte sie nicht getrogen. Der *Playboy* fand die Letterman-Geschichte »schlauer, als ihr guttut«. Der *Atlantic* wollte sie kürzen, genauso der *Esquire*, der auch »Zum Glück verstand sich der Vertriebsrepräsentant auf HLW« ablehnte. Wie der Herausgeber des *Atlantic* schrieb: »Offensichtlich ist Wallace wirklich so talentiert, wie Mary Carter sagte«, aber »Tiere sehen dich an« war »für uns zu lang, zu eigenwillig und zu locker gewoben«.

Wallace ärgerte sich über die Absagen weniger, als man hätte erwarten können. Die Launen des Zeitschriftenmarkts berührten kaum seine Auffassung von dem, was er tun sollte. Stattdessen war es für ihn eine Art Spiel, Erzählungen einzureichen, in etwa wie Zeitschriftentennis, und als sie sich an kleinere Publikationen wenden wollten, bot er an, Nadell die Arbeit abzunehmen. Zu Hause hängte er eine Pinnwand auf, an die alle Ablehnungsschreiben kamen. Gleichzeitig bedrückte ihn die Zukunft. Er beschloss, Arizona noch schneller zu verlassen als geplant. Ursprünglich hatte er im Herbst 1987 für eine kurze Zeit zurückkehren wollen, um das MFA-Programm zu beenden, jetzt traf er Vorbereitungen, um im Mai zu gehen. Die restliche Arbeit konnte er zu Hause erledigen und das Manuskript mit der Post schicken.

Nur wusste er immer noch nicht, was er als Nächstes tun würde. Dale Peterson arbeitete weiter daran, ihm eine Teilzeitstelle in Amherst zu beschaffen. Er überlegte, wie Charlie McLagan mit dem Motorrad quer durchs Land zu fahren oder sogar nach Los Angeles zu gehen und fürs Fernsehen zu schreiben. In der Zwischenzeit arbeitete er seine Geschichten für den Prüfungsausschuss um und sortierte sie. Seine komplizierte, unbefriedigende Zeit in Arizona neigte sich dem Ende zu. Als ein Belegexemplar des *Besens*, das er einem seiner Professoren geschenkt hatte, in einem Secondhand-Buchladen in der Nähe auftauchte, war er erschüttert. Gegen Ende des Frühlings zog er aus Carters Wohnung aus, nahm einen Druck mit, der ihm gefiel, fuhr nach Hause und machte sich in seinem alten Zimmer wieder an die Arbeit. Bald war er ganz aufs Schreiben konzentriert. Er arbeitete jetzt an einer neuen Geschichte, mit der er die Schwächen der Metafiktion aufzeigen wollte. Die Geschichte wurde schnell lang und länger, Wallaces alter Gigantismus sprengte die Grenzen seiner neu gefundenen Disziplin. Seine neue Geschichte, schrieb er JT im Juni, »schippert im Moment bei völlig ungeordneten 150 Seiten«. Bisher hatte Wallace nur einen festen Termin. Er hatte sich für Yaddo beworben, die Künstlerkolonie in Saratoga Springs, und war für Ende Juli angenommen worden[44], aber was dann? »Vielleicht Bread Loaf«, schrieb er JT, »vielleicht Boston, vielleicht Albany, vielleicht L. A. In dieser öden Stadt, der Zukunft dieses Jungen, ist nichts sicher.«

Kapitel 4

Ins Juxhaus

Im Juli 1987 fuhr Wallace gen Osten nach Saratoga Springs. In Urbana hatte er sich vor seiner Abreise abends mit Gras und Bourbon und Videos entspannt. Amy war auch dort. »Gott, habe ich ein Glück, dass meine Schwester auch eine gute Freundin ist«, schrieb er JT. Im Stillen hatte er auch weiter an seiner neuen Geschichte gearbeitet. Einmal kam Amy nach unten und überraschte ihren Bruder in der Küche dabei, wie er in einer Pfanne eine Rose frittierte, und er erklärte, das sei für eine Geschichte. Wie schon viele Schriftsteller vor ihm war Wallace beeindruckt von Yaddo, von der großen Halle im gotischen Stil im Hauptgebäude, den Häuschen auf dem 160 Hektar großen Gelände und dem weiten Raum, der Literatur und Kunst gewidmet war. Etwa ein Dutzend Schriftsteller wohnten dort neben Komponisten und anderen Künstlern. Es machte Wallace stolz, zu ihnen zu gehören. Ein so kreatives Umfeld hatte er noch nie erlebt, und mit seiner ehrgeizigen Ader war er begeistert davon, unter den Besten zu sein.

Wallace hatte seine begonnene Geschichte mitgenommen und arbeitete bald daran weiter. Sie baut auf der langen Erzählung »Verirrt im Juxhaus« von John Barth auf, einem Musterbeispiel postmoderner Prosa von 1967, die Wallace schon lange verehrte. Im »Juxhaus« geht es um die beiden Brüder Ambrose und Peter, die mit ihren Eltern an einem Sommerwochenende während des Zweiten Weltkriegs zu einem Vergnügungspark in Ocean City in Maryland fahren. Die Jungen wetteifern um die Aufmerksamkeit von Magda, einer jungen Freundin der Familie, die sie begleitet – und am Ende der Geschichte geht Ambrose, der jüngere Bruder, im Juxhaus des Vergnügungsparks verloren; Peter und das Mädchen haben ihn im wörtlichen und übertragenen Sinne zurückgelassen.

So weit eine recht konventionelle Erzählung. Wie Wallace in seiner eigenen Geschichte »Westwärts geht der Lauf des Weltreichs« mit einem ähnlichen Handlungsrahmen versprechen sollte: Jeder, der in ihr auftritt, »wird zahllose Einsichten, Offenbarungen und Epiphanien erleben; und wird schließlich, am Ende der Zeit, seiner Zukunft die Stirn bieten«. Innerhalb des konventionellen Rahmens seiner Geschichte durchbricht Barth allerdings immer wieder die Grenze der Erzählung, um die Leser daran zu erinnern, dass sie nicht die Wirklichkeit vor sich haben, sondern einen Kunstgegenstand, Wörter auf Papier. So hält der Erzähler etwa fest, wie viele Seiten seine Figuren brauchen, um den Vergnügungspark zu erreichen. Er kann auch didaktisch werden und nach einer Reihe geschickt eingesetzter Bilder ihre erzählerische Funktion benennen: »Außerdem ist es wichtig, ›die Sinne in Tätigkeit zu halten‹; wenn ein Detail, das von einem der fünf Sinne – sagen wir visuell – wahrgenommen wird, sich mit einem von einem anderen Sinn – sagen wir dem Gehör – wahrgenommenen Detail ›kreuzt‹, wird die Vorstellungskraft des Lesers, vielleicht unbewußt, auf die Szene ausgerichtet.« Und wenn die drei Teenager in einem Schwimmbecken herumtollen, unterbricht er die Szene für die Bemerkung: »Das Springen wäre ein geeignetes literarisches Symbol.« Er stört das Verführerische der Fiktion, indem er es bloßlegt.

Man kann sich leicht vorstellen, warum diese Art der Darstellung so lange in Wallace nachhallte. Metafiktion hatte für ihn in seiner Zeit in Amherst eine Brücke von der Philosophie zur Prosa geschlagen. Sie konnte mit dieser zweiten Bedeutungsebene aufwarten, die Wallace zuversichtlich machte, dass er etwas intellektuell Anspruchsvolleres las als reine Unterhaltung (die der Erzähler seiner neuen Geschichte »Mettfiktion« nennt), und war dazu klug und sarkastisch, genau wie Wallace. Tatsächlich hatte Barth zusammen mit Barthelme zu den ersten Sternen an Wallaces Firmament gehört. Und mit »Ambrose im Juxhaus« bewies er sich als genau die Art Schreiblehrer, die in Arizona fehlte – für seine eigene Geschichte über das Eintauchen, »Für immer ganz oben«, hatte Wallace in Tucson viel Lob geerntet, während er sie selbst als substanzlos betrachtete. Barth war also der Lehrer, den Wallace verdient hätte, und »Verirrt im Juxhaus« ein kluger Text voller Selbsterkenntnis, wie ihn Wallaces Dozenten nie hätten schreiben können, um ihm in seiner Entwicklung zu helfen.

Weiter ging Wallaces Reaktion anfangs nicht. Aber als er seine Arbeit in Arizona abschloss, hatte sich dazu das Gefühl gesellt, dass etwas an »Verirrt im Juxhaus« störte, dass es herablassend und, wenn man es rekursiv erklären wollte, falsch wirkte, wenn Barth immer wieder in die Erzählung einbrach, um dem Leser seinen Irrtum zu zeigen. Rundeten solche Einmischungen die Darstellung unterm Strich nicht eher ab? Bildeten sie nicht selbst eine Art Verführung, die nur vorgab, sich von der Verführung abzuwenden? Wie wollte Barth die Leser am Ende herausfordern oder belohnen? Als Vorbereitung darauf, Barth in seiner eigenen Geschichte zu widerlegen, kritzelte Wallace Notizen an den Rand seiner Taschenbuchausgabe der Erzählsammlung *Ambrose im Juxhaus*, in denen er Sätze infrage stellte und neben Barths Text Kritikpunkte notierte wie »talmudisch – besessen von seiner eigenen Interpretation«. Offensichtlich genügte die Metafiktion Wallace nicht mehr so wie früher. Doch als er direkt nach seinem letzten Semester in Arizona mit seiner neuen Geschichte begann, konnte er wahrscheinlich selbst nicht mehr genau sagen, ob er eine Hommage, eine Parodie, eine Eloge oder eine Art Vatermord schrieb. Was er zu sagen hatte, drängte umso stärker aus ihm heraus, als er das Gefühl hatte, sein altes Leben gehe zu Ende: Jetzt war die Zeit, letzte Dinge zu erledigen, ein Fazit zu ziehen, die ganze Schriftstellerei, zumindest so, wie sie in MFA-Programmen praktiziert wurde, auf »dieses winzige, unendlich dichte Etwas« zu reduzieren, wie er später in einem

Interview sagte. Der Abschied von der Metafiktion bedeutete gleichzeitig, nach vorn zu zeigen auf das, was folgen sollte; in gewisser Weise war er das Versprechen, über das hinauszugehen, was Wallace mit den anderen Geschichten aus der Zeit in Arizona in dieser Mischung postmoderner Stile erreicht hatte. Wie das Gedicht des Bischoffs George Berkeley schloss, das für die Erzählung titelgebend war:

Westwärts geht der Lauf des Weltreichs,
Vier Akte sind bereits gespielt,
Ein fünfter endet heute glorreich,
Des Dramas Glanz der Schluss erzielt.[45]

Wie das »Juxhaus« ist auch »Westwärts geht der Lauf des Weltreichs« eine Geschichte über eine Gruppe junger Menschen auf einer längeren Autofahrt. Doch statt der durchschnittlichen amerikanischen Teenager gibt Wallace uns MFA-Studenten. Es geht auch nicht zum Strand, sondern zu einem deutlich postmoderneren Ziel. Sie sind auf dem Weg nach Collision in Illinois, wo sich vierundvierzigtausend »ehemalige Schauspieler, Schauspielerinnen, Puppenspieler und arbeitslose Clowns« treffen, die irgendwann in einem Werbespot für McDonald's mitgespielt haben. Gleichzeitig soll die »Vorzeigediskothek« einer neuen Gesellschaft eingeweiht werden, die »in jedem größeren Markt ein Juxhaus bauen« will. Diese »ganz neue Juxdimension für einen allein« wird vor allem von zwei Menschen vorangetrieben: von dem Werbeguru Leo Burnett und keinem Geringeren als John Barth, dem metafiktionalen Autor, der hier Professor Ambrose heißt (aus rechtlichen Gründen wurde Burnetts Name in der Veröffentlichung in J. D. Steelritter geändert). Es ist klar, was Wallace andeuten will: Werbung und Metafiktion verfolgen dasselbe Ziel, sie gefallen, um einzulullen, und mästen, ohne zu nähren. In der Geschichte kommt noch ein drittes Rauschmittel vor: eine Substanz, die Marihuana ähnelt und aus frittierten Rosen gewonnen wird; Steelritter hat sie entdeckt und will sie den

Schauspielern, die in seinem großen letzten Werbespot auftreten, zu einem nicht näher beschriebenen apokalyptischen Zweck anbieten.[46]

Mit diesem Angriff an zwei Fronten auf Werbung und Metafiktion fing Wallaces Geschichte an, aber während der Arbeit wuchs sie stetig weiter, wurde länger, wenn auch nicht tiefsinniger.[47] Vor allem band Wallace die stürmische Beziehung zwischen sich und Walden ein. Wallace hatte das Gefühl, dass es zu Ende ging und er von ihrer Verbindung erzählen musste, bevor sie für immer vorüber war, so wie sein Leben in Arizona. An zwei Stellen treten in »Westwärts« veränderte Versionen von Wallace auf: Er ähnelt einem der Studenten im Auto, Mark Nechtr, Sportbogenschütze, Rosensüchtiger und MFA-Student an Ambroses East Chesapeake Tradeschool (deren Initialen ECT auch für die Elektrokrampftherapie stehen können), der den Eindruck vermittelt, »unter seiner coolen äußeren Pose sei er selbstbewusst genug, um sich zu sagen, er könnte dermaleinst Ambroses Kahlkopfkrone und Kugelschreiberzepter erben und der nächsten Generation derselben traurigen Jugendlichen etwas zu singen und zu sagen haben«. Für Nechtr ist Metafiktion ebenso wie für Wallace eine Sucht, die »einen schwerkraftartigen Sog« auf ihn ausübt, während er gleichzeitig versucht, gegen ihren schlechten Einfluss anzukämpfen, und »einer Allusion dieselben Gefühle entgegenbringt wie Ambrose der Illusion«. Nechtr ist zudem Wallaces Gegenteil – vielversprechend, aber so blockiert, dass er kein einziges Wort zu Papier bringen kann. An Nechtrs Seite ist Drew-Lynn Eberhardt, die ebenfalls an dem Schreibprogramm teilnimmt. D. L. ist zugleich anziehend und abstoßend. Sie besitzt einige Eigenheiten von Walden, sie »liest gemalte Elkesaitenkarten, kennt ihr eigenes steigendes Zeichen und konsultiert Medien«. Daneben arbeitet sie an einem langen Gedicht, das ausschließlich aus Interpunktion besteht. Das Paar ist verheiratet, führt aber eine Beziehung ohne Sex, und D. L. gibt vor – oder glaubt vielleicht sogar –, sie sei schwanger.

Ebenso wie in »Verirrt im Juxhaus« wechseln in »Westwärts« verführerische realistische Erzählpassagen mit auktorialen Unterbrechungen, die den Leser daran erinnern sollen, dass die Geschichte ein künstliches Objekt ist. Dann allerdings hebt Wallace seinen Text auf die nächste Metaebene, um den »Starkstromlogorrhoeiker, das ewige *enfant terrible*« Barth zu übertrumpfen. Eine dieser Störungen mit dem Titel »EINE KRASSE UND AUFDRINGLICHE UNTERBRECHUNG« lautet:

> wenn es sich hierbei um ein Stück Metafiktion handelte, was NICHT der Fall ist, würde wahrscheinlich die genaue Zahl der Zeilen im Schriftsatz erwähnt, die zwischen diesem Verweis und dem Verwiesenen lägen, was ein stattliches Nervensägewerk wäre, ganz zu schweigen von großspurig, denn damit würde impliziert, dass der geradlinige und arabeskenfreie Bericht eines langsamen, heißen, übermüdeten und alles in allem verklumpten und frustrierenden Tages im Leben dreier Jugendlicher, die allesamt nicht sehr sympathisch sind, tatsächlich veröffentlicht werden könnte, wozu man heutzutage doch nur Hals- und Beinbruch wünschen kann, aber in einer Metafiktion würde, nein müsste es sogar erwähnt werden.

Am Ende fügt er eine letzte Kapriole an. Auf den letzten Seiten wird Nechtr zum Autor einer Geschichte über zwei Figuren namens Dave und Gale. Gale – L in der Druckversion – ist »gehemmt, nervenschwach, unsicher, launisch, abgelenkt«, erklärt der Erzähler. »Dave ist introvertiert, hört nur auf sich und ist ungefähr so ausdrucksstark wie Schmelzkäse.« Sie lieben sich, streiten sich aber ständig:

> Wenn die heißesten und dunkelsten von L–s Launen mit seiner kalten weißen Ruhe kollidieren, dann kriegen sie sich dermaßen in die Haare, dass beide nicht wiederzuerkennen sind. [...] dann schreien und zanken sie wie die Kesselflicker.

Doch auf dem Höhepunkt der Streitigkeiten ersticht die Gale-Figur nicht Dave, sondern sich selbst, »was ihren Druck auf dem Höhepunkt gewissermaßen in beide Richtungen vollkommen macht«. Es ist die ultimative metafiktionale Handlung, nicht Mord, sondern Selbstmord. (Wallace hätte gesagt, zu den Problemen der Metafiktion würde gehören, dass es keinen Unterschied gibt.) Noch dazu beobachtet die David-Figur den Tod nicht direkt, sondern im »grünen magischen Auge« seines Fernsehers.

Nach L–s Tod endet »Westwärts« mit einem Friedensangebot an den Leser:

> Schau dir das an. Schau hinein, wo sich etwas ohne Sinn und Zweck dreht. Schließ dein Auge. Kein Vertreter wird klingeln. Entspann dich. Leg dich hin. Ich will nichts von dir. Leg dich hin. Entspann dich. Bester Ackerboden wird ausgewaschen. Leg dich zurück. Öffne dich. Streck dich in verschiedene Richtungen. Schau. Horch. Nutz Ohren, die ich stolz unser Eigen nennen würde. Horch auf das Schweigen hinter dem Motorenlärm. Herrgott, Schatz, *horch*. Hörst du das? Es ist ein Liebeslied.
>
> Für wen?
>
> Du wirst geliebt.

Wenige Leser haben sich auf Wallaces Angebot eingelassen, und das mit gutem Grund. »Westwärts« fühlt sich an, als würde man einen Familienstreit beobachten – noch schlimmer, einen Streit, den nur der Sohn ausfechten will, und vielleicht will er im Grunde sich selbst verletzen. Mit dieser Geschichte greift Wallace nicht nur Barth an, sondern auch seine eigene Arbeit in Arizona mit ihrer Mischung postmoderner Stile. Sein im Grunde metafiktionaler Verstand sucht nach neuen Ufern – nur sind noch keine zu sehen. Derweil treibt die Geschichte ebenso weiter wie das Auto mit den MFA-Studenten, endlos, ruckartig und zwanghaft kämpft sie gegen die Bedürfnisse der Leser an. Aber die Geschichte zeigt auch, dass Wallace um sich herum

Zusammenhänge erkannte – zum Beispiel zwischen Liebe und Sucht oder zwischen Erzählungen und Werbung – und an einem Weltbild zimmerte, das einige Jahre später eine tragende Rolle bei seiner Arbeit am *Unendlichen Spaß* übernehmen sollte. Maßgeblich ist die Vorstellung, die er zuerst in seinen Geschichten aus Arizona vorgestellt hat, dass nämlich unsere Vorlieben und Leidenschaften nicht mehr unsere eigenen sind. Im Medienzeitalter sind wir nicht mehr als manipulierte Gefühle und ein leerer Geist, der erfüllt werden will. Was ebenfalls im *Unendlichen Spaß* zur vollen Entfaltung kommt, ist der Gedanke, wir seien so von unserer Sucht nach Unterhaltung besessen, dass unsere Gefühle abgestumpft sind und, wie eine Figur in diesem Buch warnt, wir nicht mehr sorgfältig genug auswählen, was wir lieben. Zugleich deutet »Westwärts« als erstes von Wallaces Werken an, dass er mit diesem Problem nicht allein ist, sondern es mit seiner ganzen Generation teilt. Hier unternimmt er den ersten wesentlichen Schritt dazu, seine Neurosen zu verallgemeinern. Der Übergang ist schwierig – Wallaces Beziehung zum Fernsehen war schwerlich normal, ganz zu schweigen von seiner Beziehung zum Leben –, doch gerade durch seine intensive Auseinandersetzung damit scheint er zu gelingen. Künstlerisch gesehen konnte sich das auszahlen, und Wallace fing an, seinen Text zu ordnen. Die Figuren, erfahren wir durch den Erzähler, gehören zu »*diesem prekärsten aller postimperialistischen Jahrzehnte*, einem Zeitalter in der Schwebe zwischen Erschöpfung und Wiederauffüllung, zwischen Vorgaben, die für die Verarbeitung zu banal, und solchen, die für die Hinnahme zu intensiv sind«.[48] Auch zeigt »Westwärts«, wie ernst Wallace Literatur mittlerweile nahm und dass er glaubte, in den falschen Händen könne sie die Arglosen entmutigen und ruhigstellen.

In Yaddo stand Wallace unter beträchtlichem Druck, seine Erzählsammlung fertigzustellen – sowohl vom Verlag als auch von sich selbst. Er arbeitete permanent und mit solchem Feuereifer, dass es anderen auffiel. Die meisten Autoren schrieben vormittags in ihren Zimmern und verbrachten die Nachmittage am Pool oder beim Wandern. Wallace schrieb immer und überall: lang hingestreckt auf dem Boden oder in eine Nische geschmiegt oder spätabends. »Ich habe noch nie eine so eindrucksvolle Arbeitsumgebung erlebt«, erklärte er JT auf einer Postkarte. Mark Costello schrieb er, ein älterer Schriftsteller habe ihn gerüffelt, es sei kein schöner Anblick, jemanden so intensiv arbeiten zu sehen.

Gleichzeitig war ihm klar, dass er in Yaddo die Möglichkeit hatte, andere Autoren kennenzulernen, und so knüpfte er eifrig neue Verbindungen. Seinen neuen Kollegen trat er mit seiner seltsamen Mischung aus Arroganz und Höflichkeit gegenüber und nannte jeden »Mr« oder »Ms«, bis man ihm etwas anderes sagte. Einige Schriftsteller hielten sein Verhalten für ironisch, die achtsameren erkannten, dass er aus dem Mittleren Westen stammte, oder hielten ihn einfach für unbeholfen. Bei Tisch war er redselig, auf dem Tennisplatz schlug er Jay McInerney und verlor gegen Stephen Dunn, einen Dichter, der früher halbprofessionell Basketball gespielt hatte. Jeanne McCulloch, einer Redakteurin der *Paris Review*, bot er an, er würde ihr helfen, ihren Aufschlag zu verbessern, wenn sie erwog, seine Geschichte »Tiere sehen dich an« zu veröffentlichen, die weiterhin von größeren Zeitschriften abgelehnt wurde. Er war ganz vernarrt in eine junge Komponistin, die ein Stück mit dem »Teufelsintervall« schrieb – der übermäßigen Quarte, die als so verführerisch galt, dass die Kirche sie eine Zeit lang verboten hatte. Insgesamt wollte er beeindrucken, konnte sich deswegen aber nicht leiden, wollte sich als das größte Genie im Zimmer beweisen und gleichzeitig seine Arbeit schaffen. Einmal schlug er einem anderen Gast, dem Komponisten Michael Torke, vor, sie sollten dem Geplapper im Speisesaal entfliehen und außerhalb des Geländes ein ruhiges Abendessen genießen, um wieder einen klaren Kopf zu bekommen, und brachte dann zur Überraschung seines neuen Freundes eine junge Frau mit.

Während seines Aufenthalts nahm der zweiunddreißigjährige McInerney Wallace zunehmend unter seine Fittiche. Abends tranken sie zusammen, spielten Billard und lasen die Manuskripte des anderen. McInerney schrieb an seinem Roman *Ich nun wieder*, den Memoiren einer zwanzigjährigen Partygängerin und Süchtigen namens Alison Poole. Wallace bewunderte den treffsicheren Ton des älteren Kollegen und auch, dass er nach einem langen Abend mit Alkohol arbeiten konnte. Wallace bevorzugte Gras, aber da er sich auf dem Gelände keines besorgen konnte, musste er sich an den morgendlichen Kater gewöhnen. Der ältere McInerney war überrascht, dass Wallace von der Postmoderne so besessen war; für ihn und sein Umfeld spielte diese Strömung kaum noch eine Rolle. »Diese ganze Quälerei, ob Fiktion die Welt oder das Wort war«, erinnert er sich. »Meine Generation fand, Carver und Mary Robison und Tobias Wolff hätten diese Frage ins Abseits gedrängt.« »Für immer ganz oben« war teilweise in der zweiten Person geschrieben, und Wallace fragte McInerney aus, dessen *Starker Abgang* vom gleichen Stilmittel Gebrauch gemacht hatte. Auf Anregung von Alice Turner, der Literaturredakteurin beim *Playboy*, die von seinen Geschichten beeindruckt war, fuhr er zur Bennington Writers Conference und nahm an einer Lesung teil. Sie unterhielten sich angeregt im Aufenthaltsraum – über sein Schreiben, ihre Arbeit, andere Schriftsteller. Wallace erzählte ihr, dass er MAO-Hemmer nahm, und besorgte ihnen im gleichen Augenblick neue Drinks. Am Ende landeten die beiden miteinander im Bett. Sie waren so laut, dass sie die anderen Schriftsteller störten, die selbst nicht gerade früh schalfen gingen. Als Rache versteckte der Romanautor George Garrett Wallaces Stiefel im Schrank unter dem Waschbecken. Bei der Veranstaltung am nächsten Morgen musste Wallace barfuß lesen. Zutiefst verlegen sagte er Garrett, den er nicht verdächtigte: »Hoffentlich halten Sie mich jetzt nicht für einen Hippie.«

Yaddo beeindruckte Wallace sehr. In Arizona war er der beste Student gewesen und um seinen Erfolg beneidet worden, sogar von einigen der Dozenten. Wenn er jetzt am Posttisch in der Haupthalle vorbeikam, sah er Nachrichten von berühmten Agenten, die ihre Autoren inständig baten, sie wegen Filmrechten und Auslandslizenzen anzurufen. McInerney hatte einen Porsche und ein Model als Freundin. Während Wallace in Yaddo war, erschien im *Esquire* eine neue Version von »Who's Who in the Cosmos«, einer Grafik, die schon einmal Mitte der Siebziger das literarische Universum abgebildet hatte. Wallace war zugleich erfreut und enttäuscht, dass er unter den Autoren »am Horizont« auftauchte: Das war besser, als gar nicht erwähnt zu werden, aber er war auch nicht im »Mediaschwarm« mit McInerney und schon gar nicht im »Glühend heißen Zentrum« mit John Updike, Norman Mailer und Saul Bellow. Und er ärgerte sich über sich selbst, weil ihm etwas so Triviales so wichtig war – sogar extrem wichtig, wie er feststellte.

Diese verlockende Reizüberflutung erwischte Wallace in einer heiklen Phase. Er hatte sich noch nicht damit abgefunden, dass man unterrichten musste, wenn man interessante und anspruchsvolle Bücher schreiben wollte. Bisher hatte er noch keine Schriftsteller getroffen, die nur vom Schreiben leben konnten. Autoren wie McInerney und Mona Simpson, die sich auch in Yaddo aufhielt, hatten eine Lösung gefunden, und ihr Erfolg schien ihm anzudeuten, dass er vielleicht selbst auf dem Weg war, berühmt genug zu werden und das Gleiche zu tun. Aber wie wurde man ein berühmter, reicher Schriftsteller? Wallace wollte es wissen. Konnte man weiter *ernsthaft* schreiben? Oder wurden Künstler durch Erfolg unweigerlich korrumpiert? Durch Zufall sollte er die Frage bald selbst beantworten. Die Zeitschrift *Us* hatte Wallace für eine Modestrecke angesprochen, die im wiedereröffneten Nachtclub El Morocco in New York aufgenommen werden sollte. Im Mittelpunkt der Aufnahmen sollte Tama Janowitz stehen, deren Kurzgeschichtensammlung *Großstadtsklaven* den Büchern von McInerney und Ellis auf die Bestsellerlisten gefolgt war. Der Artikel in der *Us* wollte die aufregende New Yorker Literaturszene zeigen – oder notfalls erfinden – und dafür eine Gruppe angesagter junger Autoren vorführen. Mitten in seiner Zeit in Yaddo fuhr Wallace nach New York. Die vier Autoren, die Janowitz begleiten sollten, trafen sich in einem Wohnwagen vor dem Club, um ihre Kleidung auszusuchen. Die anderen griffen nach knalligen Karos und glitzernden Pailletten. Wallace trieb irgendwie ein altes T-Shirt und zerrissene Jeans auf und war nachher noch mehr er selbst als vorher. Während er mit den anderen Nettigkeiten austauschte, prahlte er, er sei gerade in Yaddo gewesen und habe mit Jay McInerney Billard gespielt.

Die Gruppe versammelte sich im Salon des Nachtclubs. Janowitz kam in einem Kleid mit Leopardenmuster herein, die Haare bergartig aufgetürmt. »Sie sehen großartig aus«, sagte Wallace ihr leise. Der Fotograf blaffte ihnen Anweisungen zu und dirigierte die anderen Autoren in Posen, als würden sie Janowitz huldigen. »Das muss nach Spaß aussehen!«, befahl er. Wallace verließ den Raum bald. Später erzählte er Walden, die Blicke der anderen Schriftsteller, ihre Art, in die Kamera zu starren, hätten ihn Reißaus nehmen lassen.

Er besuchte seinen Lektor Howard, der mit ihm essen ging. Wallace war extrem aufgewühlt. Was er gesehen hatte, brachte ihn durcheinander: Sicher, diese Gier nach Ruhm und Anerkennung verspürte er ganz klar auch, vor allem, wenn sie ihn vor dem Unterrichten bewahren konnten. Aber wohin würde das führen? Zu dem, was er gerade erlebt hatte? Was, wenn er Nadell feuerte und einen mächtigen Agenten aus New York anheuerte? Könnte er dann so leben, wie er es sich wünschte? Natürlich wünschte er sich größere Vorschüsse, mehr Ruhm, einen mächtigeren Agenten, aber dafür müsste er gefälliger schreiben, und war er dazu wirklich bereit? Er wusste nicht einmal, wie das ging – oder vielleicht wusste er es zu gut. Wenn er gegen den Teufel kämpfen wollte, würde er dann sein Leben lang lehren müssen? Seine Gedanken drehten sich im Kreis, und er weinte gequält. Und er redete und redete. Howard sah zum ersten Mal den »undefinierbar fehlerhaften« Wallace, dem es so schwerfiel, ein »Mensch in der menschlichen Gesellschaft« zu sein. Er erinnert sich, dass er dem fünfundzwanzigjährigen Wallace gut zureden musste, als wäre der »auf einem schlechten LSD-Trip«. Schließlich beruhigte Wallace sich wieder und ging zu Alice Turners Haus in der Nähe des Washington Square, um dort zu übernachten.

Ein ohnehin schlimmer Besuch in New York wurde noch schlimmer, als in dieser Nacht die Tasche mit dem Manuskript von »Westwärts« aus dem Kofferraum von Wallaces ramponiertem Nissan gestohlen wurde. Die Tasche fand er in einem Müllcontainer in der Nähe, allerdings ohne das Manuskript. Er war am Boden zerstört, doch in gewisser Weise erwies sich der Diebstahl auch als Glücksfall, weil er Wallace einen Grund lieferte, sofort nach Yaddo zurückzukehren. Dort schrieb er die ganze Geschichte in »einer Woche oder so«, wie er sagte, komplett neu. Jeden Abend badete er kalt, damit sein Verstand nicht weiter auf Hochtouren lief. Er wurde gerade rechtzeitig für die Kurzgeschichtenausgabe fertig, die Viking Penguin 1988 herausgeben wollte.

Wallace war stolz auf das, was er in Yaddo erreicht hatte. Als er fuhr, hatte er zum ersten Mal das Gefühl, er habe geschafft, was er sich vorgenommen hatte. »Ich bin mir Seite für Seite sicher, dass das Buch besser ist als DBiS«, schrieb er Nadell über die Sammlung, »vielleicht nicht so unterhaltsam, aber klüger und mit viel weniger Ballast.« Er fügte hinzu, Viking Penguin würde die Geschichten hoffentlich als Schlenker sehen, bis »der Junge wieder auf Kurs kommt und komische Texte schreibt«. Seine ungewöhnliche Begeisterung mochte eher dem Stress geschuldet sein – bei Marihuanaentzug wurde er sehr fahrig und unruhig – als dem, was er zu Papier gebracht hatte, trotzdem war er überzeugt davon, dass er eine bemerkenswerte Arbeit abgeliefert hatte. Er sagte Howard, mit der Geschichte »Westwärts« habe er »den Durchbruch« geschafft. Noch zwei Jahre später erklärte er in einem Brief an Jonathan Franzen, der mittlerweile mit Wallace befreundet war und sich ebenso wie alle seine

Freunde wunderte, warum »Westwärts« für Wallace etwas so Besonderes war, die Erzählung sei

> meiner Ansicht nach der beste längere Prosatext, den ich je geschrieben habe. Er ist genau das, was ich wollte, und es geht wirklich um alles, worüber ich 87 schreiben musste, weil ich sonst gestorben wäre. [...] Ich hoffe, dass er auf etwa 12 verschiedenen Ebenen funktioniert, je nachdem, ob man sich mehr für die Werbebranche oder die Literatur der 80er oder Metafiktion der 60er oder die Offenbarung des John [Johannes] – Jünger Jesu, nicht Barth – oder etwas anderes interessiert.

Die Erzählung befriedigte ein so persönliches Bedürfnis, dass ihm egal war, was andere über sie dachten – oder über ihn. Als Franzen ihm sagte, bei der Geschichte bekäme man als Leser den Eindruck, man sei auf einer Party voller »Arschlöcher« gelandet, antwortete Wallace: »Mag sein, dass die Geschichte überheblich wirkt und ist«, und fuhr fort:

> Ich habe schon Arschlöcher getroffen, und wenn »Westwärts« Dir wie die Arbeit eines Arschlochs erscheint, werde ich lächeln und mich entschuldigen und sagen, dass ich Deinen Brief zu schätzen weiß.

Wallace mochte stolz auf seine Arbeit sein, aber er schämte sich für sein Benehmen. Er zeigte nicht gerne seine verletzliche Seite. »Ich habe doch tatsächlich vor Howard beim Essen in einem Bistro irgendwo in der 23. Straße geweint – *würg*«, schrieb er Nadell im September; einen Monat später machte er sich deswegen immer noch Gedanken. Aber sie verdiente eine noch größere Entschuldigung, fand er: Falls er sie beleidigt haben sollte, würde er »das zuständige Jaulen« kriegen. Für die »finstere Zeit« in New York machte er die anstrengende Arbeit an »Westwärts« verantwortlich (»Ich musste mich irgendwie in einen echten Ausnahmezustand steigern, um das Ding fertig zu bekommen«, erklärte er), ebenso wie

> eine wirklich seltsame, hierarchisch geprägte Atmosphäre in Yaddo, die besagte Finstere Zeit ganz direkt beeinflusste, als sich die sicher gut gemeinten Ratschläge der Älteren Schriftsteller als eher fehlgeleitet erwiesen. Viele dieser Älteren Schriftsteller haben anscheinend alles Nötige, um passable Literatur zu verfassen und sich energisch mit Dingen wie Geld, Vertretung ihrer Interessen etc. zu befassen. Ich kann das schlicht nicht.

Hoffnungsvoll fügte er hinzu: »Unsere Kommunikationswege sind so gut, dass ich mir keine Sorgen mache, ich könnte Dich auf unentschuldbare Art beleidigt haben.« Er hatte recht: Nadell kannte Wallace besser, als er sich selbst, und sie wusste, dass er jetzt wusste, wie sehr er sie brauchte.[49]

Glücklicherweise hatte Dale Peterson ihm mittlerweile die Dozentenstelle an seiner Alma Mater sichern können, was Wallace nach den Turbulenzen in Yaddo und New York auf ruhigere Zeiten hoffen ließ. Wenn er schon unterrichten musste, dann am liebsten so. Er würde 6500 Dollar für ein einziges Schreibseminar mit einer Doppelstunde pro Woche im Herbst bekommen, deutlich mehr, als ihm ein ganzes Jahr Lehre in Arizona eingebracht hatte. Die restliche Zeit war fürs Schreiben gedacht. Und er konnte anfangs bei Peterson wohnen, für den er während der Collegejahre auf sein Haus aufgepasst hatte. Er konnte ein Schlafzimmer bekommen – »wie ein richtiger Mensch«, bot Peterson in einem Brief an – oder, falls ihm das lieber war, im Wohnzimmer bei Papagei Lolita schlafen, der als Vlad der Pfähler in den *Besen* eingegangen war, bis er »eine körnerfreie Bleibe« gefunden hatte. Wallace war abergläubisch. Er dachte, wenn er die Umstände, unter denen sein Roman wie durch Magie entstanden war, teilweise wiederherstellen konnte, würde die Inspiration vielleicht auf ähnliche Weise zuschlagen. Er sah sich an einem Scheideweg: Es war lange her, dass er ohne Lehrer und ohne Seminare geschrieben hatte.

Ende August war er also wieder in Amherst, gute zwei Jahre, nachdem er es verlassen hatte. Vorübergehend zog er bei den Petersons ein. Möglicherweise war es ein schlechtes Omen, dass Lolita gerade gestorben war – »ihre kleine Pumpe hat nicht lange genug durchgehalten, um ihren Neuschöpfer zu treffen«, schrieb Peterson. Dafür freute er sich, dass Andrew Parker, sein Lieblingsdozent für Literaturtheorie, sein Büro mit ihm teilen wollte. Außerdem durfte er Petersons Arbeitsplatz in der Frost nutzen. Trotzdem spürte Wallace sofort, dass er einen Fehler begangen hatte. Amherst 1987 war nicht sein Amherst. Es war kaum noch jemand dort, den er kannte; er war allein. Walden und Wallace hatten ihre Beziehung für den Sommer auf Eis gelegt, und jetzt nahm er wieder Kontakt auf und schlug zum zweiten Mal vor, zu heiraten. Seinen Freunden erzählte Wallace, sie hätten einen Termin im Spätherbst in einer Kirche in Cicero in der Nähe von Chicago ausgemacht; Waldens Vater, ein Pfarrer, würde die Zeremonie vornehmen. Costello sollte Trauzeuge werden. Er riet Wallace, er solle sich gut überlegen, ob er sich wirklich sehenden Auges darauf einließ. »Mit Adleraugen«, antwortete Wallace. Walden war dagegen verständlicherweise vorsichtig. Sie zog zu einer Freundin in Belchertown, ein paar Kilometer von Amherst entfernt, um in Wallaces Nähe zu sein, und sie und Wallace bemühten sich, ihre Beziehung wieder aufzunehmen. Aber sein Trinken und seine Depressivität machten ihr Sorgen, und so blieb sie auf Abstand.

Für Wallace war das eigentliche Problem, was er als Nächstes schreiben sollte. Was er zu sagen hatte, hatte er in »Westwärts« gesagt. Dazu war er geboren worden, und dabei hatte er, wie er später in einem Interview erklärte, »einen großen Teil von mir zerstört«. Wie ein Süchtiger, der an seinen letzten Exzess zurückdenkt, schauderte Wallace später bei der Erinnerung daran; er beschrieb sie als »der reinste Horror [...] eine Dauermigräne [...] plump und naiv und anmaßend«. Franzen erklärte er: »Ich wollte etwas ganz Offenes«, wie »die blutenden Gedärme eines Patienten, der anästhesiert auf dem OP-Tisch sterben müsste, es aber nicht tut«. Seit er die Erzählung beendet hatte, hatte er kein einziges Wort geschrieben; in einem Interview sagte er später, ihm sei klar geworden, dass die Geschichte auch »eine Art Abschiedsbrief« war – wenn er auch keine reine Metafiktion schrieb, konnte er doch eine überzeugende Fassade der Realität aufbauen. Der Pfeil, mit dem er die fiktive Gale getötet hatte, hatte auch ihn getroffen.

In Yaddo hatte er viel getrunken, weil er kein Gras hatte und weil McInerney trank und weil ein Teil von ihm McInerney sein wollte. In Amherst hatte er immer noch kein Gras, und jetzt wurde das Trinken selbst zum Problem. Er schrieb JT, er habe sich »ein kleines Alkoholproblem zugelegt, mit dem ich mich herumschlagen muss«. Der muntere Brief täuschte über sein Entsetzen hinweg, dass sich dieser Platzhalter zu einer neuen Sucht entwickelt hatte und damit zu einem weiteren Grund, sich zu verabscheuen. Vielleicht hätte er nicht getrunken, wenn Arbeit auf ihn gewartet hätte, aber die Tage erschienen ihm leer und sinnlos.[50] Als er erfuhr, dass die *Paris Review* »Tiere sehen dich an« gekauft hatte, schrieb er JT, dass »Viking darüber sehr glücklich« sei, aber »mir ist es mittlerweile egal«. Nach seiner Ankunft in Amherst hatte er Petersons Hausbar geleert und die Flaschen stillschweigend ersetzt, nur um sich ein zweites Mal durch die Bar zu arbeiten. Wenig später fand er eine Wohnung in North Amherst – »nicht besonders schön und außerdem teuer«, schrieb er Washington –, und für kurze Zeit konnte er dem Herbst in Neuengland etwas Freude abgewinnen, zumindest durch den Weichzeichner seiner Briefe betrachtet. »Ich hocke inmitten von Kartons«, schrieb er Nadell Anfang September, »und spreche Dankgebete für etwas unmöblierte Privatsphäre. Das Laub droht schon wieder, malerisch zu werden.« Aber seine gute Laune hielt nicht lange. »Bitte, *bitte* hol mich hier raus«, flehte er Nadell wenige Wochen später an. Er schrieb, er höre

»traurigen Springsteen und Neil Young. Ich laufe herum wie Rick [Vigorous] und denke an Katastrophen zurück.« Forrest Ashby schrieb er, er würde überlegen, nach Kanada zu ziehen und an der Highschool zu unterrichten.

Wallace stand am Rande einer neuen Depression. Alles, worauf sein Leben aufbaute – Seminare, seine Arbeit, seine Beziehungen, die Drogen –, war weggebrochen. Also wandte er sich dem Fernsehen zu, seiner Notfalldroge, und linderte seinen Schmerz mit Stunden voller Sitcoms, Seifenopern und Sportveranstaltungen. Und er trank noch mehr.[51] »Schick Bitte Kein Bob«, schrieb er einem Kontakt in Tucson, weil er wusste, dass Marihuana genau das Falsche gewesen wäre. Später hieß es allerdings: »Bobs Anwesenheit dringend erwünscht.«

Das Semester begann. Für einen Erstlingsroman war der *Besen* erfolgreich gewesen, aber Wallace war noch lange nicht berühmt.[52] Für die Studenten in Amherst war er nur ein Name auf dem Seminarplan. Sie wussten sogar weniger über ihn als über die meisten anderen Dozenten, weil er in letzter Minute für einen anderen Lehrer eingesprungen war. Daher waren sie bei der ersten Sitzung überrascht, dass ihr Dozent kaum älter war als sie selbst und mit einer Glücksbärchis-Mappe in Pink und einem Tennisschläger auftauchte. Vor dem ersten Termin hatte Wallace um Schreibproben gebeten – in Amherst suchten die Dozenten ihre Teilnehmer aus. Als eine Studentin gefragt hatte, warum sie zeigen sollte, wie gut sie schreiben konnte, um lernen zu dürfen, wie man besser schrieb, hatte Wallace ihr aufgrund dieser Tautologie – und vielleicht ihres Unbehagens – geantwortet, sie dürfe auch einen Einkaufszettel einreichen. Am Ende ließ er dreizehn Studierende zu.

Wallace wusste, dass er nicht schreiben konnte, wenn er intensiv unterrichtete, er wusste aber auch, dass er ohnehin nicht schrieb. Also stürzte er sich auf die Lehre, versah die Texte der Studierenden mit seitenlangen Anmerkungen und vertiefte sich in ihre Arbeiten. Durch das Unterrichten hatte er etwas, worauf er sich konzentrieren konnte, es gab ihm das Gefühl, etwas zu erreichen, und das Wissen, seinen Eltern Respekt zu zollen, und all das brauchte Wallace. Die Studierenden waren erstaunt darüber, wie viel Energie er ins Seminar steckte.

Weil Wallace aus Arizona das Gefühl kannte, seine Dozenten würden auf ihn herabsehen, achtete er darauf, dass seine Kommentare konstruktiv waren und im Seminarraum ein positiver Ton herrschte. Er wollte nicht die entmutigende Atmosphäre aufkommen lassen, die er gerade hinter sich gelassen hatte. Wie sich ein Student erinnert, ermahnte er alle, auf den Geschichten der anderen nicht »mit Stollenschuhen zu steppen«. Der Lehrplan war konventionell gestaltet, er sollte das grundlegende Handwerkszeug des Schreibens vermitteln: Figurengestaltung, Dialoge und Handlung. Er ließ seine Studierenden »Warum ich auf dem Postamt wohne« von Eudora Welty lesen, um ihnen eine unzuverlässige Erzählerin zu zeigen, und »Living Alone in Iota« von Lee K. Abbott wegen des besonderen Tons. »Nur, weil etwas wirklich passiert ist, ist es noch keine gute Geschichte«, erinnerte er sie gern. Er konnte tatsächlich so umschalten – von dem Bravourstück, »Westwärts« zu schreiben, zum Vermitteln grundlegender Schreibtechniken; es bereitete ihm sogar mehr Freude, je einfacher der Stoff war. Er suchte im Seminarraum keine Herausforderungen, weder persönliche noch intellektuelle, sondern Gewissheiten, die ihm bei seinen eigenen Texten versagt blieben. Jede Sitzung begann mit einer Grammatiklektion – dem Unterschied zwischen »scheinbar« und »anscheinend« oder »fraglich« und »fragwürdig«. »Ich bin Grammatikfanatiker«, erklärte er den Studierenden gerne. Einmal schrieb er die Wörter »ergötzlich«, »minimalistisch«, »lang« und »einsilbig« an die Tafel. Er fragte die Teilnehmer, was diese vier Wörter gemein hatten, und als niemand antworten konnte, erklärte er fröhlich, die Form der Wörter würde ihrer Bedeutung genau entgegenstehen: »ergötzlich« war hässlich, »minimalistisch« war lang, »lang« war kurz, und »einsilbig« war dreisilbig. So guter Dinge hatten ihn die Studierenden selten erlebt.[53]

Der fünfundzwanzigjährige Wallace war ihnen ein Rätsel. Er

erschien zu den Sitzungen mit seinem Arizona-Kopftuch (damit ihm die Haare nicht ausfielen, glaubten einige), Timberlands und kariertem Hemd, fluchte und legte häufig Zigarettenpausen ein. Er versuchte, sich das Rauchen abzugewöhnen, und kaute stattdessen Tabak.[54] Seine Sprechstunde verlängerte er bereitwillig, so lange die Studierenden wollten, aber wenn er ihnen auf der Straße über den Weg lief, beachtete er sie kaum. Ein Student fühlte sich an Dostojewskis Mann aus dem Kellerloch erinnert. Als Costello zu Besuch kam, erschien ihm sein früherer Mitbewohner irgendwie ausgelaugt. Er erinnert sich, dass »alles in totaler Zeitlupe ablief – wenn er sich zum Rausgehen etwas anzog, wenn er seine Autoschlüssel suchte oder den Kautabak, seine Kladde, einen Stift, wenn er eine SMS schrieb«. Im Kühlschrank lagen nur Blondies[55] und Senf. Wallace beichtete dem Collegefreund seine Sorge, das Kiffen könnte seinem Hirn permanenten Schaden zugefügt haben und er würde vielleicht nie wieder schreiben können.

Auch depressiv besaß er noch Anziehungskraft. Zwei Studentinnen aus seinem Seminar zogen eines Tages los, um zu sehen, wo er wohnte, und stellten begeistert fest, dass seine Wohnung in einem heruntergekommenen Teil von Amherst direkt über einem Sandwichladen lag. Einige Studenten aus seinem Kurs luden ihn ein, sich in Springfield, über die Interstate etwa vierzig Minuten entfernt, eine irische Band anzusehen, und er nahm zu ihrer Überraschung an. Als Wallace sie zurückfuhr, drehte sich der Wagen plötzlich, und sie mussten sich am Straßenrand erst von dem Schreck erholen, bevor sie wieder einsteigen und zurück zum College fahren konnten. Das Abenteuer wurde nicht wiederholt. Auf die Studenten wirkte Wallace verstört, innerlich leer, erwachsen.

Gegen Ende des Semesters machte Wallace gelegentlich Anspielungen auf ein anderes Leben. Als er seinen Studenten einen Ausschnitt aus *Ich nun wieder* zu lesen gab, erwähnte er, er sei mit dem Autor in Yaddo gewesen, als dieser an dem Buch arbeitete. Im Herbst fuhr er nach New York, wo er den Whiting Writers'

Award erhielt, und erzählte nachher, er habe Eudora Welty kennengelernt. Kurz vor Ende der Vorlesungszeit sollten die Studierenden Wallaces *Jeopardy!*-Geschichte »Tiere sehen dich an« lesen und kommentieren. »Das ganze Semester über habe ich eure Texte gelesen, jetzt könnt ihr mal was von mir lesen«, meinte er.

Seine Verpflichtungen beschränkten sich auf das Seminar, das einmal die Woche stattfand, und seine Sprechstunden. »Im Grunde bin ich auf mich allein gestellt«, schrieb er Ashby. Er merkte, dass ihm ein fester Rahmen fehlte, wie er später im Semester in einem Brief hinzufügte. »Der Blick aus meiner Wohnung, in der ich unfassbar viel Zeit verbringe, scheint immer durch dreckige Fenster zu fallen, egal, wie energisch man ihnen mit Windex zu Leibe rückt.« Andrew Parker, mit dem Wallace sich ein Büro teilen sollte, war überrascht, wie selten er seinen ehemaligen Studenten zu Gesicht bekam. Und war Wallace doch dort, lud sein Verhalten nicht gerade dazu ein, Fragen zu stellen.

In seinem Umfeld ahnte niemand, wie sehr Wallace litt – das viele Fernsehen (sechs bis acht Stunden am Tag, erzählte er einem seiner Studenten), das Trinken, Drogen und Einsamkeit. Dabei versuchte er durchaus, zu schreiben, es gelang ihm nur nicht. Möglicherweise nahm er sich in dieser Zeit ältere Geschichten noch einmal vor und überarbeitete sie, vor allem »Kirche, nicht von Menschenhand erbaut«. Diese verschachtelte Erzählung über einen Kunsttherapeuten und einen Mann, der mit der Hirnverletzung seiner Tochter fertig werden muss, hatte Wallace zuerst in Mary Carters Workshop in Arizona eingereicht. Etwa zu dieser Zeit begann er zwei Erzählungen, von denen er später sagte, sie seien »einfach *unglaublich* schlecht [...] Hoffnungslos wirr. Hoffnungslos selbstreferenziell.« (Beide sind nie aufgetaucht.) Das Gefühl, er habe in »Westwärts« alles gesagt, was er zu sagen hatte, hielt noch an. Die Geschichte orientierte sich an der Vergangenheit, nicht an der Zukunft; Metafiktion war erledigt, aber was sollte folgen? Er hatte noch nie ohne Inspiration gearbeitet – seine Kreativität war an den manischen

Teil seiner Persönlichkeit gekoppelt. Der *Esquire* zeigte sich jetzt daran interessiert, seine Letterman-Geschichte zu veröffentlichen, aber dafür sollte er zehn bis fünfzehn Seiten streichen. Wallace versuchte es brav, aber am Ende lehnte die Zeitschrift die Geschichte doch ab.

Wie vorherzusehen war, begannen die Planungen für die Hochzeit Ende November zu bröckeln. Walden war nach Chicago zu ihrer Familie gezogen, weil sie sich wegen der Trinkgewohnheiten ihres Verlobten Sorgen machte, und Mitte Oktober besuchte Wallace sie dort. Sie stritten sich. Unter anderem ging es darum, dass Wallace Alice Turner eingeladen hatte und Walden sie nicht bei der Hochzeit sehen wollte, nachdem sie herausgefunden hatte, was in Bennington passiert war. Wallace bemühte sich, es ihr zu erklären, aber Walden ließ sich nicht umstimmen – zumindest berichtete er es Turner so in einem Brief; möglicherweise hatte Wallace den Vorfall übertrieben oder schlicht erfunden. So oder so war die Beziehung offenbar wirklich beendet. Wallace ging wieder auf Sauftour und dachte daran, sich das Leben zu nehmen. »Ich habe nicht nur mir wehgetan, sondern auch ihr und ihrer Familie«, schrieb er drei Wochen später einem Freund und fügte hinzu, nach der erneuten Trennung von Walden fühle er sich »wie tot«.

Trennungen waren oft der Auslöser für Wallaces Zusammenbrüche, schienen aber selten der eigentliche Grund zu sein. Möglicherweise war es sogar ein gezielter Schlag mit dem Hammer der Maßlosigkeit, um in der Beziehung mit Walden eine Entscheidung herbeizuzwingen, ein Versuch, sich aufzurütteln, damit er wieder schrieb. Was auch dahintersteckte, die Trennung von Walden war endgültig.

Nachdem Wallace sich in Amherst beruhigt hatte, sehnte er sich nach Tucson. Er hatte die Stadt nicht besonders gemocht, aber er hatte dort gut geschrieben. Später im Herbst fragte er JT nach den Gerüchten über »umwerfende neue Dichterinnen« im MFA-Programm, und als das Institut ihn einlud, im Januar 1988 eine vom Poetry Center veranstaltete Lesung zu halten, sagte er zu. Er flog nach Westen und traf sich mit alten Freunden, von denen viele noch am Schreibprogramm teilnahmen. Er und Ashby fuhren in die Tucson Mountains westlich der Stadt zum Wandern. Martha Ostheimer, eine neue Studentin und eine Freundin von Forrest, begleitete sie. Um beide zu beeindrucken, rannte Wallace vor ihnen den Berg hinauf, aber er war nicht gut in Form und musste sich kurz vor dem Gipfel in die Büsche übergeben. Am Abend fand eine Party statt, nach der er sich mit Ostheimer stundenlang in ihrem Auto über Literatur unterhielt, vor allem über Pynchon. Er landete in ihrer Wohnung, wo sie die nächsten drei Tage zusammen verbrachten. Kaum hatte die Beziehung begonnen, floh Wallace auch schon. Er flog nach San Francisco und erzählte Ostheimer, er müsse sich mit Nadell treffen. Für die Lesung kehrte er nach Tucson zurück, und während der Veranstaltung beeindruckte er seine alten Freunde damit, dass er die Seiten von »Westwärts« eine nach der anderen zerknüllte und wegwarf. »Als würden sie nicht mehr existieren, nachdem er sie gelesen hatte«, erinnert sich Ostheimer. Als sie Wallace bei JT besuchen wollte, erklärte ihr der ehemalige Marine, er sei nicht zu sprechen. Wallace dankte JT anschließend in einem Brief für seine Hilfe, aber Ashby gegenüber gab er zu: »Ich glaube, ich habe es mal wieder mit einer Frau versaut.« Bei Corey Washington, der in Stanford war, entschuldigte er sich damit, er sei »zu verkatert« gewesen, um ihn zu besuchen. Der letzte Brief ging an Rich C., einen Freund aus dem Schreibprogramm, mit dem er sich früher oft zusammen betrunken hatte. Rich C.[56] nahm seit Kurzem an einem Programm gegen Alkoholmissbrauch teil. »Erzähl mir mal, wie es läuft«, schrieb Wallace. Ihm war klar, dass es nicht ewig so weitergehen konnte.

Im Januar 1988 kehrte Wallace nach Urbana zurück, nachdem sein Lehrauftrag ausgelaufen war. Er hatte versucht, nach Amherst eine Stelle zu finden, aber keinen Erfolg gehabt. Unter anderem hatte er sich an das MFA-Programm der University of Arizona gewandt. »Ich habe im Literaturinstitut nachgefragt«, erinnert sich Steve Orlen, der damalige Leiter des Programms. »Sie wollten ihn nicht.« Frank Conroy, mit dem er zusammen im Frühling 1987 an der Lesung in New York teilgenommen hatte, war ein Fan, erklärte aber, im Iowa Writers' Workshop sei gerade keine Stelle frei. Das Fine Arts Center in Provincetown fand, er sei für ein Aufenthaltsstipendium »überqualifiziert«. Wallace blieb nichts anderes übrig, als sich an seine Eltern zu wenden und wieder den »Mr-und-Mrs-Wallace-Fonds für ziellose Kinder« in Anspruch zu nehmen.

Sechs Monate waren verstrichen, seit er seinen Master of Fine Arts gemacht hatte. In dieser Zeit war kaum etwas gut gelaufen, und er hatte nichts geschrieben. Endlich erkannte er, dass der Alkohol und die Drogen ein Problem waren. Ab Februar besuchte er jede Woche Treffen einer Selbsthilfegruppe. Wallace erzählte später Freunden, dass ihm die Treffen gefielen und ihm auch klar war, dass er etwas tun sollte, was ihm extrem schwerfiel. Fast ein Jahrzehnt lang hatte er exzessiv Marihuana geraucht. Das Gras hatte ihm den Weg zum Schreiben geebnet. Jetzt wollte er dagegen ankämpfen, weil er hoffte, sein Leben voller Ängste, gescheiterter Beziehungen und dem Gefühl, er könne nicht mehr gut schreiben, würde sich dadurch verbessern.[57] Als kleiner Trost sollte im Herbst sein Erzählband erscheinen. Alice Turner hatte die Letterman-Geschichte für den *Playboy* gekauft, und die *Conjunctions*, eine literarische Vierteljahresschrift, hatte sogar »John Billy« eingekauft, die Hommage an Gass. Der Veröffentlichung von *Girl with Curious Hair*, dem zweiten Buch dieses vielversprechenden Autors, schien nichts mehr im Wege zu stehen.[58]

Stattdessen wurde die Lage noch schlimmer. Kurz vor dem Abdruck der Letterman-Geschichte sah ein anderer *Playboy*-Redakteur zufällig die Wiederholung einer Letterman-Folge und hörte überrascht einen Teil der Dialoge aus dem Mund der Schauspielerin Susan Saint James. Er berichtete Turner davon, die ebenso verdutzt die Anwälte der Zeitschrift von der Übernahme informierte. Dass Wallace Aussagen einer lebenden Person verwendet hatte, war rechtlich gesehen in mehrfacher Hinsicht problematisch, nicht zuletzt, weil die Figur, die auch in der Geschichte Susan hieß, abhängig von Xanax war. (Wallace erklärte den Anwälten später, dieses Detail basiere auf seiner eigenen Sucht zu dieser Zeit.)

Die Anwälte des *Playboy* rieten allen, sie sollten sich einfach ruhig verhalten und auf das Beste hoffen – es war zu spät, um die Geschichte zu ändern, und wahrscheinlich würde niemandem etwas auffallen. Die einzige Reaktion vonseiten des *Playboy* bestand in einem wütenden Brief von Turner an Wallace: »Viele Geschichten stützen sich auf die Realität; als erfahrene Redakteurin weiß ich, wie man damit umgeht.« Sie warnte ihn, sein Ruf stehe auf dem Spiel; Plagiate würde man Autoren niemals verzeihen. »Ich hoffe, dieser Brief jagt Dir Angst ein«, schloss sie. »Er soll Dir Angst einjagen.«

Die Juniausgabe 1988 des *Playboy* erschien, die Geschichte war in der Öffentlichkeit und wurde gut aufgenommen, und kein Vertreter von Saint James meldete sich je bei der Zeitschrift.

Allerdings informierte der *Playboy* Viking Penguin darüber, dass Wallace die Herkunft des Materials nicht offengelegt hatte. Gerry Howard verteidigte seinen Autor. (Zum Beispiel behauptete er Turner gegenüber, die ganze Sache sei ein »postmoderner Streich«.) Allerdings hatte der Verlag gerade erst zwei teure Prozesse überstanden und wollte kein Risiko eingehen. Die Verlagsjustiziare baten Howard, er solle Wallace nach den realen Vorbildern für die Geschichten in dieser Sammlung fragen. Sie wollten für jede Tatsache und jede Behauptung im Buch die Quelle erfahren, Absatz für Absatz. Howard erinnert sich an den Vorgang als »literarisches Äquivalent einer Leibesvisitation. [...] ›Beine breit‹.«

Im Haus seiner Eltern kehrte Wallace den Schreibprozess um und legte Quellen für Texte offen, die er zum Teil zwei Jahre zuvor geschrieben hatte. Er verfasste eilig eine achtzehnseitige Antwort an Howard.[59] Dabei war er immer noch nicht sicher, wie groß seine Probleme waren. Im Brief schlug er stellenweise einen scherzhaften Ton an:

S. 148 – Soweit ich weiß, hat David Letterman nie gesagt »Kommen wir jetzt zum heiteren Teil« – egal, ob immer wieder oder nicht. Aber irgendwie passt es genau zu ihm.

An anderer Stelle entschuldigte er sich. Er gab zu, dass er Saint James Ende 1986 oder Anfang 1987 bei Letterman gesehen hatte und dachte, ihr Auftritt könne

einen guten Rahmen bieten, um auszuloten, wie der Humor und das Zusammenspiel in Lettermans Sendung funktionieren und wie sich eine mäßig berühmte Frau fühlen muss, wenn sie öffentlich mit der Tatsache konfrontiert wird, dass sie und dass sie zu Recht mäßig berühmt ist.

Während er zugab, dass er den Kern der Geschichte dem wahren Leben entnommen hatte, versuchte er, etwaige Implikationen zu verschleiern:

Die Hauptfigur soll zwar in keiner Weise den Menschen Susan St James darstellen, aber ihr Gespräch mit Letterman, in dem sie über Oreos diskutierten und sie darauf beharrte (und das deutlich sarkastischer als in der Geschichte), sie habe die Werbespots aus Spaß gedreht, ist tatsächlich zugleich Teil der Geschichte und einem allgemein bekannten Ereignis entlehnt. Aber mir ist nie der Gedanke gekommen, jemand könne glauben, es ginge in der Geschichte um den Menschen Ms St James.

Er erinnerte sich, dass Turner ihn gefragt hatte, woher die Dialoge in der Geschichte stammten, sagte aber nur, er habe »gedacht, es sei nicht erwähnenswert«. Und er habe auch nicht daran gedacht zu sagen, woher der Name der Protagonistin stammte – »ein grober Schnitzer«. Er gab auf und gestand: »Auf jeder Seite steht mindestens eine Zeile, die ich übernommen habe oder an die ich mich einfach nicht erinnern kann.«

»Mein Auftritt« war verloren, das wusste er: »Was die rechtliche Seite und die Fairness dem Verlag gegenüber angeht, ist das Stück im Arsch«, schrieb er Howard. Für die anderen Erzählungen ohne so deutliche reale Vorbilder kämpfte er dagegen weiter. »Tiere sehen dich an« versah er für Howard mit den Anmerkungen:

> S. 11 – John Updike ist der Name eines echten Schriftstellers, den die Figur Julie nicht ausstehen kann.
> S. 20 – Einige der erwähnten Marotten, etwa eine Abneigung gegen Digitaluhren und Koffein, Angst vor flackerndem Neonlicht, stammen von Frauen, mit denen ich ausgegangen bin.

Als er zu seinem geliebten »Westwärts« kam, flackerte sein Witz wieder auf:

> S. 260 – Kierkegaard ist lange tot, und ich glaube, seine Ideen sind Gemeingut, entweder das, oder eine Menge Professoren auf der Welt machen sich strafbar.

Unter der schnippischen Oberfläche versteckte sich ein Körnchen echter Verwirrung und Verständnislosigkeit. Wenn man das Wesen der Wirklichkeit, vor allem der medialen Wirklichkeit, erforschte, musste man diese Wirklichkeit dann nicht in seine Arbeit einbinden? Schon als Kind hatte Wallace die Gründe für Regeln verstehen wollen. Warum konnte man in einer Geschichte die Namen von Figuren aus »Verirrt im Juxhaus« verwenden, fragte er Howard jetzt, aber in einer anderen nicht einen Vorfall aus einer Letterman-Folge? »Vielleicht bin ich ja dumm, aber ich sehe da keinen Unterschied.« Howard leitete den langen Brief an die Anwälte von Viking Penguin weiter. Die Erzählungen wimmelten vor juristischen Fallstricken; Wallace hatte sich als reichlich unzuverlässig erwiesen, und Kurzgeschichten brachten nicht viel ein. Obwohl die Korrekturfahnen schon gedruckt waren, beschloss der Verlag zum Entsetzen des Lektors und des Autors, den Band nicht zu veröffentlichen. »Sie haben nicht einmal geglaubt, dass sie verlieren würden, sie haben nur geglaubt, dass man sie verklagt«, beschwerte sich Wallace fast zehn Jahre später immer noch entsetzt in einem Interview:

> Sie haben sich auf das sogenannte Persönlichkeitsrecht berufen. Nicht auf das Recht auf Privatsphäre, sondern auf das Recht auf Öffentlichkeit, als wäre es das Gleiche, ob ich die *Jeopardy!*-Geschichte veröffentliche oder daraus Kapital schlage, dass ich zufällig so aussehe wie Pat Sajak – etwa wenn ich als Pat Sajak Einkaufszentren einweihe und mir Gagen einstecke, die eigentlich ihm zustehen würden. Ich fand das alles völlig absurd.

Er hatte nicht ganz unrecht. Was hatte er anderes getan als das, was Autoren tun müssen? Er hatte verschiedene Unterhaltungsformate genommen, mit denen die meisten Amerikaner so vertraut waren, dass sie nicht merkten, wie wichtig sie waren, und ihnen gezeigt, was diese Formate bedeuteten. Er hatte Giftstoffe in der Kultur aufgezeigt und die Leser vor ihnen gewarnt. Und das sehr unterhaltsam, aber ohne zu täuschen. Er hatte nicht versucht, mit Pat Sajaks oder David Lettermans Ruf Geld zu verdienen, im Gegenteil, er hatte gezeigt, wie sie an uns verdienten, an unserem kümmerlichen Verständnis von Humor und unserer kaputten Selbstwahrnehmung. Und dafür hatte man ihn sang- und klanglos fallen lassen.

Solche Ereignisse wären für jeden Schriftsteller ein herber Schlag, aber für Wallace, der das Gefühl hatte, er habe seit dem *Besen* einen weiten Weg zurückgelegt, waren sie besonders niederschmetternd. Vor allem schmerzte ihn der Untergang von »Westwärts«, das er in keiner Zeitschrift unterbringen konnte. Er hatte einen Abschiedsbrief geschrieben, den nie jemand lesen würde. Aber sogar während sich diese Katastrophe entfaltete, arbeitete Wallace weiter an seiner Karriere. Als er in Amherst unterrichtete, hatte ihn die *Review of Contemporary Fiction*, ein kleines avantgardistisches Magazin, um einen Beitrag zu der geplanten Ausgabe »Der Autor als Kritiker« gebeten. Weitere Beiträge sollten von Gilbert Sorrentino und Barth stammen. Wallace war als Vertreter der jüngeren Generation angedacht und bekam 250 Dollar. Er fand die Gesellschaft »Respekt einflößend [...] aber dadurch wird es natürlich eine Ehre«, schrieb er dem Herausgeber Steven Moore.

Wallace schickte einen langen Essay mit dem Titel »Fictional Futures and the Conspicuously Young«. Wer bisher nur den soufflèleichten *Besen* gelesen hatte, war vielleicht überrascht, mit welcher Eindringlichkeit er die Malaise beschrieb, in der sich Schriftsteller zurzeit befanden. »Unsere Generation«, setzte Wallace an, »hat das Glück, in ein künstlerisches Klima hineingeboren zu sein, das so stürmisch und aufregend ist wie zuletzt bei Pound und Co, als sie die vorletzte Welt auf den Kopf stellten.« Die wichtigste Kraft in dieser labilen Umgebung war in seinen Augen das allgegenwärtige Fernsehen, das im kreativen Schreiben und auch der Lehre noch nicht angekommen sei:

> Die amerikanische Generation, die nach, sagen wir, 1955 zur Welt gekommen ist, ist die erste, die mit dem Fernsehen lebt und es nicht nur sieht. Unsere Eltern betrachteten den Kasten noch so, wie Charleston-Mädchen das Automobil: Erst Kuriosität, dann Vergnügen, dann Verführung. Für uns, ihre Kinder, gehört das Fernsehen ebenso zur Wirklichkeit wie Toyotas und Verkehrskollapse. Wir können uns das Leben ohne sie buchstäblich nicht vorstellen.

Damit sprach er vor allem von sich selbst: Wenn sich jemand das Leben ohne Fernsehen nicht vorstellen konnte, dann Wallace. Aber er übertrug das Persönliche auf die Gesellschaft, und in seinem Weltentwurf stellte das Fernsehen eine wichtige Kraft dar. Es hatte das Erzählen an sich umgeformt, indem es Geschichten in kurze, genießbare und beruhigende Abschnitte zerteilte. Von unseren Mythen bis zu unseren Beziehungen unterwarf sich alles diesem großen Verteiler von Einheitsbrei.

Wallace glaubte, dass die »drei düsteren Lager« der zeitgenössischen Autoren drei verschiedenen Reaktionen auf diese tückische Kraft entsprachen. Ein Lager bestand aus den jungen, hippen Autoren des Brat Pack wie McInerney und Ellis; sie betrieben in seinen Augen einen »Neiman-Marcus-Nihilismus, den sie an Yuppies mit sechsstelligen Einkommen und ihren moralisch unbeleckten, sonnenbankgebräunten Abkömmlingen durchexerzieren«. Ein zweites Lager bildeten die Minimalisten. Ihren Stil charakterisierte er als »Katatonischer Realismus, d. h. Ultraminimalismus, d. h. Carver-schlecht«. Und das dritte bestand aus beinahe jedem anderen Schriftsteller, von dem er je etwas gelesen hatte, vor allem aus den Lieblingen seiner Dozenten in Arizona. Diese Autoren betrieben eine

> Workshop-Hermetik; zum größten Lob für ihre Texte gehören Begriffe wie »fähig«, »geschliffen«, »problemlos«: keine Figur ohne Freud'sches Trauma in greifbarer Vergangenheit, ohne äußerliche Beschreibung mit fast diagnostischer Präzision; kein Bild, das nicht vorschriftsmäßig zu einer Updike'schen Metapher aufgelöst würde; kein Ansatz, nach dem nicht eine ausbuchstabierte Szene »zeigt«, was »gesagt« wurde; keine Lösung vor einer Erleuchtung, die nicht irgendein Freitag [sic] auf irgendeinem Macintosh darstellen könnte.[60]

Wallace räumte ein, dass einige Kritiker den Minimalismus oder den Postmodernismus als Versuche betrachten könnten, dem Gefängnis der modernen, durch das Fernsehen geformten Wirklichkeit zu entkommen, behauptete aber mit Nachdruck, beide Strömungen seien zu beschränkt, um das Problem zu lösen:

> Beide Formen erscheinen mir als schlichte Vehikel für Selbstbezüglichkeiten (die Metafiktion ganz offen, der Minimalismus etwas verstohlener); sie sind primitiv, plump und scheinen bereits wie die Clang Birds den Horizont ihrer eigenen Möglichkeiten erreicht zu haben.

Der Großteil der Literatur hatte in Wallaces Augen das große Manko, dass sie sich damit begnügte, die Symptome der aktuellen Misere aufzuzeigen, statt sie zu lösen. Wallace war sich nicht einmal sicher, welche Art von Literatur die durch das Fernsehen vermittelte Wirklichkeit überwinden könnte, aber er glaubte, wenn ein Autor das herausgefunden hatte, würde man es seinem Ton anhören:

> Schreckt man nicht vor einer ordentlichen Prise Vereinfachung zurück, [...] erkennt man bei der aktuellen Literatur, in welcher die Revolution nach Hiroshima nachklingt, gemeinsame Grundzüge. Etwa ihre Verankerung in der Zeit und den Verlust ihrer Unschuld in Bezug auf die Sprache, die ihr Odem und Brot ist. Das furchtlose Eingeständnis, dass die Beziehungen zwischen literarischem Künstler, literarischer Sprache und literarischem Werk weit komplexer und stärker sind als bisher offensichtlich. Und als Lohn der Mutigen eine Einsicht – dass gerade in diesen verwobenen Beziehungen der Wert einer vorwärtsgerichteten, fruchtbaren Literatur liegen kann.[61]

Wer seine jüngeren Arbeiten aus Zeitschriften kannte, wusste natürlich, dass diese Beschreibung recht gut auf die Erzählungen in *Girl with Curious Hair* zutraf, nur konnte Wallace sich schwerlich noch als Ideal verkaufen: Er schrieb nicht mehr, und als dieser Artikel erschien, schälte sich noch dazu heraus, dass der Erzählband, den er mit dem Essay kommentieren wollte, nicht gedruckt würde. Seinem Prolegomenon würde nichts folgen.

Während der Frühling 1988 verstrich, kehrten Wallaces Gedanken nach Arizona zurück. Er hoffte immer mehr, wenn er dorthin zurückgehen würde, würde er ebenso gut arbeiten und ebenso viel Freude an der Arbeit haben wie bei seinem letzten Aufenthalt dort. Auch wenn die Professoren für kreatives Schreiben an der Universität ihn nicht haben wollten, hatten die Mitarbeiter des studentischen Schreibprogramms seinen außergewöhnlichen Unterricht und auch seine Auszeichnung nicht vergessen. Im Herbst würden sie ihn mit Kusshand wieder als Seminarleiter beschäftigen. Wallace beschloss, lieber im Mai nach Westen zu gehen, als die Sommermonate als übergroßes Kind im Haus seiner Eltern zu verbringen. »Mir fehlen die Hitze und die weibliche Anmut im Überfluss«, schrieb er Corey Washington, gestand aber ein, dass »meine Rückkehr nach Tucson nicht gerade triumphal ausfällt«.

In Tucson kam Wallace zunächst bei Heather Aronsons Schwester Jaci unter, die in einem Haus mit Verdunstungskühler wohnte. Er schlief im Wohnzimmer neben der Stereoanlage, damit er seine mitgebrachten Meditationskassetten hören konnte. Er aß sämtliche Pop-Tarts im Haus auf und wollte seiner Gastgeberin dafür Geld geben, und er packte seinen Computer nicht aus, weil er sich Sorgen wegen der hohen Luftfeuchtigkeit machte.

Mit Heathers Hilfe fand er eine Stelle bei Monica's, einer Bäckerei in der Nähe, wo er morgens früh den Sauerteig zum Brotbacken vorbereitete. Die Besitzer hatten ihn sehr gern dort, wie Aronson sich erinnert – Wallace konnte auf seine »Einfache-Leute«-Art umschalten, wenn er wollte. Und die körperliche Arbeit entspannte ihn – man braucht kräftige Arme, um einen Sauerteig zu rühren. »Die Zeit messe ich daran, wie viele Stirnbänder ich durchschwitze und in die Spüle legen muss«, schrieb er Nadell im Juli mit einer gewissen Zufriedenheit. Innerlich aber war er unglücklich und nervös und hatte das Gefühl, dass schiefgehen würde, was nur schiefgehen konnte. Er wollte in Erfahrung bringen, was mit der *Jeopardy!*-Geschichte passiert war, die die *Paris Review* ein knappes Jahr zuvor genommen hatte. Die Zeitschrift hatte ihm den John Train Humor Prize mit einem Preisgeld von 1500 Dollar verliehen, das er gut gebrauchen konnte. »Könnte es sein«, fragte er seine Agentin, »dass sie glauben, ich hätte ihnen mit der Geschichte einen Streich gespielt, und jetzt spielen sie mir einen noch gemeineren?« Er hatte entweder nicht mitbekommen oder vergessen, dass die Geschichte im Frühjahr erschienen war, während er den Anwälten von Viking Penguin Antworten liefern musste.

Er traf sich oft mit Rich C. Von ihm hatte Wallace die Kassetten bekommen, genauer gesagt die Erfahrungsberichte von Bob Earl, einem Alkoholiker, der mit seinen Reden über Glauben und Genesung viele Süchtige inspiriert hatte. Rich C. gehörte einer Gruppe an, die deutlich eindringlicher arbeitete als Wallaces Gruppe in Urbana. Solche therapieähnlichen Ansätze verspottete man in Tucson als »Tränchen und Problemchen«, wie sich Rich C. erinnert. Hier hielt man sich dagegen streng an das »Blaue Buch« und die zwölf Schritte zur Abstinenz, die im Grundlagenbuch der Anonymen Alkoholiker vorgeschrieben werden.

Rich C. übernahm in der Tucsoner Gruppe für Wallace die Rolle als Sponsor, also als erfahrener Abhängiger auf dem Wege der Genesung, der praktische und spirituelle Hilfe leistete. Ein Schritt des Programms verlangte, dass der Alkoholiker »eine gründliche und furchtlose Inventur in seinem Inneren« von seinem Leben und allen Entscheidungen vornahm, die ihn an diesen Punkt gebracht hatten – das tat Wallace in einem zehnstündigen Monolog, in dem er Rich C. alles erzählte, von den Ängsten in seiner Kindheit über die Probleme in der Ehe seiner Eltern bis zu seinen Sorgen, er könne nicht mehr schreiben. Als weiteren Schritt sollen sich die Alkoholiker bei den Menschen entschuldigen, die sie verletzt haben. Wallace besuchte Ostheimer und sagte ihr, es tue ihm leid; an dem Wochenende, an dem er sie verlassen hatte, habe eine andere Frau in San Francisco auf ihn gewartet, und er würde an einer Sexsucht leiden. Er schrieb Professor Kennick nach Amherst und gestand, dass er verbotenerweise für Hausarbeiten in Kennicks Kursen Sekundärliteratur benutzt hatte. Dale Peterson schickte er Geld für den Alkohol aus der Hausbar, den er getrunken hatte. »Ich lege eine geringe, aber ich glaube korrekte Summe bei, um Ihren Spirituosenverlust zu ersetzen«, schrieb er und erklärte, es sei ein »persönlicher Gefallen«, wenn Peterson das Geld annähme. Er fügte hinzu: »Es ist kein Spaß hier, aber im letzten Winter bin ich wirklich ans Ende meiner Kräfte gelangt, und ich muss einfach lernen, anders zu leben.« Er schrieb, die Gruppe, der er sich angeschlossen habe, »hat eine unglaubliche Erfolgsrate bei Leuten, die noch kaputter sind als ich, und ich tue einfach, was sie mir sagen«.

Wallace zog von Jaci zu Rich C. Phasenweise brachte ihn die Nüchternheit so durcheinander, dass er nur auf dem Sofa lag und fernsah, aber nach und nach fing er sich und beteiligte sich an den Gruppentreffen. Er entschuldigte sich bei Heather Aronson dafür, dass er bei seinen Noten für den Collegeeignungstest übertrieben hatte (tatsächlich hatte er Forrest Ashby von einem perfekten Notendurchschnitt erzählt), und bei Amy für seine Gemeinheiten, als sie jünger waren. Seinen Sponsor fragte er, ob er kiffen könnte, wenn er mit dem Trinken aufhörte; immerhin hatte er das fast zehn Jahre lang regelmäßig getan. Rich C. konnte er damit nicht überzeugen. »Warum spritzt du dir nicht gleich Heroin, um vom Alkohol loszukommen?«, fragte er zurück. Von seinem Sponsor lernte Wallace ein Gedicht, das Franz von Assisi zugeschrieben wird – »Herr, mach mich zu einem Werkzeug deines Friedens« –, und er sagte es häufig auf. Ein wichtiger Teil des Genesungsprogramms ist es, sich »einer Macht, größer als wir selbst«, anzuvertrauen. Dieser Teil fiel Wallace am schwersten. Er stammte aus einer Familie von Skeptikern. Er erzählte, seine Eltern hätten ihm und seiner Schwester nicht erlaubt, in die Kirche zu gehen, weil es ihr klares Denken trüben könnte; Gläubige seien kaum besser als Tölpel.[62] Andererseits war Wallace gewohnheitsmäßig ein Meisterschüler; wenn er an einem Kurs teilnahm, wollte er ihn mit Bravour meistern. Er führte Denker von Aristoteles bis Wittgenstein an, um zu verstehen, wem oder was genau er sich anvertrauen würde. Rich C. versuchte, die Aufgabe zu vereinfachen: »Bei diesem Schritt geht es nur darum, ob du bereit bist, eine Entscheidung zu treffen.«

Zum ersten Mal in Wallaces Leben war seine übermäßige Intelligenz eine Belastung. Für eine erfolgreiche Genesung brauchte er eher Bescheidenheit als Brillanz. Es fiel ihm nicht leicht, die

Sprüche anzunehmen, mit denen man Demut beweisen sollte, etwa »Dein bestes Denken hat dich hergebracht«. Aber wie klug konnte er schon sein, fragten ihn die anderen Anwesenden bei ihren Treffen, wenn er jetzt vor einem Dutzend Menschen im Kellerraum einer Kirche stand und darüber redete, dass er nicht aufhören konnte zu trinken? Wallace suchte nach einer anderen Möglichkeit, zu glänzen. Einige fundamentalistische Anhänger des Programms sind überzeugt, für eine echte Genesung müsse man auf alle künstlichen Stoffe verzichten, auch auf verschreibungspflichtige Medikamente. Obwohl Wallace immer wieder daran erinnert wurde, er solle nur »die Aufgabe angehen, die gerade vor dir liegt«, wie ein anderer Spruch lautete, hatte er sich bald ein neues Ziel gesetzt. Wenn er ohne das Nardil auskam, auf das er seit vier Jahren angewiesen war, würde er sich damit als außergewöhnliches Mitglied der Gruppe beweisen. Außerdem hoffte er auf einen weiteren positiven Effekt – es war durchaus möglich, dass ein kompletter Entzug ihm neuen Schwung für das Schreiben geben würde. Er konnte sich oft nur schlecht konzentrieren, allerdings wusste er nicht, ob das Gras und der Alkohol der Grund waren oder das Nardil und Xanax und die anderen verschreibungspflichtigen Medikamente, die er zuweilen nahm. Als er seinem Sponsor Rich C. erzählte, dass er das Nardil absetzen wolle, gab der ihm ein Merkblatt der Organisation, in dem klargestellt wurde, dass Meetings keine medizinische Untersuchung ersetzten. Möglicherweise besuchte Wallace einen Psychiater (bei einer Anamnese Jahre später hielt er fest, dass er »nur kurz, wenn überhaupt« mit einem Arzt gesprochen hatte), aber was er auch hörte oder nicht hörte, er beschloss, alle Mittel abzusetzen.

Er setzte das Nardil Mitte August ab, und anfangs schien es ihm gut zu gehen. Früher in diesem Sommer war er in eine Hütte an den Bergausläufern westlich der Stadt gezogen, weit weg vom Campus und seiner Vergangenheit. Er war fest entschlossen, den Freunden aus dem Weg zu gehen, mit denen er früher Drogen genommen und getrunken hatte; die meisten von ihnen wohnten noch in Tucson. Sie machten sich Sorgen um ihn und fragten, ob es ihm gut gehe. »Ich bin einsam, aber ich will nicht aus dem Haus gehen«, sagte er Jaci, als sie ihn anrief. »Es kostet mich wirklich Mühe.« Von seiner Küche aus blickte er auf Riesenkakteen und Dünen.

Während er in dieser Hütte wohnte, schickte ihm ein Verlag die Druckfahnen eines Romans, von dessen Autor Wallace kaum etwas gehört hatte, der ihn aber tief beeindruckte und alles zu verkörpern schien, was er in seinem Essay »Fictional Futures« gefordert hatte. Das Buch war Franzens *Die 27ste Stadt*. Es spielte in St. Louis, mischte postmodernes und traditionelles Erzählen und bewies eine solche Vertrautheit mit dem Ort der Handlung, dass Wallace nur staunen konnte. Eine Verschwörung wie von Pynchon wurde darin in eine medial gesättigte Sprache gegossen; es ging um das Wort *und* die Welt, um einen Realismus für eine Zeit, in der nichts real war. Begeistert antwortete Wallace dem Lektor Jonathan Galassi:

> Ich muss mich mit meinen eigenen Texten gerade sehr herumschlagen, und dieses Buch, ein verflixter Erstlingsroman, ist in seiner Handlung so viel anspruchsvoller als alles, was ich schreiben könnte, so überraschend reif in seiner Vereinigung von Thematik und Figuren und Wirklichkeitsnähe und Imagination, zugleich so wild und *gezielt*, dass ich jede Kritik daran aus ungeniertem Selbstschutz (einer Unterart des Neides) für mich behalte.

Der Roman sei so gut, schloss Wallace, dass es schon »deprimierend« sei. Als er Franzens Roman später in einer Buchhandlung in Arizona entdeckte, sah er enttäuscht, dass man sein Lob nicht benutzt hatte.

Das Semester begann. Nardil baut sich langsam im Körper ab, es dauert Wochen, und Wallace merkte jetzt, wie man sich mit einer nicht behandelten Depression fühlte, so wie zuletzt bei seinem Zusammenbruch im Sommer, nachdem er von Amherst abgegangen war. Seine Freunde von den AA sagten ihm, dass sie sich Sorgen machten. Er wirkte ausgezehrt, verschlossen und ließ die Schultern hängen »wie auf einem Barhocker«, wie sich Rich C. erinnert.

In seinem Schreibseminar gab Wallace seinen Studenten Updikes »A & P« und den ersten Absatz von Flannery O'Connors »Brave Leute vom Lande« zu lesen, um ihnen zu zeigen, wie unterschiedlich man den Gesichtsausdruck einer Frau beschreiben konnte. Dazu kamen innovativere Texte wie Sorrentinos *Die scheinbare Ablenkung des Sternenlichts*, ein Buch, in das er sich im ersten Jahr seines MFA-Programms verliebt hatte, und eine Geschichte seines Freundes Forrest Ashby. Doch schon nach einigen Wochen wusste er, dass er das Semester nicht durchstehen würde. Als Franzen ihn fragte, wohin er schreiben sollte – nach Wallaces Antwort an Galassi tauschten die beiden Briefe aus –, sagte Wallace, die Chancen seien »gering«, dass er Mitte Oktober noch in Tucson sein würde. Und tatsächlich rief er Mitte September, wenige Wochen nach Semesterbeginn und etwa einen Monat, nachdem er das Nardil abgesetzt hatte, seine Mutter an und bat sie, ihn abzuholen. Amy Wallace gab Heather Aronson Bescheid, die mit ihrer Schwester Jaci zu Wallace fuhr und auf ihn aufpasste, bis Sally eintraf. Sie fanden ihren Freund auf dem Sofa unter mehreren Decken liegend. Sein Blick hing starr am Fernseher, und er wollte weder essen noch trinken. Auf dem Herd stand seit Wochen ein Topf Chili, und der Computer, den er nach Arizona mitgebracht hatte, war noch eingepackt. Er erzählte, er habe sich mit einer Vogelspinne auf der Veranda angefreundet.

Ein paar Tage später kam seine Mutter an. Sie mieteten einen Anhänger, luden seine Sachen ein und lasen auf der gut zweieinhalbtausend Kilometer langen Fahrt nach Urbana abwechselnd aus einem Roman von Dean Koontz vor. Mit sechsundzwanzig kehrte Wallace zum vierten Mal nach einem Zusammenbruch nach Hause zurück. Er war verbittert und beschämt und hatte das Gefühl, sein Leben sei gelaufen. Derselbe Psychiater, der ihm schon einmal Nardil verschrieben hatte, setzte das Medikament wieder an, nur wirkte es dieses Mal nicht. Wallace ertrug es nicht, der Depression schutzlos ausgeliefert zu sein. Er litt immer stärker. Die Üble Sache gewann wieder an Einfluss und zerrte an ihm. Eines Nachts nahm er eine Überdosis Restoril, ein Beruhigungsmittel, das er gegen Schlafstörungen bekommen hatte. Sein Vater fand ihn am nächsten Morgen; er atmete nicht mehr und wurde sofort mit einer Ambulanz ins Krankenhaus gebracht, wo er kurzzeitig an ein Lebenserhaltungssystem angeschlossen wurde und man ihm den Magen auspumpte.

Trotz dieser Beinahe-Tragödie schrieb Wallace weiter Briefe – sein Bedürfnis, sich in Worten auszudrücken, ließ nie nach. Von der Intensivstation aus schrieb er Nadell am 23. Oktober:

> Mittlerweile dürftest Du es schon gehört haben ... Ich habe letzten Mittwoch eine Dummheit gemacht, einfach, weil es so wehtut, dass ich mich umbringen wollte, damit es aufhört. Die Probleme haben zum großen Teil mit dem Schreiben zu tun, aber nicht damit, dass ich Dir etwas schicken müsste oder mit Publikationen oder Karrieren, im Grunde mit nichts, was außerhalb von mir selbst läge.

Er erklärte, wie schwierig die letzten Monate für ihn gewesen waren: »Ich verlor einfach den Antrieb zu arbeiten und auch die Fähigkeit, mich oder meine Gedanken zu ordnen. [...] Bisher habe ich das nicht zurückgewonnen, und nun hat mich auch das Vertrauen in meine Schreibfähigkeit verlassen [...] und das Vertrauen darauf, ein halbwegs funktionierender Mensch zu sein. Meine Ziele zurzeit sind bescheiden, vor allem geht es darum, weiterzuleben.« Er versprach, um seiner Familie willen würde er nicht noch einmal versuchen, sich das Leben zu nehmen, stattdessen wolle er »herausfinden [...], wie ich leben kann und wie ich schreiben kann, selbst wenn es nicht veröffentlicht wird. Ich liebe es einfach, zu schreiben. Aber ich denke mir jetzt, lieber ein lebender Hausmeister als ein toter was-auch-immer.«

Weil das Nardil Wallace nicht stabilisieren konnte, empfahlen seine Psychiater eine Elektrokrampftherapie. Wallace hatte das Gefühl, er müsse es versuchen. Seine Schwester besuchte ihn am Tag vor der Behandlung und setzte sich zu ihm. Sie versuchte, ihn abzulenken, aber sie merkte, welche Angst er hatte. Es folgten sechs Behandlungen, nach denen Wallace seiner Mutter zerbrechlich wie ein Kind erschien. »Er fragte etwa: ›Wie macht man Small Talk?‹ oder ›Woher weißt du, welche Bratpfanne du aus dem Schrank holen musst?‹«

Die Freunde, die ihn zu dieser Zeit besuchten, merkten betroffen, dass sein Kurzzeitgedächtnis nicht funktionierte, aber die Zeit verging, die Depression ließ nach, und Wallace fand, die Behandlungen hätten sich gelohnt. »Sie waren unangenehm«, schrieb er etwa einen Monat später seinem früheren Sponsor nach Arizona, »aber sie haben recht gut geholfen.« Er hatte die Üble Sache zurückgeschlagen. Und er bekam endlich eine aufmunternde Nachricht, was das Schreiben betraf. Gerry Howard hatte den Arbeitsplatz gewechselt, den Anwälten seines neuen Verlags W. W. Norton die alten juristischen Probleme vorgetragen und eine andere Antwort erhalten als bei Viking Penguin. Ende November unterschrieb Wallace die Vereinbarung, die das Veröffentlichungsrecht an Norton übertrug, Norton seinerseits zahlte Viking Penguin die 25 000 Dollar Vorschuss und wurde damit Wallaces Verlag. Dort fand man, man könne *Girl with Curious Hair* mit einigen wenigen Änderungen veröffentlichen. »Ist es nicht großartig, endlich das Licht am Ende des Tunnels zu sehen – und nicht wieder einen neuen Tunnel?«, schrieb Howard Ende Dezember und legte eine Liste mit Vorschlägen bei, was aus juristischen Gründen geändert werden sollte. Einer der wenigen Punkte betraf den Ausdruck »feuchter Lendenschurz« aus dem Mund von Alex Trebek. »Nimm bitte ein anderes ›Lieblingswort‹ als ›Lendenschurz‹, eines, das keine homoerotischen Assoziationen weckt«, bat Howard. Wallace willigte ein – aus dem »Lendenschurz« wurde »hervorrufen«.

»Mein Lieblingswort«, sagt Alex Trebek, »ist *feucht*. Wirklich mein absolutes Lieblingswort, vor allem im Zusammenhang mit meinem zweitliebsten Wort: *hervorrufen*.« Er schaut den Arzt an. »Ich meine, wenn ich einfach mal frei assoziieren darf ... Sie sind doch einverstanden?«

Immerhin sollte das Buch erscheinen, ein kleiner Trost für »das bei Weitem schlimmste Jahr meines Lebens«, wie Wallace seinem Sponsor schrieb. Er fügte hinzu: »Ich habe wohl gedacht, wenn man ganz clean & nüchtern wird und wirklich hart arbeitet« im Rahmen des Programms, »müsste das Leben einfach besser werden. Tja, bei mir trifft das nicht zu.«

Erstaunlicherweise arbeitete Wallace Anfang 1989 wieder. Mitte Januar schrieb er Brad Morrow, dem Herausgeber der Literaturzeitschrift *Conjunctions*, er habe mit etwas Neuem begonnen, »das sich zu etwas sehr Langem und sehr Seltsamem entwickelt.« Und Steven Moore von der *Review of Contemporary Fiction* schrieb er am selben Tag: »Ich konnte aus emotionalen und terminlichen Gründen erst vor Kurzem mit einem neuen Projekt anfangen.« Genau wie in Arizona verschickte er seinen Text und sammelte Absagen. Drei Wochen später schrieb er Brad Morrow in optimistischem Ton:

Ich persönlich schicke sehr gerne Material raus – das sorgfältige Kopieren, der Begleitbrief auf dem schmalen Grat zwischen salbungsvoll und arrogant, die adressierten und frankierten Rückumschläge, die dicken Packen ... Ich kenne außer mir keinen aufstrebenden Menschen, der die (ersten paar) Absagen sogar irgendwie mag, weil ich meine Arbeit dadurch noch einmal auf den Weg bringen kann. Ich würde Ihnen sehr gerne etwas schicken, an dem ich arbeite, aber ich habe wie gesagt nur um die hundert Seiten von etwas, das wohl sehr lang wird, wahrscheinlich unzusammenhängend und sich mit ziemlicher Sicherheit nicht für Auszüge eignet.

Es ist nicht sicher, woran Wallace arbeitete – möglicherweise hatte er die Seiten hervorgekramt, an denen er in Amherst verzweifelt war, oder überarbeitete die Kurzgeschichte »Order and Flux in Northampton«, die er wenig später der *Conjunctions* anbot.[63] Sein wiedergefundener Elan wirkte ein wenig forciert, selbst auf ihn.[64] Er spürte deutlich, dass sich etwas ändern musste. So konnte er nicht ewig weitermachen. Er war fast siebenundzwanzig und für Essen und ein Dach über dem Kopf immer noch auf seine Eltern angewiesen. Seine Begegnungen mit dem Gesundheitssystem hatten hohe Kosten verursacht, und als seine Krankenversicherung auslief, musste seine Familie die Rechnungen begleichen, was in Wallace Schuldgefühle auslöste. Morrow schrieb er: »Wenn ich je eine Partnerin und Kinder mit geraden Zähnen und anständigen Sprachkenntnissen haben will, muss ich mir wohl überlegen, wie ich mein Einkommen sichern kann. Das Zeug, an dem ich gerade arbeite, hat kaum inneren Zusammenhalt, und es würde noch mindestens zwei Jahre dauern, bis es fertig oder einigermaßen gut oder beides ist.«

Zurückblickend auf seine ersten Jahre in Amherst überlegte er, sich beruflich wieder der Philosophie zuzuwenden. Dafür gab es sogar einen literarischen Präzedenzfall – William Gass lehrte an der Washington University Philosophie –, und er hätte sowohl einen festen Rahmen als auch eine Krankenversicherung. Wallace bewarb sich für Graduiertenprogramme an der University of Pittsburgh, Princeton und Harvard. Letztes besaß den Vorteil, dass Mark Costello im nahe gelegenen Boston als Anwaltsgehilfe arbeitete. Alle drei Universitäten wollten Wallace aufnehmen und boten Hilfe, immerhin konnte er seine beachtlichen Collegezeugnisse, herausragende Empfehlungen, einen positiv besprochenen Roman und einen zweiten in Vorbereitung vorweisen. Seine Probleme blieben verborgen. Er entschied sich für Harvard. Die Universität hatte einen guten Ruf, Costello in der Nähe und drei namhafte Philosophen, nämlich Hilary Putnam, John Rawls und Stanley Cavell. Allein das Angebot war natürlich eine Ehre, die auch sein Vater anerkennen würde. Er schrieb einem Freund, er würde davon ausgehen, dass er in etwa zwei Jahren promovieren könnte. Im Schnitt brauchten Studenten fast ein Jahrzehnt.

Als Wallace im April 1989 nach Boston zog, hatte Costello für sie schon eine Zweizimmerwohnung im zweiten Stock eines Schindelhauses in Somerville gefunden, in der Nähe der Bahnstrecke nach Cambridge. Das Viertel wurde Little Lisbon genannt, Klein-Lissabon, und Wallace beschrieb es in einem Brief an Franzen als »95 % Portugiesen und Brasilianer und dazu ein bisschen bleichgesichtiges Jungvolk, das vor den Preisen in H[arvard] Square und Back Bay flüchtet«. Auf der Fahrt nach Osten blieb Wallaces Auto in Ohio vor einer Bar mit einem Zigarettenautomaten liegen, was er zum Anlass nahm, wieder zu rauchen (Gras und Alkohol standen wahrscheinlich schon auf dem Plan, seit er angefangen hatte zu schreiben). Er und Costello bauten Bücherregale aus Betonklötzen und kauften einen Futon und zwei Polstersessel aus zweiter Hand. Einer roch so scheußlich, dass Wallace ihn an die Straße stellte und dafür einen neuen Fernsehsessel aus silbergrauem Velours kaufte. Er nahm das vordere Zimmer, Costello das hintere.

Während sich Costello morgens in Schlips und Kragen auf den Weg in die Kanzlei machte, blieb Wallace im selben Bademantel voller Clearasilflecken, den er schon seit dem College trug, zu Hause und breitete seine Handtücher zum Trocknen aus. Wallace schrieb, das konnte Costello sehen, er füllte ganze Notizbücher – ein kastanienbraunes Ringbuch hatte er mitgebracht –, aber Costello wusste nicht, womit, und Wallace erzählte es nicht. Wenn Costello nach Hause kam, saß sein Freund genauso wie morgens im Lehnsessel, viele Stunden und mehrere Duschen später und mit einem Stift zwischen den Zähnen und dem Notizbuch auf dem Schoß. »Wie war dein Tag, Schatz?«, rief Wallace dann. Für Wallace war es ein Vergnügen, wieder mit seinem früheren Mitbewohner im Nordosten zu wohnen, und er erlebte eine Hochphase, ähnlich wie in der ersten Zeit mit Nardil kurz vor seinem Masterstudium. Alles muss wie früher ausgesehen haben. »Es ist reizend und rummelig und ethnisch bunt und das genaue Gegenteil von flachem schwarzem Land, das bis zur Krümmung der Welt reicht«, schrieb er Steven Moore im April.

Beruflich steckte Wallace in einer Mischung aus Warteschleife und Jonglage. Er wartete darauf, dass Norton im August *Girl with Curious Hair* veröffentlichte und einen Monat später das Graduiertenprogramm begann. Den Großteil seiner Zeit nahmen Sachtexte in Anspruch, darunter eine Besprechung von David Marksons Buch *Wittgensteins Mätresse*, das er gekauft hatte, weil er die Werbung in der *Review of Contemporary Fiction* unwiderstehlich fand. »Es ist gut möglich«, gestand er Moore in Bezug auf das Buch, »dass ich der wohlwollendste Leser der Welt bin.«

Allerdings musste er schmerzlich erfahren, dass nicht jeder das Buch so bewunderte. Unter Wallace und Costello wohnte ein freischaffender Intellektueller und Teilzeitmöbelpacker, der sich als »weltgrößter David-Foster-Wallace-Fan« bezeichnete. »*Der Besen im System* ist natürlich auch scheiße«, erklärte er Wallace gern. »Das Buch ist nur weniger scheiße als alles andere, was sonst so rauskommt.« Wallace zog es zu diesem »gescheiterten Englischstudenten« hin, wie er ihn in einem Brief an Moore nannte. Sie sahen sich zusammen Polizeiserien an – die Formulierung des Möbelpackers, damit würde man »die Popkultur observieren«, gefiel Wallace. Die Freundin des Möbelpackers war eine bildhübsche Erbin aus Texas, der Wallace und Costello den Spitznamen »die Echse« gaben. Wallace fing eine Beziehung mit der jungen Frau an und stritt sich später mit ihrem Freund – allerdings nicht wegen der Echse. Es ging um Marksons Roman, den Wallace ihm empfohlen hatte.

Über dieses Buch nachzudenken und zu schreiben war für Wallace ein riesiges Geschenk, kostete aber enorm viel Zeit. Es gibt die Gedanken von Kate wieder, die entweder der letzte Mensch auf Erden ist oder eine Wahnvorstellung davon hat. Das Buch setzt die Wittgenstein'sche Sicht um, dass die Welt allein aus beobachtbaren Fakten besteht, eine These, über die Wallace in seinem Essay »Das leere Plenum« schreibt, sie würde das Gefühl wecken, »dass der eigene Kopf in gewisser Hinsicht die ganze Welt ist«. Kates empfindungslose Gedanken könnten also Wallaces Geist in seiner schwersten Depression widerspiegeln:

> Da ist niemand am Fenster im Gemälde des Hauses. Nebenbei bemerkt.
> Ich bin jetzt zu dem Schluss gekommen, dass das, was ich für eine Person gehalten habe, ein Schatten ist.
> Wenn es kein Schatten ist, ist es vielleicht ein Vorhang.
> Tatsächlich könnte es wirklich nicht mehr als ein Versuch sein, Tiefe anzudeuten, innerhalb des Zimmers.
> Obwohl sozusagen alles, was wirklich ist in dem Fenster, gebranntes Siena ist. Und etwas Ockergelb.
> Tatsächlich ist da auch kein Fenster, wieder sozusagen, sondern nur ein Umriss.
> So dass die paar Spekulationen, die ich über die Person am Fenster gemacht haben mag, deshalb jetzt bedeutungslos zu sein scheinen. Offensichtlich.
> Außer natürlich, ich werde nachher wiederum überzeugt werden, dass es jemanden am Fenster gibt.

Dieses Buch sprach nicht viele Leser an – Kate findet keinen Weg aus ihrem Gefängnis heraus, sie kann es nicht, und das Buch endet ebenso, wie es begonnen hat, mit ihrer Isolation –, aber Wallace sagte es etwas. Sein Freund und Nachbar war nicht überzeugt. Er fand Marksons Roman unterm Strich konventionell und Kates Stimme »nicht authentisch«. Wallace betrachtete sich in diesem Punkt als Experte, immerhin hatte er einen Roman aus dem Blickwinkel einer Frau geschrieben. Jedenfalls war er von dem Buch begeistert – in seinem Essay nannte er es »einen der besten in den Achtzigerjahren in den USA veröffentlichten Romane« – und würde nicht zusehen, wie jemand mit Stollenschuhen darauf steppte. Aus dem Wortwechsel wurden

Handgreiflichkeiten – zumindest berichtete Wallace es so in einem Brief an Moore. Sein Nachbar schlug zu, Wallace schlug zurück, der Möbelpacker schlug ein zweites Mal und brach Wallace die Nase – »genau an der Stelle, die schon geröntgt war und ein nutzloses Pflaster trug«, nachdem er sich beim Basketball verletzt hatte, schrieb Wallace seinem Lektor stolz.[65]

Wallaces zweites großes Projekt war ein langer Text über Rap. In Somerville stand das Buch *Psychotische Reaktionen und heiße Luft* des verstorbenen Rockkritikers Lester Bangs auf der Leseliste. Wallace bewunderte Bangs' überdrehten Stil, der seiner Art zu reden wahrscheinlich näher kam als jede andere Prosa. Bangs' Ausdruck »Erektion des Herzens« gehörte bald zu Wallaces Lieblingsphrasen und führte dazu, dass er in seinem Essay zu *Wittgensteins Mätresse* herausragende Literatur darüber definierte, sie sei geschrieben, »um Köpfe gleichsam wie Herzen schluchzen zu lassen«.[66] Auch *Mystery Train* von Greil Marcus, das unter anderem die musikalischen Wurzeln von Elvis Presley erkundet, ging zwischen Wallace und Costello hin und her. Bangs und Marcus hatten ihre Themen in der Musik früherer Jahrzehnte gefunden, und Wallace fragte sich zunehmend, ob man auch aktuellen Musikströmungen mit einem ähnlichen Ansatz eine tiefere Bedeutung entnehmen könnte. Zu Beginn des Frühlings brachte ein Aussteigerfreund von Costello aus New York eine Kassette mit, auf der *It Takes a Nation of Millions to Hold Us Back* von Public Enemy aufgenommen war, und beide Zimmergenossen waren fasziniert. Rap als eine Mischung aus sprachlicher Innovation und Gesellschaftskritik kam gerade erst im Mainstream an. N.W.A. hatte gerade *Straight Outta Compton* herausgebracht, und Tone Locs »Funky Cold Medina« verkaufte sich so schnell wie kaum eine andere Single. Die Entwicklung zum Gangsta Rap hatte schon begonnen, Nihilismus verdrängte Hedonismus, aber noch ließen sich reizvolle Argumente für Rap als ernsthafte Kunstform finden. Eines Abends beschäftigten sich die beiden jungen Männer in einem Imbiss in der Nähe ihrer Wohnung eingehender mit der Situation. Sie lasen im *Boston Globe*, soweit

Costello sich erinnert, dass Autos angehalten wurden, nur weil die Fahrer »Fuck tha Police« von N.W. A. spielten. Wallace bewunderte die Energie und beiläufige Kreativität im Rap, während er sich selbst wie erdrückt fühlte. Wie die Sänger in ihren Texten mit ihrer eigenen Berühmtheit umgingen, fand er auf spannende Art postmodern. Dazu kam der Widerspruch, dass Rapper für ihre Kunst unbesorgt fremdes Material verarbeiten konnten, während Viking Penguin ihn genau dafür abgestraft hatte.

Wallaces Begeisterung für Rap fand auf einer theoretischen, verbalen und abstrakten Ebene statt. Die Musik berührte ihn nicht so wie die Kiffersongs aus der Highschool oder die melancholischen Stücke zum Abdriften aus Amherst. Sein Interesse ähnelte dem eines überschlauen Kindes, das sich mal unters gemeine Volk mischen will. Aber er fand auch die trotzige Haltung anziehend, die Ablehnung von Autorität und Wohlanständigkeit, nach denen er sich in seinem schwierigen Leben gerichtet hatte. Auch Selbsthass lag in seiner Haltung. Wenn seine Welt schon zusammengebrochen war, sollte die Kunst doch mit untergehen. Als die beiden jungen Männer ein Konzert von Slick Rick und Gang Starr in der Roxbury Highschool besuchten, fiel die Soundanlage aus, und die Turnhalle heizte sich auf. Wallace bekam einen klaustrophobischen Anfall, wie oft auf Konzerten, und Costello brachte ihn nach Hause.

Wallace hatte nicht mehr das Gefühl, er würde gut schreiben – sein Hoch nach der Elektrokrampftherapie war verflogen –, und selbst Sachtexte bereiteten ihm Probleme. Wie Costello sich erinnert, konnten seine Sätze schon mal fünfundsiebzig Wörter lang werden, alle Informationen strömten zugleich aus ihm hervor. »So schreibt sonst niemand Sachtexte«, erklärte er seinem Mitbewohner. Manchmal schrieb er an einem Tag fünfundzwanzigtausend Wörter, um sie am nächsten Tag wieder zu streichen. Wallaces Beziehung zum leeren Blatt war zu dieser Zeit derart wirr und wechselhaft, dass er glaubte, er brauchte einen Mitstreiter, um sich der Unbeschriebenheit des Schreibmaschinenpapiers zu stellen, wie er es in seiner Besprechung von *Wittgensteins Mätresse* genannt hatte. Er gewöhnte sich an, Costello die neuen Textteile hinzulegen, damit er seine Meinung sagen konnte, wenn er nach Hause kam. Wenig später schrieben beide abwechselnd Teile des Essays, Wallace tagsüber und Costello abends. (Costello beschreibt diese Zusammenarbeit als »Briefschach«.) Seinen Mitbewohner einzubeziehen war von Wallace eine ebenso großzügige – er wusste, dass Costello immer noch literarische Ambitionen hegte – wie defensive, sogar verzweifelte Geste.[67] Er lebte von Pop-Tarts und Zigaretten und hörte sich immer wieder »The Big Ship« von Brian Eno an. Als Gale Walden vorbeikam, warnte er sie, er sei in schlechter Verfassung, sie solle ihm lieber fernbleiben.

Immerhin war er dem Wallace-Fonds für ziellose Kinder entkommen und schien es sich wenigstens nach außen gut gehen zu lassen. Er lud Bonnie Nadell ein, ihn im Juni zu besuchen. »Boston ist *großartig*«, schrieb er ihr. »Wir amüsieren uns und hören uns Rap und James Brown an.« Die Warnungen seiner Selbsthilfegruppe in Arizona, was passieren würde, falls er wieder Suchtmittel nahm, hatten sich nicht bewahrheitet – zumindest noch nicht. An den meisten Abenden berauschte oder betrank er sich und hat »fremde Frauen gevögelt«, wie er es später in einem Interview ausdrückte. Eine weitere unkonventionelle Sparte erregte seine Aufmerksamkeit: die Pornobranche. Pornografie fügte sich genau in Wallaces Interessengebiete ein, es gab Berührungspunkte mit der Werbebranche – was wirklich verkauft wurde, war die Vorstellung, dass wir alle ein Recht auf Lust haben, was wiederum das mittelbare Begehren befeuerte, welches Wallace als Wurzel der amerikanischen Malaise sah, nämlich dass wir in einem »Informationszeitalter« leben, wie er in seinem Essay zu *Wittgensteins Mätresse* schrieb, »in dem überkommene Bilder & zwangsweise verabreichter Eros die aktive Contenance bzw. das sakrale Mysterium als Ziele, Werte, Sinn ersetzen. Usw.«

Wallaces Erkundung der Branche begann als Roman, aber er stieß bald auf Schwierigkeiten. »Ich stecke bei der Recherche zu etwas fest, das mir mächtig Angst einjagt«, schrieb er Franzen im Mai. »Es ist richtig groß und schwierig und verlangt nach einer Stimme, die ich offenbar nicht im Repertoire habe.« Er schrieb, sein Freund könne sich wegen seines Talents glücklich schätzen, und fragte sich, wo seine eigene Erzählstimme geblieben sei; sein Schreiben bewertete er mit »3,5 von 10 Punkten«.[68] Während er weiterarbeitete, pendelte das Pornografieprojekt zwischen Roman und Sachtext. In einem Essay in der *Review of Contemporary Fiction* erinnerte Costello sich später an Wallaces hektische und intensive Recherchen:

> Wallace erstellte für seine Arbeit akribische Fahrpläne. Aufstehen. Mit einer Pornoschauspielerin telefonieren, die für ihre Blowjobs im Film berühmt war. Auflegen. Fragen: Ist der Pornostar Schauspielerin? Schauspielerin im OED nachschlagen. Schauspielerin: weibliche Form von Schauspieler. Schauspieler nachschlagen: Jemand, der in einem dramatischen Werk eine Rolle spielt. Bei einem Blowjob ist sicher einiges gespielt. Also gut: Ist ein Blowjob ein dramatisches Werk?

Irgendwann fand Wallace, Erfahrungen am Filmset könnten hilfreich sein. Er erklärte Nadell: »Du wärst vielleicht überrascht, wie wenig handfestes Material (was keine Anspielung sein soll) über die praktische Seite der Pornobranche existiert.« Er fuhr fort:

> Mir fehlen einfach die banalen Einzelheiten, an die ich wahrscheinlich nur käme, wenn ich mich unauffällig im Hintergrund einer echten Produktion herumdrücken würde: Fragen zum Drehbuch etwa, zur durchschnittlichen Länge der Dreharbeiten, der typischen Dauer einer Produktion vom Einkauf des Treatments über das Casting und Proben (gibt es Proben? Selten, würde ich schätzen) und Choreografie (natürlich) und Aufnahmen in der Totalen und en détail (Moneyshots, Cumshots, mimische Reaktionen etc.) bis zu Schnitt, Vervielfältigung, Vertriebsverhandlungen.

Wieder interessierte ihn, wie die Medien die Wirklichkeit änderten, die sie eigentlich nur aufzeichnen sollten, und konzentrierte sich auf Konventionen in Pornofilmen: Was sollten die lesbische Liebesszene, die Masturbationsszene?

> Warum gibt es in vielen Filmen eine nur angerissene, für die Handlung überflüssige Figur, die scheinbar den Zuschauer verkörpern soll (der Lkw-Fahrer in *Debbie Does Dallas II*, der unerträgliche Fluggast in *Mile-High Girls*) und zum Abschluss des Films die Hauptdarstellerin(nen) bekommt?

Nadell versprach, ihm zu helfen, ebenso wie Alice Turner vom *Playboy*. Die verletzten Gefühle in dieser Beziehung waren geheilt, und die beiden trafen sich wieder in New York, als Wallace in der Stadt war. »Alice war wie immer wunderbar und großzügig«, schrieb er Nadell Ende Mai, »und wie es aussieht, kann sie mir einige Türen öffnen.« Turner erlaubte ihm, sich bei seinen Recherchen auf den *Playboy* zu berufen. Sie hoffte, er würde einen Artikel über seinen Besuch als Schriftsteller bei einem Pornodreh schreiben.

Nadell kam im Juni nach Somerville. Wallace siedelte auf den Futon um, während Nadell in seinem Bett schlief. Jeden Vormittag konnte sie ihren Autor beim Schreiben beobachten. Abends begleitete sie die beiden jungen Männer auf eine billige Falafel oder Hamburger oder blieb mit ihnen zu Hause und hörte Musik. Wenig später traf sie in New York Lee Smith, einen Lektor bei Antaeus, der mit Wallace und Costello Kontakt hatte. Sie schlug vor, aus dem Gemeinschaftswerk der beiden über Rap ein Buch zu machen, und er ging darauf ein. Smith zahlte 2000 Dollar Vorschuss. Wallace war erfreut, aber auch erschrocken; er war nicht überzeugt davon, dass die Welt seine Sachtexte brauchte. An Steven Moore schrieb er, *Signifying Rappers*, wie das Buch nach einem Song von Schoolly D hieß, sei »nicht dafür gedacht, ganz allein die Bürde eines Einbands zu tragen; dafür war es nicht gedacht«.

Anfang Juli fuhr Wallace für einen langen zweiten Aufenthalt nach Yaddo. Kurz zuvor hatte er in Los Angeles für seinen Roman über die Pornobranche recherchieren wollen, dabei aber beschlossen, dieses Thema würde sich eher für einen Sachtext eignen. Er fand es faszinierend, wie die Frauen die Männer herumzukommandieren schienen, trotz der großen Geschlechtsorgane der Darsteller, und bewunderte erfahrene Pornodarstellerinnen, die kühl wie Geschäftsfrauen mit der Lust umgingen. Er sah bei Dutzenden Sexszenen zu und interviewte mehrere Darsteller. Joey Silvera, einen Pornostar in den Dreißigern und Hauptdarsteller von *Slick Honey*, fragte er, wie er an einem Tag so viele Erektionen bekommen konnte: »Ist das eine natürliche hormongesteuerte Geilheit oder Professionalität? Sind Sie alle darauf trainiert?« Er erzählte Tori Welles, dem Star von *Torrid Without a Cause*, er sei beeindruckt davon, dass Pornodarsteller viel freundlicher miteinander umgingen als Schriftsteller. Während des Aufenthalts in Los Angeles überarbeitete er das Rapbuch noch einmal und fuhr nach Compton, um sich ein paar Rapper anzuhören, aber wie er einem Freund erzählte, bekam er solche Angst, dass er wieder fahren musste, bevor er das Konzert gefunden hatte. Direkt nach seiner Rückkehr unterschrieb er einen Brief an Nadell mit den Worten: »Fett chillen ... DF Fresh W.«

Nach diesen Erlebnissen fiel es ihm schwer, sich in Saratoga Springs einzugewöhnen. Die Künstlerkolonie wirkte anders auf ihn als bei seinem letzten Besuch vor zwei Jahren. Die angesagten Autoren, deren Fähnchen er gelegentlich hatte schwenken wollen, waren nicht mehr dort, und er selbst war weniger leicht zu beeindrucken. Er glaubte, er habe die Grenzen seiner Leser erkannt, und akzeptierte sie. »Was mir an meinem Gefängnis gefällt«, schrieb er Moore kurz vor seiner Ankunft, »ist das unbefristete Aufenthaltsrecht.« Er bekam ein Zimmer in der obersten Etage des alten Hauptgebäudes, wo er Ventilatoren zum Fenster hin aufstellte (Gäste durften im Gebäude nicht rauchen). Er hatte einen ganzen Berg Arbeit mitgebracht: *Die Fälschung der Welt*, einen postmodernen Roman von William Gaddis, den er schon lange lesen wollte, sein Pornografiemanuskript und seine Rechercheunterlagen zu seinem Essay über *Wittgensteins Mätresse*. Er versprach Steven Moore, er würde sich »in Yaddo zwei Tage abknapsen, um das Buch noch einmal zu lesen, auch den Tractatus (schluck), und den Essay zu schreiben«. Dabei ging er auch schnell Russells *Philosophie des logischen Atomismus* durch, auf die Wittgenstein sich in seinem *Tractatus* bezog. »Gute Übung. Für die unzähligen Male, die ich diese Drecks-Gedächtniswundernummer im kommenden Jahr durchspielen muss«, berichtete er seinem Lektor.

Bei diesem Besuch gehörte Wallace selbst zu den imponierendsten Gästen in Yaddo, mit seinem veröffentlichten Buch und dem zweiten in Vorbereitung war er einer der bekanntesten Autoren dort. Jetzt warteten die beeindruckenden Päckchen auf dem Posttisch auch auf ihn. »Gehen wir zum nächsten Vektor über«, sagte er gerne, was so viel hieß wie: Verschwinden wir hier. Die Aufnahmen seiner Interviews mit den Pornostars spielte er den Neugierigen in den Gemeinschaftsräumen vor, nur für Tami Monroe musste man ihn in seinem Zimmer besuchen. Die anderen staunten darüber, dass er seine literarische Karriere für die Philosophie aufgeben wollte. Er erklärte, dass er sich damit von Verlegern und Lektoren und ihren Forderungen befreien wolle, meinte aber gleichzeitig, Schriftsteller seien Freiheit und Herumexperimentieren leid und würden etwas suchen, woran sie glauben konnten. Die Vorstellung, die *New York Times Book Review* könnte *Girl with Curious Hair* ignorieren, machte ihm nach eigener Aussage weniger Sorgen als der Gedanke, das Buch würde in der Spalte »Randbemerkungen« landen. Er lernte die Konzeptkünstlerin Kathe Burkhart kennen und fing eine Beziehung mit ihr an. So wie Gale Walden unkonventioneller war als die jungen Frauen, die er aus Urbana kannte, war Kathe Burkhart unkonventioneller als Walden – weil er Bondage ausprobieren wollte, fesselte sie ihn einmal mit einem Springseil, das er zum Trainieren mitgebracht hatte.

Wallace hatte aus seinen früheren Fehlern gelernt. Dieses Mal brachte er Gras nach Yaddo mit, und als es ihm ausging, flog Burkhart nach New York und besorgte Nachschub. Als ihr Aufenthalt auslief und sie nach New York zurückging, bandelte er mit Ann Patchett an. Selbst erstaunt über sein kompliziertes Liebesleben, schrieb er Nadell, er würde sich »zölibatäre Orden ansehen«. Als er die Familie seines Vaters in Troy im Staat New York besuchte, trank er beinahe eine ganze Flasche Glenlivet und übergab sich im Schlaf: »Gott sei Dank habe ich nicht auf dem Rücken gelegen; das wäre wirklich eine dämliche Todesart«, schrieb er Burkhart und stellte sich als Schlagzeile vor: »Sensibler Ästhet ertrinkt in eigenem Erbrochenem! Autorenambitionen aspiriert!« In einem anderen Brief fügte er hinzu: »Offenbar bist Du dazu verdammt, von Süchtigen umgeben zu sein.«

Der zweite Aufenthalt in Yaddo war eine Parodie des ersten im Schnelldurchlauf. Er arbeitete bis in die Nacht hinein – Burkhart vermutete, dass er sich mit Speed wach hielt –, hatte aber kein befriedigendes Projekt, dem er sich ganz widmen konnte. Vor allem saß er an dem Pornografiemanuskript, versuchte, Interessantes von Uninteressantem zu trennen, und wurde das Gefühl nicht los, er habe versagt. Mittlerweile tendierte er zu einer Reportage über den Wandel der Branche, nachdem die sogenannte Goldene Ära der Pornografie einer Phase mit billigen und kunstlosen Videoproduktionen gewichen war.[69] Ohne einen fertigen Text kehrte er zwangsläufig unzufrieden nach Somerville zurück, kurz bevor er »mit meiner Get-Smart-Brotdose zum ersten Tag meines Graduiertenprogramms loszockeln« musste, wie er Franzen schrieb. Seine Ambitionen gingen zu dieser Zeit über jedes vernünftige Maß hinaus. Er wollte in Vollzeit schreiben, die Vorgaben für das erste Semester des Aufbaustudiengangs Philosophie erfüllen, »plus Grundkurs Deutsch plus Grundkurs Bibliothekswissenschaft plus ein Seminar über Cowper, Collins und Smart im Anglistikinstitut plus wahrscheinlich eine Teilzeitstelle«, wie er Moore schrieb und dabei ernsthaft ergänzte: »Mehr möchte ich mir lieber nicht vornehmen.« Da seine Arbeit keinen Fokus hatte, schien Wallace auch keine Grenzen zu sehen.

Die letzten Sommerwochen verliefen hektisch. Er war oft betrunken oder bekifft, stahl sich aber wenigstens gelegentlich zu den Treffen einer Selbsthilfegruppe. Wenn Costello aus dem Büro nach Hause kam, hatte Wallace den Ventilator in seinem Zimmer eingeschaltet, um den Rauch zu vertreiben. Da es Costello nicht störte, wenn sein Mitbewohner Gras rauchte, schloss er, dass Wallace seine Gewohnheiten nur vor einem Menschen verbergen wollte: vor sich selbst. Eines Abends besuchten sie zusammen eine Party; Costello ging früher heim, während Wallace in den Morgenstunden mit einer blutenden Hand zu Hause auftauchte. Weil ihm einfiel, dass man für eine echte Genesung Fehler wiedergutmachen musste, ging er zurück zu dem Lebensmittelladen, dessen Fensterscheibe er eingeschlagen hatte, und drückte dem überraschten Kassierer 200 Dollar in die Hand. »In der Houghton Street 35, Apartment 2, konnte man sich über mangelndes Chaos nicht beklagen«, fasst Costello seine Erinnerung an die Zeit mit Wallace dort zusammen. »Verschlampte Rechnungen wurden nicht bezahlt. Morgens um drei klingelte das Telefon, und zwei Stunden später hämmerten Frauen an die Hintertür.«

Die Lage spitzte sich zu, als Wallace sich auf die Universität vorbereitete. Der Text über Wittgenstein war noch nicht geschrieben, der Essay über die Pornobranche ein einziges Durcheinander. Er hatte eine misslungene »journalistische Kurzversion« verfasst, für die er »2 Wochen Yaddo verschwendet« hatte, wie er Nadell schrieb. Diese Fassung hatte er weggeworfen, jetzt war das Projekt wieder »schrecklich lang ... Ich habe um die 200 Seiten und damit erst etwa die Hälfte (›GAR nicht nett, Bonnie‹).« Yaddo schien ein echter Schlag ins Wasser gewesen zu sein. Als er nach Trost suchte, wurde ihm klar, dass seine Beziehung zu Walden nicht mehr zu retten war.

Sogar Alice Turner war wieder auf ihn wütend. Sie hatte geglaubt, er würde für einen Roman recherchieren, dabei wollte er, dass sie seine Einblicke in die Pornobranche veröffentlichte. »Unsere Zeitschrift ist viel weiter«, belehrte sie ihn. »Was du uns als neue Entdeckung verkaufen willst, ist für uns ein alter Hut.« Wallace druckste herum, er entschuldigte sich für die »Unklarheit, Missdeutung, Täuschung, wie auch immer«, und erklärte, er wolle »aus dem Trott der ›ichbewussten Meta-Kacke‹ ausscheren, von dem Du offenbar glaubst, er sei meine einzige Gangart und Bestrebung«. Turner antwortete: »Ich muss schon sagen, Du bist genau wie diese aufblasbaren Clowns, die sich immer wieder aufstellen, wenn man sie umhaut.«

Im August 1989 erschien endlich *Girl with Curious Hair*. Die Programmvorschau von Norton kündigte an: »Die Geschichten seines ersten Erzählbands könnte man als das erste Aufblühen der Post-Postmoderne beschreiben: Ihre Abbilder der Welt zeichnen die Realität als realistischer, als wir sie uns vorstellen können.« Diese Worte drückten genau aus, was Wallace sich für das Buch erhoffte. Die *Kirkus Reviews* fand allerdings, der Autor sei »zu eingenommen von seinem Talent und irgendeiner gerade angesagten kritischen Theorie«. Wallace schrieb Morrow, dadurch fühle er sich »wirklich angeschissen. [...] Ich habe Gerry gesagt, dass ich diese Dreckskritiken dieses Mal nicht lesen werde, egal, ob sie gut oder schlecht sind.« Dafür widmete die *New York Times Book Review* dem Buch eine große Besprechung. Sie stammte von Jenifer Levin, einer jungen Romanschriftstellerin, und sollte die wohlwollendste Besprechung seiner literarischen Texte werden, die in dieser Zeitung je erschien. Levin lobte Wallace als einen »kraftvollen Autor mit außergewöhnlichem Talent« und hob nicht nur »Lyndon« heraus, sondern auch »John Billy«, die unpopuläre Hommage an Gass. Noch erfreulicher war ein Essay von Sven Birkerts in der *Wigwag*. Birkerts war für Wallace der geborene Leser, weil er sich auch für die Frage interessierte, wie sich Autoren an eine Welt im Wandel anpassten. Auf die Frage: »Wie kann es einem Schriftsteller gelingen, uns unverfälscht in einem Augenblick zu erwischen? Welche Art Prosa kann unserer zersplitterten Verfassung einen Spiegel vorhalten?«, führte er Wallace an:

> Wir spüren sofort, dass Wallace das genau kalkulierte Gesums der Postmoderne hinter sich gelassen hat. Er verkündet die unumkehrbare Zersplitterung unseres kulturellen Lebens nicht als Neuigkeit; er schießt sich nicht auf das Fernsehen und die Punkszene und Flughafenlounges ein, als hätte es so etwas noch nicht gegeben. Wallace tritt uns als Bürger dieses neuen Ortes entgegen, eines Ortes, auf den die Minimalisten nur deuten konnten. Die Rhythmen, Disjunktionen und surreal schönen – wenn auch erschreckenden – Verschmelzungen unserer heutigen Mitwelt sind ihm ganz eigen. Im Guten wie im Schlechten ist Wallace die kluge und wachsame Stimme des Jetzt – und er ist unbelastet von jedweder Sehnsucht nach der alten Ordnung.

Nur wenige Kritiker teilten die Ansichten von Levin und Birkerts. Die meisten Zeitungsrezensenten übergingen das Buch ganz, und schrieben sie doch darüber, bewerteten sie meist die einzelnen Geschichten. Wallace fand, damit hätten sie das Wesentliche übersehen – wen interessierte denn, ob eine Erzählung besser war als eine andere? Es ging darum, dass die Sammlung als Ganzes die Tür zu einer neuen Art Literatur aufstoßen sollte. »Das meiste liest sich, als würde einem jemand sagen, man hätte die Suppe versalzen«, beklagte er sich bei Moore.

Was nicht hieß, Wallace habe nicht einige Geschichten deutlich mehr geschätzt als andere. Das geht aus einem Briefwechsel mit Franzen hervor. Wallace war früher nie mit anderen Schriftstellern eng befreundet gewesen, dazu war er zu ehrgeizig, zu voreingenommen und egozentrisch. Mit dem Großteil der Erzählliteratur konnte er nichts anfangen, und die wenigen Bücher, die das Lesen lohnten, hätten das Schreiben gelohnt, was bedeutete, dass er wünschte, er hätte sie geschrieben. Er hatte nicht bewusst entschieden, nicht mit Schriftstellern befreundet zu sein, die

Regel war seiner Persönlichkeit entwachsen, und wie die meisten seiner Verhaltensweisen hatte sie einen refraktären Haken: Er hatte deswegen ein schlechtes Gewissen, was dazu führte, dass er das ganze Thema noch weiträumiger umschiffte.

Doch die letzten Jahre hatten Wallace zurechtgestutzt, und mit der neu gewonnenen Demut stand er den Texten anderer Autoren offener gegenüber. In manchen Momenten war er auf sich sogar so wütend, dass er die Arbeit anderer überschätzte, damit er seine eigene abwerten konnte. So hatten in seiner Zeit in Somerville zwei Autoren seine tiefe Bewunderung geerntet. Einer war William Vollmann, dessen Sammlung *The Rainbow Stories* Wallace im Frühjahr dreimal als Druckfahne gelesen hatte; wie er Moore schrieb, erwies Vollmann sich damit als »der beste junge Autor der Gegenwart«. Die Erzählung »The Blue Yonder« aus dieser Sammlung, halb expressionistischer Albtraum, halb Reportage, »haut glatt den Mais vom Kolben«, berichtete er Franzen. Vollmann erinnerte Wallace an Pynchon, Coover und William Burroughs, schien aber »erstaunlich unbefangen« mit dem umzugehen, was er ihnen verdankte; jedes Wort dieses Autors erfüllte Wallaces Wunsch nach einer Prosa, die auf subtile Weise mit den Medien focht, die sie durchdrangen, indem sie eine neue Kunstausprägung schuf.[70]

Vollmann selbst war dem eigentlich spießigen Wallace allerdings zu seltsam. Im Frühjahr hatten die beiden zusammen mit Brad Morrow in New York zu Abend gegessen, und Wallace hatte Moore anschließend berichtet, sein Gegenüber habe »sichtlich nicht alle Kekse in der Dose – er isst abends blutiges Wildbret und Schokoladenkuchen, den er mit Stout herunterspült, und redet bei Tisch beiläufig über Blowjobs und Muschis«. Der konventionellere Franzen, der aus dem Mittleren Westen stammte, passte besser zu Wallace, nicht zuletzt, weil er auf die Gesellschaft anderer Schriftsteller erpicht war. Für ihn bestand eine Freundschaft ebenso aus Zuneigung wie aus Wettkampf, und diese Mischung war Wallace aus seiner Zeit in der Tennismannschaft seiner Highschool noch sehr vertraut.

Wallace hatte *Die 27ste Stadt* überschwänglich gelobt. Nun hatte Franzen *Girl with Curious Hair* gelesen und schrieb Wallace, er habe ein halbes großartiges Buch geschrieben. Besonders gefiel ihm »Hier und dort«, wie er bemerkte, die Geschichte über einen jungen Mann, der auszieht, um die Literatur neu zu erfinden, und am Ende vergeblich versucht, den Herd seines Onkels und seiner Tante zu reparieren. »Westwärts« fand er dagegen scheußlich, er entdeckte darin nichts, was gute Literatur ausmachte. In seinen Augen bildete die Coda den Kern der Geschichte, also der Teil über die Beziehung zwischen David und L–, der in L–s Selbstmord mit Davids Pfeil kulminiert:

> Zeigst du nicht ziemlich genau das Gegenteil von dem, was du sagst, wenn du diese Geschichte knapp zusammenfasst? Dass du nämlich zu ungeduldig und zu stolz für niedere Arbeiten wie die Entwicklung von Figuren, Spannung und emotionalen Verflechtungen bist? Für etwas, das »KEINE Metafiktion« ist, enthält dieser Text, so wie er ist, ausgesprochen wenig davon. Ich finde, er hätte nicht an Norton gehen sollen, sondern an Barth.

Franzen dachte, er sei zu weit gegangen, und strich den letzten Satz, bevor er den Brief abschickte, doch als Wallace den Umschlag in Yaddo öffnete, war es trotzdem wie ein Schlag vor den Kopf, dass Franzen nur die »Geschichten 1, 2, 6, 7 und 8« der Sammlung gefielen, was unter anderem »Westwärts«, »Lyndon«, »John Billy« und »Kleines Mädchen mit komischen Haaren« außen vor ließ. Einen solchen Brief hatte Wallace noch nie bekommen. »Dieser Jonathan Franzen«, schrieb er Moore einen Monat später konsterniert, »kommt mir mit fünfzehnseitigen Schreiben, in denen er erklärt, wie ich jedes Gebot von ›Literatur als moralischer Instanz, als Lebensbejahung‹ gebrochen haben soll.« Seine eigenen Präferenzen widersprachen Franzens fast auf ganzer Linie: Nur die Letterman-Geschichte, die *Jeopardy!*-Geschichte, »Lyndon«, »John Billy« und natürlich »Westwärts« hatten ihren Platz in der Sammlung verdient. Die anderen Erzählungen, schrieb er Moore, waren einem Handel mit Howard geschuldet, damit er »Westwärts« in den Band aufnahm. Seinem neuen Freund schrieb er, »Hier und dort« sei nicht mehr als »sentimentaler, überheblicher halbautobiografischer Mist«.

Trotzdem freute er sich über diesen Angriff; sein Selbstbewusstsein verbarg immer reichlich Zweifel, und die Aufmerksamkeit schmeichelte ihm. Er dankte Franzen für seine Kritik und schrieb, er finde dessen »ausführlich erklärte Abneigung gegen ›Westwärts‹ faszinierend«. Sie sei »in ihrer Brutalität ausgesprochen erfreulich«. Er hoffte auf ein baldiges Treffen in Boston, um »etwas zu trinken oder zu essen oder so«, worauf Franzen ein Spiel der Red Sox vorschlug. Wallace willigte ein, seinem neuen Freund eine Empfehlung für ein Guggenheim-Stipendium zu schreiben.[71]

Währenddessen musste Wallace sich mit der Tatsache auseinandersetzen, dass sich nur wenige Leser so sehr wie Franzen für seinen Versuch interessierten, die Literatur zu erneuern. Zum Erscheinen von *Girl with Curious Hair* hoffte er auf eine Lesereise, aber es wollte keine zustande kommen. In der Stadtbücherei von Cambridge las er vor einer Handvoll Menschen, darunter eine schizophrene Frau, die immer wieder kreischte. Er fuhr nach New York und trat mit Vollmann im Dixon Place auf, einer Literatur- und Kunstbühne. Bei der Lesung begleitete Vollmann seine Geschichte mit Schüssen aus einer Schreckschusspistole, während Wallace sich vor Schmerzen die Ohren zuhielt. Anschließend besuchte er mit Gerry Howard und einigen anderen das Café Pig, ein Restaurant in der Houston Street. Howard sah beunruhigt, dass Wallace »in einem erschreckenden Tempo« drei Bourbons kippte und danach mit einem »gothicmäßig angehauchten Mädchen mit schwarzem Lippenstift« – Kathe Burkhart – für eine halbe Stunde auf die Toilette verschwand. Ihm wurde klar, dass es den unschuldigen Jungen mit dem U2-T-Shirt nicht mehr gab.

Girl war in den Buchhandlungen kaum zu bekommen; die Lage wurde immer weniger vielversprechend, was Wallace nicht entging. »Das Buch ist in New York und Boston noch nirgends zu finden«, beklagte er sich bei Nadell Anfang November, »und im Mittleren Westen offenbar auch nicht. Ülkiger und ülkiger.« Es bedrückte ihn zunehmend, dass *Girl* kaum zur Kenntnis genommen wurde, schließlich konnte er keine neuen Texte nachlegen. In einem Interview erklärte er später, ihm sei die Veröffentlichung vorgekommen wie »ein schrilles, abgehacktes Lachen des Universums. Nach dem Motto, ich bin fertig, und das hier, was soll das sein? So etwas hängt mir nach wie ein richtig übler Furz.« Er hatte einen Nervenzusammenbruch riskiert, um ernsthafte Literatur zu schaffen, und nicht einmal eine Besprechung in der Tagesausgabe der *Times* geerntet. In der Widmung für Rich C. lobte er das »hübsche Cover«, fügte aber hinzu: »Dieses Buch geht unter. Wahrscheinlich ist Dein Exemplar das einzige in ganz Tucson.«

Im September nahm der siebenundzwanzigjährige Wallace tatsächlich wieder sein Studium auf. Die Philosophische Fakultät in Harvard war in der Emerson Hall untergebracht, einem roten Backsteinbau, der um die Jahrhundertwende erbaut worden war und über dem Eingang ein Zitat aus einem Psalm trug. Wallace war einer von gerade einmal sechs Studenten, die man aus Hunderten Bewerbern ausgesucht hatte. Fast alle hatten bereits weiterführend Philosophie studiert, aber in diesem Institut galten die Studenten als Anfänger, als Novizen. »Das Doktorandenhirn ist unergründlich«, zitierte einer der Professoren gerne den berühmten früheren Dekan W. V. O. Quine.

Wie so oft bei Wallace ließ auch hier die Erkenntnis, dass er einen Fehler begangen hatte, nicht lange auf sich warten. Er besuchte ein Seminar von Stanley Cavell, einem Philosophen, den Wallace besonders schätzte. Cavells schwungvoller, gelehrter, aber freundlicher Ansatz bei philosophischen Überlegungen, wie in seinem Buch *Must We Mean What We Say?*, kam Wallaces eigener Art zu denken sehr nahe; vielleicht gehörte Cavell sogar zu seinen literarischen Vorbildern. Der Mensch Cavell schien allerdings nur zu sich selbst und zu seinem Kreis der Erlauchten zu sprechen, die ihn wie Jünger umringten. Ein Student erinnert sich, wie Wallace den Professor einmal unterbrach und ihn zähnefletschend bat, sich »bitte deutlich auszudrücken«. Wenig später gab er das Seminar auf.[72]

Es gab noch andere Probleme. Er belegte ein Kolloquium für das erste Studienjahr bei John Rawls und fand die Lektüre, einen Sammelband mit dem Titel *Free Will*, extrem anspruchsvoll. Ihm wurde klar, dass er für ein Studium zu alt war, seine Kommilitonen im Graduiertenprogramm erschienen ihm verkopft und behütet. Einmal besuchte er mit zwei anderen Studenten das Hong Kong, ein chinesisches Restaurant in der Nähe von Harvard Square, das sich auf harte alkoholische Getränke spezialisiert hatte, und fragte sie mitten in einem Gespräch über semantischen Externalismus: »Habt ihr schon mal LSD probiert?«

Im Gegenzug war Wallace für seine Kommilitonen eine Kuriosität, ein Rätsel, mit seinem Interesse für Pornografie und Rap beinahe primitiv. Einer dachte, Wallace sei vielleicht »als Anthropologe« an die Universität zurückgekehrt. Den meisten war klar, dass ihm die Konzentration fehlte, um das gnadenlose Arbeitspensum zu stemmen. Er versuchte immer noch, seine Essays fertigzustellen, und machte in den Seminaren einen müden und ausgelaugten Eindruck. Gerry Howard besuchte Wallace zu dieser Zeit und landete in einer Wohnung, die »so chaotisch aussah, wie ich es seit dem College nicht mehr erlebt hatte«. Er sah philosophische und mathematische Lehrbücher, die derart speziell waren, dass er »nicht einmal die Titel verstehen konnte«, während sein Autor »unsicher und unglücklich« wirkte. Als sich Wallaces kurzer Aufenthalt in Harvard schon dem Ende zuneigte, fand ihn ein Student tief schlafend unter einem der alten Holztische in der Fachbibliothek im zweiten Stock des Philosophiegebäudes.

In das Exemplar von *Girl with Curious Hair*, das er an Rich C. schickte, schrieb Wallace unter die Widmung, er würde »es versauen«. Er fügte hinzu, er würde immer noch zwei AA-Treffen pro Woche besuchen, allerdings oft verkatert, und dass er jetzt häufig zitterte.[73] Dass er in seinem zweiten erwählten Berufsfeld scheitern könnte, in dem sein Vater so erfolgreich war, hatte seine erstaunliche Energie wieder verpuffen lassen. Es war, wie er es später in einem Interview formulierte,

> als hätte sich jedes Axiom des eigenen Lebens als falsch erwiesen, und es gab nichts, und man selbst war nichts, und alles war eine einzige Täuschung. Und man war besser als alle anderen, weil man die Täuschung erkannte, und gleichzeitig war man schlechter, weil man nicht funktionierte.

Wallace suchte einen Arzt auf, der ihm sagte, er müsse aufhören zu trinken und in eine Entzugsklinik gehen. Doch Wallace fürchtete, Harvard würde ihn durchfallen lassen, wenn er sich einen Monat freinahm. Ende Oktober führte er die Entscheidung herbei. Er rief Costello von den Harvard Health Services aus an und sagte, er habe der Universität mitgeteilt, dass er daran dachte, sich etwas anzutun. Sobald man das tat, erklärte er, wurde man von der Universität automatisch unter Beobachtung gestellt. Er bat Costello, ihm seinen Bademantel, Zigaretten, sein Ringbuch und einen kleinen Fernseher zu bringen und zu ihm ins McLean Hospital zu kommen, der Psychiatrie in Belmont, die an die Universität angegliedert war. »Das reizende medizinische Personal in Harvard steckt mich am 2.11. in den Alkoholentzug und zur Entgiftung«, schrieb er Brad Morrow. »Offenbar habe ich Probleme mit der Leber. Kein guter Tag in Mudville.«

Kapitel 5

»Gib mich bitte noch nicht verloren«

Die vier Wochen, die Wallace im November 1989 im McLean verbrachte, veränderten sein Leben. Diese Krise war weder seine erste noch die schwerste, aber er fühlte sich, als hätte er einen neuen Tiefpunkt oder eine neue Art von Tiefpunkt erreicht. Sosehr er »Westwärts« auch als »Armageddon« gesehen hatte, wie er es in einem Interview beschrieb, hatte er sich in Wirklichkeit einen Phönix erhofft. Aus der Asche, zu der er den Postmodernismus verbrannt hatte, sollte eine neue Literatur entstehen, wie es in »Fictional Futures and the Conspicuously Young« stand. Wie sollte die Liebesbekundung an die Leser am Ende von »Westwärts« sonst zu verstehen sein? Doch statt einer Wiedergeburt war ein langsamer Tod gefolgt, und nun rottete der Kadaver seit einem Jahr vor sich hin. Wallace hatte seit 1987 nicht einmal einen Sachtext ohne Hilfe fertigstellen können. Noch nie hatte er so schwer gearbeitet und nachher so wenig vorweisen können.

Wallace wurde im Appleton House untergebracht, einem äußerlich ansprechenden Gebäude im Neokolonialstil, so wie Harvard. Innen wirkte es mit den ausgefransten weinroten Teppichen, den alten Messinglampen und einem schweren Tabakgeruch wie ein angejahrtes Landhotel. Appleton war ein Ort für Abhängige, und es gab einen großen Saal für Gruppensitzungen genesender Drogenabhängiger. Nach dem Aufnahmegespräch erklärten die medizinischen Betreuer dem siebenundzwanzigjährigen Wallace, er sei stark alkohol- und drogenabhängig, und wenn er nicht von beidem loskam, würde er keine dreißig werden. Wallace gab die Neuigkeiten an Costello weiter, der ihn am nächsten Tag besuchte. »Ich habe Depressionen, und weißt du was?«, fragte Wallace. »Alkohol löst Depressionen aus!« Er lächelte unter Tränen, als wollte er, wie Costello sich erinnert, »einem Fünfjährigen eine lustige Überraschung präsentieren«. Natürlich hatte Wallace das längst gewusst.

Das Programm sollte Abhängige aufrütteln, und bei Wallace gelang ihm das. Ihn aus seinem alten Leben zu holen und von dessen Versuchungen und Gewohnheiten fernzuhalten war hilfreich. Aber entscheidender war unterm Strich wahrscheinlich, dass Wallace berauscht nicht mehr schreiben konnte, was die Hoffnung ließ, er könne es nüchtern und clean. Wallace sprach mit einem Therapeuten und nahm jeden Tag an Gruppensitzungen teil. Er machte eine Alkoholentgiftung. Nadell, die Thanksgiving bei ihrer Familie im Nordosten verbrachte, besuchte ihren Autor einige Wochen nach seiner Einlieferung mit ein paar Freunden. Zu dieser Zeit war Wallace bereits ruhiger. Er traf sie in einem hell erleuchteten Raum voll anderer Patienten, die dort mit Freunden und Familienangehörigen zusammensaßen und rauchten und schwarzen Kaffee tranken. Wallace sah so zerzaust aus, dass Nadell sich vom Haus eine Schere lieh und ihm die Haare schnitt. Erfreut bemerkte sie, dass Wallace wieder in ein Notizbuch schrieb. Seine Ärzte erlaubten ihm, mit seinen Freunden im Wald am Fuß der campusartigen Anlage spazieren zu gehen. McLean war ein bekanntes Auffangbecken für depressive Literaten, darunter Sylvia Plath und Robert Lowell, und Wallaces Freunde bekamen den Eindruck, das wäre wenigstens ein kleiner Trost und er würde sich vorstellen, er sei in einer Art Yaddo für geistige Gesundheit. Sogar seine Fröhlichkeit blitzte gelegentlich durch, meinte Nadell.

Wallace ging davon aus, dass er nach seinem Aufenthalt in McLean nach Harvard zurückkehren würde. Immerhin war er noch im Graduiertenprogramm eingeschrieben. Die Mitarbeiter der Psychiatrie rieten ihm allerdings immer wieder davon ab. Sie sagten, ohne weitere Unterstützung würde er nur wieder in seine alten Gewohnheiten verfallen. Eine Rückkehr nach Somerville würde einen solchen Fehler noch beschleunigen. Zuerst sperrte Wallace sich – er erkannte sich in ihrer Beschreibung als »schwer rückfallgefährdet« nicht wieder –, aber im Laufe der Wochen entfernte er sich immer weiter von seinem alten Ich, und neben seinen Ängsten wegen des Schreibens muss er sich allmählich eingestanden haben, dass es vor allem anderen ums Überleben ging. Jedenfalls beschloss er, in ein Rehazentrum in Brighton zu gehen. Das Haus wurde von einer Frau geleitet, die in einer von der NASA finanzierten psychologischen Forschungseinrichtung gearbeitet hatte, bevor sie selbst eine Reha machte. Er hoffte, sie würde die besonderen Probleme verstehen, die er bei jemandem mit seiner Intelligenz und Bildung sah, und ihn unterstützen. Es wäre der beste Ersatz für das McLean, das Wallace nur ungern verließ, wie Costello merkte. Er hatte sich an die Abläufe gewöhnt – die Sitzungen, die Therapie, die Ordnung, die fertigen Mahlzeiten –, die ihn ein wenig an sein Elternhaus erinnerten. Brighton war eine ganz andere Welt als Cambridge, und er wusste nicht, was ihn erwartete. Obwohl er ein Buch über Rap geschrieben hatte, kannte er kaum etwas außerhalb der akademischen Mittelklasse. Ende November schrieb er Nadell: »Ich werde hier herausgeworfen und siedle in ein Rehazentrum um. [...] Es ist ein finsterer Ort, und ich bin finster entschlossen, dort hinzugehen.«

Granada House lag auf dem Gelände des Brighton Marine-Krankenhauses in der Nähe der Massachusetts Turnpike.[74] Im *Unendlichen Spaß*, dem Roman, für den das Rehazentrum einen Teil der Inspiration liefern sollte, gab Wallace eine anschauliche Beschreibung seines fiktionalen Gegenstücks:

> Teil Nr. 6, direkt benachbart dem Hohlweg am Ostende des ausgefahrenen Sträßchens, ist Ennet House Drug and Alcohol Recovery House, ein dreistöckiger weiß getünchter neuenglischer Ziegelbau, bei dem stellenweise der Putz abschilfert und die

Steine durchscheinen, mit einem Mansardendach, das grüne Schindeln verliert, schäbigen Feuerleitern vor allen Fenstern in der obersten Etage, einer Hintertür, deren Benutzung den Insassen strikt verboten ist, und einem Verwaltungsbüro an der Südseite mit großen vortretenden Erkerfenstern mit Blick auf Hohlwegsgestrüpp und den hässlichen Teil der Commonwealth Ave.

Die Anlage bestand aus sieben Gebäuden, die an verschiedene Einrichtungen für Süchtige und psychisch Kranke vermietet waren – »sieben Monde, die einen toten Planeten umkreisen«, heißt es im *Unendlichen Spaß*. In seinem neuen vorübergehenden Zuhause lernte Wallace die Direktorin Deb Larson kennen. Sie war groß und blond und humpelte: Sie war in ihrer Küche betrunken gestürzt, hatte sich den Kopf angeschlagen und dabei eine partielle Lähmung zugezogen. Nicht einmal das hatte sie vom Trinken abgehalten. Wallace respektierte sie. Sie war hübsch und klug und eine Verbindung zu einem alten Leben, das noch zu seiner Gegenwart gehörte – vom obersten Stockwerk des Gebäudes aus konnte man beinahe Harvard sehen.[75] In Reha-Einrichtungen war man darauf bedacht, zu große Belastungen von den Teilnehmern fernzuhalten, und ein Studium war generell verboten. Wallace blieb nichts anderes übrig, als die Philosophische Fakultät von Harvard anzurufen und um eine Beurlaubung zu bitten. Er schämte sich so, dass er nicht einmal zurückfuhr und seinen Entsafter holte, ein Geschenk seiner Mutter, das er im studentischen Arbeitszimmer vergessen hatte.

Als Neuankömmling durfte Wallace das Gebäude während der ersten zehn Tage nicht allein verlassen. In den folgenden zwanzig Tagen durfte er nur zu Treffen der Anonymen Alkoholiker hinaus. Danach wurde erwartet, dass er sich eine einfache Tätigkeit suchte. Seine einzigen echten Fähigkeiten waren Unterrichten und Schreiben, aber nach einer intensiven Suche – und wahrscheinlich dank der Empfehlung, die ihm der Leiter der Campuspolizei in Amherst für seinen Lebenslauf gegeben hatte – bekam er eine Stelle als Wachmann bei Lotus Development, einer großen Softwarefirma. Die Regeln im Granada House schrieben vierzig Arbeitsstunden pro Woche vor, also stand Wallace morgens um halb fünf auf, nahm die U-Bahn und patrouillierte bis zwei Uhr nachmittags durch eine weitläufige Verpackungsanlage in Lechmere, stempelte alle zehn Minuten bei Stechuhren ein und ließ seinen Schlagstock kreisen (so erzählte er es zumindest). Er riss Seiten aus seinem Notizbuch, schrieb Briefe an seine Freunde und hielt Kontakt zu den wenigen Lektoren und Schriftstellern, die ihm wichtig waren. Die Erfahrung mit Lotus, berichtete er in einem Interview, erinnerte ihn an »schlechte Romane aus den Sechzigern über bedeutungslose Autorität«, aber damals hielt er es gut aus. »Wenn ich mich erst mal daran gewöhnt habe, nichts zur Zerstreuung zu haben, eine Polyesteruniform zu tragen und mit 4 tätowierten Exknackis zusammenzuwohnen, fühle ich mich bald wieder wie ein Fisch im Wasser«, schrieb er Moore voll ironischer Begeisterung, nachdem er die Stelle angetreten hatte. Selbst im Granada House schaffte er es, sich um seine Arbeit als Schriftsteller zu kümmern – er hakte nach, was aus seinen eingereichten Zeitschriftenbeiträgen wurde, und las die Geschichten, die bald erscheinen sollten. Ihm war bewusst, wie seltsam die Lage war. Als bei den Fahnen von der *Conjunctions* für »Order and Flux in Northampton« eine Seite fehlte, sagte er Morrow, er könne sie irgendwann schicken, wenn es ihm passte. »Ich gehe Weihnachten nirgendwo hin«, schrieb er.

Insgeheim war er jedoch bestürzt über das, was ihm geschehen war. »Es geht mir einigermaßen«, schrieb er Dale Peterson, »ich bin nur sehr beschämt und durcheinander.« Er teilte sich im Granada House eine kasernenartige Stube mit vier Männern, von denen einer, wie er Rich C. schrieb, im Kokainrausch einen Schlaganfall erlitten hatte, nach dem seine rechte Körperhälfte verkümmert war. »Mr Howard, hier hat jeder eine Tätowierung oder Vorstrafen oder beides!«, berichtete er seinem Lektor bei Norton. Peterson schrieb er: »Die meisten Typen in der Einrichtung sind ehemalige Häftlinge; im Grunde zwar anständige Kerle, nur bin ich so etwas nicht gewöhnt – Heavy Metal, schwarze T-Shirts & Harleys, knallige Tätowierungen, Diskussionen über strengen oder lockeren Vollzug, Bewährungsausschüsse, Schusswunden und Walpole« – das härteste Gefängnis in Massachusetts. Wallace behielt seine Stelle bei der Sicherheitsfirma über zwei Monate, bis er das frühe Aufstehen nicht mehr ertrug und kündigte. Danach arbeitete er an der Rezeption des Mount Auburn Clubs, eines Fitnessstudios in Watertown. Seine Aufgabe war es, die Mitglieder zu begrüßen – er selbst bezeichnete sich als besseren Handtuchträger –, aber eines Tages kam der Dichter Michael Ryan zum Training, der zwei Jahre zuvor zusammen mit Wallace einen Whiting Writers' Award erhalten hatte. Wallace versteckte sich hinter dem Empfangstresen und kündigte noch am selben Tag.

Wallaces Freunde hatten sich im Laufe der Jahre an seine Übertreibungen und Erfindungen gewöhnt – sie gehörten zu seiner überdrehten, albernen Seite –, doch als sie ihn im Rehazentrum besuchten, stellten sie fest, dass er die Wahrheit gesagt hatte: Er war wirklich wie Alice in einem Wunderland gelandet. Seine Freundin Debra Spark, ebenfalls Schriftstellerin, erinnert sich, dass sie Wallace einmal zu einer Gruppentherapiesitzung begleitete und bestürzt hörte, wie jemand erzählte, dass er betrunken einen Menschen getötet hatte. Trotz allem hatte Wallace seinen Platz gefunden; Ordnung war für ihn immer leichter zu begreifen als eine chaotische Welt, selbst unter befremdlichen Umständen. Wie vorgeschrieben sprach er mit einem Suchtberater, und fast jeden Abend fuhr er mit mehreren Insassen des Granada House in einen anderen Stadtteil zu einem AA-Meeting. Sein Sponsor hieß Jimmy, »ein Autofreak aus South Shore«, beschrieb er ihn David Markson gegenüber, mit dem er Briefe austauschte. Wallace las das Blaue Buch und machte sich vor seinen Freunden über das schnulzige Werbefuzzivokabular aus den Dreißigern lustig: »Trunkenbold«, »der Teufel im Glas«, »voll wie eine Eule«. »Er hat darüber gelacht, aber er wusste auch, dass er ohne sie sterben würde«, erinnert sich Mark Costello, der ihn im Granada House besuchte.

So wie Wallace sich auf unbekanntem Terrain befand, wussten auch die anderen Bewohner nicht, was sie von ihm halten sollten. Einer der Insassen erinnert sich, dass er sich fragte: »Der Typ könnte wahrscheinlich in die Betty-Ford-Klinik gehen. Warum ist er hier bei uns armen Schluckern?« Mit seiner Intelligenz konnte er niemanden beeindrucken. Die anderen meinten, Typen wie ihn zu kennen, Typen wie die Figur Geoffrey Day aus dem *Unendlichen Spaß*, die »mit intelellenmäßigem Protzen Verleugnungsbollwerke errichten« wollen. Wallace war wieder in der Highschool und versuchte, seinen Platz im Rudel zu finden. »Das hier ist ein ruppiger Haufen«, schrieb er seinem alten Sponsor aus Arizona, »und manchmal habe ich Angst oder fühle mich überlegen oder beides.«

Und doch gewöhnte sich ein Teil von ihm allmählich an die neue Situation. Er dachte an seinen letzten fehlgeschlagenen Versuch zurück, trocken zu werden, und daran, dass er nicht mehr schrieb, und fragte sich, was er noch zu verlieren hatte. Er begriff, dass die Lösung dieses Mal Bescheidenheit hieß. »Mein bestes Denken hat mich hergebracht« war ein Slogan der AA, der ins Schwarze traf, oder wie er im *Unendlichen Spaß* umgemünzt wurde: »logische Gültigkeit [ist] kein Wahrheitsgarant«. Er wusste, dass er sich zwingend von der Vorstellung verabschieden musste, der klügste Mensch im Raum zu sein, zu klug, um wie die anderen Menschen im Raum zu sein, weil er einer von diesen Menschen war. »Ich bemühe mich wirklich, zuzuhören und zu tun, was [sie sagen]«, schrieb er Rich C. »Dieses Mal will ich es ruhig angehen« und nicht »eine 1+ bekommen. [...] Mir fehlt im Moment einfach die Energie, um irgendetwas schnell oder gut zu machen. Ich versuche, das zu akzeptieren.«

Aber es fiel ihm nicht leicht. Die schlichten Aphorismen, die im Programm benutzt wurden, erschienen ihm lächerlich. Und wenn er etwas gegen sie einwandte, sagte ihm unweigerlich jemand, er sollte die Aufgabe angehen, die vor ihm lag, und brachte ihn damit noch mehr auf die Palme. Auch die logische Tautologie, die der Genesung zugrunde lag, störte ihn: Das Programm definierte einen Alkoholiker als jemanden, der viel trank und leugnete, Alkoholiker zu sein, wodurch der Glaube, kein Alkoholiker zu sein, zu einem Symptom der Krankheit wurde, ob man nun Alkoholiker war oder nicht. Er staunte darüber, dass Menschen von einer »höheren Macht« sprachen, wenn sie als einzigen Beweis ihren Wunsch hatten, es möge eine solche Macht geben. Sie knieten nieder und sprachen das Dankgebet. Wallace versuchte es im Granada House auch einmal, erzählte er Costello, aber er kam sich vor wie ein Heuchler.[76]

Immer wieder war er sicher, dass er rückfällig werden würde. »Ich habe Angst«, schrieb er Rich C. »Ich weiß immer noch nicht, was passieren wird.« Er bat seinen Freund, ihm etwas Mut zu machen, und als er gerade aufgeben wollte, erreichte ihn ein Brief seines ehemaligen Sponsors, in dem er von seinem letzten Entzug erzählte. »Sie haben mir Librium gegeben«, schrieb er Wallace, »und ich habe mir die Tabletten als Glücksbringer über die linke Schulter geworfen, und seitdem habe ich Glück.« Dieses Bild, sagte Wallace seinem Sponsor Jahre später, war »genau die richtige Schreibkurs-Metapher«, die er brauchte.

Weil Wallace im Haus Aufgaben übernehmen musste, half er im Büro aus. Dadurch bekam er Zugang zu einer Schreibmaschine. So benommen er auch war, begriff er doch von Anfang an, dass ihm sein Absturz literarisch gesehen eine Chance bot. Schon früher hatte er sich hypothetisch mit einer Nation befasst, die ihren Gelüsten hörig war, und jetzt lebte er unter ihren Opfern. Selbst in seinem Elend hatte er ein offenes Auge für alles Neue um sich herum. Dieses Haus, sollte er später schreiben, »riecht nach verstreichender Zeit. Die Feuchtigkeit von Trockenheit im Frühstadium ist mit Händen zu greifen.« Wallace war bekannt dafür, dass er stundenlang nur dasaß und zuhörte, wenn andere Insassen stundenlang von ihrem Leben und ihren Suchterfahrungen sprachen. (Vielen Bewohnern fiel später überrascht auf, dass er zwar ihre Geschichte gehört hatte, aber sie nicht seine.) Die Gründe, mit denen die Bewohner ihr Verhalten erklärten, erschienen ihm überraschend unkompliziert, doch ihre Stimmen – die für ihn immer die Brücke zum Schreiben bildeten – waren unvergesslich, und ihre Geschichten besaßen eine Klarheit, die seiner fehlte. Nirgendwo sonst bekam ein Schriftsteller einen solchen Einblick in das Innenleben anderer Menschen. In einem Interview erzählte er später, hier habe er gemerkt, dass »niemand geselliger ist als Menschen, die seit Kurzem keine Drogen mehr nehmen«. Im *Unendlichen Spaß* beschreibt Wallace dieses Zusammensein in einem Absatz, der von Lester Bangs stammen könnte; wo sonst sollte ein Schriftsteller zusammenfinden mit

> einundzwanzig weiteren frisch entgifteten Einbrechern, Schiebern, Huren, gefeuerten Abteilungsleitern, Avon-Beraterinnen, U-Bahn-Musikern, biergeblähten Bauarbeitern, Obdachlosen, peinlich berührten Gebrauchtwagenhändlern, bulimischen Trauma-Mamas, Hütchenspielern, affektierten Kissenbeißern, harten Jungs vom North End, verpickelten Jugendlichen mit elektrischen Nasenringen, verleugnungsgeplagten Hausfrauen und sw., alle am Jiepern und Zwangsdenken und Deprischieben und Trauern und praktisch high und rund um die Uhr, Tag für Tag und Monat für Monat ununterbrochen am Output Produzieren.[77]

Wallace war in den Gemeinschaftsräumen und bei Gruppentherapien ein vertrauter Anblick, wenn er mit seinem Notizbuch kleine Eingebungen schnappte, bevor sie entkommen konnten.

Wenige Monate nach seiner Ankunft hatte Wallace bereits den Entwurf für eine Szene geschrieben, die sich um Big Craig drehte, einen der faszinierendsten Bewohner von Granada House. Big Craig – im Roman Don Gately – führte in Granada House mit anderen die Aufsicht und kochte gelegentlich. Er hatte Wallace kennengelernt, als er die Habseligkeiten des neuen Bewohners auf seinem Bett gefunden und Wallaces Tasche auf den Boden geknallt hatte. Craig war Mitte zwanzig, »trocken und einfach riesig«, wie Wallace später im *Unendlichen Spaß* schrieb, »weniger gebaut als gegossen, er hat die glatte Unbeweglichkeit einer Statue von der Osterinsel«. Wallace suchte sich umgehend ein anderes Bett aus. Craig stammte aus North Shore und war ein ehemaliger Einbrecher und Demerolsüchtiger. Als er Teenager war, hatten seine Freunde zum Spaß seinen Kopf in Fahrstuhltüren eingeklemmt, und auch dieses Detail baute Wallace in den *Unendlichen Spaß* ein.[78]

Doch wie sich zeigte, stammte er nicht nur aus einer anderen Welt, sondern war auch recht sensibel. Wallace brauchte nicht lange, um zu erkennen, welche Möglichkeiten eine solche Kante mit Innenleben bot. Als geläuterter Krimineller hatte er einen Hauch Dostojewski an sich, und Dostojewski spukte ohnehin durch Wallaces Gedanken. Kurz nach seiner Ankunft schrieb er Dale Peterson, »von Harvard hierher zu kommen«, erinnere ihn an die »Aufzeichnungen aus einem Totenhaus [...], wobei die Wochen in der Drogenentgiftung der inszenierten Hinrichtung und dem Aufschub in letzter Minute entsprechen.« Dieser Aufschub, hoffte er, würde bei ihm die gleichen kreativen Kräfte freisetzen wie bei dem Russen,[79] aber er verlor immer wieder die Zuversicht, er könne Literatur schreiben. Zum Glück blieben ihm noch die Sachtexte aus der Zeit vor dem Entzug. Den Essay über Pornografie hatte er in den Wind geschrieben, dafür besaß er noch den Text über *Wittgensteins Mätresse* für die *Review of Contemporary Fiction*. »Ich glaube, WM fällt mir im Moment auch deshalb so schwer, weil ich mich sehr wie Kate fühle«, schrieb Wallace Steven Moore, als er seit einem Monat im Granada House war, und meinte damit, dass er immer noch damit rang, einen Film zu drehen, während sein gerade trockengelegtes Hirn nicht mehr als Schnappschüsse produzierte. Er erklärte, das Projekt habe ihm schon in Yaddo und in Somerville große Probleme bereitet, er sei es zweimal angegangen, »einmal als schale, schwärmerische Buchbesprechung und einmal – diese Version ist noch nicht abgetippt – als 70-seitige Tirade, die sich liest wie Harold Bloom auf Acid.« Trotzdem zog er jetzt mit seinem *Tractatus* und David Marksons Roman zur nahe gelegenen Bibliothek und verfasste innerhalb eines Monats eine Arbeit, die mehrmals so lang wie ein durchschnittlicher Essay war.

Aus Wallaces Versuch, zentrale Themen wie Ich-Bewusstsein und Einsamkeit in eine beherrschbare Form zu pressen, schälte sich eine neue Klarheit heraus. Der Prosastil, der Wallaces Sachtexte von denen anderer Autoren unterscheiden sollte, nahm hier Gestalt an. Sein Ansatz war an Cavells Geradlinigkeit und Bangs' rotzigen Stil angelehnt und doch markant. Er kombinierte Umgangssprache – er benutzte »komisch« und »irgendwie«, wo andere Autoren »seltsam« und »in gewisser Weise« gewählt hätten – mit nur schwer verständlichen vielsilbigen Wörtern, eine Mischung, die darauf hindeutete, wie Hoch- und Alltagskultur in seinen Gedanken durcheinanderstoben. Er leitete Sätze gerne mit »and but so« ein, einem passenden Ausgangspunkt für seine vorpreschenden, Haken schlagenden Gedanken. Wallace arbeitete sich zu der Schnittstelle vor zwischen einem Hirn auf Hochtouren und einer Sprache, die für einen bedächtigeren Gebrauch erfunden wurde. Dabei war es von Vorteil, dass er die Probleme, die in *Wittgensteins Mätresse* aufgeworfen wurden, gerade überwunden hatte. Er konnte von seiner neu errungenen Nüchternheit zurückblicken, wenn er über Kates »permanente[s] Anrennen wider den Treibsand der englischen Sprache & das Ertrinken im Tümpel des eigenen Bewusstseins« schrieb oder festhielt, »die leere Beugung von Kates Welt« könne »den desakralisierten & paradoxen Solipsismus des US-Individuums in einer Kultur der Kuhherde kartieren bzw. bebildern«. Wenn Moore Fragen zum Text hatte, rief er im Rehazentrum an und landete direkt bei Wallace im Büro.

Daneben begann Wallace, für Zeitungen und Zeitschriften Bücher zu rezensieren. Er tat es des Geldes wegen, aber die Arbeit half ihm auch, seine Gedanken zu ordnen. Schon als Teenager hatte er Thriller gemocht – sie befriedigten sein Bedürfnis nach direkt erkennbaren Strukturen und holzschnittartigen Figuren – und war daher bestens geeignet, um für die *Washington Post* Clive Barkers Roman *Jenseits des Bösen* zu besprechen. Er kritisierte Barker als »einen dieser gefürchteten Erfolgsautoren, die vor lauter Begeisterung über sich selbst glauben, sie müssten sich keine Mühe mehr geben, interessant zu sein«.

Eigentlich wollte Wallace natürlich Belletristik schreiben, aber damit hatte er weniger Glück. Ein Teil von ihm fühlte sich noch zu verletzlich, um einen Vorstoß auf einem Gebiet zu wagen, das für sein Wohlergehen so wichtig war. Das Problem sah er nicht im Text auf dem Papier, er zweifelte weniger daran, dass er schreiben konnte, als daran, dass er schreiben musste. Franzen schlug trotz der veränderten Situation vor, sie sollten sich treffen, wenn er im April nach Boston kam. Wallace stimmte zu, aber nachdem sie sich verabredet hatten, versetzte er Franzen. Da man laut den Regeln der Anonymen Alkoholiker Fehler wiedergutmachen soll, erklärte er seinem Freund sein Verhalten in einem kurzen Brief: »Offen gesagt habe ich im Moment ein wenig Angst vor Dir«, schrieb er. Er bat darum, sich aus ihrem embryonalen Wettkampf zurückziehen zu dürfen, und wollte einen Waffenstillstand mit diesem Autor schließen, der »sich so über mein Zeug ärgert«, denn Wallace sah sich nicht mehr als »würdigen Gegner in einer Partie theoretischen Briefschachs, von der wir beide profitieren könnten«.

Er schrieb weiter:

> Ich kann nur sagen, dass ich das vielleicht vor zwei, drei Jahren für Dich war und vielleicht in 16 Monaten oder zwei oder 5 oder 10 Jahren wieder sein kann, aber im Moment bin ich ein kläglicher und sehr verwirrter junger Mann, mit 28 ein gescheiterter Schriftsteller, der so eifersüchtig ist, so scheußlich schreiend neidisch auf Dich und Vollmann und Mark Leyner und sogar David Flachwichser Leavitt und jeden anderen jungen Mann, der jetzt gerade Seiten ausstößt und davon leben kann und sie sogar aufgrund einer Art Induktionsanfang der

> Überzeugung vom Sinn und Zweck des ganzen Unterfangens für gut befindet, dass ich die Selbsttötung als logische – wenn auch im Moment nicht wünschenswerte – Lösung des ganzen jämmerlichen Problems betrachte.

Er verübelte sich, dass er dem einzigen Schriftsteller, mit dem er befreundet war, aus dem Weg ging, aber es wäre ihm absolut falsch erschienen, mit Franzen an einem Tisch zu sitzen und über die Erneuerung der Kunst zu diskutieren, weil er sich, wie er erklärte, nicht mehr als Künstler sah:

> Das Problem en détail ist für mich beschämend und gleichzeitig langweilig für jeden anderen. Ich habe Leute immer verachtet, die geschimpft und gestöhnt haben, das Schreiben sei so »schwer«, und ständig würde eine Schreibblockade bedrohlich über ihnen aufragen. Als ich 1983 das Schreiben für mich entdeckte, bot es mir eine Kombination aus Erfüllung (moralisch/ästhetisch/existenzialistisch/etc.) und beinahe genitaler Befriedigung, die ich mir niemals erhofft hätte, egal, wovon.

Er fügte hinzu: »In den letzten zwei Jahren war ich stumm. [...] Nicht wirklich stumm oder auch nur aphasisch. Aber was Dinge angeht, die ich früher geglaubt und von denen ich gelernt habe, haben meine Gedanken diese drängende und zugleich gehemmte Sprachlosigkeit aus Träumen angenommen.«

Franzen schrieb bald zurück und versicherte Wallace, er sei ihm nicht böse. Er habe sich von dem »Spätnachmittag mit Dir in Cambridge nur etwas Spaß und Gesellschaft« erhofft. Und er finde das Schreiben in letzter Zeit auch »freudlos«. Aber wie ein Krebspatient, der seine Lage einem Mann mit Kopfschmerzen erklären sollte, fand Wallace, ihre Beschwerden ließen sich nicht vergleichen. Als er sich zwei Wochen später in der Brightoner Bibliothek versteckte, statt an einer Hausordnung für das Granada House zu arbeiten, las er einen beliebten Abenteuerroman – »ein wirklich recht famoses Buch« – und schrieb seinem Freund noch einmal, um sein Problem zu erklären: »Mir läuft das Wasser im Mund zusammen, wenn ich an 1984, 5, 6, 7 denke, als ich mich hinsetzte und plötzlich Stunden vergangen waren und überall vollgeschriebene Notizbuchseiten lagen und ich mich einfach ausgelaugt fühlte und richtig durchgenommen und richtig, na ja, gesegnet.« Seine Qualen, schrieb er, strömten aus verschiedenen Quellen, von der Angst vor dem Ruhm bis zur Angst vor dem Scheitern. Hinter den gewöhnlichen Ängsten lauerte die Angst, gewöhnlich zu sein.

Während Wallace klagte, er habe seinen früheren Antrieb für das Schreiben verloren, schlug Franzen in seinen Briefen behutsam einen Ersatz vor. Er erinnerte Wallace daran, mit welcher Freude er selbst Figuren entwickelte, die ihm am Herzen lagen, und dass ihm seine Lieblingsgeschichten aus Wallaces Erzählband *Girl with Curious Hair* ebensolche Freude bereitet hatten; beides gehöre zur »unscheinbaren, unbezahlten Arbeit, die ein Schriftsteller im Dienste von Gefühl und Menschenbild« leistete. Als Franzen ein Jahr zuvor etwas Ähnliches angeregt hatte, hatte Wallace es noch als Geschwafel abgetan. In demselben Brief, in dem er geschrieben hatte, Leser dürften ihn gerne für ein Arschloch halten, hatte er auch klargestellt:

> Ich sehe Belletristik als ein Gespräch für mich zwischen mir und etwas, das nicht genannt werden kann – Gott, dem Kosmos, dem Einheitlichen Feld, meiner eigenen psychoanalytischen Besetzung, Roqoq'oqu, wem auch immer. Einer Größe namens LESER fühle ich mich nicht einmal ansatzweise verpflichtet – sehe es nicht als einen Gefallen seinerseits an, eher als seine Wahl, dass er, da sei er gewarnt, nicht mehr ist als aufgewandte Mittel/Zeit/Netzhautanstrengung für das, was ich geschaffen habe.

Jetzt fragte er sich allerdings, ob sein Widerstand gegen eine konstruktivere Beziehung zwischen Autor und Leser nicht vielleicht seine Schreibblockade ausgelöst hatte. Er antwortete Franzen:

> Ich würde gern mehr erfahren über diese »unscheinbare, unbezahlte Arbeit, die ein Schriftsteller im Dienste von Gefühl und Menschenbild« leistet. [...] Und wie könnte es einem Schriftsteller mit extrem übersteigertem Ichbewusstsein gelingen, weiter an die Literatur zu glauben und für sie zu hoffen und sich einen Rest Freude zu bewahren [...]? Ich gebe es zu: Ich will es wissen. Ich habe keine Ahnung. Im Moment bin ich ein unbeschriebenes Blatt. Tabula rasa oder so.

Widerwillig gestand er ein, er leide möglicherweise unter »dem im Grunde banalen Drang, avantgardistisch und poststrukturalistisch und linguistisch strammgeturnt zu sein – deshalb werde ich auch ausgesprochen garstig, wenn ich das Gefühl habe, jemand könnte das als meinen eigentlichen Antrieb und Charakter andeuten – eben weil ich fürchte, er könnte recht haben«.[80]

Wallaces Aufenthalt im Granada House endete im Juni. Wohin er danach ging, war entscheidend, das wusste er. Er hatte sieben Monate lang weder Alkohol getrunken noch Drogen genommen. Er zog Somerville, Urbana und Arizona in Betracht, doch am Ende zog er mit Big Craig und zwei anderen Männern aus dem Granada House in ein Übergangswohnheim in der Foster Street, nur einige Straßen entfernt. Das »Trockenhaus«, wie es genannt wurde, war in getrennte Bereiche für Männer und Frauen aufgeteilt. Die Bewohner verbrachten den Großteil ihrer Zeit bei der Arbeit, und verglichen mit dem Granada House wirkte das Gebäude leer – als Amy Wallace ihren Bruder besuchte, fand sie das Haus erstaunlich sauber dafür, dass mehr als ein Dutzend Erwachsener dort wohnten. Wenn die anderen Bewohner zur Arbeit aufbrachen, machte sich Wallace mit Kopftuch und Rucksack auf den Weg zur Bibliothek, wo er versuchte zu schreiben. Es ging ihm immer noch nicht gut. Er schrieb David Markson, er sei »so leer und deprimiert und umnebelt«, dass er nicht einmal sagen konnte, ob er mochte, was er las. Mit Costello lief er durch Harvard Yard, dabei zeigte Wallace seinem Freund alle Orte, an denen er als Student vergeblich versucht hatte zu lernen. Bei der Emerson Hall erzählte er, er habe oft überlegt, sich die Treppe hinunterzustürzen. Mit seiner Freundin Debra Spark fuhr er zu seiner Wohnung in Somerville und räumte seine Sachen zusammen. Bücher und Stapel von Manuskripten warf er weg, seinen Computer brachte er zu den Costellos nach Winchester, Massachusetts. Spark versuchte ihn zu überreden, seine Texte nicht wegzuwerfen, er würde sie sich später zurückwünschen. »Ich kann nicht ruhig sitzen bleiben«, schrieb er Markson, »kann kaum lesen, und meine Gedanken rasen nicht, sie verschlingen sich auf brodelnde und klumpende und absolut ekelerregende Weise. Prosamäßig stecke ich fest.« Wie sehnte er sich, schrieb er, nach »einem einzigen hohen, kühlen, mit Reif bedeckten Barglas Wild Turkey.« Als Wallace im Juli neun Monate lang nüchtern war, schenkte sein Sponsor ihm einen Jolly Pecker, »einen kleinen Phallus mit Füßen, gedrungen wie ein Feuerhydrant, und wenn man ihn aufdreht, hüpft er so jämmerlich auf und ab, dass es einem das Herz bricht. Es zeigt so treffend meinen Zustand, dass ich nicht einmal denke, der Typ ist ein Vollpfosten.«[81]

Im Granada House hatte Wallace pro Woche 20 Dollar Miete gezahlt. Darüber hinaus hatte er kaum Geld ausgegeben, während er gegen seine Sucht ankämpfte. Jetzt musste er die normalen Lebenshaltungskosten in Boston tragen. Die Buchrezensionen brachten kaum etwas ein, und das Stipendiengeld war aufgebraucht. Wieder stand er vor dem alten Problem: Wenn er lehrte, würde er vielleicht nicht schreiben können, aber wenn er nicht lehrte, würde er nicht essen. Es war das Einzige, von dem er wusste, dass er es konnte, und von dem er glaubte, er könne es schaffen. Um in Boston zu bleiben, wo er einen Neuanfang geschafft hatte, bewarb er sich bei der Tufts University und in Harvard als Dozent für kreatives Schreiben.

Wie ein Gegengewicht zu dieser Enttäuschung trat ein neuer Mensch in sein Leben: Mary Karr, eine Lyrikerin. Karr stammte aus Texas und war mit Mitte dreißig sieben Jahre älter als Wallace. Sie lebte mit ihrem Mann und ihrem kleinen Sohn im nahe gelegenen Belmont, fuhr einen Kombi und besaß eine Standfestigkeit und Entschlossenheit, die Wallace bei sich selbst vermisste. Sie waren sich schon einmal bei einer Party begegnet, bevor Wallace ins McLean gegangen war, und er war sehr beeindruckt von ihr; sie war geistreich und benutzte ein derbes Vokabular. Kurz nachdem er das McLean verlassen hatte, sah er sie bei einem Meeting in Harvard Square. Dass sie ebenfalls eine genesende Alkoholikerin war, erschien Wallace wie eine glückliche Fügung. Er war bald besessen von ihr. Als sein Freund Mark Costello zu Besuch kam, warteten sie zusammen hinten im Versammlungssaal in der Hoffnung, diese außergewöhnliche Frau könnte vorbeikommen. (Das tat sie auch, und sie wirkte freundlich, aber recht mitgenommen auf Costello, der die Übertreibungen seines Freundes gewohnt war.)[82] Er kannte die Warnungen, dass man keine Beziehung mit jemandem anfangen sollte, der noch nicht lange abstinent war. (AA-Mitglieder bezeichnen es spöttisch als dreizehnten Schritt, dieses Verbot zu ignorieren.)[83] Wallace kümmerte das nicht: Hier war eine verwandte Seele, eine Schriftstellerin, die sich auch bemühte, sich einer größeren Macht anzuvertrauen, aber von Sprüchen wie »ein Tag nach dem anderen« und »geh nur die Aufgabe an, die gerade vor dir liegt« Kopfschmerzen bekam.

Deb Larson war Karrs Suchtberaterin, außerdem arbeitete Karr als Freiwillige im Granada House, wodurch Wallace sie oft zu Gesicht bekam. Er wollte sofort mit ihr zusammen sein, aber Karr, die in einer kriselnden Ehe steckte und ihren Sohn schützen wollte, sagt, sie sei nicht interessiert gewesen. Sie spürte, dass eine Beziehung unsicher und problembeladen sein würde. »Wir waren beide völlige Wracks«, erinnert sie sich; er prahlte mit seinen perfekten Zulassungsnoten für die Uni und sprach sie »auf eine unterwürfige, schmeichlerische Art« als Miss Karr an. Ihr wurde klar, dass er sie als eine Art Mischung aus Mutter und Erlöserin sah.

Ihr Nein kam bei Wallace nicht an, und er kannte nur eine Art, jemanden zu erobern: mit vollem Einsatz. Er fuhr zu Karrs Haus in der Nähe des McLean Hospital und schaufelte ihre Einfahrt frei, wenn es geschneit hatte, oder erschien unangekündigt bei ihren AA-Meetings. Karr rief Deb Larson an, damit sie Wallace klarmachte, seine Avancen seien unerwünscht. Trotzdem bestürmte Wallace sie mit Briefen. Er nannte sich den leidenden Werther, sie war in Anlehnung an ihr Lieblingsbuch *Anna Karenina* Sainte Nitouche, eine Heilige, die er buchstäblich nicht berühren konnte. Sie fühlte sich ihm verbunden und fand ihn brillant, aber auch gestört. Einmal, so erinnert sie sich, tauchte er bei einer Poolparty auf, die sie mit ihrer Familie besuchte. Sie dachte, er habe sich geschnitten, weil er ein Pflaster auf der linken Schulter trug und nicht zeigen wollte, was darunter steckte – eine Tätowierung mit ihrem Namen und einem Herzen. Er rief Walden an, mit der er kaum noch Kontakt hatte, und erzählte ihr, was er getan hatte. Offensichtlich war er in seinen Augen eine Verbindung eingegangen, von der es kein Zurück gab. Wie die Beziehung genau aussah, wusste sonst niemand: Wallace erzählte Freunden, sie hätten eine Beziehung, Karr streitet das ab.

Karr war kein großer Fan von Wallaces Arbeit. Sie las *Girl with Curious Hair* und »sagte ihm, dass es kein besonders tolles Buch war«, erinnert sie sich. Sie lobte nur »Hier und dort«: »Vor lauter Intellekt kam er nicht dazu, wirklich etwas zu sagen.« Sie trat dafür ein, unmittelbarer zu schreiben.[84] Immerhin ließ sein ruheloser Verstand Karr nicht kalt. Sie bat ihren Freund DeWitt Henry, der das Schreibprogramm am Emerson College leitete, Wallace einzustellen, und versprach, selbst einzuspringen, falls er für den Unterricht zu labil sein sollte. Henry willigte ein, Wallace im Herbst 1990 mit einem Lehrauftrag zu betrauen.

In diesem Monat kehrte er widerwillig in die Hochschulwelt zurück. Er fuhr mit der Green-Line-U-Bahn nach Emerson, »einem Hipster-College in Back Bay«, wie er es Markson beschrieb. Dass seine Geschichten, die er am meisten schätzte, von den beiden Menschen abgelehnt wurden, deren Meinung ihm am meisten bedeutete – Franzen und Karr –, blieb nicht ohne Folgen. Als DeWitt Henry eine Anzeige für *Girl with Curious Hair* ans Schwarze Brett hängte, nahm Wallace sie ab und sagte, das Buch sei ihm peinlich. Ein paar Wochen nach Semesterbeginn meldete Wallace sich bei Franzen. »Mit dem Seminar läuft es ganz gut«, schrieb er seinem Freund. »Ich hatte vergessen, wie jung Collegestudenten sind. Dabei sind sie Babys: Man kann die Venen in ihren kleinen Lidern sehen, und man muss beinahe noch ihre Köpfchen halten, damit ihre Hälse den Schädel tragen können.« Er merkte, dass er mit seinem lockeren Stil und seiner gefälligen Offenheit für Abschweifungen beliebt war. »Meistens reden wir über Twin Peaks und die Simpsons, deshalb halten sie mich für einen coolen Caballero«, berichtete er Markson. Hier folgte er einem deutlich anderen Ansatz als in Arizona oder Amherst, wo er sich außergewöhnlich stark und sogar ein wenig manisch für die Studenten engagiert hatte, aber Wallace war erschöpft und durcheinander: Ohne Drogen und Alkohol kam ihm die Bühne nicht mehr wie eine Bühne vor, sondern wie ein Seminarraum.

Wenigstens gab es ein literarisches Projekt, in das Wallace seine Energie stecken konnte. *Harper's* hatte ihn für ein Forum um tausend Wörter zum Thema Fernsehen gebeten. Natürlich uferte das Projekt sofort aus und saugte seine ungenutzte Energie auf. Das Fernsehen genoss bei ihm immer noch einen hohen Stellenwert. Zu Beginn des Auftrags hatte er in einem Brief an Markson, der mit Malcolm Lowry befreundet gewesen war, scherzhaft bemerkt, ihn über das Fernsehen schreiben zu lassen sei so, »als würde man den Konsul in seinen letzten Zügen um ein Haiku über die Geschichte der Destillation bitten«. In der Widener Library in Harvard fand er interessante Hinweise darauf, dass er vielleicht ein Sonder-, aber kein Einzelfall war. Zum Beispiel las er dort, dass in den letzten Jahren gebildete Zuschauer ebenso viel fernsahen wie ungebildete; der Durchschnitt lag in den USA bei sechs Stunden am Tag. Er schrieb Seite um Seite, während er versuchte, die verdammte Maschine in den Griff zu bekommen. Er hegte kaum noch Hoffnung, dass der Essay veröffentlicht wurde, im Grunde schrieb er also ein Memorandum für sich selbst, obwohl, wie er Markson erzählte, selbst die etwa 1000 Dollar Ausfallhonorar »üppig« waren.

Die Behauptung, das Fernsehen würde passiv machen, war nicht neu – sie gehörte zu den Standardaussagen von Kulturkritikern wie Todd Gitlin und Mark Crispin Miller –, aber für Wallace ging es nicht nur um einen theoretischen Vorwurf, die Frage war persönlich und entscheidend. Die zuckersüße Vorhersehbarkeit der Sendungen übte einen seltsamen Bann auf ihn aus, und während seiner Zusammenbrüche schien er regelrecht mit dem Fernsehen zu verschmelzen. Die Studenten in seinem Seminar gaben ihm das Gefühl, das Problem sei schlimmer, als er gedacht hatte. Sie waren die Generation Letterman, die er sich in der Geschichte »Mein Auftritt« vorgestellt hatte und die stolz darauf war, alles zu kennen und zu wissen. »Sie sind alle Fernsehprofis, was immer das heißen mag«, beklagte er sich bei Markson und fügte hinzu, die Fakultät habe ihm auf die Finger geklopft, weil er »die Studenten entmutigt« hatte, indem er sie mit einem Roman von DeLillo (er verrät nicht, mit welchem) aufrütteln wollte: »Die meisten wollen nichts Schwereres lesen als die Schlagzeilen auf Stichwortkarten im Fernsehen.«

Wallace wusste schon, dass er nicht lange in Emerson bleiben wollte. Er überlegte, sich für ein Stipendium zu bewerben, bis ihm klar wurde, dass er kein Projekt hatte, das man hätte fördern können. »Ich möchte wieder mit dem kreativen Schreiben anfangen«, berichtete er Moore im November 1990, »nur habe ich jetzt schreckliche Angst davor, es zu versuchen, weil ich das meiste, was ich mal wusste (von dem ich dachte, ich wüsste es), vergessen habe und ich das Gefühl habe, als wäre das kleine Reptilienhirn in meinem Kopf, das für die richtig guten Texte zuständig war, verendet oder würde sich aus Protest totstellen.« Ein paar Jahre zuvor hätte er sich bei einer solchen Enttäuschung noch mit Marihuana zugedröhnt, aber jetzt hatte er durch seine täglichen Gruppentreffen gelernt, sie auszusitzen. Er hatte gerade ein ganzes Jahr ohne Suchtmittel zugebracht, ein wichtiges Ereignis für ihn. Er besuchte immer noch Meetings, traf sich mit seinem Sponsor und machte schließlich auf Drängen von Karr auch eine Einzeltherapie. Wie es vorherzusehen war, fand er die Therapie gleichzeitig anziehend und abschreckend intensiv. Dafür gab sie ihm ein weiteres Werkzeug an die Hand, um mit solchen enttäuschenden Situationen umzugehen. »Ich kann absolut nichts tun, außer die Situation so hinzunehmen, wie sie ist, und geduldig auf eine Änderung zur rechten Zeit zu warten«, schrieb er Moore. »Die Alternative zur Geduld ist mein altes Leben, von dem mir Ärzte und sachliche Typen in der Reha gesagt haben, es hätte mich umgebracht, und zwar auf biestige, unrühmliche Art, bevor ich dreißig werde.«

Diesen Gleichmut konnte er allerdings nicht auf alle Aspekte seines Lebens übertragen. Wo früher Alkohol und Gras dominiert hatten, hielt jetzt eine unbändige Wut Einzug, die er sich nicht leicht eingestehen konnte. Big Craig bekam einmal zufällig mit, wie Wallace in seinem Auto in der Nähe der Foster Street von einem anderen Wagen geschnitten wurde. Vor Wut rammte Wallace das andere Fahrzeug. »Er ist ausgestiegen und hat sich am Kopf gekratzt«, erinnert sich Big Craig. »›Ach je, wie ist das denn passiert?‹«

Signifying Rappers: Warum Rap, den Sie hassen, nicht Ihren Vorstellungen entspricht, sondern scheißinteressant ist und wenn anstößig, dann bei dem, was heute so abgeht, von nützlicher Anstößigkeit, das Gemeinschaftswerk von Wallace und Mark Costello, der mittlerweile als Stellvertretender Bezirksstaatsanwalt in Manhattan arbeitete, erschien wie ein Gruß aus der Vergangenheit im November 1990. »Mit *Signifying Rappers* liegt die erste ernsthafte Auseinandersetzung mit Rap und seiner Funktion als bedeutende Größe im kulturellen Bewusstsein Amerikas vor«, verkündete ein Inserat für das Buch im *Voice Literary Supplement.* Im Buch selbst warnte Wallace allerdings: »Wenn ihr das hier gedruckt lest, ist es schon veraltet.« Und er hatte recht. Bei Erscheinen des Buches war Rap schon kein Novum mehr, dafür war er in den Schlagzeilen. Die Gefahr, Rap könne sich zu »Prolegomena zu einem jeden künftigen Aufstand« entwickeln, wie Wallace es im Buch formuliert hatte, war gebannt. Tipper Gore und George Will hatten Rap verurteilt, der bekannte Professor Henry Louis Gates hatte sich für ihn ausgesprochen, und in Florida lief eine Klage gegen 2 Live Crew mit dem Vorwurf der Obszönität. In der Presseerklärung des Verlags hieß es: »Die Autoren – weiß, gebildet, Mittelklasse – schreiben aus einer besonderen Position heraus, sie stehen am Rand und sind zugleich unerlässlich für das ›wir und sie‹ im Rap.« Die meisten Kritiker und Leser schienen nicht recht zu wissen, wie sie diese Gemeinschaftsarbeit deuten sollten. Die Haltung der Autoren, Rap sei »sehr wahrscheinlich auch das Wichtigste, was heute in der amerikanischen Lyrik abgeht«, erschien gleichzeitig zu findig und zu offensichtlich. Niemand erkannte, dass ihre sich schnell abwechselnden Kommentare an das Sampling im Rap angelehnt waren. Zumindest konnte Wallace beweisen, dass er verstanden hatte, welche Macht eine Sucht ausübte. Vielleicht beschrieb er mit Blick in den Gemeinschaftsraum des Granada House das

> mittelpunktlose Popkulturland voll ausgegrenzter Subgesellschaften, selbst postmodern, strack, selbstreferenziell, ichbesessen, voyeuristisch, passiv, glotzend, verworfen.[85]

Oder er dachte dabei an die Studierenden in Emerson.

Obwohl das Buch kaum beachtet wurde, freute sich Wallace über die Veröffentlichung. Zu einer Zeit, in der er, gemessen an seinen Bemühungen, sonst nicht viel vorweisen konnte, war er froh, das Buch in Händen zu halten. »Erst fand ich es albern und belanglos, jetzt möchte ich es meinen Freunden schicken«, schrieb er Moore, der für eine Besprechung des Buches in der *Review of Contemporary Fiction* sorgte. Wallace hatte so wenig Geld, dass Moore ihm ein Freiexemplar überließ, damit er den

Artikel lesen konnte. Wallace fragte ihn, ob er ihm wohl dabei helfen könne, sich vom Unterrichten loszueisen. »Ich bin der beste Korrektor, den ich je gesehen habe«, prahlte er und überlegte, ob sich damit genug verdienen ließe, um »mir im Mittleren Westen eine bescheidene Hütte« leisten zu können. Moore antwortete, das Dalkey Archive an der Illinois State University suche einen Leiter für Presse- und Öffentlichkeitsarbeit. Wallace lehnte höflich ab und erklärte, er »habe es nicht einmal ertragen, als in der Highschool meine Einladung zum Abschlussball abgelehnt wurde«.

In seiner Beziehung zu Karr gab es keine Fortschritte, was ihn ebenfalls wütend machte. Karr lebte immer noch mit ihrem Mann zusammen. Sie sagt, sie habe den Kontakt damals ganz abgebrochen. Trotzdem glaubte Wallace, mit Karr an seiner Seite würde sein Leben in geordnete Bahnen kommen, seine Zeit im Totenhaus würde enden. Sie hatte Bedenken, weil er zu »Weißglutkollern« neigte, wie er es nannte. Sie trat ein Arbeitsstipendium in Radcliffe an. Als er in die juristische Bibliothek von Harvard ging und für sie herausschrieb, wie sie nach einer Scheidung das Sorgerecht für ihren Sohn und einen Teil des gemeinsamen Eigentums behalten konnte, zeigte sie den Brief ihrem Mann. Einmal sah sie aus ihrem Bürofenster und sah Wallace, der sie verfluchte und verlangte, dass sie ihm einen Walkman zurückgab, den er ihr geliehen hatte. Sie warf ihm das Gerät zu, er fing es auf, stapfte davon und durchschlug unterwegs mit der Faust eine Autoscheibe.

Einige Monate später, im April 1991, schrieb er Markson, er habe sich beim Softball einen Bänderriss am Knöchel zugezogen und die Schmerzmittel abgelehnt, die ihm die Ärzte verabreichen wollten, wofür »ich meinen ganzen Willen aufbringen musste«. »Unerträglich ist, was sein eigener Kopf aus alldem machen könnte«, denkt Don Gately in einer wichtigen Szene im *Unendlichen Spaß*, als er mit einer Schusswunde im Krankenhaus liegt und keine Medikamente nimmt. »Aber er kann sich entscheiden, nicht zuzuhören.« Das echte Leben war weniger heroisch: »Ich kann nicht gut damit umgehen«, gestand Wallace Markson. »Die Schmerzmittel habe ich durch chronisches Grummeln ersetzt, das funktioniert wenigstens einigermaßen.«[86] Er lief mit Krücken, konnte aber nicht sitzen, was hieß, er konnte nicht tippen, was ihn wiederum davor bewahrte, Buchrezensionen zu schreiben, eine Erleichterung. Stattdessen las er zum Vergnügen, er genoss James Baldwin sehr und Thomas McGuane deutlich weniger. Walker Percy fand er »zum Gruseln«. Er fing mit *Heere aus der Nacht* von Norman Mailer an und hasste es; in einem Brief an Markson schrieb er, er finde den Autor »unsäglich abstoßend. Sein ganzer Charme liegt wohl darin, heftige Reaktionen zu erzeugen. Hitler besaß die gleiche Gabe.« Er las *Vineland* und merkte, dass er Thomas Pynchon nicht mehr liebte, sei es, weil er selbst sich verändert hatte, sei es, weil sein Held es hatte. Er schrieb Franzen, er finde Pynchons ersten Roman seit beinahe zwei Jahrzehnten »platt und forciert und seinen anderen 3 Romanen herzzerreißend unterlegen. Ich habe stark den Eindruck, dass er zwanzig Jahre lang nur gekifft und ferngesehen hat – allerdings bin ich in diesem Punkt aus offensichtlichen Gründen ein wenig paranoid.« Franzen und er bauten weiter unbeholfen an ihrer Freundschaft. Er schalt Franzen dafür, dass er nach New York gezogen war. »Die New Yorker, die ich kannte und die wirklich dort gelebt haben, scheinen der Stadt nie ganz entkommen zu können«, schrieb er. Als Antwort versuchte Franzen, seinen Freund mit einem sanften Tritt aufzumuntern: »Ich glaube, dass Du irgendwann wieder Belletristik schreibst und dass sie noch besser wird als alles, was Du bisher geschrieben hast – genauso witzig, genauso klug, aber mit einem deutlicheren Bezug zur Seele.« Zur Unterstützung zitierte er aus einem Gedicht von Emily Dickinson:

Angst panzert sich mit Freude –
Sorgliches Waffenkleid,
Damit nicht jemand Blut sieht
Und »bist verwundet« schreit!

Wallace beendete das akademische Jahr enttäuscht. Er hatte herumerzählt, er und Karr würden sich näherkommen, dabei hatte sie beschlossen, mit ihrer Familie nach Syracuse zu ziehen, wo man ihr einen Lehrauftrag angeboten hatte. Auf einer Postkarte an Franzen hielt Wallace seine Überraschung fest. »Ich habe Mary endlich gesagt, dass ich sie heiraten will«, klagte er, »und sie beschließt 3 Wochen später, sie könne sich nicht scheiden lassen. Sie zieht mit ihrem Mann im August weg. Es ist nicht schön, aber ich kann buchstäblich nichts tun. Ich bin traurig.« (Sie hingegen sagt, sie hätten keinen Kontakt gehabt.) Er blieb den Sommer über in Boston, bestürzt und voller Sehnsucht nach Karr. »Es gibt nichts Neues«, schrieb er einem Collegefreund. »Ich besuche die Meetings, helfe am Suchttelefon aus, lese viel, schreibe ein wenig.«

Ende September zog Wallace vom »Trockenhaus« in der Foster Street in ein zweistöckiges Schindelhaus an einem gesichtslosen Abschnitt der Massachusetts Avenue in Arlington. Er teilte sich die Wohnung mit einem anderen genesenen Süchtigen, mit dem ihn wahrscheinlich das Granada House zusammengebracht hatte. Der Mann besaß eine umfangreiche Plattensammlung von Tito Puente, dessen Musik Wallace als »Crime Jazz« bezeichnete. »Die Wohnung ist seltsam«, schrieb er Franzen im Oktober. »Das meiste ist noch eingepackt. Ich schlafe auf einer Matratze auf dem Boden und wache mit Staub auf der Zunge auf.« Als Franzen ihn besuchte, fand er seinen Freund in einer unordentlichen Junggesellenbude vor, kalt und schummrig, nur etwas für den Übergang. Wallace traf in der U-Bahn zufällig Gale Walden – sie hatte eine Stelle als wissenschaftliche Mitarbeiterin in Harvard –, und als sie bei ihm vorbeischaute, lagen überall die Seiten eines Romanentwurfs ausgebreitet.

In seinem zweiten Jahr in Emerson erledigte Wallace seine Arbeit ohne Freude. Er hatte sein Pensum auf drei Seminare aufgestockt, um mehr zu verdienen, und unterrichtete »an drei Nachmittagen die Woche Doppelstunden«. »Ich arbeite nur noch«, beklagte er sich im Oktober bei Franzen und drohte, seinen

Computer zu verkaufen. Die Studenten mochte er immer noch nicht, und seinen Kollegen ging er geflissentlich aus dem Weg. Einige der anderen Lehrbeauftragten fanden Wallace ihrerseits distanziert und wunderlich. Einen erinnerte Wallaces Verhalten an das Asperger-Syndrom, er schien seine Abschottung zu inszenieren und »suchte sich einen Platz, an dem die Kollegen ihn sehen konnten, und dann posierte er in seiner kleinen Bühnenecke des Zimmers, als wäre er tief in Gedanken oder innerer Pein oder seinem Genie versunken«. Wallace schrieb Franzen: »Ich musste mich über Leute wie Stephen Crane und Edith Wharton schlaumachen. Ehrlich gesagt war es eine Freude. Ich wusste gar nicht, dass sie so gut sind. In der Highschool habe ich ein wenig von ihnen gelesen, aber ich erinnere mich, dass ich mich vor allem fragte, wann sie fertig sind, damit ich irgendwas Zuckerhaltiges essen und anschließend masturbieren konnte.« Den »Kanon« zu mögen war für ihn eine Möglichkeit, Franzen seinen ästhetischen Wandel zu demonstrieren. Wenn er realistische Prosa lesen konnte, konnte er sie vielleicht auch schreiben. »Die letzte feine Patina Rebellionsgeist ist abgefallen«, berichtete er seinem Freund stolz im selben Brief. »Ich bin heillos und durch und durch konventionell.«

Fast zwei Jahre lang hatte Wallace ein unruhiges, unausgeglichenes Leben geführt. Er nahm keine Drogen mehr, fand aber keine Ruhe und hielt es allein mit seinen Gedanken nicht aus. Doch Karr, um die sich seine ganze Gefühlswelt drehte, hatte ihn für immer verlassen – so schien es zumindest –, und Wallace brach Anfang November 1991 plötzlich zusammen. Es war das erste Mal, seit er nicht mehr trank, und er war am Boden zerstört. Er wurde mit der Diagnose einer suizidalen Depression in die psychiatrische Abteilung des Newton-Wellesley Hospital eingeliefert. Mehrere Tage lang blieb er in der geschlossenen Abteilung. Danach brachte Debra Spark ihm die Arbeiten seiner Studenten, weil er mit den Beurteilungen nicht in Rückstand geraten wollte. »Die Leute hier sind verrückt«, sagte er ihr. Sie fand die Station erschreckender als das McLean, wo sie Wallace auch besucht hatte, und er selbst erschien ihr verängstigter und depressiver. Die Ärzte im Newton-Wellesley erhöhten die Dosierung des Nardils, das er bereits nahm, und nach einiger Zeit ging es ihm besser. Nach zwei Wochen wurde er entlassen. In seiner Krankengeschichte hielt er später fest, in den folgenden Monaten seien immer wieder Depressionen und Verzweiflung aufgekommen, aber das Nardil in seinem Blut habe seinen Zustand verbessert und ihm Hoffnung zurückgegeben. Sofort schmiedete er neue Pläne. Direkt vor seiner Einlieferung hatte er Karr angerufen und ihr gesagt, dass er sie liebte; jetzt, erinnert sich Karr, rief er ihre Mutter an, um ihr mitzuteilen, dass er ihre Tochter heiraten werde. »Sind Sie nicht gerade erst irgendwo entlassen worden?«, lautete ihre Reaktion.

Wallace hatte seine literarischen Ambitionen nicht vergessen. 1990 und zum Teil noch 1991 hatte er gegen die Sorge angekämpft, er brächte nüchtern nicht mehr als Buchbesprechungen und Essays zustande. Im Frühjahr 1991 schrieb er Nadell, die Dinge würden sich ändern, und wollte damit nicht nur sie, sondern auch sich selbst beruhigen:

> Gib mich bitte noch nicht verloren. Mein Wunsch zu schreiben ist jetzt noch stärker als 1985. Ich glaube, ich kann besser werden, aber das braucht Zeit – und glaub mir, ich weiß, dass schon viel Zeit vergangen ist. [...] Und denk bitte nicht, ich sei müßig oder abgelenkt, weil ich Dir keine neuen Texte zur Veröffentlichung geschickt habe. Denk nicht, ich hätte aus Verzweiflung aufgegeben oder sei ausgebrannt. Das stimmt nicht, ich schwöre es Dir. Vielleicht dauert es noch ein paar Jahre, bis ich etwas Langes und Ordentliches geschrieben habe, aber ich werde es tun. Bitte vergiss mich nicht, und lass auch nicht zu, dass Gerry mich vergisst. [...] Ich schreibe jeden Tag nach Zeitplan, veröffentliche wenigstens Auftragstexte und werde alles tun, um wieder Belletristik zu schreiben.

Die *Review of Contemporary Fiction* plante eine Ausgabe über Wallace, Vollmann und Susan Daitch, eine junge Schriftstellerin. Im April gab Wallace Larry McCaffery ein langes Interview für die Zeitschrift und deutete dabei an, wie schwer ihm das Schreiben fiel. »Der große Unterschied zwischen guter Kunst und so lala Kunst scheint in der Bereitschaft zu liegen, in gewisser Weise zu sterben, um den Leser zu berühren. Ich muss es nur sagen und habe schon Angst davor, wie rührselig es auf dem Papier wirken wird. Und es wirklich zu tun, nicht nur darüber zu reden, erfordert einen Mut, der mir offenbar noch fehlt.« Doch vier Monate später, im August 1991, war dieser Mut plötzlich zurückgekehrt. In diesem Monat schrieb er Forrest Ashby, er würde sich »langsam in Literatur vorantasten, die noch nicht besonders gut ist und kaum wiederzuerkennen im Vergleich zu dem Zeug, das ich geschrieben habe, bevor ich, na, was auch immer«, und seinem alten Professor Dale Peterson sagte er, er würde »ziemlich viel schreiben, und zum ersten Mal seit Jahren gerne«. Was hatte ihm zu diesem Durchbruch verholfen? Zum Teil war es der Essay, den Wallace für das *Harper's* geschrieben hatte. Zum ursprünglichen Thema, wie das Fernsehen unsere Wahrnehmung der Realität beeinflusst, war die Krise gekommen, die Wallaces Generation durchmachte; für ihn hing beides natürlich eng zusammen. Seit Arizona hatte Wallace nach einer Prosa verlangt, die aufzeigte, wie gründlich das Fernsehen den Verstand seiner Zuschauer veränderte. Aber nach McLean und seinem Entzug war ihm klar geworden, dass eine literarische Darstellung dieser Welt genauso abträglich sein konnte wie das Fernsehen selbst. Eine hoffnungslose Lage zu schildern bedeutete noch lange nicht, auch einen Ausweg aufzuzeigen; möglicherweise machte es die Gefangenschaft nur angenehmer. Jetzt formulierte Wallace sein Ziel neu: Die amerikanische Literatur steckte nicht nur in einer ästhetischen, sondern in einer moralischen Krise. Beweisstück A war Mark Leyner, ein Autor, dem er früher große Zuneigung entgegengebracht hatte und für dessen Roman *My Cousin, My Gastroenterologist* er Werbung gemacht hatte, als er in

Somerville wohnte. Der Roman, eigentlich sind es siebzehn zusammenhängende Geschichten, ist geschickt und beinahe schizophren zergliedert; statt eine durchgehende Handlung aufzuweisen, vermittelt er eher durchgehend eine bestimmte Haltung der Moderne gegenüber. Eine Geschichte – die beinahe in den *Besen* gepasst hätte – dreht sich um eine Figur namens Big Squirrel, »einen Kinderfernsehmoderator und Kung-Fu-Söldner«, wie Wallace ihn beschrieb. In einer anderen Geschichte lebt ein Vater im Keller seines Hauses und zentrifugiert Hybridoma-Kulturen von Mäusen. Ein Abschnitt trägt den Titel »Verfasst nach dem Inhalieren von Farbverdünner«. Beim ersten Lesen hatte Wallace sich an dem aggressiven, postrealistischen Stil des Buches geweidet, an seinem avant-pop-typischen Beharren darauf, dass die überwältigende Zusammenhangslosigkeit der modernen Kultur dem Verstand ein Fest war. Der neue Wallace beschrieb das Buch in seinem Fernseh-Essay allerdings als »Amphetaminamalgam aus Pop-Pastiche, beiläufiger Hightech- und schillernder Fernsehparodie« und zitierte aus dem Klappentext, das Buch sei »das literarische Gegenstück zur besten Droge, die man je genommen hat« – wer Wallaces Lage kannte, begriff diese Beschreibung als alles andere als eine Empfehlung. Wallace war mittlerweile überzeugt davon, Amerika sei eine Nation von Süchtigen, die nicht erkannten, dass sie etwas für großzügige Liebe hielten, was in Wirklichkeit ein neurotisch und chronisch unbefriedigtes Bedürfnis war. Leyners literarische Sicht auf das Leben – mutiert, ziellos, ohne Bindung, genau wie bei *Letterman* oder *Saturday Night Live* – sollte unsere Sucht wie eine kluge, bewusste Entscheidung wirken lassen, die wir aus freien Stücken trafen. Wallace wusste es besser.

Und ihm war deutlich klarer geworden, warum wir alle so angefixt waren. Nicht das Fernsehen als Medium, so mächtig es auch war, hatte uns zu Süchtigen gemacht. Es war weit gefährlicher: Das Fernsehen hatte von der Literatur, vor allem von der postmodernen Literatur, eine bestimmte Grundhaltung zum Leben übernommen und sie bei den Zuschauern verstärkt, nämlich die der Ironie. Ironie war in Wallaces Definition nicht grundsätzlich schlecht. Sie stellte sogar die traditionelle Haltung der Schwachen gegenüber den Starken dar; etwas anzudeuten, das man nicht aussprechen durfte, weil es zu gefährlich war, besaß eine eigene Macht. Die ersten Ironiker der postmodernen Literatur – Schriftsteller wie Pynchon und manchmal Barth – übermittelten wichtige Wahrheiten, die nur verschleiert ausgesprochen werden konnten, wie er glaubte. Doch wenn sich Ironie als Gewohnheit etablierte, wurde sie gefährlich. Wallace zitierte Lewis Hyde, dessen Broschüre über John Berryman und Alkohol er in seinen ersten Monaten im Granada House gelesen hatte: »Ironie ist nur etwas für den Notfall. Zu oft gebraucht, wird sie mit der Zeit zur Stimme der Gefangenen, die sich in ihrem Käfig eingerichtet haben.« Weiter hieß es:

> Denn so unterhaltsam Ironie auch ist, wirkt sie nahezu ausschließlich negativ. Sie ist kritisch und destruktiv, ein Kahlschlag. [...] Als besonders ungeeignet erweist sich Ironie, wenn sie einen Ersatz für die Heucheleien erschaffen soll, die sie aufdeckt.

Das traf es genau – Ironie war defätistisch, kleinmütig, das Abzeichen einer Generation, die nicht wagte zu sagen, was sie meinte, und so Gefahr lief zu vergessen, dass sie überhaupt etwas zu sagen hatte. Die vielleicht erschreckendste Eigenschaft der Ironie war für Wallace die Offenheit des Systems: Nachdem die Medien Zuschauer allerorten darauf konditioniert hatten, Ironie zu erwarten, konnte sie jeder für jeden Zweck nutzen. Besonders ärgerte es ihn, wenn Burger King oder Joe Isuzu Ironie einsetzten, um ihre Hamburger und Autos zu verkaufen.[87]

Was steckte wirklich hinter dieser Ablehnung, die mit den Jahren nur stärker wurde? Seine Haltung war das genaue Gegenteil des jungen Autors, der sich einen Ruf als Witzbold und später als Parodist aufgebaut hatte und dessen Talent als »eine seltsame Art Fälscher« schwerlich mit ehrlichen Absichten vereinbar war. Plötzlich war Ernsthaftigkeit in seinen Augen eine Tugend und zu sagen, was man meinte, eine Berufung. Dabei schien Nostalgie eine Rolle zu spielen, zusammen mit einer Unzufriedenheit gegenüber dem Menschen, der er geworden war. Wallace deutete an, die Kultur könne genesen, wenn sie zu der Ernsthaftigkeit zurückfand, mit der er aufgewachsen war. Während seiner Kindheit im Mittleren Westen hatten die Leute gesagt, was sie meinten. Es machte nichts, dass Wallace im Grunde nie so gewesen war und durch seine psychischen Probleme auch nie so werden würde; für ihn war es schon beruhigend, es sich nur vorzustellen.

Das führte Wallace dazu, eine neue Art Literatur zu beschwören – was nicht besonders schwer war, da er bereits an ihr arbeitete –, die eines Tages die Leyners dieser Welt ablösen könnte:

> Die nächsten echten »Literaturrebellen« dieses Landes könnten gut und gerne als eine seltsame Bande von »Anti-Rebellen« auftreten, als geborene Gaffer, die es wagen, sich vom ironischen Zusehen zu lösen, und die kindliche Dreistigkeit besitzen, gezielt auf Doppeldeutigkeiten zu verzichten. Die mit Achtung und Überzeugung von schlichten unmodernen menschlichen Problemen und Gefühlen erzählen. Die Ich-Bewusstsein und angesagte Überdrüssigkeit vermeiden.

Und weiter:

> Die alten Aufständischen des Postmodernismus riskierten Keuchen und Kreischen: Schock, Abscheu, Empörung, Zensur, Vorwürfe des Sozialismus, Anarchismus, Nihilismus. Die neuen Rebellen könnten das Gähnen riskieren, das Augenverdrehen, das kalte Lächeln, den Ellbogen in der Seite, die Parodie begabter Ironiker, das »wie banal«.

Wallace wusste, wer seine Gedanken beeinflusst hatte. Er schickte Franzen einen Entwurf des Essays, »weil ich vor allem gerne wüsste, was Du von dem ganzen Anti-Ironie-Zeug hältst. Du wirst sehen, dass ich in Bezug auf Leyner eine Franzen'sche

Sichtweise eingenommen habe.« Und er widmete den Artikel M. M. Karr, dem anderen Quell der Aufrichtigkeit. Entscheidend war auch, dass Wallace seine Malaise nicht für ein persönliches Problem, sondern für einen gesellschaftlichen Zustand hielt. Er spürte, dass er nicht allein war. Nachdem der *Unendliche Spaß* erschienen war, erwähnte er in einem Interview, in Boston sei er

> zu dem Schluss gekommen, dass ich vielleicht nicht nur schrecklich traurig und schrecklich ziellos war, weil ich so kaputt war. Vielleicht war es, vielleicht war ich, vielleicht war es auch irgendwie *interessant*. [...] Es ging einfach so vielen meiner Freunde zur gleichen Zeit wie mir dreckig. Auf so viele unterschiedliche Arten. Und bei so vielen hätte eigentlich alles stimmen müssen. [...] Das waren Anwälte, Börsenmakler, junge vielversprechende Akademiker, Dichter.

Sich einer eindeutigen Literatur zu verpflichten, die sagte, was sie meinte, verlieh Wallace eine Zuversicht, die er seit Jahren nicht mehr gespürt hatte, nicht mehr seit seinem Besuch in Yaddo 1987. Nicht einmal sein Zusammenbruch im November konnte sie ausbremsen. Auch Karrs Umzug nach Syracuse konnte sie ihm nicht nehmen, vielleicht spornte er diese Veränderung sogar noch an, weil Wallace dadurch glaubte, er müsse ihr beweisen, dass er ihre Liebe verdiente. Jedenfalls schrieb er über das folgende Jahr an den Seitenrand eines Buches: »Der Schlüssel zu 92 ist, dass MMK das Wichtigste war; US war nur ein Mittel zu ihrem Zweck, sozusagen.« »Mit dem Schreiben läuft es überraschend gut«, berichtete er Karr in einem Brief, wahrscheinlich im Frühjahr des Jahres. »Ich habe Angst, und das Schreiben selbst geht langsam vonstatten, wie bei einem kleinen Kind. Es soll lang werden, und ich hatte schon damit begonnen, deshalb schreibe ich jetzt abwechselnd an dem neuen Projekt, das noch keinen rechten Zusammenhang hat, [...] und gehe zwei Hammermill-Kartons voller Notizbücher und Karteikarten und unglaublich hübscher Laserausdrucke aus meinem Computer durch, der jetzt bei Mark steht.« Er sah sich schon lange seine alten Skizzen an, ohne zu wissen, was er daraus machen sollte. Er hatte den richtigen nicht vom falschen Weg unterscheiden können, weil er nicht wusste, wohin er wollte. Das erklärte seine unbeständigen Versuche seit Yaddo. Er schrieb Karr: »In meiner Erinnerung war das alte Zeug, ein paar Jahre ist es alt, schrecklich, aber das ist es gar nicht; es führt nur nirgendwo hin und legt es zu sehr darauf an, auf schlau und Kunst zu machen, statt irgendeine emotionale Verbindung zu den Menschen aufzunehmen. Ich habe das Gefühl, dass ich mich verändert habe, dass ich wirklich viel darüber gelernt habe, was gutes Schreiben ausmacht.«

***

Für den *Unendlichen Spaß* lässt sich kein genaues Anfangsdatum festlegen. Teile des Romans entstanden bereit 1986, möglicherweise hatte Wallace sie als eigenständige Geschichten konzipiert.[88] Das Werk vereint alle drei literarischen Stile von Wallace, von der spielerischen, humorvollen Stimme seiner Zeit in Amherst über seine Begeisterung für die Postmoderne in Arizona bis hin zu seiner Bekehrung zur Eindeutigkeit, die in Boston stattfand. Diese drei Ansätze entsprechen grob den drei wichtigsten Handlungssträngen des Buches: der erste der Darstellung der geistreichen, dysfunktionalen Familie Incandenza, der zweite der dystopischen nahen Zukunft, in der das Buch spielt und in der die Vereinigten Staaten zusammen mit Kanada und Mexiko die Organisation Nord-Amerikanischer Nationen bilden (»O. N. A. N.«, mit einem Adler als Hoheitsabzeichen, der, mit einem Sombrero gekrönt, ein Ahornblatt in der Klaue trägt), was eine Québecer Separatistenbewegung auf den Plan ruft; und der dritte Ansatz entspricht der Passion des Don Gately, die sich im nur dürftig verfremdeten Granada House abspielt. Bei seinem Durchbruch 1991–1992 begleiteten einige Teile des Buches Wallace bereits seit fünf Jahren. Zum Beispiel war Gale Walden im Herbst 1986 in Arizona ein mehrseitiger Entwurf mit dem Namen ihrer Schwester Joelle unter Wallaces Bett aufgefallen. Sie fragte Wallace, woran er arbeitete, und er antwortete, es gehe um eine Terrororganisation in Kanada. »An dieser Stelle«, erinnert sie sich, »habe ich einen glasigen Blick bekommen und nicht weiter gefragt.« Es war zumindest der Anfang eines Dialogs zwischen zwei Geheimagenten, Marathe aus Québec und Steeply von der amerikanischen Seite, der auf einem Berg stattfindet, ganz ähnlich den Bergen bei Tucson, in denen Walden und Wallace gern wanderten und wo die Wüste, wie Wallace im *Unendlichen Spaß* schreibt, wieder wirkte »wie eine Fata Morgana. [...] Die Morgensonne sandte keine Garben von Lichtklingen aus. Sie war brutal, geschäftsmäßig und schädlich anzuschauen.«[89] Bei seiner ersten Bewerbung für Yaddo, die er im September 1986 ausfüllte, erwähnte Wallace, neben »Westwärts« würde er an einem Roman mit dem vorläufigen Titel *Unendlicher Spaß* arbeiten. Er fügte hinzu, bei einem Aufenthalt in Yaddo wolle er auch »herausfinden, wo und warum Erzählungen aufhören und der Roman beginnt«. Wahrscheinlich waren die Verrücktheiten der Incandenzas zu dieser Zeit schon skizziert. Stilistisch treten sie in die Fußstapfen der sprachfixierten Beadsmans:[90] Hal, das »Tennis- und Wörterbuchwunder« der Familie, entspricht Lenore aus dem *Besen*, sein Vater, der brillante Selbstmörder James, ein Filmemacher, kommt nach Lenores Urgroßmutter, ebenfalls ein Genie, das nicht selbst auftritt. Außerdem ergibt der Titel auf der Bewerbung für Yaddo ohne die Incandenzas kaum einen Sinn. *Hamlet* braucht einen Geist.[91]

In Yaddo drängte es Wallace allerdings offenbar mehr zu »Westwärts«, und wahrscheinlich rührte er den Roman jahrelang nicht an. Mit dem dritten Handlungsstrang, den Seiten über Don Gately, kann Wallace nicht vor Anfang 1990 begonnen haben, als er in das reale Gegenstück zum Ennet House zog. Bis zum Herbst 1991 hatte er wahrscheinlich begonnen, die Erzählungen miteinander zu verflechten; der komplexe Aufbau des Romans nahm langsam Gestalt an. Auf der einen Seite standen die Incandenzas, angeführt von Avril, der dominanten und komplizierten Matriarchin. Hal, marihuanasüchtig und Jüngster ihrer drei Söhne, bildet die emotionale Mitte dieses Abschnitts, nur gehört zu den Aussagen des Buches, dass eben diese Mitte leer ist:

> Hal selbst hat seit Winzlingstagen kein intensives Innenlebengefühl mehr gehabt; Begriffe wie *Lebensfreude* oder *Wertschätzung* sind für ihn wie Variablen in erlesenen Gleichungen, und er kann sie gut genug handhaben, um jedermann zufriedenzustellen bis auf ihn selbst, der da drin ist, als Mensch in seiner eigenen Hülle [...] während in ihm, wie Hal weiß, in Wirklichkeit praktisch gar nichts ist.

Hals ältere Brüder sind Orin, ein Profifootballer und Aufreißer aus Phoenix, und Mario, der unter einer kognitiven Trägheit und körperlichen Behinderung leidet. Avril führt mittlerweile eine Beziehung mit ihrem eigenen Halb- oder Adoptivbruder, einer der vielen Anflüge von Inzest im Buch.

Die Familie leitet die Enfield Tennis Academy, in der Perfektion das oberste Ziel ist und die besten Spieler darauf trainiert werden, mit ihren Tennisspielen und Werbeauftritten das Verlangen der Konsumkultur zu befriedigen, der sie entstammen. Auf der anderen Seite stehen die Bewohner vom Ennet House, allen voran Gately. Die Süchtigen im Ennet House werden nicht gehegt, um Amerikas Begierden zu stillen, sie sind diejenigen, die davon eine Überdosis abbekommen haben.[92] Wie im echten Leben existieren beide Welten nebeneinander und berühren sich nur, wenn sie es müssen, obwohl sie nur von »der Spitze eines hohen und mehr oder weniger entwaldeten Hügels« getrennt werden. Doch es gibt thematische Verbindungen – die Welt der Enfield Academy ist adrett, teamorientiert und von Drogen gesättigt, die Welt des Ennet House ist arm, von Verbrechen geprägt und von Drogen zersetzt. Beide Welten sind in ihrer Ichbezogenheit abgeschlossen: Bei den Sportlern aus der Enfield Academy äußert sich der Solipsismus als Narzissmus, als Gefahr, dass sie durch die viele Aufmerksamkeit glauben könnten, sie seien besonders gesegnet; bei den Bewohnern des Ennet House äußert er sich in Verzweiflung, aber auch in der Egozentrik, die zu einer Therapie und Genesung gehört, und einer Welt, in der das Ich so geschädigt ist, dass nichts in seine Nähe kommt. Eine Figur nach der anderen sieht dort nichts als die eigene versehrte Vergangenheit, während oben auf dem Hügel jeder Spieler bloß das eigene Potenzial sieht. Einen durchaus wörtlichen Überblick über beide Seiten haben Marathe und Steeply, zwei konkurrierende (oder möglicherweise kooperierende) Geheimagenten, die im Roman sowohl die angesprochenen Themen vertiefen als auch die Handlung um einen Film vorantreiben, den James Incandenza vor seinem Selbstmord gedreht haben und der so fesselnd sein soll, dass jeder Zuschauer in absolute Passivität verfällt. Die Originalpatrone – Wallace beschreibt Filmpatronen als so etwas wie Minidisketten – ist verschwunden, und wenn die Québecer sie finden sollten, hätten sie die ultimative Terrorwaffe gegen ihre dekadenten Nachbarn im Süden.

Es war für Wallace unheimlich aufwendig, das Material zu ordnen, und wenn er einzelne Szenen überarbeitete, muss er streng darauf geachtet haben, die verschiedenen Stimmen durchzuhalten. Er war immer ein guter Imitator gewesen, aber die Stimmen aus den Kapiteln im Rehazentrum klingen differenzierter und echter als die anderen. Sie scheinen von einem Erzähler zu stammen, der Anteil nimmt, statt sein Talent beweisen zu wollen. Wallace schuf Dutzende Figuren, von denen viele Aspekte seiner Persönlichkeit darstellten, wie er sie sah. Eine von ihnen ist Kate Gompert (den Namen hatte Wallace von einer Frau übernommen, die mit ihm Juniorentennis gespielt hatte und ihn später erfolglos wegen Verleumdung verklagte). Marihuanaabhängig und brutal depressiv, betrachtet Gompert mit geübtem Blick die psychiatrische Abteilung, in der sie gelandet ist:

> Kate Gompert stand unter Dauerbeobachtung, was Beobachtung wegen Suizidgefahr bedeutete, was bedeutete, dass das

> Mädchen eines Tages Anzeichen massiver Suizidalität gezeigt hatte, was bedeutete, dass eine Schwester sie Tag und Nacht im Auge behalten musste, bis der diensthabende Oberarzt die Dauerbeobachtung absagte.[93]

Ken Erdedy, ebenfalls marihuanasüchtig, verkörpert einen anderen Aspekt von Wallace. Wir begegnen ihm zum ersten Mal in seiner Wohnung, als er auf eine hilfsbereite junge Bekannte wartet, die ihm Gras bringen soll – »ein Fünftelkilo Marihuana [...], 200 Gramm ungewöhnlich gutes Marihuana [...]«. Die Frau – die Freundin eines Dealers – hat es ihm versprochen, damit er sich eine letzte Dröhnung verpassen kann, bevor er endgültig aufhört, und Erdedy damit in eine zwanghafte Kette von Überlegungen gestürzt:

> Wo blieb die Frau, die gesagt hatte, sie würde kommen. Sie hatte gesagt, sie würde kommen. Erdedy fand, sie müsste längst gekommen sein. [...] Er rief die Frau nicht an, die versprochen hatte zu kommen, denn wenn sein Telefon besetzt wäre und sie ihn vielleicht zufällig genau in diesem Augenblick anrufen wollte, hatte er Angst, sie würde das Besetztzeichen hören, ihn für uninteressiert halten, sauer werden und das, was sie ihm versprochen hatte, woanders hinbringen.[94]

Nachdem das Gerüst stand, muss Wallace erstaunlich schnell gearbeitet haben, denn im April 1992 konnte er Nadell 250 fertige Seiten schicken. Er war nicht nur von der Inspiration gepackt. Es ging darum, einen Vertrag für das Buch zu bekommen. Es war »das Mutigste«, was er getan hatte, seit er nüchtern war, erklärte er später in einem Interview, aber er glaubte, die Arbeit würde so gut laufen, dass er mit dem Druck umgehen konnte. »Das Leben ist gut. Ich versuche, so viel von diesem Langen Ding zusammenzubekommen, dass ich um einen Vorschuss bitten kann«, schrieb er Brad Morrow mit ungewohnter Zuversicht.

Wie versprochen konnte er am 15. April 1992 sein Konzept und einen Teil des Manuskripts für den *Unendlichen Spaß* vorlegen, »ein Roman«, wie er im Begleitbrief schrieb, »obwohl er strukturell keinem Roman gleicht, den ich kenne«. Er fügte hinzu: »Was die Handlung betrifft, ließe sie sich eher mit einem weiten Bogen als mit einer Freytag'schen Pyramide beschreiben. Das langsame Tempo, mit dem die Handlung in Teil 1 und 2 vorangeht, ist Absicht.« Er warnte vor »schlichtweg gnadenlosen« Fußnoten. Seinen Brief richtete er an »Bonnie und Gerry und jeden anderen ins Vertrauen gezogenen und hoffentlich vertrauenswürdigen Menschen, der das liest« und bat jeden inständig, das Manuskript zurückzuschicken oder zu vernichten, wenn sie damit fertig waren. Das Päckchen schickte er an Nadell.

In Sachen Karr brachte Wallaces literarische Wiedergeburt keine Änderung – er war immer noch überzeugt davon, er müsse mit ihr zusammen sein, sogar mehr als zuvor. An einem Tag im Februar dachte er sogar kurz daran, für sie einen Mord zu begehen. Er rief einen ehemaligen Häftling an, den er aus dem Entzug kannte, und versuchte, sich eine Pistole zu besorgen. Er war zu dem Schluss gekommen, er könne nicht mehr darauf warten, dass Karr ihren Mann verließ, stattdessen wollte Wallace ihn erschießen, wenn er nach Cambridge kam, um seinen Hund abzuholen. Der Exhäftling rief Larson an, die Leiterin vom Granada House, die Karr informierte. Wallace selbst erschien nicht bei der Übergabe, und so endete »einer der furchterregendsten Tage meines Lebens«, wie er es in einem Entschuldigungsbrief formulierte. Als Erklärung schrieb er Larson: »Ich weiß jetzt, wozu ein besessener Mensch fähig ist«, und fügte handschriftlich hinzu: »zumindest, zu welchen Wünschen er fähig ist.« Karr gegenüber behauptete er damals, der ehemalige Häftling habe sich die ganze Geschichte nur ausgedacht, und sie glaubte ihm.[95]

Im Frühling 1992 ging Karrs Ehe schließlich in die Brüche, und Wallace schöpfte neue Hoffnung, er könne mit ihr zusammen sein. Er war außer sich vor Freude. Er war bereit, Boston sofort zu verlassen. Mittlerweile hasste er »diese verrußte Stadt«, wie er sie Morrow gegenüber nannte. Und er war das Unterrichten leid. Mit einem Vorschuss könnte er das Leben und die Frau haben, die er wollte. Für sie hatte er mehr gelitten, als er es für möglich gehalten hatte, und das Leiden erschien ihm wie eine Absolution.

Im April, kurz bevor er Nadell und Howard die Manuskriptseiten schickte, fuhr Wallace mit dem Zug zum Swarthmore College in der Nähe von Philadelphia. Franzen gab dort ein Seminar und hatte Wallace als Juror für einen Schreibwettbewerb eingeladen. Außerdem las Wallace aus dem *Unendlichen Spaß* vor. Passend zu seinem jungen Publikum wählte er eine Stelle über Don Gately aus, bevor er im Ennet House aufgenommen wird. Darin brechen der junge Süchtige und ein Komplize in das Haus eines Stellvertretenden Bezirksstaatsanwalts ein, machen Fotos von sich, auf denen ihnen Zahnbürsten aus dem Rektum ragen, und schicken dem Staatsanwalt die Bilder. Vor der Lesung bat Wallace um eine Tafel, auf die er Begriffe und Abkürzungen schrieb, die den Studenten vielleicht nicht vertraut waren. *Unendlicher Spaß* steckt voller Jargon, den Wallace in Boston gelernt hatte – von der Szenesprache der Drogensüchtigen bis zu den Parolen der Anonymen Alkoholiker. Kurz zuvor war Wallace etwa der Begriff »überbrücken« im Zusammenhang mit Elektrotechnik begegnet – so legte man eine Alarmanlage lahm, indem man einen neuen Stromkreis schaltete. Wallace hatte sich das Vorgehen von einem pensionierten Polizisten aus dem Einbruchsdezernat erklären lassen, den Mark Costello von seiner Arbeit als Stellvertretender Staatsanwalt kannte. Eine Stunde lang hatte Wallace zugehört und war von den vielen Informationen wie erschlagen. Als Costello auf sein Notizbuch sah, hatte Wallace nur »überbrücken« aufgeschrieben.[96]

In Swarthmore wohnte Wallace bei Franzen, dem »eine liebenswert exzentrische Gestalt« in Erinnerung geblieben ist, die Tabak kaute und eine Vorliebe für Duschen, Dr Pepper ohne Zucker und Blondies hegte. Sie kannten sich kaum, obwohl sie

»beste Kumpel und literarische Kombattanten« geworden waren, wie Wallace es später in einem Brief an seinen Freund formulierte. Wallace wollte Franzen und seine damalige Frau überreden, zu ihm und Karr nach Syracuse zu kommen, und nach der Lesung fuhren die beiden jungen Männer in Franzens altem Saab nach Norden, um sich die Stadt anzusehen, wobei Wallace sich schrecklich ärgerte, dass er seinen Lieblingsschal in den Farben des Tartans seiner Familie vergessen hatte.[97] Sie wechselten sich beim Fahren ab. Das Wetter war schlecht, und Franzen staunte, wie viel Scheibenreiniger sein Freund benutzte.

In Syracuse angekommen, war Wallace verdutzt, als Karr ihn zum Schlafen zu Franzen auf den Fußboden verbannte. Sie hatte sich den Besuch scheinbar anders vorgestellt als er. Und als Wallace, Franzen und Karr durch die Stadt fuhren, bat sie ihn, sich zu ducken – offenbar sollte ihr Mann, der noch in der Nähe wohnte, nicht erfahren, dass Wallace in der Stadt war. Am nächsten Tag fuhren Wallace und Franzen zurück nach Swarthmore und diskutierten beinahe auf dem ganzen Weg darüber, welchen Zweck Literatur erfüllen sollte. Wallace war der Ansicht, sie solle Einsamkeit erleichtern und Trost spenden, solle helfen, »die Ausgeschlossenheit, die Einsperrung im Selbst« zu überwinden, wie er es im *Unendlichen Spaß* beschrieb. Er wollte Franzen zeigen, dass er in den vier Jahren, die sie sich kannten, ein anderer Mensch und ein anderer Schriftsteller geworden war. Wieder zu Hause, schrieb er Franzen, ihre Unterhaltung habe »für mich zu den gehaltvollsten in letzter Zeit« gehört, und schlug seinem Freund vor, er solle *Katholiken* von Brian Moore lesen, einen Roman über einen Mann, der alles auf seinen Glauben setzt. Franzen las das Buch, war aber nicht sehr angetan. Sein Schüler hatte ihn in seinem Streben nach Ernsthaftigkeit überholt – allerdings machte Wallace selten halbe Sachen.

Einen Monat später, im Mai 1992, packte Wallace seine wenigen Habseligkeiten und fuhr nach Syracuse. Er mietete eine Wohnung im ersten Stock eines Hauses ganz in der Nähe von Karr und nur wenige Straßen vom Campus entfernt. Es stand in einer typischen Studentengegend mit windschiefen Schindelhäusern, leidlich gepflegten Vorgärten und direkt gegenüber einer Lebensmittelgenossenschaft. Aber wichtig war nur, dass er bei der Frau war, die er liebte. »Syracuse«, schrieb er Debra Spark im Laufe des Monats, »ist sehr billig (und wirklich eine hübsche Stadt mit Gras und Bäumen und wunderbaren Parks und absurd wenig Verkehr und M. Karr).« Costello besuchte ihn und brachte dabei Wallaces alten Computer vom College mit. Wie er sah, schrieb Wallace in jeder freien Minute eifrig in sein Ringbuch. Sie gondelten mit Karr und deren Sohn durch die Hippie-Secondhandläden in den kleinen Städtchen in Onondaga County. Als Costello eine Lederjacke kaufte, zogen die beiden Erwachsenen ihn auf. Er bemerkte, dass Wallace und Karr sich eher wie Freunde denn wie ein Paar verhielten, wahrscheinlich, weil Karr sich vor ihrem Sohn nicht festlegen wollte, oder vielleicht hatte sie sich wirklich nicht festgelegt. »Der Körpersprache nach hätte er auch ihr schwuler Freund sein können«, erinnert sich Costello.

Karr wirkte auf Costello wie eine toughere Version von Gale Walden. Sie verstand, wie sein Freund tickte. Wenn sie Wallace mit seiner Arbeit aufzog, ließ er sich das zur Überraschung seines früheren Mitbewohners gefallen. Er merkte auch, wie sehr Wallace Dev mochte, Karrs kleinen Sohn. Wallace erzählte dem Jungen, in seinem Bart würden sprechende Spinnen hausen, und als Dev nach seinem Kopftuch fragte, erklärte Wallace, er würde es tragen, damit sein Schädel nicht explodiert. Kinder hatten etwas an sich, wonach sich Wallace in seinem Umfeld zunehmend sehnte: Sie mochten ihn, bedrängten ihn aber nicht. Sie gehörten zu der Gruppe von Menschen – Studenten, Freunde aus der Reha, normale Leute, die nichts mit dem Verlagswesen zu tun hatten –, die er in seinen Kreis aufnahm, weil sie ihm Freiraum ließen. Bei diesen Menschen, schrieb er Franzen, »fühle ich mich unallein und ungestresst«.[98] Während seines Besuchs übernachtete Costello am Wochenende auf Sitzkissen auf dem Boden, während Wallace im Bett schlief. Er erklärte, dass er nicht bei Karr übernachten durfte, wenn Dev bei ihr war.

Weil Karr immer noch nicht richtig frei war, richtete Wallace sich ein, so gut er konnte. Er lebte von Schoko-Pop-Tarts und Limonade, weil er zu wenig Geld hatte, um anständig zu essen. Er musste dafür sorgen, etwas auf den Tisch zu bekommen. Als er Stephanie Hubbard und Doug Eich kennenlernte, ein Paar aus dem Umfeld der Selbsthilfegruppe, der er sich gerade angeschlossen hatte, trieben ihn daher nicht nur literarische, sondern auch kulinarische Interessen. Er besuchte sie zu Hause, wo Hubbard kochte, während er sich mit Eich über Sprache und Literatur unterhielt. Als Eich »scheinbar« und »anscheinend« verwechselte, korrigierte Wallace ihn und führte dabei seine Mutter an. Eich, der Linguistik studierte, nannte seinen Freund einen »blasierten präskriptiven Vollpfosten«. Wallace kaute wieder Tabak, spuckte ihn in eine Limodose und entschuldigte sich überschwänglich bei Hubbard und Eich, während er gleichzeitig die Aufmerksamkeit genoss. Danach putzte er sich mit einer Zahnbürste, die er in einem verschließbaren Plastiktütchen in einer Socke bei sich trug, im Bad die Zähne. Die drei unterhielten sich stundenlang über das letzte AA-Meeting. Eich und Wallace teilten ihre Leidenschaft für DeLillo und auch für Cormac McCarthy. Wallace hatte McCarthy erst entdeckt, als er in Amherst unterrichtete. »Etwa wie Faulkner auf Acid«, hatte er Richard Elman damals begeistert geschrieben. Eich und Wallace fanden beide das düstere Porträt eines Alkoholikers in *Verlorene* deutlich interessanter als den wehleidigen Konsul in Lowrys *Unter dem Vulkan.*[99]

In ihren stundenlangen Gesprächen kamen die drei oft auf das Thema Glauben. Wallace erzählte, er würde versuchen zu beten, weil er zwar nicht an Gott glaubte, es aber trotzdem für etwas Gutes hielt. Karr zog es zum Katholizismus hin – ihre Taufe sollte für sie ein wichtiger Schritt auf dem Weg zur Genesung sein. Deshalb hoffte Wallace ebenfalls auf die Sakramente; er dachte, wenn es so weit war, könnten er und Karr kirchlich heiraten. (Am Ende sagte ihm der Priester, für einen Gläubigen habe er zu viele Fragen, und Wallace verfolgte die Sache nicht weiter.) Seine wahre Religion war ohnehin immer die Sprache.

Sie allein konnte die Scharen formen und umfassen; im Vergleich dazu waren Gottes Kräfte dürftig. Deshalb war er so besessen von richtiger Grammatik; wie er es in einem Brief an Franzen einmal formulierte: »Wenn wir als Welt und Gott nicht mehr haben als Wörter, müssen wir sie vorsichtig und sorgsam behandeln: Wir müssen huldigen.«

In der ersten Zeit in Syracuse fiel es Wallace nicht leicht, die Arbeit am *Unendlichen Spaß* voranzutreiben. Veränderungen bremsten ihn beim Schreiben immer aus. Costello hatte eine neue Tastatur an Wallaces alten Computer angeschlossen, und Wallace beklagte sich bei Franzen: »Ich muss richtig auf die Tasten hämmern, damit er die Buchstaben annimmt.« Er konnte auf einige seiner alten Entwürfe nicht zugreifen; er hatte kein Geld, um einen Tisch für den Computer zu kaufen; es gab zu viele Ablenkungen. Wallace schrieb Franzen, er sei »wegen des Projekts richtig durch den Wind« und mache sich Sorgen, seine momentane Trägheit könnte »zu einem Stillstand werden, der seine eigene Trägheit anhäuft usw.«. Franzen war ein zweites Mal nach Syracuse gekommen, dieses Mal mit seiner Frau, um zu überlegen, ob sie wieder dorthin ziehen wollten. Zu dritt fuhren sie durch die Straße, in der Raymond Carver gewohnt hatte, als er in den Achtzigern an der Universität gelehrt hatte. Sein altes Haus stand zum Verkauf. Verblüfft hörten die drei, dass es jetzt 10 000 Dollar mehr kosten sollte, weil einmal ein berühmter Autor darin gewohnt hatte.[100] Wieder versuchte Wallace, Franzen anzulocken, und schwärmte, es sei »schrecklich hübsch hier – an die zwanzig Grad, wolkenloser Himmel, sonnig, und es duftet nach allen Blumen, von denen Linné je gehört hat«.

In den nächsten Monaten fand Wallace zu seinen festen Abläufen zurück. Er stand auf, besuchte um Viertel nach sieben ein AA-Meeting, kam nach Hause und arbeitete und ging anschließend ins Fitnessstudio. Nachdem er Big Craig und die anderen Männer im Granada House gesehen hatte, hatte er ernsthaft mit dem Gewichtheben angefangen; er trank jeden Morgen einen

Proteinshake mit einem rohen Ei darin, seinen »Frühstücksrotz«.[101] Abends ging es zu einem weiteren Selbsthilfetreffen und danach wieder an die Arbeit, wobei er in seinen alten Computer eintippte und abänderte, was er morgens geschrieben hatte. Er hatte das Gefühl, diese Methode würde seinem Text guttun, denn wenn er erst mit der Hand schrieb und später abtippte, musste sein Hirn auf seine Hände warten. Es fühlte sich einfach falsch an, direkt am Computer zu arbeiten.[102]

Als die Arbeit wieder Fortschritte machte, merkte Wallace, dass seine winzige Wohnung genau richtig war, ein Gegenstück zu seinem Bungalow in Tucson und dem Einzelzimmer im letzten Jahr in Amherst, wo er seinen Hintern auf dem Stuhl nicht mehr gespürt hatte. Er hatte den eingelagerten Lehnstuhl mit silbernem Velours zurückgeholt und ins Wohnzimmer gestellt. Seine Bücher und Papiere stapelte er auf dem Bett, zum Schlafen räumte er sie auf den Boden. Er war so glücklich, dass er Franzen Fotos von seinem kleinen Fleckchen Paradies schickte.

Ab August leistete ihm abends Mary Gesellschaft; ihre Beziehung hatte sich endlich gefestigt. »Die Zeit der Heimlichtuerei scheint vorbei!«, schrieb er Spark und berichtete, dass Karrs Mann, von dem sie getrennt lebte, eine neue Frau kennengelernt hatte. Abends sahen sie sich zusammen Actionfilme an; Karr erzählte später in einem Interview, sie hätten beide Filme gemocht, »wo jede Menge Scheiß in die Luft fliegt«. Sie trieben zusammen Sport und spielten Tennis. Karr kochte für sie beide und für ihre Studenten. Sie lasen einander Bücher vor und tauschten ihre Entwürfe aus (Karr arbeitete am *Club der Lügner*, und Wallace wilderte in ihrem Leben). Sie waren so glücklich wie nie. Zusammen besuchten sie Karrs zwanzigjähriges Klassentreffen in Texas und »haben uns richtig gut amüsiert«, erzählte Wallace Spark. Wallace ließ sich sogar zum Tanzen überreden, wenn auch nur zu langsamer Musik.

Doch sobald er und Karr endlich ein Paar waren, tauchten Probleme auf. Als der Herbst kam, war er auf sie sauer, weil sie ihn nicht richtig in ihre Familie einband, und sie war auf ihn sauer, weil er nur an seine eigenen Bedürfnisse dachte. Er reagierte mit weiteren Liebesbekundungen, die er nur wenige Straßen entfernt verfasste, wie sie sich erinnert. »Du sollst wissen, dass ich hier BIN«, schrieb er ihr. »Ich BIN bei Dir. [...] Mary, ich gehe nirgendwo hin als zu Dir, wenn Du mich lässt. Wenn Du jetzt für mich erreichbarer wirst, [...] bin ich Dir mehr ergeben, nicht weniger, Dir und meiner Liebe zu Dir und meinem Wunsch nach einem Leben mit Dir, wenn Du mich willst.«

Liebevoll, beinahe klagend fuhr er fort:

> Ich spüre, dass ich nie eine andere Frau finden werde, die ich so liebe, die mein Nervensystem so flattern lässt und den Armen Alten so Sieg Heil sagen lässt, wie Du es tust, die mich so satt lachen lässt, mich so vieles lehrt, ohne es zu wissen – so wie Menschen, die wahrhaftig miteinander sind, ohne Absicht oder Hintergedanken einander Dinge lehren –, mit der ich auf so interessante Weisen uneins bin.

Wallace suchte in seinen Selbsthilfegruppen Kameradschaft. Bei seinem Sponsor, einem redseligen älteren Immobilieninvestor mit einer beeindruckenden Sockensammlung, wie sich andere Mitglieder erinnern, konnte er sich Rat holen. Vor allem sprach Wallace mit ihm über Karr und ihre glücklose Beziehung. »Ich hatte den Eindruck, dass es ziemlich drunter und drüber ging«, erinnert sich der Mann; »man konnte es Mary nicht recht machen.« Er lud Wallace zu einer Gruppe ein, der er angehörte und die Wallace die »Katakomben« nannte. Man traf sich jede Woche bei einem anderen Mitglied zu Hause, und als die Reihe an Wallace war, saßen alle zwischen Bücherstapeln und Bergen von Papier. Er erzählte ihnen, Frauen ins Bett zu bekommen, habe er immer als ein »physikalisches Problem« betrachtet. Mary funktionierte allerdings nach Gesetzen, die er nicht verstand.

Im Herbst lud die Universität im Rahmen einer Lesungsreihe Mark Leyner ein. Leyner befand sich auf dem Höhepunkt seines Ruhms. Er hatte gerade *Et Tu, Babe* veröffentlicht, und sein Bild war auf dem Cover des *New York Times Magazine* erschienen. Darin hatte er zu seiner Verwunderung gelesen, dass Wallace, zu dem er bisher eine freundschaftliche Beziehung gepflegt hatte, ihn »als so etwas wie den Antichrist« bezeichnete. Jetzt nahm er mit seinem Text gekonnt Verbindung zu einem größeren Publikum auf. Während er spritzige Bemerkungen zum Besten gab, wippte er vor und zurück wie ein Boxer oder wie der angesagte Autor, der er gerade war. Er lobte Wallaces Prosa ausdrücklich, um sich anschließend über Alkoholismus lustig zu machen und zu sagen, Leute mit Kopftüchern würden ihn immer an die Schiffsjungen aus *Love Boat* erinnern. Das Ziel eines Schriftstellers sei es, »zu unterhalten«, erklärte er, wenn auch »auf einzigartige Weise«. Ganz am Ende hob jemand in der letzten Reihe die Hand: Es war Wallace, abgerissen und mit Kopftuch. »Genügt es, die Menschen so eindrucksvoll zu unterhalten, wie du es getan hast«, fragte er mit seiner dünnen Stimme, »oder sollte deine Arbeit darüber hinaus einen moralischen Zweck erfüllen?« Leyner antwortete, für ihn sei Unterhaltung bereits ein moralischer Zweck, und erwähnte die bekannte Szene aus Preston Sturges' Film *Sullivans Reisen*, in denen ein Micky-Maus-Cartoon Sträflingen hilft, für einen Moment ihr schweres Leben zu vergessen. Wallace war mit Leyners Antwort merklich unzufrieden – man heilte Süchtige nicht, indem man ihnen noch mehr von ihrer Droge gab –, aber es blieb keine Zeit mehr. Karr fuhr Leyner zum Bahnhof, und Wallace begleitete sie; er schien einfach dankbar zu sein, bei ihr sein zu dürfen.

Seit Boston war Wallace in therapeutischer Behandlung. Erwartungsgemäß konzentrierte sich seine Aufmerksamkeit während dieser Sitzungen auf seine Mutter. Irgendwann kam er dabei zu der Überzeugung, seine Mutter sei als Kind von ihrem Vater missbraucht worden. Nach seinem Dafürhalten hatte sie die Erinnerung an das Vergehen verdrängt, wodurch Verdrängung und Kontrolle ihre Art wurden, mit der Welt umzugehen, auch mit den Problemen in ihrer Ehe. Davon ausgehend, war Wallace überzeugt, das verborgene Leben seiner Mutter – »so viel verborgener Schmerz und Lügen« – sei entscheidend dafür, seine eigene Lage zu verstehen. Ihr Beharren darauf, alles sei in Ordnung, und ihr Wunsch, ihn zu beschützen, hatten in seinen Augen die Weichen dafür gestellt, dass er selbst seinen Schmerz leugnete, der seinem Drogenmissbrauch und Alkoholismus zugrunde lag. Die Verbindung war so offensichtlich, schrieb er Karr, dass seine Mutter ihm genauso gut hätte beibringen können, »Drinks zu mixen oder die Samen aus Gras zu pulen«. War ihre Geschichte erst aufgedeckt, konnte die Heilung beginnen. Die Wahrheit schmerzte, schrieb er Karr, aber »sie heilt auch«, davon war er überzeugt.

Wallace hatte sich nicht leichten Herzens auf die Therapie eingelassen. Er war es nicht gewohnt, dass man alte Probleme ausgrub. Aber Karr hatte ihn dazu ermutigt, ihnen nachzuspüren,[103] und als er nach Syracuse zog, war er von der Therapie überzeugt und ebenso fest entschlossen, zu den Wurzeln seines persönlichen Elends vorzudringen, wie er früher logische Paradoxe knacken wollte. Er nahm an einer Gruppentherapie teil und machte außerdem eine Einzeltherapie bei einem Therapeuten, den er bar bezahlte, weil er keine Krankenversicherung hatte. Er hoffte, seine Vorgeschichte oder seine Erziehung könnten seine Depressionen und Süchte wenigstens teilweise erklären. Sicher, er litt unter einem chemischen Ungleichgewicht, aber warum? Was war geschehen, um ihn zu diesem angstvollen, unruhigen und hilfebedürftigen Dreißigjährigen zu machen?

Einige Spekulationen dazu schrieb er an die Seitenränder von Alice Millers Buch *Das Drama des begabten Kindes*, das Karr ihm gegeben hatte. In Millers Beschreibung des unglücklichen begabten Kindes erkannte Wallace sich wieder. Er kommentierte an den Rändern »Aua« und »Schluck«. Nach Millers Aussage:

> Sobald das Kind als Eigentum erlebt wird, mit dem man bestimmte Ziele vorhat, sobald man sich seiner bemächtigt, wird sein lebendiges Wachstum gewaltsam unterbrochen.

notierte Wallace mit Bleistift »SFW«, die Initialen seiner Mutter. (Und bewies unabsichtlich, wie weit ihr Einfluss reichte, indem er im selben Abschnitt einen Grammatikfehler korrigierte.) Seine derzeitige missliche Lage führte er auf seine »narzisstisch bedürftige« Mutter zurück. Wallace erforschte seine Kindheit mit einer gewissen Zügellosigkeit, die Wut über die vermuteten Verschleierungstaktiken seiner Mutter kochte wieder hoch, als er über seine eigenen stolperte – er war mittlerweile ja auch überzeugt davon, dass das eine direkt zum anderen geführt hatte.

Er las *Bradshaw on the Family* von John Bradshaw, einen populärpsychologischen Bestseller über Dysfunktion und Kindheit, und neben Bradshaws Feststellung, ein geringes Selbstwertgefühl bedeute übertragen, dass »man glaubt, der eigene Wert und das eigene Glück lägen außerhalb des eigenen Ichs«, notierte Wallace: »Schreiben Erfolg Ruhm Sex.« Wallace wollte jemand werden, für den der Wunsch nach den letzten drei Punkten nicht die Motivation für den ersten lieferte. Das gehörte zu den Zielen seiner Therapie ebenso wie indirekt zu den Zielen seiner Abstinenz. Während er seine Vergangenheit aufarbeitete, sagte er seiner Mutter auf Rat seines Therapeuten, sie sollten nicht mehr miteinander reden, worauf sie die nächsten fünf Jahre mal mehr, mal weniger voneinander entfremdet lebten.

Der Herbst ging in einen außergewöhnlich schneereichen Winter über, und Wallaces Beziehung zu Karr verschlechterte sich weiter. Sie stritten erbittert. Wallace schrieb Franzen, Karr neige zu »üblen Wutanfällen«. Sie betrachtete ihn als verwöhntes Muttersöhnchen, das seinen Entzug als Ausrede für seine Ichbezogenheit vorschob. Ihre Bedürfnisse waren greifbarer – Essen, Geld, Betreuung für ihren Sohn. Er schrieb ihr immer noch häufig, obwohl er in ihrer Nähe wohnte. Mit dem Computer druckte er in Riesenbuchstaben »HEIRATE MICH« aus und fügte hinzu: »Kein Scheiß, Mary Karr, glaub nicht, es sei mir nicht ernst. Oder ich wäre nicht eine Gila-mäulige Bulldogge, wenn ich mich erklärt und etwas versprochen habe. Ich erwarte nicht, dass es leicht wird oder immer angenehm. Ich erwarte, dass es schön und erleuchtet wird.« Karr erinnert sich an den Moment, als ihr klar wurde, dass es nicht funktionieren würde: Sie bat Wallace, Dev von der Schule abzuholen, und er sagte, er brauche das Auto, um zum Fitnessstudio zu fahren. Die Schuld für seine vielen gescheiterten Beziehungen gab er auf den Seitenrändern von Bradshaws Buch seiner »Fantasiebeziehung« zu seiner Mutter.

***

Im April 1992 leitete Nadell die ersten 250 Seiten von Wallaces Roman – der »strukturell keinem Roman gleicht, den ich kenne«, wie Wallace es in seinem Begleitbrief formuliert hatte – an Howard bei Norton weiter. Der eingesandte Teil enthielt die drei wichtigsten Elemente des Romans – die Familie Incandenza, Gately und Ennet House und die Suche nach der Master-Kopie für den *Unendlichen Spaß*, einen derart fesselnden Film, dass das Ansehen tödlich endet. In einem fernsehsüchtigen Land wäre dieser Film die perfekte Waffe, eine Unterhaltungsatombombe. Der Roman spielte in der nahen Zukunft, aber kein Leser konnte ihn für etwas anderes als einen Kommentar über die Gegenwart halten. Als Howard das Manuskript las, war er verblüfft über die Veränderungen, die sein Autor durchlaufen hatte. Wallace hatte sich von einem schlauen zu einem tiefsinnigen Autor entwickelt, von einem, der auf viele Arten wenig sagen konnte, zu einem Autor, der auf eine Art etwas Wichtiges sagen konnte. Er betrachtete Wallaces Sucht, seinen Absturz und die Genesung als eine »Läuterung«. Er hätte das neue Werk liebend gern herausgebracht, doch Norton war ein konservativer Verlag. Er hielt sich vor allem im Mainstream auf (wenig später landete der Verlag einen großen Erfolg mit Patrick O'Brian und seinen Seefahrer-Geschichten) und brachte wenig avantgardistische Literatur heraus – bei *Girl with Curious Hair* hatte er eine Ausnahme gemacht, aber das Buch hatte sich in der gebundenen Ausgabe auch nur 2200 Mal verkauft. Howard fragte das Herausgebergremium von Norton, wie viel er bieten dürfte, und das Gremium genehmigte einen Vorschuss von 35 000 Dollar. Wallace überschlug, wie viel ihm nach Abzug der Ausgaben und der Provision für seine Agentin bleiben würde. Er hatte um den Vorschuss gebeten, obwohl es psychologisch gesehen ein Risiko war, um schreiben zu können, ohne unterrichten zu müssen, aber 5000–6000 Dollar im Jahr würden nicht genügen.

Nadell fand bald einen anderen Bieter in Michael Pietsch, einem Lektor bei Little, Brown, der das Buch im Juni 1992 für 80 000 Dollar einkaufte. Pietsch hatte schon mit anderen innovativen Autoren wie Rick Moody gearbeitet und Wallace im Stillen unterstützt, als das noch nicht viele taten – kurz nach Wallaces Abschluss in Arizona hatte Pietsch versucht, einige seiner Erzählungen an Zeitschriften zu vermitteln. Pietsch sagte Nadell, er wünsche sich mehr, den *Unendlichen Spaß* zu verlegen, »als ich atmen will«. Wallace nahm das Angebot schriftlich an, wegen seines »Bauchgefühls (das meldet sich so selten, dass ich ehrfürchtig darauf höre, wenn es auftritt)«, wie er Pietsch schrieb. Er bedankte sich für den Vorschuss, der hoch genug ausfiel, dass er sich »eine Krankenversicherung leisten und mein Auto reparieren lassen kann, wenn etwas kaputtgeht, und auch Bücher kaufen kann, in die ich Anmerkungen schreibe«.

Normalerweise vermied Wallace Konfrontationen mit Autoritätspersonen, er muss also sehr überzeugt von seiner Entscheidung gewesen sein, um Howard einen freimütigen Brief zu schicken. Er versicherte dem Lektor, der so viel mit ihm durchgestanden hatte, er habe nicht bei Little, Brown unterschrieben, um »mit aller Macht dem Geld nachzulaufen«. Er erklärte: »Es ging mir nicht nur darum, meine Zeit nicht mehr mit dem Unterrichten zu verplempern und professionell zu schreiben, ich wollte dabei auch wie ein Erwachsener leben. [...] Wenn ich durch diesen Kompromiss bestechlich oder undankbar wirke, dann kann ich es nicht ändern.« Er schrieb, er sei »bedenkenlos«, ließ den Brief an den Lektor, der ihm so viel bedeutet hatte, aber versöhnlicher enden:

> Du hast an mich geglaubt und mich unterstützt und mir immer wieder guten Rat und Vertrauen geschenkt; Du bist mir wichtiger, als Du es wahrscheinlich glauben könntest.

Bei Pietsch musste Wallace als Erstes Schadensbegrenzung betreiben: Sein neuer Lektor lektorierte auch Leyner. Wie sollte Wallace ihm beibringen, dass er in seinem noch nicht erschienenen Essay über das Fernsehen ein halbes Dutzend Seiten darauf verwandte, einen von Pietschs bekanntesten Autoren auseinanderzunehmen? *Harper's* und er waren sich schließlich darüber einig geworden, dass sein Fernsehtext nicht in die Zeitschrift passte, aber Steven Moore hatte den Essay für die *Review of Contemporary Fiction* übernommen, wo er im nächsten Sommer unter dem Titel »E Unibus Pluram« (»Aus einem viele«) erscheinen sollte. Wallace erklärte seinem neuen Lektor in einem Brief, was er bei Leyners Prosa vermisste, fast, als wollte er sein früheres Ich rezensieren:

> Verstand und Witz und formale Hochseilakrobatik sind in der Literatur wirksame Instrumente, doch wenn sie vor allem dazu benutzt werden, den Leser auf Abstand zu halten, dann, finde ich, werden sie missbraucht – sie dienen dann nur als Abwehrmechanismen. Leyner versteckt sich als Autor, ebenso wie sich viele Exhibitionisten und Schauspieler und Komiker und Intellektuelle verstecken. Ich möchte mich nicht verstecken, weder als Mensch noch als Autor: Es ist einsam.

Er versprach Pietsch, der *Unendliche Spaß* würde liefern, was Leyners Arbeit fehlte, das Buch würde, wie er über *Wittgensteins Mätresse* geschrieben hatte, »Köpfe gleichsam wie Herzen schluchzen [...] lassen«:

> Ich möchte als Schriftsteller besser werden, und ich möchte Texte schreiben, die sowohl die Welt neu formen als auch lebendige Menschen etwas fühlen lassen, und mein Bauchgefühl sagt mir, dass Sie mir dabei helfen können.

Als Lektor war Pietsch es gewohnt, in loco parentis zu agieren; er hatte nicht vor, Partei zu ergreifen. Er antwortete: »Wie ich Mark Leyner verstehe, verspürt er gar nicht das Bedürfnis, mit seiner Arbeit mehr zu tun, als zu unterhalten, zu überraschen und zu faszinieren. [...] Natürlich kann man sich von einem Buch mehr wünschen, aber das nimmt seinen Leistungen nicht ihre Berechtigung.« Allerdings fügte er hinzu: »Trotz alldem hat es mich gefreut zu lesen, dass Sie größeren Wert auf Figuren und Handlung legen wollen.«

Wallace machte sich wieder an die Arbeit. »Ich stecke bei dem Projekt gleichzeitig fest und kämpfe mich weiter, falls das irgendeinen Sinn ergibt«, schrieb er Franzen im September. »Ich habe gehört, der Herbst soll hier schön, aber sehr kurz sein; Halloween soll schon Schnee durch die Luft stieben.« Er erwartete den Winter mit Sorge, aber immerhin war seine Wohnung so klein, dass seine Körperwärme oder »spätestens ein Heizgerät ausreichen dürfte, um den ganzen Bau aufzuwärmen«. Um aus »Drearacuse«, dem tristen Syracuse, wie er die Stadt mittlerweile nannte, herauszukommen, fuhr er an manchen Wochenenden nach New York und besuchte Costello. Dann verabredete er sich mit einer jungen Frau zum Kaffee und kam Sonntagabend zurück, um seine Tasche abzuholen, erinnert sich Costello.

Abgesehen von Frauen und seinem alten Freund lockte Wallace in New York nicht viel. (»Wenn ich in New York bin, habe ich das Gefühl, ich würde mein gesamtes Nervensystem auf der Haut tragen«, erklärte er Alice Turner später.) Es gab eine Ausnahme, einen Gemeinschaftsgarten an der Ecke Avenue B und 6. Straße im East Village, in der Nähe von Costellos Wohnung. Dort baute ein Straßenbildhauer an einem »Spielzeugturm«, wie er es nannte. Immer wieder kletterte der obdachlose, barfüßige Erbauer hinauf und nagelte noch ein Brett oder noch eine Stange fest. Während Wallace sich das scheinbar endlose Bauprojekt ansah, klagte er Costello sein Leid wegen Karr.

Im Frühjahr 1993 erhielt Wallace ein ungewöhnliches Stellenangebot. Die Anglistische Fakultät der Illinois State University in Bloomington-Normal, etwa eine Stunde von seiner Heimatstadt entfernt, suchte einen neuen Mitarbeiter. Als große öffentliche Hochschule, die sich für avantgardistische Literatur interessierte, war die Universität ein echter Ausnahmefall. Zur Anglistischen Fakultät gehörte die sogenannte Unit for Contemporary Literature,[104] ein Institut für zeitgenössische Literatur, unter deren Ägide die *Review of Contemporary Fiction* und der Verlag Dalkey Archive Press liefen, der *Wittgensteins Mätresse* verlegt hatte. Steven Moore hatte von dieser Stelle gehört und Wallace darauf aufmerksam gemacht. Solange Wallace am *Unendlichen Spaß* arbeitete, wollte er eigentlich nicht unterrichten, aber das Manuskript war stetig und erfolgreich angewachsen. Also fuhr er im Dezember 1992 mit Kopftuch und Stiefeln zu einem kurzen Vorstellungsgespräch während der Konferenz der MLA, der Modern Language Association, in New York. Er war ungewohnt selbstsicher, vielleicht gab es ihm Auftrieb, dass er mit dem *Unendlichen Spaß* im Plan lag. »Ich bin wirklich richtig klug, müssen Sie wissen«, erklärte er den Angehörigen der Fakultät, die sich mit ihm trafen. Er reichte einen Lebenslauf mit seinen Veröffentlichungen ein und hängte auf der zweiten Seite die Rubriken »Kritiken, falls sie jemanden interessieren ...« und »Preise etc. (falls die jemanden interessieren ...)« an. Im Februar flog er für zwei Tage zu weiteren Gesprächen und Lesungen nach Illinois. Vor einer kleinen Gruppe aus Dozenten und Studenten las er die Einbruchsszene mit Don Gately vor und den Abschnitt über Lyle, den Guru im Kraftraum der Enfield Academy, der den Spielern den Schweiß ableckt und im Gegenzug Ratschläge erteilt. Als ein Dozent während einer Fragerunde wissen wollte, warum sie

Wallace einstellen sollten, entgegnete er: »Wen sonst?« Anschließend besuchten die Mitglieder des Fakultätsausschusses mit ihm ein chinesisches Restaurant, wo Wallace dem Dekan Charlie Harris, einem Barth-Experten, sagte, Barth sei tot.

Den Fakultätsmitgliedern dämmerte schon, dass sie nicht mehr den Autor von *Girl with Curious Hair* vor sich hatten, aber das schien sie nicht zu stören. Sie fanden Wallace überwältigend klug und engagiert. In »E Unibus Pluram« zitierte Wallace Emerson, der sagte, ein- oder zweimal im Leben würde man einem Mann begegnen, dem »der Festtag im Auge leuchtete«. Wallace schien ein solcher Mensch zu sein.

Obwohl der Besuch gut gelaufen war, rechnete Wallace nicht damit, die Stelle zu bekommen. »Ich muss Sie vorwarnen«, hatte er in der ersten Bewerbung gewitzelt, die er an Harris geschickt hatte, »ich bin weiß und männlich.« Die Fakultät wurde gedrängt, mehr Frauen einzustellen, aber Wallace hatte alle tief beeindruckt. Was in Arizona, Amherst oder Boston geschehen war, wussten sie nicht, allerdings mussten die Lücken in Wallaces Lehrtätigkeit auf Probleme hingewiesen haben. »Uns ging es um den Schriftsteller«, erinnert sich Curtis White, ein Professor der Fakultät, der das Institut für zeitgenössische Literatur mit eingerichtet hatte. »Beim Rest haben wir einfach das Beste gehofft.«

Wallace wollte die Stelle ebenso sehr, wie die Universität offenbar ihn wollte; er war bereit, etwas Neues anzufangen. In letzter Zeit hatte er mit Volldampf gearbeitet. Das Schreiben war dieses Mal nicht das Problem. »Mengenmäßig lohnt es sich, ausschließlich zu schreiben«, berichtete er Debra Sparks damals, »aber es fällt mir sehr schwer, so abgekapselt zu sein und kaum Menschen zu sehen.« Und weiter: »Die Lage hier ist traurig. Mary und ich sind – nicht so freundschaftlich, wie man es sich wünschen könnte – übereingekommen, dass wir nicht zusammenpassen. [...] Wir sind beide wütend aufeinander, auch wenn bei mir die Wut schon fast von einer tieffinsteren Traurigkeit abgelöst wurde. Sie war meine allerbeste Freundin, und wir haben beide viel aufgegeben und uns sehr bemüht, damit es funktioniert.« Eines Abends versuchte Wallace, Karr aus dem fahrenden Auto zu stoßen. Wenig später rastete er so aus, dass er einen Sofatisch nach ihr warf. Er schickte ihr 100 Dollar für die Überreste. Sie ließ ihm von einem befreundeten Anwalt schreiben, dass der Tisch ihr immer noch gehöre, er habe nur das »Kaputtsein« gekauft.

In einigen Literaturzeitschriften waren die ersten Auszüge aus dem *Unendlichen Spaß* zu lesen. In Zeitschriften mit hohen Auflagen machte die Szene, in der Ken Erdedy auf sein Marihuana wartete, den Anfang; sie erschien unter dem Titel »Three Protrusions« im Frühjahr 1992 in der *Grand Street*. Die virtuose, eindringlich geschriebene Geschichte erinnert an Wallaces frühere Texte. Ein Jahr später brachte die *Conjunctions* einen noch faszinierenderen Auszug über Ennet House in ihrer Ausgabe »Unvollendetes«. Wallace versprach seinen Lesern im Vorwort, in diesem Zustand würde es nicht bleiben: »Männer aus New York in seriösen Anzügen haben gutes Geld für etwas bezahlt, das ihnen rechtlich bis zum 1.1.94 zusteht.« Ihm war klar, dass sich hier eine Gelegenheit bot, einen neuen David Foster Wallace vorzustellen, einen Schriftsteller mit tiefsinnigeren Zielen und lauteren Motiven, und er fügte hinzu:

> Unter dem neuen Spaßregime entwickelt sich das Schreiben von Literatur zu einer Reise ins eigene Ich, bei der man genau das ausleuchtet, was man weder selbst sehen noch anderen zeigen will, und gerade diese Dinge erweisen sich (paradoxerweise) als größte Gemeinsamkeiten aller Schriftsteller und Leser, als das, was sie anspricht und was sie spüren. Die Literatur wandelt sich zu einer eigentümlichen Möglichkeit, sich selbst zu ermutigen und die Wahrheit zu sagen, statt vor sich selbst wegzulaufen oder sich so darzustellen, wie man es für besonders liebenswert hält.

Auf den nächsten fünfzig Seiten folgte ein Kaleidoskop an Erfahrungsberichten, Geschichten von Süchtigen, die »ganz unten« angekommen waren, angelehnt an Meetings der Anonymen Alkoholiker; Seiten, auf denen Trinker und Methjunkies eine fiktionale Welt übernahmen, in der seit Wallaces durchgepeitschter Abschlussarbeit niemand etwas Schlimmeres als eine Trennung durchgemacht hatte. Auch Gately trat auf, ebenfalls eine neuartige Figur bei Wallace:

> Und das war der erste Abend, an dem der zynische Gately freiwillig eine elementare Empfehlung beherzigte, neben seiner zu kleinen Koje in Ennet House mit den herausgewetzten Sprungfedern in die großen Knie ging und *um Hilfe bat* bei etwas, an das er noch nicht glaubte, darum bat, dass ihm sein von der Spinne vergifteter Wille genommen, ausgeräuchert und zerquetscht werde.

Auf den Auszug in der *Conjunctions* folgten ausgesprochen wohlwollende Reaktionen. Das »neue Spaßregime« bescherte Wallace Leser. Und zeitgleich mit dem Abdruck hatte die Illinois State University Wallace eine Stelle mit Aussicht auf eine unbefristete Anstellung angeboten. Wallace war begeistert, umso mehr, als Charlie Harris ihm zugestand, er müsse nur zwei Seminare pro Semester geben. Die Vereinbarung war derart großzügig, dass Wallace sofort die Sorge befiel, sie würde nicht lange Bestand haben. Er malte sich aus, ein Stellvertreter des Dekans könnte »auf drei oder vier erhöhen, und Sie sind in Burma oder so« zu einem Sabbatjahr. Nicht ganz ernst gemeint fragte er Harris, ob er die Vereinbarung schriftlich bekommen könnte, »vorzugsweise von einem Juristen in höherer Position beglaubigt«. Harris versprach, er würde sie bald in Händen halten.

Wallace schrieb Don DeLillo, mit dem er sich auf Anregung von Franzen austauschte, es würde ihn »irgendwie schütteln, dass ich mich unter akademische Fittiche begeben soll«, trotzdem glaubte er, dass er sich richtig entschieden hatte.[105] Es störte ihn nicht übermäßig, wie er Washington schrieb, dass er »der am wenigsten seltsame Schriftsteller dort« sein würde. Dale Peterson in Amherst erklärte er: »Der Dekan ist ein Traum, alle Schreibdozenten sind mit Leidenschaft und wenig Ego bei der Sache, und von den Machiavellischen Spielchen, die Arizona so unerfreulich gemacht haben, ist kein Hauch zu spüren. [...] Wenn ich an der ISU nicht gerne unterrichte, werde ich es nirgendwo gerne tun, und ich kann mich von diesem Gebiet verabschieden in der Gewissheit, dass ich die netteste Seite der akademischen Welt kennengelernt habe.«

Kapitel 6

»Unallein und ungestresst«

Im Juli 1993 trafen sich John O'Brien, der Direktor des Dalkey Archive, und sein Sohn mit Wallace vor seinem neuen Haus in der North Fell Avenue in Bloomington. Ächzend schleppten die beiden Wallaces Gewichte die Treppe hinauf. Wallace hatte das Haus unbesehen von einem Mitglied des Personalausschusses gemietet. Es stellte sich als hübsches Haus mit Kamin und einer mit Fliegengittern eingefassten Veranda heraus, das direkt gegenüber von einem Park stand. Wallace brachte seinen silbernen Veloursessel mit, stellte eine Dose zum Hineinspucken daneben und tapezierte das Badezimmer mit Manuskriptseiten aus dem *Unendlichen Spaß*, Tabellen von Tennisturnieren und der Verpackung einer Erwachsenenwindel.[106]

Die Rückkehr in den Mittleren Westen war für den einunddreißigjährigen Schriftsteller mit gemischten Gefühlen verbunden. Vor allem war ihm nicht ganz wohl dabei, seiner Mutter so nah zu sein, während er in seinem Roman einen fiktionalen Gegenpart zu ihr schuf. Er zeichnete sie, wie er sie durch den Filter der Therapie sah. Avril Incandenza ist die verführerische Strippenzieherin der Enfield Tennis Academy. Wenn sie spricht, schrieb Wallace, neigen sich ihr alle zu, »ganz leicht und subtil, wie Sonnenblumen«.

Außerdem vermisste er Karr. Die letzten Monate in Syracuse hatte Wallace wie ein Verstoßener gelebt, voller Angst, er müsse den wechselnden Besuch »verschiedener maskuliner Autos« vor ihrem Haus mit ansehen, wie er Corey Washington im

März schrieb. Aber er hatte sie mitgenommen, als Figur in seinem Buch. Joelle Van Dyne, auch bekannt als Madame Psychosis, ist eine Radiomoderatorin und genesende Süchtige im Ennet House, die immer einen Schleier trägt, entweder weil sie schrecklich entstellt ist, oder weil sie so schön ist, dass sich jeder Mann in sie verliebt, sobald er ihr Gesicht sieht. Außerdem ist sie die Hauptdarstellerin im tödlichen Film »Unendlicher Spaß«.

Wie zu erwarten bereitete es Wallace Sorgen, dass er wieder unterrichten sollte. Er hatte zwei Jahre lang in einem unerreichten Tempo geschrieben und hatte Angst vor der Veränderung in seinem Tagesablauf. Aber er war jetzt auch ein erwachsener Mann, seit dreieinhalb Jahren trocken, und hatte eine Arbeit und ein Haus und einen Vorschuss für ein Buch, das schon weit gediehen war. So sah das neue Leben unter dem Spaßregime aus: keine Ironie und Distanziertheit mehr, Verbindlichkeit statt Schauen (eines seiner Lieblingswörter), *Teilnahme*. Und, wo möglich, die Hoffnung auf Erlösung. »Wirklich gute Literatur könnte ruhig eine stockfinstere Weltanschauung haben«, erklärte er Larry McCaffery in dem Interview für die *Review of Contemporary Fiction*, das zeitgleich mit seinem Umzug nach Bloomington erschien, »aber sie würde eine Möglichkeit finden, diese Welt abzubilden und zu beleuchten, wie man in ihr leben und ein Mensch bleiben kann.« Die Aufgabe des Schriftstellers sah er darin, »zu retten, was an Menschlichem und Magischem noch lebt und trotz der Finsternis glimmt«. Er fügte hinzu: »In der Literatur geht es darum, was es verdammt noch mal heißt, ein Mensch zu sein.« Bestimmtheit war Wallace immer lieber gewesen als Unklarheiten, Leidenschaft lieber als ein vorsichtiges Herantasten, und jetzt war er ein ausgewachsener Verfechter der Ernsthaftigkeit geworden. Er konnte sich selbst als Mensch nicht gutheißen, und auch Autoren, die seiner Meinung nach so waren wie er früher als Autor, fanden bei ihm kein Pardon. Als Steven Moore ihm einen Roman empfehlen wollte, den er gerade herausgab, und ihn damit anpries, er habe »genau die richtige boshafte Weltsicht für die ironischen Neunzigerjahre«, schrieb Wallace zurück, er könne »ebenso gut sagen: ›genau der richtige Feuerlöscher voll Benzin für einen Wohnungsbrand‹«.

Besonders allergisch reagierte Wallace auf Schriftsteller, die nicht von dem träumten, was sie erreichen konnten, sondern von Ruhm. Er nutzte jede Gelegenheit, um junge Autoren auf die Fallstricke früher Erfolge hinzuweisen, wie er sie erlebt hatte. Jungen Leuten, schrieb er Washington, würde er auf die Frage, wie man Schriftsteller wird, immer antworten: »Indem man höflich und banal ist.« Er erklärte: »Dass diese Kids offensichtlich nicht das Ziel haben zu schreiben, sondern Schriftsteller zu sein, machte ihre Briefe wirklich deprimierend.« Einem Fragesteller, einem jungen Mann Anfang zwanzig, gab er den strengen Rat: »Nehmen Sie sich die Zeit, um Ihr schlimmster Kritiker und Ihr bester Freund zu werden. [...] Ich wünschte, ich hätte das getan. [...] Konzentrieren Sie sich auf die Arbeit; Sie sollten sie lieben, sie hassen, sie zu einem möglichst wahrhaftigen Ausdruck Ihrer selbst machen; die Veröffentlichungen kommen dann schon.« Er fügte hinzu: »Vor allem sage ich das mir selbst mit 22, 23.« Als Washington ihn fragte, ob ihm selbst der Erfolg zu Kopf gestiegen sei, wandte Wallace ein: »Mit Sicherheit bekommen sogar drittrangige Schauspieler in Seifenopern exponentiell mehr Briefe als Bellow. Und ich bin kein Bellow.« Von Hand setzte er ein »noch nicht« und ein typisches Smiley dahinter, um seine steile Ansage gleich zu dämpfen. Weiter schrieb er:

> Tatsächlich war ich 1987 in einer Künstlerkolonie namens Yaddo, wo ich McInerney und einige andere berühmte Leute traf, für eine sehr kurze Zeit ziemlich abgehoben und habe ein paar Monate lang geglaubt, auf mich würden Ruhm und Auftritte bei Letterman etc. warten. Die recht brutalen Jahre seitdem haben mich gelehrt, dass diese Dinge zwar nicht grundsätzlich falsch, aber nicht das Richtige für mich sind, einfach weil sie kalorienarm und nicht anregend und zudem hochgra-

> dig betäubend sind. McInerneys Hauptaufgabe besteht mittlerweile darin, sein eigenes Standbild zu bewahren, das der Ruhm ihm eingebracht hat.

Allein im flachen, sommerheißen Illinois, versuchte Wallace, die alten Gewohnheiten aus Syracuse beizubehalten, soweit es ging. Er suchte sich Tennisplätze, ein Fitnessstudio, einen Therapeuten und eine Selbsthilfegruppe für Alkoholmissbrauch. Die Gruppe, die Wallace zusagte, traf sich um zwölf Uhr mittags in einer Kirche an der Oakland Avenue. Die meisten Mitglieder stammten aus der Arbeiterklasse, und Wallace war eine Überraschung für sie. Als er zum ersten Mal hereinkam in seinem zerrissenen T-Shirt, den derben Stiefeln und mit Kopftuch, hielten ihn einige für obdachlos. Bald gehörte Wallace beinahe zum Inventar – bei jedem Treffen setzte er sich auf denselben Platz. Die Mitglieder mochten seine Art zu reden sehr – ein so wortgewandter Mensch war vielen noch nie begegnet –, sie hatten das Gefühl, seine geschliffenen, ausgedehnten Erzählungen über seinen täglichen Kampf um den Gleichmut, der ihm half, trocken zu bleiben, drückten genau das aus, was sie selbst dachten, nur besser. Und wieder mussten ihm andere sagen, dass er nicht so sehr in seinem Kopf leben sollte. Sie zogen ihn damit auf, dass er zu analytisch dachte, und zitierten Slogans wie »Mach es nicht unnötig kompliziert« und »Sei nett zu dir« und »Hör auf, alles verstehen zu wollen«. Sie schlugen vor, Gott solle er einfach ersetzen durch »Geduld, Optimismus, Trost, Trockenheit«. Manchmal schoben sie nach: »Ein dankbares Herz trinkt nicht mehr.« Die banalen Antworten machten Wallace rasend, aber genau wegen solcher Menschen lebte er nun seit vier Jahren ohne Drogen und Alkohol. »Je läppischer das AA-Klischee, desto schärfer die Reißzähne der von ihm verborgenen Wahrheit, zeigt sich allmählich«, sollte er im *Unendlichen Spaß* schreiben. »Ich weiß nicht, wie die Genesung funktioniert«, erzählte er Freunden, »aber sie funktioniert.« Er stand immer zur Verfügung, um anderen Mitgliedern bei spirituellen oder praktischen Problemen zu helfen, etwa um ihre Bewerbungen oder Geschäftsbriefe umzuschreiben. Außerdem nahm er an Meetings im Lighthouse Institute teil und fungierte als Sponsor für Süchtige, die das Rehaprogramm auf gerichtliche Anordnungen hin besuchten. Das fiel unter die Rubrik »Gutes weitergeben«, die er im Granada House gelernt hatte: Wenn du jemandem hilfst, wird auch für dich jemand da sein, wenn du Hilfe brauchst.

Im Gegenzug kümmerten sich die anderen Mitglieder um ihn. Sie betrachteten ihn als eine Art heiligen Narren, und er nahm die Rolle an. Ein ehemaliger Richter schenkte Wallace seine abgelegte Kleidung. Die Tochter eines anderen AA-Teilnehmers kämmte Wallace die langen, zotteligen Haare. Wenn sein Computer abstürzte, kam jemand aus der Gruppe vorbei und rettete seine Daten. Da er in Bloomington keine Familie hatte, konnte man ihn adoptieren – ein Paar hängte jedes Jahr einen Weihnachtsstrumpf für ihn auf. Wallace versuchte es mit mehreren Sponsoren, bis er jemanden fand, den er mochte, einen Mann, der die AA besuchte, seit er high aus einem Baum gefallen war. Bei dem Unfall hatte er sich das Rückgrat gebrochen und brauchte seitdem zwei Metallkrücken. Er litt unter Inkontinenz und musste »so jede Viertelstunde zum Klo«, wie Wallace später in einem Brief an einen Freund schrieb. Aber Wallace nutzte ihn für sich, um seine eigene Ichbezogenheit zurückzufahren. »Es ist extrem hilfreich, ihn als klares nonverbales Beispiel für Echte Probleme vor Augen zu haben, wenn ich glaube, ich hätte Probleme.«

Seit dem dritten Collegejahr war Wallace nie lange ohne Freundin gewesen. Frauen hatten eine wichtige Lücke in seinem Leben gefüllt. Für ihn waren sie die Uhr, mit der er die verstrichene Zeit maß, und der Spiegel, in dem er seine Persönlichkeit untersuchte. Als es etwa in Syracuse mit Karr Probleme gab, hatte er Franzen geschrieben: »Ich muss der Tatsache ins Auge sehen, dass ich meiner Veranlagung nach vielleicht nicht fähig bin, eine intime Verbindung zu einer Frau aufrechtzuerhalten, was heißt, dass ich entweder schrecklich oberflächlich bin, geistig gestört oder beides.«

Im Laufe des Sommers bemühte sich Wallace, über seine Ex hinwegzukommen. Seine männlichen Freunde in Syracuse hatten extrem erleichtert reagiert, als die ISU ihm die Stelle angeboten hatte; auf sie wirkte die Beziehung zu Karr zutiefst dysfunktional. »Lauf um dein Leben«, hatte ihm sein Sponsor John F. geraten, wie er sich erinnert. In seinen Briefen an Freunde gab Wallace jetzt vor, Karr sei für ihn Vergangenheit. »Auspacken, versuchen, zu schreiben, Frauen aufreißen«, fasste Wallace prahlerisch für Morrow zusammen, wie er seinen ersten Sommer in Illinois verbracht hatte. Tatsächlich drehten sich seine Gedanken auch Monate nach seiner Ankunft noch oft um Karr; er kaufte teure Wäsche und Parfüm für sie und schickte es ihr anonym zu. Er bezahlte sogar, um einen Stern nach ihr benennen zu dürfen. In einem Notizbuch hielt er fest: »Jetzt steht sie am Himmel, und ein kleiner Teil von ihr wird immer da oben sein.« Er schickte ihr die Schachtel mit der Urkunde. Etwa zur gleichen Zeit schrieb er einer Freundin in Syracuse, er habe sich »Sex abgewöhnt« und sich versprochen, nie wieder eine so toxische Beziehung einzugehen. »Ich werde nicht mehr mit Frauen schlafen, die weit weg leben«, schrieb er ihr, »und mit denen ich nicht zusammen sein kann – hoffentlich nicht.«

Zum Glück sprangen Charlie und Victoria Harris ein, Wallaces Dekan und seine Frau, ebenfalls Anglistikdozentin an der ISU. Victoria wollte ihre vierundzwanzigjährige Tochter Kimberly mit Wallace verkuppeln. Kymberly lebte als Schauspielerin und aufstrebende Bühnenautorin in Chicago. Bei Wallaces erstem Besuch hatte Victoria ihm ein Foto ihrer Tochter gezeigt. »Ist sie nicht wunderhübsch?«, hatte sie gefragt. »Ihr beide solltet heiraten.« Sie nahmen Briefkontakt auf, und wenig später verließ Harris Chicago wegen persönlicher Probleme und zog nach Hause. Gleich am nächsten Tag luden Wallace und ihre Mutter sie ins Kino ein. Er suchte *Jurassic Park* aus, und sie sahen sich den Blockbuster im Normal Theater in der Innenstadt an. Wie üblich betrieb Wallace gleichzeitig Recherche. Er hatte sich schon immer für den Regisseur Steven Spielberg interessiert. Obwohl er den Film in Syracuse schon zweimal gesehen hatte, genoss er es wieder, sich seine »Dosis« zu holen, wie er gesagt hätte. Kymberly langweilte sich dagegen so, dass sie den Saal verließ. Anschließend besuchten sie das Gallery, einen Club, in dem Wallace sich weigerte, Kymberly auf die Tanzfläche zu begleiten. Trotz ihrer Unterschiede trafen die beiden sich öfter; Wallace machte ihr den Hof, indem er ihr Auszüge aus dem *Unendlichen Spaß* gab, und so dauerte es nicht lange, bis sie ein Paar wurden. Sie fand, im öden Mittleren Westen sei Wallace der interessanteste Mann, den sie kannte, und Wallace genoss ihre lebhafte, körperbetonte Art.

Da beide in therapeutischer Behandlung waren, sprachen sie oft über ihre schmerzhafte Vergangenheit und darüber, wie sie so geworden waren – eine ganze Liste von Exfreundinnen und Freunden und Familienmitgliedern wurde erwähnt, wobei sich Wallace auf Karr und seine Mutter konzentrierte. Sie sprachen über ihren Wunsch nach Zugehörigkeit und Kindern. Kymberly war erstaunt darüber, wie aufmerksam Wallace zuhörte. In Syracuse hatte eine Frau sein Interesse am Buddhismus geweckt, und er gab Kymberly Bücher über die Religion, zusammen mit dem Blauen Buch. Als Victoria Harris sie einmal auf dem heimischen Sofa ins Gespräch vertieft fand, ermahnte sie die beiden: »Hört auf, über eure Beziehung zu reden, und lebt sie einfach!«

***

Michael Pietsch las den ersten Teil des *Unendlichen Spaßes*, sobald er ihn im Mai 1993 bekam. Nachdem er mit den 750 Seiten fertig war, die Wallace ihm geschickt hatte, antwortete er, während Wallace gerade seinen Wegzug aus Syracuse vorbereitete. Sein Brief zeugt von erstaunlichen Einsichten, wenn man bedenkt, dass er so kurz über ein unfertiges Manuskript eines hochkomplexen Buches nachgedacht hatte:

> Sie fragen mich, worum es meiner Meinung nach geht. Da ich noch nicht alles habe, kann ich nur eine provisorische Antwort (und Vorschläge) schicken. [...] Es ist ein Roman aus Scherben, gewissermaßen eine zerbrochene Erzählung, deren Stücke jemand aufzulesen versucht. Das passt zu den kaputten Leben, um die sich der Roman dreht, und hilft auch, zwei Welten zu erschaffen, das Rehazentrum und die Tennisakademie. [...] Gelegentlich scheint in den Geschichten ein »Ich« durch, das vielleicht derjenige ist, der alles zusammenbringen will.

Pietsch schrieb Wallace, er finde es »absolut wunderbar, in dieser gewaltigen, aufgewühlten Geschichte über Sucht und Genesung zu versinken, in ihrer Kultur und Sprache und den Figuren, der verborgenen Welt, die enthüllt wird, wenn Menschen auftreten und ihre Geschichte erzählen«. Allerdings zeichnete sich für ihn ein großes Problem ab: der Umfang. So gut das Buch auch war, drohte es doch, zu lang zu werden. Wallace hatte bei den ersten 400 000 Wörtern versucht, ihn mit schmalen Seitenrändern und einer winzigen Schrift zu täuschen, aber Pietsch hatte einen Taschenrechner hervorgeholt und überschlagen, dass der *Unendliche Spaß*, wenn das, was auf seinem Schreibtisch lag, zwei Drittel ausmachte, mindestens zwölfhundert Seiten lang werden würde. Er bezweifelte, dass sich ein solcher Wälzer verkaufen würde. Er riet Wallace: »Es sollte kein 30-Dollar-Roman werden, der so dick ist, dass die Leser meinen, sie müssten erst einen Monat in ihrem Kalender freischaufeln, bevor sie ihn kaufen.« Er drängte, Wallace solle »versuchen, ihn zu kürzen«, während er das Ende schrieb. Seine zweite große Sorge betraf die Gesetze des Lesens. Der fragmentierte Aufbau des Buches – drei Handlungsstränge, die ohne erkennbares System in den Vordergrund treten und wieder zurückweichen – verlangte dem Leser einiges ab. Eine kleine strukturelle Neuerung konnte bereichernd wirken, aber mit zu vielen verlor man den Leser. Dieses Problem war für Wallace schwerer zu lösen, weil das Buch die Lesererwartungen mit Absicht permanent unterlief. Wenn die Wirklichkeit fragmentiert war, sollte es dieses Buch auch sein. Außerdem wollte Wallace die Geschichte ganz gezielt nicht so unterhaltsam gestalten, dass sie die Krankheit selbst hervorrief, die er diagnostizierte. Sie durfte die Leser nicht zu leicht fesseln, sie sollten nicht dem literarischen Äquivalent des »Schauens« verfallen. *Unendlicher Spaß* sollte laut Untertitel »eine misslungene Belustigung« werden. Soweit der Roman überhaupt süchtig machte, sollte er das auf eine bewusste Art tun. Auch deshalb hatte Wallace den Roman wie ein Sierpinski-Dreieck gebaut, eine geometrische Figur, die sich in eine unendliche Anzahl selbstähnlicher geometrischer Figuren aufteilen lässt. Nach Wallaces natürlicher Denkstruktur war das Buch rekursiv und verschachtelt gestaltet. Großes – der Roman *Unendlicher Spaß*, den man immer wieder lesen muss, um ihn zu begreifen – findet im Kleinen sein Gegenstück: in der Filmpatrone »Unendlicher Spaß«, die in einer Endlosschleife läuft. Eine Figur öffnet aus Angst, sie könne blind sein, nie die Augen. Eine andere bespricht ihren Anrufbeantworter mit einer Nachricht, die dem rekursiven Bild entspricht, auf dem ein Mann ein Buch in der Hand hält, auf dessen Umschlag ein Mann ein Buch in der Hand hält: »Hier ist der Anrufbeantworter von Mike Pemulis' Anrufbeantworter.« Solche Elemente unterstreichen die Abkapselung der Figuren und betonen, dass ihr Leben im Juxhaus kein allzu großer Jux ist. Ebenso wie im *Besen* war die nebensächlich wirkende Struktur genau durchdacht.

Abschreckender fand Pietsch allerdings die politische Handlungsebene, in der eine Gruppe Québecer Terroristen versucht, ihre Provinz der O. N. A. N. abzuringen. »Fast alles, was auf emotionaler Ebene wichtig ist, funktioniert ohne eine zeitliche Festlegung oder einen Bezug zu dem interamerikanischen Kuddelmuddel«, stellte Pietsch fest und fragte, ob »der verschnörkelt skurrile bis alberne Aufbau« des Romans nötig sei. Er warnte, »das Garn ist jetzt schon reichlich lang gesponnen«. Wallace war nach dem Brief verärgert und unzufrieden. »Mit dem meisten schien er einverstanden zu sein, wenn auch widerwillig«, kritzelte Pietsch auf die Kopie eines Briefes, den er später Nadell sandte.

Wallace hatte weitergeschrieben, ohne Pietschs Antwort abzuwarten. Als er im Juli 1993 nach Illinois zog, hatte er, wie er in einem Interview sagte, die Szene erreicht, in der Gately angeschossen wird, als er die Insassen von Ennet House beschützen will, was nach etwa drei Vierteln des Buches geschieht. Wahrscheinlich hatte Wallace noch mehr in einer Rohfassung vorliegen. Aber Pietschs Notiz in Kombination mit dem Umzug bremste ihn aus. Er war wieder zu Hause in Illinois, oder doch fast zu Hause, und dort verlor er oft seinen Schwung. Im Sommer verbrachte er viele Tage damit, an die Decke seines neuen Zuhauses zu starren. Er bat einen Freund aus Syracuse, ihn jeden Abend anzurufen und abzufragen, ob er geschrieben habe, weil er hoffte, das schlechte Gewissen würde ihn zur Produktivität anspornen, doch der Trick funktionierte nicht.

Nach seinem Umzug nach Syracuse hatte Wallace einen ähnlich toten Punkt erreicht, und wieder stützte er sich auf die Geduld und das Durchhaltevermögen, das er in der Reha gelernt hatte, um diese Hürde zu überwinden. Als er sich gerade wieder auf die Arbeit einschießen wollte, kam ihm ein essayistisches Projekt in die Quere. Die Redakteure des *Harper's Magazine* waren schon lange Fans von Wallaces Arbeit. 1991 hatten sie »Tennis, Trigonometry, Tornadoes« veröffentlicht, seine fantasievolle Erinnerung an seine Sportlerkarriere an der Highschool, und ein Jahr danach eine treffende Parodie auf John Updikes *Rabbit*-Romane unter dem Titel »Rabbit Resurrected«. Updike gehörte zu Wallaces Jugendlieben, bevor er die Literatur für sich entdeckte, und er war immer noch beeindruckt davon, wie elegant und mühelos Updike schrieb. Aber nachdem sich seine Einstellung seiner eigenen Arbeit gegenüber verändert hatte, sah er Updike als Teil des amerikanischen Problems und seine Hauptfigur Rabbit Angstrom als Musterbeispiel für die Ichbezogenheit und den Egoismus, der so viele Amerikaner gefangen hielt. Es existiert nichts außer seinem priapeischen Verlangen. Rabbit war im vierten Teil der Reihe, dem 1990 erschienenen *Rabbit in Ruhe*, gestorben. Im *Harper's* stellte Wallace sich das nächste Kapitel vor und versetzte Rabbit »in einen Solipsistenhimmel, angefüllt mit seinen toten Wahrnehmungen«. Rabbit fragt: »Würde es dort, wohin er ging, Vaginen geben, endlich Vaginen, die von ihren schrillen, stupiden Hülsen befreit waren, körperlos, herb duftend und rosig, umhüllt von engelhaftem Tuch [...] hier und dort ein, zwei Brüste, losgelöst, willig?«

Obwohl sie seinen Essay über das Fernsehen nicht genommen hatten, hielten die Redakteure des *Harper's* die Augen nach Aufträgen für Wallace offen. Sie hatten gehört, dass er wieder in den Mittleren Westen zog, und fragten ihn, ob er die State Fair besuchen wolle. Auf dieser riesigen Mischung aus Jahrmarkt und Landwirtschaftsausstellung mit mehreren Tausend Ständen sahen sich Zehntausende Besucher die Vorführungen der Jugendorganisation 4H, Tanzwettbewerbe und Juniorenboxen an. Wallace zögerte. Er war unsicher, weil er noch nie Reportagen geschrieben hatte – in seinen Augen zählte der Fehlversuch über Pornografie nicht mehr. Aber der Auftrag reizte ihn auch, er konnte das Geld gut gebrauchen und freute sich darauf, seinen eigenen Gedanken zu entkommen und seine Heimatregion von einer anderen Seite kennenzulernen.

Wallace suchte nach einer Begleitung, er fragte Costello, Charlie und Victoria Harris und nahm am Ende ihre Tochter mit, die er damals kaum kannte. Im August fuhren er und Kymberly in der drückenden Hitze nach Springfield, der Hauptstadt von Illinois. Auf der Veranstaltung besuchten sie das Pferdeareal, den Schweinestall und gingen anschließend zu den Fahrgeschäften. Harris bestieg den Zipper, in dem die Fahrgäste in Metallgondeln an einem langen, hoch aufragenden Ausleger saßen. Wenig begeistert sah Wallace zu, wie seine neue Freundin in die Höhe stieg, und er war entsetzt, als die Betreiber – die Schausteller, wie Wallace sie nannte – die Gondel immer wieder zum Überschlagen brachten, damit Harris' Rock hochflog. Als sie endlich wieder auf dem Boden stand, war Wallace wütend. Er wollte die

Schausteller verklagen. Harris wollte ihn beruhigen, es sei halb so schlimm, aber Wallace blieb verärgert. Am nächsten Tag fuhr Harris nach Hause, während Wallace sich weiter für seine Reportage umsah. Er plauderte mit missionseifrigen Gläubigen an ihren Ständen und sah sich desinteressiert ein Autorennen an. (»Einige Autos überholen andere Autos, und dann jubeln ein paar Leute.«) Dagegen berührte ihn ein Tanzwettbewerb, als er sah, welch echte Freude ganz normale Paare aus dem Mittleren Westen daran hatten; ein Moment wie aus *Sullivans Reisen*.

Zu Hause in Bloomington versuchte er inmitten seiner Rechercheunterlagen zum *Unendlichen Spaß*, seine Notizen zu ordnen. Seine Erlebnisse erhielten einen märchenhaften Anstrich. Je länger Wallace daran schrieb, desto mehr erinnerte die Illinois State Fair an ein Gemälde von Bosch. Mit seinem Talent für komische Übertreibung und ohne große Sorge um die Fakten ließ Wallace am Ende kahlköpfige Männer beim Armdrücken furzen, während die Fahrgäste im Ring of Fire im hohen Bogen reihern und der Wahnsinn beim Finale der »Illinois Junior-Twirling-Meisterschaft« eine Art Höhepunkt erreicht, als

> ein Vater mit einer Toshiba-Videokamera vor dem Auge auf einer der letzten Tribünenreihen einen schwungvoll abgefeuerten Baton direkt in den Schritt bekommt, auf einen Strauben essenden Besucher fällt und die beiden einen guten Teil der unterhalb liegenden Reihen niedermähen.

Aus Kymberly Harris wurde ein alter Schwarm, mit dem er »in der Highschool zusammen Mais entfahnt« hatte. Tatsächlich war sie weder eine »Einheimische Begleiterin«, wie Wallace sie in dem Artikel nannte, noch hatte sie die Urbana High besucht – das galt eher für Susie Perkins oder seine Schwester. Und wenn die Einheimische Begleiterin etwas sagen sollte, verlieh Wallace ihr die Stimme der Frau, deren Stern noch über ihm funkelte. »Meine Fresse«, rüffelt die Einheimische Begleiterin den erbosten Wallace, nachdem sie auf dem Fahrgeschäft entblößt wurde, »das war nur Spaß – der Scheißer hat meine Gondel *sechzehn* Mal zum Überschlagen gebracht. [...] Jetzt kauf mir Schweinekrusten, du Spacko.«

Wallace hatte seine Freude an dem Artikel. Bei Sachtexten lag die Herausforderung für ihn immer darin, was er weglassen sollte, aber das Thema State Fair war von Natur aus begrenzt und animierte zu einem lockeren Stil, der zu größeren, ernsteren Fragen führte: Warum waren Amerikaner derart besessen von Unterhaltung? Konnte die Leere, die sie damit überbrücken wollten, je gefüllt werden? Dabei half es, dass die Besucher der Veranstaltung unersättlich und die Tiere elend waren. Auch hier ließ sich die These aus dem *Unendlichen Spaß* belegen und die endlose Suche der Amerikaner nach Ablenkung sezieren, das Versagen seiner Landsleute, den Rat von Remy Marathe, des Québecer Geheimagenten[107] aus dem *Unendlichen Spaß*, zu beherzigen: »Wähle voller Sorgfalt. Du bist, was du liebst. Nein?«[108]

Wenig später schickte Wallace seinen Entwurf ein, der mehrfach so lang war, wie der Text am Ende sein durfte. Colin Harrison, der Redakteur, machte sich gemeinsam mit Wallace ans Kürzen. Der Ablauf erinnerte Harrison an ein Tennisspiel, mögliche Änderungen entwickelten sich zu einem »Schlagabtausch von ich-sehe-das-so, wie-siehst-du-das, der sich manchmal über viele Minuten hinzog«, hielt Harrison seine Eindrücke fest. Am Ende wurden die Kürzungen akzeptiert, zum Teil akzeptiert oder gegen eine Kürzung an einer anderen Stelle eingetauscht. Wallace spielte strategisch und streitlustig, aber wenn er einen Punkt verloren hatte, hakte er ihn ab. Zusammen strichen sie beinahe die Hälfte des Textes. Harrison war als erfahrenem Lektor klar, dass Wallace seinen Bericht gelegentlich ausgeschmückt hatte. Bei einer Stelle fragte er Wallace, ob wirklich einem jungen Mann auf dem Zipper eine Ampulle Crack aus der Tasche gefallen war, »genau auf einen State Trooper, der in der Budengasse darunter wachsam ein Zitroneneis aß«. Wallace wollte nicht recht mit der Sprache herausrücken. Harrison erinnert sich, dass er sagte: »Ich lasse es mal stehen.« Wallace sollte bei seiner humoristischen Version bleiben. »Ich habe sie mitgetragen«, meint Harrison. Wenn es also von Wallace stammte, der Verve der Geschichte diente und sich nicht widerlegen ließ, sollte der Artikel überprüft werden, konnte es gedruckt werden.[109, 110] Der Bericht, der im folgenden Juli erschien, enthüllte den Lesern einen neuen Wallace, der weder kunstvolle fiktionale Welten erschuf noch Cavell'sche Essays verfasste, sondern mehr mit seinen Figuren gemein hatte. An einer Stelle beschreibt Wallace, er habe sich nicht getraut, die Geflügelhalle zu betreten, weil ihn als Kind ein Huhn angegriffen hatte, »ganz ohne Grund hatte mich das rebellische Federvieh angeflogen und wüst gepickt, direkt unter dem rechten Auge«. Wahrscheinlich war die Geschichte erfunden, aber mit diesem überzeichnenden Blick auf die Traumata der Kindheit fing er etwas ein, das sich die Leser zunehmend von ihm wünschten. Genau wie er verspürte diese wohlhabende und orientierungslose Generation den starken Nachhall nebensächlicher Ereignisse. Dass Wallace eine etwas neurotischere Version seiner Leser war, half, eine Verbindung zu ihnen zu knüpfen, die sich auch auf seinen voluminösen Roman übertragen sollte.

Im Herbstsemester 1993 gab Wallace ein Schreibseminar für Studenten und ein zweites für fortgeschrittene Teilnehmer, vor allem Studenten im Aufbaustudium. Zusammengenommen unterrichtete er etwa dreißig Teilnehmer. Die Seminare hielt er in der Stevenson Hall, Mitte des 20. Jahrhunderts erbaut und voller summender Deckenlampen. Wallace sagte, nach seiner Zeit als Wachmann bei Lotus könne er Neonlicht nicht mehr ertragen, und bat seine Studenten, Lampen mitzubringen, die im Seminar für eine Atmosphäre beinahe wie in einer Cocktailbar sorgten. Mit der Ausrede, es gebe nicht genug Steckdosen für die Lampen, verlegte er das Seminar zu sich nach Hause, wo die Studenten es sich zwischen einem Kompendium für Suchttherapie und einem Band über psychiatrische Krankenpflege gemütlich machten und sich über die Tabellen zu Juniorentennisturnieren wunderten. Mit seinem Kopftuch, den offenen Arbeitsstiefeln und einer Tasse zum Hineinspucken hatte er wenig mit den Dozenten gemein, die sie bisher kannten. In den Zigarettenpausen ging er ins Bad und putzte sich die Zähne.

Wallaces zwangloses, unkonventionelles Auftreten täuschte. Nach der Zeit am Emerson College hatte er einen neuen Stand als Lehrer gefunden, ebenso wie als Schriftsteller, und pädagogisch gesehen führte er in seinen Seminaren ein strenges Regiment. Er verteilte Strafen für Verspätungen, fürs Nichterscheinen und für Grammatik- und Rechtschreibfehler und versuchte, einer faulen Generation Partizipien mit falschen Bezügen und Subjekt-Verb-Kongruenzfehler auszutreiben. »Zeigt eurem Talent nicht den Mittelfinger«, sagte er oft. Bei kniffligen Grammatikfragen ging er vor die Tür und rief seine Mutter an – obwohl sie eigentlich nicht miteinander sprachen, konnten sie darüber doch reden.

In seinem Anfängerseminar behandelte Wallace die Unbedarften freundlich, während er mit anmaßenden Studenten hart ins Gericht ging. Als eine Teilnehmerin behauptete, ihre Sätze seien »hübsch«, kritzelte er Zeilen aus ihrem Manuskript an die Tafel und fragte herausfordernd: »Wer von Ihnen findet *das hier* hübsch? Ist das hübsch? Und *das* hier?« Er stritt mit jedem jungen Mann, der ihn an sein jüngeres Selbst erinnerte. Als ein Student seine Kommilitonen mit einer ironischen Kurzgeschichte in einem eigenwilligen Stil beeindruckte, ging Wallace mit ihm vor die Tür und sagte, er habe »noch nie so eine kollektive Arschkriecherei erlebt«. Wallace versprach, er würde die »Errichtung der Egomaschine« verhindern und überzog den Studenten während des restlichen Semesters mit Kritik. Der junge Mann namens Ben Slotky fand es befremdlich, dass Wallace ihn immer wieder zu einer Partie Tennis einlud, obwohl er gar nicht spielen konnte. Wallace erklärte seinen Studenten gerne, wenn sie Kreatives Schreiben für einen lockeren Kurs ohne Arbeitsaufwand hielten, sollten sie gehen, bevor ihnen das Gegenteil bewiesen wurde. Er fügte hinzu, niemand dürfe sich Schriftsteller schimpfen, der nicht mindestens fünfzig Geschichten geschrieben hatte.

Er verlangte starken Einsatz, brachte ihn aber auch selbst. Niemand arbeitete mehr als er. Er las jede Geschichte drei Mal und versah sie bei jedem Durchgang mit Anmerkungen: Einmal zum ersten Eindruck, dann um ihre Qualität als fiktionales Werk zu beurteilen und schließlich so, als sollte sie in Druck gehen. Sogar zu Routinearbeiten aus dem Anfängerseminar schrieb er lange Analysen und Kritiken. Und den Studenten im Aufbaustudium, von denen viele die ISU wegen ihres Rufs als sicherer Hafen für theorielastige Literatur ausgewählt hatten, schrieb Wallace manchmal beim ersten Seminartermin die Namen wichtiger Literaturtheoretiker an die Tafel und sagte: »Das ganze Zeug kenne ich schon. Daran müssen Sie mich nicht erinnern.« Wer glaubte, Wallace würde sich an die Gepflogenheiten in der Fakultät halten, merkte bald, dass er sich geirrt hatte; Wallace verfolgte traditionelle Ziele. Geschichten sollten eine Verbindung zwischen Leser und Autor schaffen. »Streben Sie etwas an, das nur schwer zu erreichen ist«, sagte er etwa. Oder er fragte: »Was steht in dieser Geschichte auf dem Spiel?«, genau wie seine Dozenten in Arizona fast zehn Jahre zuvor, bei denen er sich über diese Frage noch schrecklich geärgert hatte. Wenn eine Geschichte ihr emotionales Potenzial nicht ausschöpfte, notierte Wallace: »Drückeberger. Kommen Sie mal zum Gespräch.« Und wollte jemand den Intellekt unbedingt höher schätzen als das Herz, trug er auf: »Schreiben Sie über ein Kind, dessen Kaninchen gestorben ist.« Er machte unmissverständlich klar, was Literatur leisten sollte. Wen kümmerte schließlich noch der Kopf, wenn das Herz schluchzte?

Wallace stellte erleichtert fest, dass er gleichzeitig am *Unendlichen Spaß* arbeiten und unterrichten konnte. Während seines ersten neuen Semesters als Dozent ging es auch mit dem Buch voran. Wie er es schon bei Karr gemacht hatte, gab er Kymberly Harris Auszüge zu lesen und bat um ihre Meinung. Doch Harris war nicht nach Bloomington gezogen, um Muse oder literarische Witwe zu werden; sie wollte, dass Wallace mit ihr essen ging, sie auf der Bühne sah, Zeit für Unterhaltungen hatte. Wallace wollte arbeiten. Sie trennten sich, kamen wieder zusammen, und mit jeder Wiederholung wurden ihre Bedürfnisse nur stärker; dieses Muster kannte Wallace schon von Walden und Karr. Er schloss die Tür und schrieb, sie ging ohne ihn aus. Dabei wollte er nicht so allein sein, wie er es in dieser Situation war. Den ganzen Tag zu schreiben war zu einsam, mit Kymberly zusammen zu sein zu viel Nähe. Also adoptierte Wallace einen Labradorwelpen aus dem Tierheim und taufte ihn Jeeves (formell Very Good Jeeves nach einer Kurzgeschichtensammlung von P. G. Wodehouse, die Wallace als Junge sehr gemocht hatte). An dem Hund hatte Wallace große Freude. Er durfte im ganzen Haus herumlaufen, schlief in Wallaces Bett und fraß Essen aus seinem Mund; am besten gefiel Wallace das kleine Tänzchen, das Jeeves aufführte, bevor er abends Futter bekam. Ihm war klar, dass eine Beziehung zu einem Hund nicht das Gleiche war wie eine Beziehung zu einem Menschen, aber er sah auch die Vorteile. Hunde hatten keine Schauspielkarriere, sie bewarben sich nicht um die gleichen Stipendien wie man selbst, und wenn man sie mit Liebe überschüttete, fühlte man sich dabei selbst gut. Nachdem *Unendlicher Spaß* erschienen war, sagte er in einem Interview: »Mit Hunden ist es viel einfacher. Man hat keinen Sex, aber man hat auch nicht ständig das Gefühl, man würde ihre Gefühle verletzen.«

Aber wie sich zeigte, war Wallace selbst für die Ansprüche eines Hundes zu beschäftigt. Während er tippte, kaute Jeeves auf seinem Fuß herum, um anschließend den Lehnsessel zu bespringen. Der Hund machte ins Wohnzimmer. Wenn Harris zu Besuch kam, musste sie gelegentlich feststellen, dass Jeeves ihre 100 Dollar teuren Schuhe ruiniert und ihre Unterwäsche gefressen hatte. Und Wallace wurde von dem Bellen fast wahnsinnig; er versuchte es während der Arbeit mit Ohrenstöpseln, über die er später noch Flugzeugkopfhörer setzte. Er brachte es nicht über sich, Grenzen zu ziehen. In gewisser Weise entsprach der Hund ihm oder zumindest dem Bild, das er von sich hatte – unbeholfen, ehrlich, verschwenderisch in seiner Zuneigung trotz ständiger Enttäuschungen. Jede Maßregelung wäre Wallace grausam erschienen; das kleinste schmerzhafte Wimmern von Jeeves fuhr ihm ins Mark. Er konnte eher zu einem Menschen als zu einem Haustier gemein sein.

Verzweifelt bat Wallace seine Freunde von der Universität und seiner AA-Gruppe um Hilfe. John O'Brien schickte seinen Hundetrainer vorbei, aber Wallace ertrug es nicht, wenn Jeeves bestraft wurde. Seine Freunde machten sich über seine sensible Art lustig – immerhin lebten sie in einer Farmgegend. Schließlich holte ein Ingenieur im Ruhestand aus der AA-Gruppe den jungen Labrador zu Spaziergängen im nahe gelegenen Miller Park ab, während Wallace versuchte zu arbeiten. Auch dabei beklagte er sich noch, weil Jeeves bedeckt mit grünem Schleim aus dem Teich nach Hause kam. »Was soll ich mit ihm machen?«, fragte er. »Soll ich ihn durch die Autowaschanlage jagen?«

Gale Walden war nach Illinois gekommen, um sich um ihren kranken Großvater in Champaign zu kümmern. Und sie hatte eine Stelle bei der *Review of Contemporary Fiction* bekommen. Sie hatte kaum noch Kontakt zu Wallace gehabt, seit er sie in Boston vor sich gewarnt hatte. Jetzt trafen sie sich gelegentlich auf halber Strecke zwischen Champaign und Bloomington zum Essen. Sie pflückten zusammen auf dem Land ihres Großvaters Mais, und sie kochte für ihn. Zwischen ihnen entwickelte sich eine reifere Freundschaft. Wenn sie ihn manchmal besuchte, staunte sie über das Chaos – »Papier, Aktenschränke, Ausgaben vom *Harper's Magazine*, Spielsachen, die Jeeves zerfetzt hatte, und jede Menge Kräutertee, wahrscheinlich ein weiblicher Einfluss«, erinnert sie sich. Das Badezimmer hatte er mit Seiten seines Romans tapeziert. Er sagte Walden, er würde alles in das Buch stecken, was in ihm war. Er schien auf eine neue Art glücklich zu sein.

Als sich das Jahr 1993 dem Ende zuneigte, hatte Wallace sein Manuskript beinahe beendet. Er hatte einige der Kürzungen übernommen, die Pietsch vorgeschlagen hatte, und Don Gatelys Rolle weiter ausgebaut, der das Buch so allmählich von Hal Incandenza übernahm. Die Änderung zeichnet Wallaces eigenen Weg nach dem Entzug von Klugheit zu Achtsamkeit nach. Gegen Ende des Romans wird Gately angeschossen, als er die Bewohner des Ennet House beschützen will, und er landet im Krankenhaus, wo er die Schmerzen erträgt, statt sich Morphium geben zu lassen. In dieser Szene, die im Grunde den Höhepunkt eines Romans ohne Höhepunkte bildet, widersteht er mit enormer Willensanstrengung einer künstlichen Schmerzlinderung:

> Genauso kann er mit dem dextralen Schmerz umgehen: durch Verweilen. Ein einzelner Augenblick davon ist nicht unerträglich. Hier ist grad wieder so eine Sekunde: Die kann er ertragen. Unerträglich ist nur der Gedanke an all die Augenblicke, die sich aufgereiht vor ihm erstrecken und glänzen. Und das Ausmalen der künftigen Angst [...]. Das ist zu viel, um darüber nachzudenken. Um dort zu verweilen. Aber gegenwärtig ist nichts davon real. [...] Er kann sich einfach in den Raum zwischen zwei Herzschlägen kauern, jeden Herzschlag zu einer Mauer machen und dahinter leben. Bloß nicht hinüberschauen. Unerträglich ist, was sein eigener Kopf aus all dem machen könnte. [...] Aber er kann sich entscheiden, nicht zuzuhören.

Im November fuhr Wallace nach Boston zu einem Diskussionsforum im Arlington Center for the Arts. Das Thema war die Zukunft der Literatur. Etwa dreißig Zuhörer waren gekommen, und Sven Birkerts moderierte. Nachdem Birkerts als erster Kritiker *Girl with Curious Hair* ernsthaft Aufmerksamkeit gewidmet hatte, waren sich die beiden während Wallaces kurzem Aufenthalt in Harvard einmal begegnet. Damals war Birkerts verblüfft gewesen von Wallaces Gedankenfeuerwerk, seiner Begeisterung für den Postmodernismus und seinem Schmacht nach Zigaretten. Birkerts hatte auch Franzen eingeladen. Dem Publikum erschien Wallace als der Heiterste der drei Teilnehmer, der am stärksten daran glaubte, dass erfolgreiche Literatur noch möglich sei. Als Wallace auf dem Heimweg nachts am Flughafen O'Hare strandete, schrieb er Birkerts einen langen Brief (»HOFFE, SIE KÖNNEN DAS LESEN; ICH SCHREIBE IN DRUCKSCHRIFT, HOFFNUNGSVOLL«) und versuchte zu erklären, wie sehr er sich verändert hatte. Er schrieb, der Kritiker halte mehr von »Tiere sehen dich an«, als es der Autor mittlerweile tat. In diesem Brief deutete Wallace auch schon an, dass es mit seinen sich überschlagenden, rekursiven Gedankengängen manchmal schwer sein konnte, menschliche Wahrheiten festzuhalten:

> Dieses lange Etwas, von dem ich 90 % habe – ich wollte etwas wie ein zeitgenössisches Melodram nach Henry James schaffen, richtig an den Grenzen der Empfindsamkeit, und stattdessen wird es – wie Teile von »T. s. d. a.« – von Pomo-Formalien begraben, überzogen von genau der manischen Patina über emotionaler Katatonie, die auch die Kultur überzieht, um die es im Roman gehen soll.[111]

Er fügte hinzu: »Ich habe mich noch nie so sehr wie ein Versager oder so stumm gefühlt wie bei dem Versuch, einen Ausweg aus der ironischen Dauerschleife zu formulieren.«

In diesem Herbst bat Wallace Moore, das Manuskript durchzugehen und zu beurteilen, ob er die von Pietsch im Juni vorgeschlagenen Kürzungen sinnvoll fand. Erfreut las er einen Monat später Moores Antwort, der zurückhaltendere Streichungen vorschlug. Noch besser gefiel ihm, dass die Änderungen seiner Schätzung nach »zu 80 % anders ausfielen als die von Little, Brown und ich damit viel mehr auf mein Gefühl hören kann.« Wallaces Gefühl sagte ihm, wenn Pietsch erst alle Seiten gelesen hatte, würde er besser erkennen, wie sie sich zusammenfügten. Ihm war mittlerweile auch klar geworden, dass er das Buch nicht Ende des Jahres würde abgeben können, und so hatte er sich bei Pietsch entschuldigt und um eine Verlängerung gebeten; auch sein Tag hatte nur vierundzwanzig Stunden. Als Dozent bestrafte er seine Studenten, wenn sie Arbeiten zu spät einreichten, doch zu seiner Überraschung gewährte Pietsch ihm gerne mehr Zeit. »In solchen Fällen besteht der Trick darin«, schrieb Pietsch zurück, »dass wir wirklich nur einmal um eine Verlängerung bitten.« Sie einigten sich auf einen neuen Abgabetermin in fünf Monaten, den 15. April. Geplagt von seinem schlechten Gewissen, reichte Wallace im Januar die Gründe nach, die er schon im ersten Brief hätte anführen sollen: die überraschende Kälte in Illinois, die Lithiumbatterie seines Computers aus den Achtzigern, die so alt war, dass sie »nur noch in Osteuropa oder so hergestellt« wurde, und vor allem Jeeves:

> Ich dachte, mit einem jungen Hund würde es mir leichter fallen, mich drei, vier Monate unter Hochdruck abzuschotten, aber tatsächlich verfällt der Hund weder in einen Scheintod noch in ein reversibles Koma, wenn ich arbeiten muss, dafür kackt er 17 Mal am Tag und bellt.

Mittlerweile saß er wieder an der Arbeit, unter anderem baute er das »interamerikanische Kuddelmuddel« aus, das Pietsch zu kompliziert gefunden hatte, weil er glaubte, das Buch brauche es. *Unendlicher Spaß* mochte ein »Melodram nach Henry James« sein, aber es war auch der große Scheiß, an dem er seit fast zehn Jahren arbeitete, mit dem er nach einem Platz neben Pynchon griff, und dafür musste er den ungewöhnlichen politischen Rahmen beibehalten. Zu dieser Zeit schrieb er auch die Szene, die schließlich den Anfang des Romans bilden sollte, den denkwürdigen Moment etwa ein Jahr nach dem Rest des Buches, als Hal Incandenza während eines Vorstellungsgesprächs an der University of Arizona einen Nervenzusammenbruch erleidet. Was dort geschieht, ist eine übertriebene Version von Wallaces eigenen Erfahrungen bei seiner Collegetour fünfzehn Jahre zuvor, als er sich vor dem Gespräch am Oberlin College übergeben hatte. Hal wird bei seinem Termin von Panik gepackt und kann buchstäblich nicht mehr sprechen. Als er während des psychotischen

Schubs in die Notaufnahme gebracht wird, malt er sich detailliert das Ende der Fahrt aus:

> In der Notaufnahme wird es losgehen, am Aufnahmeschalter [...] oder in dem grüngekachelten Raum hinter dem mit den invasivdiagnostischen Computern; in Anbetracht dieses besonderen, psychiaterbegleiteten Krankenwagens vielleicht auch schon während der Fahrt: ein blau-kiefriger Psychiater, geschrubbt bis zum keimfreien Glühen, den Namen kursiv in die Brusttasche des weißen Kittels eingestickt, Qualitätsstift gezückt, der sein Interview an der Trage führen will, Ätiologie und Diagnose nach sokratischer Methode, übersichtlich und Punkt für Punkt. Das O.E.D. VI kennt neunzehn nichtobsolete Synonyme für teilnahmslos, darunter neun romanische und vier germanische. [...] Es wird aber zwangsläufig eine unqualifizierte Bedienstete sein – eine Hilfsschwester mit abgekauten Nägeln, ein Krankenhauswachmann, ein müder kubanischer Pfleger, der mich mit jou anspricht – bei irgendeiner hektischen Tätigkeit wird er mich plötzlich anschauen, ins Auge fassen, was er für mein Auge hält, und fragen, lass hören, Kumpel, was hast du denn zu erzählen?

Wallace fand, diese Szene sei ein besserer Einstieg in den Roman als die Diskussion zwischen Hal und seinem Vater, der sich als professioneller Konversationalist ausgibt, die so lange am Anfang gestanden hatte. Sie fängt das Gefühl von Angst und Isolation ein, das den Schlüssel zu der Geschichte bildet, die Sorge, dass wir nie ausdrücken können, was wir fühlen. Und sie spricht von einer Hoffnung, die in Wallaces früheren Werken selten durchschimmert, aber bei seiner Genesung wichtig war: dass das Geschichtenerzählen heilen kann.

Das Buch ein Jahr nach dem Ende des vorherigen Entwurfs beginnen zu lassen brachte ein Problem mit sich, in dem Wallace allerdings eine reizvolle Möglichkeit erkannte. Den Brief über Jeeves hatte Wallace im Grunde wohl geschrieben, um Pietsch davon zu erzählen. Das räumte er sogar ein: »Zum guten Teil war das nur der Vorlauf zu einer Frage.« Wenn Hal in der ersten Szene des Romans einen Zusammenbruch hat, dürfte sich der Leser fragen, wie es dazu gekommen war. Es gibt mehrere Möglichkeiten. Hal könnte den verheerend fesselnden Film seines Vaters gesehen haben, unter Marihuanaentzug leiden oder den Wirkstoff eines Schimmelpilzes mit stark halluzinogener Wirkung namens DMZ (Spitzname: Madame Psychosis) eingenommen haben. Für alle drei Möglichkeiten finden sich Hinweise im Text. Aber Wallace wollte Pietsch sagen, dass der Leser sich nie auf eine Lesart würde festlegen können. *Unendlicher Spaß* sollte eine misslungene Belustigung sein, keine abgerundete Unterhaltung. Er warnte seinen Herausgeber, er würde seine Geschichte nicht mit einer hübschen Schleife versehen: »Jedes konventionelle, lineare Ende für diesen Stoff würde meiner Meinung nach entweder so linear reißerisch wirken, dass es nicht zum übrigen Buch passt, oder es würde weitschweifig und kompliziert werden.« Das Buch, das Pietsch gekauft hatte, erinnerte Wallace ihn, war »immer eher ein Bogen als eine Gerade gewesen«, und sein Vorschlag lautete auf

> eine beinahe Artaud'sche Abblende als Schluss. [...] Er könnte wie abgeschnitten oder sogar wie brutal abgehackt wirken. [...] Will sagen (ich weiß, ich drücke mich nicht gerade klar aus), ein gesetztes Ende, das weniger antiklimaktisch denn aklimaktisch ist? Ich könnte (werde aber hoffentlich nicht) Dir etwa 4300 thematische/theoretische Gründe nennen, warum ein aklimaktisches Ende hier das Beste wäre – z. B. ein Nachhall von Themen wie Stasis, Annullation, Lähmung, Unentscheidbarkeit, Klärung von Fragen > Lösung von Fragen etc.

Mittlerweile kannte Wallace genug New Yorker Lektoren, um zu fürchten, dass er mit solchem konzeptlastigem Gerede selbst den wohlwollenden Pietsch verschrecken würde. Er bat um Hilfe und erinnerte Pietsch daran, dass »Dein Einsatz für die Lesbarkeit und das Leservergnügen Deine Beiträge als Lektor hier und auch sonst so wertvoll macht«. Zum Teil war das Schmeichelei – Wallace spielte auch in seinen Briefen Tennis –, aber zum Teil auch Wahrheit. Er wollte den Lesern so sehr dabei helfen, sich mehr mit der Welt auseinanderzusetzen, dass er Angst hatte, sie unterwegs zu verlieren. Er schrieb weiter und überarbeitete, strich und fügte mehr wieder ein, als er gestrichen hatte, und unterbrach die Arbeit nur, um seine Seminare zu halten. Mehr hätte er nicht arbeiten können, wie er Pietsch schrieb, trotzdem konnte er absehen, dass er das Manuskript nicht am 15. April fertig haben würde, und so bat er Anfang April um mehr Zeit. Der Brief, in dem er um den Aufschub bat, klang reumütig, sei es aus Erschöpfung, wegen der Erinnerung an das Gekabbel mit Viking Penguin oder weil es ihm beim Schreiben half, sich Pietsch als strenge Autoritätsperson vorzustellen:

> Ich schäme mich dafür, dass ich Dich über den 15.4. im Grunde angelogen habe; im Januar ist mir das Datum noch wie ein nahezu republikanisch biederes, konservatives Ziel erschienen. Jetzt würde ich gerne Ende April oder Mai sagen. Ich sage es nicht, ich sage nur, ich würde es gerne sagen. Die Seminare der nächsten beiden Wochen lasse ich ausfallen, aber ich weiß jetzt, dass ich es bis zum 18.4. nicht schaffen werde, und dann muss ich die ausgefallenen Sitzungen nachholen.

Im Zusammenhang mit dem 15. April malte er sich Konsequenzen apokalyptischen Ausmaßes aus:

> Wenn ich meine Steuern nicht einreiche, könnte ich ins Gefängnis wandern – wobei mich zu nächtlicher Stunde die gleiche Panik befällt, die Anwälte von Little, Browns Mutterkonzern könnten mich ins Gefängnis schicken wegen irgendeiner überlesenen kafkaesken Standardklausel am Ende des Vertrags, den ich unterschrieben und für den ich von euch $ bekommen habe. Ich weiß, dass es nur ein finsteres Hirngespinst ist.

Wie üblich von rekursiven Gedanken getrieben fügte er hinzu:

> Ich weiß auch, dass ein solcher Brief doppelt ärgerlich ist: Er ist so beklommen und unterwürfig, dass er einer harschen Antwort von Dir in gewisser Weise zuvorkommt, weil eine harsche Antwort jetzt aussehen würde, als würde man jemanden treten, der sich schon selbst heftig tritt und Dir sagt, nur zu, tritt auch zu, weil er so ein Trottel ist, dass er es verdient.

Auf Wallaces Entschuldigung inklusive Metaentschuldigung reagierte Pietsch mit tröstenden Worten, er versicherte seinem Autor, bei Little, Brown würde jeder auf den Roman warten und sich darauf freuen, ihn zu lesen. Wallace dankte Pietsch erleichtert für seinen »äußerst analgetischen Brief« und beanspruchte dabei unauffällig etwas mehr Zeit für die Arbeit an seinem Buch:

> Ich schreibe dieses Ding; besser gesagt habe ich das ganze Ding bis auf die letzten zehn Seiten schon geschrieben und bin jetzt mit der gebotenen Eile dabei, es ordentlich einzutüten. [...] Du kannst schon einplanen, dass das Ding spätestens Ende Juni auf Deinem Mahagoni liegt. Bis dahin habe ich den endgültigen Entwurf fertig oder bin tot.

Wie jeder Brief enthielt auch dieser Neuigkeiten. (Mit den Verhandlungen über den Abgabetermin wollte er Pietsch nur weich klopfen.) Er hatte einen neuen Plan (»Das schreibe ich vorweg, um Dich emotional vorzubereiten«), mit dem er das Buch kürzen konnte, ohne es weiter zu kürzen, als es möglich war: Endnoten. Sie konnten Teile in kleinerer Schrift ans Ende des Buches packen, »die schwereren Sachen – Daten und Fakten, medizinische Erläuterungen, Abschweifungen über das 19. Jahrhundert, mathematische Berechnungen zu ESCHATON (an denen ich hänge, denn der Blitz soll mich treffen, wenn ich eine schönere und elegantere Möglichkeit hätte finden können, den Mittelwertsatz für Integrale zu beweisen, als es im Text steht) und bestimmte Szenen«.

Und weiter:

> Diese Strategie ist mir sehr ans Herz gewachsen, und ich werde sie mit allen 20 Klauen verteidigen. Durch sie kann ich den Haupttext lesbarer gestalten und gleichzeitig 1) auktoriale Abschweifungen einfügen, ohne die Geschichte zu finneganisieren, 2) die Informationsflut und Datenselektion nachahmen, die in 15 Jahren wohl eine noch größere Rolle im amerikanischen Alltag spielen wird, 3) im Technischen/Medizinischen viel wirklichkeitsnäher werden, 4) dem Leser erlauben/ihn dazu bringen, buchstäblich »vor und zurück« zu springen, was vielleicht auf reizende Art einige Themen der Geschichte spiegelt [...] 5) das Gefühl haben, dass ich Deiner Bitte um Kürzungen nachkomme, ohne Unmengen zu opfern.

Weil er merkte, dass er in experimentelle Bereiche abdriftete, aus denen er sich mühsam herausgekämpft hatte, fügte er hinzu: »Ich hoffe inständig, dass es nicht in Richtung Hypertext geht, aber es erscheint mir interessant und als die beste Möglichkeit, den entblößenden Handlungsbogen zu schaffen, den ich wollte.«

Ende Juni 1994 hatte Wallace schließlich ein fertiges Manuskript, etwa 750 000 Wörter inklusive Artaud'schem Ende und Hunderten Endnoten. Er versprach, den Packen am 30. Juni nach New York zu bringen, »mit Handschellen an mein Handgelenk gekettet«. Er war erschöpft:

> Wenn noch mehr gestrichen werden soll, wäre ich geneigt, nicht zu widersprechen, sondern um möglichst viel Hilfe zu bitten, weil alles im Buch mit allem anderen zusammenhängt, zumindest in meinem Kopf. Vielleicht hat das Ganze auch gar keinen Zusammenhang, wer weiß. Mittlerweile kann ich es nicht mehr sagen. So, wie man nicht weiß, wie seine Familie

aussieht: wenn man etwas so lange so nahe ist, wird man geblendet. Ich will es einfach fertig haben.

In New York traf er sich mit Costello und besuchte mit ihm Gus, einen Eisbären im Central Park Zoo, der mit seinem neurotischen Rundendrehen in seinem Schwimmbecken die Aufmerksamkeit der Presse erregt hatte und sogar bei Letterman erwähnt wurde. Der Anblick der gaffenden Touristen stimmte Wallace traurig. Er flog nach Arizona und besuchte Ashby, der erstaunt war, wie viel kräftiger und struppiger die Jahre Wallace gemacht hatten. Für Wallace war es seltsam, sich von einer Geschichte zu trennen, die ihn drei Jahre lang fast Tag und Nacht beschäftigt hatte. »Ich fühle mich traurig und leer, wie immer, wenn ich etwas Langes beendet habe«, schrieb er Franzen, den er auf dem Rückweg in Chicago besuchte. Weiter schrieb er:

> Ich glaube nicht, dass es besonders gut ist – in einem Artikel wurde ein Vorabdruck als fieberhaft und nicht wirklich zufriedenstellend beschrieben, was man so ähnlich auch über den ganzen Prozess sagen könnte, das Ding zu schreiben. Ich bete, dass Pietsch keine größeren Änderungen verlangt, vor allem, weil ich mich mit dem Ding nicht mehr abgeben will, auf keinen Fall.

***

In diesem Sommer wollte Amy Wallace in Upstate New York heiraten. Sie war mittlerweile dreißig und hatte jemanden gefunden, mit dem sie eine Familie gründen wollte, wodurch Wallace, der ledige ältere Bruder, sich abgehängt fühlte. Außerdem rückte durch Amys bevorstehende Hochzeit eine Sorge in den Vordergrund, die er während seiner unablässigen Arbeit am Buch verdrängt hatte. Er schrieb Franzen, er habe Angst, dass »einiges im Ms.« seine Mutter verletzen könnte. Das Porträt von Avril Incandenza war recht extrem geraten. Sie war jetzt eine Erzgrammatikerin und »sexuell mit allem verstrickt [...], was ein Y-Chromosom« aufwies. In einer witzigen, aber auch peinlichen Szene ließ Wallace sie in einer Cheerleader-Uniform so tun, als würde sie in eine Pfeife blasen, während ein Tennisspieler der Enfield Academy, nur mit Footballhelm, Tiefenschutz und Schuhen bekleidet, sich vor ihr im Three Point Stance bückt. Wallace hatte sogar angedeutet, dass Avril mit Hals Bruder Orin Inzest begangen und so Orins Satyriasis ausgelöst hatte.

Wallace beruhigte sich mit dem Gedanken, der *Unendliche Spaß* sei schließlich ein fiktionaler Text, und durch die ganzen »Rokoschnörkel« in ihrer Beschreibung würde man die Parallelen kaum erkennen. Ein solcher Schnörkel, der in seinen Augen besondere Wucht besaß, war die Widmung, die schließlich lauten sollte: »Für F. P. Foster: R. i. P.«, mit der er verschlüsselt den Vater seiner Mutter verdammte. (In einer früheren Fassung war der Angriff deutlicher ausgefallen: »Für Fenton Foster RIP, (P) [Ruhe in Frieden (Bitte!)]«)

Bei Amys Hochzeit im Juli spielte Wallace den Brautführer, die langen Haare zu einem Pferdeschwanz zusammengebunden. Allen erschien er bester Stimmung. Seine »Furcht vor den verschiedenen Strömungen bei einer solchen Konfluenz« (wie er es Franzen gegenüber beschrieb) war ihm nicht anzumerken, und niemandem fiel sein kühles Verhältnis zu seiner Mutter auf, zumindest sagte niemand etwas.

Wallace freute sich auf den Beginn des Herbstsemesters 1994. Die Fakultät erlaubte ihm, einen Einführungskurs in Literatur zu halten. Das hatte er sich insgeheim gewünscht, seit er an die ISU gekommen war. Jetzt sollte er nach einem Jahr harter Arbeit den Pferch des Kreativen Schreibens verlassen dürfen. Der Gedanke, dass er weniger schrieb, je mehr er lehrte, hatte ihn nie ganz verlassen, und zugleich belasteten einfachere Kurse seine Kreativität weniger; im Laufe der Jahre mauserte sich dieses Seminar zu einem seiner Lieblingskurse. Nach der formellen Beschreibung im Semesterprogramm erklärte er seinen Studenten, was er sich wirklich erhoffte:

> Weniger einschläfernd formuliert sollen Sie im Einführungskurs Anglistik 2 lernen, Literatur eingehender zu lesen, zu interessanteren Einsichten darüber zu gelangen, wie Geschichten funktionieren, sachkundige, intelligente Gründe zu finden, um eine Geschichte zu mögen oder nicht zu mögen, und über Texte zu schreiben, die Sie gelesen haben – klar, überzeugend und vor allem interessant.

Damit kehrte er zum ersten Ziel des Unterrichtens zurück. Im Seminar saß Wallace gern rittlings auf einem Stuhl, ein Flanellhemd um die Hüften gebunden, und wiegte sich vor und zurück, während er über Figuren und Tempo dozierte. Einen Studenten erinnerte er an einen »Literaturingenieur«, der die Bausteine von Geschichten hervorzog – Erzählerstimme, Erzählstruktur, Erzählperspektive. Das demonstrierte er gerne an bekannten Autoren – etwa Jackie Collins, Thomas Harris und Tom Clancy –, weil sich die Bestandteile ihrer Bücher leicht bestimmen ließen und er an ihnen zeigen konnte, dass eine Geschichte nicht schwierig sein musste, damit es sich lohnte, sie zu lesen.

Pietsch las derweil Wallace, während Wallace monatelang grübelte und auf eine Antwort wartete. Er schrieb Franzen, Pietsch würde »verdächtige Witzchen über Leistenbrüche« reißen. Tatsächlich hatte Pietsch das Manuskript vorläufig setzen lassen und bestätigt, dass der Roman, so gedruckt, wie Wallace ihn geschrieben hatte, fast 1200 Seiten umfassen würde. Um trotzdem noch etwas zu verdienen, würde der Verlag pro Exemplar mehr verlangen müssen, als die Leute wahrscheinlich zahlen würden. Im Oktober 1994 warnte er seinen besorgten Autor schließlich, er sei zwar »von diesem Monster in meinem Kopf« begeistert, aber sie müssten weitere Kürzungen vornehmen. Gleichzeitig wies er auf Teile hin, die ihn im April irritiert hatten und die auch im fertigen Manuskript nicht klarer wurden: Das Buch brauchte zu lange, um Schwung aufzunehmen, und die Figuren an der Enfield Tennis Academy waren für ihn nicht klar auseinanderzuhalten. Das Hin und Her zwischen den verschmolzenen USA, Mexiko und Kanada und den zornigen Québecer Separatisten konnte er immer noch nicht nachvollziehen. »Es gibt im ganzen Buch keine Stelle, die ich weniger gerne noch einmal lesen möchte, als die Dialoge zwischen Marathe und Steeply auf dem Berg«, schrieb er über die beiden Geheimagenten. Dann ging er auf die beiden Neuerungen ein, die Wallace in früheren Briefen vorgeschlagen hatte: Er war weder von den Endnoten – Fußnoten waren in seinen Augen einfacher für den Leser – noch von dem »Artaud'schen« Ende begeistert. »Hunderte Seiten voller Todespatronen und pirschender Kanadier und Möbel, die sich von allein bewegen, und Avrils Affären und James' Selbstmord – dieser ganze Klimbim ist auf dem Tapet –, und wir sollen nicht herausfinden, wer oder wie oder warum?« Im November, nachdem er das Manuskript ein zweites Mal gelesen hatte, klang er schon zuversichtlicher. Er räumte ein, dass er allmählich erkannte, wie eng alles miteinander verwoben war. Was früher willkürlich gewirkt hatte, funktionierte jetzt. Sogar das Ende fand er zufriedenstellend:

> Hals Zusammenbruch, mit dem der Roman beginnt, zeichnet sich deutlich genug ab, sodass ich am Ende ahnen konnte, wie es dazu kommt. [...] Dass Hal die ganze Zeit von den vielen Affären seiner Mutter wusste, scheint der Schlüssel zu allem zu sein. [...] Ich vermute jetzt, dass dieser Teil der Geschichte nicht deutlicher erklärt wird, [...] weil Hal ihn immer noch ausblendet.

Er fügte hinzu, es sei »wunderschön und sehr eindringlich traurig, wenn Gately seinen Tiefpunkt erreicht«, und dass er jetzt auch dachte, Endnoten könnten besser sein als Fußnoten – weniger »akademisch und abschreckend«. Vielleicht, dachte er, könnte Little, Brown dem Buch ein Lesezeichen beilegen, damit die Leser wussten, wo sie waren.

Obwohl Pietsch zufriedener war, empfand er das Buch immer noch als zu lang. Er wollte mit weniger die gleiche Wirkung erreichen. Also fügte er kurz vor Weihnachten Hunderte Vorschläge für einzelne Kürzungen ein. Und im Februar 1995 heischte Wallace mit einem sechzehnseitigen Brief voller Zustimmungen, Ablehnungen und Gegenvorschläge in einem gespielten Mea-culpa-Ton Verständnis dafür, dass er ein so schwieriges und langes Buch hervorgebracht hatte. »Möglicherweise leide ich unter Arroganz – ich glaube, bei einigen Sachen bin ich davon ausgegangen, dass es in Ordnung ist, wenn die Leser das Buch zweimal lesen müssen.« Nur von dem Ende, für das Pietsch weitere Klärung wünschte, rückte Wallace nicht ab: »Wir wissen am Schluss genau, was mit Gately passiert, etwa 50 % von dem, was Hal passiert ist, und haben bei Orin ein paar Hinweise. Ich könnte Dir das in 5000 Wörtern theoretisch-strukturell begründen, aber ersparen wir uns das doch, ja?«

Einige Streichungen dieses neuen Durchgangs nahm Wallace bereitwillig an, andere nur mit einem zögerlichen Unterton. »Raubüberfall auf Joe D. in Cambridge. Gestrichen, obwohl dabei drei Figuren neu eingeführt werden und vier verschiedene Handlungsstränge beginnen«, grummelte er an einer Stelle, willigte aber ein, eine der Figuren zu streichen, die schon mit einigen der ersten Romanskizzen in den Hammermill-Kartons gelegen hatte. Manche Szenen wollte er einfach behalten, weil sie schon so lange im Buch waren. Bei anderen Stellen drohte er, wenn sie gestrichen würden, müssten die entstandenen Lücken mit längeren, langweiligeren Passagen überbrückt werden. Als weitere beliebte Taktik wandelte er vorgeschlagene Streichungen in Straffungen um, machte aus zehn Seiten fünf, aus fünf Seiten zwei oder steckte die unerwünschten Stellen in die Endnoten, wo einige seiner Lieblingspassagen ihre letzte Zuflucht fanden. Außerdem zögerte Pietsch, die Worte »Eine misslungene Belustigung« auf ein Buch zu drucken, das die Leute kaufen sollten. Wallace schlug vor, sie stattdessen auf die »Frontispiz-Seite« zu setzen. Pietsch wandte ein, wenn man den *Unendlichen Spaß* als »misslungene Belustigung« bezeichnen würde, sei das Problem, dass »er das nicht ist«, und so verschwand der Untertitel aus dem Manuskript.

Im Winter 1994/95 machte Wallace einen wichtigen Schritt. Nachdem er fast ein Jahrzehnt lang immer wieder umgezogen war, kaufte er ein Haus. Es war das Wertvollste, was er je besessen hatte, und es war für ihn nicht nur ein Haus, sondern eine Anzahlung auf sein Reiferwerden. Neben drei Schlafzimmern und einer kleinen Veranda zur Straße gab es hinter dem Haus einen Garten, den er für Jeeves einzäunte. Dass es gemauert war, linderte Wallaces Angst aus Kindertagen vor Tornados. Das Haus lag am Stadtrand in der Nähe von Trailerparks, einem Schlachthaus und Freiland; die Straße hinunter gab es einige Maisfelder, ganz ähnlich wie in seiner Kindheit in Urbana. Besonders schön fand er, dass seine Anschrift statt eines normalen Straßennamens »Rural Route 2« lautete. Wallace zog mit seinen Büchern und Manuskripten ein, und bald zierten Briefe von Franzen und DeLillo und sogar ein Ausdruck des Dankgebets von Franz von Assisi die Wände.

Etwas Größeres als ein Auto hatte Wallace noch nie besessen, und er behandelte sein neues Eigentum, als wäre alles daran staunenswert; mit dieser Haltung konnte er sich beruhigen, dass er jetzt zwar Hausbesitzer, aber sich nicht ganz untreu geworden war. »Ich habe ein Haus gekauft«, schrieb er Don DeLillo im Mai,

> es ist klein und aus Stein und neben einer Pferdeweide. Der Garten scheint an die zweieinhalb Hektar zu haben, und ich habe das Haus im Winter gekauft und nicht daran gedacht, dass das Gras wächst und irgendeiner Art von Pflege bedarf. Das letzte Mal habe ich Rasen gemäht, bevor ich mit 13 mein Rasenmähgeschäft aufgegeben habe, und jetzt sehe ich, wie meine

Nachbarn ihre zweieinhalb Hektar Rasen etwa jeden vierten Tag mähen und die Kanten trimmen und Saat und Nitrate mit Gerätschaften ausbringen, die wie riesige Mehlsiebe auf Rädern aussehen, und ich bin nicht scharf darauf, ein Rasen-besessener Hausbesitzer zu werden. Trotzdem ist es schön, ein Haus zu besitzen und nicht für irgendeinen Vermieter die Hypothek abzuzahlen.

Wallaces Freunde aus der Reha traten in seinem neuen Heim reichlich in Erscheinung. Viele von ihnen waren Handwerker, und sie wachten mit Argusaugen darüber, dass der unpraktisch veranlagte Wallace nicht von ihresgleichen über den Tisch gezogen wurde. Francis B., sein bester Freund aus der AA-Gruppe, baute seine Bücherregale. Ein anderer setzte einen Trennschalter in sein Hauptstromkabel ein, und Francis B.s Mutter bot an, im Haus zu putzen; wenig später machte sie ihm auch die Wäsche, wobei Wallace seine Unterwäsche versteckte, bevor sie kam. Sie kochte für ihn oder besorgte in seinem Lieblingsrestaurant ein Brathähnchen und legte es ihm in den leeren Kühlschrank, während er ein Seminar gab oder ein Treffen besuchte. Als sich einmal der Griff seiner Fliegengittertür löste, rief Wallace Francis B. an: »Wie viel kostet wohl eine neue Fliegengittertür?« Sein Freund kam mit einem Schraubenzieher vorbei. Wallace übertrieb seine Hilflosigkeit, eine ebenso großzügige wie eigennützige Geste. Die anderen freute es, wenn sie helfen konnten, und Wallace musste nicht selbst Dinge erledigen, für die ihm die Zeit oder die Fähigkeiten fehlten.

Im März 1995 fragte Colin Harrison an, ob Wallace eine Karibik-Kreuzfahrt machen und für *Harper's* darüber schreiben wolle. Wallace und Kymberly hatten sich getrennt, wenigstens für den Moment. Mit den Semesterferien vor der Tür ergriff Wallace die Gelegenheit, der Kälte und den endlosen Überarbeitungen des *Unendlichen Spaßes* zu entfliehen. Wieder einmal würde er sich den amerikanischen Horden anschließen, die sich ihre Dosis künstlicher Vergnügungen holten. Er würde alles ausprobieren, was ihm vor die Nase kam – Shuffleboard, endlose Buffets, Talentshows an Bord. Aber wie üblich war er nicht sicher, wie er vorgehen sollte. Hoffnungsvolle Lektoren stimmten ihn immer nervös. Er fragte Costello und Franzen, ob sie ihn begleiten wollten, aber da beide keine Zeit hatten, flog er allein nach Fort Lauderdale, wo der Ozeanriese *MV Zenith* – den er zur *Nadir* umtaufte – zu einer einwöchigen Rundfahrt durch den Golf von Mexiko ablegen sollte. Vom Schiff aus rief Wallace Harrison an und fragte ihn, was er sich für die Zeitschrift vorgestellt hatte. Harrison riet ihm einfach: »Seien Sie Sie selbst. Genießen Sie es. Dann finden Sie die Geschichte schon.«

Damit hatte Wallace ein Problem: Das Leben an Bord war von Alkohol getränkt, und er trank nicht. Auf dem Schiff fanden auch keine AA-Treffen statt. Zum Ausgleich rauchte er reichlich Zigaretten. »Aussichten auf scharfsinnigen und ergiebigen belletristischen Essay auf Kreuzfahrt '95 sind düster«, schrieb er Franzen aus Playa del Carmen. »Überall außer beim Shuffleboard ist der Zugang beschränkt. Die Atmosphäre beschwört Bilder schwimmender Pocono Mountains herauf.« Wallace fühlte sich einsam, unbehaglich und fehl am Platze und verbrachte die meiste Zeit in seiner Kabine oder der Schiffsbibliothek. Er war erleichtert, als die Reise vorbei war und er wieder festen Boden unter den Füßen hatte. Auf dem Heimweg Ende März machte er in New York Station, besuchte Pietsch, um über sein Manuskript zu sprechen, und blieb ein paar Tage bei Franzen in der Upper East Side von Manhattan, wo sein Freund jetzt wohnte. Franzen wollte Wallace dazu bekommen, seinen Konsum an Blondies einzuschränken, und Wallace machte sich darüber lustig, wie ordentlich es bei seinem Freund war. Sie kabbelten sich, aber eher freundschaftlich – bei beiden lief die Arbeit im Moment insgesamt gut. Obwohl Wallace Städte und kultivierte Städter immer noch mit Argwohn betrachtete, schleppte Franzen ihn eines Abends zu einer Veranstaltung von *Open City*, einer Literaturzeitschrift, in einem Nachtclub in Manhattan. Es gab jede Menge Alkohol und Drogen, und Wallace fühlte sich auf der Party nicht gerade wohl. An diesem Abend lernte er Elizabeth Wurtzel kennen, deren Buch *Verdammte schöne Welt* über ihr Leben mit Depressionen gerade angesagt war. Auf dem Cover ihres Buches rekelte sich Wurtzel in provokanter Haltung in einem hautfarbenen, bauchfreien Pulli, und als Wallace sie fragte, warum sie das tat, antwortete sie, nur so würde man Bücher verkaufen. Er wandte ein, er sei der Kunst verpflichtet, und brachte weitere Gegenargumente vor, die von DeLillo hätten stammen können. Von ihrem Body aus Silberlamé war Wallace allerdings hingerissen, und er begleitete sie zu Fuß nach Hause. In der Lobby ihres Apartmenthauses, erinnert sich Wurtzel, wollte er sie über eine Stunde lang überreden, ihn mit nach oben zu nehmen. Er meinte, es wäre ein therapeutischer Gefallen. Sie sagte ihm, wenn er aufhören würde, Tabak zu kauen, hätte er bessere Karten.

So banal die Begegnung auch war, beschäftigte sie Wallace doch. Wurtzel erschien ihm als lebendes Sinnbild der Verlockung, als Salome zu Leyners Antichrist. Er war noch nie jemandem begegnet, der so ichbezogen war wie er selbst und dazu Erfahrungen mit Depressionen hatte, aber von Ruhm und Drogen nicht in den Zusammenbruch getrieben wurde. Sie eröffnete ihm einen neuen Blick in ein alternatives Universum, das er zuletzt 1987 mit McInerney in Yaddo gesehen hatte, und brachte ihn auf den verführerischen Gedanken, dass seine Entscheidungen, wie man mit Ruhm umgehen sollte, nicht die einzig möglichen waren. Wenig später schenkte er ihr eine Ausgabe des *Besens* mit Widmung. »Nicht meine beste Arbeit, bei Weitem nicht, glaub mir«, merkte er auf dem Titelblatt an. Wallace durchlebte eine gute Zeit, trotzdem schrieb er Wurtzel kurz nach seiner Rückkehr nach Bloomington einen langen Brief, dessen selbstquälerische Gedanken sich im Kreise drehten:

> Ich durchlaufe eine Endlosschleife, in der mir all die Punkte bewusst werden, in denen ich – um nur ein Beispiel zu nennen –

> egozentrisch und karrieregeil bin und den Maßstäben und Werten untreu werde, die meine eigenen kleinlichen Vorteile transzendieren, und bekomme dabei das Gefühl, dass ich nicht zu den Guten gehöre; doch dann überlege ich, dass ich mir deswegen wenigstens Gedanken mache, dass mir auffällt, wo ich überall in Sachen Integrität versage, und ich stelle mir vor, dass Menschen ohne jegliche Integrität das vielleicht überhaupt nicht bemerken oder sich darüber Gedanken machen; dann fühle ich mich schon etwas besser (ich meine, immerhin beschäftigen mich diese Dinge, immerhin bin ich mit meinem Maß an Integrität und Hingabe unzufrieden); nur führt das bald dazu, dass ich mich (hypothetischen) Anderen überlegen fühle. [...] Das hängt zusammen mit Gott und Göttern und einem grundlegenden Vertrauen zum Universum vs. die Angst, dass man das Universum in Schach halten und im Kleinsten so lenken muss, dass es mir wenigstens einen winzigen Splitter einer Erfüllung gibt, ohne die ich, glaube ich, einfach nicht leben kann. Es ist alles ziemlich verwirrend. Ich glaube, ich bin sehr offen und ehrlich, aber ich bin auch stolz darauf, wie offen und ehrlich ich bin – was also sagt das über mich?

Er erklärte, wie schwer es ihm beim Schreiben falle, zu unterscheiden, ob ihm der Leser wichtig war oder ob ihm wichtig war, dass er dem Leser wichtig war:

> Die Krux liegt für mich darin, den Leser zu lieben, ohne zu glauben, dass meine Kunst oder mein Wert davon abhängen, dass er mich liebt. So einfach ist es in der Theorie. In der Praxis ist es jeden Tag ein verdammter Krieg.

Mittlerweile fügte sich die Erfahrung auf dem Kreuzfahrtschiff für ihn zu einem vollständigen Bild zusammen. Er verschmolz die klägliche Woche an Bord mit seinen größeren Themen zu prall gefüllten vierundzwanzig Seiten über den amerikanischen Irrglauben, Vergnügen könne etwas anderes tun, als den Wunsch nach mehr Vergnügen zu wecken. Zu Beginn des Artikels schreibt er:

> Ich kenne inzwischen den Unterschied zwischen einfachem Bingo und *Prize-O*. Ich habe Gepäckstücke, Sonnenbrillen und Kneifer in schreienden Neonfarben gesehen und über zwanzig verschiedene Marken von Badelatschen. Ich habe Steeldrums gehört und Meeresschneckenbeignets gegessen und war Zeuge, wie eine Frau in Silberlamé einen gläsernen Aufzug von innen flächendeckend vollgekotzt hat.[112]

Wallace erkundete die verschiedenen Möglichkeiten, sich auf einer Kreuzfahrt etwas zu gönnen, von Shuffleboard (das er als »thanatoptisch« bezeichnete) über die »elf Tafelgelegenheiten am Tag« bis zum Tontaubenschießen. Er erzählte, wie er bei einer Tontaube weit danebenschoss und zusah, wie sie ins Wasser fiel: »Die Bahn einer nicht getroffenen Scheibe vor der kolossalen Lapislazuli-Kuppel des Himmels gleicht derjenigen der Sonne – eine orangefarbene Parabel von rechts nach links. Und wenn die Scheibe schließlich im Meer versinkt, dann mit der Kante zuerst, ohne Wellenschlag, tieftraurig.«

»Tieftraurig« läutete wie eine Alarmglocke durch den ganzen Artikel, Traurigkeit als Konsequenz von zu viel Überfluss: traurige Kellner, traurige Kreuzfahrtgäste, die unnütze Videofilme von anderen traurigen Menschen drehten, die von ihrem eigenen Kreuzfahrtschiff aus Kameras auf sie richteten, und traurige, sinnlose Versuche von Amerikanern, sich mangels eines größeren spirituellen Konzepts zu amüsieren. »Wähle voller Sorgfalt«, warnt Marathe im *Unendlichen Spaß*. »Du bist, was du liebst. Nein?« Wallaces Kreuzfahrtartikel beschrieb den Preis, den man zu zahlen hatte, wenn man nicht sorgfältig wählte.

Um diesen Gedanken zu untermauern, erzählte Wallace als traurigste von allen eine Geschichte, die kurz vor seiner Reise durch die Nachrichten gegangen war:

> Einige Wochen vor meiner Kreuzfahrt war ein sechzehnjähriger Junge mit einem Auerbach vom Oberdeck eines Megaliners gesprungen, der Medienversion nach aus Liebeskummer, als Reaktion auf eine unglückliche Liebelei an Bord. Ich persönlich aber glaube, dass noch etwas anderes im Spiel war, etwas, über das man in einer Nachrichtenstory nicht schreiben kann. Denn alle diese Kreuzfahrten umgibt etwas unerträglich Trauriges. Und wie bei den meisten unerträglich traurigen Sachen ist die Ursache komplex und schwer zu fassen, auch wenn man die Wirkung sofort spürte: An Bord der Nadir überkam mich (vor allem nachts, wenn der beruhigende Spaß- und Lärmpegel seinen Tiefpunkt erreichte) regelrecht Verzweiflung. Zugegeben, das Wort »Verzweiflung« klingt mittlerweile ziemlich abgegriffen, doch es ist ein ernstes Wort, und ich verwende es im Ernst. Es kommt dem nahe, was manche Leute als Grauen oder Angst beschreiben, aber ganz trifft es das nicht. Es ist eher so, dass man sterben möchte, um dem unerträglich traurigen Wissen zu entkommen, dass man nichts weiter ist als klein, schwach und egoistisch und dass man mit absoluter Sicherheit irgendwann sterben wird. Man möchte über Bord springen.[113]

Im April 1995 lag der *Unendliche Spaß* wieder auf Wallaces Schreibtisch – Pietsch hatte den Roman noch einmal setzen lassen und gemerkt, dass er noch immer zu umfangreich war. Er schickte eine Liste mit möglichen weiteren Streichungen. Wallace wandte sich mit wachsender Sorge an DeLillo, den er immer öfter als Gewährsmann in Sachen Literatur befragte:

> Mir ist nicht wohl dabei, aus wirtschaftlichen Gründen Stellen zu streichen – es erscheint mir nuttig –, andererseits geht LB ein großes Wagnis ein, wenn sie etwas so Langes und Schweres veröffentlichen, und ich habe das Gefühl, dass ich es ihnen schuldig bin, nicht die P.-donna zu spielen und sie zu verarschen. Vielleicht schreibe ich, weil ich Deine allgemeine ästhetisch-ethische Meinung dazu hören will. Keine Ahnung.

Er fügte hinzu, am Ende würde er wahrscheinlich »40 % von dem streichen, was sie wollen, und eine etwas kleinere Schrift wählen und sie damit hoffentlich austricksen«. DeLillo antwortete, er müsse auf seinen Instinkt hören; für Pietsch formulierte Wallace seinen Rat um: Wenn »man bei dem Gedanken, etwas zu streichen, Blasentumore im Anfangsstadium spürt, sollte man es nicht streichen«.

Die Änderungen, denen Wallace zustimmte, versetzten Pietsch in einen, wie er Wallace Mitte März schrieb, »Zustand redaktioneller Ekstase [...] der Schleier ist gelüftet«. Doch zehn Tage später meldete er sich wieder mit unerfreulichen Neuigkeiten. »Es war folgendermaßen«, schrieb er Wallace, »Freitag vor einer Woche habe ich den Schluss vom *Unendlichen Spaß* erreicht und den Brief an Dich abgeschickt. Am Wochenende ist mir dann klar geworden, dass ich das Manuskript noch gar nicht richtig lektoriert habe. Ich habe erst jetzt das Gefühl, dass ich den Roman gut genug kenne, um detailliertere Vorschläge zu machen.« Weil er die Reaktion seines Autors erahnte, fügte er hinzu: »Ich weiß, dass es für Dich eine Qual ist, trotzdem glaube ich, dass ich damit die Arbeit mache, die Du von mir erwarten kannst. Ich lektoriere, so gut ich kann, David.«

Im nächsten Durchgang konzentrierten sie sich auf die ersten fünfhundert Seiten. »Ich bin bereit, jede einzelne Kürzung mit einem Daumenkrieg zu verteidigen«, forderte Pietsch Wallace in dessen spielerisch-kämpferischem Ton heraus. Er kürzte Endnoten und hatte es wieder auf das »interamerikanische Kuddelmuddel« abgesehen, das Wallace nach hinten geschoben hatte. Wallace ging die Änderungen zügig durch und versah sie mit Zeichen, wie immer, wenn er aufgewühlt war; ein Kreis bedeutete »völlig einverstanden mit dem Vorschlag«, ein Strich »gebleckte Zähne«, »feilschen« oder dass sie diese Stelle am Telefon besprechen mussten.

Außerdem war Pietsch noch nicht davon überzeugt, dass die einzelnen Teile zusammenpassten. Abgesehen von vielleicht Gatelys Geschichte hatte die Handlung keinen Schluss. Man weiß nicht genau, ob die Terroristen die tödliche Patrone finden. Der Leser erfährt nie, warum Hal verrückt geworden ist. Arbeitet Avril Incandenza als Agentin für die Québecer Terroristen? Bei ihr und John (»Nicht Verwandt«) Wayne,[114] dem besten Spieler der Schule, deutet einiges darauf hin. Wallace blieb dabei, dass es sehr wohl Antworten darauf gebe, nur eben nach der letzten Seite. Der Roman setzte sich zeitlich in den Gedanken der Leser fort – das heißt, er sollte eher dem Verlauf eines weiten Bogens folgen denn wie eine Freytag'sche Pyramide enden. Eine Sache wollte Pietsch schon jetzt geklärt haben. Er wünschte sich Hinweise auf das Schicksal von Orin Incandenza, der möglicherweise die tödliche Patrone in Umlauf gebracht hatte, um sich an seiner Mutter zu rächen.

Inmitten des ganzen Kürzens und Überarbeitens versuchte Wallace es. »Möglicher Einschub auf Seite 1229, durchaus nicht bedenkenlos«, faxte er Pietsch am 11. Juni zusammen mit einer Szene, die an *1984* erinnerte. Darin setzen Québecer Terroristen Orin unter einem surreal vergrößerten, auf den Kopf gestellten Trinkglas fest und lassen Schaben auf ihn los – »sein eigener bewusster Horror«. Sie wollen Orin ersticken – das gleiche Schicksal fügt er gut tausend Seiten früher den Schaben in seinem Badezimmer zu.

Ein Anruf machte weitere Änderungen erforderlich. Nachdem Teile des Romans als Fortsetzungen in Zeitschriften erschienen waren, rief im Mai Mary Karr bei Pietsch an und erklärte ihm, dass viele Szenen im Ennet House von dem herrührten, was Wallace im Granada House und bei AA-Treffen gesehen und gehört hatte, und dass die Gespräche dort privat bleiben sollten. Eine solche Anschuldigung konnte bei Wallace einen starken Angstschub auslösen, neue Enthüllungen und Probleme drohten. Möglicherweise könnte er sich in der gleichen Situation wie bei *Girl with Curious Hair* wiederfinden. Doch dieses Mal lief alles deutlich glimpflicher ab. Er taufte im Manuskript einige Figuren um, änderte andere Einzelheiten und dementierte im Impressum entschieden, wenn auch ausweichend, dass sich die Ereignisse des Romans aus vertraulichen AA-Treffen speisten.[115]

Ende Juni flog Wallace, das Manuskript in einer Schachtel auf seinem Schoß, wieder nach New York. Dieses Mal wurde er von Kymberly Harris begleitet. Die beiden hatten ihre Beziehung im Frühjahr wieder aufgenommen. Wallace hatte sogar um ein Treffen mit ihren Eltern gebeten, bei dem er extrem nervös erschienen war und gefragt hatte, ob Kymberly bei ihm wohnen dürfe. »David hält um meinen Daumen an«, hatte sie gewitzelt. Ihre Eltern hatten zugestimmt; sie hatten sich über Wallaces Förmlichkeit amüsiert, aber ihm war es in gewisser Weise ernst gewesen; bei bestimmten Dingen hatte er immer noch die strengen Regeln des Mittleren Westens verinnerlicht, und in seinen Augen ging es um einen großen Schritt. Kymberly war mit ihrer Kleidung und ihren Möbeln im April eingezogen, aber jetzt, nur zwei Monate später, wollte sie beim Actors Studio in New York vorsprechen. Wallace besuchte Pietsch, überreichte sein Päckchen und war nach einer Woche wieder in Bloomington. Wenig später schrieb das Actors Studio, Kymberly sei angenommen. Wallace gab sich begeistert, dass sie es in die »Yale Medical School für Schauspieler« geschafft hatte, bat sie aber kurz danach deutlich weniger begeistert, erst in einem Jahr an die Ostküste zu ziehen. Zuerst willigte sie ein, aber im August wurde ihr klar, dass sie Bloomington vielleicht nie verlassen würde, wenn die Beziehung zu Wallace noch ernster wurde. Sie sagte ihm, sie würde nach New York gehen, mit ihm oder ohne ihn, und dann kamen vier Freunde vorbei, trugen ihre Sachen aus dem Haus und ließen Wallace mit nicht viel mehr als seinem silbernen Lehnstuhl, Jeeves und seinem alten Bett zurück.

Es dauerte nicht lange, bis Wallace andere Gesellschaft fand. Eines Tages tauchte beim Joggen ein Hund neben ihm auf. Wallace erkannte, dass der Hund ein Streuner war, und nahm ihn mit nach Hause. »The Drone«, wie er den Hund nach dem fiktiven Herrenclub in den Romanen von P. G. Wodehouse nannte, war ein schwarzer Labradormischling, genau wie Jeeves.[116] Allerdings war er aufmüpfiger als Jeeves und hatte weniger von einem Haustier an sich.[117] Zusammen übernahmen die Hunde die Herrschaft im Haus, überall lagen ihre Kauspielzeuge und Haare herum. Sie bekamen Wasser aus dem Wasserspender, nicht aus dem Hahn. Wenn Wallace länger als ein paar Stunden außer Haus blieb, engagierte er einen Hundesitter.

Zu Wallaces Überraschung hatte Little, Brown schon eine Broschüre mit einigen Zeilen von ihm über das Schreiben und einem kurzen Auszug aus dem Roman gedruckt und bei der jährlichen Buchhändlertagung im späten Frühling verteilt. Und schon wenige Wochen, nachdem er das endgültige Manuskript mit Harris nach New York gebracht hatte, schickte Pietsch ihm gebundene Exemplare einer Auflage für Lizenzverhandlungen und Zitate für den Klappentext. Nach einiger Diskussion hatten sie sich für das Cover auf ein Bild von einem blauen Himmel mit Wölkchen geeinigt. Es war an die Tapete im Wartezimmer des Rektors der Tennisakademie angelehnt, die Hals Agoraphobieschub auslöst und auf der sich »weißflaumige Kumuluswolken« über einen »helligkeitsverstärkte[n] blaue[n] Himmel« verteilen.[118] Wallace schrieb DeLillo, das Buch habe »einen Einband bekommen, der den Sicherheitskarten bei American Airlines (erschreckend, finde ich) ähnlich sieht«.

Nachdem die Arbeit am *Unendlichen Spaß* beinahe abgeschlossen war, sah sich Wallace nach neuen Projekten um. Durch den Artikel über die State Fair und die Romanauszüge, die in Zeitschriften erschienen waren, war er gefragt. Eine Woche in einem Nudistencamp und den Besuch der Markteinführung von Elizabeth Taylors neuem Parfüm auf einer Air Force Base lehnte er ab; wie er später in einem Interview erzählte, weckten die Ähnlichkeiten bei solchen Anfragen in ihm den Verdacht, dass alle Zeitschriftenredakteure in New York auch die Post der anderen lasen.[119] Wallace war für solche Beliebtheit anfällig, und er hatte sich über die neuen Leser gefreut, die er durch seine Zeitschriftenartikel gewonnen hatte. Deshalb willigte er ein, für *Details* einen Artikel über den Tennisstar Michael Joyce zu schreiben (der am Ende im *Esquire* erschien) und einen zweiten über die U.S. Open für *Tennis*, die er als Teenager selbst verschlungen hatte. Beide Zeitschriften wollten Wallaces besonderen Ton, diese Stimme des sensiblen, ernsthaften Genies mit einem Verstand auf Hochtouren. In einem Interview sagte Wallace einmal, der Erzähler seiner Sachtexte sei »etwas dümmer und trotteliger als ich«. Er gewöhnte sich an das Hin und Her bei der Arbeit für Zeitschriften und gestaltete sich die Überarbeitungen psychisch etwas leichter, indem er abends bei Redakteuren anrief und ihnen lange Nachrichten auf Band sprach.

Daneben begann Wallace mit einer Besprechung von Joseph Franks vierbändiger Dostojewski-Biografie für das *Voice Literary Supplement*, für das Lee Smith, der Lektor von *Signifying Rappers,* jetzt arbeitete. Im Laufe der Jahre hatte Wallace sich zunehmend für die Bücher und das Leben des Russen interessiert. Sicherlich fielen ihm die Parallelen zwischen seinem Leben und Dostojewskis auf, wie schon im Granada House. Konnte man seine Zeit dort nicht mit Dostojewskis Exil in Sibirien vergleichen, wo dem russischen Autor zum ersten Mal aufgegangen war, wie viel er noch mit der verzweifeltsten Seele gemein hatte? In seinem langen Artikel deutete er das an:

> Der wichtigste Punkt scheint mir zu sein, dass Dostojewskis Beinahe-Begegnung mit dem Tod einen typisch eitlen und angesagten Schriftsteller – einen äußerst talentierten Schriftsteller, sicher, dennoch einen Schriftsteller, der sich vor allem um seinen literarischen Ruhm sorgte – in einen Menschen verwandelte, der fest an moralische/spirituelle Werte glaubte.

Während seiner Arbeit an dem Essay, die den Juli in Anspruch nahm, beeindruckte Dostojewski ihn immer mehr. Ein solcher Schriftsteller, ein ernsthaft und ungeniert moralischer Autor, war im modernen Amerika undenkbar. In seinem Notizbuch hielt Wallace fest:

Über-B[ewusstsein] nimmt dem Leben jede Bedeutung [...]: was, wenn Wille die EIGENE Bedeutung erschafft? Nicht die Welt verleiht uns Bedeutung, sondern umgekehrt? Dost verkörpert das – Ellis, Leyner, Leavitt, Franzen, Powers – sie nicht. Ihre Bücher laufen auf Gejammer und Selbstmitleid hinaus. Dostojewski hat *EIER*.

Er wollte die These ausbauen, die er zwei Jahre zuvor in »E Unibus Pluram« aufgestellt hatte. Damals hatte er vor allem eine Krankheit diagnostiziert, jetzt wollte er ein Modell für das Heilmittel schaffen. Amerikanischen Schriftstellern genügte es immer noch, eine ironische Kultur zu beschreiben, obwohl sie einen Ausweg aufzeigen sollten. Sie hatten noch nicht herausgefunden, was er im *Unendlichen Spaß* schon beschrieb: »Was der Ausgang des Käfigs zu sein scheint, sind nur seine Stangen.« In seinem Essay für das *VLS* schloss er: »Wer ist für das Unernste unserer ernsten Literatur verantwortlich? Die Kultur, die lachenden Leser? Aber sie würden (könnten) nicht lachen, wäre moralisch leidenschaftliche und leidenschaftlich moralische Literatur zugleich scharfsinnige und strahlend menschliche Literatur.«

Im August traf das redigierte Manuskript des *Unendlichen Spaßes* ein. Vor diesem Tag hatte es Wallace gegraut. Er hatte Pietsch im Winter geschrieben, er hätte gern den Namen »Deines / unseres Korrektors [...] dann würde ich schon mal anfangen, ihm / ihr Süßigkeiten und freundliche Worte zu schicken.« Als vorbeugende Maßnahme hatte Wallace eine Erklärung beigelegt, beinahe einen Leitfaden zu seinen stilistischen Eigenheiten, um Unstimmigkeiten möglichst zu vermeiden:

An den / die Korrektor / in:

Hi. Als Info: Die folgenden nicht der Norm entsprechenden Besonderheiten des Ms. sind beabsichtigt und bekommen ein »Text bleibt« vom Autor, falls Sie sie anstreichen sollten:

– Einfache Anführungszeichen um Dialoge & Titel, doppelte Binnen-AZ – entgegengesetzt der üblichen Folge.
– Kursivschreibung häufig auftretender Substantive und verbaler Phrasen wie *Droge, Krankheit, Hereinkommen, Inneres Kind* etc.
– Neologismen, Katachresen, Solözismen und nichtstandardsprachliche Syntax in Abschnitten mit den Figuren Minty, Marathe, Antitoi, Krause, Pemulis, Steeply, Lenz, Orin Incandenza, Mario Incandenza, Fortier, Foltz, J. O. Incandenza Sen., Schtitt, Gompert.
– Mehrere Konjunktionen zu Beginn einzelner Sätze oder Teilsätze.
– Kommata vor Präpositionen am Satzende.
– Substantivbildung durch Bindestriche.
– Satzfragmente nach besonders langen Sätzen.
– Uneinheitliche Absatzlängen mit einigen extrem langen Absätzen.[120]

Jetzt machte er sich darauf gefasst, mehrere Monate lang die Fehler und dümmlichen Gleichförmigkeiten von Menschen auszubügeln, die in der Grammatik weniger heimisch waren als er, und sah seine Sorge bald bestätigt. Seiner besten Bostoner Freundin Debra Spark schrieb er im Oktober, er befinde sich »im 8. Kreis der Hölle des Korrektur-Korrekturlesens. Nie wieder irgendwas über 150 Seiten.« Er versuchte, Pietsch mehr Zeit abzuschmeicheln und zu belegen, dass der Verlag für den Pfusch verantwortlich war. »Je länger ich die Fahnen korrigiere, desto mehr halte ich es für einen *Fehler*, gebundene Fahnen unter die Leute zu bringen, bevor Tippfehler und Solözismen ausgemerzt sind«, schrieb er Pietsch. »Ich nehme jedes Wort und jede Zeile so ziemlich unter die Lupe«, versicherte Wallace. Im Dezember schickte er Alice Turner ein gebundenes Exemplar und schrieb dazu, er habe »etwa 47 000 Tippfehler in den Fahnen« gefunden. (In einem Interview mit dem *Time Magazine* sagte er später, er habe bis auf einen alle »etwa 712 000« korrigiert.) Jason Hammel, einer seiner Studenten, erinnert sich, wie er Wallace zu Hause besuchte und ihn vor lauter einzelnen Seiten aus dem *Unendlichen Spaß* fand, während auf einem Fernseher mit integriertem Videorekorder von Rent-A-Center in einer Dauerschleife *Ein Hund namens Beethoven* lief. Wallace erklärte Hammel, mittlerweile könne er es nicht mehr anders ertragen, das Buch zu lesen. Seine Augen, beklagte er sich beim Chefkorrektor, würden »kippeln wie bei einem Vestibulitiker«.

Wallace spielte nicht als Einziger aus seiner Familie den Korrektor. Um anzutesten, wie seine Familie auf das Buch reagieren würde, hatte er seine Schwester für die gleiche Aufgabe angeheuert, bevor das Manuskript überhaupt beendet war. Sie erkannte sofort, was er beabsichtigte, und fragte ihn, ob er seine Wut auf seine Mutter wirklich auf diese Art aufarbeiten wolle; Wallace zuckte nur mit den Schultern. Trotzdem hatte er das Gefühl, er müsse das Manuskript auch seiner Mutter geben. Also schickte er es nach Urbana und wartete. Im Dezember, sechs Wochen später, schrieb er Alice Turner, er mache sich Sorgen, weil er noch nichts gehört hatte, »was bei den üblichen Kommunikationsmustern meiner Familie gar nichts Gutes ahnen lässt; ich fürchte, jemand könnte mehr Autobiografisches darin vermuten, als wirklich da ist«.[121]

Als der Erscheinungstermin im Februar näher rückte, hatte Wallace das Gefühl, weder er noch sein Buch seien bereit dafür. Schon beim leisesten Aufsehen war er froh, dass er mitten in Illinois lebte, geschützt vor neugierigen Blicken und der berauschenden Wirkung von Bewunderung und Publicity. Little, Brown musste allerdings dafür sorgen, dass literarisch interessierte Leser Wallace als ein Muss oder doch zumindest als vertraute Größe wahrnahmen. Er hatte seit 1989 keinen belletristischen Text mehr veröffentlicht. Vor allem musste der Verlag einen Weg finden, um mit der enormen Länge umzugehen. Bei den Marketingbesprechungen, so erinnert sich ein Teilnehmer, lautete ein Standardwitz: »Hat einer von euch das Ding wirklich gelesen?« Bald wurde Little, Brown klar, dass sie das Problem zur Lösung machen konnten. Wollte man den *Unendlichen Spaß* lesen, stellte man sich einer Herausforderung. Der Verlag startete eine Kampagne mit Postkarten, die an viertausend Kritiker, Branchenprofis und Buchhändler gingen. Mit jeder neuen Runde wurde ein weiteres Stückchen des Titels vor dem blassblauen Himmel des Einbands enthüllt. Auf einer Karte prangte glühendes Lob über Wallaces frühere Bücher, eine andere versprach »das größte Buchevent des nächsten Jahres«, und eine dritte forderte auf: »Stellen Sie sich vor, was man über sein Meisterwerk sagen wird.« Für Wallace war das alles zu viel – Mitte September, mitten in dem »beschissenen Scheißalbtraum« der Korrekturgänge, wie er es später nennen sollte, flehte er Little, Brown in einem Brief an, damit aufzuhören. »Meisterwerk? Ich bin gerade mal 33; ich habe kein ›Meisterwerk‹«, schrieb er Pietsch. »Das Buchevent 96? *Und wenn nicht? Wenn es niemand kauft?* Ich mache mich innerlich darauf gefasst, aber was ist mit Euch?« Und könnten sie wenigstens seinen Namen auf dem Werbematerial kleiner drucken? Größere Sorgen machte ihm allerdings, dass bei der Kaskade von Überarbeitungen der komplexe, feinadrige Aufbau seines Romans gelitten haben könnte. Wallace war sich selbst nicht mehr sicher. Als David Markson ihm schrieb, das Leseexemplar habe ihm sehr gut gefallen, nur würde er einige Stellen nicht ganz verstehen, traf er einen Nerv, und Wallace antwortete ein wenig undankbar:

> Mit den Lücken und Lakunen etc. hast du bestimmt recht: Das Scheißteil ist seit der ersten Version um 600 Seiten zusammengestrichen worden, und obwohl viele Kürzungen (von Lektorenseite) etwas gebracht haben, haben sie die gewisse Hieb- und Stichfestigkeit, die ich in der mastodongroßen ersten Fassung gesehen habe, versaut.

Sieben Jahre nach *Girl with Curious Hair* erschien der *Unendliche Spaß* in einer ganz anderen Literaturlandschaft. Der Minimalismus war verschwunden. Der Postmodernismus war eine noch fernere Erinnerung; in letzter Zeit hätte kein Absolvent einer Schreibwerkstatt einen dieser Autoren als Vaterfigur für einen Vatermord ausgewählt. Eine Veränderung im politischen Klima Amerikas hatte auch das literarische Klima verändert. Wie Wallace in seinem Essay »Fictional Futures« festgestellt hatte, waren sowohl Minimalismus als auch Postmodernismus Formen von Gesellschaftskritik, und im Laufe der Neunziger ließ sich immer schwerer definieren, was eigentlich kritisiert werden sollte. Ronald Reagan hatte sein Amt Anfang 1989 verlassen, im Jahr darauf war die Berliner Mauer abgerissen worden, und die Sowjetunion hatte sich 1991 aufgelöst. Politische Ängste waren ökonomischem Überfluss gewichen. Die Amerikaner hatten sich noch nie so sehr auf dem Gipfel gefühlt wie Mitte der Neunziger, zwischen dem Kalten Krieg und der Zeit vager Bedrohungen.

In wohlhabenden Zeiten verfällt die Kunst meist wieder auf den Realismus, zumindest für eine Weile. Das traf auch auf die Neunziger zu. Die wohlgestaltete Kurzgeschichte – »keine Figur ohne Freud'sches Trauma in der greifbaren Vergangenheit«, wie Wallace es in »Fictional Futures« formuliert hatte – rückte wieder in den Vordergrund, falls sie überhaupt jemals woanders war. Gefühlvolle realistische Romane wie *Tausend Morgen* von Jane Smiley, *Schiffsmeldungen* von E. Annie Proulx und *Unabhängigkeitstag* von Richard Ford wurden mit Preisen überschüttet. Cormac McCarthy wurde der bekannteste literarische Schriftsteller des Jahrzehnts, aber es war nicht der eindringliche McCarthy, der Bücher wie *Die Abendröte im Westen* oder *Verlorene* geschrieben hatte, sondern der romantischere Autor von *All die schönen Pferde*, der Geschichte eines jungen Cowboys, der auf der Suche nach Liebe und nach dem gestohlenen Pferd eines Freundes nach Mexiko geht.

In ruhigen Zeiten klingen stets ein Hauch Introspektion und eine diffuse Angst durch; auch Überfluss fordert Opfer. Wallace war bei Weitem nicht das Einzige, und auch nicht der einzige

Autor, der ihnen eine Stimme verleihen wollte. Wer dem Fernsehen so verbunden war wie Wallace, konnte den ganzen Tag lang dabei zusehen, wie die Gestörten und Verzweifelten ihre Geschichten erzählten.[122] Und etwas Ähnliches konnte man in der Literatur nicht angloamerikanischer Schriftsteller beobachten, von denen viele vor dem Hintergrund ihrer eigenen Geschichte lebendige Erzählwelten schufen. Doch auf diese Autoren sprach Wallace nicht besonders an, seine Welt war immer noch die Romanwelt der Siebziger, vorwiegend männlich, weiß und hochgebildet.[123] Das Gefühl der Beklommenheit war hier schwächer, wenn auch nicht verschwunden. Rick Moody schrieb *Ein amerikanisches Wochenende*, in dem er mithilfe veränderter Bewusstseinslagen ein angeschlagenes und verseuchtes Amerika zeichnete, und William Vollmann erkundete mit seinen Reportagen weiter die dunkle Seite des amerikanischen Lebens, in die er schon mit den *Rainbow Stories* eingetaucht war. Den literarischen Gegenpart spielte Denis Johnson mit Büchern wie *Jesus' Sohn*. Diese und andere Autoren teilten oder antizipierten sogar zum Teil die Sichtweise im *Unendlichen Spaß*, dass es mit dem modernen konsum- und vergnügungsorientierten Amerika ein böses Ende nehmen würde. Doch keiner von ihnen vereinte diese Haltung – eine antihedonistische Strömung innerhalb der amerikanischen Literatur – mit der verheißenen Erlösung, die den Kern des *Unendlichen Spaßes* ausmacht.

Tatsächlich schien außer Wallace beinahe niemand einen Zusammenhang zwischen ernsthaftem Geschichtenerzählen und Fragen gesellschaftlichen Unbehagens zu sehen; unvorstellbar, dass einer der anderen Autoren eine Figur wie Don Gately geschaffen hätte. Literatur – vor allem von Schriftstellern, mit denen Wallace sich in Zwiesprache sah – erforschte und destillierte das beobachtete Leben und überzog es mit einer obstruktiven Sprachschicht; sie wollte nicht bekehren. Diese literarische Haltung war beinahe das genaue Gegenteil der Erfahrungsberichte auf AA-Meetings, über die Wallace im *Unendlichen Spaß* schrieb: »Ein Ironiker [...] ist eine Hexe in der Kirche. [...] Dasselbe gilt für ausgepichte, verlogene, manipulative Pseudo-Ehrlichkeit.« In seinem Roman wollte Wallace Pynchons Übermaß ins eisige Wasser von DeLillos Prosa tauchen und in Dostojewskis erlösendem Feuer wieder erhitzen. »Wissen Sie was«, sagte Wallace in dem Interview für die *Review of Contemporary Fiction* zu Larry McCaffery,

> wir sind uns doch fast alle einig, dass wir in finsteren und dummen Zeiten leben, aber brauchen wir denn Literatur, die ständig betont, wie finster und dumm alles ist? In finsteren Zeiten könnte man Kunst als gute Kunst definieren, wenn sie alles, was an Menschlichem und Magischem trotz der Finsternis noch existiert und glimmt, aufgreift und versucht, ihm neues Leben einzuhauchen.

Unendlicher Spaß stellte also nicht nur eine Unpässlichkeit fest. Der Roman schlug auch eine Behandlung vor und reagierte damit auf ein Bedürfnis, das Wallace vielleicht klarer sah als alle anderen Schriftsteller seiner Zeit. Er beleuchtete die Leiden der Pubertät ebenso wie die Freuden des Rausches, die Gefahren der Sucht, den Preis der Isolation und die Fragilität geistiger Gesundheit. (Wallace hatte *Blue Velvet* von David Lynch und den schmalen Grat, der in Amerika Unscheinbares von Abnormalem trennte, nicht vergessen.) Das Buch handelte davon, dass der Zusammenbruch unmittelbar bevorstand und dass man aus diesem Zusammenbruch stärker hervorgehen konnte. Es bot einen Glauben jenseits der Religion. Seine Vielstimmigkeit deckte sich mit einem Amerika, das nicht mehr als eine Einheit sprach, einem Amerika, in dem man wie in James Incandenzas Filmen »aber hallo die Stimme jedes einzelnen Darstellers habe hören können, egal wie weit weg an der [...] narrativen Peripherie der gestanden habe«. Und es zeichnete das Bild einer neuen Generation junger – meist junger, meist männlicher – Menschen, die sich in all dem Überfluss missverstanden oder ignoriert fühlten, die mit jedem Jahrzehnt weniger wussten, wie sie ihr reiches

Innenleben sichtbar machen sollten, und die Hal verstanden, wenn er einwandte:

> Ich bin keine Maschine. Ich fühle und glaube. Ich bilde mir meine Meinungen. Einige davon sind von Belang. Wenn Sie mich ließen, könnte ich in einem fort reden. Worüber Sie wollen.

Doch das Buch reichte über das viel bereiste literarische Terrain der missverstandenen jungen Menschen hinaus. Es fing noch ein anderes Amerika ein, das der Millionen, die von »Vorgaben« von den Beinen geholt wurden, »die für die Hinnahme zu intensiv sind«, wie Wallaces es in »Westwärts« ausgedrückt hatte, das Amerika der Don Gatelys dieser Welt, charismatisch und voll brachliegender Fähigkeiten, Menschen, die »beschädigt oder schief« sind, die aus ihren kaputten Leben heraus zu den Lesern sprechen, so wie sie zu Hals sensiblem Bruder Mario sprechen, als er Ennet House besucht:

> Mario mag das Haus: Es ist voll und laut, kein Möbelstück hat einen Schutzüberzug aus Plastik [...]. Drinnen riecht es wie ein Aschenbecher, aber beide Male hat sich Mario in Ennet House wohlgefühlt, weil es ganz echt ist; die Menschen weinen und machen Krach und werden weniger unglücklich, und einmal hat er gehört, wie jemand mit ganz normalem Gesicht Gott gesagt hat, und niemand hat ihn komisch angesehen oder weggesehen oder auf diese Weise gelächelt, wo man gleich weiß, dass er verunsichert ist.

Man musste sich nicht entscheiden, welchen *Unendlichen Spaß* man las, weil beide Handlungsstränge so offensichtlich dem gleichen Anliegen entsprangen: in der Gegenwart ein bedeutungsvolles Leben zu führen. In der Welt, die dieser über tausend Seiten lange Roman erschafft, spürt man eine gewisse Großmut. Über allem schwebt ein großer Verstand, dem unser Überleben nicht völlig egal zu sein scheint. Er sieht von dem Fußweg neben den Tennisplätzen der Enfield Academy aus zu und versteckt sich in den Gemeinschaftsräumen im Ennet House, erklärt den Aufstieg der O.N.A.N. und den Niedergang der Network-Werbung, den Aufbau von Tennisschlägern, die Bostoner Szenenamen von Betäubungsmitteln und die Geschichte der Videophonie. Bei allen vermeintlichen Hürden sind dem *Unendlichen Spaß* die Leser wichtig, und wenn er ihnen ein konventionelles Ende verweigert, tut er das nicht aus Bosheit, sondern aus Sorge, um größere Linderung zu verschaffen, als es realistische Geschichten könnten, weil man sich genau wie im Ennet House anstrengen muss, um gesund zu werden. Das Buch bietet Erlösung, wie es moderne Romane selten tun (nicht umsonst musste Wallace für ein Vorbild bis zu Dostojewski zurückgehen). Gately verweilt und nimmt auf nahezu christusgleiche Art die Sünden seiner Schäfchen auf sich, und Christus impliziert Gott. Wallace vergaß nie, dass er gelobt hatte, wie er McCaffery erzählte, dass »man die ganze Aufmerksamkeit und Teilnahme und Arbeit nicht zu eigenen Gunsten von den Lesern verlangen darf, es muss zu ihren Gunsten geschehen«.

Nach alldem sollte man meinen, dem *Unendlichen Spaß* sei der Erfolg bei den Kritikern vorherbestimmt gewesen. Das Buch erschien zwar zu einem Zeitpunkt, als die Kritiker nach dem großen Wurf Ausschau hielten, nach Romanen, die einen Überblick über die Welt zur Jahrtausendwende gaben, aber Wallaces Roman schien anfangs nicht das zu sein, was sie wollten. Er war zu schwierig, wirkte zu überstürzt, die gewollte Beiläufigkeit zu planlos. Die Vorabrezensionen schwankten zwischen Bewunderung und der Frage, ob man nicht gerade auf den Arm genommen wurde. Die *Publishers Weekly* nannte das Werk einen »brillanten, aber etwas aufgeblähten zweiten Roman«, während die *Kirkus* etwas freundlicher anerkannte, dass es »mit ziemlicher Sicherheit der größte und kühnste Roman dieses Jahres wird und trotz aller Schwächen wahrscheinlich einer der besten«. Natürlich hoben die meisten Rezensenten die Dimensionen des Buchs hervor, sowohl im wörtlichen als auch im übertragenen Sinne. Sven Birkerts hielt das allgemeine Erstaunen in der *Atlantic* fest, wo er schrieb, *Unendlicher Spaß* sei »wie eine Riesenwelle auf uns zugekommen, die immer wildere Gerüchte vor sich hertrieb: Der Autor habe nicht aufhören können zu schreiben, der Verlag habe ihn angefleht, Hunderte Seiten zu streichen, und für einen Roman sei er alles in allem eine reichlich seltsame Angelegenheit.« Das *Library Journal* warnte seine Leser, *Unendlicher Spaß* sei »nichts für schwache Nerven oder zarte Handgelenke«.

Die meisten Kritiker, die über das Buch schrieben, mochten es, aber in ihren Rezensionen klang Gehorsam durch, als wären sie erleichtert, dass sie die Herausforderung von Little, Brown gemeistert hatten. »Anspruchsvoll und provokant«, urteilte der *Orlando Sentinel*. Die *Chicago Tribune* beschrieb den Roman als »frech-witzig und wirklich anrührend [...] das Durchhalten lohnt sich.« Der Romanautor Jonathan Dee lobte im *Voice Literary Supplement*, Wallace sei »der witzigste Autor seiner Generation«. Man war sich einig, im *Unendlichen Spaß* einen bedeutsamen Roman vor sich zu haben oder doch zumindest einen Roman, den andere bedeutsam finden würden, weshalb ihre Leser von ihm hören sollten. Walter Kirn, ein Romanautor mit spitzer Feder, der für das *New York Magazine* Kritiken schrieb, machte es kurz: »Die Buchpreise des nächsten Jahres sind vergeben. Ihr könnt schon die Plaketten und Zitate drucken lassen. Die Konkurrenz ist vom Platz gefegt, als wäre Paul Bunyan in die NFL eingestiegen oder Wittgenstein bei *Jeopardy!*. Der Roman schlägt ein wie eine Bombe. Und er ist unglaublich gut.« Der *Esquire* lobte das Buch, kritisierte aber die Werbekampagne. (Wallace war zufällig in New York, als dieser Artikel erschien, und nannte ihn in einem Brief an Markson das »abfällige Geschreibsel im *Esquire* über den sogenannten ›Rummel um das Riesending.‹«) Der Verlag verbuchte die ganze Entwicklung als Erfolg. »Ich bin mit der Veröffentlichung bisher sehr zufrieden«, schrieb Michael Pietsch Bonnie Nadell, »unser Trommeln wurde offenbar gehört.«

Der Verkauf lief gut an, vor allem in Anbetracht der Länge des Buchs, und der Verlag schob in kurzer Folge mehrere kleine Auflagen nach. Aber man konnte nicht behaupten, der Roman habe alle anderen aus dem Weg gefegt. Jay McInerneys Rezension in der *New York Times Book Review* fiel wenig begeistert aus. Er vermisste die Schaffenskraft von *Girl with Curious Hair* und fand Wallaces Sätze interessanter als die Handlung. Unterm Strich war er nicht davon überzeugt, dass Wallace hier zwei verschiedenartige Bücher erfolgreich verschmolzen hatte: »Das Ganze wirkt wie ein schnittiges Vonnegut-Chassis mit ein paar Schichten Zola nach der Jahrtausendwende«, kritisierte er.

Die aussagekräftigste negative Besprechung stammte von Michiko Kakutani von der Tageszeitung *Times*, die dem *Besen* ein fundiertes Lob ausgesprochen hatte. Angesichts dieses Kolosses, in dem Erzählstränge über Hunderte Seiten laufen und dann Hunderte Seiten lang nicht mehr auftauchen, in dem die beiden wichtigsten Handlungselemente erst nach über sechshundert Seiten deutlich ineinandergreifen, in dem der Leser permanent abgelenkt wird, weil er zu Endnoten blättern muss, die oft Informationen enthalten, die kein Leser wirklich braucht, in dem Abschweifungen, kurze Dramen, Legenden der Großstadt, Pseudowissenschaft und Pseudogeschichte den Erzählfluss unterbrechen, bezweifelte sie, dass sie ein Meisterwerk gelesen hatte: »Geschrieben und lektoriert (oder auch nicht lektoriert) wurde dieses Buch offenbar unter der Prämisse, dass größer besser ist und dass mehr wichtiger heißt, und das Ergebnis ist ein großes psychedelisches Wirrwarr von Figuren, Anekdoten, Witzen, Monologen, Erinnerungen und Fußnoten, urkomisch und verblüffend, aber auch willkürlich und selbstverliebt.« Besonders an dem Ende oder Nicht-Ende stieß sie sich:

> Am Ende wird diese Wörtermaschine einfach ausgeknipst und lässt den Leser – wenigstens den altmodischen Leser, der vage Hoffnung auf narrative Zusammenhänge und einen Anfang, eine Mitte und ein Ende hegt – im luftleeren Raum hängen, wo

> er sich von dem Wust beliebiger Details und Begebenheiten, die den *Unendlichen Spaß* ausmachen, erst einmal erholen muss.[124]

Doch solche Besprechungen konnten bei Kritikern, vor allem bei Kritikern, die sich für den Dialog zwischen Modernismus, Postmodernismus und seinem wie auch immer gearteten Nachfolger interessierten, nicht den Eindruck schmälern, dass hier etwas Neues vermittelt wurde. Birkerts, der *Girl with Curious Hair* als erstes Buch bezeichnet hatte, in dem das schizogene Bild des Schriftstellers in einer von den Medien durchdrungenen Welt verinnerlicht wurde, sah den *Unendlichen Spaß* als brillante Fortschreibung dieses Gedankens in das Internetzeitalter mit seinen mannigfaltigen, überwältigenden Quellen von Bildern und Informationen. Was andere als zusammenhanglos oder schludrig empfanden, zeigte in seinen Augen ein Talent, das mit diesen Neuerungen rang:

> Die Feststellung, der Roman würde traditionellen Normen nicht gehorchen, würde das Wesentliche übersehen. Stattdessen ist die Erzählstruktur bei Wallace als Reaktion auf die veränderten kulturellen Empfindungen zu verstehen. Das Buch ahmt sowohl in seinem Verlauf als auch mit der großen Fülle weiterführender Angaben die dezentralen Wege des neuen Kommunikationsparadigmas nach. Es ist kein Buch über elektronische Kultur, aber es hat einige ihrer zerfasernden Kräfte verinnerlicht, die durch Computertechnologien in unserer Mitte freigesetzt wurden.

Diese Kommentare stammen aus der Zeit, als computergestützte Kommunikation schlagartig größere Bedeutung gewann. In den acht, neun Jahren von den ersten Skizzen für den *Unendlichen Spaß* bis zu seiner Veröffentlichung hatte sich das Internet von einem Hilfsmittel vor allem für Akademiker und Technikinteressierte zu einer Vorstufe des unerschöpflichen Informationsarchivs entwickelt, das wir heute kennen. Nur wenige Schriftsteller oder Kulturkritiker hatten sich schon darüber Gedanken machen können, was dieser Wandel bedeutete, schon gar nicht Wallace, und es überraschte ihn, dass er einen Cyberroman geschrieben haben sollte. Als die *Chicago Tribune* ihn fragte, ob sein Buch das Leben im Computerzeitalter widerspiegeln sollte, verneinte er. »So ist doch das Leben an sich. [...] Man muss nicht im Internet sein, damit es einem so vorkommt«, und er selbst sei noch nie online gewesen. (Er war so klug zu erkennen, welche Falle das Netz für einen Süchtigen wie ihn darstellte. Wie er einem Freund erzählte, hatte er das Gefühl, er sei in seinem Leben schon genug Werbung ausgesetzt gewesen, und er betrachtete das Internet als ein weiteres unablässiges Blöken, das in die aktuelle Informationsüberfrachtung einstimmte und zu dem Zustand beitrug, den Wallace später als »Absolutes Rauschen« bezeichnete.) »Das Leben an sich« fühlte sich für Wallace natürlich anders an als für die meisten Menschen. Bedrängt von Angstzuständen und getrieben von einem wachen Bewusstsein fühlte sich sein Verstand eher zu klar umrissenen Figuren als zu nebulösen, ausgereiften Persönlichkeiten hingezogen; es wäre zu kurz gefasst, zu sagen, dass für Wallace das Leben noch stärker dem Internet glich als dem Fernsehen, aber es wäre auch nicht ganz falsch. Jedenfalls war das Internetzeitalter ein Geschenk des neuen Jahrtausends für Wallace als Schriftsteller, der auf der Suche nach Lesern war. Techniken wie Collage und Pastiche verbreiteten sich, und in den Köpfen rückten Karikatur und Porträt näher zusammen. Wallaces Figuren – die gerade durch das Skizzenhafte modern wirkten – erschienen vielen Lesern realer als die Figuren realistischer Autoren. Während die Kultur in Anekdoten und O-Töne zerfiel, schien der *Unendliche Spaß* als eines von wenigen Büchern diese Entwicklung erwartet und seine Leser sogar darauf vorbereitet zu haben. Er deutete an, die bevorstehenden kulturellen Veränderungen könnten einen literarischen Sinn entfalten, vielleicht sogar Bedeutungen, die erst jetzt klar genug wurden, um sie zu erkennen.

Wallace wusste, dass er sich nicht ewig in Bloomington verstecken konnte. Am Erscheinungstag würde er seine Sachen packen und gen Osten ziehen müssen, um sich, in Anspielung auf seine frühere Tolkien-Lektüre, »Saurons großem rotem Auge« zu stellen. Tatsächlich kam Sauron allerdings zu ihm.

Das erste Interview gab er der Zeitschrift *Details*. Wallace hatte noch nie ausführliche Gespräche mit Mainstreammedien geführt – sein einziges Zeitschrifteninterview für die *Arrival* 1987 hatte er einer Freundin seiner Agentin gegeben. Also ließ er die Briefe von Franzen, DeLillo und anderen hängen – »eine ganze Wand voller Briefe, die mir helfen oder wichtig sind«, schrieb er DeLillo später. Der Reporter David Streitfeld, der fest für die *Washington Post* arbeitete, riet Wallace, er solle sie abnehmen, weil Journalisten die Briefe sehen und aus ihnen zitieren könnten. Er sagte Wallace auch, eine freimütige Selbstanalyse sei vielleicht nicht der ideale Ansatz bei Gesprächen, die veröffentlicht werden sollten; ein Interview sei nicht der rechte Ort für Vertraulichkeiten. »Ich war wahnsinnig indiskret, was Sachen wie Drogenerfahrungen und M. Karr betrifft«, schrieb Wallace anschließend an DeLillo, »und er unterbrach mich mittendrin und erklärte mir geduldig, was man Journalisten sagen sollte.« Was seine Zeit in der Drogenreha betraf, brauchte er keine Ratschläge mehr, weil Karr ihn schon mit ihrem Anruf bei Pietsch gewarnt hatte. Als die *Newsweek* ihn wenig später fragte, woher er so viel über den Entzug wusste, antwortete er geschickt:

> Ich habe Freunde zu einem offenen AA-Meeting begleitet und bin direkt süchtig geworden. Es war absolut fesselnd. Ich war nie Mitglied – ich war Voyeur. Als es mir nachher richtig gut gefiel, habe ich das den Leuten gesagt, und es war ihnen egal.

Als jemand vom *New York Times Magazine* Wallace kurz vor seiner Lesereise in Bloomington besuchte, war er schon mehr auf der Hut, aber er verstellte sich nicht ganz. Der Journalist Frank Bruni bekam zu sehen, wie Jeeves ein Fleischwurstsandwich aus Wallaces Mund leckte. »Sie tun so, als würden sie einen küssen«, erklärte Wallace, »dabei suchen sie im Mund nur nach Essen.« Und er begleitete Wallace zum Abendessen bei einem Paar namens Erin und Doug Poag. Dort lernte Bruni einen zwanglosen Wallace kennen; man aß Kentucky Fried Chicken und belegte Baguettes von einem Tablett und sah sich *Akte X* an. Wallace erwähnte nicht, dass er die Poags von den Anonymen Alkoholikern kannte – er behauptete, er habe sie in einer »Mennonitenkirche« getroffen. Und Bruni gewann ohne diese Information verständlicherweise den Eindruck, Wallaces Vorliebe für einfache Leute aus dem Mittleren Westen könne aufgesetzt sein. Überhaupt rang Brunis Artikel mit der Frage – ohne sich recht zu entscheiden –, ob der Autor des *Unendlichen Spaßes* mehr »Schauspieler« oder »Seele« war oder eine Kombination aus beidem, eine Besonderheit seiner Generation.[125]

Dann folgte die Lesereise, die Mitte Februar in Manhattan begann. Erin Poag begleitete ihren Freund, damit er ohne seine gewohnte Umgebung und seine AA-Gruppe eine Stütze hatte. Von einem Journalisten wurde sie irrtümlich für Wallaces Mutter gehalten oder für das, »was man in Illinois unter einer Presseagentin versteht«. Als Wallace die wackligen Stufen zu seiner ersten Lesung in New York hinaufstieg, wollte er kehrtmachen und zurückgehen. »Ich glaube, ich kann das nicht«, sagte er Poag. Sie antwortete: »Wenn du raufgehst und dich nicht wohlfühlst, müssen wir nicht bleiben«, und dann legte ihm die stabil gebaute Frau in den Fünfzigern eine Hand auf den Rücken und schob ihn weiter. Beim Hereinkommen hatte Wallace das seltsame Gefühl, die Menge würde sich vor ihm teilen. Im *Times Magazine* stand über das Publikum:

> Nicht nur die Kritiker wollen beweisen, dass sie es verstehen. Auch Wallaces Künstlerkollegen ließen sich in erklecklicher Anzahl bei seinen öffentlichen Auftritten blicken. Bei der Lesung im K.G.B. hatte sich Elizabeth Wurtzel, die Autorin von *Verdammte schöne Welt*, einen der vordersten Plätze gesichert.[126] Am

nächsten Abend im Tower Books im Village, wo es genauso gerammelt voll war, drückte sich Ethan Hawke in einer der hinteren Reihen herum.

Gerry Howard erinnert sich, wie er wenig später zufällig an einer langen Schlange von Fans vorbeikam, die Wallaces Lesung in der Buchhandlung Rizzoli am West Broadway besuchen wollten. Er war verblüfft, dass aus diesem Autor, für den er ein kleines, vor allem intellektuelles und literarisch interessiertes Publikum vorhergesehen hatte, ein solches Phänomen geworden war. »Sie haben ihn verehrt«, erinnert sich Howard. »Er hatte die Menschen auf einer ganz persönlichen Ebene berührt.« In einem Versuch, diese Verbindung zu definieren, bezeichnete das *Times Magazine* den *Unendlichen Spaß* als »The Grunge American Novel« und rückte damit diesen fragmentierten Roman fragmentierter Seelen in die Nähe einer kulturellen Strömung im Kielwasser von Sängern wie Kurt Cobain von Nirvana, die von einer ähnlichen Gemütslage geprägt war. Das war gar nicht so weit hergeholt, beide Seiten legten eine Art unbeholfene Ernsthaftigkeit an den Tag. Beide waren gegen Fassaden, gegen alles discomäßig Aalglatte allergisch. Die ungeschliffenen Satzanfänge mit mehreren Konjunktionen im *Unendlichen Spaß* wirkten ebenso authentisch wie die primitive musikalische Umsetzung und das schlechte Amping der Garagenbands aus Seattle. Sowohl Musik als auch Roman deuteten an, das Kommunizieren sei immer schwieriger geworden, wir würden in unserer Isolation vor Mauern laufen, die zu hoch waren, um sie zu überwinden, und würden zurückgeworfen werden auf Gesten, Neigungen, Grunzen. In einem Interview aus dieser Zeit sagte Wallace, »auf eine Art habe ich das Gefühl, im Moment wäre die Wirklichkeit zersplittert; zumindest die Wirklichkeit, in der ich lebe«. In »Smells Like Teen Spirit« zeichnet das lyrische Ich Wallaces Porträt einer mediensüchtigen Generation nach, wenn es im Refrain nach Unterhaltung verlangt: »I feel stupid and contagious. Here we are now, entertain us.«[127]

Auch äußerlich ähnelten sich Schriftsteller und Sänger. Die ungewaschenen Haare mit Kopftuch, offenen Arbeitsstiefel und alten Karohemden, die Wallace seit Arizona trug, waren mittlerweile praktisch eine Uniform für jeden, der von der amerikanischen Konsum- und Besitzkultur nach Reagan enttäuscht war. Wallaces »Drang, jeden Gedanken und jede These zu hinterfragen«, war laut Howard »in dieser Generation normal geworden«. »Als ich jünger war«, erzählte Wallace in einem Interview für den *Boston Phoenix*, »hatte die Beziehung zu den Lesern für mich etwas Sexuelles. Jetzt kommt sie mir eher vor wie eine Unterhaltung spätabends mit sehr guten Freunden, wenn man den Schwachsinn sein lässt und die Masken abnimmt.«[128]

Dass er selbst berühmt werden könnte, brachte Wallace aus dem Konzept, obwohl ihm die Ironie dabei natürlich nicht verborgen blieb. Er wollte, dass sein Werk bewusst erlebt wurde und nicht beiläufig aufgenommen mit dem restlichen großen Rauschen der Kultur. Als ein anderer Englischdozent von der ISU ihm zu seinem Kreuzfahrtartikel im *Harper's* gratulierte, deutete Wallace mit einer Hand auf seinen Mund und tat mit der anderen so, als würde er sich den Hintern abwischen. Wann immer jemand seine Leistung lobte, wiederholte er nur, er habe am *Unendlichen Spaß* »wirklich hart gearbeitet«, wie ein Kind, das von seiner Bastelarbeit erzählt. Für die Dauer seiner Lesereise hängte er einen Zettel an seine Bürotür in der ISU: »Vom 17. 2. 96 bis zum 3. 3. 96 und vom 5. 3. 96 bis zum 10. 3. 96 ist D. F. Wallace in einer bizarren persönlichen genehmigten notfallähnlichen Angelegenheit verreist.«

Den Tiefpunkt auf Wallaces Weg zum Ruhm bildete die Party zum Erscheinen des Buches. Little, Brown wollte die Veröffentlichung mit den Medien in der Limbo Lounge feiern, einem angesagten Club im East Village. Nadell war von der Idee nicht begeistert. *Unendlicher Spaß* sei »kein hippes Großstadtbuch«, schrieb sie dem Verlag. »Es ist ein wichtiger literarischer Roman.« Bei Little, Brown glaubte man dagegen, man müsse das Buch als brandheiß präsentieren, um Begeisterung dafür zu entfachen. Am Ende fand die Party in der Tenth Street Lounge statt, einem eher noch glamouröseren Veranstaltungsort. Dort versammelten sich am 21. Februar zahlreiche Lektoren und Schriftsteller. Das *New York Times Magazine* berichtete:

> Und bei der offiziellen Verlagsparty zwei Abende später in einem Club im East Village kann man beobachten, wie M. G. Lord, die Autorin von *Forever Barbie*, mit der ebenfalls beliebten Schriftstellerin A. M. Homes plaudert. Zwischen zwei Zigarettenzügen tuscheln viele Besucher, was Wallace angeblich nicht hören will: Er ist im Moment der »It-Boy« der zeitgenössischen Literatur.

Einen Großteil der Zeit verbrachte Wallace mit Charis Conn, seine Lektorin vom *Harper's*, und Costello in einem Privatzimmer eine Etage über dem Hauptraum und beobachtete das Treiben von dort aus. Er suchte so häufig die Toilette auf, dass Außenstehende vermuteten, er würde Kokain nehmen, während er tatsächlich Tabak kaute. »Ich glaube, ich habe bei dieser Party richtig aufgepasst, dass ich nicht in den Spiegel sehe«, erzählte er später in einem Interview, »weil ich wusste, dass mich genug andere Leute ansehen, und wenn ich darüber nachgedacht hätte, wie ich aussehe, wäre ich verrückt geworden.« Als Wallace und Costello sich zusammen aus dem Club stahlen, folgte ihnen eine junge Blondine und stellte sich dem Schriftsteller vor. »Willst du mein kleines Hündchen sehen?«, fragte sie. Wallace zog mit ihr los und ließ seinen Freund stehen.

Später schrieb er DeLillo, wie unwohl er sich bei der Veranstaltung gefühlt habe. Die Party, berichtete er seinem *miglior fabbro*, war »rappelvoll und Furcht einflößend. [...] Das war meine erste Buchparty, und wenn es einen Gott im Himmel gibt, auch meine letzte.« Die anschließende Werbetour war mit Little, Brown sorgfältig ausgehandelt. Wallace hatte eingewilligt, für Lesungen und Interviews »etwa ein Dutzend Städte« zu bereisen, wie er DeLillo schrieb. Bei der *Today Show* hatte er abgesagt und als

Ersatz einem Interview für den *Rolling Stone* zugestimmt, weil er, so schrieb er DeLillo, »dargelegt habe (und zwar überzeugend, finde ich), dass der *Rolling Stone* im Grunde ja Fernsehen ist«. Die Zeitschrift schickte den Journalisten David Lipsky zu Wallace. Die beiden verstanden sich gut, und Lipsky, ebenfalls Romanautor, betrachtete, was vom Privatmenschen Wallace zu Hause übrig geblieben war: Kauspielzeug auf dem Boden, eine Ausgabe der *Cosmopolitan*, von der Wallace schwor, er habe sie abonniert, es sei nämlich »für das Nervensystem ausgesprochen beruhigend, ein paarmal im Jahr ›Ich bin fremdgegangen – soll ich beichten?‹ zu lesen.« Vor einem Fenster hing als Gardine ein Handtuch mit Barney, dem violetten Dinosaurier, an den Wänden hingen eine Postkarte von Updike und ein Gemälde einer schottischen Schlachtszene. Außerdem ein großes Poster von Alanis Morissette, der Solokünstlerin, die zu einem gelegentlichen Seelenstriptease neigt. Wer Wallace nicht kannte, hätte diese Einrichtung bei einem Unidozenten für ein typisch postmodernes Nachäffen von Durchschnittskonsumenten halten können. Aber Wallace meinte es ernst – zumindest zum Teil –, als er Lipsky erzählte, dass er gerne Enya höre, die kitschige irische Sängerin. Er sprach von Kymberly als seiner Freundin und erzählte, sie habe ihm Ani DiFranco und P. J. Harvey und »wie heißt sie noch mal? Tori Amos« nahegebracht, aber Morissette sei ihm lieber. Im Grunde machte er den Hipstern klar, dass er nicht zu ihnen gehörte. *Unendlicher Spaß* sollte nicht nur Anomie demonstrieren, wie es Grunge tat. Es sollte auch eine Antwort auf Verzweiflung sein, ein Mittel gegen den Kummer der Jugend, ein Rezept für persönliche Weiterentwicklung. Wallace mochte Grunge und auch seine Wirkung wahrnehmen, aber die passive Hoffnungslosigkeit dieser Musik ging gegen den Glauben, den er in seinen Rehagruppen gelernt hatte, sie war zu sehr von Selbstmitleid geprägt. Wenn man so dumm war wie in »Teen Spirit« behauptet, gab es nur einen Menschen, der das ändern konnte.

Der *Rolling Stone* konnte Wallace am Ende nicht vor dem Fernsehen retten. Auch der Moderator Charlie Rose wollte Wallace in seinen öffentlichen Sender holen. Wallace fragte die Menschen, denen er vertraute, ob er die Einladung annehmen sollte. Franzen sagte, er müsse hingehen, denn, wie Wallace es DeLillo gegenüber zusammenfasste, an den er sich als Nächsten wandte: »Ihr habt euch eure Sporen zu einer Zeit verdient, als der Autor als Person noch nicht als Rädchen in der PR-Maschine dienen musste, die selbst nicht nötig war, um Bücher zu verkaufen.« Außerdem erklärte er DeLillo, was ihn von solchen Auftritten fernhalte, sei »weniger eine Frage der Integrität als vielmehr das Wissen, dass ich so einiges über das Fernsehen und das Schauen schreibe und dass ich auf meiner Seite des Bildschirms bleiben wollte und mir weitere Arbeiten versauen würde, wenn ich es nicht täte«.

Diesen Brief schrieb Wallace im März, in einer Pause zwischen den beiden Teilen seiner Werbereise. Bei der ersten Tour hatte er elf Städte besucht, hatte in Seattle in Elliott Bay gelesen, einer wichtigen unabhängigen Buchhandlung, dann in San Francisco, Los Angeles, Houston, wo er nicht schlafen konnte, und Iowa City, wo ihm das Kleingeld ausging und wo ein Zuhörer aufstand, um ihm vorzuwerfen, er sei Menschen mit Behinderungen gegenüber taktlos, weil er in einem Kurzessay für Little, Brown einen Gedanken von Bill Gray wiedergegeben hatte, dem Autor mit Schreibblockade in DeLillos Roman *Mao II,* dass ein Buch in der Entstehungsphase nämlich wie ein »schrecklich entstelltes Kleinkind ist, das dem Autor überall hin folgt und ihm ständig nachkriecht.«

Wallace sollte noch einiges auf dieser Reise bedauern. In Los Angeles gerieten er und Nadell mit einem Dealer aneinander, als Wallace sich weigerte, Hunderte Bücher, Zeitschriften und Memorabilien zu signieren. Und bei der Lesung im Tower Books in New York, die auch Ethan Hawke besuchte, fügte Wallace, offenbar in einem Anfall von Starallüren, Richard Linklater zu den Namen der Regisseure hinzu, die Projekte mit zweitklassigen Schauspielern drehen würden, die sonst ihre Gesichter für Videophonie-Tableaus hergaben. Die kleine Improvisation brachte ihm wissende Lacher aus dem Publikum ein, doch später hörte Wallace, dass er mit seinem »Hirnfurz«, wie er es nannte, Hawke beleidigt hatte, weil der gerade in einem Film von Linklater aufgetreten war. Bei seiner Erklärung dazu, er habe sich wie »ein *richtiges* Arschloch« benommen, erinnerte Wallace die Situation wohl auch an seine eigene: »Der arme Kerl kann sich nicht mal nach hinten setzen. Er wollte nicht beachtet werden. Er wollte sich einfach nur eine Lesung anhören.«

Wallace merkte, dass Beziehungen schwieriger wurden, die einfacher, wenn auch nie ganz einfach gelaufen waren, als er noch mehr oder weniger unbekannt war. In Seattle hatte er Corey Washington gesagt, er könne sich nicht mit ihm treffen, weil er selbst für einen alten Freund zu erschöpft war. Costello war wütend, weil Wallace ihn nach der Party in der Tenth Street Lounge hatte stehen lassen. Von Elizabeth Wurtzel war Wallace auch ein Jahr später noch fasziniert. Als er einmal mit ihr aus war, hatte er Franzen morgens um drei von einem Münztelefon aus angerufen und gesagt: »Ich bin mit einer Frau unterwegs, die Heroin hat. Das ist nicht gut.« Und nach der Lesung im K.G.B. nahm sie ihn mit in ihre Wohnung und in ihr Hochbett, überlegte sich aber im letzten Moment, dass sie doch nicht mit ihm schlafen wollte. Wallace wurde wütend; er hatte den Verdacht, dass sie ihn nur mitgenommen hatte, weil er gerade bekannt wurde. »Du schaffst es noch, dass ich wieder anfange zu trinken!«, schrie er sie an. Er zog sich rasch an, stampfte hinaus und beendete ihre Freundschaft.

Noch vor dem Ende der Lesereise hatte Little, Brown sechs Auflagen nachgeschoben und damit insgesamt 45 000 Exemplare gedruckt. Pietsch schrieb Wallace, in seinem Büro würden Leser anrufen und über ihre Theorien zum Ende diskutieren wollen. »Das erinnert mich daran, wie begeistert ich war, als ich zum ersten Mal *Die Enden der Parabel* gelesen hatte und jemanden traf, der das Buch auch kannte, und mit dem ich es beratschen konnte«, schrieb er seinem Autor. Es bestand sogar Interesse daran, das Buch zu verfilmen. Der Regisseur Gus Van Sant wollte die Optionsrechte kaufen. Wallace war besorgt, das könne geldgeil wirken – ernsthafte Schriftsteller verkauften ihre Werke nicht ans Kino, das wusste er –, aber ein Freund aus der Branche beruhigte ihn, niemand könne diesen Roman als Film umsetzen.[129]

Im April endlich war Wallace so gut wie fertig. Er hatte sagenhaften Erfolg genossen, aber er war sich bei Weitem nicht sicher, ob die Erfahrung wirklich angenehm war. Als reflektierter Schriftsteller konnte er nicht übersehen, wie paradox es war, dass seine Kritik des Verführerischen sich selbst als derart verführerisch erwiesen hatte. Er hatte eine zersplitterte Unterhaltung schreiben wollen, um die Menschen an die Gefahren des Schauens zu erinnern, und ihnen stattdessen ebenso geschickt wie Leyner das Geld aus der Tasche gezogen. Er hatte gehofft, die Leute würden sein Buch zweimal lesen, dabei war es fraglich, ob sie es überhaupt lasen. War der *Unendliche Spaß* zu einem weiteren Vergnügungsdampfer verkommen, zu funkelnden Lichtern auf einem einsamen Meer? Wallace wandte sich an DeLillo, um diese Erfahrung zu verstehen, und spielte auf ein Medienphänomen an, das DeLillo in seinem Roman *Weißes Rauschen* satirisch beschrieben hatte:

> Ich habe mir große Mühe gegeben, die Wahrheit zu sagen und zu Journalisten nett zu sein, die das Buch nicht gelesen hatten und nur über den »Hype« um das Buch reden wollten und dabei scheinbar bewusst ignorierten, dass Artikel über den Hype selbst den Hype ausmachten (etwa eine Woche lang hatte ich das Gefühl, das Buch sei die »meistfotografierte Scheune« geworden, alle machten einen Riesenwirbel wegen des Riesenwirbels um ein Buch, mit dem man sich einen Monat ernsthaft beschäftigen muss, um es zu lesen).

Als JT, sein Kumpel aus Tucson, ihm gratulierte, schrieb Wallace zurück: »VIEL MEHR GETUE UM DAS BUCH, ALS ICH GEDACHT HÄTTE. ÜBER ETWA 26% VOM GETUE FREUE ICH MICH. WIE DU SCHON VOR JAHREN GESAGT HAST, ›YUPPIES LESEN‹.«

Kapitel 7

»Getöse und Gezische«

Sobald Wallace nach Hause kam, riss er den Tourplan von der Wand und warf ihn weg. Es war eine Erleichterung, wieder dort zu sein. Er spürte wieder die »seltsame, warme, tiefe Freude, heimzukommen«, die Zufriedenheit einer Welt, wie er Alice Turner kurz vor seiner Lesereise geschrieben hatte, in der seine Nachbarn »Holzhändler und Techniker für Kopiergeräte« waren, und er hoffte, er würde nie wieder wegfahren müssen. »Die Schmuddelbrüder« – Jeeves und The Drone – warteten schon. Er schickte DeLillo einen poetischen Brief über die »Pferde im Garten des Doktors nebenan« und den Frühling in Bloomington und Corey Washington eine Entschuldigung. Bei Costellos Sekretärin hinterließ er nur eine kurze Nachricht: »Es tut mir leid.«

Er war froh, dass er wieder an seinen üblichen Treffen teilnehmen und in seine Rehawelt zurückkehren konnte, in der Gemeinschaft und Zusammenarbeit großgeschrieben wurden. Was er in den Gruppen gelernt hatte, begleitete ihn stets. Als David Markson sich im Juni beklagte, weil ein anderer Autor einen Preis bekommen hatte, von dem er fand, er habe ihm selbst zugestanden, warnte Wallace ihn sachte vor den Fallstricken des Neids: »Vor allem erinnere ich mich immer wieder daran, welches Glück es ist, dass ich schreiben kann, und welch doppeltes, dreifaches Glück, dass es jemand liest, geschweige denn verlegt. Ich bin kein fröhlich pfeifender Optimist – dieser Durchhaltescheiß ist harte Arbeit, und oft gelingt er mir nicht gut. Aber ich bemühe mich. [...] Das Leben ist gut.«

Little, Brown wollte sofort einen Band mit Wallaces Zeitschriftenessays herausgeben. Das Buch sollte erscheinen, bevor der Blick von Saurons rotem Auge weitergewandert war. Schon bevor Wallace die letzten »Krampftrips« seiner Werbetour hinter sich hatte, wie er sie nannte, bat Pietsch um das Manuskript. Um seine Dankbarkeit zu beweisen, versprach Wallace, er würde schnell an dem »Brocken« arbeiten. Für ihn war das Buch auch eine gute Gelegenheit. Es hatte ihm nie gefallen, wie bei Zeitschriften redigiert wurde, aber er hatte es hingenommen. Jetzt, erklärte er DeLillo später, konnte er Kürzungen rückgängig machen, die Redakteure ihm aufgezwungen hatten, um »für Volvo-Werbung Platz zu schaffen«. Er fügte die gestrichenen Stellen wieder ein, bis die Essays zum Teil doppelt so lang waren wie in den Zeitschriften, und gab ihnen ihren sprachlichen Überschwang und ihre reiche Vielfalt zurück.[130] Er werkelte bis zur letzten Minute an den Texten, bot wieder an, die Fahnenkorrekturen zu bezahlen und erinnerte Pietsch, dass er ihm noch die Kosten für die letzten Änderungen am *Unendlichen Spaß* schuldete, aber Pietsch meinte, das letzte Buch würde sicherlich mehr Tantiemen einbringen, als sie an Vorschuss gezahlt hatten, und sie könnten die Änderungen aus diesem Topf bezahlen. Wallace antwortete, er könne für das Taschenbuch mit weiteren Korrekturen rechnen.

A Supposedly Fun Thing I'll Never Do Again erschien im Februar 1997. Wallace schrieb DeLillo, er würde nur den ersten und den letzten Essay des Bands mögen – »Tennis, Trigonometry, Tornadoes«, dem er seinen ursprünglichen, mathematisch angehauchten Titel »Derivative Sport in Tornado Alley« zurückgab, und den Kreuzfahrtbericht. Doch was Wallace für veraltete, vielleicht nicht mehr ganz so interessante Essays hielt, stieß auf eine erstaunliche Resonanz. *Unendlicher Spaß* hatte ebenso viel Wohlwollen wie Frust hinterlassen. Wie viele Leser hatten es nur bis Seite 70 geschafft und dann aufgegeben? Trotzdem wollten sie mehr von Wallace. Und sei es, weil der Titel der Sammlung – Wallace hatte sie unter dem ursprünglichen Titel des Kreuzfahrtessays veröffentlicht – die zwiespältige Haltung seiner Generation gegenüber Vergnügen und Marketing und dem Marketing des Vergnügens einfing. Außerdem wirkte der experimentelle Aspekt der Essays verblüffend; Wallace beschrieb ihn in einem Interview als »im Grunde ein riesiges Auge, das über etwas schwebt und berichtet, was es sieht«. Schon die Länge der Texte deutete auf Hingabe und Beschwerlichkeiten hin und auf die Bedeutung von Anteilnahme in einer Welt, in der man ständig gedrängt wurde, alles nicht so eng zu sehen. Es war, als würde man seinem besten Freund an der Uni zuhören, der unermüdlich beobachtete, argumentierte, Dingen trotzte oder sie aufgriff, aber nie einfach hinnahm.

Die Kritiker waren sich bei Wallaces Sachtexten im Großen und Ganzen eher einig als bei seiner Belletristik. Der *San Francisco Chronicle* erkannte bei allen Albernheiten »einen leidenschaftlichen und zutiefst ernsten Schriftsteller«, und James Wood, der in der *Newsday* eine fruchtbare Trennlinie bemerkte zwischen Wallace als postmodernem Essayisten und als Journalisten, der »die Realität festhalten will (wenn auch auf flippige Art)«, schloss: »Seine Widersprüchlichkeiten sind seine Stärke, und will man den Zeitgeist in schönster Verwirrung mit sich selbst ringen sehen, muss man alle Essays in diesem Buch lesen.« Für Laura Miller von Salon.com erfüllten die Artikel das Versprechen, das im *Unendlichen Spaß* gegeben wurde. In der *New York Times Book Review* schrieb sie, *A Supposedly Fun Thing* zeige »uns Mr Wallace von Seiten, die seine literarischen Texte bisher verborgen hielten: als Schriftsteller, der arg damit zu kämpfen hat, seine Gegenwart zu begreifen und darzustellen, als Kritiker, dessen Herz für ›ernsthafte‹ Kunst schlägt, und als Menschen im besten Sinne.«

Für die Taschenbuchausgabe des *Unendlichen Spaßes* wollte Wallace keine Lesereise unternehmen, aber weil sie im selben Monat wie *A Supposedly Fun Thing* erschien, konnte er doch fahren, ohne dass es offensichtlich war. Er besuchte zehn Städte, während das neue Buch auf viele Bestsellerlisten kletterte und sich als Hardcover etwa fünfzehntausend Mal verkaufte. An dem

Abend, an dem Wallace im Brattle Theatre in Cambridge, Massachusetts las, fuhr er anschließend zum Harvard Lampoon Castle und ließ sich den Preis als »Autor des Jahrtausends« überreichen, allerdings erst, nachdem er sichergestellt hatte, dass der Preis erfunden war. Wo er auftauchte, bildeten sich lange Schlangen. Gegen Ende der Lesereise für den *Unendlichen Spaß* war er trotz aller Bedenken in Charlie Roses Talkshow aufgetreten. Dabei war nicht sein Roman der Anlass gewesen, sondern ein kürzlich erschienener Essay von Franzen über die gegenwärtige Lage der Literatur. Die beiden waren gegen Mark Leyner angetreten, und die Geschichte war relativ schmerzlos über die Bühne gegangen. Deshalb willigte Wallace jetzt ein, für seine Essays wieder dort aufzutreten. Ohne Gegenpart wurde es zu einer unangenehmen Erfahrung, und Wallace mit seinem weißen Kopftuch wiegte sich vor und zurück und kämpfte dagegen an, seine überschäumenden Gedanken aus sich herausströmen zu lassen – im Fernsehen über die Macht des Fernsehens zu reden brachte ihn extrem aus dem Konzept; eine derartige Selbstbezüglichkeit konnte er nicht ignorieren. Rose fragte ihn freundlich, aber hartnäckig nach der Zeit vor seinem Entzug:

DFW: Ich sage Ihnen, warum mir das Thema peinlich ist; nicht, weil –
ROSE: Genau das möchte ich wissen.
DFW: Nicht, weil ich mich schämen würde, weil jeder darüber redet. Ich meine, das klingt doch –
ROSE: Anders gesagt, jeder –
DFW: Es klingt –
ROSE: Jeder redet dabei über sich oder jeder redet über Sie?
DFW: Nein, jeder redet – es klingt wie so ein Hollywood-Ding. »Oh, er kommt gerade aus dem Entzug und –«
ROSE: Nein, ich –
DFW: »– ist wieder auf dem Damm.«
ROSE: – habe gar nichts über Entzug gesagt.

Nach einem zweiten erfolgreichen Buch wollte Wallace wieder sichergehen, dass sich nichts Grundlegendes geändert hatte. Francis B. bat ihn, mit der etwa elfjährigen Tochter seiner Frau ins Kino zu gehen, und Wallace sah sich mit ihr *Titanic* an und sagte ihr während der Nacktszene, sie solle sich die Augen zuhalten. Wie immer bewunderte er die Menschen, die so lebten, wie er es nicht konnte: Ein Mitglied seiner Gruppe arbeitete in Zwölf-Stunden-Schichten in einer Reifenfabrik ohne Klimaanlage, mit dem Gelassenheitsgebet als einzigem Trost. »Ich meine«, schrieb Wallace einem Freund, »verstehst Du, warum ich einige von diesen Menschen wirklich LIEBE?« In der Uni trug er sein Kopftuch, nahm sich in seinen Kursen Zeit für die Grammatikminute, seine Mini-Lektionen zum richtigen Sprachgebrauch, und spuckte seinen Tabak dezent in eine rote Plastiktasse. Die Geschichten seiner Studenten redigierte er drei Mal, er ermutigte die Schüchternen und stutzte die Übereifrigen zurecht. Er stellte Wortlisten auf: »Trift, durch Strömung fortbewegtes Treibgut.« »Musth, Phase eines gesteigerten Sexualtriebs bei Elefanten (Vulkaniern), in der sie aggressiver werden.« Er wollte wieder als schwieriger Schriftsteller in einer kleineren Stadt im Mittleren Westen in der Versenkung verschwinden.

Nur hatte sich die Welt verändert. An Bloomington mochte Wallace, dass er dort »von dem meisten Getöse und Gezische im glühend heißen Zentrum wunderbar verschont« blieb, wie er Alice Turner schrieb, und er fügte hinzu: »Meine besten Studenten kommen aus Farmerfamilien und wussten nicht mal, was sie gerne lesen, bis ich sie überzeugt habe, dass sie es doch wissen.« Aber auch sie oder ihre Eltern kauften das *Time Magazine* oder die *Newsweek*. Sie hatten die Fotos von Wallace gesehen und wussten, dass die Außenwelt ihn als wichtige Persönlichkeit betrachtete. Aber wenn Studenten mit ihm über seine Berühmtheit reden wollten, kamen sie nicht weit, und wenn sie dachten, sie könnten bei ihm Punkte sammeln, wenn sie den *Unendlichen Spaß* lasen, lernten sie bald, das außerhalb seiner Sichtweite zu tun.

Gelegentlich wirkte sich sein Ruhm auf den Campus aus. Ein Mann aus Chicago rief in Wallaces Institutsbüro an und wollte sich mit ihm zum Tennis verabreden. Ein anderer fuhr zur Universität, fragte, wie er den Autor vom *Unendlichen Spaß* kennenlernen könne, und machte die Institutsmitarbeiter nervös, indem er den ganzen Tag dort wartete. Einige Studenten der University of Chicago führte eine Schnitzeljagd auf den Campus, für die sie ein Foto von sich und Wallace besorgen sollten (er war nirgendwo aufzutreiben).

Wallace gewöhnte sich an, seine Telefonnummer alle paar Monate zu ändern. In Restaurants reservierte er Tische unter Fantasienamen – besonders gern benutze er den von Jim Deatherage, der in der Highschool eines Freundes kreatives Schreiben unterrichtet hatte. John O'Brien, der Verlagsleiter der Dalkey Archive Press, hatte dreizehn Hunde. Manchmal kamen sie zu Besuch und spielten mit Jeeves und The Drone, an anderen Tagen fuhr Wallace mit den Schmuddelbrüdern zu O'Briens Haus am Stadtrand. Einmal beklagte er sich bei O'Brien, er könne die Menschen nicht mehr einschätzen: »Die Leute kommen auf mich zu und sagen, sie lieben das Buch, und ich weiß nicht mal, ob sie es gelesen haben. Ich weiß nicht mehr, wem ich noch trauen kann.«

Die ersten Studenten bewarben sich jetzt gezielt für das Graduiertenprogramm, um bei Wallace Seminare zu belegen. Er entwickelte sich zu einer Leitfigur einer neuen Art von Literatur, nicht des Postmodernismus der restlichen Fakultät, auch nicht des Realismus von Iowa und anderswo, er vertrat einen dritten Ansatz, einen unbequemen, aber aufrichtigen Realismus für eine Welt, die nicht mehr existierte. Köpfe gleichsam wie Herzen schluchzen zu lassen hatte das Potenzial, sich zu einer neuen literarischen Strömung zu entwickeln. Es verbreiteten sich diverse Bezeichnungen, von Neuer Ernsthaftigkeit bis zu Post-Postmodernismus. Gelegentlich hörte man sogar Grunge Fiction.

Nur war Wallace nicht auf ein Gefolge aus. Dafür war er zu sehr Einzelgänger, zu rekursiv, zu sehr von Konkurrenzdenken geprägt und empfand seinen Weg als zu schmerzhaft, um ihn jemand anderem zu wünschen. Zum Unterrichten gehörte für ihn nur das Vermitteln von Grundlagen, der Rest war Aufgabe der Studenten. Allmählich fragte er sich, wie glücklich er überhaupt in Bloomington war. »Ich merke, dass ich dieses Jahr die gleichen Sachen sage wie letztes Jahr und – und das ist schon ein wenig erschreckend«, hatte er Rose in seiner Sendung erzählt und erklärt, die meisten Lehrer würden »nach zwei oder drei Jahren« in ihrem Unterricht nichts mehr lernen. Er entdeckte sein Interesse für Yoga und Meditation und praktizierte beides regelmäßig. Mit ein paar Freunden von den AA verbrachte er ein paar Tage in einem Exerzitienhaus von Jesuiten in der Nähe von St. Louis. Im Kloster herrschte ein Schweigegebot, um die innere Einkehr zu fördern, und Wallace nutzte die Gelegenheit, um eine Tasche voll Arbeit mitzunehmen. Allerdings hatte er schon immer den Mississippi von Nahem sehen wollen, deshalb überredete er Francis B., mit ihm den Abhang hinunter zum Ufer unterhalb des Klosters zu steigen. Zu seiner Enttäuschung fanden sie unten nicht mehr als einen toten Knochenhecht. »Das hatte ich mir anders vorgestellt«, beschwerte sich Wallace. In diesem Moment fuhr ein Kajütboot vorbei, auf dem eine Gruppe Frauen ihre Oberteile hochzogen. »Also das war doch mal eine spirituelle Erfahrung«, bemerkte Wallace.

Sex und die intensiven, komplizierten Wechselspiele, die er mit sich brachte, stillten in Wallace ein Bedürfnis, das von nichts anderem berührt wurde. Er lebte mittlerweile schon lange promiskuitiv. Aber durch seine Berühmtheit wollten mehr Frauen mit ihm schlafen, oder vielleicht gab sie ihm auch eher das Gefühl, er sollte mit ihnen schlafen. Bei jeder seiner Lesungen bildeten sich lange Schlangen, reichlich »Publikumsmuschis« – der Ausdruck stammte von Mary Karr. Nach einer Lesung in New Orleans kam er nach Hause und erzählte Francis B., er habe mit einem minderjährigen Mädchen geschlafen. Corey Washington besuchte eine Veranstaltung in Washington, zu der zweihundert Leute gekommen waren und bei der Wallace unermüdlich Exemplare von *A Supposedly Fun Thing* signierte. Danach kam eine junge Frau auf sie zu. »Ich habe dir doch gesagt, du sollst nicht herkommen«, blaffte Wallace. Wenn es um Sex ging, schrieb er einem Freund, war er »regelrecht verrückt«. In einem Gespräch mit Franzen dachte er einmal laut darüber nach, ob sein einziger Daseinszweck darin bestand, »meinen Penis in so viele Vaginen wie möglich zu stecken«.

Nachdem Kymberly ausgezogen war, hatte er sie bald durch eine andere Frau aus der AA-Gruppe ersetzt, die auch eines seiner Anglistikseminare besuchte. Aber als er einmal nicht zu Hause war, las sie sein Tagebuch, und er machte Schluss. Ihre Nachfolgerin war ihre beste Freundin, die auch mit Kymberly befreundet war. Sie hatte zwei Kinder, ein bevorzugter Umstand für Wallace, der seinen »Fetisch für die Eroberung junger Mütter« im *Unendlichen Spaß* Orin Incandenza vererbt hatte.[131] Die junge Frau kaute Tabak, und sie waren über ein Jahr zusammen. Doch zu dieser Zeit war Wallace nicht gerade beziehungstauglich. Er hatte zu lange allein gelebt und eine Art »komplexes und weit verzweigtes Tunnelsystem« entwickelt, um seine Beschreibung der Tennisakademie im *Unendlichen Spaß* zu übernehmen. Im Laufe der Zeit hatte er seinem Haus eine eigenwillige Note verpasst. Ein Zimmer, in dem er arbeiten wollte, hatte er schwarz gestrichen und mit seinem silbernen Velourssessel möbliert. »Ich wollte schon als Kind ein schwarzes Zimmer haben«, erklärte er Brad Morrow in einem Brief. Er übersäte es mit Lampen, von denen viele aus dem Haus seiner Eltern stammten. Seinen Computer für Überarbeitungen und Korrekturen stellte er ins Wohnzimmer und bedeckte ihn mit dem Brautschleier einer Freundin, als wäre er der Hort eines geheiligten Mysteriums. Wallace kannte sich gut genug, um zu wissen, dass er keinen Fernseher wollte – bis er doch einen wollte. Dann kaufte er ein Gerät, schloss es aber nicht an. Oder er stellte es an den Straßenrand für die Müllabfuhr oder schenkte es einem Freund aus seiner AA-Gruppe. Sein Verhalten war derart auffällig, dass es in der Lokalzeitung *Pantagraph* erwähnt wurde.

Bei alldem könnte man sich Beziehungen schwierig vorstellen, aber auf manche Frauen wirkte es geradezu berauschend, mit welcher Verve – und welch reizvollen Schwächen – er sich in, man könnte sagen, unzweideutige Beziehungen stürzte. Einige erinnern sich, er habe »wie eine Droge« auf sie gewirkt.[132] Mit einer Studentin und ihren Freundinnen spielte er in ihrem Wohnheim *Trivial Pursuit*. Einer anderen las er aus dem Kinderbuch *Das Samtkaninchen* vor. »Echt hat nichts damit zu tun, wie man gemacht ist«, erklärt das Pferdchen dem Samtkaninchen, »es ist etwas, das mit dir passiert.« Bei einer Dritten waren es Scharaden. Die Frauen teilten eine Zeit lang das Bett mit ihm, Jeeves und The Drone, quengelten leise wegen des »farblosen Essens« in seinem Kühlschrank, wie eine Frau es ausdrückte – Kekse, Frischkäse, Müsli – und wurden früher oder später abserviert. »Da drüben steht ein verlängertes Wochenende, für das ich immer noch die Kreditkartenrechnung abbezahle«, sagte er wenig galant über eine junge Frau. Wallace tat so, als wäre es ihm egal, dass einige der Frauen seine Studentinnen waren. Seinem Freund Corey Washington erzählte er, er würde es darauf anlegen, gefeuert zu werden.

Auch in Bloomington besuchte Wallace noch Therapeuten, zum Teil, um die Probleme mit seiner Mutter aufzuarbeiten, zum Teil wegen seiner eigenen Beziehungsschwierigkeiten. Er war besorgt, dass er zu einem Klischee-Romeo wurde, und behauptete, er sei bereit für eine feste Beziehung und das Ende der, wie er es in einem Brief nannte, »maximal romantischen und minimal intimen« Affären, in denen nie echte Intimität aufkam. War es nicht im Seminarraum, lernte er Frauen oft in der Kirche St. Matt's kennen, in deren Pfarrwohnung sich seine AA-Gruppe traf. Sein Talent als Zuhörer und seine routinierten Selbstoffenbarungen führten oft dazu, dass er den verbotenen »dreizehnten Schritt« machte. Andere Gruppenmitglieder rieten ihm, er solle aufhören, und warnten ihn vor den emotionalen Risiken, sich mit einer seit Kurzem trockenen Frau einzulassen, die Wallace nach seiner verrückten Beziehung mit Mary Karr nicht neu waren. »Hier kommt man leicht zum Schuss, aber die meisten haben auch einen«, lautete ein Spruch in der Gruppe. Trotzdem konnte Wallace sich nicht bremsen. Er schrieb einem Freund, manchmal würde er mittags um zwölf zu einem Meeting gehen und habe mit drei der zehn Frauen dort geschlafen und sei mit ein, zwei anderen »kurz davor« gewesen. Sein Verhalten war zuweilen schwer zu rechtfertigen, das merkte er auch selbst; er verursachte eine Menge Kummer. Noch größer war allerdings seine Sorge, diese ganzen Affären würden ihm selbst am meisten schaden. Er merkte, dass er extrem manipulativ geworden war, weil er alle Frauen dazu bringen wollte, sich wahnsinnig in ihn zu verlieben; sie sollten auch dieses »Ziehen« fühlen, das er in diesen Momenten immer verspürte, schrieb er einem Freund. Für ihn war es das Jämmerlichste, was man tun konnte – jemanden dazu zu bringen, einen zu brauchen, indem man ihm Interesse vorheuchelte. Das war einer der Mechanismen, die er im *Unendlichen Spaß* bloßstellen wollte. Damit, wurde ihm klar, war man kaum besser als »die Leute, die Waschmittel verkaufen«.

Bereits als Wallace im Frühjahr 1997 nach der Lesereise für *A Supposedly Fun Thing* an die Illinois State University zurückkehrte, war er besorgt, wie es mit dem Schreiben weitergehen sollte. Nach der anstrengenden Arbeit am *Unendlichen Spaß* fühlte er sich verständlicherweise ausgelaugt. Anfangs hatte ihn diese Erschöpfung nicht gewundert. Den Großteil des Romans hatte er in Boston Anfang der Neunziger verfasst, in Syracuse hatte er ihn erweitert und verbessert, und als er im Juli 1993 nach Bloomington kam, schrieb er fast nur noch um und beschäftigte sich mit Pietschs Änderungen. Das hatte etwa ein weiteres Jahr in Anspruch genommen. Doch 1995 hatte er gehofft – eigentlich erwartet –, mit etwas Neuem anzufangen. Und er ging davon aus, dass es wieder ein Roman werden würde. Der Roman war die Oberklasse, die Form, die zählte, der Kritiker und Schriftsteller Wert beimaßen, und in der er seinen Bund mit den Lesern erfüllen konnte. DeLillo hatte fast ausschließlich Romane veröffentlicht, genauso wie Cormac McCarthy.

Durch die Freiheit, die ihm der Erfolg einbrachte, wurde Wallace unwohl zumute; er hatte sich immer bemüht, seine Wahlmöglichkeiten übersichtlich zu halten und sich ein paar einfache Regeln aufzuerlegen: nicht trinken, nicht kiffen, nicht versuchen, andere zu beeindrucken, um sich besser zu fühlen. Auf dem Papier wurden die Dinge allerdings komplizierter. Er wusste, dass er für sich schreiben musste und nicht an die Leser denken durfte, aber das war leichter gesagt als getan. In Gesprächen mit Costello zu dieser Zeit klagte er, es falle ihm sehr schwer, die Wörter in der richtigen Reihenfolge festzuhalten. Seit Amherst galt Costello und Wallace das Gedicht »Diese lebendige Hand« von John Keats als Maßstab für gutes Schreiben:

Diese lebendige Hand, so warm und fähig,
Fest zuzugreifen, würde dir, erkaltet,
Läg sie einst in des Grabes eisiger Stille,
Den Tag so peinigen, so die Träume kühlen,
Daß du dein eigenes Herz dir blutleer wünschtest,
Wenn mich nur rotes Leben neu durchströmte
Und dein Gewissen ruhig wär – sieh, hier ist sie –
Ich streck sie dir entgegen.

Wallace sagte oft, er wolle beim Schreiben »die Hand erscheinen lassen«, und erzählte nachher enttäuscht: »Die Hand, Mark – es ist keine Hand da.« Costello befürchtete, dass sein Freund seine Arbeit zu negativ bewertete und dass der Erfolg sein fragiles inneres Gleichgewicht zerstört hatte.

Als der *Unendliche Spaß* abgeschlossen war, fühlte Wallace sich bei kürzeren fiktionalen Texten besser aufgehoben. Aber er konnte den Wert seiner Arbeiten nicht einschätzen und hatte nicht das Gefühl, er würde seine Zeit gut nutzen. »Mit dem Schreiben läuft es hier beschissen«, ließ er DeLillo im September 1996 wissen. »Ich habe den ganzen Sommer über Dutzende obskurer Kürzestgeschichten geschrieben, die mir nicht den Eindruck machen, als wären sie verständlich oder für irgendwen sonst interessant.« Er erzählte Brad Morrow von der *Conjunctions*, er würde seine Tage damit zubringen, in seinem schwarzen Zimmer zu sitzen und »seltsame kleine Einseiter« zu schreiben. In einigen ging es um »die spirituelle Leere heterosexueller Begegnungen im postmodernen Amerika«, wie er es später in einem Interview ausdrückte, in anderen beinahe metaphysischen Aperçus um die unscharfe Schnittmenge von Wahrnehmung und Welt, um kurze Vignetten, die er unter der Rubrik »Ein weiteres Beispiel für die Durchlässigkeit gewisser Grenzen« zusammenfasste. Was hatte den Horizont seiner Vorstellungskraft so grundlegend verengt? Er suchte die Schuld bei sich, nicht etwa bei Erschöpfung oder dem Alter. Er dachte, andere Schriftsteller würden weniger Probleme haben. Im Jahr zuvor hatte er bei dem Schriftsteller Hilfe gesucht, den er am meisten bewunderte. Er hatte eine »Anfängerfrage« an DeLillo – »eine Art zögerlich erhobene Hand in der letzten Reihe beim Besuch eines Schriftstellers im Klassenzimmer«. Und weiter: »Folgst Du beim Schreiben täglichen Gewohnheiten? Reservierst Du bestimmte Zeiten und nur diese Zeiten nur für das Schreiben von Belletristik? Und vor allem: Erfüllst Du dann diese täglichen Vorgaben, Tag für Tag? Hast Du das Problem, dass Du Arbeit verschleppst/vermeidest/Dir die Disziplin fehlt? Und wenn ja, wie überwindest Du das?«

> Ich frage, weil es mich frustriert, wie langsam und vor allem wie unregelmäßig ich mit der Arbeit vorankomme. Und ich frage Dich, weil es zumindest an diesem Ende der Bücher so aussieht, als würdest Du absolut kontinuierlich arbeiten – etwa alle zwei Jahre ein Buch seit über zwanzig Jahren, und Du scheinst keine andere Arbeit oder einen Lehrauftrag oder sonst etwas zu haben, das die (so empfinde ich es) Belastung reduzieren könnte, jeden Tag allein den Anfang und die Disziplin zu finden und der täglichen Versuchung zu widerstehen, meine

> Zeit zu verplempern und auf die Disziplin zu pfeifen. Ich wäre für jede Anmerkung und jeden Rat dankbar und würde sie vertraulich behandeln.

DeLillo versuchte den dreiunddreißigjährigen Wallace zu beruhigen, es würde mit der Zeit einfacher, sich für das Schreiben zu sammeln, wenn auch nie ganz einfach. »Der Roman«, schrieb er seinem jüngeren Freund, »ist ein echter Killer. Ich achte darauf, dass ich ihm den gebührenden Respekt erweise.« Für eine Weile mochte Wallace sich damit zufriedengeben, aber nach einem Monat hob er wieder die Hand. Warum, fragte er sein erwähltes Vorbild, musste man einen so steinigen Weg gehen, um als Schriftsteller zu reifen?

> Möglicherweise will ich nur hören, dass der erwähnte Kampf natürlich und nötig und ein Anzeichen eines überragenden Intellekts ist; möglicherweise brauche ich ein paar aufmunternde Worte, denn ich muss sagen, dass mir dieser Kampf kein bisschen gefällt. Ich glaube, meine Geschichten sind besser als früher, aber das Schreiben macht auch weniger *Spaß* als früher.

»Na gut«, antwortete DeLillo etwas schroffer, »Dein erstes Buch hat mehr Spaß gemacht, aber das bedeutet nicht, dass Du das Vergnügen für alle Zeiten hinter Dir gelassen hast.« Ihn zumindest brachte das Schreiben an sich weiter: »Mir bereitet es Vergnügen, wenn ich auf der Sprache dahingleite und die Geschichte wie von allein vorantreibt und ich einer Figur einen völlig unerwarteten Ausdruck verleihen kann«, schrieb er. Angesichts der Einsamkeit und der Unsicherheit darüber, was man erreicht hatte, würde es trotzdem nie ein Kinderspiel sein, Romane zu schreiben. Das musste Wallace begreifen. Als eine Art Aufmunterung widersprach er Wallaces Unterscheidung zwischen seinen »schlechten« früheren Texten und den »guten« späteren:

> Ich empfinde die gelegentlichen Kunststückchen in *Girl with Curious Hair* nicht als eine Art Exhibitionismus. Und mich lässt auf den ersten Seiten [des *Unendlichen Spaßes*] auch nichts vermuten, Du würdest an Witzlosigkeit im Endstadium leiden. Aber natürlich betrachten Leser und Schriftsteller die Sache von unterschiedlichen Blickpunkten aus. Wo Du in meiner Arbeit Spaß siehst, erinnere ich mich an Zweifel, Unsicherheit und Zaudern und verspüre jetzt beachtliches Bedauern, besonders über die früheren Bücher.

Am Ende wollte er Wallace mit einem Kompliment das Gefühl geben, dass er zu einer Elite gehörte, für deren Mitgliedschaft man nun einmal leiden musste:

> Wenn ich sage, dass der Roman ein echter Killer ist, meine ich das nur in Bezug auf Schriftsteller, die intelligent genug, sensibel genug und gut genug sind, um die Gefahren zu erkennen und entsprechend Respekt vor diesem Format zu haben. Man muss gut sein, um die Gefahr überhaupt zu spüren oder zu verstehen, was für den Erfolg nötig ist. Sollen die anderen sich über Lesereisen beklagen.

Wahrscheinlich konnte das Wallace nicht trösten. Für ihn mussten sich seine frühen Texte im Ton deutlich vom *Unendlichen Spaß* unterscheiden – dieser Unterschied verkörperte nicht nur seine literarische Entwicklung, sondern buchstäblich sein Überleben. Also suchte Wallace nach anderen Möglichkeiten, um sich zu motivieren. Er lud Charis Conn vom *Harper's* ein, ein Semester lang bei ihm zu wohnen und an ihrem Roman zu arbeiten, womit er sich gleichzeitig Konkurrenz und eine Aufpasserin ins Gästezimmer holte. (Seinem Haus gab er den Spitznamen »Yaddo West«.) Er hörte auf zu rauchen, fing wieder an, gab es wieder auf. Mit neuen Seminaren wollte er sein Interesse an seiner Brotarbeit wieder entfachen. Im Frühjahr 1997 gab er zusammen mit Doug Hesse, einem Kollegen aus dem Anglistischen Institut, einen Kurs über kreative Non-Fiction. Ihr Thema definierten sie auf einem Informationsblatt für die Studenten als »leicht problematische Bezeichnung für eine ganze Bandbreite von Prosatexten wie persönlichen Essays und Memoiren, Kurzbiografien, Natur- und Reisebeschreibungen einer gewissen Qualität, theoretischen Essays, New Journalism etc.«.[133] Im selben Semester plante und leitete er ein Seminar über große Romane des zwanzigsten Jahrhunderts, das »im Grunde«, wie er es im Semesterplan beschrieb, »eine praktische Ausrede / ein Anreiz sein soll, eine Reihe interessanter, schwieriger amerikanischer Romane zu lesen. [...] Der Kurs ist als großer, anspruchsvoller, engagierter Lesekreis konzipiert.« Stolz schrieb er Steven Moore: »Ich präpariere mich für 2 DeLillo, 2 Gaddis, 2 McCarthy [...] und 1 Gass. Tod durch Literatur.«

Als das zusätzliche Unterrichten seiner Kreativität keinen Schub gab, überlegte Wallace, damit ganz aufzuhören. Er hatte nicht vergessen, dass er ohne Uni am besten gearbeitet hatte. In anderen Phasen gab er seiner mangelnden Disziplin die Schuld. Er malte sich eine bessere Version seiner selbst aus und kritzelte eines Tages auf ein Stück Papier:

> Wie ein ausgewogenes Leben aussehen würde:
> 2–3 Stunden am Tag schreiben
> Gegen 8, 9 aufstehen
> Nur ein paar Tage die Woche lange aufbleiben
> Täglich Sport
> Möglichst wenig unterrichten
> 2 Abende / Woche mit anderen Freunden verbringen
> 5 [AA-Treffen pro] Woche
> Kirche

»Mittlerweile glaube ich wieder, dass *US* ein Glückstreffer war«, schrieb er auf einen anderen Zettel:

> Ich spüre nichts Lapidares in mir. »Bevor man sich endgültig einer Aufgabe verschreibt, ist alles fruchtloses Zögern.« Goethe.[134] Aber wie verschreibt man sich – dem Schreiben, einer halbwegs gesunden Beziehung, mir selbst? Wie kann ich alles so planen, dass ein bestimmter Anteil jedes Tages dem Schreiben gehört? Wie kann ich Geld sparen, damit ich mir den Herbst 97 freinehmen kann?

Den letzten Punkt setzte er um. Er bat DeLillo, ihn für ein Guggenheim-Stipendium vorzuschlagen, und zog die Bitte vier Tage später zurück. »Ein seltsamer Blitz in Form eines Stipendiums« hatte bei ihm eingeschlagen, wie er berichtete. Die Lannan Foundation in Santa Fe hatte ihm 50 000 Dollar gewährt, »was heißt«, wie er Steven Moore schrieb, der dazu beigetragen hatte, »dass ich nächstes Jahr unbezahlten Urlaub nehmen und mich meinen Schreibängsten stellen kann«. Allerdings schrieb er DeLillo, die Aussicht auf ein ganzes Jahr ohne Seminare habe dazu geführt, dass »ich im Grunde mein Über-Ich auf die Welt projiziert habe und mir jetzt vorstelle, dass SIE am Ende der Stipendienzeit einen erheiternden Prosatext in Romanlänge von mir erhofft-nein-verlangt, was Hühnerkacke ist, ich weiß, und trotzdem kann ich kaum noch atmen«. Wieder fragte er, warum er nicht DeLillos Disziplin aufbrachte – »ihr ruhigen, tiefernsten Typen, die sich Zeit lassen und nur fertige, wohlüberlegte Sachen veröffentlichen«. Der Gedanke, er habe zu viel Zeit, machte ihm allmählich ebenso viel Angst wie der Gedanke, er habe zu wenig Zeit.

Da Gott »mit Sicherheit einen Sinn für Ironie hat«, wie Wallace gerne sagte, bekam er im Jahr nach dem Lannan-Stipendium 230 000 Dollar von der MacArthur Foundation; zusammen mit dem Stipendiengeld und seinem Einkommen durch den Verkauf seiner Bücher bedeutete das, dass er nicht mehr unterrichten musste. Es war Wallace extrem unangenehm, etwas zu bekommen, das Genius Grant genannt wurde. Das passte zu gut zu seiner Befürchtung, er sei nur ein hochklassiger Entertainer, der sich von den »Blowjobs der Kultur«, wie er es in einem Brief an Markson nannte, kaufen ließ. Ihm gefiel der Gedanke nicht, man würde ihn für das feiern, was er war, und nicht für das, was er geschrieben hatte oder im Moment versuchte zu schreiben. Diesen Preis anzunehmen war genauso riskant, wie einen Vorschuss auf ein Buch anzunehmen – psychologisch gesehen sogar noch schlimmer, weil man das Stipendium auf jeden Fall behalten konnte. Erfüllte man die Erwartungen nicht, konnte einen niemand anders bestrafen als man selbst. Außerdem brauchte er das Geld nicht unbedingt. Seine einzige größere Ausgabe war die Krankenversicherung, und die wurde von der Universität bezahlt. Er verreiste nicht und kaufte wenig – er fuhr ein altes Auto, und Einkaufszentren, erzählte er seinen Freunden, stimmten ihn traurig. Um die Last abzubüßen, versuchte er das Geld sofort wieder loszuwerden, als er es bekam. Er lieh Exfreundinnen Geld und verschenkte es an seine Freunde in der AA-Gruppe, damit sie die Collegegebühren für ihre Kinder bezahlen konnten. Bei anderen Freunden wollte er förderungswürdige Projekte unterstützen – eine Frau bat um Geld, um eine Studie über sexuellen Missbrauch von Kindern schreiben zu können. Er kaufte einen Pick-up. Eines Tages erwähnte er im Seminar, er wisse nicht mehr, wo der Wagen abgeblieben war. Und es war ihm peinlich, als ihm eine Studentin die Schlüssel brachte und ihn erinnerte, dass er ihr den Wagen ein paar Wochen zuvor geliehen hatte.

Voll der Sorge ging er in sein freies Jahr. »Ich komme mit dem Schreiben weiter«, berichtete er Moore im September 1997, nachdem er den Sommer allein verbracht hatte, »aber natürlich nicht so schnell oder so gut, wie ich es mir wünschen würde.« Etwa zur selben Zeit vermerkte er am Rand eines Notizbuchs: »Ich habe einen McArthur-Preis [sic] bekommen. Mann habe ich Angst. Mir ist speiübel. Warum? Keine Auflagen – sie bekunden damit nur, dass sie mich für ein ›Genie‹ halten. Ich fühle mich nicht wie ein Genie.« Als Ausweichtaktik verbrachte er viel Zeit damit, Briefe zu schreiben, vor allem darüber, dass er seiner Arbeit auswich, und gleichzeitig versuchte er zu ergründen, warum er das Gefühl hatte, er könne nichts Größeres oder Mutigeres als seine »Kürzestgeschichten« schreiben. Schließlich schob er es auf den Ruhm, der ihm seit dem *Unendlichen Spaß* anhaftete. Er kam noch mal auf ein Bild für Berühmtheit zurück, das ihn seit der Arbeit an dem Buch nicht losließ. Hier erklärt der Prorektor einer vermeintlichen Journalistin, warum er seine Spieler vor den Medien schützen will:

> […] für Sie geht's ja nur um Unterhaltung und Persönlichkeit, es geht um die Statue, aber wenn man ihnen das richtig einschärft, dann werden sie nie zu Sklaven der Statue, sie werden sich nicht das Hirn wegblasen, wenn sie ein Turnier gewonnen haben, oder im dritten Stock aus dem Fenster springen, wenn sie nicht mehr veräppelt werden und keine Homestorys mehr kriegen, wenn ihre Blüte zu welken beginnt.

Jetzt fragte sich Wallace, ob er nicht eine literarische Statue geworden war, »die Version von mir«, wie er einem Freund damals schrieb, »die andere für mein echtes Ich halten sollen«. Die Statue war »eine Maske, ein Öffentliches Ich, Falsches Ich oder Objektbesetzung«. Für Wallace wurde diese Statue besonders fatal, weil ihre Existenz von dem komplizierten Wechselspiel zwischen Schriftsteller und Öffentlichkeit abhing. Nicht nur: Du wirst geliebt. Sondern auch: Du liebst es, geliebt zu werden. Du bist süchtig danach, geliebt zu werden.

Weiter erklärte Wallace in dem Brief, er habe schon lange gewusst, was er schreiben wollte, aber er sei von der Angst vor dem Versagen »gelähmt«. Er war besorgt, die »Magie« oder »Genialität«, die die Leser in seinen beiden letzten Büchern gesehen haben wollten, seien hier nicht erkennbar. Er habe Angst, er würde »ausgelöscht oder so was (ich schreibe ›ausgelöscht‹, weil diese Angst der Angst vor dem Tod oder der Vernichtung sehr nahe kommt, der Art Angst, die einen auf dem Sprungturm befällt oder auf einem hohen Drahtseil oder Ähnlichem)«. Sein Bedürfnis, so zu sein, wie andere ihn sahen, ließ ihn erstarren. Die anderen konnten sich leichter davon lösen, als er es konnte. Und seit dem Erfolg des *Unendlichen Spaßes* hatte sich das Problem verschärft, bis er fürchtete, der »kleinste Irrtum oder Fehlgriff« könnte die Statue stürzen. Diese Aussicht jagte ihm Angst ein. Er schloss, er habe seit der Veröffentlichung des *Besens* – »dem Tag des Errichtens / der Enthüllung der Statue von DFW als Schriftsteller« – nur bei »seltenen« Gelegenheiten »wirklich gute Arbeit« schaffen können.

Dabei war er zu streng mit sich. Bei Wallace ging Selbstprüfung oft in Selbstgeißelung über – und regte genauso oft mögliche literarische Betrachtungen an. Was machte einen Schriftsteller zu einer Statue? Und polierte man sie mit einer solchen Überlegung nicht bereits auf, quasi als kluge erhaltende Maßnahme? Wie er Wurtzel geschrieben hatte: »Ich glaube, ich bin sehr offen und ehrlich, aber ich bin auch stolz darauf, wie offen und ehrlich ich bin – was also sagt das über mich?«

Ständig bedrängten ihn vergleichbare Beispiele von Selbstbezüglichkeit, die sich in seine typischen Denkmuster einpassten. Er arbeitete an einem weiteren Splitter der »Durchlässigkeit gewisser Grenzen«, der beginnt:

> Und wie in all den Träumen zuvor bin ich mit jemandem zusammen, von dem ich weiß, dass ich ihn kenne, aber nicht, woher. Jedenfalls macht mich der Betreffende plötzlich darauf aufmerksam, dass ich blind bin. [...] Möglicherweise komme ich durch die Anwesenheit dieser Person auch von selbst darauf, ich weiß nicht genau. Ich weiß nur, dass ich traurig werde, wenn ich feststelle, dass ich blind bin. Es macht mich unglaublich traurig, blind zu sein. Die betreffende Person weiß irgendwie, dass ich traurig bin, sagt aber, dass Weinen meinen Augen weiter schadet und meine Blindheit noch schlimmer macht, aber ich kann nichts dagegen tun.

Er war entsetzt darüber, wie lange es dauerte, solche kurzen Skizzen zu entwerfen. Eine Ausnahme bildeten zwei Geschichten, die seiner direkteren Erfahrung entsprangen. Die erste war »Die depressive Person«. Erschienen 1998 im *Harper's* war sie die erste Rachegeschichte, an der Wallace sich seit »Westwärts« versuchte. Sie war als Abrechnung mit Wurtzel gedacht, weil sie ihn wie eine Statue behandelt hatte (oder, wie sie sagen würde, nicht mit ihm schlafen wollte). Nachdem die Begierde abgeklungen war, hatte Wallace erkannt, dass ihre Liebe zum Rampenlicht nicht mehr war als gewöhnliche Ichbezogenheit. Die depressive Titelfigur ist eine verwöhnte junge Frau, die mit ihrer zwanghaften emotionalen Bedürftigkeit den Leser ebenso abstößt wie ihre Freunde in der Geschichte. »Die depressive Person befand sich in einem Zustand unausgesetzter psychischer Qual«, heißt es zu Beginn, »und die Unmöglichkeit, diese Qual jemandem mitzuteilen, war Teil des Zustandes und verantwortlich für seinen eigentlichen Schrecken.« Im Laufe der Geschichte pendelt die unsympathische Protagonistin erfolglos zwischen Freunden und Therapeuten hin und her, immer auf der Suche nach einem mitfühlenden Ohr – das ihr auch der Erzähler verweigert –, wobei sich ihre Krankheitssymptome am Ende als bloßer Narzissmus herausstellen.[135]

Die zweite Geschichte, »Selbstverletzung als eine Art Opfergabe« (später im Erzählband unter dem Titel »Selbstmord als eine Art Geschenk« erschienen), behandelt seine schwierige Beziehung zu seiner Mutter. Wallace suchte stets nach einer Art Katharsis für die Bindung zwischen ihnen. In dieser Geschichte – genau wie in seinem Leben, glaubte er – rufen die starke Liebe einer Mutter zu ihrem Sohn und ihre Enttäuschung über ihn bei ihm Neurosen hervor. Ihr Verlangen nach einem erfolgreichen Sohn rührt daher, dass ihre eigenen Eltern ihr eingeimpft haben, sie müsse perfekt sein. Dieser zerstörerische Kreislauf wird dann auf die nächste Generation übertragen:

> In gewisser Weise hatte es den Anschein, als sei das Kind das Abbild seiner Mutter in einem Spiegel, der nicht nur alles verkleinert, sondern obendrein auch noch alles völlig falsch dar-

stellt. Sodass die Mutter jedes Mal, wenn das Kind frech, gefräßig, ekelhaft, begriffsstutzig, egoistisch, grausam, ungezogen, faul, dumm, dreist oder kindisch war, in ihrem tiefsten Innern die ganz natürliche Neigung verspürte, es zu hassen. Aber sie konnte es nicht hassen. Keine gute Mutter kann ihr Kind hassen oder verurteilen oder misshandeln oder ihm in irgendeiner Weise etwas Schlechtes wünschen. Das wusste die Mutter. Und ihre Maßstäbe im Hinblick auf ihre eigene Rolle als Mutter waren, wie nicht anders zu erwarten, extrem hoch. [...] In der Mutter herrschte also Krieg. Ihre Erwartungen befanden sich in einem grundlegenden Konflikt. Einem Konflikt, bei dem es nach ihrem Gefühl um ihr nacktes Leben ging: Schaffte sie es nicht, ihre instinktive Unzufriedenheit mit ihrem Kind zu überwinden, so würde sie sich auf eine entsetzliche, vernichtende Strafe gefasst machen müssen, die sie sich, das war ihr schon klar, ganz alleine auferlegen würde, also innerlich. Sie war entschlossen – wild entschlossen –, Erfolg zu haben, ihren Erwartungen an sich selbst als Mutter gerecht zu werden, koste es, was es wolle.

Die Geschichte hat kein eindeutiges Ende – es bleibt unklar, wer wem das Geschenk des Selbstmords macht –, aber die Sätze bauen eine solche Distanz auf, dass man das Gefühl bekommt, Wallace würde die Scherben seiner Kindheit immer wieder begutachten und versuchen, aus ihnen ein Ganzes zu formen, ohne ihnen so nah zu kommen, dass sie ihn erneut verletzen können.

Wallace war immer beschäftigt, während er schrieb. Er hatte seine Seminare, und selbst ohne die Kurse warteten auf ihn seine AA-Treffen, Erledigungen für Freunde und Freunde von Freunden und seine Hunde mit ihren Bedürfnissen. Mittlerweile half er selbst vielen Mitgliedern seiner Gruppe als Sponsor und legte Wert darauf, jederzeit erreichbar zu sein. Charis Conn etwa fiel verblüfft auf, dass Wallace sich hinsetzte, sobald er ein paar freie Minuten hatte, die Beine übereinanderschlug und an einer Geschichte arbeitete (was eine Erklärung dafür sein könnte, warum er in dieser Zeit so viele kurze Texte verfasste). Einige dieser »1-seiter« schickte er an die innovativeren Zeitschriften, zu denen er Kontakt pflegte, doch die Reaktionen waren trotz seines Rufs verhalten. Die meisten fanden seine Texte unverständlich. Wie war aus einem herausragenden Maximalisten ein Haiku-Schreiberling geworden? Ende 1996 schrieb Wallace in einem Brief an Steven Moore, er habe in letzter Zeit vier kurze Geschichten rausgeschickt, und alle seien abgelehnt worden, was ihm vertraut vorkam, und nachdem er auch nicht mit dem *Unendlichen Spaß* für den National Book Award nominiert worden war, würde er davon ausgehen, dass seine »15 Minuten vorbei sind und alles wieder normal läuft«.

Wenn Wallace mit seinen literarischen Texten unzufrieden war, gewannen Sachtexte für ihn an Reiz. In diesem Bereich riss die Nachfrage nicht ab. Für den *New York Observer* sollte er Updikes Buch *Gegen Ende der Zeit* besprechen, das ebenso wie die beiden Romane von Wallace in einer nahen Zukunft spielte, und er nahm an. Wallace führte schon lange ein einseitiges Gespräch mit Updike, bei dem stets Bewunderung mit Missfallen konkurrierte, und meist war beides miteinander vermischt. Updike war ein außergewöhnlicher Schriftsteller, das räumte Wallace ein, aber er betonte seine Genialität etwas zu stark. Die demonstrative Schönheit und Eleganz seiner Prosa, schrieb Wallace im Januar 1997 an DeLillo, »tatscht nach dem Ohr des Lesers wie ein Jüngling nach dem BH irgendeines armen Mädchens«. Für das neue Buch des Meisters hatte Wallace nur Missachtung und einen Funken Mitleid übrig. Wie konnte es sein, fragte er die Leser des *Observer*, dass ein derart begabter Schriftsteller ein so schlechtes Buch wie *Gegen Ende der Zeit* verfasste?

> In *Gegen Ende der Zeit* führt ein unglaublich gelehrter, beredter, erfolgreicher, narzisstischer und sexbesessener Typ im Ruhestand ein Jahr lang Tagebuch über die apokalyptische Aussicht auf den eigenen Tod. Von den 25 Büchern Updikes, die ich bis-

> her gelesen habe, ist es mit Abstand das schlechteste, dieser Roman ist derart haarsträubend hölzern und eitel, man kann kaum glauben, dass der Autor ihn in dieser Form zur Veröffentlichung freigegeben hat.

Besondere Abneigung bekundete Wallace gegen den Protagonisten und seine »bizarre, pubertäre Vorstellung, Sex, wann man will und mit wem man will, könne ontologische Verzweiflung heilen«, obwohl dieser Gedankengang Wallace mit Sicherheit nicht neu war.

Er wurde von allen Seiten beglückwünscht, als der Artikel im Oktober 1997 erschien, und die Bemerkung, Updike sei »nur ein Thesaurus mit einem Penis«, die er »einem Freund« zuschrieb, zog weite Kreise. Normalerweise hielt Wallace nichts von allzu persönlicher Literaturkritik, aber in diesem Fall sah er sich im Recht, weil er das Gefühl hatte, Updikes Schwächen würden über das Literarische hinaus ins Moralische reichen. Seine Figuren – besser gesagt, der Autor selbst – vergaßen, dass es bei Literatur nicht um Angeberei ging; sie sollte dem Innenleben des Lesers einen Dienst erweisen. Wie wollte er dann Figuren rechtfertigen,

> die außerdem stets unverbesserlich narzisstisch, untreu, voller Selbstverachtung und Selbstmitleid und zutiefst allein sind, so allein, wie es nur ein Solipsist sein kann. Keine von ihnen schließt sich je einer größeren Einheit oder Gemeinschaft oder Sache an. Obwohl die meisten Männer Familie haben, lieben sie niemanden wirklich – und obwohl sie bis zur Grenze der Satyriasis heterosexuell sind, lieben sie erst recht nicht die Frauen. Die ganze Welt um sie herum, die sie als schön sehen und beschreiben, scheint nur so weit zu existieren, als sie in ihnen selbst Eindrücke und Assoziationen und Gefühle weckt.

Nachdem die Kritik veröffentlicht worden war, tat sie Wallace leid. Er wusste, dass man *Gegen Ende der Zeit* nicht mit Updikes besten Büchern vergleichen konnte, und im Nachhinein erschien ihm sein Angriff wie ein weiterer Hirnfurz. »Jetzt stehe ich da wie ein Rüpel, der auf ein leichtes Ziel einprügelt«, schrieb er einem Bewunderer, der seine Kritik gelobt hatte. »Nie wieder, mon ami, bespreche ich ein Buch von einem Giganten.« (Allerdings nahm er die Kritik in seinen nächsten Essayband *Consider the Lobster* auf, der 2005 erschien.)

Als Wallace den Updike-Artikel gerade beendete, fragte *Premiere* an, ob er über die jährliche Preisverleihung der Pornoindustrie in Las Vegas berichten wolle. Er war begeistert von der Idee – das Thema Pornografie interessierte ihn immer noch. Dort trafen unechte Vergnügungen und das unablässige Marketing Amerikas aufeinander, eine Metonymie für alles, was in diesem Land vergiftet war. »Meine Meinungen sind nur, dass die Liebe, von der Sie aus diesem Land sprechen, die Lust nicht gewährt, die Sie in der Liebe suchen«, erklärt Marathe im *Unendlichen Spaß*. Außerdem lieferte dieser Artikel Wallace einen intellektuellen Ansatz für ein Begehren, das ein Mann mit weniger Schuldgefühlen vielleicht einfach genossen hätte. Statt sich die entsprechenden Filme vor Ort zu besorgen, bat Wallace *Premiere*, sie in New York zu leihen und ihm zu schicken. Er sah sie sich zu Hause zur Vorbereitung an und sandte sie bald zurück.

Im Januar 1998 besuchte er die Messe. Er traf Max Hardcore, einen Produzenten von »Gonzo-Pornos«, und Jasmin St. Claire, in der Branche als »die Gangbang-Queen« bekannt. Er konnte auf der Toilette seine Penisgröße mit der von männlichen Pornostars vergleichen und erlebte ein so geschmackloses Spektakel, wie er es noch nie gesehen hatte. Das wahre Leben verblüffte Wallace immer wieder mit seiner Informationsüberfrachtung. Er verstand nicht, wie irgendjemand tatsächlich erfassen konnte, was in einem einzigen Augenblick geschah. Frustriert schrieb er einem Freund: »Es ist fast unmöglich, über das echte Leben zu schreiben, davon gibt es einfach so viel!« Einen Großteil der Zeit verbrachte er auf dem Flur, wo er, an die Wand gelehnt, in sein Notizbuch schrieb. (Seine Reaktion auf das Gesehene festzuhalten war ihm genauso wichtig wie das Gesehene an sich.) Nachts lag er wach im Bett und betrachtete sich im Spiegel unter der Decke.[136]

Wenn Wallace nichts Bemerkenswertes entdeckte, erfand oder borgte er es. Er benutzte die Interviews aus seinen alten Recherchen für den unveröffentlichten *Playboy*-Artikel. *Premiere* hatte Evan Wright, der für den *Hustler* schrieb, um Unterstützung gebeten, und mit seiner Erlaubnis bediente sich Wallace an Wrights Recherchen genauso wie an seinen eigenen. Wright erzählte Wallace, zwei Jahre zuvor habe sich ein Pornodarsteller über eine Veröffentlichung von ihm geärgert und ihn in den Schwitzkasten genommen. Für seinen Artikel verlegte Wallace den Vorfall in die Gegenwart und polierte ihn auf, indem er Wright eine »besondere selbsttönende Trifokalbrille« verpasste, die durch den Würgegriff »im hohen Bogen durch den Raum flog und auf Nimmerwiedersehen im abschreckenden Dekolleté von Christy Canyon abtauchte«. In der *LA Weekly* hatte Wright über eine Frau bei einem Benefizbowling der Branche geschrieben, die unter den Armen Ventile trug, um ihre Brust nach und nach mit Silikon aufzupumpen. Wallace machte daraus Luftventile, mit denen sie ihre Brüste nach Belieben wachsen oder schrumpfen lassen konnte, als wäre sie eine Figur von Philip K. Dick. Unterm Strich verließ er die Messe mit einem ähnlichen Gefühl wie das Kreuzfahrtschiff: Wie traurig war die Welt, wenn man die Augen öffnete, wie voller Schmerz. »Die Darstellerinnen sind zum Teil derart aufgetakelt, dass sie aussehen wie einbalsamiert«, schrieb er in seinem Artikel. »Ihre Haare sind kunstvoll frisiert und sehen aus zehn Meter Entfernung wirklich gut aus, aber beim näheren Hinsehen entpuppen sie sich als knochentrocken und tot.« Er war erleichtert, als er nach Bloomington zurückkehren konnte. DeLillo gegenüber beschrieb er seine Reise als »drei Tage in Boschs Höllentableau«. Sein Kommentar an Franzen lautete: »Ich glaube, ich bekomme ein Jahr lang keine Erektion mehr.«

Nach und nach brachte Wallace genug kurze Texte zusammen, bis er Ende 1997 fand, er habe genug für einen neuen Erzählband. Er sagte Pietsch, er sei erstaunt, wie düster die Geschichten ausgefallen waren, weil er sich in den letzten Jahren nicht »besonders düster« gefühlt hatte. Ihm war klar, dass die Minigeschichten nicht allen Lesern seiner letzten beiden Bücher gefallen würden. Sie waren witzig, wirkten aber weder verspielt noch irgendwie erlösend, was viele Leser mittlerweile bei ihm erwarteten. Gleich zu Beginn wollte er sich versichern lassen, dass die Veröffentlichung nicht ebenso ablief wie beim *Unendlichen Spaß* und Little, Brown versuchen würde, aus seinem »End-90er-Nimbus«, wie er es nannte, Profit zu schlagen. »Ich glaube nicht, dass das Buch einem solchen Hype standhalten würde«, schrieb er Nadell. »Es wird schmal, eigentümlich und eher schmächtig. Ein Büchlein.« Doch seine reflektierte Denkweise führte ihn sofort zu der Frage, ob er so bescheiden war, weil er im Grunde meinte, sein Buch würde keine Leser verdienen. Er fragte Nadell: »Glaube ich insgeheim, dass es für eine Veröffentlichung nicht genug Stand hat und ich ein paar Jahre oder wie lange auch immer warten sollte, bis ich *größere* oder leserfreundlichere Geschichten habe? Oder bin ich eine Hure, wenn ich so denke?«

Bei Wallace gewann meist der Wunsch, veröffentlicht zu werden. Als er die Geschichten zusammenstellte und überarbeitete, merkte er außerdem erfreut, welche Wirkung sie im Zusammenspiel entfalteten. Ihre Themen waren Angst, Sehnsucht, Beklommenheit, Depressionen und Grenzen, die schwere Aufgabe, sich in einer unwirtlichen Zeit menschlich zu verhalten. Viele dieser Geschichten beleuchteten Beziehungsanbahnungen – natürlich seine, die er phasenweise besonders widerlich fand –, aber auch das ganze Hin und Her zwischen Männern und Frauen, das er beobachtet hatte und das untermauert wurde von den vielen Geschichten, die er in den Selbsthilfegruppen und von seinen Freundinnen gehört hatte.

Die Ausgangslage bleibt für den Großteil der Sammlung gleich: Die Geschichten sind kurze Theaterstücke, Gespräche, meist zwischen einer Frau und verschiedenen Männern, die sie interviewt. Was gefragt wird, ist allerdings nicht festgehalten, der Leser muss es sich selbst zusammenreimen.[137] Die Geschichten werden nur durch den Ort und das Datum gekennzeichnet, als wären sie Gespräche in einem Gefängnis oder einer psychiatrischen Abteilung.

KI NR. 59 04-98
HAROLD R. UND PHYLLIS N. ENGMAN INSTITUT FÜR LANGZEITBETREUUNG
EASTCHESTER NY.
oder:

KI NR. 15 08-96
JUSTIZVOLLZUGSANSTALT BRIDGEWATER, PSYCHOSOZIALER DIENST BRIDGEWATER, MASSACHUSETTS.

Die Männer tragen keine Namen.

Ein Mann erzählt einem Freund von einer Frau, die er nach einem Flug am Gate gesehen hat; sie wartete auf jemanden, der nicht auftauchte, und er nutzte ihre Enttäuschung aus, um sie aufzureißen. Ein Zweiter schlägt Frauen vor, sie sollten sich von ihm fesseln lassen; er behauptet, er habe ein fast perfektes Gespür dafür, welche Frauen insgeheim auf diese Art dominiert werden wollen, und vergleicht das mit »Chicken-sexing«.[138] In einer dritten Geschichte benutzt ein Mann seinen verkümmerten Arm, den er als »Geheimwaffe« bezeichnet, um mitleidige Frauen ins Bett zu bekommen. »Nein, schon klar, du brauchst aber vor lauter Höflichkeit nicht wegzugucken. Guck ruhig, mir macht das überhaupt nichts«, fordert er die Fragestellerin auf. »Okay, willst du wissen, wie ich darüber denke, über den Arm? Also ich sehe das so: Er sieht aus wie ein Arm, der es sich schon in der Frühphase des Spiels anders überlegt hat, also was er einmal werden will, also schon zu der Zeit, als er, zusammen mit dem Rest von mir, noch in Mamas Bauch steckte. Er sieht eher aus wie eine kleine Flosse.« In einer Vierten erklärt ein Mann der Fragestellerin, dass Männer, die sich ausgiebig auf die sexuellen Bedürfnisse der Frauen konzentrieren – »Bediensex der Verwöhnklasse mit Orgasmusgarantie nicht unter siebzehn Mal« – in Wahrheit genauso narzisstisch sind wie Männer, die nur auf den eigenen Orgasmus aus sind. »In Wirklichkeit sind sie egoistisch großzügig und kein bisschen besser als das Machoschwein, nur schlauer.«

Die Männer in den Geschichten erscheinen nicht nur gefühllos, es ist ihnen auch egal, dass sie gefühllos sind. Sie sind sich ihrer selbst auf unheimliche Weise bewusst, haben aber keinerlei Verlangen nach Katharsis. Dass sie fies sind, steht außer Frage. Gleichzeitig thematisierte Wallace Frauen und ihre immer wieder enttäuschten Hoffnungen auf normale, gesunde Beziehungen in einer Zeit relativer Gleichstellung (falls sie denn tatsächlich normale, gesunde Beziehungen wollten und das nicht nur behaupteten). Die Geschichten lasen sich, als wollte er Frauen herausfordern und sagen: Ihr haltet Männer für widerlich? Ich werde euch mal widerliche Männer zeigen. »Wie genau die kleinen Prosastücke in diesem Zyklus funktionieren, ist schwer zu beschreiben«, sagt der Erzähler der Geschichte »Oktett« in einem Selbstgespräch. »Sie alle enthalten irgendwie eine Art ›Befragung‹ derjenigen, die sie lesen – d. h. hier wird die Leserin ein bisschen abgetastet, hier soll vorgefühlt werden, wo es Klick macht in ihrem Verständnis gewisser Dinge ... was du im Augenblick nicht näher bestimmen kannst, nicht einmal für dich selbst, während du an diesen Stücken arbeitest [...].« In einem Brief an Andrew Parker, seinen ehemaligen Dozenten in Amherst, beschrieb Wallace die Geschichten als »eine Parodie (eine feministische Parodie) des Feminismus«, wobei sie gleichzeitig eine postmodernistische Parodie des Postmodernismus darstellten, wie ein namenloser Chauvinist klarstellt:

> Das kommt natürlich daher, dass die heutige postfeministische Ära zugleich auch die heutige postmoderne Ära ist, in der angeblich jeder alles darüber weiß, was wirklich unterhalb dieser ganzen semiotischen Codes und kulturellen Konventionen abläuft, und angeblich jeder weiß, aufgrund welcher Paradigmen der andere handelt, und wir alle als Individuen angehalten sind, weitaus mehr Eigenverantwortung für unsere Sexualität zu übernehmen, weil alles, was wir heute tun, so bewusst und informiert wie noch nie ist.

»Wie ich sehe, bleibt Hal nicht die letzte traurige Gestalt, die Du erfindest«, hatte Pietsch nach dem ersten Schwung Geschichten geschrieben, die Wallace ihm im Februar 1997 zum Lesen geschickt hatte. Den Rest reichte Wallace Mitte August 1998 nach, kurz bevor er nach seiner unruhigen Auszeit in den Seminarraum zurückkehren musste. Er schrieb seinem Lektor mit ungewohntem Enthusiasmus:

> Ich bin recht zufrieden mit den Bestandteilen des Manuskripts und ihrer Reihenfolge. Mir gefällt, wie sie sich aufeinander beziehen und wie sich bestimmte Leitmotive durch die Geschichten ziehen (zum Beispiel das Kinderperspektive-Selbstmitleid in »Die depressive Person« vergl. mit dem Elternperspektive-Selbstmitleid in »Auf dem Totenbett ... um eine Gefälligkeit« vergl. mit dem in Anführungsstrichen objektiveren intrafamiliären Schmerz in »Ein Märchen« und »Selbstmord ... Geschenk«, oder wie auf S. 149 »Ein weiteres Beispiel ...« auf »Die depressive Person« zurückverweist etc.).

Die Veröffentlichung war für Mai 1999 geplant, gegen Ende des Semesters, damit Wallace eine Lesereise unternehmen konnte.

In der Woche, in der Wallace das komplette Manuskript für die *Kurzen Interviews mit fiesen Männern* an Pietsch schickte, luden ihn die Poags zu einem Essen ein, um ihm eine Frau vorzustellen. Mit knappen siebenunddreißig fühlte sich Wallace bereit für eine Veränderung. Als seine Schwester im Februar ihr erstes Kind bekommen hatte, hatte ihn das daran erinnert, dass er der verlockenden Beständigkeit eines Familienlebens keinen Schritt näher war. Außerdem hatte ihn die Arbeit an den *Kurzen Interviews* aufgerüttelt. Er erzählte Freunden, das Buch habe ihn mit Aspekten seiner eigenen Persönlichkeit konfrontiert, die ihm nicht gerade gefielen. Vor Kurzem hatte er sich wieder einmal von einer Freundin getrennt, und er schrieb einem Freund, er habe diese Erfahrung jetzt schon so oft gemacht, dass er entmutigt war – »nicht, weil es nicht funktioniert hat, sondern niedergeschlagen wegen DFW und seinem existenziellen Zustand.«

Wallace hatte den Poags erzählt, er wäre gern mit einer Krankenschwester oder einer Sozialarbeiterin zusammen, und sie luden Juliana Harms ein, die für das Jugendamt arbeitete. Für Wallace war ihr Treffen ein Date, aber Harms hatten die Poags gesagt, Wallace wolle ihr aus beruflichen Gründen ein paar Fragen stellen, was bei seiner ständigen Suche nach Material auch stimmte. Wallace war ein eingefleischter Rechercheur. Er sah sich eine Reifenfabrik an, begleitete einen Kammerjäger und sah sogar zu, als Francis B. seiner Freundin einen Antrag machte. Bei ihrem Treffen aßen die vier zusammen Chinesisch und setzten sich anschließend auf die Veranda vor dem Haus der Poags. Als auf der anderen Straßenseite ein Baby weinte, war Harms angespannt. »Das ist nicht normal«, sagte sie. Als sich das Kind beruhigte, entspannte sie sich auch. Wallace war beeindruckt.

Sie trafen sich kurz danach wieder, und es dauerte nicht lange, bis sie das Interview als Vorwand vergaßen und sich einfach verabredeten. Harms hatte mehr von Susan Perkins als von den anderen Frauen, mit denen Wallace in den vergangenen zehn Jahren ausgegangen war: Sie war nicht depressiv und hatte auch keine Vorgeschichte mit Drogen oder Alkohol. *Girl with Curious Hair* hatte ihr gefallen, aber vor allem erinnerte sie sich daran, dass sie das Umschlagfoto aus Wallaces Zeit in Somerville gesehen und gedacht hatte: »Der nimmt doch was.« »Was« hieß hier

»Drogen«. Wallace war fasziniert von ihrer Arbeit, bei der sie auch unter Polizeischutz gefährdete Kinder aus ihren Elternhäusern herausholte, und fragte sie nach allen Einzelheiten.

Er hatte sofort mit ihr schlafen wollen, das gehörte bei ihm normalerweise zu Verabredungen. Aber Harms wehrte ab, und so unternahmen sie stattdessen lange Spaziergänge oder unterhielten sich stundenlang bis in die Nacht hinein. Sie wohnte in einem Apartment am anderen Ende der Stadt, und sie mochte Kokopelli, einen Trickster und Fruchtbarkeitsgott der Hopi, der bei Wallace zu Hause groß an einer Wand hing. Der Ehrenplatz in seinen Wohnzimmerregalen gehörte dem *Oxford English Dictionary*. An ihrem ersten Geburtstag, den sie zusammen feierten, einen Monat nach dem ersten Treffen, schenkte Wallace ihr die zweibändige Ausgabe, »ganz aus dem Häuschen vor Freude«, wie sie sich erinnert. Sie gingen eine Beziehung ein. Wallaces Tätowierung »Mary« war mit den Jahren verblasst, und sie witzelten: »Wer ist Marv?«

Nachdem Wallace die *Kurzen Interviews* abgeschlossen hatte, befand er sich in einem »postpartalen Tief«, wie er es nannte. The Drone litt unter einem Lymphom und wurde trotz einer Chemotherapie nicht wieder gesund. »Ich laufe heulend wie ein Kleinkind durch die Gegend, wenn ich daran denke, dass er leidet oder stirbt«, schrieb Wallace in einem Brief an Brad Morrow. Harms half ihm über diese schwierigen Momente hinweg. Im November flog Wallace mit ihr nach Jamaika. Die Geste war eine Art Konfrontationstherapie – Wallace fand Reisen schrecklich und Tourismus noch schlimmer. Aber er sah hier eine Gelegenheit für einen Neuanfang, einen Weg, seine eigene Fiesheit abzustreifen. Das Pärchen besuchte das Beachcomber Resort in Negril. Sie gingen schwimmen, nachdem sie Wallace beruhigt hatte, in der Karibik gebe es so nah am Ufer keine Haie, sie probierten das scharfe Essen und machten Spaziergänge am Stand, wo Wallace wegen seiner langen Haare von Marihuanaverkäufern umlagert wurde. »Sie kommen immer zum Süchtigen«, sagte er. Aber sooft er konnte, schloss er sich im korallenroten Badezimmer ein und schrieb. Weil er immer ein Projekt brauchte, hatte er mit einem langen Essay über Sprache begonnen, der ihm die üblichen Probleme bereitete. »Wir haben geschnorchelt«, schrieb er Franzen in leiser Panik am fünften Tag in der Ferienanlage, »und Juliana wurde von einem Stachelrochen bedroht. Es lässt sich gut mit ihr auskommen – zum Glück, denn abgesehen von den 2 Stunden am Tag, die ich mich (vergeblich) an dem Sprachartikel abrackere, sind wir die ganze Zeit zusammen.« Harms war überrascht, als sie merkte, dass ihr neuer Freund während der Arbeit die Tür auch dann abschloss, wenn er allein war.

Zurück in Bloomington widmete sich Wallace dem Artikel. Er war an die Veröffentlichung eines neuen Wörterbuchs des amerikanischen Sprachgebrauchs gebunden, aber Wallace wollte umfassender über die Funktion von Sprache schreiben und darüber, was eine »gemeinsame Sprache« tatsächlich bedeutete. Grammatik sah er als Übereinkunft, Gemeinschaft, Konsens. »Betrachtet man Fragen des Sprachgebrauchs auch nur einen Moment lang genauer«, schrieb er DeLillo, »werden sie zu Fragen nach allem – von der Neurologie über Politik und die aristotelischen *pisteis* und Jauß' *Kritik* bis zu Zeug wie Etikette und Kleidermode.« Verständlicherweise war Wallace überwältigt, sobald er sich diesen Überlegungen in ihrer ganzen Bandbreite öffnete: »Ich habe den Eindruck, jedes Argument würde mehrere mögliche Gegenargumente hervorbringen, die man der Reihe nach abarbeiten muss, weil sonst das ganze Argument umstürzt wie eine Kiefer.« Er spielte auf das Bild von Faulkner an, einen Roman zu schreiben sei so ähnlich, als würde man in einem Orkan einen Hühnerstall bauen, und bat DeLillo, er solle ihn daran erinnern, nie wieder Non-Fiction zu schreiben. »Das muss ein Ende haben«, fügte er hinzu.

Die Beziehung mit Harms lief weiter gut. Sie brachte ihn dazu, sich zum ersten Mal seit einem Jahr die Haare schneiden zu lassen, und zusammen besuchten sie die Weihnachtsfeier des Jugendamts, bei der Wallace einen ihrer Haarreifen in Schildpattoptik trug. Mitte Dezember starb The Drone. Wallace hielt seinen Hund weinend in den Armen, als der Tierarzt die Spritze zum Einschläfern setzte. Weil die Einäscherung erst eine Woche später stattfinden konnte, besuchte Wallace die Tierarztpraxis und setzte sich vor das Kühlfach, in dem sein Hund lag. Auf der Weihnachtskarte an DeLillo korrigierte er den Text: »Es sind traurige Weihnachten.«

Wieder war Harms da, um ihn zu trösten. Wallace bat sie, im Winter nicht zu fliegen; er hatte Angst, er könnte sie bei einem Absturz verlieren. Wenig später zog Harms mit ihrer Katze in sein Haus am Stadtrand. Sie kauften ein übergroßes Bett, weil das alte zu klein war. Zusammen hörten sie sich kitschige Popsongs an, Lieder wie »I'll Be Your Crying Shoulder« von Edwin McCain. (Wallace kokettierte gerne damit, er habe den Musikgeschmack eines Highschoolmädchens.) Er machte ihr teure Geschenke und freute sich darüber, dass er durch seine Bücher und die Stipendien ein gutes Auskommen hatte. Das Paar verlobte sich und suchte eine Ringform aus. Sie sprachen auch über Kinder und waren sich einig, dass sie sich freuen würden, sollte Harms schwanger werden.

Aber es gab auch Probleme. Harms ließ ihn auf dem Sofa keinen Stift benutzen. Wallace war allergisch gegen ihre Katze. Wenn sie von der Arbeit nach Hause kam, war sie erst mal nicht ansprechbar. Er arbeitete den ganzen Tag an seinen Texten.[139] Auf Harms' Drängen besuchte Wallace eine Entzugsklinik in Pennsylvania, um endgültig vom Nikotin loszukommen. Seit dem Graduiertenprogramm hatte er entweder geraucht, Tabak gekaut oder Nikotinpflaster benutzt, manchmal alles drei im schnellen Wechsel.[140] Der Aufenthalt dauerte eine gute Woche, und Wallace kam extrem aufgekratzt nach Hause. Er wünschte sich, er würde an einem großen Projekt arbeiten; er wünschte sich, er würde rauchen. Er dachte über das Nardil nach. Wenn er es nahm, fühlte er sich immer irgendwie fremd in seiner Haut, als wäre er leicht losgelöst von der Wirklichkeit. Außerdem glaubte er, er habe in den letzten Jahren eine Hyperglykämie entwickelt, und ersetzte die altgewohnten abgepackten Blondies durch zuckerfreie Fruchtaufstriche.

Wallace hatte es jahrelang geschafft, sich das Fernsehen vom Leib zu halten, aber um nach ihrer aufreibenden Arbeit abzuspannen, bestellte Harms Satellitenfernsehen mit 75 Sendern, wie sie sich erinnert. Wallace hockte vor dem Gerät und zappte, blieb kurz bei einem Sender hängen und schaltete dann weiter, weil er ständig befürchtete, er könnte etwas Besseres verpassen, und sah am Ende gar nichts. Nach dem Verlust von The Drone, ohne Nikotin, mit dem Fernseher vor der Nase und nur wenig Privatsphäre war Wallace wie betäubt. Aber er war verlobt und Juliana treu ergeben.

Juliana war gläubige Katholikin. Sie und ihr Verlobter sprachen darüber, ob er konvertieren sollte. Wallace hatte die Hoffnung nie aufgegeben, doch noch den Glauben zu finden, und meldete sich für einen christlich-ökumenischen Workshop namens Cursillo an, dessen Ziel es war, »Gott vom Kopf ins Herz zu tragen«. Aber sein neuer Versuch, sich einer organisierten Religion anzuschließen, brachte ihn kaum weiter als der Versuch mit Karr. Als die Teilnehmer bei der Abschlussfeier ihren Glauben an Gott bezeugen sollten, äußerte Wallace stattdessen seine Zweifel. Bei anderen bewunderte er Religiosität, nur für sich konnte er sie nie recht akzeptieren. Frei nach Bertrand Russell sagte er gerne, über gewisse philosophische Fragen könne er nicht länger als ein paar Minuten im Jahr nachdenken, und einmal erzählte er seinem ehemaligen Sponsor Rich C. aus Arizona, er könne nicht in die Kirche gehen, weil »ich dann immer kichern muss«.[141]

Er gab wieder Seminare und war manchmal gereizt, vielleicht weil es ihm um die Zeit leidtat, die sie ihn kosteten. In einem Kurs für kreatives Schreiben schubste er einen Studenten, der patzig geworden war, und drohte, ihn durchfallen zu lassen: »Ich habe früher selbst andere Menschen mit Aggressivität, Schroffheit und Ärger auf Distanz gehalten«, schrieb er Lee Freeman. »Deshalb können Sie es mir glauben: Es ist eine wirklich schwache Abwehrtaktik und macht die Angst dahinter schrecklich offensichtlich.«

Mittlerweile war der Elan der neuen Beziehung mit Harms völlig versandet. Wallace schloss sich in seinem dunklen Arbeitszimmer ein, und wenn Juliana von der Arbeit kam, sah sie allein fern. Costello hörte besorgt, wie sehr sein Freund Harms lobte, wenn er über sie sprach. Er erinnert sich, dass »Bewunderung immer das Grab« für Wallaces Beziehungen schaufelte. Als Wallace und Juliana nach St. Louis zu Franzen fuhren, gewann er den Eindruck, Wallaces Interesse an ihr sei größtenteils theoretischer Natur.[142]

Auch Harms merkte, dass Wallace sich zurückzog. Sie suchten nicht mehr nach Ringen. Er holte einen neuen Welpen aus dem Tierheim, der den Platz von The Drone einnehmen sollte, fand es dann aber unerträglich, Werner, einen Pitbullmischling, im Haus zu haben. »Ich kann nicht arbeiten«, beklagte er sich bei Harms. »Ich muss mich den ganzen Tag um ihn kümmern.« Gemeinsam fuhren sie nach Chicago zu einem Treffen der MacArthur-Preisträger, und Wallace blieb im Hotel, um zu arbeiten. »Ich muss bereit sein, wenn ich schreiben kann«, erklärte er ihr. Costello gestand er allerdings: »Leere Seiten haben in meiner Nähe nichts zu befürchten.« Er sagte Juliana, er habe das Gefühl, er würde sie ständig enttäuschen, und als sie beschwichtigend erklärte, er sei so, wie sie sich einen Partner wünschte, wurde er wütend. Sie wurde misstrauisch und vermutete, dass er mehr vor ihr verbarg.[143]

Harms stellte Wallace zur Rede, aber er stritt ab, dass er eine Affäre hatte. Sie holte seine ganzen Unterlagen heraus. Als geschulte Ermittlerin wusste sie, wo sie suchen musste. Sie fand mehrere Briefchen von einer Studentin aus Wallaces Fakultät. »Ich habe nichts Körperliches mit ihr, aber ich denke darüber nach«, gab Wallace mürrisch zu. Harms hatte die Nase voll. Wenige Wochen später, Anfang Januar 2000, half Doug Poag ihr, auszuziehen. Wallace steuerte von seinem Stipendiengeld etwas zur Anzahlung auf ihr neues Haus bei und reagierte säuerlich, als kurze Zeit später ihr neuer Freund bei ihr einzog.

Dafür wurde die Studentin Wallaces Freundin. Sie tauschten Bücher aus – er gab ihr die *Dienstanweisung für einen Unterteufel*, sie gab ihm J. D. Salingers *Neun Erzählungen.* – Wallace war hingerissen von dem Satz: »Sie war eine von denen, die wegen eines klingelnden Telefons nun wirklich nichts weglegten.« Es wurde ernster zwischen ihnen, aber wie immer stand die Arbeit für Wallace an erster Stelle, und die Beziehung zerbrach.

***

Im April 1999 bat Salon.com um eine Liste mit Büchern, die Wallace für unterschätzt hielt, und er nannte unter anderem langjährige Lieben wie *Omensetter's Luck*, *Wittgensteins Mätresse* und *Die Abendröte im Westen*, aber auch das recht unbekannte Buch *Aus den Feuern* von Jerzy Kosinski, »eine Sammlung unglaublich unheimlicher knapper allegorischer Tableaus in einer prägnanten, eleganten Sprache, der nichts, absolut nichts gleicht. Höchstens Kafkas Fragmente kommen ihr nahe.«

Den Vergleich mit Kafkas Fragmenten hätte er sich vielleicht auch von den Kritikern bei der Lektüre der *Kurzen Interviews* gewünscht. Er hatte ein Buch geschrieben, das »zu so ziemlich jedem gemein ist, zu dem man gemein sein kann«, beschrieb er es in einem Interview, und hoffte jetzt auf aufmerksame Leser. Aber er wollte sich mit allem abfinden, was kam, notfalls auch damit, dass man ihn ignorierte. Er schrieb Brad Morrow, er sei froh, nicht mehr im Rampenlicht zu stehen: »Das große Auge der Aufmerksamkeit hat seinen Blick größtenteils auf andere arme Schlucker gerichtet.« Trotzdem bat Little, Brown ihn um eine Lesereise, und er willigte ein, solange sie kurz ausfiel. »Ich absolviere gerade die kürzeste Lesereise der Welt«, prahlte er im Juni in einem Brief an Steven Moore. »Gerade mal vier Städte.« Aber auch eine kurze Lesereise weckte in ihm Unwohlsein. »Die Statue redet!«, witzelte er in einem Brief an einen Freund.

Er vermied Interviews, so gut es ging, und wenn er sich nicht drücken konnte, versuchte er, möglichst wenig von sich preiszugeben. Mit einem Autor der Zeitschrift *Book* traf er sich im Cracker Barrel am Autobahnkreuz I-55 in Bloomington, wo er grummelte, er wolle »einfach nur in Ruhe meinen Hackbraten essen«. Bei der *Publishers Weekly* fand das Treffen beim Discounter K-Mart statt. In Los Angeles trat er als Gast in der Radiosendung *Bookworm* von Michael Silverblatt auf. Silverblatt war eine Ausnahme – er war vom *Unendlichen Spaß* so begeistert gewesen, dass er Michael Pietsch angerufen und ihn gebeten hatte, die gestrichenen Stellen lesen zu dürfen. Jetzt deutete Wallace in ihrem Gespräch an, sein Erzählband sei als Korrektiv für die Leser gedacht, die seinen letzten Roman falsch verstanden hatten:

> Ich wollte ein trauriges Buch schreiben. [...] Das habe ich schon beim *Unendlichen Spaß* versucht. Alle haben das Buch für witzig gehalten, was natürlich nett war, aber es war auch irgendwie frustrierend. Dieses Buch habe ich so angelegt, dass niemandem entgehen kann, wie traurig es ist.

Silverblatt erläuterte überzeugend, wie Wallace diesen Eindruck zu vermitteln versuchte:

> Hier hatte ich das Gefühl, man liest diese Geschichten wie gebannt, und man soll sich dabei so oft drehen, dass einem schwindlig wird. Und dass in diesem Fallen, im Schwindel, so eine Art unwiderstehliche Traurigkeit – dass die Traurigkeit daher kommt, dass man keinen festen Stand haben soll. Dass sich alles um sich selbst drehen soll, bis es miteinander verschmilzt, der Überdruss, das Zermürbende, Begeisterung, Freude, Witz, Panik. Und dass die emotionale Bombe, wie die Therapeuten sagen, im Leser gezündet ist.

Worauf Wallace antwortete: »Wow. Sie geben hier – ich meine, deswegen komme ich so gerne nach L. A. – Sie treffen mit Ihrer Interpretation fast genau, was ich wollte.«

Insgesamt fielen die Kritiken im Land positiver aus, als Wallace erwartet hatte. Die Rezensenten merkten wohlwollend an, dass er neuerdings auch Kurzgeschichten schrieb (obwohl es schon sein zweiter Erzählband war) und betonten zumeist seinen innovativen Stil, ohne sich mit der verzwickten Frage zu beschäftigen, was der Leser von diesem Buch mitnehmen sollte. Benjamin Weissman lobte in der *LA Weekly* diesen »stürmischen Angriff auf die Form der Kurzgeschichte«, während Andrei Codrescu in der *Chicago Tribune* Wallaces »scheinbar unerschöpfliche literarische Trickkiste« bewunderte. In der *New York Times Book Review* erschien eine durchwachsene Besprechung von Adam Goodheart, der Wallace mit Edgar Allan Poe verglich, »einem weiteren verrückten Wissenschaftler der amerikanischen Literatur«. Michiko Kakutani von der *New York Times* wiederholte dagegen mit Wallace, was er mit Updike gemacht hatte:

> Diese Porträts sind zweifellos als sarkastische Kommentare unserer narzisstischen Wohlfühlgesellschaft gedacht, aber sie sind derart langatmig, derart solipsistisch und in ihrem Gebrauch von Ironie und überflüssigen erzählerischen Kapriolen derart vorhersehbar, dass sie genauso ermüdend und unerfreulich wirken wie die Probanden selbst.

Sie warf Wallace vor, er habe ein »dumpfes, langweiliges« Buch geschrieben, in dem er das Versprechen aus »Schrecklich amüsant«, die »tiefgreifenden moralischen Fragen der herausragenden Schriftsteller des 19. Jahrhunderts« erneut aufzuwerfen, nicht hielt. »Die *NY Times* hat das Buch regelrecht niedergemetzelt«, schrieb Wallace anschließend Moore, »es wird in der Besprechung so verrissen, dass es meinen Lektor schmerzt (er hat mich deswegen sogar angerufen).« Wallace war genauso niedergeschmettert und konnte sogar einige Sätze aus dem Gedächtnis wiedergeben.

Wenig später veröffentlichte die *New York Review of Books* die erste große Übersicht über Wallaces reiferes Werk. Sie klang ebenso beeindruckt wie skeptisch und lieferte gleich eine unausgesprochene Psychoanalyse des Autors mit. A. O. Scott betonte in seinem Artikel »The Panic of Influence« Wallaces gespannte Beziehung zum Postmodernismus und vermutete, er wolle wohl auf zwei Hochzeiten tanzen, weil er die fragwürdige Taktik verfolgte, mit einem intellektuellen Schreibstil zu beweisen, dass die Ernsthaftigkeit in einer dem Intellekt verschriebenen Welt überlegen sei. Scott warf Wallace außerdem vor, er würde jede denkbare Kritik unmöglich machen, indem er sie selbst in seinen Text einbettete. Vor allem die *Kurzen Interviews*, schrieb der Kritiker, seien weniger anti-ironisch als »meta-ironisch« und würden ebenso wie die Figuren in den Geschichten von der Angst getrieben, durchschaut zu werden. Diese Art zu schreiben zeigte klare Verbindungen zur egoistischen Nabelschaukultur im Amerika des späten zwanzigsten Jahrhunderts, aber »stellt Wallaces Buch eine ungewöhnlich bissige Kritik dieser Kultur dar oder eines ihrer blühendsten, extravagantesten Symptome? Darauf kann es natürlich nur eine Antwort geben: beides.« Wallace war nicht erfreut, aber beeindruckt. An den Seitenrändern eines Entwurfs von »Neon in alter Vertrautheit«, mit dem er zu dieser Zeit begann, hielt er wortspielend fest: »AO Scott hat meinen Charakter getroffen.«

Trotzdem verkauften sich die *Kurzen Interviews* gut, was bei Little, Brown die Stimmung hob und die Statue aufpolierte, ob das nun gut war oder schlecht. Obwohl Wallace behauptete, er würde Kritiken nicht mehr lesen, druckte er einen Beitrag für den Buchclub des Online-Magazins *Slate* aus und klebte ihn in seine Arbeitskladde: »Der Unterschied: KImfM ist zu viel Erzählen und nicht genug Zeigen. Er muss diesen Hang zu wichtigen Themen mit seinem Talent verbinden, wunderbare Geschichten zu erzählen. Wenn dieses Buch rauskommt, werde ich schon warten.«

Wallace hatte bereits seit Mitte der Neunziger über einen dritten Roman nachgedacht, als er gerade mit den Geschichten anfing, die den Kern der *Kurzen Interviews* bilden sollten. Der Handlungsort stand früh fest, vielleicht schon vor der Veröffentlichung des *Unendlichen Spaßes*: Er wollte über die IRS schreiben, die amerikanische Steuerbehörde. Sie bot seiner Pynchon'schen Vorliebe für Geheimorganisationen und Verschwörungen einen passenden Rahmen. Und ebenso wie die Tennisakademie und das Rehazentrum im *Unendlichen Spaß* bildete sie eine eigene Welt, in der die Figuren in einem spannungsgeladenen Umfeld miteinander agierten. Im Laufe der Jahre hatte Wallace selbst eine ganze Reihe kleinerer Zusammenstöße mit der Behörde erlebt, meist ausgelöst von schlichten Fehlern in den Formularen zu weiteren Einkommensarten, die Wallace oder sein Steuerberater korrigieren mussten. Solche Begegnungen beunruhigten ihn genauso wie Kontakte mit Anwälten und Faktenprüfern. Außerdem stellte er sich die IRS als eine Art säkulare Kirche vor, wie ein Gegenstück zu den Anonymen Alkoholikern im *Unendlichen Spaß*.[144] Am Ende entschied er sich aber wahrscheinlich wegen des offensichtlichsten Grundes für die IRS: Sie war der stumpfsinnigste Ort, den er sich vorstellen konnte, und er hatte beschlossen, über Langeweile zu schreiben.

Wallace wusste nicht aus eigener Erfahrung, wie es in der IRS oder überhaupt in irgendeinem Büro zuging, weil er nie in einem gearbeitet hatte, und auch vom Thema Buchhaltung hatte er nur vage Vorstellungen, aber er war ein eifriger Schüler, und kaum war sein Roman veröffentlicht, besuchte er Seminare an der Universität. Nach Finanzbuchhaltung für Anfänger im Herbst 1996 (»Erläutert das Wesen der Buchhaltung, grundlegende Konzepte, Finanzaufstellungen, Fälligkeitsbuchführung ...«) arbeitete er sich über Bundeseinkommensteuer im Sommer 1997 bis zu Steuerrecht II im Herbst vor. Er las unzählige Schriften der Steuerbehörde und Bücher über Rechnungswesen und die IRS, vom Standardwerk *West Federal Taxation* bis zu D. Larry Crumbleys Roman *The Ultimate Rip-Off*. Er befragte IRS-Angestellte und fuhr nach Peoria, wo ein großer Komplex der Behörde stand. Stolz erzählte er Costello, ihm würden für die Prüfung als Buchhalter nur noch ein paar Scheine fehlen.

Mit der Zeit erarbeitete sich Wallace das passende Vokabular und den Rahmen für seinen Roman, ganz ähnlich wie bei einem Sachtext. Seinen Studenten hatte er immer erklärt, als Schriftsteller müsse man so viel über sein Thema wissen, dass man seinen Sitznachbarn im Flugzeug täuschen könnte; diesen Maßstab übertraf Wallace bei Weitem. Er lernte, dass die Leute, die Außenstehende als IRS-Beamte bezeichneten, tatsächlich Prüfer, Revisoren oder Befrager heißen konnten. Er las, dass die IRS in der Reagan-Ära ihren Schwerpunkt von der Menge verarbeiteter Steuererklärungen auf die Maximierung des Steueraufkommens verschoben hatte und damit vom Bürger auf die Finanzen. Dieser Konflikt, dachte er, könnte Stoff für eine Geschichte bieten. Gab es etwas nicht, das gut gepasst hätte, erfand er es. Er beschloss, die rangniederen Angestellten sollten »Schlängler« oder abfälliger »Puschenpisser« heißen. (Diesen Ausdruck benutzte er Anfang der Nullerjahre, als er auf Mails umstieg, eine Zeit lang für seine Mailadresse.) »›Rüssel‹ = IRS-Ermittler / ›Immersionist‹ = begabter IRS-Prüfer«, schrieb er in ein Notizbuch. Er erfand, dass alle IRS-Mitarbeiter eine neue Sozialversicherungsnummer bekamen, wenn sie bei der Behörde anfingen. Wallace entdeckte ein Prosagedicht von Frank Bidart, das ein treffendes Motto für diese Wiedergeburt lieferte: »Wir füllen präexistente Formen aus, und indem wir sie ausfüllen, ändern wir sie und werden verändert.«

Seine jahrelangen Recherchen zum Thema Pornografie waren noch nicht vergessen. Im ursprünglichen Entwurf des Romans ging es möglicherweise nicht nur um Langeweile, sondern auch um Vergnügen. In seinen Notizen skizzierte er einen Handlungsstrang mit reichen Geschäftsleuten, die einen Pornoring leiten. Diese kommen mit Drinion ins Geschäft, einem IRS-Immersionisten, der vor lauter Talent bei seiner Arbeit gelegentlich über dem Sitz schwebt. Drinion hat daran mitgewirkt, ihr Unternehmen wegen Steuerschulden zu pfänden, und spielt jetzt als männlicher Hauptdarsteller in ihren Filmen mit. Sein größter Vorteil besteht in seiner enormen Blässe, die es erlaubt, ihn digital aus den Bildern herauszurechnen, damit der Pornokonsument ihn durch sein eigenes Bild ersetzen kann.[145] Das war die nächste Schleife der Filmpatrone »Unendlicher Spaß«: Was konnte noch stärker süchtig machen, als zu sehen, wie man selbst eine Sucht auslebte?[146]

Das Gedicht von Bidart traf genau Wallaces größtes Interesse an der IRS: Was stellte eine derart stumpfsinnige Tätigkeit wie die Kontrolle von Steuererstattungen mit dem Innenleben eines Menschen an? Die Arbeit der Finanzbeamten war langweilig, aber in Wallaces Vorstellungswelt hatte gerade dieser Stumpfsinn eine befreiende Wirkung auf sie. Weil ihnen jede Stimulation fehlte, konnten sie sich Erfahrungen im weitesten Wortsinn öffnen. Diese Vorstellung knüpft an den Buddhismus an – Wallace hatte sich seit Jahren zunehmend für die Praktiken fernöstlicher Religionen interessiert. (Er nahm gern an Sitzmeditationen teil, wie er Rich C. schrieb, bei »abgedrehten Sikhs und Buddhisten, von denen die meisten auf eine anziehende Art ganz schön verrückt sind«.) Ihm ging es um das Ziel der Übung – er hatte das Gefühl, das Leben fiele ihm auch deshalb so schwer, weil seine tosenden Gedanken nicht zur Ruhe kamen. Wie eine Figur in der Geschichte »Neon in alter Vertrautheit« bemerkt, die Wallace um 2000 herum schrieb: »Was in uns vorgeht, ist einfach zu schnell und zu riesig und zu vernetzt für Wörter, als dass es mehr als nur die Umrisse eines winzigen Teils des Inhalts eines gegebenen Augenblicks skizzieren könnte.« Während der Arbeit an dem Roman, dem er den Titel *Der bleiche König* geben sollte,[147] hielt er in einem seiner Notizbücher den wichtigsten Grundsatz fest:

> Seligkeit – eine jede einzelne Sekunde erfüllende Wonne und Dankbarkeit über das Geschenk, am Leben zu sein und Bewusstsein zu haben – ist das Gegenteil der niederschmetternds-

> ten Langeweile. Schenk der denkbar ödesten Sache Deine Aufmerksamkeit (Steuererklärungen, im Fernsehen übertragenem Golfspiel), und eine nie gekannte Langweile überflutet Dich wellenartig und bringt Dich fast um. Wenn Du sie überstehst, ist das wie ein Übergang von Schwarz-Weiß zu Farbe. Wie Wasser nach Tagen in der Wüste. Ständige Seligkeit in jedem Atom.

Diesen Zustand hatte Wallace schon im *Unendlichen Spaß* ansatzweise ausgelotet, zum einen mit Lyle, dem schwebenden Guru im Kraftraum, zum anderen mit John (»Nicht verwandt«) Wayne, dem besten Spieler der Tennisakademie, dessen Fähigkeiten nicht wie bei Wallace oder Hal mit Berechnung verbunden sind, sondern mit »[...] frustrierendem, geisttötendem und monotonem Training«, das »nur mit Geduld und Durchhaltevermögen zu schaffen« war.[148] Mit Hilfe von Rechercheuren trug Wallace Hunderte Seiten Material über Langeweile zusammen und versuchte, sie auf beinahe neurologischer Ebene zu begreifen. Er zog sein *Oxford English Dictionary* aus dem Regal und las fasziniert, dass »bore« im Sinne von »Langweiler, langweilig« 1766 zum ersten Mal im Englischen belegt ist, zwei Jahre, bevor »interesting« die Bedeutung »interessant, fesselnd« annahm.

Wallace konnte für seinen Roman vier Schreibstätten nutzen: sein schwarzes Zimmer zu Hause, ein Büro in der Universität (das er selten besuchte), ein Zimmer im Haus von Francis B.s Mutter, das für ihn reserviert war, und ein Mietbüro in der Stadt.[149] Meist begriff er nicht, warum er kaum weiterkam. Als er sich mit seinen Sorgen an DeLillo wandte, beruhigte sein Freund ihn, ein Roman sei »ein langer Marsch zu den Bergen«. 2000 nahm er sich noch einmal ein Jahr Auszeit, versuchte in der ersten Hälfte, zu schreiben, und sah viele Filme. (Filme, sagte er gerne, seien für Süchtige das bevorzugte Mittel zum Abspannen.) Danach schrieb er Briefe über die Filme. Er suchte sich DeLillo als Briefpartner aus und vertrat anti-elitäre und etwas eigenwillige Ansichten. Zum Beispiel sah er sich den Cyberthriller *Matrix* an und war begeistert – »visuell gesehen kraftvoll und kinetisch und fesselnd auf eine Art, wie es nur Bochos Polizeirevier Hill Street '81 war«, schrieb er seinem Freund – dagegen konnte er das hochgelobte *Magnolia* nicht ausstehen, er fand es prätentiös und nichtssagend, »100%iges Studentenfutter im schlechtesten Sinne«. Im Sommer besuchte er eine Künstlerkolonie in Marfa, Texas, die von der Lannan Foundation betrieben wurde, und verbrachte dort einen angenehmen Monat. Er borgte sich von einem Rancher in der Nähe zwei junge Golden Retriever für Spaziergänge aus und drehte die Bücher früherer Stipendiaten mit dem Rücken zur Wand. Dort hatte er die Gelegenheit, sich ganz dem Roman zu widmen, aber im Nachhinein musste er sagen, dass er keine großen Fortschritte gemacht hatte. Nach seiner Rückkehr schrieb er Franzen: »Ich muss fast alles wegwerfen, was ich dort geschrieben habe, aber in gewisser Weise ist auch das gut.« Bei Rich C. gab er sich pessimistischer: »Ich habe Angst, dass ich nicht mehr gut schreiben kann.«

Wallaces Non-Fiction war begehrt wie noch nie. Im Herbst 1999 fragte ihn der *Rolling Stone*, ob er über einen Kandidaten der anstehenden Präsidentschaftswahlen schreiben wolle, und er suchte sich John McCain aus, den eigenwilligen Republikaner, der in der Wahl des Kandidaten seiner Partei gegen George W. Bush antrat. Politisch gesehen war Wallace recht konservativ, er hatte Ronald Reagan gewählt und 1992 Ross Perot unterstützt, denn, wie er seinem Freund Corey Washington sagte: »Man muss wirklich verrückt sein, um die Wirtschaft wieder hinzukriegen.« Am Ende kombinierte er die Konventionalität des Mittleren Westens mit freundinnenkompatiblem Akademikerliberalismus. 2000 stimmte er in den Vorwahlen von Illinois für den Demokraten Bill Bradley. Im Grunde war ihm Politik nicht besonders wichtig. Er glaubte, wer immer gewann, würde nicht in Ordnung bringen können, was kaputt war. Bei McCain witterte Wallace allerdings eine neue Chance, zu erkunden, wie sehr der amerikanische Geist ausgehöhlt wurde. McCain warb in seinem Wahlkampf mit Offenheit und Ehrlichkeit, was für Wallace zwei interessant rekursive Fragen aufwarf: War McCain tatsächlich ehrlich, oder verkaufte er sich nur als echt? Wenn das Erste zutraf, waren Amerikaner dann so von den komplizierten Worthülsen der Werbung weich gespült, dass sie Ehrlichkeit nicht mehr erkannten, wenn sie sich zeigte? Und wenn das Zweite zutraf, waren sie so daran gewöhnt, hereingelegt zu werden, dass es ihnen schon Freude bereitete?

Anfang Februar nahm Wallace eine Woche an der Wahlkampftour teil, und wie es typisch für ihn war, ignorierte er die hohen Funktionäre, um sich auf die Techniker und Schreiberlinge im Bus hinter McCains Bus zu konzentrieren, dem Straight Talk Express. Jemand (wahrscheinlich Wallace) hatte dem Bus den Spitznamen Bullshit 1 verpasst. Er übertrieb, um seinen Standpunkt klarzumachen. Die Journalisten der großen Zeitungen – bei Wallace die »zwölf Affen« – beschrieb er als arroganter und einander ähnlicher, als sie es waren, und er behauptete, McCains Wahlkampfstratege habe solche Angst vor ihm, dass er sich hinter der nächsten Ecke versteckte, um ihm aus dem Weg zu gehen (tatsächlich verstanden sich die beiden gut, die Geste war als Scherz gedacht, wie der Wahlkampfstratege 2010 einem Journalisten von *Salon.com* erzählte). Und hielten tatsächlich zwei Journalisten unabhängig voneinander Wallace für einen Pagen und sagten ihm, er solle ihre Koffer tragen? Es klang unwahrscheinlich, aber solche Schwindeleien trugen dazu bei, ein Bild von Wallace als Außenseiter zu zeichnen, der den Lesern eine Wahrheit vermitteln konnte, die sie nirgends sonst fanden, echten Klartext. Unterm Strich wollte Wallace festhalten, was

> dieser flüchtige, seltsame Rummel [durch den Wahlkampf] darüber verrät, wie wir amerikanischen Wähler uns durch die Politik zur Jahrtausendwende mit ihrer ganzen Präsentation und dem Marketing und Strategien und Medien und der Meinungsmache und allgemeiner Sepsis innerlich fühlen.

McCains Wahlkampf scheiterte früh. Nachdem er Anfang März die Vorwahlen gegen Bush verloren hatte, brauchte der *Rolling Stone* den Artikel schnell. In gerade einmal drei Wochen schrieb Wallace 27 000 Wörter. In drei Tagen wurde der Artikel unter hektischem Redigieren am Telefon um mehr als die Hälfte gekürzt und Mitte April gedruckt; diesen raschen Ablauf fand Wallace gleichzeitig befreiend und beunruhigend. Am Ende nutzte er seinen ungewohnten Logenplatz mit Blick auf die amerikanische Geschichte, um Themen zu vertiefen, die ihn schon seit seinem Essay »E Unibus Pluram« beschäftigten. Er schloss, McCain verkörpere Amerikas Blick in den Spiegel. »Ob er wirklich echt ist, hängt jetzt weniger davon ab, was er in seinem Herzen trägt, als davon, was Sie in Ihrem tragen.«

Für diesen Artikel gewann Wallace einen National Magazine Award, aber ihm erschienen die »drei Monate, die die Prostata des amerikanischen Jahrhunderts kitzelten«, wie er den Wahlkampf in einem Brief an DeLillo beschrieb, als bloßer Urlaub von dem Roman, den er eigentlich schreiben sollte. »Wenn mir Sachtexte vergleichsweise leicht von der Hand gehen und Freude bereiten, bestärkt mich das immer in dem Gefühl, ich sollte eigentlich Belletristik schreiben«, fügte er kurz vor dem Erscheinen von »The Weasel, Twelve Monkeys and the Shrub« hinzu. »Ich weiß nicht, warum, aber es ist so, und jetzt rackere ich mich hier wieder ab im besten Sinne, fülle meinen eigenen Papierkorb und nehme mir hier und da eine halbe Stunde, um Briefe zu schreiben, was bei mir immer noch unter Schreibzeit läuft.«

Im Juni 2000 wandte sich ein Redakteur von Atlas Books mit der Idee an Wallace, ein Buch über Mathematik für ihre Serie Great Discoveries zu schreiben, die sie zusammen mit Norton herausgaben. Jesse Cohen schlug als Thema entweder Georg Cantor vor, den Begründer der Mengenlehre, oder Kurt Gödel, dessen Unvollständigkeitssätze besagen, dass es unabhängig vom Wissensstand über ein System immer mehr darüber zu wissen gibt. Dass Wissen Grenzen hat, die selbst ein Ergebnis unseres Wissens sind, war genau die Art Gedanke, die Wallace nicht losließ. Im Buch sollte er es so formulieren: »Offensichtliche Tatsache: Nie zuvor gab es so viele klaffende Abgründe zwischen dem, was die Welt zu sein scheint, und dem, was uns die Wissenschaft darüber mitteilt.« Das Cantor-Projekt stellte allerdings etwas noch Verlockenderes in Aussicht: Recherchen über einen Mann, der sich mit einer Art Rätsel beschäftigt hatte, die auch Wallace faszinierte und beunruhigte – in diesem Fall mit dem Wesen der Unendlichkeit. Folgte man solchen Gedankengängen, das wusste Wallace, führten die meisten irgendwann zur Lähmung, zum Solipsismus des jK (jugendlichen Kiffers), den er stets fürchtete. Aber Cantor hatte diese Mauer durchbrochen und gezeigt, dass es verschieden große Unendlichkeiten gab und man über sie beinahe so wie über normale Zahlen nachdenken konnte. Er hatte eine beängstigende Unbekannte in eine Größe verwandelt, mit der Mathematiker umgehen konnten. Außerdem war Cantor als Herausforderung leichter zu meistern. »Ich kenne Gödels Beweis gut genug, um zu wissen, dass ich schon Jahre brauchte, um nur die Mathematik und die Notation zu beherrschen«, schrieb Wallace Cohen. In einem ernsten Fax, das er wenig später aus Marfa schickte, erklärte er, wenn er das Buch angehen würde, dann »nebenbei als Ablenkung von anderen Auftragsarbeiten«. Trotzdem drängte sich ihm der Gedanke auf, wie lohnend ein solches Unterfangen sein würde:

> Wussten Sie, dass Cantors Diagonalargument enorme Bedeutung/Auswirkungen hat, besonders auf die aktuelle Informatik (z. B. auf »transcomputationale Probleme« etc.)? Wussten Sie, dass man 500 Seiten füllen könnte und diese Konsequenzen und Auswirkungen trotzdem nur angerissen hätte? Würde das Buch nur eine Biografie Cantors und seiner Zeitgenossen werden und seinen Beweis im Kontext erklären, oder würden Sie auch eine Besprechung der Auswirkungen erwarten?

Als Cohen antwortete, das Buch sei als Ideensammlung gedacht, mit dem Schwerpunkt auf »Cantor und der schier unglaublichen

Qualität seiner Theorien«, war Wallace überzeugt. Diesen Teil von sich hatte er zurückgelassen, als er Schriftsteller geworden war, und diesem Teil von sich, der ihn zum klügsten Mann im Raum machte, hatte er in Harvard neues Leben einhauchen wollen. Stattdessen war er in die Gefilde seichter Zeitschriftenartikel gerutscht und hatte seine Einsichten in Pornografie und Tennis verbreitet. Auch schadete die Ankündigung nicht, der Vorschuss könne bis zu 100 000 Dollar betragen. Einen so hohen Vorschuss hatte er nicht einmal für den *Unendlichen Spaß* bekommen. Er sagte zu.

Mittlerweile war es Herbst, und Wallaces zweite Beurlaubung, in der er Belletristik schreiben wollte, war zur Hälfte verstrichen. Er begann mit der Recherche für das Buch über Unendlichkeit. Mit seiner Arbeit an dem »langen Ding«, wie er es nannte, ging es nicht gut voran. »Das meiste Zeug von mir landet unter Ablage P«, schrieb er Markson im November. »Da macht es sich ganz gut.« Trotzdem war er froh darüber, nicht mehr zu unterrichten; als ihm auffiel, dass die Universität ihn versehentlich weiter bezahlte, schrieb er seiner Fakultät sogar, er würde die Schecks nicht einlösen, weil er befürchtete, sie würden ihn später dazu zwingen, das Geld mit Kursen abzugelten. Aber im Frühling 2001 stand er wieder im Seminarraum und versuchte, mit seinen Sachtexten, seiner Belletristik und seinen Ängsten zurechtzukommen. Der Artikel über amerikanischen Sprachgebrauch, den er geschrieben hatte, als er mit Juliana zusammen war, erschien endlich im *Harper's*. Die Zeitschrift brachte weniger als die Hälfte von dem, was er geschrieben hatte, aber in einem Brief an DeLillo räumte Wallace ein, dass sein langjähriger Non-Fiction-Redakteur Colin Harrison »ziemlich gut gekürzt« hatte.

In diesem Sommer besuchte er mit Freunden für zwei Wochen das Meditationszentrum Plum Village in der Nähe von Bordeaux unter der Leitung von Zenmeister Thich Nhat Hanh. In der Anlage durfte man weder Kaffee trinken noch rauchen. Wallace wollte tiefgreifender verstehen, worüber er im *Bleichen König* schreiben wollte. Wie fühlte sich die Seligkeit, die großer Langeweile folgte, genau an? Er merkte, dass es zwei Paar Schuhe waren, über Gedankenleere zu schreiben und sie selbst zu erreichen, und so reiste er früh ab, schob die Schuld auf das Essen und war so bald wie möglich wieder zu Hause. Nach seiner Rückkehr schrieb er DeLillo: »Höhepunkte: 1) Habe mich aus vietnamesisch-buddhistischem Mönchszentrum abgesetzt. [...] 2) Habe 2 von 4 betrunkenen Peruanern in der Dordogne bei Sainte-Foy-la-Grande ertrinken sehen. 3) Habe absichtlich eine Schnecke gegessen.« Er erwähnte, dass Franzen, dessen dritter Roman *Die Korrekturen* Mitte September erscheinen sollte, sich »gerade darauf einstellt, dass Saurons großes rotes Auge bald auf ihm ruht«.

Am Morgen des 11. September ging Wallace seinen üblichen Aktivitäten nach, er besuchte sein Meeting, machte Erledigungen, wollte schreiben. Als die Angriffe stattfanden, duschte er gerade und »versuchte, auf WSCR Sports Radio in Chicago eine Analyse über ein Spiel der Bears zu hören«, wie er sich erinnerte. Er war nicht sicher, ob die Angriffe bei ihm stärkere Empfindungen auslösten als bei anderen, aber als der *Rolling Stone* ihn um einen Artikel über seine Reaktion bat, wollte er sich daran versuchen. In drei Tagen schrieb er einen kurzen, einfühlsamen Essay – »Warnung. Sehr schnell und in einem Zustand geschrieben, der wohl als Schock gelten kann«, hängte er an den Entwurf an. »Das große Weinen im Wohnzimmer von Mrs Thompson« ist eine mittelbare Gesellschaftsanalyse, die vor dem Herzen Amerikas und der Welt der Selbsthilfegruppen den Hut zieht. (Zuerst hatte Wallace den vielsagenden Titel »A View From the Interior« gewählt.) Wieder tarnte er seine AA-Gruppe als Freunde aus der Kirche. So wurde Mrs Thompson, wie er die Mutter von Francis B. nannte, zu einem »alteingesessenen und wortgewaltigen Mitglied der Gemeinde«. Er fing das Wesentliche der diffusen, einfühlsamen Äußerungen von Mrs B. und ihren Freundinnen während dieser schrecklichen Ereignisse ein, ihre Sorgen um Verwandte in Manhattan und Umgebung und ihre Tränen, als sie im Fernsehen sahen, wie die Türme einstürzten. »Diese Frauen von Bloomington«, schrieb Wallace,

> sind unschuldig oder kommen mir jedenfalls zunehmend so vor. Vielen Amerikanern würde auffallen, dass in diesem Wohnzimmer ein geradezu erschreckender Mangel an Zynismus herrscht. Zum Beispiel fällt niemandem auf, dass [...] die ständige Wiederholung der entsetzlichsten Szenen wohl nicht nur der Zuschauer wegen erfolgt, die womöglich erst später eingeschaltet haben.

Der Ernsthaftigkeit der Frauen stellte er die Haltung eines jungen Mannes namens Duane gegenüber, der ebenfalls anwesend war und dessen »Hauptgesprächsbeitrag« in der ständigen Wiederholung bestand, »das sei ja alles wie im Film«. Wallace schloss: »Mir geht es eher um den Hinweis darauf, dass das Grauen teilweise so grauenhaft war, weil ich im tiefsten Herzen wusste, dass das Amerika, das die Männer in den Flugzeugen so gehasst hatten, weit mehr mein Amerika war, das Amerika von F– und dem ätzenden Duane, als das dieser Damen.« Hatte ein gewisser Teil Amerikas also verdient, was er bekommen hatte? Diesen Punkt musste Wallace natürlich umschiffen, trotzdem war er für jeden, der die Lektionen aus dem *Unendlichen Spaß* verstanden hatte, greifbar.

»Die letzten Jahre haben mich wirklich gelehrt, was Demut heißt«, schrieb Wallace nur wenig später an Michael Pietsch. Er gab zu, dass er mit dem Roman keine Fortschritte machte, beharrte aber darauf, er sei jetzt reif genug, um unproduktiven Phasen die Stirn zu bieten: »Mit genügend Demut und Sich-selbst-nicht-zu-ernst-Nehmen ist es gar nicht so schlimm, eher wie bei den beiden Typen, die am Ende vom *Schatz der Sierra Madre* existenzialistisch lachen.« Aber es schmerzte, dass die Jahrtausendwende eine Fülle großer literarischer Würfe bereithielt, die drohten, den *Unendlichen Spaß* an den Rand zu drängen.

2000 waren Dave Eggers Memoiren *Ein herzzerreißendes Werk von umwerfender Genialität* erschienen, die Wallace auf dem Umschlag als »gnadenloses Buch« lobte. Es strebte nach der gleichen charakteristischen Ehrlichkeit jenseits der Ehrlichkeit wie Wallaces Essays.[150] Außerdem gab Eggers die neue Zeitschrift *McSweeney's* heraus. Mit ihrem scharfen Sinn für Vergnügen und ihrem Argwohn jedem Hype gegenüber wollte sie ebenso wie Wallace das echte Leben in einer von den Medien durchdrungenen Zeit abbilden. (Wallace steuerte sogar drei Geschichten bei.) Die Bewunderung beruhte auf Gegenseitigkeit: Wallace schlug Little, Brown vor, Eggers solle den Umschlag für die *Kurzen Interviews mit fiesen Männern* entwerfen.

Im September 2001 erschien endlich Franzens Roman *Die Korrekturen*, an dem er – wie Wallace voller Bewunderung einen Monate später Pietsch schrieb – zehn Jahre lang gearbeitet hatte, wobei er »zwei Mal fast fertige Bücher wegwarf, weil sein Bauch ihm einfach sagte, dass sie nicht richtig waren«. Verblüfft beobachtete Wallace, wie das Buch zu einem Bestseller aufstieg. In der Hoffnung auf ein paar beruhigende Worte schrieb er Pietsch: »Übrigens entschuldige ich mich im Voraus dafür, dass ich weder mir noch Dir noch unseren gemeinsamen Brötchengebern auch nur annähernd so viel Geld einbringen werde wie er FSG [Farrar, Straus and Giroux].« In Wahrheit freute er sich für seine Freunde, so gut es ging, aber er wusste, dass seine Rolle als einer der Begründer einer neuen Art Literatur drohte, zu bloßer Geschichte zu verkommen, was ihm irgendwie egal, aber irgendwie auch nicht egal war.[151] Und während man ihn einerseits als Wegbereiter dieser Literatur verdrängte, machte man ihn andererseits für ihre Makel verantwortlich. Viele Jahre lang hatten Kritiker Wallace gefragt, ob er sich als Teil einer Strömung sah, und genauso viele Jahre lang hatte er mit Nein geantwortet. Anfang der Neunziger hatte er Morrow halb im Scherz vorgeschlagen, er solle in einer Ausgabe der *Conjunctions* zeigen, dass er, Vollmann und Franzen nichts gemein hatten. Als Salon.com nach Erscheinen des *Unendlichen Spaßes* fragte, welche Ähnlichkeiten es zwischen ihm und Franzen, Donald Antrim, Jeffrey Eugenides, Rick Moody und Richard Powers gab, antwortete Wallace: »Das ist diese Kiste mit den ›großen weißen Männern‹. Ich glaube, etwa fünf von uns unter 40-Jährigen sind weiß, über eins achtzig groß und tragen Brillen.« Im August 2001 warnte James Wood dann in einer Besprechung von Zadie Smiths Roman *Zähne zeigen* in der *New Republic*, in der Literatur würde ein beunruhigender neuer Trend zutage treten: »Ein Genre verfestigt sich. [...] Familienähnlichkeiten setzen sich durch, und man kann einen Vater benennen.« Wood taufte diesen neuen Stil »hysterischen Realismus« und nannte als seine Haupteigenschaft den Wunsch,

> Lautlosigkeit abzuschaffen, als würde er sich für Stille schämen. [...] Auf jeder Seite sprießen Geschichten und Nebengeschichten, mit denen diese Romane unaufhörlich ihre fabelhafte Überfrachtung demonstrieren. Zu dieser Kultur des permanenten Erzählens gehört untrennbar die Jagd nach Lebendigkeit um jeden Preis. Was diese Bücher betrifft, sind Lebendigkeit und Erzählen sogar eins.

Wood fand, dieses Gehetzte koste den Roman Intimität und psychologische Scharfsicht, seine eigentlichen Vorzüge. Wallace war nicht der Vater dieser unerwünschten neuen Strömung der Literatur – diese Rolle fiel Woods Ansicht nach Dickens zu –, aber er wurde als einer ihrer halbseidenen Onkel genannt, der die literarische Jugend verführte. Und das nächste Jahr brachte doppelten Familienzuwachs: Gary Shteyngarts *Handbuch für den russischen Debütanten* und Jonathan Safran Foers *Alles ist erleuchtet*, zwei Erstlingsromane, die ihren Überschwang – ihr Streben nach »Lebendigkeit um jeden Preis« – dem *Unendlichen Spaß* zu verdanken schienen. Die Ironie bei der Sache war, dass Wallace seit einem halben Jahrzehnt nicht nur den Puls der Literatur, sondern auch seinen eigenen verlangsamen wollte.

Allmählich bekam Wallace das Gefühl, die Zeit würde an ihm vorbeirasen. Er las in der *New York Review of Books* einen Artikel über elektronisches Publizieren und fragte sich, was es bedeutete, dass ihm die Vorstellung nicht gefiel und er dem greifbaren Gegenstand treu blieb – »dem traditionellen Ansatz mit Druckfahnen und Korrekturfahnen und Erscheinungsdaten und echten Büchern mit scheußlichen Umschlägen«, wie er DeLillo schrieb. Früher hatte er sich über Veränderungen gefreut, erinnerte er sich: »Bei der ganzen Sache fühle ich mich alt, genau wie bei Heavy Metal oder Cumshots in normalen Filmen.« Beim zwanzigjährigen Klassentreffen seines Highschooljahrgangs in Urbana im Jahr zuvor hatte Wallace nicht teilnehmen können, weil er in Marfa war, aber er hatte einen Scheck für ein Blumengesteck für verstorbene Mitschüler geschickt und jemanden gebeten, die Veranstaltung aufzunehmen. Als er wenig später durch Urbana kam und sich die Bilder bei der Organisatorin des Klassentreffens ansah, faszinierte es ihn, seine Mitschüler feiern zu sehen. Er entschuldigte sich bei ihr dafür, dass er während ihrer Schulzeit nicht feinfühliger auf ihre Depression reagiert hatte, und als er mitbekam, dass sie mit dem Mann zusammenarbeitete, den er als Junge mit Schneebällen traktiert hatte, schrieb er ihm einen Entschuldigungsbrief. Er machte wieder gut, was immer er konnte, und schoss manchmal sogar über das Ziel hinaus.[152] Seinem Sponsor in Arizona schrieb er: »Ich bemühe mich sehr und bin zu 99,8 % ehrlich«, dann strich er die Zahl durch, korrigierte sie zu »98,8 %« und bemerkte in Klammern am Rand: »Da habe ich mich etwas hinreißen lassen.«

Wallace merkte, dass er sich von der Illinois State verabschieden sollte. Mit dem Schreiben kam er nicht voran, und in seine Beziehungen zu Frauen hatte sich ein so vorhersehbares Muster geschlichen, dass er es selbst beinahe komisch fand.[153] Außerdem distanzierte sich die Universität nach und nach von der »Unit«, der Oase für experimentelle Literatur in der Prärie. Für diese Art Literatur hatte Wallace nicht mehr viel übrig, aber ihm waren die Menschen wichtig, die sich so für das Institut ins Zeug gelegt hatten.

Seit dem *Unendlichen Spaß* hatten immer wieder hochkarätige Literaturfakultäten die Fühler nach ihm ausgestreckt, weil sie hofften, dieser bekannte Autor, der an einer zweitrangigen Universität im Mittleren Westen verschwendet war, würde vielleicht wechseln wollen. Im Herbst 2000 bekam er einen Brief vom Pomona College in Claremont, Kalifornien, das gerade einen Lehrstuhl für kreatives Schreiben eingerichtet hatte. Wallace antwortete dem Institut für Anglistik nur zögerlich, aber die Dekanin Rena Fraden versicherte ihm, der Posten sei auf einen hauptberuflichen Schriftsteller zugeschnitten. Bei einem späteren Anruf witzelte er, all seine Freunde hätten den gleichen Brief bekommen, auch Franzen (der antwortete, er sei nicht interessiert, und Wallace empfahl). Er und Fraden vereinbarten, dass er die Universität im Dezember besuchen und eine Lesung und ein Seminar halten würde, um sich einen Eindruck zu verschaffen. Als er kam, saßen alle Studenten im Seminarraum »schockstarr vor Ehrfurcht« da, wie sich ein Teilnehmer erinnert. In seinem Workshop sagte Wallace, wenn er ihnen eine Sache mit auf den Weg geben könne, dann den Unterschied zwischen »scheinbar« und »anscheinend«. Er las vor einer kleinen Gruppe in der Crookshank Hall, lernte die Dozenten kennen und mochte sie. Als er Fraden zum Abendessen begleitete, erzählte dort jeder Gast von einem Buch, das ihn tief berührt hatte. *Clarissa* wurde erwähnt, auch *Le Morte d'Arthur* von Thomas Malory. Wallace überraschte alle, indem er einen beliebten spannenden Schmöker nannte (niemand weiß mehr genau, welchen).

Zwischen Wallace und Fraden entwickelte sich rasch eine gute Beziehung. Sie gehörte zu den verständnisvollen Akademikerinnen ohne Konkurrenzdenken. Und Wallace konnte sich darauf verlassen, dass sie für die besonderen Umstände sorgen würde, unter denen er am besten arbeitete, genau wie zuvor Dale Peterson, Mary Carter und Charlie Harris. Pomona erschien ihm wie der richtige Ort für einen Neuanfang. An diesem Abend sprach er mit Fraden darüber, was ihn dazu bringen könnte, Bloomington zu verlassen. Er bat darum, so wenig wie möglich unterrichten zu müssen, und Fraden willigte ein. Die Fakultät stimmte darüber ab, die Vorstellungsphase zu beenden und Wallace die Stelle anzubieten. Einen Monat später nahm er an. »Die Studenten scheinen tatsächlich gerne zu lesen und zu schreiben, was eine willkommene Abwechslung darstellt«, schrieb er Peterson. »Ich bin es wirklich leid (und es macht mich manchmal ungeduldig), dass ich an der ISU den Zuchtmeister spielen muss, damit die Studenten (wenigstens die meisten) zumindest ihre Hausaufgaben machen.« Er hatte an der ISU versprochen, dass er nach seiner zweiten Auszeit mindestens ein Jahr lang unterrichten würde, und dieses Versprechen wollte er halten, aber er freute sich schon auf einen neuen Anfang. Morrow schrieb er, er sei seit beinahe zehn Jahren »zu Hause«, und seinem Fakultätskollegen Curtis White erklärte er, für ihn sei die Zeit gekommen, erwachsen zu werden.

Kapitel 8

Der bleiche König

Im Hochsommer 2002 verließ Wallace Bloomington in dem Volvo, den er vom Geld des MacArthur-Stipendiums gekauft hatte, Werner und Jeeves auf dem Rücksitz. Sein letzter Jobwechsel lag neun Jahre zurück. Francis B. und seine Mutter beeilten sich, um vor ihm an seinem ersten Zwischenstopp in einem Hotel in Columbia, Missouri zu sein, und so entdeckte Wallace an der Rezeption seinen Freund, der gerade eincheckte. Nur kam die Überraschung nicht gut an: Wie sich herausstellte, reiste der vierzigjährige Schriftsteller nicht mit einem von Pomona bezahlten Hundeumzugsunternehmen, wie er es ihnen erzählt hatte, sondern mit Sarah Caudle, einer jungen Mutter, mit der er lange befreundet und jetzt liiert war. Für die Fahrt nach Westen brauchte das Pärchen sechs Tage. Unterwegs aßen sie in ihren Motelzimmern, um die Hunde nicht allein zu lassen. In St. George in Utah wollte Wallace ein AA-Treffen besuchen. Er fand einen Eintrag im Telefonbuch, aber als der Sponsor zurückrief, war es schon zu spät.

Als sie übernächtigt und angespannt in Claremont ankamen, fuhren sie die Straßen auf und ab. Wallace staunte über die Einkaufsstraßen im spanischen Missionsstil, und wie immer, wenn er sich etwas Neuem gegenübersah, fragte er sich, ob er einen Fehler gemacht hatte. Caudle erzählte er, dass er fürchtete, das milde Wetter könne ihm »den Lebenswillen« aussaugen. »Welche Postleitzahl fängt denn schon mit ›9‹ an?«, hatte er sich bei DeLillo beklagt, bevor er den Mittleren Westen verlassen hatte.

Und im Winter sollte er Morrow schreiben, er würde »gelben Schnee und fließenden Schnodder« vermissen. Dabei war sein Heimweh zum Teil gespielt, dieses Mal verging das Gefühl der Entwurzelung recht schnell. Das College hatte ihm ein hübsches Haus am Indian Hill Boulevard besorgt, einer Hauptstraße in der Nähe des Campus. Es war komplett umzäunt, und hinter dem Haus wuchsen Zitronenbäume und eine riesige Palme, bei deren Stamm Wallace begeistert einen Umfang von dreieinhalb Metern maß.

In den ersten Tagen bekam er zweimal Besuch. Fraden brachte ihm mit einer ihrer Töchter Obst und Baba Ghanoush. Und Karen Green schaute vorbei. Während Wallaces Zeit in Bloomington hatte ihn die bildende Künstlerin gefragt, ob sie »Die depressive Person« als Bilderfolge umsetzen dürfe. Jetzt brachte sie ihm das fertige Werk, zusammen mit ein paar Eiswürfelschalen von Ikea als Einzugsgeschenk. Die Geschichte, in der Wallace seine Wut auf Elizabeth Wurtzel herausgelassen hatte, endet hoffnungslos: Die depressive Person kann nicht aus dem Solipsismus ausbrechen, in dem sie durch ihren »Zustand unausgesetzter psychischer Qual« gefangen ist. Green hatte die Geschichte so umgeschrieben, dass die depressive Person im letzten Bild geheilt war. Die Veränderung gefiel Wallace. Er sagte Green, sie habe die Geschichte in etwas verwandelt, was die Leute gerne lesen würden. An diesem Tag in Claremont wollte er für sie kochen. Überall waren Lampen verteilt – sie zählte vierzehn –, und auf den Möbeln waren Handtücher zum Trocknen ausgebreitet; Green erinnerte das Haus an »ein Büro mit angeschlossener Wäscherei«. In seinem Kühlschrank lagen nur Hotdogs und Goldfischlis. Als Green fragte, ob Wallace Senf habe, antwortete er: »Ich mag Würzsoßen nicht besonders.« Sie gingen in einen Park, wo Werner sie ansprang und ihr dabei das Nabelpiercing herausriss. Ein paar Wochen später, einen Tag vor ihrem Geburtstag, besuchte sie ihn wieder, dieses Mal mit einem gemeinsamen Freund, und Wallace machte für sie Hotdogs, die er in gerüschte Papiermanschetten steckte, mit denen man normalerweise Lammkoteletts verzierte.

Auf der Autofahrt nach Westen hatte Wallace gefragt, ob Caudle und ihre Tochter bei ihm einziehen wollten, aber wenig später rief er in Illinois an, um den Kontakt abzubrechen. Und als Karen Greens Ehe im November endete, bot Wallace seine Hilfe an. »Ich bin dein Experte für fiese Männer«, sagte er. Weil er davon ausging, dass sie eine Beziehung eingehen würden, und dieses Mal gleich zu Beginn reinen Tisch machen wollte, schickte er ihr eine Reihe von Briefen, die er Düsterer Brief I, Düsterer Brief II etc. nannte und in denen er ihr von seiner psychiatrischen Vorgeschichte und seinen Beziehungen erzählte.[154] »Ich will nicht der Teufel sein«, erklärte er. Sie malte ihm mit einem Edding einen Teufel auf und schrieb auf sein Drängen dazu: »Aber ich meine es gut.«

Wenig später lud Green ihn ein, Weihnachten mit ihr auf Hawaii zu verbringen. Er war traurig – gerade erst war Jeeves gestorben (»Er war für mich beinahe wie ein Kind«, schrieb er Morrow). Weil er sichergehen wollte, dass sie sich dort verstehen würden, besuchte er sie vorher zu Hause in Marin County. Sie verbrachten einen schönen Tag miteinander, und er verblüffte sie, als er nach dem Besuch in einem Brief jede Einzelheit ihres Hauses beschrieb, bis hin zu den Schuhen voller Farbspritzer im Flur. Er erzählte ihr, die depressive Person sei in Wirklichkeit er selbst. Wallace wollte es langsam angehen lassen, und um ihn für Hawaii zu ermutigen, schickte Green ihm ein Bettlaken, in das ein Loch geschnitten war. Als sie im Dezember tatsächlich flogen, waren Wallaces Freunde überrascht, weil sie wussten, wie ungern er verreiste. Auf Hawaii sahen sie sich Filme an, gingen am Strand spazieren und unterhielten sich ständig. Green schwamm im Meer, während Wallace das Wasser mied. Wie er Morrow anschließend schrieb, fand er die Inseln »viel weniger vulgär und auf Tourismus getrimmt, als ich dachte, und auf eine schöne Art verwunschen und traurig«. Außerdem gefiel ihm, dass sie kein Ungeziefer sahen. Bevor sie nach Hause fuhren, hielt er um Greens Hand an. Aber Green hatte einen Sohn im Teenageralter, Stirling, und da er tanzte, wollte sie in der Nähe einer guten Ballettschule wohnen. Als Wallace wieder zu Hause war, schrieb er Morrow, er sei »ziemlich hoffnungslos in eine Malerin aus Marin County verliebt«.

Wallace richtete sich in Claremont häuslich ein. Er fand eine AA-Gruppe, die ihm gefiel, und ließ sich von der kalifornischen Kultur so weit anstecken, dass er seinen »Frühstücksrotz« trank, Gewichte hob, mit Werner joggte und sogar einen neuen Tennisschläger kaufte. Seine Wände schmückte er mit ausgeschnittenen Artikeln über Haiangriffe und Seiten aus dem Langen Ding. Als das Semester begann, merkte er, dass ihm das Unterrichten in Pomona unerwartet gut gefiel. Zum einen hatte er keine Studenten aus Aufbaustudiengängen (und damit keine angehenden Literaturtheoretiker), zum anderen waren die normalen Studenten begabter als die an der Illinois State – er befand sich »offenbar im Land der perfekten Collegetests«, wie er Pomona in einem Brief an Morrow beschrieb. Die Dekanin Fraden war genau so, wie er sie sich erhofft hatte. Es dauerte nicht lange, bis sie sich jeden Dienstagabend bei ihr zusammen *Buffy – Im Bann der Dämonen* ansahen. Und wie immer wollte Wallace jeden Eindruck, er könne etwas Besonderes sein, im Keim ersticken; als die Studenten seines Schreibseminars einen »DFW-Klamotten-Tag« abhielten, ließ er sie wissen, das finde er nur bedingt witzig.

Aber das Beste war, dass er pro Semester nur ein Seminar halten und in keinem Komitee sitzen musste. »Wir stellen Sie ein, damit Sie schreiben – Sie müssen weiterschreiben«, hatte Fraden ihm erklärt. »Mit Pomona habe ich das große Los gezogen«, freute sich Wallace 2003 im *Believer*. »Ich kann mehr oder weniger machen, was ich will.« Jedes Grummeln der anderen Dozenten, die die Lehre als Berufung sahen, legte sich bald, als Wallaces unübersehbares Engagement beim Unterrichten zutage trat – etwa durch die elf kurzen Arbeiten aus dem Stegreif, die er von seinen Studenten in der »Literarischen Textanalyse« verlangte, oder die Kommentare in verschiedenen Farben, die er bei den einzelnen Durchgängen neben ihre Geschichten schrieb. Er nahm die Seminare ernst und sorgte dafür, dass seine Studenten es auch taten. Als die Studiensekretärin als Gasthörerin an seinem Seminar über literarische Essays teilnehmen wollte, wies er sie ab, weil sie wegen der Fakultätssitzungen zu viele Termine verpasst hätte.

Seine Grammatikmanie sprach sich bald herum. »Auf einer Skala von 1 bis 10 ist das eine 11«, bewertete er besonders ärgerliche Patzer seiner Studenten gerne. Oder: »Das tut meinem Hirn wirklich weh.« In Zweifelsfällen schlug er in dem Buch *Practically Painless English* nach, das seine Mutter geschrieben hatte, und gelegentlich übernahm er ihre Finte mit dem gespielten Husten, wenn ein Student einen Grammatikfehler machte. Am Modaladverb »nur« demonstrierte er im Seminar, wie wichtig der richtige Sprachgebrauch war:

> Ihr Nachbar hat Sie gebeten, eine Woche lang seinen Hund zu füttern, während er (der Nachbar) verreist ist. Der Nachbar kommt nach Hause, etwas ist schiefgegangen, Sie werden befragt.
> »Ich habe den Hund gefüttert.«
> »Haben Sie den Papagei gefüttert?«
> »Ich habe *nur* den Hund gefüttert.«
> »Hat noch jemand den Hund gefüttert?«
> »Nur ich habe den Hund gefüttert.«
> »Haben Sie den Hund begrapscht/belästigt?«
> »Ich habe den Hund *nur* gefüttert!«

Beim letzten Satz kippte seine Stimme vor Begeisterung.

Wallace fiel in Claremont auf. Seine Ernsthaftigkeit, die zum Teil ein Überbleibsel seiner Kindheit im Mittleren Westen und zum Teil ein Abwehrmechanismus war, wirkte auf dem sonst gedämpft zurückhaltenden, sonnenüberfluteten Elitecampus ungewöhnlich. Einmal wollte Wallace ein Seminar mit dem Titel »Essayistik für extrem Fortgeschrittene« anbieten, aber das

Studiensekretariat wandte ein, es habe bisher keinen Kurs »Essayistik für Fortgeschrittene« gegeben. Trotzdem war es sowohl für die Fakultät als auch für das College ein Triumph, als Wallace dort anfing, dieses *monstre sacré* im mittleren Alter mit seinem unkonventionellen Aufzug – Kopftuch, abgerissene Stoffshorts und doppelte Sportsocken in offenen Wanderstiefeln. In ihrem Artikel über Wallaces Ankunft merkte die *Los Angeles Times* wohlwollend an, dass er ein Sweatshirt vom Pomona College mit abgeschnittenen Ärmeln trug.

Wallace wünschte sich von ganzem Herzen, Green bei sich in der Stadt zu haben. Er wollte nicht warten, bis Stirling 2005 die Highschool beendete. Im Sommer 2003 kaufte Green ein Haus in Cave Creek in Arizona. Wallace nahm die sechsstündige Fahrt einmal pro Woche auf sich. Er arbeitete in einem Zimmer im ersten Stock und las am Pool Romane von Tom Clancy, »bis seine Schultern richtig verbrannt waren«, erinnert sich Green. Außerdem gab es in der Nähe eine AA-Gruppe, bei der er sich wohlfühlte.

Im August 2003 fuhr Wallace für einen Auftrag der Zeitschrift *Gourmet* nach Maine und nahm Green mit. Sie hatte seine Eltern noch nicht kennengelernt, aber seine eigene Beziehung zu seiner Mutter hatte sich mit der Zeit entspannt, und sie fanden als Gruppe gut zusammen. Seine Redakteure hofften, er würde wieder in seine Rolle als Korrespondent der Elite im Herzen Amerikas schlüpfen, aber nachdem Wallace versprochen hatte, dass er seine »eigenen exzentrischen Recherchen« betreiben würde, kam er mit einem deutlich einfühlsameren Artikel als den Texten über die State Fair oder die Kreuzfahrt zurück. Die Frage, was Tiere fühlten, hatte ihn schon immer interessiert – ihre Unfähigkeit, sich zu schützen, berührte ihn stärker als menschlicher Schmerz –, und im Laufe der Jahre hatte er sich gefragt, welches Recht wir überhaupt besaßen, sie grausam zu behandeln. In Maine erwartete ihn ein Anblick, der einen Hogarth wert gewesen wäre: Tausende Hummer, die auf dem »erstklassig vermarkteten Mega-Event namens Maine Lobster Festival« lebendig gekocht wurden, während »wildfremde Leute, Backe an Backe gedrängt, an endlosen Biertischen sitzen und in einem fort Schalen knacken, kauen und kleckern. Heiß ist es, und unter den schlappen Zeltplanen stauten sich Essensdunst und mancherlei Non-Food-Mief.« Wer gab uns eigentlich die Macht dazu, wollte er wissen. Aber anderen seine Meinung aufzudrängen, hatte Wallace noch nie gelegen – er hielt es für unhöflich –, und in seinem Artikel distanzierte er sich betont sowohl physisch als auch rhetorisch von dem PETA-Vertreter »Mr William R. Rivas-Rivas«, der das Hafenfest laut Wallace mit Flugblättern zupflasterte, auf denen stand: »Gekocht werden tut weh.« Stattdessen näherte sich Wallace dem Problem des Hummeressens mit moralischen Fragen im gespielt naiven Tonfall des neugierigen Jungen aus dem Mittleren Westen, der er zum Teil noch war: »Ist es eigentlich in Ordnung, aus reiner Freude am Genuss ein fühlendes Wesen in einen Topf mit kochendem Wasser zu werfen?« Gewandt fuhr er fort:

> Alle Leser von *Gourmet*, die zu einem guten Stück Fleisch nicht Nein sagen (gleich ob von Rind, Kalb, Lamm, Schwein, Huhn, Hummer etc.), möchte ich fragen: Denken Sie manchmal über den Wert eines Tierlebens nach – falls dieser Wert überhaupt existiert? Denken Sie auch darüber nach, dass diese Tiere leiden müssen – falls sie denn leiden? Und welche ethischen Grundsätze erlauben Ihnen, das Fleisch dieser Tiere nicht nur zu essen, sondern sogar zu genießen [...]? Falls Sie aber schon meine Einwände nicht verstehen [...], wo sehen Sie die innere Berechtigung für diese Gleichgültigkeit? Genauer gesagt, ist Ihre Weigerung, darüber nachzudenken, das Resultat eigenen Denkens oder nur der schlichte Unwille, darüber nachzudenken? Und wenn es Unwille ist, woher kommt er? Haben Sie schon einmal – und sei es noch so beiläufig – über die möglichen Gründe spekuliert? Wohlgemerkt, ich möchte niemanden in eine bestimmte Richtung drängen, es interessiert mich wirklich. Denn gehört es nicht zur Definition eines Feinschmeckers, dass er

sich über die Herkunft, Qualität und Verarbeitung seiner Lebensmittel und ihres Kontextes besonders viele Gedanken macht?

Wallace machte sich keine Illusionen darüber, dass seine Recherchen irgendjemanden zu einem anderen Verhalten anregen würden (das funktionierte nicht einmal bei ihm selbst – wie Green sich erinnert, ließ er sich an einem Abend des Festivals zwei Hummer zum Abendessen schmecken), aber den Kampf gegen die amerikanische Trägheit auszuweiten war schon eine Freude an sich.

Insgesamt wurde Wallace in Pomona milder. Im September 2002 hatte er zum Beispiel eine Veranstaltung des *New Yorker* besucht. Er sollte dort mit Franzen eine Lesung halten, und die beiden, die noch nie zusammen auf einer Bühne gesessen hatten, rangelten um die Reihenfolge, wobei Wallace so tat, als wüsste er nicht, dass der zweite Platz der angesehenere war. Für Franzen zeigte sich hier im Kleinen, was ihn bei ihrer Freundschaft immer gestört hatte: Wallace gab nicht gerne zu, wie sehr die beiden miteinander im Wettstreit lagen. Am Ende eröffnete Wallace den Abend und las zwei Passagen aus seinem langen, unvollendeten Roman. In einer ging es um Leonard Stecyk, den kriecherischen jungen Mann (und späteren IRS-Beamten), der sich mit seinem möglichst formvollendeten Verhalten in der Schule einen Hosenzieher einhandelt,[155] der andere Ausschnitt war eine kafkaeske Geschichte über ein unerbittliches Kleinkind, das in einem Büro der Finanzbehörde auftaucht und die Prüfer in den Wahnsinn treibt. »Der Gruppenmanager meiner Revisionsgruppe und seine Frau haben ein kleines Kind«, berichtet der Erzähler, ein namenloser Revisor, »das ich nur als grimmig beschreiben kann. Seine Miene ist grimmig, sein Gebaren ist grimmig, sein Blick über Fläschchen oder Schnuller hinweg – grimmig, einschüchternd, aggressiv.«[156] Beim Publikum kam die Lesung bestens an; Wallace hatte ein Handtuch mitgebracht, um sich den Schweiß abzutupfen, und merkte erfreut, dass sein

Freund auch schwitzte. »Ich dachte, das kann er gar nicht«, schrieb er später DeLillo. Dabei hatte Franzen ihm die Information erspart, dass der Autor, den sie beide am meisten bewunderten, selbst im Publikum saß. »Auf seine Art ist er ja lieb«, räumte Wallace später ein.[157]

***

Während Wallace sich in Pomona einlebte, arbeitete er an drei wichtigen Projekten: dem allgegenwärtigen Langen Ding, einem neuen Erzählband, den er Pietsch vorgeschlagen hatte, und einem Schwung redaktioneller Fragen zu seinem Buch über Cantor und die Mengenlehre. Bei der Arbeit am Mathematikbuch hatte er sich im Frühjahr 2002, seinem letzten Semester in Bloomington, sehr ins Zeug gelegt, nahezu pausenlos geschrieben und kurz vor seinem Umzug das Manuskript eingereicht. Wie es typisch für Wallace war, hatte sich das Projekt von einer Mutprobe (»Ich schreibe ein Buch über Mathe!«, hatte er Moore berichtet. »Und du?«) zu richtiger Arbeit entwickelt (kurz vor seinem Umzug nach Pomona bezeichnete er es in einem Brief an DeLillo als sein »elendes Mathebuch«). Trotzdem hatte er nach all den Mühen das Gefühl, er habe ein gutes Buch geschrieben und eine ausgewogene Mischung aus Biografie und Mathematik erreicht. Er hatte sogar einen Studenten im Aufbaustudium an der University of Illinois angeheuert, um die Gleichungen und formellen Einzelheiten durchzugehen und dafür zu sorgen, dass auch sie stimmten. Doch im September 2002 schrieb er DeLillo enttäuscht, die Arbeit sei doch noch nicht getan. »Sowohl der Matheredakteur als auch der normale Redakteur verlangen Verbesserungen«, klagte er. Ein Buch, das er in vier Monaten nebenbei schreiben wollte, hatte mittlerweile über elf Monate lang fast seine gesamte Zeit in Anspruch genommen. Bei allem Ärger blitzte ein wenig Stolz durch: »Ich will in meinem ganzen Leben keine Fourierreihe mehr sehen«, fügte er hinzu. Die Korrekturen ließen seine Albträume wahr werden. Neun Monate später klagte er DeLillo wieder sein Leid: »Die Fahnen für dieses verfluchte Mathebuch waren so zerschossen, dass sie das ganze Ding neu setzen müssen.« Als der Verlag für seinen Katalog um einen kurzen Essay darüber bat, wie es zu diesem Buch gekommen war, reagierte Wallace mit einer Meta-Absage:

> Der offensichtliche Einwand gegen solchen ¶e als Werbemaßnahme ist der, dass Waschzettelchen unnötig sind, wenn die Büchlein etwas taugen, und wenn sie nichts taugen, weiß ich nicht, wie etwa die Geschichte, dass ich mir als Kind einfache Versionen von Zenons Dichotomieparadoxon[158] ausgeklügelt und darüber gegrübelt habe, bis mir buchstäblich schlecht wurde, oder dass ich einmal fast in einem Grundkurs Analysis durchgefallen wäre und seitdem eine tiefe Abscheu gegen höheren Mathematikunterricht hege oder dass die Ontologie und Grammatik von Abstraktionen für mich schon immer zu den atemberaubendsten Problemen des menschlichen Bewusstseins gehört haben – wie irgendetwas davon helfen sollte.

Wallaces Verlag druckte die Ablehnung. Außerdem bat man einen weiteren Mathematiker, das Manuskript zu prüfen. Der Mathematiker äußerte ernsthafte Bedenken und wies auf kleinere und größere Fehler hin. Wie schon in Harvard fragte Wallace sich, ob er sich in schwierigere Gefilde gewagt hatte als gedacht.

Die Entdeckung des Unendlichen erschien schließlich im Oktober 2003. Darin stellte Wallace die Geschichte des Unendlichen als philosophisches und mathematisches Konzept dar, ausgehend von Zenons Dichotomieparadoxon über die Infinitesimalrechnung und die axiomatische Mengenlehre, die alle Mathematik als ableitbar von einer Handvoll einfacher Axiome betrachtet, bis zu Cantor. Cantor hatte unter einer schweren psychischen Störung gelitten, und Wallace betonte ausdrücklich, sie habe nicht daher gerührt, dass der Mathematiker sich in Fragen zu Rekursion und Paradoxen vertieft hatte. »Die eigentliche Ironie liegt darin, dass die Betrachtung von ∞ als einer Art verbotener Zone oder eine Straße zum Wahnsinn – eine sehr alte und mächtige Ansicht, welche die Mathematik über 2000 Jahre umgetrieben hat – durch Cantors eigene Arbeit umgestürzt wurde«, schrieb Wallace und hielt fest:

> Es ist einigermaßen klar, dass er in Begriffen der modernen Medizin – zu einer Zeit, als niemand wusste, was das war – an einer manisch-depressiven Störung litt und dass sein zyklisches Schwanken zwischen den Gegensätzen durch berufliche Belastungen und Enttäuschungen, von denen Cantor mehr als genug abbekommen hatte, verstärkt worden ist. Für Klappentexte gibt das natürlich weniger her als das Genie, das an seinen Versuchen, mit ∞ zu ringen, irre wird. Wahr ist aber, dass Cantors Arbeit und sein Umfeld total interessant und schön sind, weshalb keinerlei Notwendigkeit besteht, das Leben des armen Teufels atemlos in die Sphären eines Prometheus hochzujubeln. [...] Die Aussage, ∞ habe Cantor in den Wahnsinn getrieben, ist etwa so, als würde man den Tod des heiligen Georg dem Drachen anlasten: Das ist nicht nur falsch, sondern beleidigend.

Wallace hatte sich für *Die Entdeckung des Unendlichen* eine leicht veränderte Stimme zugelegt und wie ein Amateur geschrieben, der in seinem Thema ganz aufging und seine Begeisterung teilen wollte, Cavell im Urlaub. Er ließ einen erfundenen Mathelehrer von der Highschool namens Dr. Goris als seinen Mentor auftreten und baute neben seiner typischen Mischung aus gehobenem Vokabular und Umgangssprache reichlich mathematische Notationen ein. Durch den spielerischen Tonfall, hoffte er, würden Kritiker und Mathematiker *Die Entdeckung des Unendlichen* als die informellen Ausführungen auf Studentenniveau erkennen, als die sie gedacht waren. Einige waren von dem Buch sehr angetan. Der angesehene Matheautor John Allen Paulos lobte im *American Scholar* Wallaces »erfrischenden Plauderton ebenso wie eine erstaunlich gute Kenntnis der Mathematik«, aber viele sahen es anders. In der *New York Times Book Review* befand ein Mathematikphilosoph, das Buch leide unter einigen der gleichen Probleme wie der *Unendliche Spaß*: »Man fragt sich, für wen genau Wallace eigentlich schreibt«, meinte David Papineau vom King's College in London. »Hätte er einen Teil der Feinheiten gekappt und uns nicht unbedingt alles erzählt, was er weiß, hätte er deutlich mehr Leser erreichen können.« Damit urteilte Papineau freundlicher als einige der anderen Fachleute. Die *Science* schrieb über das Buch, dass sich »Mathematiker darüber bestenfalls hämisch amüsieren. Es wimmelt vor groben Schnitzern.« Rudy Rucker, der Kritiker der Zeitschrift, der 1987 in der *Washington Post* den *Besen* begeistert besprochen hatte, zählte anschließend einen ganzen Strauß formeller Fehler auf: Eine falsche Definition der gleichmäßigen Konvergenz, Pfusch bei den grundlegenden Zermelo-Fraenkel-Axiomen, auf denen ein großer Teil der Mengenlehre basiert, und die Vermischung von Cantors Kontinuumsproblem und seiner Kontinuumshypothese. Auf Wallace-l, einer elektronischen Mailingliste, liefen Verbesserungsvorschläge mehrerer Mathematiker auf. Nun bat Wallaces Verlag einen der Listenteilnehmer, Prabhakar Ragde von der University of Waterloo in Ontario, das Buch vor der Veröffentlichung als Taschenbuch noch einmal zu prüfen. Ragde schickte ein dreiseitiges Memo. Einen Teil der Vorschläge übernahm Wallace, aber dann fand er, es sei genug: Es war ein Unterschied, ob man für normale Leser oder für Experten schrieb. »Dr. Ragde, offensichtlich ein kluger hombre«, schrieb Wallace seinen Lektoren, »hat viele Unschärfen genau benannt – nur habe ich mich für viele Unschärfen entschieden, weil ich glaube, dass sie für den Laien leichter verständlich sind.« Trotzdem mauserte sich das Buch durch Wallaces Namen und seinen ansprechenden Stil zu einem der größten Erfolge des Verlags, obwohl Wallace das ungute Gefühl nicht loswurde, er habe sich auf verbotenes Gebiet gewagt und dafür Prügel bezogen.

Bei *Oblivion* lief es deutlich problemloser. Der Band enthielt acht Erzählungen, von denen einige aus den Notizbüchern zum *Bleichen König* stammten; wahrscheinlich hatte Wallace sie ursprünglich für das Buch geschrieben. Bei seinem zögerlichen Vorschlag im Oktober 2001, eine neue Sammlung zu veröffentlichen, hatte er die Geschichten kleingeredet als »das Beste von dem Zeug, das ich geschrieben habe, während ich mich vor einem gewissen Größeren Ding drücke«. Aber Pietsch war wie üblich der ideale Leser für Wallace und sprang sofort auf die Porträts »unglücklicher, komplizierter, verkopfter Männer« an. In den folgenden zwei Jahren schrieb Wallace neben seiner Arbeit an der *Entdeckung des Unendlichen* die letzte Geschichte des Bands, »TV der Leiden – The Suffering Channel«, über einen Mann, dem Kunst derart leichtfällt, dass er sie ausscheidet, und Pietsch begann, die Veröffentlichung vorzubereiten. »Ich komme mir im Moment gar nicht wie ein Lektor vor«, gestand Pietsch Wallace im Oktober 2003, »aber ich sehe nicht, wo diese Geschichten groß einen Rotstift nötig hätten. [...] In überwältigender Mehrheit funktionieren sie mit einer unwiderstehlichen Kraft.« Insgeheim bemerkte er verblüfft, welche kreativen Qualen und Spannungen in den neuesten Texten seines Autors zu erkennen waren.

Die meisten Geschichten waren Nachfolger der *Kurzen Interviews*. Wieder treten vor allem weiße Männer aus der Mittelschicht in mittleren Jahren und aus der Mitte Amerikas auf.[159] Ihre extreme Ichbezogenheit teilen die Figuren mit ihren Vorläufern, doch der alte Stolz – sei es auf ihr Sexualverhalten oder einfach auf ihre Sexualität – ist einem verdrießlichen Schweigen gewichen. Diese Männer sind sich darüber bewusst, dass sie ihre besten Jahre hinter sich haben, kulturell entmachtet sind und nichts mehr erreichen, schon gar nicht bei Frauen. Die erste Geschichte heißt nicht zufällig »Mister Squishy«. Nicht einmal die Ironie besitzt noch genug Macht, sie zu beschützen. Sie können alles sehen, nur nicht das, was direkt vor ihren Augen ist, und über alles reden, nur nicht über die Dinge, die ihnen wirklich wichtig sind.

Die Geschichten in den *Kurzen Interviews* scheuen die Länge, weil ihre Figuren innerlich zutiefst unschön oder labil sind; die

Geschichten in *Oblivion* scheinen jede Verdichtung zu fürchten, als wäre der Titel eine Drohung, gegen die sich nur ein unermüdlich arbeitendes Bewusstsein wehren kann. Wörter verhüllen diese Geschichten, überziehen sie mit dicken Schichten aus Floskeln, Perspektivwechseln und einigen verwirrenden chronologischen Sprüngen. »Wenn man mal darüber nachdenkt, ist es interessant, wie umständlich und aufwendig es anscheinend ist, auch nur die kleinste Kleinigkeit zu vermitteln«, schreibt der Erzähler von »Neon in alter Vertrautheit«. Es gibt nur eine Möglichkeit, den Ansturm der Daten aufzuhalten und ihn so weit zu bremsen, dass man seine Bedeutung erkennt: »Überlegen Sie mal kurz – was wäre, wenn all die unendlich dichten und unbeständigen Welten, die Sie in jedem Augenblick Ihres Lebens beherbergen, sich nachher auf einmal irgendwie als völlig offen und kommunizierbar herausstellten, nachdem das, was Sie für sich gehalten haben, gestorben ist [...]?«

»Neon in alter Vertrautheit« ist die unbequemste Geschichte eines unbequemen Erzählbands, in der ein Werbefachmann absichtlich mit dem Auto gegen einen Brückenpfeiler rast und sich so tötet. In Wallaces Welt ist Neal eine vertraute Gestalt, ein junger Mann, dessen Persönlichkeit auf dem Bedürfnis aufbaut, andere zu beeindrucken. Und je mehr er sie beeindrucken kann, desto mehr kommt er sich wie ein Betrüger vor. Genau wie Wallace verspürt er einen so starken Drang, bei anderen einen bestimmten Eindruck zu erwecken, dass er sich wie erstarrt fühlt, verurteilt »zu einem Leben als eine Art Hüter der Statue«. Selbsttötung erscheint ihm wie der einzige Ausweg aus diesem albtraumhaften Kreislauf. »Selbsthass heißt nicht, dass man auf Schmerz steht oder einen ausgedehnten Tod wünscht; wenn ich mich umbrachte, sollte es schnell gehen«, versichert er uns. Seltsamerweise wird sein Tod von David Wallace bestätigt, der an derselben Highschool in Aurora, Illinois in der Klasse unter ihm war und ihr Jahrbuch durchblättert. In dieser Geschichte erzählt ein Geist seinem erinnerten Ich, wie David Wallace sich vorstellt, warum das erinnerte Ich des Geists sich getötet hat.[160]

»Neon in alter Vertrautheit« erzählt als einzige Geschichte in *Oblivion* offen von einem Selbstmord, aber in vielen Erzählungen spürt man unterschwellig das Verderben, Gedanken, die von Worten verzerrt werden, Worte, die von Persönlichkeit eingezwängt und Persönlichkeit, die von Kultur entstellt wird.

»TV der Leiden – The Suffering Channel« handelt von dieser Kultur und der Schar Lektoren und Schriftsteller in New York, die zu ihrer Erschaffung beitragen. Weite Teile der Geschichte spielen in den Büros von *Style*, einer seichten Promizeitschrift, deren muntere Mannschaft im sechzehnten Stock des Nordturms des World Trade Centers die nächste Ausgabe zusammenstellt. »TV der Leiden« kann als Vorläufer zu der Geschichte »Das große Weinen im Wohnzimmer von Mrs Thompson« gelesen werden; sie lässt die Blütezeit der Ironie drei Monate vor den tödlichen Angriffen wiederauferstehen. Aber es geht auch um persönliche Scham und die konfusen Quellen der Kunst eines Künstlers. In der Geschichte hält man den gefeierten Ausscheider zunächst für derart begabt, dass er zeitlose Werke einfach scheißen kann, aber wie sich zeigt, wird er von Selbsthass gequält. Bei jedem Toilettengang erinnert er sich an den Missbrauch in seiner Kindheit und die Erniedrigung, die seine Kreativität geweckt hat. Er wird zu einem Auftritt im Suffering Channel eingeladen, einem neuen Sender für »Bewegte und unbewegte Real-Life-Bilder von den intensivsten Momenten menschlichen Leids, die aktuell auf dem Markt sind«. Doch am Ende der Geschichte zeigt sich, dass man seine Qualen nicht ausstrahlen kann, sowohl seine Scham als auch seine Kunst bleiben privat:

> In allerletzter Sekunde ergeben sich Komplikationen in Bezug auf die Unterklo-Kamera: Der Monitor ist nämlich dauernd mit im Bild. Doch ein Film vom eigenen Film führt zu einer Art Rückkopplung, auch Feedback-Glare genannt. In diesem Fall sieht der Künstler nicht seine heraustretende Siegesgöttin, die Nike von Samothrake, sondern lediglich grell verschwommene Lichtschemen.

Oblivion erschien im Juni 2004 und traf auf die mittlerweile vertraute geteilte Resonanz. Wallace hatte eine Leserschaft, die schon auf seine Bücher wartete – er füllte Buchhandlungen, und eine Veranstaltung im Public Theatre in Manhattan, bei der er von George Saunders interviewt wurde, war ausverkauft. Das Buch selbst lief gut – im ersten Jahr wurden insgesamt achtzehntausend gebundene Exemplare verkauft – und schaffte es auf mehrere Bestsellerlisten. Die Lesereise fand Wallace erträglich, ihm war es lieber, nicht allein auf der Bühne zu sitzen. In der Tagespresse erntete der Erzählband die üblichen respektvollen Besprechungen für wichtige Schriftsteller, bei den Kritikern waren allerdings auch unterschwellige Verstimmungen und sogar Wut zu spüren – Wallace verweigerte ihnen den vollständigen Genuss seines großen Talents. Warum klangen zum Beispiel alle Protagonisten gleich? Was war aus dem breiten, an Dickens erinnernden Spektrum des *Unendlichen Spaßes* geworden? Wo war der großartige Humor geblieben? Die Rezensenten hatten nicht vergessen, dass Wallace seinen Lesern etwas anderes versprochen hatte: unzweideutige Literatur, die erlösend wirkte. Das schien *Oblivion* weder zu erreichen noch erreichen zu wollen. Michiko Kakutani von der *New York Times* wies wieder auf diese Diskrepanz hin und kritisierte, der Band biete »nur eine winzige Kostprobe von Wallaces vielfältigem Talent. Stattdessen begnügt er sich allzu oft mit der billigen Ironie und Spöttelei, von der er sich einmal abgewandt hatte.«

Wohlwollendere Kritiker räumten ein, es sei nicht uninteressant, mit einer abgestumpften Sprache abgestumpfte Zustände zu beschreiben, die Ironisierung von Ironie habe etwas für sich, aber auch sie fragten sich, ob Wallaces Texte nicht nur von akademischem Interesse waren. »Noch ein Pionier« etwa enthielt Begriffe wie »Evektion«, »Angekok«, »Protasis«, »epitatisch«, »hämoglobinisch«, »nigreszent«, »ptotisch«, »Intaglio«, »Katastasis« und »extrors«, ganz zu schweigen von »thanatophil« und »phlogistiv«. Die Geschichte bestand aus einem einzigen, dreiundzwanzig Seiten langen Absatz. Über die Erzählungen könnte man das Gleiche sagen wie über Jim Incandenzas missachtete experimentelle Filmpatronen, dass sie nämlich »keine ansprechenden Plots aufwiesen, keine Dynamik, die einen mitrisse und weiterzöge«. Vielleicht auch, dass sie weniger Geschichten waren als vielmehr die Gestalt von Geschichten, ebenso wie es über eine Figur in »TV der Leiden« heißt, sie »sei in Wirklichkeit kein Körper in einem Raum, sondern körperförmiger Raum«.

Außerdem beschäftigte der heiß ersehnte neue Roman die Kritiker. Wo blieb er? Der *Houston Chronicle* nahm großzügig an, er sei schon geschrieben, und stellte sich ein »wälderfressendes Manuskript wie den tausendseitigen *Unendlichen Spaß*« vor, das wahrscheinlich in diesem Moment »die Zeit und Kraft und wahrscheinlich die Seele eines erfahrenen New Yorker Lektors verschlingt«. Wyatt Mason von der *London Review of Books* schrieb nach einer versierten Analyse der Titelgeschichte:

> Wallace hat jedes Recht, ein großartiges Buch zu schreiben, das nur Menschen wie er lesen können. Ich bilde mir ein, dass ich dazugehöre, aber ich habe keine Ahnung, wie ich Sie davon überzeugen soll, dass Sie es auch tun, und Wallace offensichtlich auch nicht. Und es wäre vielleicht nicht das Schlechteste, wenn Wallace beim nächsten Mal, wenn der dritte große Roman in die Welt platzt, tiefer ginge, länger suchte und uns großzügiger an seinen Gefühlen teilhaben ließe.

Ein sanfter Tadel war für Wallace schlimmer als scharfe Kritik, die er mittlerweile erwartete – die Rufe nach mehr Salz in der Suppe konnte er ignorieren –, weil auch für ihn alle Wege zu seinem »großzügigeren« Langen Ding führten, zum *Bleichen König*. Während der Arbeit an *Oblivion* hatte er phasenweise gehofft, die Geschichten würden ihm einen Weg aus der Sackgasse weisen, in der er seit dem *Unendlichen Spaß* steckte. Er berichtete Costello stolz, er habe beim Schreiben »direkt in die Kamera gesehen«. Damit meinte er, er habe endlich das Bedürfnis überwunden, von den Lesern geliebt zu werden. Das Manische war verschwunden, zurück blieb nur eine gelehrte, gereifte Traurigkeit. Doch er musste enttäuscht feststellen, dass die Arbeit an den Geschichten ihm nicht zeigte, wie er einen ähnlich ehrlichen Roman schreiben konnte. Das Problem lag möglicherweise darin, dass Wallaces Ansatz bei *Oblivion* – die Prosa ohne Kunstgriffe, die Handlungsstränge ohne Pynchon'sche Verwirrungen, sein Beharren darauf, dass sich die Leser ihre Befriedigung erarbeiten sollten – schlicht zu gnadenlos war, um durch einen ganzen Roman zu tragen. Und während *Oblivion* deskriptiv war, sollte *Der Bleiche König* präskriptiv werden. Er musste die Leser davon überzeugen, dass es einen Ausweg aus der Misere gab. Er musste für eine Lösung kämpfen, wo *Oblivion* es nicht tat.[161] In diesem Punkt hatte Wallace sich schon lange festgelegt. In einem Notizbuch schrieb er:

> Vielleicht wird Stumpfsinn mit seelischem Schmerz in Verbindung gebracht, weil etwas, das stumpfsinnig oder unverständlich ist, nicht genug Stimulation bietet, um die Menschen von einem anderen, tieferen Schmerz abzulenken, der immer da ist, und sei es als Hintergrundrauschen, und bei dem die meisten von uns fast unsere gesamte Zeit und Kraft aufwenden, um uns so weit abzulenken, dass wir ihn nicht spüren oder zumindest nicht direkt oder mit unserer ganzen Aufmerksamkeit spüren.

Das Problem war, diese Idee literarisch umzusetzen. Wie sollte man über Stumpfsinn schreiben, ohne selbst stumpfsinnig zu sein? Für jemanden mit Wallaces Tendenzen bestand die offensichtliche Lösung darin, sich mit dem ganzen Schwung seiner Gedanken auf dieses scheinbar starre Thema zu werfen. Mochten die Figuren auch kleine Bürokraten sein, würden sie durch die fast greifbaren Schwingungen der literarischen Stimme trotzdem nicht statisch wirken. Diese Strategie warf allerdings ein eigenes Problem auf: Wallace konnte die Figuren lebendig gestalten, setzte damit aber das Erzählenswerte ihrer Situation aufs Spiel – die Stille, die ihr Leben ausmachte. Wie konnte man achtsame Ruhe predigen, wenn man sie in seinem Schreiben nicht nachbilden konnte? Eine misslungene Belustigung, die gelang, war nicht mehr als eine Belustigung. Nur hatte Wallace noch keine sprachliche Strategie gefunden, die seine angeborene hätte ersetzen können. Wallace war dem Autor des *Besens im System* näher geblieben, als er hätte zugeben wollen. Etwa zu dieser Zeit schrieb er Franzen:

> Karen reißt sich beide Beine aus, um das Haus in Schuss zu bringen. Ich sitze mit der Klimaanlage auf vollen Touren in der Garage und arbeite sehr dürftig und stockend und (an manchen Tagen) voller Widerwillen und Ambivalenz und Qualen. Ich glaube, ich bin mich selbst leid: Ich bin meine Gedanken leid, meine Assoziationen, meine Syntax, die diversen sprachlichen Gewohnheiten, die erst Entdeckung, dann Technik, dann Tick waren.

Normalerweise litten seine Beziehungen, wenn Wallace von der Arbeit frustriert war, aber bei Green blühte seine Liebe nur weiter. Er hatte etwas gefunden, das ihm ebenso wichtig war wie sein Schreiben. »Arbeitsmäßig sieht es finster aus«, schrieb er Franzen, »aber in allem anderen ganz licht und wunderbar. Insgesamt bin ich obenauf und ziemlich glücklich.« Green passte besser zu ihm als jede andere Frau. Sie war selbst Künstlerin, schrieb aber nicht. Sie teilte auch nicht sein starkes Konkurrenzdenken; sie erschuf Dinge des Erschaffens wegen, ohne im Schatten irgendeiner Statue zu stehen. Wenn sie ihn neckte, dann liebevoll. »Wir haben immer darüber Witze gemacht, wie weit man Leser ärgern kann«, erinnert sich Green.

Auch die Zeit arbeitete für die Beziehung. Wallace hielt sich nicht mehr für jung. »Keine Nymphen mehr für mich«, hatte er Steven Moore Anfang 2002 geschrieben, kurz bevor er vierzig wurde. Den verblassten Namen »Mary« in seiner Tätowierung ließ Wallace durchstreichen und ein Sternchen unter das Herz setzen; ein tieferes zweites Sternchen und »Karen« machten seinen Arm zu einer lebenden Fußnote. Weil er wusste, dass er nicht auf Dauer die emotionale Zugänglichkeit bieten konnte, die man als Vater brauchte, und weil er befürchtete, er könne seine psychische Labilität weitervererben, wollte er keine eigenen Kinder mehr haben, aber er verbrachte gerne Zeit mit Stirling. Sie spielten oft Schach, wobei Greens Sohn meist gewann. Mit seinen sich überschlagenden Gedanken gab Wallace einen unbeständigen Gegner ab.

Als Stirlings letztes Highschooljahr begann, schmiedeten Green und Wallace Pläne für ihren Umzug nach Claremont. Sie sahen sich nach einem Haus um. Zuerst fragte Wallace bei der Universität nach, ob er sein Haus am Indian Hill Boulevard kaufen könne, und hörte erstaunt, dass es nicht verkäuflich war, und so machten er und Green sich auf die Suche. Als es ihm zu viel wurde, machte Green allein weiter und entschied sich schließlich für ein Ranch House, ein einstöckiges Haus mit angeschlossener Garage, in einem Neubaugebiet am nördlichen Stadtrand. Es lag ebenso wie das Haus in Bloomington so weit von der Universität entfernt, dass ihre Privatsphäre gesichert war, und von ihrer Straße aus konnte man die Berge sehen.

Wallace betrachtete Green zu dieser Zeit als seine Verlobte, aber diesen Titel hatten schon andere Frauen vor ihr getragen. Franzen war vor Kurzem mit Kathryn Chetkovich zusammengezogen, einer Schriftstellerin aus Santa Cruz, mit der er seit einiger Zeit liiert war. In seinem typischen Wetteifer sah Wallace seine eigene Freundin, auch eine K aus Kalifornien, als Pendant zu Franzens, und er merkte, dass er im Rennen zum Traualtar abgehängt wurde. Im Februar 2004 schrieb er per Mail: »Ich bin mir immer sicherer, dass KG und ich heiraten werden. Jetzt geht es darum, dass sie sich auch immer sicherer wird.«

Ende 2004 flogen Wallace und Green über Weihnachten nach Urbana, wo sie in der Jumers Castle Lodge wohnten, »einem traurigen Haus mit Trophäen an den Wänden«, wie sich Wallaces Schwester Amy erinnert. Ihr und ihren beiden Töchtern fiel die Aufgabe zu, ihre Eltern zum Gerichtsgebäude zu locken, wo ihr Sohn mit seiner Begleiterin wartete, er im Anzug, sie in einem Kleid. Mit seinen Nichten als Trauzeuginnen heirateten Green und der zweiundvierzigjährige Wallace. Nach dem Essen ging das Brautpaar einen Weg entlang, und Wallace sprang in die Luft und schlug die Fersen zusammen. Amy machte in diesem Moment ein Foto, das die beiden für ihre Hochzeitsanzeige auswählten. Den Abend verbrachten sie in ihrem »mistigen Hotel« und sahen sich den *Law-&-Order*-Marathon an, berichtete er DeLillo und fügte hinzu: »Mein Hintern ist nicht so breit wie auf dem Foto.«

Sechs Monate später kam Green nach Claremont. Als seine frischgebackene Frau einzog, wohnte Wallace bereits seit einer Weile in dem Haus und hatte sich dort ausgebreitet. An einer Lampe hing ein Suspensorium, und die Stadt hatte ihm schon eine Aufforderung an die Tür geheftet, er solle im Vorgarten Unkraut jäten. Green strich die Garage knallrot und richtete sie mit seinem Lehnsessel ein, mit einem bequemen Schreibtisch und Wallaces Lampen, seinen Büchern über Buchhaltung, seinem alten schottischen Schlachtengemälde, einem Poster von Klimts *Kuss* und anderen Dingen, die er aus Bloomington mitgebracht hatte. Im Haus riss sie den Teppichboden heraus. Wallace pflegte persönliche Kontakte wie nie zuvor. Wenn jemand zu Besuch kam und die Einrichtung lobte, sagte Wallace sofort, das habe alles Green gemacht. Aber nachts erlebte Green ihn von einer anderen Seite, dann flehte er sie an, sie dürfe nicht krank werden oder sterben.

Wallace war begeistert davon, dass sein Privatleben endlich in geordneten Bahnen verlief; für ihn bewies es, dass er gereift war und seine ziellose, hedonistische, maßlose Vergangenheit hinter sich gelassen hatte.[162] Das Paar sah sich zusammen DVDs an, unter anderem sehr gerne *The Wire*, und Wallace spielte mit dem Gedanken an einen Essay darüber, dass in Amerika die besten Geschichten für Fernsehserien geschrieben wurden. In seiner Abstinenz fühlte er sich so gefestigt wie nie zuvor, die beiden hatten sogar Wein für Gäste im Haus. Wallace erinnerte Green gerne daran, was für ein guter Lebensgefährte er war. »Ich habe den Müll rausgebracht. Hast du das gesehen?«, fragte er sie etwa, oder er sagte: »Ich habe für dich Tee gekocht, als du auf dem Heimweg warst!« Allerdings hielten sich auch einige Angewohnheiten aus seinen Junggesellentagen. Beim Schreiben siedelte er aus der Garage ins Gästezimmer über, wo ein zweiter Computer stand, und weiter ins Wohnzimmer, um dort mit Stöpseln in den Ohren von Hand zu schreiben, »und verteilte überall seinen Müll, sowohl den intellektuellen als auch anderen«, erinnert sich Green. Sie war entsetzt, als er seine Handtücher und Socken an ihre Gemälde hängte. Bald besuchten sie eine Paartherapie, um diese Probleme zu lösen, und Wallace stimmte einer Wäscheleine hinter dem Haus zu.

Häufig meldeten sich aufstrebende Autoren bei ihm, von denen sich viele an seinem Stil orientierten, und eines Tages schickte ihm der junge Schriftsteller Weston Cutter die Frage, warum man überhaupt schreiben sollte. »Ich frage mich nur: Wie schafft man es, nicht die Hoffnung zu verlieren?«, wollte Cutter wissen. »Wie geht es, dass man diese ganze Scheiße nicht einfach leid wird, die ständig aus allen Sektoren quillt, dem öffentlichen, dem privaten, von der Regierung? Und noch dringlicher, wie schafft man es, nicht ausgelaugt zu sein und das Gefühl zu haben, genau den gleichen Mist abzuliefern?« »Das liest sich, als hätten Sie meine Gedanken mitgeschrieben«, hielt Wallace am Ende seines Antwortbriefs fest und fügte hinzu: »Prinzipiell kann ich das nachfühlen. Ich habe keine Antworten. Ich weiß, dass ich am gelassensten bin, wenn ich akzeptiere, wie klein ich bin und wie belanglos mein Beitrag als % des Ganzen ist. Aber > 60 % der Zeit will/kann ich das nicht akzeptieren. Schon komisch.«

Kurz nach seinem Umzug nach Claremont hatte Wallace dem Journalisten der *Los Angeles Times* gesagt: »Ich stehe in den Startlöchern, bereit zum Schreiben, 10 Stunden am Tag.« Nur war es natürlich nicht das Gleiche, zum Schreiben bereit zu sein und tatsächlich zu schreiben. Davor standen immer noch seine Seminare, seine Therapie und seine Arbeit als Sponsor. Er wollte denen helfen, die es am nötigsten hatten, gab zwanglos Rat und war jederzeit verfügbar, um Gutes weiterzugeben.[163] In der Einführung zu seinem Kurs »Englisch 67 – Literarische Interpretation« kündigte er an:

> Pathologisch schüchterne Studenten oder solche, denen die drängendsten Fragen und Kommentare nur unter Ausschluss der Öffentlichkeit einfallen, sollten mit mir allein, außerhalb der Veranstaltung reden. Wenn Sie nicht zu meinen planmäßigen Sprechstunden kommen können, rufen Sie mich bitte an, damit wir einen Termin zu einer anderen Zeit vereinbaren können.

Die Studentin Kelly Natoli erinnert sich, wie Wallace sich am ersten Tag eines Seminars für kreatives Schreiben vorstellte: »Er sagte: ›Ich brauche etwa zwei Wochen, um Ihre ganzen Namen zu lernen, aber wenn ich Ihre Namen gelernt habe, werde ich sie für den Rest meines Lebens behalten. Sie werden mich eher vergessen, als ich Sie vergesse.‹«

2005 wurde Wallace eingeladen, vor den Absolventen des Kenyon Colleges die Abschlussrede zu halten. Das studentische Einladungskomitee wusste nicht viel über ihn, und vielleicht war das ganz gut so, denn der echte Wallace hatte sich zum genauen Gegenteil seines Bildes in der Öffentlichkeit entwickelt; unter seinem nachlässigen Äußeren steckte ein ausgeprägter Moralist, den die langjährigen Erfahrungen mit Abstinenz und Genesung zu einem Verfechter eines achtsamen Lebens und harter Arbeit gemacht hatten. Erfolg musste man sich verdienen; erledige deine Hausaufgaben, mach dein Bett. Wie oft hatte er seinen Studenten gepredigt, unter vierzig veröffentlicht zu werden sei das Schlimmste, was ihnen passieren könnte? Am Kenyon College wollte Wallace die Gelegenheit nutzen und über die Dinge sprechen, die ihm wichtig waren, ohne einen Roman als frustrierendes Behelfsmittel zu brauchen. Er konnte den Zuhörern einfach sagen, sie sollten achtsam leben, statt die Botschaft durch seine Figuren vermitteln zu müssen. Hier bot sich die Chance, diesen klassisch ichbezogenen Trupp von Studenten daran zu erinnern, sich nicht so wichtig zu nehmen – oder noch besser, auch andere wichtig zu nehmen. Für seine Rede nutzte er einen ähnlichen Ausgangspunkt wie für einen Brief, den er 1999 einem Freund geschrieben hatte: »Du bist etwas Besonderes, schon klar, aber das Gleiche gilt für den Typen, der Dir am Tisch gegenübersitzt, abstinent lebt, zwei Kinder großzieht und einen 73er Mustang restauriert. Das ist etwas Fantastisches in 4 000 000 000 Variationen. Es verschlägt einem schon den Atem.«

Also schrieb er für das Kenyon College eine Rede über Egoismus und Egotismus, Offenheit und Demut und über Apostel, die sehen, aber nicht erkennen. Er baute einen beliebten Witz von den AA ein. Zwei junge Fische schwimmen des Weges und treffen zufällig einen älteren Fisch, der in die Gegenrichtung unterwegs ist. Der ältere Fisch ruft im Vorbeischwimmen: »Morgen, Jungs. Wie ist das Wasser?« Die jüngeren Fische schwimmen eine Weile nebeneinander weiter, und schließlich hält der eine an und fragt: »Was zum Teufel ist Wasser?« Anders gesagt war es nicht schwer, auf herkömmliche Weise erfolgreich zu sein, schwer war es, wirklich bewusst zu leben. »Knifflig ist nur, sich die Wahrheit im Alltag bewusst zu halten«, betonte er. Und weiter:

> »Selberdenken lernen« heißt in Wirklichkeit, zu lernen, wie man über das Wie und Was des eigenen Denkens eine gewisse Kontrolle ausübt. Es heißt, selbstbewusst und aufmerksam genug zu sein, um sich zu entscheiden, worauf man achtet, und sich zu entscheiden, wie man aus Erfahrungen Sinn konstruiert. Denn wenn Sie als Erwachsene diese Entscheidung nicht treffen wollen oder können, sind Sie angeschmiert. Denken Sie mal an das alte Klischee, der Geist sei »ein ausgezeichneter Diener, aber ein schrecklicher Herr«.

Er erklärte den Studenten, sie könnten beim Warten vor der Supermarktkasse entweder so ungeduldig und genervt sein, wie es zu ihrem am College antrainierten Überlegenheitsgefühl passte, oder sie könnten sich in genau der gleichen Situation einem Augenblick beinahe überirdischer Schönheit öffnen – »mit einer Energie geladen, die Sterne erschaffen konnte – Anteilnahme und Liebe, die unterschwellige Einheit aller Dinge«. Natürlich lag die Wahl bei ihnen, sie konnten tun, was sie wollten: »Wenn Sie aber wirklich zu denken gelernt haben und aufmerksam sein können, dann wissen Sie, dass Sie eine Wahl haben.«

Die Wahrheit, die solchen Banalitäten zugrunde lag, fand Wallace zugleich stimulierend und peinlich, und er wunderte sich immer wieder darüber, wie er es im *Unendlichen Spaß* formuliert hatte, »dass die klischierten Lebensregeln viel tiefer seien und viel schwerer tatsächlich umzusetzen«. In den letzten fünfundzwanzig Jahren hatte sein Verstand einen enormen Bogen durch erstaunlich komplexe Bereiche geschlagen und war bei Antworten gelandet, die den meisten Sechsjährigen und fast allen Kirchgängern längst klar waren. Er war nicht sicher, ob sein Text tiefgründig oder belanglos war. Während er an der Rede schrieb, witzelten er und Green, sie könnte hinter ihm einen kleinen Stepptanz hinlegen, wenn er auf dem Podium las. Wallace trug seine Worte in seinem Talar vor, leicht vorgebeugt, eine Haarsträhne im Gesicht, Schweißperlen auf dem Hals, die eindringliche, leicht zittrige Stimme bescheiden und zögerlich. Er wirkte, als wäre es ihm unglaublich unangenehm, hinter diesem Pult zu stehen, aber als wäre das, was er zu sagen hatte, einfach zu wichtig, um es für sich zu behalten. An diesem Tag hatte man das Gefühl, der Mann, der diese schlichten Sätze aussprach, habe sich das Recht dazu verdient. Es war eine Sache, wenn einem die eigene Tante sagte, man sei nicht der Nabel der Welt, nur weil man sich dafür hielt; vom Autor des *Unendlichen Spaßes* war das etwas ganz anderes. Die jungen Menschen spürten eine Verbindung zu Wallace, er war jemand, der sich von der Erwachsenenwelt nicht hatte korrumpieren lassen.[164]

Während dieser ganzen Zeit wurde der *Unendliche Spaß* immer bekannter. Er fand mehr und mehr Leser, er wurde weitergereicht und durch Mundpropaganda und im Internet empfohlen, obwohl sich die Welt in den zehn Jahren, seit Wallace den Roman geschrieben hatte, drastisch verändert hatte. Gefahr drohte nicht mehr durch völlige Vertiefung, sondern durch unablässige Fragmentierung, nicht durch einen Film, den man bis zum Tod sah, sondern durch das Zappen durch Hunderte von Filmen. Für Amerikaner war Unterhaltung nichts Passives mehr, sondern eine fieberhafte Suche, und nicht Wallace das Kind, das in den Sechzigern vor den vier Fernsehsendern von Urbana klebte, war das Warnsignal, sondern Wallace in Bloomington, der durch 75 Satellitenkanäle schaltete und sich nicht für eine Sendung entscheiden konnte, weil er fürchtete, er könne eine bessere verpassen. Wallace betrachtete diese neue Technologie instinktiv mit Misstrauen. »Im Moment erlaube ich mir nicht öfter als einmal die Woche, zu internetzen«, schrieb er im Juli 2001 einer Studentin, die ihm mit seinem Mathebuch half, und auch danach schrieb er jahrelang nur sporadisch E-Mails. Wenn neue Computertechnik ins Haus kam, erinnert sich Karen Green, sagte Wallace: »Gott sei Dank bin ich in einer anderen Zeit aufgewachsen.«[165]

Doch neue Technologie änderte im Grunde nichts daran, ob der *Unendliche Spaß* seine Leser berührte. Die Filmpatronen stießen zwar die Handlung an, aber sie waren nicht der Auslöser für die grundlegende Traurigkeit. Im Roman ging es darum, in seinem Leben Verbundenheit zu spüren, und genau das war immer noch die große Schwierigkeit. Das Internet erschien vielleicht als neue Hoffnung, sich selbst zu entkommen, aber wer es versuchte, merkte bald, wie aussichtslos das Unterfangen war. (Es heißt nicht umsonst »das Netz«.) Tatsächlich gehörten auch die technologischen Vorreiter zu den frühen Fans des *Unendlichen Spaßes*, die aufkommende Generation von Informations- und Technikexperten, Programmierern und Webmastern, die lebenden Pendants des Technikstudenten, der im Roman seine Arbeitspause auf dem Dach des »großen hohlen Gehirns« der Student Union verbringt. Diese Leser sprachen instinktiv auf einen Autor an, der das Licht des Nachmittags genau wie sie durch die Linse einer neuen Wirklichkeit betrachtete:

> Die kühle mittägliche Wolkendecke wich am Nachmittag schnell einer blauen Herbstherrlichkeit, aber beim ersten Satz war es noch eiskalt, und die blasse Sonne flackerte, als hätte sie einen Wackelkontakt.[166]

Unendlicher Spaß zu lesen war eine Art Protest gegen die Zukunft, die sie schufen und die Wallace in »Hier und dort« gezeichnet hatte, eine Welt »der Kälte, der Neuheit, der Richtigkeit, des wahren und makellosen *Hiers*«. Gleichzeitig wurde es durch das Netz paradoxerweise leichter, den *Unendlichen Spaß* zu lesen. Die Gedankensprünge auf seinen Seiten erschienen einer Generation, die im Internet surfte und bloggte, weniger extrem als den Lesern bei Erscheinen des Buches. Wallaces markanter Stil mit seinen rasanten Wechseln durch die Sprachregister und seinem scheinbar endlosen Drang zu gelehrten, sperrigen Ausschweifungen, mit der Sehnsucht nach einer Heimat, ohne sie je zu finden, erwies sich als perfekt für ein neues Medium. Das Internet schien wie geschaffen für aufgereihte Konjunktionen am Satzbeginn.

Mit der Zeit entdeckten diese ersten Internetnutzer Wallace auch für ihre Fangemeinden, was ihm besonders unangenehm war (wobei das ehrlich gesagt auf alles zutraf, was die Statue festigte). Im März 2003 besuchte Wallace Aufnahmen einer Lesung von *The Next American Essay*, eines Sammelbands kreativer Non-Fiction von Herausgeber John D'Agata, zu dem Wallace beigetragen hatte, und als ihm dabei ein Mitglied von der Mailingliste Wallace-l erzählte, bremste Wallace ihn: »Wissen Sie was, für meine Gefühlswelt und meine geistige Gesundheit muss ich so tun, als würde es das nicht geben.« Trotzdem gab es solche Seiten und Listen, die auch konventionelle Zeitschriften beeinflussten. Chad Harbach, einer der Herausgeber des Literaturmagazins *n+1*, das 2004 in Brooklyn gegründet wurde, erklärte in der ersten Ausgabe:

»David Foster Wallaces Werk von 1996 erscheint uns jetzt als der wichtigste amerikanische Roman der letzten dreißig Jahre, als dichter Stern, um den geringere Werke ihre Kreise ziehen.« Er war ihr *Fänger im Roggen*, ein *Fänger im Roggen* für Menschen, die diesen Roman in der Schule gelesen hatten. 2006 hatte sich der *Unendliche Spaß* bereits 150 000 Mal verkauft, und der Absatz lief weiter.

Auch in die akademische Welt hielt Wallace Einzug. 2003 erschien mit *Understanding David Foster Wallace* von Marshall Boswell das erste Buch, das sich Wallaces Arbeit widmete. Im selben Jahr veröffentlichte Stephen Burn eine Lektürehilfe für den *Unendlichen Spaß* in Romanlänge. Wissenschaftler beschäftigten sich mit dem komplexen Geflecht aus Anspielungen in Wallaces Texten. Dabei konzentrierten sie sich auf Narzissmus, Ironie und rekursive Elemente. Man beleuchtete den Einfluss von Derrida, de Man, Heidegger und natürlich Wittgenstein. Einige der früheren Arbeiten wirken etwas improvisiert, weil die Akademiker erst den richtigen Zugang zu einem Schriftsteller finden mussten, der für eine Literaturströmung stand, zu der es noch keine Sekundärliteratur gab. Als weiteres Problem hatte Wallace selbst seine theoretischen Ziele deutlich erklärt. Nachdem er sich ein Jahrzehnt zuvor von der Literaturtheorie verabschiedet hatte, stellte sich die Frage nach der Theorie, in der er Theorie ablehnte; lehnte er sie tatsächlich ab, oder hatte er sie nicht einfach in seine Überlegungen eingebunden? Einen besseren Ausgangspunkt boten vielleicht die Spuren, die literarische Vorlagen im *Unendlichen Spaß* hinterlassen hatten, von *Gödel, Escher, Bach* über *Tristam Shandy* bis natürlich zu *Hamlet*. 2007 beschrieb der kanadische Literaturwissenschaftler Timothy Jacobs in einem scharfsinnigen Aufsatz die Verbindungen zwischen den *Brüdern Karamasow* und dem *Unendlichen Spaß*. Es gibt diverse Parallelen, unter anderem geht es in beiden Romanen um einen Vater und seine drei Söhne. Orin Incandenza entspricht Dmitri Karamasow, dem nihilistischen ältesten Bruder, Hal ist Iwan, und Mario steht für Aljoscha Karamasow, den schlichten, beinahe heiligen jüngsten Sohn mit seinem einfältigen Lächeln, der sich weigert, zu lügen. Im *Unendlichen Spaß* kontrastierten genau wie in »die guten alten Brüder K.«, wie Wallace Dostojewskis Roman nannte, Ernsthaftigkeit und Glauben mit einer moralischen Trägheit. Und beide vermeiden elegante Ironie, um eine einzige Aussage herauszuarbeiten: Glauben ist wichtig.

Doch die Aufmerksamkeit für seinen früheren Roman half Wallace nicht aus dem Loch, in dem er gerade steckte, sie grub ihn nur noch tiefer ein. Während der *Bleiche König* festgefahren war, betrachtete Wallace neidvoll den Ausstoß seiner Zeitgenossen wie Franzen, Eggers und vor allem Vollmann, der 2005 für seinen Roman *Europe Central* den National Book Award bekommen hatte. »Ich finde es beeindruckend, wie viel er schafft«, schrieb Wallace im November 2005 in einer Mail an Franzen. »Wie lange arbeitet dieser Kerl jeden Tag?« Er hatte das Gefühl, es würde immer voller auf dem Gebiet, das er früher beherrscht hatte. Ausufernde Sätze, die zugleich formelle und hemdsärmlige Sprache und der Verzicht auf Doppeldeutigkeiten gehörten nicht mehr ihm allein. Er las die *Wassersucher* von Rick Moody, einen maximalistischen Roman, der in Hollywood spielte, und fand ihn stellenweise gut, aber stilistisch schal, und er schwor Franzen, so würde er nie wieder schreiben. Aber wie dann? Als Franzen berichtete, er komme mit seiner eigenen Arbeit auch nicht recht weiter, antwortete Wallace mitfühlend (oder vielleicht, um ihn zu überbieten):

> In meinem Kopf drängt sich auch seit Jahren reichlich Zeug für ein Buch. Und ich habe so viele Seiten geschrieben und dann entweder weggeworfen oder in einen verschlossenen Karton gelegt. Es fehlt ... etwas. Vielleicht eine Verbindung zwischen dem Problem, es zu schreiben, und dem Leben. Aber bei mir scheint es irgendetwas anderes zu sein. Mein Problem ist eher,

> dass das ganze Ding einem Tornado gleicht, der nie lange genug innehält, dass ich das Wichtige vom Unwichtigen unterscheiden könnte, was zu dem Gedanken führt, ich müsste ein Manuskript mit 5000 Seiten schreiben und dann 90 % davon ausmisten, und schon bei der Vorstellung verkümmert etwas in mir und interessiert sich plötzlich wahnsinnig für meine Nagelhaut oder den Winkel des Lichts draußen. Ich habe darüber gebrütet und gebrütet, bis mein Brüter wund war. Vielleicht lautet die Antwort ganz einfach, dass ich für das, was ich erreichen will, mehr Energie aufwenden müsste, als ich bereit bin aufzuwenden. Wenn es nur das wäre, wäre es wirklich eine trübe Wahrheit.

Später ergänzte er: »DeLillos Geschichte mit dem ungeschriebenen Buch, das Gray wie ein missgebildeter, Rückenmarksflüssigkeit sabbernder Fötus nachkriecht, trifft es immer besser. Bei mir herrscht völlige Flaute – die Seiten landen direkt im Papierkorb, nachdem ich sie vom Schreibblock abgerissen habe.« Über ein Jahr später war er kaum weiter und schrieb Franzen: »Ich pendle zwischen den beiden Polen, (a) mich an einem ausreichend langen Abschnitt abzurackern, um einen Vorschuss zu bekommen, und (b) mich verzweifelt zurückzuziehen und zu denken, mit Deiner Integrität würde ich alles entsorgen und von vorne anfangen.«

Erschwerend kam noch hinzu, dass er und Green einfach zu viel Spaß miteinander hatten. Sie hörten sich zusammen U2 und alte CDs von Simon and Garfunkel an und liebten beide Iz' Version von »Over the Rainbow«. Zu seinem vierundvierzigsten Geburtstag im Februar 2006 besorgte Green für ihren Mann eine kopierte Version der neuen Staffel von *The Wire*. Weihnachten hatten sie mit seiner Familie in Stinson Beach verbracht, wo Wallace vom Strand aus mit einem Fernglas nach Haien Ausschau gehalten hatte, während Karen weit hinausgeschwommen war. Franzen überredete Green und Wallace, im Sommer ein Literaturfestival auf Capri zu besuchen, wo Wallace Tintenfisch für sich entdeckte und die Partys bei den Sponsoren abklapperte. Auf Franzen wirkte er für seine Verhältnisse sehr »greifbar«. Anschließend machte Wallace einen Schlenker über Wimbledon, um für das *New York Times Magazine* einen Essay über Roger Federer zu schreiben. Er genoss es, neben dem Court zu sitzen und Federer spielen zu sehen. Als Wallace darauf bestand, das Oxford-Komma zu benutzen, das bei Aufzählungen vor der Konjunktion gesetzt wird und den Regeln der *Times* widersprach, regelte Chefredakteur Bill Keller die Frage zu Wallaces Gunsten.

Wallace war Widerstände mittlerweile gewohnt, sowohl in seinem Leben als auch bei der Arbeit, aber nach all den Jahren konnte er nicht so tun, als würde seine eigentliche Arbeit gut laufen. Er erzählte Michael Pietsch, fertig seien »zweihundert Seiten, von denen vielleicht vierzig brauchbar sind«. Anfang 2006 schrieb er Franzen, er müsse »Ende Januar« wieder ernsthaft arbeiten, und als er das nicht tat, schrieb er das Gleiche über den Herbst.

Im September 2006 nahmen Green und Wallace eine zweijährige Hündin auf und tauften sie Bella. »Sie ist eine Mischung aus Rottweiler und Labrador (?) oder Boxer (?). [...] Absolut gutmütig, geduldig und kann gut mit Werner umgehen«, schrieb er Franzen. Wallace hielt zwar Werner für den Anführer, aber Freunde des Paars beobachteten amüsiert, wie die Hündin unauffällig das Rudel übernahm. Mit Bella hatte Wallace das Gefühl, seine Familie sei wieder vollständig. Nur der Gedanke an seine unerledigte Arbeit verfolgte ihn wie ein Phantom. *Der bleiche König* war mittlerweile lange überfällig, wobei die Deadline nur in seinem Kopf existierte, weil es keinen Vertrag gab. Als Little, Brown ihn 2006 zu einer Feier zum zehnten Jahrestag des *Unendlichen Spaßes* eingeladen hatte – das Buch sollte mit einem Vorwort von Dave Eggers neu aufgelegt werden –, hatte Wallace abgelehnt und Pietsch erklärt, er stecke »ganz tief in einer langen Sache, und es fällt mir schwer, wieder reinzukommen, wenn ich herausgerissen werde«. Im folgenden Jahr lud ihn die New School, eine Universität in New York, zu einer Jubiläumsfeier ein. »Der Gedanke, wieder nach NYC zu reisen, ist verlockend«, schrieb er Franzen. »Der Gedanke an öffentliche Auftritte für ein Buch, an das ich mich nicht erinnere, ist es nicht.«

Weil er mit dem Aufbau des Romans keine Fortschritte machte, stürzte sich Wallace auf die Recherchen, obwohl er sich der Gefahren bewusst war.[167] Aber er wollte immer noch der Klassenbeste sein. Die Bedeutung von Meditation und einem leeren Geist spielte im *Bleichen König* immer noch eine zentrale Rolle, trotzdem war Wallace nach wie vor nicht sicher, dass er den Buddhismus und seine Bräuche verstand. Er begann einen Mailwechsel mit Christopher Hamacher, einem jungen Mann, der Wallaces Rede am Kenyon College gelesen und einige ihrer Wurzeln zu buddhistischen Vorstellungen zurückverfolgt hatte. Wallace löcherte den praktizierenden Zen-Buddhisten mit Fragen. Er wollte wissen, welche anderen Schriftsteller er lesen sollte, und erwähnte Bücher von Alan Watts, Eckhart Tolle und Jiddu Krishnamurti. Sein Freund riet, er solle nicht lesen, sondern einfach machen: »Es ist absolut großartig, dass Du nichts über Zen weißt.« Wallace überlegte, ob er es sich beim Meditieren nicht zu bequem machte: »Darf ich dabei auf einem Stuhl sitzen? Oder sind heftige Schmerzen Teil des (Nicht-)Ziels? Wie sieht es mit einem Meditationsbänkchen aus, auf dem man mit geradem Rücken knien kann? Oder heißt es: Halber Lotus oder gar nichts? Und wenn ja, warum?« Sein neuer Freund erklärte, der Lotussitz sei vorzuziehen und die Schmerzen würden vergehen, aber er solle sich auf seine eigene Einschätzung verlassen. Darauf gestand Wallace, dass er oft nicht gerne oder nur kurz meditierte. »Du kommst nicht in die Hölle, wenn du manchmal nur eine Viertelstunde meditierst«, beruhigte ihn sein neuer Freund. »Eine gute Regel ist es, genau so lange zu meditieren, wie Du es Dir vorgenommen hast, nicht länger und nicht kürzer.« Trotzdem konnte Wallace nur schwer begreifen, dass es im Buddhismus nicht darum ging, Bestnoten zu bekommen.

Wallace besuchte als Gasthörer weitere Buchhaltungskurse, dieses Mal an der Claremont Graduate University. »Sie hätten ihn mal mit unserem Steuerberater sehen sollen«, meinte Karen Green. »Er sagte Sachen wie: ›Was ist mit dem Entscheid zu 920S?‹« Er schrieb Stephen Lacy, einem Buchhalter aus Illinois und ehemaligen Philosophiestudenten, der ihm mit dem Abschnitt 509(A) aus dem Steuergesetzbuch der IRS eine Stelle schickte, die für ihre Unverständlichkeit berüchtigt war. In seinem Begleitbrief formulierte Lacy genau Wallaces Grundgedanken für das Buch:

> Ich verstehe zwar nie so recht, was dieser Abschnitt bedeutet, aber wenn ich ihn ein paarmal lese und mich konzentriere, kann ich mich tatsächlich in ein seltsames Zen-artiges High meditieren! (Andererseits löst er manchmal auch ausgewachsene Panikattacken aus.)

Lacy legte dar, die Steuergesetze seien postmodern, was hieß, sie seien relativistisch und aus Wörtern konstruiert, aber Wallace wollte keinen postmodernen Roman über Steuergesetze schaffen, ganz im Gegenteil wollte er einen prämodernen Roman schreiben, der die Steuergesetze als Heilige Schrift behandelte, als einen Text, der mystische Klarheit hervorbringen konnte. »Die Steuergesetzgebung gleicht dem größten Schachspiel der Welt«, mailte er Franzen im April 2007, »angefüllt mit allen möglichen seltsamen Kopfnüssen über Ethik und Gemeinschaftskunde und die Einwilligung der Regierten. Für mich ist sie ein wenig wie Mathe: Ich habe dafür absolut kein Talent, und trotzdem finde ich es auf erotische Art interessant.« Er fügte hinzu: »Ich habe heute eine Seite geschrieben! (Na gut, eher umgeschrieben/abgetippt, aber IMMERHIN!)«

Insgeheim wusste Wallace, dass er Zeit schindete. Mit dem *Bleichen König* verfolgte er große Ziele. Er musste den Menschen zeigen, wie sie sich von der schädlichen Ruhelosigkeit des amerikanischen Lebens abkapseln konnten. Er sollte emotionale Beteiligung zeigen und moralisch auf sicheren Füßen stehen und Langeweile literarisch umsetzen, ohne zu unterhaltsam zu werden. Und er musste das Thema umschiffen, dass eine Persönlichkeit, die Gnade gewährte, das genaue Gegenteil von Wallace war. 2005 hielt Wallace in einem seiner Notizbücher fest: »Sie sind selten, aber sie sind unter uns. Menschen, die unabhängig davon, was sie tun, konstante Konzentration und Aufmerksamkeit aufbringen.« Seine Unfähigkeit, den Roman zu schreiben, hatte mittlerweile selbst eine Metaebene erreicht – er erkannte, dass er nicht schreiben konnte, weil es ihm selbst nicht gelang, den Lärm des modernen Lebens auszublenden. Er war kein Adept, kein Immersionist, auch nicht nach über einem Dutzend Jahre Nüchternheit und Genesung und Meditation. Er war dem »undefinierbar fehlerhaften« jungen Mann aus Urbana, der 1980 nach Amherst gegangen war, noch näher, als ihm lieb war. Im Dezember 2006 schrieb er Franzen: »Die Arbeit kommt mir immer noch so vor, als müsste ich scharfe Steine scheißen.«

Trotz allem gediehen viele Teile des Buches, deren Sätze er immer wieder feinschliff. Einige Stellen wurden seinem Anspruch gerecht oder kamen dem Ziel so nah, dass Wallace sie zur Veröffentlichung freigab. 2007 brachte der *New Yorker* unter dem Titel »Good People« einen kurzen Auszug aus dem Roman, in dem sich der spätere IRS-Mitarbeiter Lane Dean Jr. entscheiden muss, ob er aus der Beziehung zu seiner Freundin, die ungeplant schwanger ist, etwas Ernstes machen will.[168] In einem anderen Abschnitt, der bei Lesungen immer gut ankam, macht das surreal bedrohliche Baby eines Kollegen die Ruhe eines Finanzbeamten zunichte. Dieser Teil fand 2008 unter dem Titel »The Compliance Branch« seinen Weg ins *Harper's*. Die Szene mit Lane Dean klang gesetzt und monoton, ihr ruhiger Ton erinnerte an Hemingways Kurzgeschichte »Berge wie weiße Elefanten«. »The Compliance Branch« war dagegen hektisch und überdreht, ähnlich wie die Abschnitte mit den Incandenzas im *Unendlichen Spaß*. Die Unterschiede zwischen diesen beiden Szenen lassen ahnen, welche Herausforderung es für Wallace bedeutete, zu entscheiden, wie er die Geschichte erzählen wollte. »Ich verspüre eine derart große Angst davor, sentimental zu erscheinen, dass ich wenigstens ansatzweise dagegen ankämpfen will«, schrieb er Deborah Treisman, der Redakteurin beim *New Yorker*, über »Good People«. »Trotzdem ist die Angst noch da.«

Daneben nahm er viele andere Textstellen und Figuren in Angriff. Obwohl er den Lesern in einem »Vorwort des Autors« versprach, er wolle keinen »pfiffigen metafiktiven Tittenkneifer« schreiben, schuf er eine Figur namens »David Wallace«, die im Sommer als Praktikant in der Behörde arbeitete.[169] Auch andere Mitarbeiter trugen erkennbare Züge des echten Wallace. Etwa Stecyk, der salbungsvolle junge Mann, der einen Hosenzieher erdulden muss.[170] Und David Cusk, der unter Panikattacken leidet und in den Waschraum rennt, wo er »sich mit dem Toilettenpapier abzutrocknen versuchte, ohne dass sich das Papier auflöste und in kleinen Griebeln und Kügelchen auf der Stirn verteilte«. Beide suchen ihren Frieden im stillen Studieren der Steuerformulare.

Die Figur, die auf dem Blatt am deutlichsten Gestalt annimmt, ist Chris Fogle, der in seinem apathischen Verhalten, wenn er bekifft ist, an Wallace in seinem letzten Highschooljahr erinnert. Allerdings durchläuft Fogle eine viel schärfer geschnittene Bekehrung, als Wallace sie jemals erlebte, einen Wandel, wie Wallace ihn den Studenten bei der Rede am Kenyon College ans Herz gelegt hatte:

> Ich war allein, trug eine Trainingshose aus Nylon und ein schwarzes Pink-Floyd-T-Shirt, ließ einen Fußball auf den Fingerspitzen kreisen und sah auf dem kleinen Schwarz-Weiß-Zenith des Sozialraums die CBS-Seifenoper *As the World Turns* [...]. Natürlich hätte ich für die Abschlussprüfungen lesen und büffeln sollen, aber ich ließ mal wieder den Kaputtnik raushängen. [...] Jedenfalls saß ich also da, versuchte, den Fußball auf den Fingerspitzen kreisen zu lassen, und verfolgte die Seifenoper [...] und am Ende jedes Werbeblocks tauchte das Markenzeichen der Serie auf, der Planet Erde aus dem Weltall, und die Stimme des CBS-Sprechers sagte: »Sie sehen *As the World Turns*«,

> was er an diesem einen bewussten Tag jedes Mal eindringlicher zu sagen schien – »Sie sehen *As the World Turns*«, bis der Tonfall schon fast skeptisch wirkte – »Sie sehen *As the World Turns*« – und mich die bloße Realität dieser Aussage plötzlich umhaute. [...] Es war, als wendete sich der CBS-Sprecher direkt an mich, als schüttelte er mich an den Schultern oder Beinen, um mich aufzuwecken – »Sie sehen *As the World Turns*«. [...] Ich stand für nichts. Wenn ich eine Rolle spielen wollte – und sei es nur vor mir selbst –, konnte ich nicht mehr so frei sein, sondern musste mich für irgendetwas definitiv entscheiden.

Fogle entscheidet sich dafür, bei der IRS anzufangen, und fährt wenig später zu seiner Ausbildung nach Peoria, um anschließend in einem Team von Steuersavants zu landen – im Text wird es nicht ausgeführt, aber aus Wallaces Notizen geht hervor, dass Fogle die Fähigkeit besitzt, einen Zustand absoluter Konzentration zu erreichen, indem er eine Reihe von Zahlen aufsagt. Wallace war mit den Seiten über Fogle so weit zufrieden, dass er überlegte, sie als kurzen eigenständigen Roman zu veröffentlichen. Andere Leser hätten wahrscheinlich auch weitere Teile des Buches für gut befunden – Wallace zeigte sie niemandem –, aber Wallace schaffte es nicht aus dem Schatten seiner Statue heraus. An die Innenseite eines Notizbuchdeckels klebte er eine Anekdote über T. S. Eliot, der auch an erdrückend hohen Ansprüchen gelitten hatte: »Einer von [Conrad] Aikens Freunden war Patient des berühmten Analytikers Homer Lane, und Aiken erzählte seinem Freund von Eliots Problem. ›Sagen Sie Ihrem Freund Aiken, er soll seinem Freund Eliot sagen, was ihn zurückhält, ist nur die Angst, etwas Unvollkommenes aus der Hand zu geben. Er hält sich für Gott.« (Die Unterstreichung stammte von Wallace.)

Wallace hatte immer wieder betont, wie sehr die Leser ihm am Herzen lagen. Aber wie wichtig war es ihm wirklich, ob die Menschen in seinen Büchern fanden, was sie suchten? Und wie sehr schrieb er für sich selbst? Ein Gradmesser dafür war seine

Bereitschaft, eine befriedigende Handlung zu entwerfen. Er war nie ein großer Freund von kompletten Handlungssträngen gewesen, von diesem Klar-Schiff-Machen im Leben, bei dem »Enthüllungen enthüllen und alles geklärt wird«, wie er Howard 1986 geschrieben hatte. Stützte man sich zu sehr auf die Handlung, lief man Gefahr, den Leser zu verführen; das war nicht besser, als Waschmittel zu verkaufen. Außerdem gehörte es typischerweise zu einer Handlung, dass die Figuren nach und nach reifer wurden, und diese Sache sah Wallace ganz anders. In seinen Augen hatte das Leben eher mechanische als organische Züge. Veränderten sich Figuren – Hal, Gately, sogar Wallace selbst im Granada House –, gab es meist einen deutlichen Wechsel, keine graduelle Entwicklung. Gleichzeitig wusste er, dass ein Buch ohne Handlung den Gesetzen des Lesens widersprach. Also suchte er im Laufe der Jahre stetig nach einer Struktur für den *Bleichen König*. Ein Satz in einem seiner Notizbücher deutet an, er könne dabei auf ein interessantes Gerüst gestoßen sein: Eine ruchlose Gruppierung innerhalb der IRS trachtet nach den Geheimnissen eines Mitarbeiters, der durch sein besonderes Talent ein hohes Maß an Konzentration halten kann. Eine nette Idee, die an Pynchon erinnerte und auch an die Jagd nach der Filmpatrone »Unendlicher Spaß«, trotzdem verfolgte Wallace sie nicht weiter. Vielleicht erschien sie ihm als zu ausgefuchst, als eine Art Abkürzung. Stattdessen teilte er die Mitarbeiter der Behörde in zwei Gruppen auf: auf der einen Seite diejenigen, die für eine Automatisierung der Abläufe waren, auf der anderen Seite die Prüfer, die Steuererklärungen weiterhin per Hand bearbeiten wollten. Wallaces Herz schlug für die altmodischen Bearbeiter. In den vergangenen zehn Jahren hatte er die Digitalisierung der Medien mit wachsendem Unwohlsein beobachtet. »Digital = abstrakt = steril, irgendwie«, hatte er DeLillo im Jahr 2000 geschrieben. Elektronische Medien erleichterten übermäßigen Konsum, sie vereinfachten das Schauen. Und wenn die IRS als säkulare Religion auftreten sollte, brauchte sie Priester. Für Wallace, den Freiheit so beunruhigte, gab es nichts Anziehenderes als Menschen, die ihre Freiheit bereitwillig aufgaben. Vielleicht war ihm klar, dass die Ablehnung von Automatisierung eher eine Haltung war als eine Handlung. Aber wenn er die Achtsamkeit, die durch Stumpfsinn entstand, richtig einfangen wollte, galt auch: je weniger Handlung, desto besser. In einer Fußnote schrieb Wallace: »Wieder *droht* eine große Katastrophe, tritt aber nie ein«; in den Notizen heißt es, der Roman sei »eine Abfolge von Vorbereitungen auf Geschehnisse, aber es geschieht nie etwas«. Möglicherweise plante er als Handlung nicht mehr als eine Reihe von Szenen in suggestiver Folge, trotzdem befürchtete er, die Leser könnten auch mit den Tausenden Seiten, die er geschrieben hatte, zu sehr auf sich gestellt sein. »Die einzelnen Teile des Buchs wären gar nicht so schwer zu lesen«, schrieb er Nadell 2007. »Das Problem ist eher ihr Nebeneinander, die Anzahl der Figuren etc.«

Außerdem drängte sich das Leben immer wieder auf. Mit den Jahren interessierte sich Wallace stärker für Politik, vor allem wegen Green. Er äußerte laut Kritik an der Regierung von George W. Bush. »Zurzeit bin ich Partisan«, hatte er dem *Believer* 2003 erklärt. »Schlimmer noch: Ich verspüre eine so tiefe, heftige Aversion, dass ich über unsere aktuelle Regierung nicht fair oder differenziert denken oder sprechen oder schreiben kann. [...] Ich habe mir vorgenommen, in den nächsten vierzehn Monaten Briefe einzutüten und von Tür zu Tür zu gehen. Vielleicht trage ich sogar einen Sticker. Schließe mich mit anderen zu einer demografisch relevanten Gruppe zusammen. Und bemühe mich bei Leuten mit anderer Meinung noch mehr um Geduld, Höflichkeit und Fantasie. Und benutze öfter Zahnseide.« Als Bush 2004 wiedergewählt wurde, überlegten Wallace und Green ernsthaft, auszuwandern, aber Wallace fand, das sei doch überzogen. Schließlich war er Schriftsteller, nicht politischer Funktionär. Ihm war der moralische Zustand des Landes wichtiger als die Frage, wer Wahlen gewann.

Die Vorstellung, er sei nicht mehr in der Lage, einen Roman zu schreiben, wie er ihn schreiben wollte, ließ ihn nicht los. *Unend-*

licher Spaß war von seiner dysfunktionalen Sehnsucht nach Mary Karr befeuert worden, aber jetzt hatte er nichts Ähnliches, was ihn hätte antreiben können. Green hatte eine Galerie für ihre Arbeiten eröffnet und sie Beautiful Crap genannt, was wunderbar zu der Handlung von »TV der Leiden« passte. Ihre Galerie machte ihr große Freude, und sie sprachen darüber, welche Art Arbeit ihm gefallen könnte. »Er hat überlegt, ein Hundeheim aufzumachen«, erinnert sie sich. So etwas ist gemeint, wenn es im *Unendlichen Spaß* heißt, es sei das Wichtigste, »zu lernen, ein guter Amerikaner zu sein in Zeiten, Jungs, wo Amerikas Selbst nicht gut ist«. Wallace schrieb Franzen, er würde überlegen, »das Schreiben für eine Weile sein zu lassen, wenn es mir keine Freude macht. Wer weiß. Aber das Leben ist so kurz.« Er überlegte, sich nur auf seine Sachtexte zu konzentrieren.[171]

Der Essay über Federer war ein reines Vergnügen gewesen. Eine Weile lang hielt Wallace sich von Sachtexten fern, um zu sehen, ob das literarische Schreiben ihm dann leichter fiel – war der Preis, den er für die Konzentration auf Zeitschriftentexte zu zahlen hatte, die Fähigkeit, den *Bleichen König* zu beenden? »Es machte ihn fast wahnsinnig, wenn er darüber nachdachte, wie lange er daran gearbeitet hat«, erinnert sich Green. In seinem letzten großen Interview, das er im August 2005 dem *Nouvel Observateur* gab, sprach er über mehrere Schriftsteller, die er bewunderte – darunter Saint Paul, Rousseau und natürlich Dostojewski –, und fügte hinzu: »Was man hier beneidet und begehrt, scheinen mir eher die menschlichen Eigenschaften zu sein, die geistige Größe, weniger die formellen Fertigkeiten oder besonderen Talente.«

Etwa zu dieser Zeit schrieb er Nadell, er müsse sich »selbst unter Druck/Zwang setzen, damit ich aufhöre, herumzutrödeln und mir zweimal die Woche etwas Neues für das Buch zu überlegen, und es einfach schreibe«. Franzens Beispiel hatte bei ihm Eindruck gemacht; Franzen hatte Wallace erzählt, mit dem Vertrag für *Freiheit*, den Nachfolger der *Korrekturen*, in der Tasche habe er sich besser konzentrieren können. Aber ganz überzeugt war Wallace nicht. Er rechnete durch, was es steuerlich bedeuten würde, eine einzige Zahlung anzunehmen oder den Vorschuss auf mehrere Jahre zu verteilen, und machte sich Sorgen, er könnte für die alternative Mindeststeuer veranlagt werden. Und er bereitete etwa 150 Seiten des *Bleichen Königs* zur Abgabe vor. Viele weitere Seiten waren genauso weit, darunter die Geschichte des schwebenden Drinions, aber aus irgendeinem Grund nahm Wallace sie nicht dazu. »Ich könnte mir vom Pomona ein paar Jahre unbezahlten Urlaub nehmen und einfach versuchen, es zu beenden«, schrieb er Nadell. Als sie ihn in der Idee bestärkte, antwortete er schon zögerlicher: »Lass mich mal ordentlich darauf rumdenken. Vielleicht habe ich erst Ende des Sommers ein Päckchen zusammen.«

Wallace war sich nie ganz sicher gewesen, dass Nardil das Richtige für ihn war, und wenn es mit dem Schreiben nicht gut lief, überlegte er jedes Mal, ob es mit dem Mittel zusammenhängen könnte. Aber er vergaß auch nie, wie es ihm das Leben gerettet hatte. Er hatte viel über andere Antidepressiva gelesen, war aber nie auf eines gestoßen, zu dem er hätte wechseln wollen. Im Sommer 2007 besuchte Wallace mit seinen Eltern ein persisches Restaurant in Claremont, als ihn plötzlich Herzrasen und Schweißausbrüche befielen. Beides kann auf eine hypertensive Krise hindeuten, obwohl Green vermutet, er könne einfach einen Angstschub erlitten haben – Hühnchen und Reis hatte er in diesem Restaurant schon oft gegessen; es gab auch keine Diagnose, weil er sich nicht untersuchen ließ. Irgendwann besuchte er doch einen Arzt, der ihm bestätigte, was er schon wusste: Es gab mittlerweile weit bessere Antidepressiva auf dem Markt. Im Vergleich zu ihnen gehörte Nardil zu den *dirty drugs*, unspezifisch wirkenden Medikamenten mit zahllosen Nebenwirkungen.

Wallace begriff das als Gelegenheit. Er sagte Green, er wolle wechseln. »Weißt du was? Von mir aus gerne«, antwortete Green, wie sie sich erinnert, weil sie dachte, sie könne ihn ohnehin nicht davon abhalten. Sie wusste, dass er bei dieser Entscheidung in einem tiefen Zwiespalt steckte. »Den Mann, der die Medikamente absetzte, die ihn vielleicht am Leben erhielten, mochte er nicht«, sagte sie. »Es gefiel ihm selbst nicht, dass das Schreiben für ihn so wichtig war.« Wenig später ließ er das Medikament ausschleichen. In den ersten Wochen hatte er das Gefühl, es würde gut laufen. »Ich fühle mich etwas ›sonderbar‹, anders kann ich es gar nicht beschreiben«, berichtete er im August in einer Mail an Franzen, der nachgefragt hatte, wie es ihm ging. »Das war zu erwarten (22 Jahre und so), und ich bin nicht übermäßig beunruhigt. Heute beginnt Phase 4 des Entzugs/der Titration. Alles ist gut. Danke der Nachfrage.« Der nächste Monat brachte »Übelkeit/Erschöpfung, die mich von den Beinen holen«, und größere Sorgen: »Ich verschiebe ständig Sachen und vergesse sie dann ganz«, schrieb er seinem Freund. »Das ist bisher die anstrengendste Phase der ›Ausschwemmung‹; so ähnlich stelle ich mir eine Chemo vor.« Er blieb »ziemlich zuversichtlich, dass es nach einer Weile vergeht«. Die *GQ* fotografierte ihn für ihre Oktoberausgabe 2007, und auf den Bildern sieht er hager und unrasiert aus, wie eine angegraute Version des Wallace aus Amherst. Wallace hatte die fundamentalistischen Abstinenzler, die verschreibungspflichtige Medikamente als Krücke betrachteten, nie ganz vergessen. Dem Plan nach sollte er von Nardil auf ein anderes Antidepressivum umsteigen, aber jetzt wollte er versuchen, ganz ohne Medikamente auszukommen. Green war besorgt. Sie erinnert sich, dass ihr Mann »eine Jung'sche Wiedergeburt« erwartete. Wenig später musste Wallace wegen einer schweren Depression stationär behandelt werden. Bei seiner Entlassung wurden ihm neue Medikamente verschrieben. Aber mittlerweile war seine Angst so groß, dass er ihnen nicht genug Zeit gab, um zu wirken. Er wollte sich selbst um seine geistige Gesundheit kümmern und hinterfragte die Ärzte und ihre Verschreibungen. Wenn er ein Antidepressivum ausprobierte und las, es könne als Nebenwirkung Angstgefühle auslösen, bekam er schon davon solche Angst, dass er das Mittel nicht mehr nehmen konnte. Im Dezember schrieb er Nadell: »Die gute Nachricht: Ich habe fast vierzehn Kilo abgenommen. Die schlechte: Seit September habe ich nicht mal mehr an die Arbeit gedacht. Ich schätze, ich kann frühestens in 90 Tagen auch nur ansatzweise etwas von mir erwarten – der Seelenklempner/Experte meint, das klänge schon ziemlich zurechnungsfähig.« Wenn seine Schwester Amy anrief, sagte er: »Es geht mir nicht gut. Ich gebe mir Mühe, aber es geht mir nicht gut.«

Er schrieb weiter in ein Notizbuch, besaß aber nicht genug Energie, um sich wieder sein anspruchsvolles Manuskript vorzunehmen. »Der bleiche König« hatte früher die IRS gemeint und vielleicht den Zustand der Zufriedenheit und Konzentration, für den das Buch plädierte, doch jetzt stand es für die Depression, die ihn quälte, oder für den Tod. Dabei gab es nicht nur schlechte Tage. Während der ganzen Zeit unterrichtete er. Er schrieb Mails an Freunde. Er und Green versuchten, ihr Leben weiterzuleben. In seiner typisch selbstkritischen Art bewertete Wallace gute Tage als »Zwei plus« oder »vorsichtig optimistisch«. Sie rissen Witze über das Undenkbare. Green warnte ihn, wenn er sich töten sollte, würde sie zur »Yoko Ono der Literaturszene, die Frau mit den vielen Haaren, die dich gezähmt hat, und jetzt sieht man ja, wohin das geführt hat«. Sie schlossen einen Pakt, dass sie nie würde raten müssen, wie es ihm ging.

Im Frühjahr 2008 schien sich Wallaces Zustand durch eine neue Kombination mehrerer Antidepressiva zu stabilisieren. Es sah aus, als wäre das Schlimmste überstanden. Im Februar hatte er Tom Bissell, einem Schriftsteller und neuen Freund, geschrieben: »Im Herbst war ich sehr krank. Lungenentzündungsmäßig krank. Habe erschreckend viel abgenommen. Ich bin immer noch nicht wieder ganz auf den Beinen. Ich bin zwölf Jahre älter als Du; im Moment fühle ich mich eher dreißig Jahre älter. Viel mehr ›Schreibarbeit‹ als diese Antwort werde ich wohl heute nicht schaffen.« Er fügte hinzu, er habe in letzter Zeit Camus gelesen: »Er ist sehr klar in seiner Denkart und dazu rigoros – für Schwachsinn bringt er null Toleranz auf. Meine Seele fühlt sich reiner an, wenn ich ihn lese.« In diesem Semester leitete er ein Seminar über kreative Sachtexte. Doch wer schon früher Kurse bei ihm belegt hatte, merkte, dass seine Kommentare knapper ausfielen und das Spielerische in seiner Art gedämpft war. Bei der letzten Sitzung kamen ihm fast die Tränen. Seine Studenten waren verdutzt; wo war der Wallace geblieben, den sie kannten? Anschließend in einem Café weinte er. »Na los, lacht ruhig«, sagte er, aber die Studenten merkten, dass etwas nicht stimmte.

In diesem Frühjahr bat *GQ* ihn um einen Essay über Obama und Rhetorik, und er fühlte sich fast gesund genug, um anzunehmen. Obama ließ ihn wieder hoffen; er hatte mit Green sogar schon darüber gesprochen, ob er für den damaligen Präsidentschaftskandidaten Reden schreiben sollte. Die Zeitschrift reservierte für Wallace ein Hotelzimmer in Denver während des Parteitags der Demokraten und traf erste Vorbereitungen, doch Wallace sagte wenig später ab. Als das *New York Times Magazine* anfragte, ob er im Sommer über die Olympischen Spiele in Peking schreiben wolle, entschuldigte er sich und sagte, dafür gehe es ihm nicht gut genug. Nadell erklärte sofort, ihr Klient sei mit einem Magenleiden geschlagen. »Es musste ernst genug sein, dass er nicht reisen konnte«, erinnert sie sich. Wallace graste *Dr. House* nach Krankheiten ab, die er anderen gegenüber vorschieben konnte.

Ein Besuch von Wallaces Eltern stand an. Seine Beziehung zu ihnen war so gut wie seit Jahren nicht; er sagte Green, er wisse gar nicht mehr, warum er in seinen Dreißigern so wütend auf seine Familie gewesen war. »Wir werden uns wunderbar amüsieren«, versprach er ihnen. Aber dann bat er sie, ihren Besuch zu verschieben. Im Juni fand die jährliche Buchmesse in Los Angeles statt, und Green und Wallace fuhren die fünfzig Kilometer, um mit Pietsch, Nadell, dem humoristischen Autor David Sedaris und seiner Presseagentin Marlena Bittner, die auch Wallaces Bücher betreute, zu Abend zu essen. Sedaris war überrascht, wie witzig und freundlich Wallace war und wie sehr er seine Studenten lobte. Am Ende fragte Pietsch Wallace, wie es ihm ging. »Das willst du nicht wissen«, antwortete der Schriftsteller. Als sie sich umarmten, sah Pietsch ihm in die Augen und empfand seinen Blick als »gequält«.

Etwa zehn Tage nach dem Essen ging Wallace in ein Motel fünfzehn Kilometer von zu Hause entfernt und schluckte alle Tabletten, die er finden konnte. Als er wieder aufwachte, rief er Green an, die ihn die ganze Nacht gesucht hatte. Sie sahen sich im Krankenhaus, wo er ihr sagte, er sei froh, dass er noch lebte. Es tat ihm leid, dass sie ihn hatte suchen müssen. Sie ließ ihn in die Universitätsklinik verlegen, und er sprach noch eine ganze Woche lang undeutlich. Mehrere Tage später bekam sie den Abschiedsbrief, den er ihr geschickt hatte. Sie strich zu Hause das Garagentor rot, damit es zum Innern passte; das hatte sie ihm im Krankenhaus versprochen. Nach einem Ärztewechsel willigte er in eine Elektrokrampftherapie ein. Die Aussicht jagte ihm große Angst ein, weil er noch wusste, wie sehr die EKT 1988 seinem Kurzzeitgedächtnis zugesetzt hatte, trotzdem unterzog er sich zwölf Sitzungen.

Im Juli, während die Behandlung lief, bekam er Besuch von Franzen, der jedes Jahr einen Teil des Sommers im nahe gelegenen Santa Cruz verbrachte, um zu schreiben. Franzen sah verblüfft, wie sehr sein Freund sich körperlich und geistig verändert hatte. Sie spielten mit den Hunden oder gingen hinaus, damit Wallace rauchen konnte. Als Franzen fragte, was er bei seinem Selbstmordversuch gedacht hatte, zuckte Wallace zusammen und meinte, daran könne er sich nicht mehr erinnern. Er konnte kaum noch lesen, nicht einmal die Krimis, die er sonst verschlungen hatte. Stattdessen sah er meistens fern. Nach dem Abendessen leckte Werner ihm den Mund aus.

Wallaces Krankheit verlangte Green viel ab, sie war erschöpft. Einmal verließ sie neun Tage lang nicht einmal das Haus. Als sie dann doch ging, leisteten Wallaces Freunde aus seiner AA-Gruppe in Claremont ihm Gesellschaft. Später im Sommer verschwand ein Gartenschlauch, den Green schließlich im Kofferraum ihres Autos fand. Wallace hatte vorgehabt, ihn mit seinem Kopftuch an das Auspuffrohr zu binden. Als sie ihn zur Rede stellte, behauptete er, er habe sich schon entschieden, es nicht zu tun. Sie glaubte ihm nicht und ließ ihn wieder einweisen.

Im August verletzte sich Stirling bei einem Sportunfall, und weil Green ihn besuchen wollte, blieben Wallaces Eltern zehn Tage lang bei ihrem Sohn. Wallace war kurz davor, die Hoffnung aufzugeben. »Es kommt mir vor, als würden sie mit Pfeilen auf eine Dartscheibe werfen«, beklagte er sich bei ihnen über seine Psychiater. Sie begleiteten ihn zu einem Termin, und als der Arzt eine neue Medikamentenkombination vorschlug, verdrehte Wallace die Augen. Er war ans Haus gefesselt, weil er Angst hatte, in der Stadt könnten ihm seine Studenten begegnen. Sally Wallace kochte für ihn die Gerichte, die er als Kind so gemocht hatte – Aufläufe und Pasteten –, und sie sahen sich zusammen *The Wire* an. Seine Familie sah deutlich, dass er unerträgliche Qualen litt. Bevor Sally Wallace abreiste, dankte er ihr dafür, dass sie seine Mutter war.

Schließlich bat Wallace darum, wieder auf Nardil gesetzt zu werden, aber er war zu unruhig, um dem Mittel die Wochen zu geben, bis es wirkte. Franzen rief mehrmals an und machte ihm Mut, durchzuhalten – das Schlimmste habe er hinter sich. »Red weiter«, bat Wallace. »Das hilft.« Als Nadell Anfang September mit ihm sprach, hatte sie den Eindruck, er würde ein wenig besser klingen. Er schrieb sich selbst Briefchen, stellte Listen auf, wofür er dankbar war, Listen mit Symptomen und Ängsten, und führte Tagebuch. Als letzten Eintrag schrieb er, dass er wach bleiben wolle, damit er Green mit den Einkäufen helfen konnte, wenn sie nach Hause kam.

Green glaubt zu wissen, wann Wallace wieder beschloss, sich das Leben zu nehmen. Über den 6. September sagt sie: »Dieser Samstag war wirklich gut. Montag und Dienstag waren nicht so gut. Am Mittwoch fing er an, mich anzulügen.« Er wartete noch zwei Tage auf eine Gelegenheit. Am frühen Abend des 12. Septembers, einem Freitag, schlug Wallace vor, Green könne doch zu Beautiful Crap fahren, zehn Minuten entfernt im Zentrum von Claremont, um eine Vernissage vorzubereiten. Green beruhigte sich damit, dass er am Montag den Chiropraktiker besucht hatte. »Man geht doch nicht zum Chiropraktiker, wenn man sich umbringen will«, sagt sie.

Nachdem Green gefahren war, ging Wallace in die Garage und schaltete das Licht ein. Er schrieb einen zweiseitigen Abschiedsbrief an sie. Dann ging er durchs Haus auf die Veranda, kletterte auf einen Stuhl und erhängte sich. Als im *Unendlichen Spaß* jemand stirbt, wird er mit Höchstgeschwindigkeit über Glaspalisaden nach Hause katapultiert und schwebt nach Norden, und er stößt »einen glockenhellen und fast mütterlich besorgten Ruf zu den Waffen in allen bekannten Zungen der Welt aus«.

Green kehrte um halb zehn nach Hause zurück und fand ihren Mann. In der Garage lag im Schein seiner vielen Lampen ein Stapel von beinahe zweihundert Seiten. Er hatte noch einige Änderungen vorgenommen, seit er vor einigen Monaten überlegt hatte, sie Pietsch zu schicken. Die Geschichte von »David Wallace« stand nun am Anfang. In seinen letzten Stunden hatte er das Manuskript so vorbereitet, dass seine Frau es finden konnte. Darunter, daneben, auf seinen beiden Computern und auf den alten Disketten in seinen Schubladen ruhten Hunderte weiterer Seiten – Entwürfe, Figurenskizzen, eigene Notizen, Fragmente, die in den vergangenen zehn Jahren seinen Bemühungen widerstanden hatten, sie in den Roman einzubinden. Das alles war sein Versuch, der Welt zu zeigen, was es »verdammt noch mal hieß, ein Mensch zu sein«. Er konnte ihn nicht zu einem Abschluss bringen, mit dem er zufrieden war. Dieses Ende hätte niemand für ihn gewollt, aber es war das Ende, das er gewählt hat.

Danksagungen

Ich habe David Foster Wallace nie kennengelernt. Unser einziges Zusammentreffen fand 1996 bei einer Party zum Erscheinen des *Unendlichen Spaßes* statt – der Verlagsparty, über die er später Don DeLillo schrieb, es sei die erste, die er je besucht hatte, »und wenn es einen Gott im Himmel gibt, auch meine letzte«. Ich hatte einen Auszug aus dem *Unendlichen Spaß* für die Zeitschrift bestellt, für die ich als Kulturredakteur arbeitete, und stand deshalb mit ein paar Hundert Menschen in diesem riesigen Raum. Verblüfft sah ich einen stämmigen Mann mit langen, zotteligen Haaren und Stirnband, einem schmuddeligen Hemd, trutschiger Brille und dem Blick eines Rehs, das überall anders lieber wäre, nur nicht hier. Er stand auf der anderen Seite einer großen Tanzfläche im Scheinwerferlicht. Zumindest in meiner Erinnerung.

Weil wir nie miteinander gesprochen haben und er so jung gestorben ist, musste ich seine Stimme an anderer Stelle suchen, als ich die Arbeit an seiner Biografie begann. Ich wandte mich an seine Freunde und seine Familie. Zum Glück für mich waren die allermeisten aufgeschlossen und bereit, mit mir zu reden und ihre Erinnerungen weiterzugeben.

Während des Schreibens begriff ich, warum die Liste der Danksagungen bei Biografien immer so lang ist – weil eine Biografie ein Gemeinschaftswerk ist, ein kollektives Erinnern. Und wenn ein Dorf nötig ist, um eine Biografie zu schreiben, braucht man für die erste Biografie eines so komplexen Menschen wie David eine ganze Stadt. Nun folgen die freundlichen Bewohner. Bei ihnen allen entschuldige ich mich für die zahllosen Mails und Anrufe, die Fragen, die ich zuvor schon gestellt hatte, die verzweifelten Bitten, etwas zu klären, wenn sie sich gerade zum Abendessen hingesetzt hatten. Ich kann nur Danke sagen. Danke.

Meine größte Wertschätzung gilt Karen Green, Davids liebenswürdiger und begabter Ehefrau.

Auch Wallaces Familie hat mich wunderbar unterstützt, vor allem seine Schwester Amy, eine Frau voller Mitgefühl und Haltung. Bonnie Nadell, die Wallace während seiner gesamten Karriere als ausgezeichnete Agentin begleitet hat (sie lernten sich mit Anfang zwanzig kennen), bin ich zu tiefem Dank verpflichtet. Und ich möchte drei Freunde von Wallace nennen, die mir mehr Hilfe angedeihen ließen, als man es verlangen könnte. Der erste ist der Autor Mark Costello, Davids Mitbewohner in Amherst. Die zweite ist Heather Aronson, Davids enge Freundin aus Arizona und ebenfalls eine talentierte Schriftstellerin. Der philosophische Corey Washington, der ebenfalls mit David in Amherst befreundet war, zeigte eine unendliche Hilfsbereitschaft bei allem, von den Einzelheiten zu Davids Noten in Amherst bis zu Fragen nach freiem Willen und Fatalismus.

David verband eine tiefe Freundschaft mit zwei Schriftstellern, die mir enorm halfen: Jonathan Franzen, sein »bester Kumpel und literarischer Kombattant«, wie Wallace ihn nannte, begleitete ihn bis zum Ende. Mary Karr, Autorin von Lyrik und ihrer Memoiren, spielte in einem früheren Abschnitt seines Lebens eine wichtige Rolle. Mary bin ich zu besonderem Dank verpflichtet, weil sie mir geholfen hat, herauszufinden, was in Davids turbulenten Jahren in Boston und Syracuse geschehen ist. An allem, was aus dieser verwirrend komplexen Zeit unklar bleibt, trage natürlich allein ich die Schuld (was auch für jeden anderen Fehler auf diesen Seiten gilt).

In seinen späteren Jahren gab es viele weitere Schriftsteller, die Wallace kannte oder denen er schrieb. Viele waren so freundlich, mich an ihren Erinnerungen teilhaben zu lassen, darunter Sherman Alexie, Tom Beller, Sven Birkerts, Tom Bissell, Don DeLillo, Dave Eggers, Jeffrey Eugenides, Lewis Hyde, Frederick Kaufman, Brad Leithauser, Mark Leyner, Ruth Liebermann, Richard Powers, George Saunders, David Sedaris, Evan Wright und Elizabeth Wurtzel.

Und nun zu den freundlichen Seelen, die noch nicht genannt sind und mir geholfen haben, mir einen Weg durch die Stationen von Davids zu kurzem Leben zu bahnen. Diese Liste versucht gar nicht, vollständig zu sein – wie Wallace über die Schwierigkeit schrieb, über das echte Leben zu schreiben: »Es gibt so viel!«

Aus Urbana: Mrs Clare Barkley, Thomas Desmond, die Brüder Dessouky, Maged und Yasser, John Flygare, Matt Friedman, David Ghent, Martin Maehr, Michail Reid, Brian Spano, Sherry Thompson (Mrs McLellan, als sie an der Urbana High unterrichtete) und Lolita Zwettler.

Aus Amherst: Ruth Abbe, Fred Brooke, Sylvia Kennick Brown, David Chinitz, Dave Colmar, Rajiv Desai, Willem DeVries, John Drew, Jay Garfield, Shubha Ghosh, Jonathan Glass, David Hixon, Ann Huse, Dan Javit, Andrea Justus, Nancy Kennick, Nat Larson, Brad Leithauser, Alan Lelchuk, Miller Maley, Charlie McLagan, Andrew Parker, Dale Peterson und Mark Valladares.

Aus Arizona: Jaci Aaronson, Forrest Ashby, Robert Boswell, Karen Brennan, Rich C., Andy Crockett, Alice Elman, Alison Hicks Greifenstein, Ron Hansen, Bob Houston, Zita Ingham, JT Jackson, Ken Kalfus, Rick Kempa, Will Layman, Antonya Nelson, Paul Niesen, der verstorbene Steve Orlen, Amy Pence, Jonathan Penner, Bruce Petronio, Buzz Poverman, Francine Prose, Kim Roberts, Andy Robinson, Aurelie Sheehan, Charles Sherry und Ron Steffens.

Aus Yaddo: Marina Budhos, Kathe Burkhart, Robert Cohen, Stephen Dunn, Marie Howe, Jeanne McCulloch, Jay McInerney und Michael Torke. Ich möchte auch Elaina Richardson und Lesley Leduc danken für die Kopien von Davids Bewerbung für Yaddo.

Als Dozenten am Amherst College: Sue Dickman, Tias Little, Margit Longbrake, John Reid und Jassamyn West. Als Dozenten (für kurze Zeit) in Arizona: Marvin Diogenes, Martha Ostheimer und Tom Willard. Als Studenten in Harvard: Steven Affeldt, Roy Blumenfeld, Warren Goldfarb, Steven Gross, Mi-Kyoung Lee, Alva Noe und Dmitri Tymoczko. Aus dem Granada House: Big Craig und Deb Larson. Aus Emerson: Jack Gantos, DeWitt Henry, Don Lee und Debra Spark. Aus Syracuse: Doug Eich, John F., Stephanie Hubbard, Stephen J., Christopher Kennedy, Michael Martone und Linda Perla.

Aus Bloomington: Francis B., seiner Frau Terri und ihrer Tochter Sarah Adams, Susan Barnett, Becky Bradway, Mimi Davis, Tim Feeney, Ron Fortune, Lee Freeman, William Gillespie, Jason Hammel, Juliana Harms, Charlie (»er hat mich vor dem Hund gerettet«) Harris, seiner Frau Victoria und ihrer Tochter Kymberly (die großartige Familie Harris!), Amy Havel, Doug Hesse, Greg Howard, Bob McLaughlin, Erica Neely, John O'Brien, Doug und Erin Poag, Marty Riker, Joe S., Ben Slotky, Curtis White und Deb Wuliger. Ein besonderes Danke geht an Bill Flick vom *Pantagraph* dafür, dass er die Archive durchsucht hat.

Aus der Zeit in Pomona: Margaret Adorno (Pomonas einzigartige Archivarin), Kyle Beachy, Daniel Birkholz, Ben Casnocha, John D'Agata, Kevin Dettmar, Maria Donapetry, Kathleen Fitzpatrick, Rena Fraden, Neil Gerard, John Goodson, Kaneisha Grayson, Christopher Hamacher, Patrick Jagoda, Natalie Klein, Robert Lesser, Coty Meibeyer, Kelly Natoli, Ashley Newman, Colleen O'Rourke, Caroline Potter, Jared Roscoe, Paul St. Just, John Seery, Amanda Shapiro, Bryn Starbird und J. B. Wogan.

Aus der Welt der Zeitschriften und Bücher gebührt von den Menschen, die mit Wallace arbeiteten, besonderer Dank Michael Pietsch, seinem Lektor von Little, Brown, der unzählige Fragen beantwortete und mir den Weg durch das Labyrinth des *Bleichen Königs* wies, sowie Gerald Howard, seinem Lektor bei Penguin, der mich durch Davids frühe Jahre begleitete. Neben ihnen gilt mein aufrichtiger Dank Jennifer Barton, Adam Begley, André Bernard, Marlena Bittner, Will Blythe, John Bohrer, Mark Bryant, Lisa Chase, Jesse Cohen, Charis Conn, Will Dana, Josh Dean, Peter Desrochers, John Dickerson, Jonathan Galassi, Colin Harrison, Jack Hitt, Tom Jenks, Jay Jennings, Vanessa Kehren, Bill Keller, Glenn Kenny, Stephen King, Jeannie Luciano, Gerry Marzorati, Steven Moore, Eve Rabinovits, Amy Rhodes, Gemma Sieff, Lee Smith, Bill Tonelli, Alice Turner und Holly Wilkinson.

Einzig in seiner Art ist James Ryerson, der mir bei vielen haarigen Fragen über Wallace und »Onkel Ludwig« (Wittgenstein) zur Seite stand. Für seine Gedanken und Ausführungen über Wallaces philosophische Abschlussarbeit schulde ich ihm Dank, und auch dafür, dass er meine Entwürfe der entsprechenden Passagen gelesen hat. Wenn ich verreiste, traf ich mich auf dem Rückweg immer mit Jamie, manchmal in Begleitung von Caleb Crain, der mir in ähnlich schwierigen Momenten zur Seite sprang, wenn es um Georg Cantor ging.

Stephen Lacy steuerte die Einzelheiten über sein interessantes Gespräch mit Wallace über Steuern bei, und Jennifer Schuessler ergänzte ihre eigenen Recherchen für ihren hervorragenden Artikel über Wallace und die IRS in der *New York Times Book Review*. David Hering von der University of Liverpool gewährte mir freundlicherweise Einblick in einen Teil seiner Forschung über Wallaces früheste Entwürfe für den *Unendlichen Spaß* und gab mir geduldig Feedback zu meinen Theorien.

Die Wallace-Gemeinde kann sich glücklich schätzen, dass sie Nick Maniatis' Website thehowlingfantods hat: Wenn man irgendetwas über DFW wissen will, findet man es dort. Ich kenne keinen Autor, dessen Leser sich im Web mehr engagierten. Nick hat netterweise eine Bitte um Briefe veröffentlicht, worauf mehrere interessante Schriftstücke auftauchten. Wallace schrieb ehrliche Briefe an eine Vielzahl von Menschen, von denen er die meisten kaum kannte. Dafür, dass sie mir diese Briefe gezeigt haben, danke ich vor allem Weston Cutter, Christopher Hager, Brandon Hobson, Marie Mundaca und Nick Solomon.

Daneben halfen mir zwei renommierte Wissenschaftler. Stephen Burn von der Northern Michigan University hat mir großzügig Briefwechsel weitergeleitet und einen Teil seiner eigenen Forschung zugänglich gemacht, ebenso wie Marshall Boswell vom Rhodes College. Adam Kelly vom University College in Dublin und aus Harvard hat mich dabei unterstützt, die Rolle der Literaturtheorie in Wallaces Texten zu interpretieren. Frank Bruni hat mich an seinen Erinnerungen zu den Recherchen über einen Wallace-Artikel für das *New York Times Magazine* teilhaben lassen, und David Streitfeld erzählte mir von einem Besuch bei Wallace für *Details*. Deborah Treisman teilte mit mir Briefe und Erinnerungen an Wallaces Beiträge für den *New Yorker*.

Von den vielen Journalisten, auf deren Interviews ich für Davids Worte angewiesen war, gebührt mein besonderer Dank David Lipsky, der Wallace zum Erscheinen vom *Unendlichen Spaß* für den *Rolling Stone* besuchte (auch wenn der Artikel nie geschrieben wurde) und daraus ein einfühlsames, unterhaltsames Buch machte, und ebenfalls

Larry McCaffery, der David für die *Review of Contemporary Fiction* interviewte und mir netterweise seine Entwürfe zugänglich machte. Von diesem Interview gehen alle Wallace-Studien aus.

Von den Archivaren und Bibliothekaren danke ich für die freundliche Hilfe besonders Thomas Staley, dem Direktor des Ransom Center, wo Davids Papiere untergebracht sind, und seinen hervorragenden Mitarbeiterinnen, darunter Megan Bernard, Andi Gustavson, Ancelyn Krivak, Molly Schwartzburg, Danielle Sigler und Jennifer Tisdale. David McCartney half mir mit den Frank-Conroy-Papieren an der University of Iowa, und Rosemary Cullen mit den Brad-Morrow-Papieren an der Brown University. Peter Nelson vom Archiv des Amherst College listete Davids zahlreiche akademische Auszeichnungen auf und fand Briefe und Jahrbuchbeiträge. Emily Boutilier verbreitete unter Amherst-Absolventen die Frage, wer David kannte.

Ohne all diese Menschen wäre dieses Buch niemals entstanden, aber eine Frau hat mir besonders tatkräftige Unterstützung gewährt: Michelle Dean, eine begabte Journalistin, die mir während der späteren Arbeit mit einer erstaunlichen Energie und Hingabe bei der Recherche half und entscheidend dazu beigetragen hat, dass diese komplizierte Geschichte so genau und verständlich wie möglich wurde. Es wird sicher nicht lange dauern, bis sie selbst etwas veröffentlicht.

Auch zwei Wallace-Anhänger waren unersetzlich: Matt Bucher, der die Wallace-l-Mailingliste betreut, opferte selbstlos Zeit und Energie. Er las Entwürfe und machte vor dem Hintergrund seiner ausgezeichneten DFW-Kenntnisse Verbesserungsvorschläge. Ich entschuldige mich bei Jordan dafür, dass ich ihn immer wieder von der Kindererziehung fortgezerrt habe. Und Jonah Furman, frisch von der Johns Hopkins University, setzte seine Talente ein als Faktenprüfer, Rechercheur, genauer Wallace-Leser und Feedbackgeber.

Drei weitere junge Rechercheure brachten ihre Zeit und ihr Talent ein: Shelby Ozer, eine begabte Highschoolschülerin im letzten Jahr, Becky Cooper, universalgebildete Weltreisende, und Mark Byrne, der für mich als Rechercheur arbeitete, während er unter dem großzügigen Professor Robert Boynton am Programm für Literarischen Journalismus der NYU teilnahm. Einmal fragte ich Mark, ob einer seiner

Freunde auch ein Fan von Wallace sei, und seine denkwürdige Antwort lautete: »Ehrlich gesagt glaube ich, ich war nie lange mit jemandem befreundet, der es nicht ist.«

Während meiner späteren Recherchen und Arbeiten am Text wurde ich von einem Stipendium des Leon Levy Center for Biography am CUNY Graduate Center unterstützt. Dort möchte ich mich bei der Verwalterin Shelby White bedanken, bei Judy Dobrzynski, der ehemaligen Direktorin Brenda Wineapple und dem jetzigen Direktor Gary Giddins ebenso wie noch einmal bei Adam Begley, bei Madison Smartt Bell, Tom Hafer, Elizabeth Kendall, John Matteson und Ikuyo Nakagawa. Die Institutsmitarbeiter Caitlin Delohery, Michael Gately und Alyssa Varner waren ungemein freundlich und hilfreich.

Bei Viking Penguin bin ich meinem Lektor Paul Slovak enorm dankbar, dessen Begeisterung mich auf dieser schwierigen Reise vorangetrieben und dessen Ruhe mir geholfen hat, nicht zu kentern; seinem Assistenten David Martin und der unermüdlichen Lektorin Beena Kamlani. Außerdem meiner Agentin Elyse Cheney und ihrem Stellvertreter Alex Jacobs sowie Tania Strauss, die noch vom Glanz Hollywoods umgeben war, nachdem sie mit meinem Filmagenten Howie Sanders von der UTA gearbeitet hatte. In London danke ich meinem britischen Lektor Philip Gwyn Jones und seinem Kollegen John Freeman, der Wallace zufällig selbst einmal interviewte.

Beim *New Yorker* gilt mein Dank dem Redakteur David Remnick, meinem langjährigen Redakteur Daniel Zalewski und seinen Assistenten Yvette Siegert und Andrew Marantz, den Redakteuren Henry Finder und Susan Morrison. Dieses Buch begann mit einer E-Mail von David an einem Herbstabend vor langer Zeit. Es gibt kein begabteres Redaktionsteam. Wie Wallace sagen würde, »hauen sie glatt den Mais vom Kolben«.

Meine Wertschätzung gilt James Atlas, Patricia Bosworth, Anne Fadiman, Frances Kiernan, Brad Morrow und Lee Siegel, besonderen Freunden, die mich bei der Arbeit an diesem Buch unterstützt haben.

Einige alte Freunde, die mir auf neue Arten geholfen haben: Alissa Land, die mit mir eine Reise zum ehemaligen Granada House in Brighton unternommen und die Härten literarischer Recherchen erduldet hat, und Bryan Simmons, der half, das Geheimnis von Davids kurzem Job als Wachmann bei Lotus Development zu lüften – danke. Auch danke an Shelley und Eames Demetrios, die mich in Guthries Zimmer schlafen ließen. Danke, Guthrie!

Der Montclair Public Library, wo ich einen Großteil der Arbeit erledigt habe, vor allem in ihrem wunderbaren Terra Tea & Fair Trade Café, und dem Panera in der Bloomfield Avenue und dem mittlerweile geschlossenen Teeladen Chamagudao, wo der Rest passierte, danke ich für die ruhigen Orte, an denen ich über David und sein Werk nachdenken und dabei Gebäck essen konnte.

Meinen Verwandten Diana Shahmoon und Charles Blustain danke ich für noch mehr Gebäck und kluge Kommentare. Meinen Brüdern Eric und Adam und ihren Frauen Diane und Denise danke ich für, genau, noch mehr Gebäck. Und um beim Thema zu bleiben, danke ich Katherine Neuman vom Café Lula für den ganzen Apfelkuchen (an den Besitzer Jason Hammel: du stehst weiter oben).

Und schließlich danke ich meiner Frau Sarah, die von unseren Kindern von der Widmungsseite gedrängt wurde und sonst wieder dort stehen würde.

Anmerkungen

Kapitel 1 »Nennen Sie mich Dave«

1 Amy Wallace sagt, sie habe nie jemanden getroffen, der »Fernsehen so sehr brauchte wie David«.

2 Wallace behauptete, er habe als Elfjähriger mit einem Nachbarn einmal Rasenmähen für eine Nachhilfestunde über Stendhals *Rot und Schwarz* getauscht. Dieser unwahrscheinliche Handel findet sich im *Unendlichen Spaß* wieder, wenn Hal Incandenza für einen Mykologen den Rasen mähen will, um etwas über Pilze mit blutgerinnungshemmenden Eigenschaften zu erfahren.

3 In seiner ersten veröffentlichten Geschichte »Der Planet Trillaphon im Verhältnis zur Üblen Sache« sagt der Protagonist über seine Depression: »Manche Leute beschreiben es so, als hättest du ständig ein großes schwarzes Loch vor dir und unter dir, ein pechschwarzes Loch, vielleicht mit einer Andeutung von Zähnen, und dann bist du plötzlich Teil des Lochs [...].«

Kapitel 2 »Der echte ›Waller‹«

4 Die drei Zimmergenossen konnten auch die anderen Studenten im Badezimmer auf dem Flur hören. Wallace behauptete, er könne die Nutzer anhand der Geräusche aus den Kabinen unterscheiden, und nutzte diese Erinnerungen Jahre später in der Geschichte »Kurzes Interview Nr. 42«, die vom Sohn eines Toilettenmanns erzählt wird.

5 Diese Geschichte wurde in Amherst später so weit mythisiert, bis Wallace darin einen Professor mit seiner überlegenen Intelligenz so verblüffte, dass der Dozent mitten im Seminar seine Aktentasche zuklappte und den Raum verließ.

6 In Fortgeschrittener Rhetorik etwa schrieb Wallace eine Geschichte

über einen Mann, der seinen eigenen Klon tötet, indem er ihn aus dem Fenster in ein Blumenbeet wirft. Sie war an den Frankenstein-Mythos angelehnt und endete mit einem Wortspiel, wenn der Erschaffer wegen des »Matschklons im Klatschmohn« verhaftet wird. Seine Dozentin sagte, sie sei vom Ende enttäuscht, gab ihm aber trotzdem eine Eins plus.

7 Ein Hinweis auf andere Geschichten, an denen Wallace arbeitete, findet sich in einem Gespräch zweier Figuren im *Besen im System*, Wallaces Collegeroman. Die beiden sehen in einem Verlag einen Stapel unaufgefordert eingereichter Manuskripte für die Vierteljahresschrift des Verlegers durch. Darunter finden sich Titel wie »Der Klistier-Gangster und der kosmische Türöffner«, der eine Version der »Clang Birds« sein könnte, neben dem »Tanz der Gehemmten«, der »Fahrt zum Einkaufszentrum«, »Threnody Jones und die Ziege der Hölle«, »Liebe« (selbst ein Teil des *Besens*) und der »Metamorphose der Achtziger«. Eine der Figuren kommentiert: »Letzteres ist in der Tat ziemlich interessant. Eine Kafka-Parodie, aber einfühlsam geschrieben. Der Selbsthass hinter unserer Promi-Kultur. Ebenfalls Uni-Literatur, aber interessant.«

8 Manchmal eckte Wallace mit seinen Parodien an. Eine Geschichte über verwöhnte Studenten, die in der Zeit vor dem Sezessionskrieg mit ihren Sklaven nach Amherst kamen, löste Proteste der Black Student Union aus.

9 Auch *Gödel, Escher, Bach* von Douglas Hofstadter, ein weiteres philosophisches Buch aus dieser Zeit, hinterließ bei Wallace tiefen Eindruck. Das Buch mit dem Untertitel *ein Endloses Geflochtenes Band* beschäftigt sich mit Bewusstsein, Logik, Sprache und den Strukturen von Bedeutung. Wallace lieh sich das Buch von seinem Vater und »hielt es in den Achtzigern den Leuten vor Begeisterung regelrecht unter die Nase«, erzählte er in einem Interview mit dem *Believer*. Zumindest strukturell gesehen ist *Gödel* ein Vorläufer des *Unendlichen Spaßes*. Mark Costello erinnert sich, dass Wallace während der Arbeit an seinem Roman »ständig von der Form eines ›geflochtenen Bands‹ oder einer ›Fuge‹ sprach – von verschiedenen Elementen, die ein Ganzes ergaben«.

[10] »Jede Liebesgeschichte ist eine Geistergeschichte« – dieser Gedanke begleitete Wallace durch seine ganze Schriftstellerkarriere. Die Formulierung taucht in einem Brief auf, den er schrieb, als er an dem Graduiertenprogramm der University of Arizona teilnahm, und sie geht Wallace zwanzig Jahre später immer noch durch den Kopf, als er sie in eine Szene einfließen lässt, in der Steuerprüfer im *Bleichen König* stumm Seiten umblättern. Vom »Planeten Trillaphon« bis zum posthum erschienenen *Bleichen König* finden sich in Wallaces Texten nur wenige Momente glücklicher Liebe.

[11] Dass zwischenmenschliche Beziehungen heilen können, wurde zum wichtigsten Credo des erwachsenen Wallace. Wie er eines Tages im *Unendlichen Spaß* schreiben sollte: »Die Wahrheit macht dich frei. Aber vorher macht sie dich fertig.«

[12] Wallace veröffentlichte »Planet Trillaphon« nie in einem seiner Erzählbände, vielleicht, weil die Geschichte zu viel verriet. Als er genug kurze Texte für ein ganzes Buch zusammenhatte und *Der Besen im System* erschienen war, wäre ihm die konventionelle Erzählweise außerdem wohl amateurhaft vorgekommen.

[13] Die anderen Studenten waren wie gebannt, als Wallace im Seminar aus den *Aufzeichnungen aus dem Kellerloch* zitierte.

[14] Der andere Satz, in dem Wallace überragende Schönheit sah, stammte aus der Kurzgeschichte »Männer im Boot« von Stephen Crane. Er schlägt einen ähnlich beunruhigenden Ton an: »Welche Farbe der Himmel hatte, das wusste keiner von ihnen.«

[15] Wallace behauptete, Lenores Urgroßmutter basiere vage auf der echten Wittgenstein-Schülerin Alice Ambrose, die in der Nähe von Amherst gelebt hatte. Pflegeheime kannte er, weil er in der Highschool eine Zeit lang in einem Heim gearbeitet hatte.

[16] Wallace schrieb Jonathan Franzen einmal, er sei froh, dass sich alle nur darauf konzentrierten, was *Der Besen im System* Pynchon verdanke, dadurch würde niemand merken, wie viel er von DeLillo übernommen hatte.

[17] Diese Feststellung verdanke ich Marshall Boswell und seinem Buch *Understanding David Foster Wallace.*

[18] Als Mark Costello im Frühjahr 1985 das Manuskript seines Mitbe-

wohners las, fiel ihm auf, dass Lenore wie eine idealisierte Version von Amy Wallace klang, vor allem durch ihre Redeweise – »der trockene Humor und die Angewohnheit, auf weniger aufgeblasene Art zu wiederholen, was jemand anders gesagt hatte«.

Kapitel 3 »Westwärts!«

19 In seiner Bewerbung für Iowa schrieb er, er habe sich auch für das MFA-Programm der Johns Hopkins beworben, wo der postmoderne Schriftsteller John Barth lehrte. Leider besitzt die Universität keine Unterlagen über eine Bewerbung. Sollte Wallace abgelehnt worden sein, bekäme seine spätere heftige Abneigung dem Autor gegenüber eine persönlichere Note.

20 Müllcontainer tauchen im Laufe der Jahre regelmäßig in Wallaces Texten auf, vor allem im *Unendlichen Spaß*. Die meisten Kritiker führen dieses wiederkehrende Motiv auf Wallaces Bewunderung für Pynchon zurück, für den Unrat ebenfalls ein wichtiges Symbol war, allerdings spielten persönliche Erfahrungen wohl auch eine Rolle.

21 Diese faszinierte Reaktion auf Spinnen sollte später im *Unendlichen Spaß* auftauchen, in dem die drei Generationen von Incandenzas, die Hal vorausgehen, sich vor den Tieren fürchten. Zum Beispiel stellt sich Hals Urgroßvater nie unter Palmen, weil er Angst hat, die Spinnen könnten ihm auf den Kopf fallen. Und die Bösartigkeit der Weibchen könnte zur Charakterisierung von Hals Mutter Avril Incandenza beigetragen haben, die selbst eine giftige Witwe ist.

22 Als »Für immer ganz oben« für die *Best American Short Stories 1992* ausgewählt wurde, spielte Wallace die Geschichte in seinem Begleitkommentar herunter als Versuch, »ein persönliches Trauma viel schwerer und schicker und größer klingen zu lassen, als es ein echtes jemals sein könnte«.

23 Als Mary Carter 2011 starb, waren viele von Wallaces Kommilitonen überrascht, dass sie in ihrer Zeit als Leiterin des Programms schon über sechzig war.

24 »Ich bestreite mit Nachdruck, die Füße meiner Schwester jemals an irgendeiner Stelle geküsst zu haben«, stellte Wallace in seinem Be-

gleitkommentar zu »Für immer ganz oben« im Band *Best American Short Stories 1992* klar, während er gleichzeitig das »qualvoll peinliche« Trauma, auf einem Sprungturm in Panik geraten zu sein, für sich beanspruchte, obwohl das laut seiner Familie nicht ihm, sondern seiner Mutter passiert war.

[25] Wallace gehörte zwar nie zu den Zumbyes, sang aber gern unter der Dusche Lieder von ihrem Album, vor allem »Tears of a Clown« und »Since I Fell for You«.

[26] Der Minimalismus hatte auch einen politischen Aspekt, im Grunde war er die einstimmige Antwort der literarischen Welt auf die Reagan-Ära, als wären mit dem Staatshaushalt auch gleich die Vokabulare der Autoren um zahllose Wörter und Gefühle gekürzt worden.

[27] Als Wallace Derrida und de Man aus seinem Seminar über Literaturtheorie anführte, um seinen Respekt vor den Autoren des Brat Pack zu untermauern, sagte Elman, das interessiere ihn nicht. Wallace errötete und wurde lauter, und Elman verspottete ihn als »Herr Doktor Wallace«. Später hatte Wallace Angst, er sei zu weit gegangen, und entschuldigte sich rasch schriftlich, er erklärte, er würde sich »leidenschaftlich für diese Dinge interessieren, und ich fürchte, dass ich manchmal vergesse, wo ich bin und mit wem ich rede«.

[28] Wegen des ansprechenden Humors dieser Szene schlug Wallaces Agentin Bonnie Nadell später vor, das Buch mit ihr zu beginnen. Der ursprüngliche Anfang, ein Gespräch zwischen Lenore und ihrer Urgroßmutter, wurde schließlich gestrichen.

[29] Die literaturtheoretischen Texte, die Wallace gelesen hatte, sind in der Geschichte deutlich spürbar, vor allem die Faszination, die Derrida auf ihn ausübte. Wittgenstein verstand unter dem Begriff Sprache den Akt des Sprechens, und ohne Sprecher konnte es keine Bedeutung geben. Derrida behauptete dagegen, das Schreiben sei für die Sprache nicht weniger wichtig und gerade die Abwesenheit des Sprechers/Autors erlaube dem Leser, die Bedeutung des geschriebenen Wortes zu erfassen – Derridas bekanntem Ausspruch nach gibt es kein »Textäußeres«. Mit einer Figur, die in einer geschriebenen

Erzählung ganz körperlose Sprache ist, vereinte Wallace beide Ansätze.

[30] So lauteten Penners Notizen. Im Seminar selbst, so Penner, habe er sich diplomatischer ausgedrückt.

[31] Penner sagte Wallace, das fantastische Ende von »Solomon Silverfish« sei zu kurz, der Rest zu lang, und bewies damit, dass er stärker differenzierte, als Wallace es ihm zugestehen wollte. Trotzdem war den anderen Studenten klar, was er eigentlich davon hielt. »Penner«, erinnert sich Robert Boswell, »hatte ganz genaue Vorstellungen davon, wie eine Geschichte zu sein hatte; er war absolut ungeeignet dafür, mit David zu arbeiten.«

[32] Penner interpretierte diese Worte anders: »Für mich heißt es, dass wir es bedauert hätten, ihn als echten Schriftsteller zu verlieren, und nicht miterleben wollten, dass er ins Triviale abrutscht. Ich wüsste nicht, dass ich David das gesagt habe, aber mit Sicherheit habe ich es so gesehen.«

[33] Bei Viking erschien das Buch zusätzlich als Hardcover in einer kleinen Auflage, deren Exemplare heute sehr wertvoll sind.

[34] Kurz nach dem Verkauf des Buches gestand Wallace seinem Freund Corey Washington seine Angst, dass »nur ich und Mom das Buch kaufen werden [...] und mein Name wirtschaftlich und literarisch gesehen zu Dreck wird – sogar zu Scheiße«.

[35] »[...] damit Wort und Bezug eins werden ... im Nichtvorhandensein«, schrieb Wallace Nadell zufrieden.

[36] »Er hat mich sehr höflich ignoriert«, erinnert sich Howard übermäßig bescheiden an seine Kontakte zu Wallace während des Lektorats. Nach dem Tod des Autors erzählte er Leon Neyfakh vom *New York Observer*: »Ich habe wahrscheinlich ein Komma zu einem Semikolon gemacht oder vielleicht ein paar Wörter im *Besen im System* korrigiert, aber ja, David wusste, worum es ihm ging, auch wenn ich es nicht wusste.«

[37] Der Name eines weiteren Musikers von Placebo Records, Michael Pemulis, gehörte später einer wichtigen Figur im *Unendlichen Spaß*.

[38] Wallace legte der Kopie seiner Geschichte, die er unter den Work-

shopteilnehmern herumgehen ließ, einen Zettel bei, auf dem er sich entschuldigte, falls sich jemand beleidigt fühlte, und fragte, ob die bizarren Momente unnötig wirkten, weil »das erzählerisch natürlich nicht gut wäre«.

39 Carter machte bei der Veranstaltung keinen Hehl daraus, wen sie bevorzugte. Während sie Wallace herumführte, bat sie Heather Aronson, die Horsd'œuvres zu reichen.

40 Julies autistischer Bruder lebt in Tucson. Die beiden Kinder sind vorzeitig erwachsen geworden, nachdem ihre Eltern sie verlassen und ihre Pflegeeltern (auf Englisch foster parents; sicher auch ein Wortspiel) sie kaum beachtet hatten. Diese Konstellation weist darauf hin, wie sehr die Eheprobleme seiner Eltern Wallace mitnahmen.

41 Wie immer mag auch diese Geschichte ein satirisches Element enthalten, vielleicht wollte sich Wallace an der Art tief empfundener Begegnung versuchen, die Dozenten wie Penner so schätzten. (Falls das der Fall war, funktionierte es nicht. Als Wallace den Text in seinem Schreibworkshop einreichte, so erinnern sich Kommilitonen, sagte ihm Buzz Poverman, ein weiterer Lehrer mit Hang zum Realismus, das sei »keine Geschichte«.

42 In seinem Interview mit Larry McCaffery versuchte Wallace, seinen überraschenden Publikumserfolg zu erklären: »Ich bin ein Exhibitionist, der sich verstecken will, es aber nicht schafft, und deshalb irgendwie Erfolg hat.« Vor der Veröffentlichung des Interviews 1993 strich er diesen Kommentar.

43 Für diese Geschichte gab es eine Reihe interessanter Titel, bis sie »Mein Auftritt« getauft wurde. Wallace nannte sie nacheinander »40«, als Anspielung auf das Alter der Schauspielerin, »Alles für einen Mann«, »Lettermania« und »Late Night«.

44 Die Zusage aus Yaddo zeigte, wie gut Wallace mit der akademischen Welt umgehen konnte. Unter anderem hatte ihn Richard Elman empfohlen. »Ich putze Ihnen eine Woche lang die Schuhe«, hatte er seinem alten Lehrer geschrieben, als er ihn um Hilfe bat. Er hatte auch Jonathan Penner gefragt, der ein begeistertes Empfehlungsschreiben verfasste.

Kapitel 4 Ins Juxhaus

[45] Möglicherweise sah Wallace dieses Gedicht zum ersten Mal in den berühmten frühen Werbeanzeigen für Farmgeräte, die er kannte: »Der Pflug, der den Westen erschloss ... McCormick Mähmaschinen Westwärts geht der Lauf des Weltreichs«. Er kannte auch das Gemälde von Emanuel Leutze, das im Capitol hängt.

[46] Die frittierten Rosen, deren »widerlich öligen Duft« Wallace auf dem heimischen Herd überprüfte, waren ihm so wichtig, dass er sie als Titel für die Erzählung und die ganze Sammlung auswählte, bis Nadell Einspruch einlegte.

[47] Wallace erzählte Costello, dass eine weitere Figur in der Geschichte, nämlich Magda, die orangegesichtige Flugbegleiterin – »Saftschubse nennt sie das« –, ein reales Vorbild hatte. Während er an »Westwärts« arbeitete, erkannte ihn eine Flugbegleiterin und Anhängerin des Postmodernismus von der Zeichnung wieder, die im *Wall Street Journal* den Artikel über ihn begleitet hatte. Sie nahm ihn für die nächsten drei Tage mit in ihre Eigentumswohnung in Hartford.

[48] Dieser Abschnitt ist an Barths Essays zu Literatur und zum Generationenkonflikt angelehnt, in denen er behauptet, die Ästhetik der Moderne sei nicht mehr brauchbar und man müsse etwas Neues finden.

[49] 2002 ergänzte er in einem Brief an den Kritiker Marshall Boswell in seiner mittlerweile typisch abwertenden Haltung dem *Besen im System* gegenüber: »Das Beste an der ganzen Sache ist, dass ich immer noch die gleiche Agentin habe, und sie ist eine gute Freundin und gnadenlose Kritikerin.«

[50] Später bezeichnete er diese Monate als »eine Art künstlerische und religiöse Krise«, was an die Beschreibung seines Zusammenbruchs erinnert, der 1983 in Amherst seine Kreativität zum ersten Mal beflügelte.

[51] Meist trank er allein, bis er bewusstlos wurde. In einem Interview beschrieb er sich später als »ziemlich freudlosen Trinker«.

[52] Nachdem der *Besen* erfolgreich erschienen war, behauptete das US-Finanzamt, Wallace schulde ihm Geld. Er hatte seine Steuern immer sorgsam bezahlt, das gehörte im Mittleren Westen genau wie Zu-

sammenarbeit und Ordnung zur Erziehung. »Ein gewisser Onkel fordert eine gewisse Summe, die alle familiären Verpflichtungen weit übersteigt«, schrieb er Howard überrascht. Der Fehler ließ sich auf ein falsch ausgefülltes Formular über weitere Einkommensarten zurückführen. Mit einer rasch entworfenen Erklärung von Wallace war die Geschichte erledigt, allerdings hatte er im Laufe der Jahre mehrere ähnliche Zusammenstöße mit der Behörde. Vielleicht rührte daher sein Interesse für das Finanzamt.

53 In solche Paradoxe konnte Wallace sich vertiefen, und sie gingen über Sprachspielereien für Studenten hinaus; in der mathematischen Logik des zwanzigsten Jahrhunderts sind sie weit verbreitet. Auch im *Besen* spielen sie eine Rolle, dort dreht sich ein Teil der Handlung um ein Rätsel, mit dessen Implikationen Wittgenstein in seinem *Tractatus* ringt: Der Friseur schneidet jedem die Haare, der sich nicht selbst die Haare schneidet. Wer also schneidet dem Friseur die Haare?

54 Wallace schätzte richtig ein, dass diese Angewohnheit nicht besonders reizvoll war. Er schrieb Franzen, Tabak zu kauen würde »den Mund innerhalb einer Woche in einen Hamburger verwandeln, es ist dumm und gefährlich, und alle dreißig Sekunden muss man dicke braune Brocken rotzen«.

55 Blondies sind kleine Kuchenstücke, eine helle Variante der bekannteren Brownies (Anm. d. Ü.).

56 Die Gruppe, der Wallace sich angeschlossen hatte, legte großen Wert auf Anonymität. Deshalb umschreibe ich sie nur und benutze den Vornamen und den ersten Buchstaben des Nachnamens, wenn ich Mitglieder zitiere, mit denen ich über Wallace gesprochen habe.

57 1990 erklärte er Jonathan Franzen in einem Brief, die Drogen seien in Bezug auf seine Arbeit nicht dazu gedacht, »berauscht zu schreiben, sondern der Rausch bildet eine Art Gegengewicht zur Arbeit – schwer zu erklären«. Die Aussage ist allerdings ausweichend; laut Costello schrieb er auch im Rausch.

58 »Titel vom Lektor aufgezwungen«, schrieb er Brad Morrow, dem Herausgeber der *Conjunctions*, und merkte an, dass er die Geschichte »Kleines Mädchen mit komischen Haaren« mittlerweile »recht eklig« fand.

[59] Jahre später prahlte Wallace mit einem »siebzehnseitigen Brief über Literaturtheorie«, in dem er Howard seine Vorstellungen für das Lektorat des *Besens* unterbreitete, aber diesen Brief gab es nicht; entweder verwechselte er ihn mit seiner Erklärung für die Rechtsabteilung von Viking, oder er wollte eine unschöne Erfahrung angenehmer machen.

[60] Der deutsche Kritiker Gustav Freytag entwarf im neunzehnten Jahrhundert eine weitverbreitete pyramidale Darstellung eines typischen Dramenaufbaus, in dem die Handlung zu einem Höhepunkt oder Umbruch ansteigt und anschließend im Dénouement aufgelöst wird.

[61] Wallace war nicht immer so überzeugt von der Vorstellung, seine Generation würde vor ganz eigenen Herausforderungen stehen. 1995 schrieb er einem Studenten, die Idee sei »jede Menge heiße Luft. Die Kids heutzutage schreiben über Jeopardy und Letterman genauso, wie Ältere über Bäume und Pfützen, in denen sich der Himmel spiegelt. Es ist ganz einfach da.« Nachdem er seinen Kommentar noch einmal überdacht hatte, fügte er hinzu: »Das mag ein wenig einfältig sein.«

[62] Amy Wallace sagt, ihr Bruder habe übertrieben. Ihr Vater stammte aus einer Familie nichtpraktizierender Katholiken. Die Familie ihrer Mutter war religiös, ihre eigenen Eltern gingen aber nicht in die Kirche. »David und ich wurden ermuntert zu glauben, was wir wollten«, sagt sie.

[63] »Order and Flux in Northampton« ist eine Hommage an und eine Parodie auf James Joyce. Wallace war ebenso wie Joyce von Wortspielen fasziniert, obwohl sie Literatur aus sehr verschiedenen Blickwinkeln betrachteten. Aber er nahm von anderen Schriftstellern, was ihm gefiel. Mark Costello erzählte er, er sei auf die Idee gekommen, in den *Kurzen Interviews* keine fortlaufende Nummerierung zu benutzen, nachdem er in einer Biografie gelesen hatte, dass Joyce gerne Rätsel in seine Texte einbaute.

[64] Allerdings kehrte sein Konkurrenzdenken bald zurück. William Vollmanns Texte versetzten ihm beim Lesen den vertrauten Stich aus Neid und Ärger. Als er hörte, dass Vollmanns neues Buch *The*

Rainbow Stories ebenfalls bald erscheinen sollte, hatte er Angst, *Girl* könnte »untergehen, weil das Buch von diesem Scheißer Vollmann gerade einen Monat vorher herauskommt«, wie er Brad Morrow schrieb. Zudem verriss er Vollmanns ersten Roman *You Bright and Risen Angels* als »zu viel Pynchon« – ausgerechnet.

[65] Als Steven Moore in einem Brief erwähnte, dass er Wallaces Essay »Fictional Futures and the Conspicuously Young« für einen mit 1000 Dollar dotierten Preis einreichte, witzelte Wallace: »Meine Nase könnte den Riesen gut gebrauchen.«

[66] Bangs hatte das Bild seinerseits wahrscheinlich aus Pynchons *Enden der Parabel* übernommen, wo es heißt, Roger Mexicos Herz »schwillt an und spritzt«.

[67] Costellos literarische Ambitionen erfüllten sich im Roman *Noir Bag Men*, der 1997 ursprünglich unter einem Pseudonym erschien, und *Big If*, der 2002 erschien und für einen National Book Award nominiert wurde.

[68] Diese Bewertung sollte man im Kontext sehen. Wallace wandte sich dem Briefeschreiben zu, wenn es mit der Literatur nicht besonders gut lief, deshalb berichtete er in seinen Briefen selten von einem guten Schreibtag. Trotzdem war er Mitte 1989 sicherlich frustriert. Während er mit der neuen Arbeit feststeckte, wertete er die alte ab. Der *Besen* war ihm peinlich, während er *Girl with Curious Hair* immer noch wertschätzte. Dieses Buch hatte ihm »ein paar echte, persönliche, umwerfende Erfolge« beschert, schrieb er seinem Freund Franzen.

[69] Als 1997 *Boogie Nights* herauskam, rief Wallace Costello an und sagte, der Film sei genau die Geschichte, die er in ihrer Zeit in Somerville hatte schreiben wollen.

[70] Wahrscheinlich hatte Vollmann mit seinen Recherchen bei Prostituierten und Skinheads in San Francisco für Geschichten wie »Ladies and Red Lights« und »The White Knights« Wallace dazu inspiriert, in seinem Pornografieroman selbst Reportage und Fiktion zu mischen.

[71] Franzen gewann das Stipendium erst 1996, dafür hatte er seinen Whiting Writers' Award in diesem Jahr zum Teil Wallace zu verdanken (ebenso wie Vollmann).

[72] Jim Wallace erinnert sich noch daran, wie überrascht sein Sohn über die steile Hierarchie in Harvard war. »Die Studenten wuschen für die Professoren die Wäsche und scharwenzelten um sie herum, und er fand das einfach lächerlich. Er hatte ein Buch veröffentlicht und erwartete, wie ein Gleichgestellter behandelt zu werden.«

[73] Die aufmerksame Beobachtung des »Verleugnungsgangs« – der letzten Reihe bei AA-Treffen voll mit »philobatischen Neulingen, die die Beine ein ums andre Mal übereinanderschlagen, zwanghaft die Nasen hochziehen und aussehen, als hätten sie alles an, was sie haben« –, die sich im *Unendlichen Spaß* wiederfindet, fand wahrscheinlich zu dieser Zeit statt.

Kapitel 5 »Gib mich bitte noch nicht verloren«

[74] Wallace amüsierte sich darüber, dass ein »Marine-Krankenhaus« so gar kein Wasser in der Nähe hatte.

[75] Im *Unendlichen Spaß* lässt Wallace ein liebevoll gezeichnetes Gegenstück von Larson auftreten: »Wie sich herausstellte, hatte Pat Montesian die Farbe Schwarz sehr gern. Sie trug – für ein Rehazentrum eigentlich übertrieben fein – eine schwarze Lacklederhose und eine schwarze Seidenbluse oder jedenfalls etwas seidig Glänzendes«, beschrieb er die Leiterin von Ennet House.

[76] Trotzdem zitierte Wallace gerne ein altgedientes AA-Mitglied der Gruppe, die im *Unendlichen Spaß* als »die Krokodile« auftaucht: »Es geht nicht darum, ob du glaubst oder nicht, Arschloch, es kommt darauf an, dass du auf die Knie gehst und bittest.«

[77] Die Mitglieder von Rehagruppen sollten eigentlich anonym bleiben. Deshalb musste Wallace ein paar Nebelkerzen werfen, als der *Unendliche Spaß* erschien, in dem viele Szenen in einem kaum verfremdeten Granada House spielten. »Na ja«, erzählte Wallace in einem Interview, »ich habe wirklich gründlich recherchiert und geschummelt. Ich meine, ich war da. Es gibt in Boston zwölf Rehazentren, und in dreien habe ich buchstäblich Hunderte Stunden verbracht.«

[78] Big Craig traute Wallace nicht, als sie sich kennenlernten. In seinen Augen war Marihuana eine milde Sucht. Craig war gerade aus

dem Gefängnis gekommen, Wallace aus Harvard. »Ich hatte den Verdacht, dass er Material für ein Buch sammelt«, erinnert er sich.

79 Wallace war sehr wohl klar, dass Leidensphasen einem Schriftsteller zu seiner besten Arbeit verhelfen konnten. In Somerville hatte er den Essay »Die Rhetorik der Zeitlichkeit« von Paul de Man gelesen und »genial« neben die folgende Aussage über das Schreiben gesetzt: »Es reicht nicht aus, die anderen fallen zu sehen, es muss ihm selbst widerfahren. Das ironische, zwiespältige Ich, das der Schriftsteller oder Philosoph mittels seiner Sprache konstituiert, scheint sich nur auf Kosten seines empirischen Ichs ausbilden zu können, indem er aus einem Zustand der Illusion über eine Geordnetheit in einen Zustand der Erkenntnis seiner Täuschung fällt.«

80 Ihr Briefwechsel war nicht nur ernst. Wallace gab Franzen auch ein paar praktische Tipps für seinen bevorstehenden Aufenthalt in Yaddo: »Konzentrier Dich auf die Künstler und Komponisten. Ich fand sie fast durch die Bank weg netter!! Weniger cliquenhaft und weniger geneigt als Schriftsteller, einen irre zu machen. Dichter sind meistens okay, vorausgesetzt, sie sind alt. Geh Schriftstellern, die Du noch nicht kennst, aus dem Weg. Und vögel niemanden (das kommt Dich sonst später psychisch teuer zu stehen).«

81 Ein paar Jahre später sollte er bei einem AA-Treffen erzählen, dass er zu dieser Zeit seine rasenden Gedanken nur beruhigen konnte, wenn er entweder masturbierte oder ins Kino ging und sich in die erste Reihe setzte.

82 Ähnlich überschwänglich pries er Costello bei Karr an. »Ich habe einen zweieinhalb Meter großen Kerl mit Cowboyhut und Kautabak erwartet, dem der Schwanz aus dem Hosenbein ragt«, erinnert sie sich.

83 Wie Wallace treffend im *Unendlichen Spaß* erklärt, wird dieses Beziehungsverbot vor allem damit begründet, »dass der plötzliche Drogenentzug in der Psyche des Neulings ein riesiges schartiges Loch hinterlässt, dessen Schmerz der Neuling fühlen, von dem er in die Knie gezwungen werden [...] soll. Eine intensive Beziehung [...] stiftet die Lebensabschnittspartner an, sich aneinanderzuklammern wie

kovalenzhungrige Isotope und bei Treffen, Gruppenaktivitäten und der Selbstaufgabe füreinander einzuspringen.«

84 Etwa zu dieser Zeit arbeitete Karr an einem Essay über Lyrik mit dem Titel »Against Decoration«, der 1991 in der *Parnassus* erschien. Darin nannte sie »fehlenden Affekt« und einen »Mangel an Klarheit« als die beiden Endpunkte der Skala, an denen Autoren fehlgehen konnten. Sie drängte Dichter, ihre Leser zu berühren, und schrieb, eine emotionale Reaktion sei das wichtigste Ziel der Kunst, und sie hielt auch Wallace gegenüber mit dieser Botschaft nicht hinter dem Berg. Als er ihr erzählte, dass er einige Szenen in den *Unendlichen Spaß* aufgenommen hatte, weil sie »cool« waren, antwortete sie: »Den gleichen Scheiß sagt mein Fünfjähriger über Spiderman.«

85 In dem Buch konnte Wallace Themen behandeln, die er in Arizona angeschnitten hatte, vor allem den Schaden, den Ironie anrichten konnte. »Ernsthafter Rap ist so schmerzlich real«, schrieb er, »weil er diesen besonderen Trick der 80er perfekt beherrscht, diese ›postmoderne‹ Umkehrung, die so viel trauriger und tiefgründiger ist als schlichte Selbstbezüglichkeit: Rap löst seine Widersprüche auf, indem er vor ihnen einen Kniefall macht.«

86 Eine weitere Inspiration für diesen Höhepunkt im *Unendlichen Spaß* war Big Craig. Er hatte sich einen Weisheitszahn nur mit Novocain betäubt ziehen lassen.

87 Ein typischer Werbespruch des Sprechers, der chronisch übertrieb, lautete: »Hi, ich bin Joe Isuzu, und ich habe mit meinem neuen Isuzu-Pick-up einen zweitausend Pfund schweren Cheeseburger transportiert.« Dabei war Wallace vor allem von der Aussicht entsetzt, Amerikaner könnten so daran gewöhnt sein, belogen zu werden, dass ihnen jede andere Beziehung mit den Medien falsch vorkommen würde.

88 Als Wallace im Mai 2002 von Kritiker Marshall Boswell in einem Brief gefragt wurde, wann er mit dem *Unendlichen Spaß* angefangen habe, antwortete er: »So funktioniert das bei mir nicht. Ich habe einige Male mit dem US oder etwas Ähnlichem angefangen 86, 88, 89. Nichts hat funktioniert oder gelebt. Und 91–92 war es auf einmal da.«

[89] In Arizona schrieb Wallace eine Charakterstudie mit dem Titel »Las Meninas«, in der eine junge Afroamerikanerin namens Wardine von ihrer Mutter verprügelt wird, die eifersüchtig ist, weil ihr Freund sich für die Tochter interessiert. Wahrscheinlich blieb dieser Entwurf einige Jahre lang eigenständig, bis er im *Unendlichen Spaß* mit anderen Geschichten verknüpft wurde. Der Freund von Wardines Mutter wohnt in der gleichen Sozialsiedlung, in der ein Süchtiger namens Poor Tony seine Drogen kauft (tatsächlich lag die Siedlung in der Nähe von Granada House). Poor Tony wiederum, ein Transvestit, besucht ein Geschäft, das von zwei Québecer Terroristen geführt wird.

[90] Für eine Szene im *Unendlichen Spaß* existiert ein früher, zwei Seiten langer Entwurf mit dem Titel »Was bist du eigentlich«. In dieser kurzen Szene besucht Hal (der hier »David« heißt) einen Mann, der als professioneller Konversationalist bezeichnet wird und sich als sein verkleideter Vater herausstellt. Die Szene erinnert an die Therapiesitzungen mit Lenore und Dr. J. im *Besen*; beiden ist eine unausgesprochene Traurigkeit und eine fragile Verzweiflung gemein.

[91] Das Wort »Incandenza« taucht auch auf einer Namensliste für Figuren auf, die Wallace auf die Titelseite von *Erotic Communications* geschrieben hat, einer Textsammlung, die er in Somerville für seine Recherche über Pornografie benutzte.

[92] Die Zeit, die Süchtige im Ennet House verbringen, dient in gewisser Weise als Therapie nach einer Überdosis Konsumismus. Am Seitenrand seiner Ausgabe von Lewis Hydes Buch *Die Gabe* notierte Wallace: »AA = wahnsinnig vor Angst gew. durch das Paradigma der Verknappung in einer Konsumwelt/kapitalist. Wirtschaft; müssen im Grunde zum Geisteskommunismus des 1. Jhds. zurückkehren.«

[93] Als sie ihren Psychiater fragt, ob ihm je so schlecht gewesen sei, dass er dachte, er müsse sich übergeben, weicht sie grammatikalisch gesehen von Wallace ab; statt des korrekten »nauseated« benutzt sie das häufig falsch verwendete »nauseous«.

[94] Sowohl Gompert als auch Erdedy landen im Ennet House, ebenso wie andere von Wallaces zahlreichen gestörten Figuren; die Einrichtung erwies sich für Wallace als praktisches erzählerisches Mittel.

Wo sollten Süchtige sonst zusammenfinden, wenn nicht in einer Rehaeinrichtung? Sie war ihre Version von Rick's Café.

[95] In seinem Brief an Larson, den Wallace knappe zwei Jahre nach dem Vorfall schrieb, erklärte er, er habe seinen Plan vor Karr geheim gehalten, weil er gefürchtet hatte, sie würde ihn »für verrückt halten und mich abweisen«.

[96] Außerdem klapperte er in Boston mehrere Schlosser ab und erklärte, er sei ein postmoderner Schriftsteller und wolle recherchieren, wie man eine Alarmanlage ausschaltete. »Erst beim Fünften ist er nicht rausgeflogen«, erinnert sich Mark Costello.

[97] Wallace interessierte sich für die schottischen Wurzeln seiner Familie. Er sah sich *Braveheart* an, die Geschichte des Nationalhelden William Wallace, die 1995 ins Kino kam. Und bei seinen Umzügen von Stadt zu Stadt gehörte zu den wenigen Besitztümern, die ihn ständig begleiteten, ein Gemälde einer schottischen Schlacht, das sein Vater ihm geschenkt hatte.

[98] Wie Rick Vigorous im *Besen* bemerkt: »Die Probleme beginnen, wenn Leute meinen, sie verstünden etwas von Literatur, im selben Moment sind sie eigentlich für die Literatur verloren und auch nicht mehr von Nutzen für diejenigen, die sie machen.«

[99] »O je, o je, o jetzt brauch ich 'n Drink«, lautete in der Reha ein Standardspruch, um vor Selbstmitleid zu warnen; Wallace zitierte ihn im *Unendlichen Spaß*.

[100] Wallace bewunderte Raymond Carver, den er anders betrachtete als seine minimalistischen Jünger (die tat Wallace als »Miesepeter« ab). Carver war dem Alkohol entkommen, indem er von einem unnahbaren Stil zu einem ernsthaften gewechselt hatte, und Wallace erkannte ohne Frage, was das für seine eigene Geschichte bedeutete.

[101] Jeder Ansatz von Verweichlichung löste in Wallace leichte Angstschübe aus. Als er nach Illinois zog, bestellte er in einem Geschäft in Bloomington extra T-Shirts mit dunklen Quadraten auf der Vorderseite, um seine, wie er meinte, schwabblige Brust zu verbergen.

[102] In einem Brief an den Kritiker Sven Birkerts erklärte er später, direkt am Computer zu arbeiten sei für ihn, als würde »auf dem Bild-

schirm landen, was ich laut denke«, und er fügte hinzu: »Wenn ich von Hand und mit der Schreibmaschine schreibe, hole ich nicht nur das Beste aus mir heraus, sondern Sachen, von denen ich nie geträumt hätte, dass sie in mir stecken. [...] Ich brauche diese – nicht Verbesserung, aber dieses Umsetzen von dem, was in meinem Kopf ist. Es ist erstaunlich, wenn das passiert, magisch, und am Computer passiert es einfach nicht.«

103 Ein Hinweis auf Karrs Beweggrund findet sich im *Unendlichen Spaß*, wenn ihr Alter Ego Joelle Van Dyne bemerkt: »Trau keinem Mann beim Thema seiner Eltern. So groß und sonor ein Mann äußerlich auch wirken mag, er sieht seine Eltern doch immer aus der Perspektive des kleinen Kindes, und daran wird sich nie etwas ändern. Und je unglücklicher seine Kindheit war, desto befangener wird seine Perspektive sein. Das weiß sie aus reiner Erfahrung.«

104 Die Bezeichnung »Unit« (»Teil«) amüsierte Wallace, wie man im *Unendlichen Spaß* nachlesen kann: »Dass ein beliebter idiomatischer Ausdruck für das männliche Geschlechtsorgan in Metro-Boston *Teil* lautet, weswegen Insassen von Ennet House an der Bezeichnung für die einzelnen Gebäude auf dem Gelände des E. M. P. H. Hospital einen gewissen Gefallen finden.«

105 Typischerweise lernte Wallace DeLillo kennen, weil er sich wegen eines Plagiats sorgte. Wallace befürchtete, es könnte zu offensichtlich sein, dass DeLillos Bücher als Quelle für die Eschaton-Szene im *Unendlichen Spaß* gedient hatten, in der die Schüler der Enfield Academy mit Computern und Tennisbällen einen Atomkrieg spielen. DeLillo bewunderte Wallaces Arbeit und antwortete, das sei es nicht; eine großzügige Geste in Anbetracht der Überschneidungen dieser Szene mit seinem Roman *End Zone*.

Kapitel 6 »Unallein und ungestresst«

106 Im *Unendlichen Spaß* verkauft die Regierung das Recht, einzelne Jahre zu benennen. Das Jahr, in dem der Großteil der Handlung stattfindet, ist das »Jahr der Inkontinenz-Unterwäsche«, das die meisten Wallace-Forscher für 2009 halten. Allerdings gibt es einen Hinweis

darauf, dass 2011 gemeint ist; möglicherweise ist es ein Fehler, vielleicht aber auch eine bewusste Irreführung durch Wallace.

[107] An Marathe zeigt sich, welches Vergnügen Wallace an rekursiven Elementen hatte: Er ist ein Vierfachagent, dessen Québecer Chefs glauben, er sei ein Dreifachagent. Anders gesagt gibt er vor, nur vorzugeben, dass er die Leute verrät, die er tatsächlich verrät.

[108] Im *Unendlichen Spaß* führt Wallace die amerikanische Haltung des Habenwollens mit Freud'scher Geste auf die ursprüngliche Mutter-Kind-Bindung zurück. Die tödliche Patrone mit dem Titel »Unendlicher Spaß« soll ein Baby zeigen, das zum Gesicht einer Mutter aufblickt, während die Mutter wiederholt: »Es tut mir so leid. Es tut mir so furchtbar leid. Es tut mir so, so leid. Bitte glaub mir doch, wie furchtbar, furchtbar leid es mir tut.«

[109] In »Ticket to the Fair« hübschte Wallace die Wirklichkeit nicht zum ersten Mal auf. In »Tennis, Trigonometry, Tornadoes« etwa behauptet er, er sei in Philo, Illinois geboren, was später auf Websites und in Büchern über ihn aufgegriffen wurde. Und höchstens Leser von der Ostküste hätten glauben können, dass ein Tornado aus dem Nichts aufziehen und Wallace und seinen Tennisgegner plötzlich über das Netz fegen konnte, »und ich schwöre, wir purzelten mindestens fünfzehn Meter weit bis zum Zaun des nächsten Courts«. Wie sich Amy Wallace erinnert, war ihre Familie sich »stillschweigend einig, dass seine Non-Fiction recht fantasievoll war und man sich eher vor seinen literarischen Texten hüten sollte«.

[110] Wallace war bewusst, dass er Grenzen überschritten hatte, und er deutete Journalisten gegenüber oft an, dass ihre Regeln nicht seine Regeln waren, wie in einem Interview für den *Boston Phoenix* 1998: »Es ist doch so, mal ganz unter uns und den verständnisvollen Lesern des *Boston Phoenix* gesagt: Heuert man einen Schriftsteller für eine Reportage an, muss man mit gelegentlichen Ausschmückungen rechnen.«

[111] Die Frage, wie man mit einer neuen Art zu schreiben ein konventionelles erzählerisches Ziel erreichen sollte, wurde zu Wallaces größter künstlerischer Herausforderung, die sich im *Bleichen König* als unüberwindbar erwies.

[112] Die Vermutung liegt nahe, dass das Silberlamé von Wurtzel übernommen wurde und das Erbrechen ebenso erfunden ist wie bei der State Fair in Illinois, denn beides lief beim Faktencheck unter Angaben des Autors. Auch eine Szene aus der Buchversion von *Schrecklich amüsant*, in der Wallace in der Schiffsbibliothek eine Partie Schach gegen eine Neunjährige verliert, erinnert in ihrer atemlosen Genauigkeit an andere effektvolle Ausschmückungen: »Schon nach dem vierten Zug schwant mir nichts Gutes. Mein Fianchetto jedenfalls durchschaut sie sofort und verwendet sogar den Begriff korrekt [...]. Verdächtig auch die Art, wie ihre kleine Hand nach jedem Zug zur Seite wischt – für mich ein untrügliches Zeichen, dass sie an eine Schachuhr gewöhnt ist. Beim zwölften Zug erledigt ein wohl vorbereitetes Manöver mit Dame und König meine eigene Dame.«

[113] Die Nachrichten, die Wallace erwähnt, betrafen wahrscheinlich Grant Medeiros, vierzehn, aus Saanich, British Columbia. Am 17. Februar 1995 verschwand Medeiros in der letzten Nacht einer Kreuzfahrt von der *Royal Princess*. Seine Brille und seine Schuhe wurden an Deck gefunden, seine Kette und ein Abschiedsbrief lagen in der Kabine seiner Eltern, aber niemand sah ihn springen, und seine Leiche wurde nie gefunden. Die Presse führte seine Not auf einen Streit mit seinen Eltern darüber zurück, dass er sie auf die Kreuzfahrt begleiten musste. Den Teil mit der »Liebelei an Bord« hatte Wallace wahrscheinlich erfunden.

[114] Bei ihren Jugendturnieren hatten Wallace und seine Freunde einen Spieler mit dem Namen eines Filmstars kennengelernt, was sie darauf brachte, eine Liste normaler Menschen mit berühmten Namen aufzustellen.

[115] Als Big Craig den Roman nach Erscheinen las, dachte er: »Ach du Scheiße! Der Mistkerl hat nur Informationen gesammelt.« Wallace teilte zwar die Auffassung, dass bei den Selbsthilfetreffen Anonymität herrschen sollte, aber seine Arbeit ging immer vor. »Man macht keinen Entzug, um Leute zu verarschen, [aber] beim Schreiben besteht die Gefahr«, schrieb er einem Freund.

[116] Möglicherweise rührte der Name auch daher, dass er und Costello Rechtsreferendare gern »Erfüllungsdrohnen« nannten.

117 Ein paar Jahre später hielt er in einem Notizbuch fest: »Meine Hundegefühle veränderten sich, als Drone kam – der eine war so gut, dass er mir das Herz brach, und der andere war ›schwierig‹.«

118 Blau ist die vorherrschende Farbe im *Unendlichen Spaß*. Eine Figur stirbt, weil sie Drano trinkt, das »[b]lau wie Glitzerschiss« ist, weiter heißt es, dass ihr »ein blauer Faden [...] hinten am Auge« hängt; als Joelle ganz abstürzt, kotzt sie »blauen Rauch«, während sie vor »der kühlen blauen Wanne« kniet; die »Sauberes USA-Partei« färbt den Charles »blau wie das Ei vom Rotkehlchen«; der Himmel wechselt im Roman zwischen »dilaudidfarben« und »pilotenlichtblau«, und ein Abschnitt beginnt schlicht mit den Worten: »Folgende Dinge im Raum waren blau.«

119 Wallace wurde selbst zu einer Marke. »Ich glaube, mit ihm hätte Nick seinen zugkräftigen Autor«, schrieb ein Redakteur der *Tennis* einem Kollegen, nachdem er Wallace um einen Artikel über die U.S. Open gebeten hatte.

120 Was er mit diesem Stil bezwecken wollte, schrieb er nicht. Vielleicht fand er es offensichtlich, aber in einem ähnlichen Fax ans *Harper's Magazine*, bevor sein Artikel über Kafka 1998 redigiert wurde, erklärte er, sein Text solle »eher mündlich, wie laut gesprochen« klingen. Der Artikel war aus einem Vortrag entstanden, aber für den *Unendlichen Spaß* gilt dasselbe: Man soll sich die Geschichte eher gesprochen als geschrieben vorstellen – oder noch besser, als gedacht.

121 Soweit Amy Wallace sich erinnert, sprachen Mutter und Sohn in diesem Winter über den *Unendlichen Spaß*, und Wallace behauptete felsenfest, seine Mutter habe nicht als Vorbild für Avril Incandenza gedient. Sie ließ sich nicht überzeugen und war von den Passagen über Avril äußerst verärgert.

122 Rockmusik war der erste Bereich der Kultur, in dem merkliche Anzeichen für Unzufriedenheit und ein allgemeines Störgefühl auftraten. Anfang der Neunziger sangen Bands wie Pearl Jam und Nirvana über Entfremdung und eine komplexe Frustration. Ihre Musik betonte das Persönliche, nicht das Politische, ebenso wie Wallaces Literatur.

[123] Bei einer Podiumsdiskussion über Ethnizität und Literatur, die 1998 in Seattle stattfand, ließ Wallace durchblicken, dass er sich seines privilegierten Status durchaus bewusst war. Als der Moderator ankündigte, die Schriftsteller – außer Wallace nahmen Sherman Alexie, Cristina García und Gish Jen teil – würden über ihre Erfahrungen als Mitglieder ausgegrenzter Minderheiten diskutieren, nahm Wallace seinen Stuhl und trug ihn mit komisch übertriebener Geste an den Bühnenrand.

[124] Jüngere Leser kamen mit dem Aufbau des *Unendlichen Spaßes* besser zurecht. Tatsächlich war es ein Student im Grundstudium, der Wallaces Strategie treffend zusammenfasste. Im Herbst 1995 schrieb Christopher Hager, der bei Gilbert Sorrentino an der Stanford University Literatur studierte, Wallace einen Brief, um mit ihm über *Girl with Curious Hair* zu diskutieren. Stattdessen bot Wallace ihm die Druckfahnen seines nächsten Werks an, wenn Hager nach Erscheinen seine Freunde überreden würde, das Buch zu kaufen; er witzelte, wenn sie zusammen zehn Exemplare erstehen würden, würden sie den Umsatz von Little, Brown »um mindestens 25 %« steigern. In seiner Abschlussarbeit »Über das Spekulieren: *Unendlicher Spaß* und amerikanische Literatur nach dem Postmodernismus« beschrieb Hager das »unvollendete« Ende des Romans mit Fingerspitzengefühl:
»Die Auflösung, über deren Fehlen sich Kritiker beklagen, ist nicht im Text enthalten, aber sie findet sich chronologisch & räumlich gesehen vor dem eigentlichen Roman, der als eine Art Satellitenschüssel unzählige Lichtstrahlen oder Stimmen oder Informationen auf den Punkt dieser zentralen Auflösung bündelt, ohne ihn dabei zu berühren.«
Wallace war begeistert; nachdem er so viel Kritik einstecken musste, weil der Roman angeblich einfach abbrach, hatte er auf einen solchen Leser gewartet. In einem Chat für die Online-Zeitschrift *WORD* äußerte er sich im Mai ähnlich über das Buch, als er sagte: »Für mich gibt es ein Ende. Bestimmte Parallelen sollen allmählich so konvergieren, dass der Leser ein ›Ende‹ auf den Raum jenseits des eigentlichen Rahmens projizieren kann. Wenn diese Annähe-

rung oder diese Projektion bei Ihnen nicht funktionieren, ist das Buch für Sie misslungen.«

125 Journalisten waren sich generell nicht ganz sicher, wie sie diese Ernsthaftigkeit verstehen sollten, für die Wallace so gekämpft hatte. Laura Miller von Salon.com beschrieb ihn nach einem Interview zum *Unendlichen Spaß* als einen »genesenden Besserwisser«. Wallace war sich dagegen sicher, dass seine Veränderung echt war. Als er in einem Interview gefragt wurde, was der alte Wallace über seine neuen Bücher gedacht hätte, antwortete er: »Ich glaube nicht, dass er sie schlecht gefunden hätte – er hätte sie einfach nicht gelesen. Ich glaube, er hätte sich die ersten beiden Seiten angesehen und gedacht: ›Hm! Wer so was wohl mag?‹ Und dann hätte er sich was anderes gesucht.«

126 »Mit ihren ganz eigenen Talenten«, kommentiere Wallace das später in einem Interview.

127 Zu Wallaces Kampf passte vielleicht Nirvanas düstere Ballade »All Apologies« besser, deren letzter, mehrmals wiederholter Refrain oft als »All alone is all we are« (etwa: »Ganz allein ist alles, was wir sind«) zitiert wird. (Die offizielle Version lautet: »All in all is all we are« – »Alle(s) in allem ist alles, was wir sind.«)

128 Wahrscheinlich irritierten Wallace die Vergleiche mit Grunge, zumindest erzählte er Freunden, er habe von Nirvana erst nach dem Selbstmord des Sängers Kurt Cobain im April 1994 gehört. »Ein Student lieh mir ein paar Kassetten«, erinnerte er sich Ende der Neunziger in einem Brief an einen Freund, »und ich stürmte am nächsten Tag in den Raum und sagte, ich fände die Band großartig, ob sie irgendjemand kennen würde. [...] Den Studenten war das so peinlich, dass sie nicht mal gelacht haben. (Und das ist eine wahre Geschichte.)« Was die meisten seiner Freunde allerdings bezweifeln.

129 Ähnliche Versicherungen beruhigten Wallace so weit, dass er Nadell für den Rest seiner Karriere freie Hand gab und sie mit Filmrechten umgehen konnte, wie sie es für richtig hielt.

Kapitel 7 »Getöse und Gezische«

130 Als Wallace seinen Fernsehessay »E Unibus Pluram« von 1993 überarbeitete, baute er einen weiteren Seitenhieb auf Mark Leyner ein – wahrscheinlich übernahm er ihn aus dem ursprünglichen Manuskript – und bezeichnete ihn nicht mehr als »Schriftsteller«, sondern als »Texter für Medikamentenwerbung aus New Jersey«, was Leyner vor seiner Zeit als Romanautor tatsächlich war.

131 Einer jungen Mutter, mit der er ausging, sagte Wallace, er sei eifersüchtig, weil ihre Brüste »kein Gemeingut mehr« waren, aber in weniger gereizten Momenten zollte er seinen ebenbürtigen Rivalen Respekt. »Babys sind eigene kleine Berühmtheiten«, erzählte er Mark Costello.

132 Wallace war ein außergewöhnlich guter Zuhörer, seine Art hatte »etwas zugleich Intensives und Besänftigendes: Der Bittsteller fühlt sich zugleich entblößt und vor allen denkbaren Urteilen irgendwie beschützt.« (So wird Lyle beschrieben, der Guru im Kraftraum im *Unendlichen Spaß*.)

133 Im Lehrplan hieß es: »Wenn in kreativer Non-Fiction behauptet wird, ein Ereignis habe stattgefunden, muss es stattfinden.« Im Seminarraum war Wallace in Fragen literarischer Genauigkeit allerdings weniger dogmatisch als sein Mitdozent, und in der weiteren Seminarbeschreibung erkannte man seine Handschrift: »Gleichzeitig legt der ›kreative‹ Teil des Titels nahe, dass es weniger eine aufklärerische Deutlichkeit als ein Impuls ist, der den Autor motiviert und dem Text Gestalt gibt.«

134 »Until there is commitment, there is only ineffectiveness, delay.« – so zitiert es Wallace. Dieses Zitat wird im englischsprachigen Raum häufig Goethe zugeschrieben, tatsächlich stammt es nicht von ihm. In einer sehr freien Übertragung von Goethes *Faust* paraphrasiert John Anster 1835 das »Vorspiel auf dem Theater« u. a. mit den Zeilen: »What you can do, or dream you can do, begin it; / Boldness has genius, power and magic in it.« Dieses Zitat greift W. H. Murray in *The Scottish Himalaya Expedition* von 1951 auf, nachdem er im vorangehenden Abschnitt schreibt: »Until one is committed,

there is hesitancy, the chance to draw back, always ineffectiveness.« Und so landet ein Satz aus einem Buch über eine Himalajaexpedition in leicht abgewandelter Form bei Wallace als Goethe-Zitat (Anm. d. Ü.).

135 Man kann »Die depressive Person« auch so lesen, dass der Autor Mitgefühl mit ihr empfindet. Der Raum, den er ihren Erfahrungen einräumt, verleiht ihnen eine gewisse Geltung, ein Geschenk, das gleichzeitig das Geschenk der Therapie nachahmt.

136 Als er von Las Vegas aus Francis B. anrief und sich beklagte, er könne wegen des Spiegels unter der Decke nicht einschlafen, riet sein Freund ihm, sich einfach umzudrehen.

137 Wallace gefiel, wie die ungeschriebenen Fragen die Leser dazu zwangen, ihre Fantasie spielen zu lassen. Diese Form hatte er in einer sechsseitigen Endnote im *Unendlichen Spaß* angetestet, in der Hugh Steppl y, der O.N.A.N.-Agent, als Journalistin verkleidet, Orin Incandenza interviewt. Dabei hören wir nur Orins Stimme.

138 Die Geschichte eines Mannes, der sich darauf spezialisiert hatte, solche Frauen zu finden, war Wallace zuerst in dem Buch *Cracking Up*, einer Sammlung psychoanalytischer Fallstudien, von 1996 begegnet.

139 Das beidseitige Problem in der Beziehung könnte man mit dem Kommentar des verärgerten Erzählers in »Hier und dort« beschreiben, der über seine Freundin sagt: »Sie betrachtete die Dinge, die mir etwas bedeuteten, als ihre Feinde, und verstand nicht, dass sie in Wirklichkeit das ›Ich‹ waren, das sie scheinbar so eifersüchtig begehrte.«

140 Die Angewohnheit wurde durch Nardil noch verstärkt, weil es das Suchtpotenzial des Nikotins erhöht.

141 1999 schickte er DeLillo eine Karte mit den Worten: »Mögen der Frieden und der Segen des allmächtigen Herrn sich auf Dich legen und auf ewig begleiten«, und fügte spöttisch hinzu: »Der heutige Katholik scheut sich nicht, solche Karten zu versenden.« Später legte er einer zweiten Karte etwas bei, das zeigte, dass er beim Gottesdienst zur Kollekte beigetragen hatte, und kommentierte: »Ist schon bezahlt – eine Art kosmischer Geschenkgutschein.«

[142] Franzen schilderte seine Eindrücke von der Beziehung später in einer der »Trennungsgeschichten«, die er im *New Yorker* veröffentlichte. Darin behauptet ein Unidozent, der ständig Heidegger zitiert, steif und fest, er würde seine Freundin heiraten, während er sich schon nach der nächsten Frau umsieht.

[143] Irgendwann in den späten Neunzigern bestellte Wallace sich eine Prostituierte nach Hause. Für einen Schriftsteller, der sich für die Schnittstelle von Marketing und Sex interessierte, war das ein logischer Schritt. Außerdem bot sich eine neue Erfahrung an. Wallace handelte einen Preis von 200 Dollar aus, aber als er mit der Frau im Bett war, verließ ihn die Begierde. »Wir haben stattdessen ›gekuschelt und geredet‹«, schrieb er Evan Wright, der ihm 1999 bei seinem *Premiere*-Artikel über die Pornopreisverleihung geholfen hatte, »und sie hat nett reagiert.«

[144] Gale Waldens Vater, den Wallace bewunderte, hatte als eine Art lebender Metapher vom Pfarramt zur Steuerbehörde gewechselt.

[145] In einem Notizbucheintrag deutete Wallace an, Drinion könne das Kind aus der Kürzestgeschichte »Inkarnationen gebrannter Kinder« sein, und sein Penis sei fotogener als einer, der nicht von kochendem Wasser vernarbt war.

[146] Wahrscheinlich reicht der Handlungsstrang um den Pornodarsteller, dessen Bild der Zuschauer digital durch sein eigenes ersetzen kann, bis zu dem Pornografieroman zurück, den Wallace Ende der Achtziger aufgegeben hatte; die Videotechnologie erwähnt er jedenfalls in *Signifying Rappers*, an dem er etwa zur selben Zeit arbeitete.

[147] Vorübergehend trug der Roman andere Titel, darunter *Glitterer, Net of Gems, What is Peoria For?* und *Sir John Feelgood* (Drinions Nom de Porn).

[148] Das Thema des Romans wird in einem Aufsatz vorweggenommen, den Hal Incandenza im *Unendlichen Spaß* »in der siebten Klasse in Mr Ogilvies ›Einführung in die Unterhaltungsstudien‹« einreicht und in dem ein zukünftiger Fernsehheld das Ende einer Erblinie verkörpert, die vom »Helden der Aktion« (Steve McGarrett aus *Hawaii Fünf-Null*) über den »Helden der Reaktion« (Frank Furillo aus *Polizei-*

revier Hill Street) reicht. Wie Hal schreibt: »Wir dürfen, so meine Prognose, mit dem Helden des Nicht-Agierens rechnen, dem katatonen Helden, der über die Gelassenheit hinaus ist, der sich zu Außenreizen nicht mehr verhalten kann und hierhin und dorthin getragen wird von stämmigen Komparsen, denen retrograde Amine im Blut kochen.«

149 Vor ihm hatte Planned Parenthood die Räume genutzt. Wallace sagte Costello, falls er dort durch eine Bombe getötet oder erschossen würde, sollte die Polizei nach Abtreibungsgegnern mit einem veralteten Telefonbuch suchen.

150 Die ernsthafte Wahrhaftigkeit, die Wallaces literarische Stimme ausmachte, hatte sich mittlerweile weit verbreitet. Sogar die Werbung machte sie sich schon zu eigen, was Wallace sicher entsetzte. Aber die Veränderung reichte weiter. Die Achtziger mit ihrer maskulinüberzogenen Gewissheit, die Wallaces Widerspruch erregt hatte, lagen weit zurück. Er hatte geholfen, die Kultur weiterzuentwickeln, und nachdem sie sich entwickelt hatte, stellte sich die Frage, wogegen er nun anschreiben konnte.

151 Wallace erzählte dem *New York Times Magazine*, dass Franzen in schwarzen Socken trainierte, schämte sich aber nachher dafür, wie er DeLillo schrieb. (Im Artikel wurde diese Bemerkung nicht verwendet.)

152 »Er hat sich sein Leben lang bei mir entschuldigt«, erinnert sich Amy Wallace. »Fast jedes Mal, wenn ich ihn gesehen habe, hat er sich entschuldigt.«

153 Und nicht nur er. Das Satiremagazin *The Onion* brachte im Februar 2003, kurz bevor er nach Bloomington zog, eine Parodie mit der Schlagzeile »Freundin liest David Foster Wallaces Trennungsbrief nur bis Seite 20«.

Kapitel 8 Der bleiche König

154 Aber wie Wallace selbst gefragt hätte: Schrieb er diese Briefe, um offen und ehrlich zu sein, oder nur, damit Green glaubte, er sei offen und ehrlich – was ihn zum Gegenteil gemacht hätte?

155 Wallace sah bei Stecyk das gleiche Problem wie bei den Männern in

den *Kurzen Interviews*, die so darauf bedacht sind, ihre Partnerinnen im Bett zu befriedigen, dass sie selbst keinen Genuss empfinden; selbst Freude zu empfinden ist unverzichtbar, will man Freude spenden, ebenso wie man Hilfe bekommen muss, um helfen zu können.

[156] Diese Geschichte wurde möglicherweise von einer Folge der Serie *Hospital der Geister* von Lars von Trier inspiriert, die Wallace sehr mochte.

[157] Wallace hatte DeLillo bisher nur einmal getroffen, 1998 bei einem Abendessen in einem Restaurant im East Village, das Franzen vereinbart hatte. Dabei hatte er erstaunt gemerkt, dass der ältere Schriftsteller seinem Vater in Aussehen und Stimme sehr ähnelte.

[158] Mit Zenons Dichotomieparadoxon wird die Überlegung bezeichnet, Bewegung sei unmöglich, weil sie eine unendliche Summe von Teilbewegungen erfordere. Um ein Ziel zu erreichen, müsse man erst die Hälfte der Strecke überwinden, und von dieser Hälfte wieder die Hälfte und so weiter.

[159] Die beiden längsten Geschichten spielen in Büros. Diese Welt reizte Wallace wegen der Verhaltensregeln und der unausgesprochenen Beschränkungen für den Einzelnen, die Wallace in seinem eigenen Leben fehlten. In seinen Augen stand das Leben in einem Büro in einem ähnlichen Verhältnis zum echten Leben wie die Literatur. Es war ein verführerisches Scheinbild, eine glatt gebügelte Imitation, eine spielerische Variante mit Regeln.

[160] Ein Entwurf von »Neon in alter Vertrautheit« endet mit dem Satz: »Ständig reden Geister mit uns – nur halten wir ihre Stimmen für unsere eigenen Gedanken.«

[161] Nachdem Costello *Oblivion* gelesen hatte, sagte er Wallace, die Geschichten könnten ihm doch das Konzept für den *Bleichen König* liefern. Wallace antwortete schroff: »Du verstehst gar nicht, wie schwierig es wirklich ist.«

[162] Mit den Jahren versuchte er halbherzig, diese Vergangenheit zu leugnen. Als ein Bekannter in Marshall Boswells Buch *Understanding David Foster Wallace* las, er habe in den späten Achtzigern eine promiskuitive Phase gehabt, lautete Wallaces Kommentar: »Was? Ich war noch nie ›promiskuitiv‹, wäre ich aber gerne gewesen. [...] Wo-

her haben die Leute nur solches Zeug?« Einer anderen Bekannten gegenüber stritt er die Geschichten über Wurtzel ab: »Ich kenne sie, vielleicht habe ich sogar bei ein paar Abendessen mit ihr am selben Tisch gesessen. Aber wir hatten nie ein ›Date‹.«

163 Am liebsten nahm Wallace junge Mitglieder unter seine Fittiche. »Manchmal stellt er fest, dass er etwas glaubt, wovon er gar nicht wusste, dass er es glaubt, bevor er es vor fünf eifrigen, kleinen, haarlosen, pummeligen, zutraulichen und ahnungslosen Gesichtern zur Sprache bringt«, heißt es im *Unendlichen Spaß* über Hal, der für die jüngeren Spieler die Rolle als Großer Kumpel übernehmen muss.

164 Die Rede wurde von einem Mitglied der Wallace-l-Mailingliste mitgeschnitten und transkribiert und machte zu Wallaces Überraschung bald im Internet die Runde. Als ein Bekannter einige Monate später erwähnte, er habe die Rede gelesen, schrieb Wallace zurück: »Ich habe Kenyon gar keine Abschrift davon gegeben. Das meiste war handgeschrieben. Das verstehe ich nicht.«

165 Aus den Notizbüchern zum *Bleichen König*: »Würden wir unsere Technik doch nur genauso hinterfragen wie unsere Familie.«

166 Diese Stelle nimmt schön Wallaces Aussage aus seinem Essay »Fictional Futures« auf, in dem er schrieb, erfolgreiche zeitgenössische Literatur müsse den »Verlust ihrer Unschuld in Bezug auf die Sprache, die ihr Odem und Brot ist«, einräumen.

167 Als 2007 Becky Bradway, eine ehemalige Kollegin von der Illinois State University, für ein Lehrbuch wissen wollte, wie wichtig bei ihm die Recherche für einen Roman sei, schrieb Wallace zurück: »Was Du fragst, ist genau das Problem: Wie viel ist genug? Man kann in Recherche ertrinken. Ist mir schon passiert. Man könnte sagen, es passiert mir jetzt gerade.«

168 Später im Buch findet Dean, ein evangelikaler Christ, in einer verzweifelten Situation bei einem Foto des Kleinkinds auf seinem Schreibtisch Trost. Dean arbeitet Formulare durch und versucht, sich einen sonnigen Strand vorzustellen, wie er es während der Einarbeitung in der Behörde gelernt hat, aber er kann das Bild nicht festhalten – in seinen Gedanken verwandelt es sich in eine weite graue Fläche, bedeckt von »totem Seetang«, der »den Haaren von

Ertrunkenen« gleicht. Überwältigt von Langeweile, denkt er an Selbstmord. »Er hatte das Gefühl, ein riesiges Loch oder eine Leere fiele durch ihn hindurch, fiele immer weiter und würde nie auf den Boden aufschlagen.«

169 Wallace berichtet den Lesern, während einer Suspendierung vom College habe die IRS ihn als »Schlängler« angeheuert. »Irgendwann Mitte Mai 1985 kam ich zum Aufnahmeverfahren in Dienststelle 047 von Lake James, IRS-Illinois«, schreibt er. Bei seiner Ankunft wird er in der Aufnahmestation mit einem anderen David Wallace verwechselt, einem höherrangigen Buchprüfer der Behörde aus Rome, New York. In einem großen Teil des Kapitels halten alle in der IRS David Foster Wallace für den anderen Wallace, er ist der Doppelgänger des fiktiven Doppelgängers.

170 Aus einem Notizbuch: »Unter S[tecyk]s Freundlichkeit steckt unglaubliche Wut. Sadismus. Der sich endlich Bahn brechen will. Seine Wut ist ein Geheimnis in einem Geheimnis – sogar vor ihm selbst geheim.«

171 Der reifer gewordene Wallace wurde auch strenger, was den Wahrheitsgehalt von Non-Fiction betraf. Als Becky Bradway, seine ehemalige Kollegin von der Illinois State, ihn 2007 für ihr Lehrbuch über kreative Sachtexte fragte, wie er es in seinen Texten mit dem Maß an Genauigkeit halte, erklärte er: »Wir wussten und wissen alle, dass jede Ausschmückung gefährlich ist und dass es besonders gefährlich ist, wenn ein Autor Ausschmückungen damit verteidigt, sie würden die große ›Wahrheit‹ herausstreichen, weil eine solche Behauptung strukturell nichts anderes ist als die Rechtfertigung, der Zweck heilige die Mittel.«

Arbeiten von David Foster Wallace

In diesem Buch zitiere ich ausgiebig aus Davids Texten. Um die Anmerkungen übersichtlich zu halten, stammen die Zitate, soweit es nicht in den folgenden, nach Kapiteln sortierten Angaben anders vermerkt ist, aus den folgenden Quellen.

Belletristik von David Foster Wallace

David Foster Wallace, »Der Planet Trillaphon im Verhältnis zur Üblen Sache«, (Köln: Kiepenheuer & Witsch 2015; übersetzt von Ulrich Blumenbach).

–, »Solomon Silverfish«, *Sonora Review*, Herbst 1987.

–, *Der Besen im System* (Köln: Kiepenheuer & Witsch 2004; übersetzt von Marcus Ingendaay).

–, *Girl with Curious Hair* (New York: W. W. Norton 1989). Auf Deutsch erschienen in zwei Bänden:

  –, *Kleines Mädchen mit komischen Haaren* (Köln: Kiepenheuer & Witsch 2002; übersetzt von Marcus Ingendaay).

  –, *Alles ist grün* (Köln: Kiepenheuer & Witsch 2001; übersetzt von Ulrich Blumenbach).

–, *Unendlicher Spaß* (Köln: Kiepenheuer & Witsch 2009; übersetzt von Ulrich Blumenbach).

–, *Kurze Interviews mit fiesen Männern* (Köln: Kiepenheuer & Witsch 2002; übersetzt von Marcus Ingendaay, Clara Drechsler, Bernhard Robben und Christa Schuenke).

–, *Oblivion: Stories* (New York: Little, Brown 2004). Auf Deutsch erschienen in zwei Bänden:

–, *In alter Vertrautheit* (Köln: Kiepenheuer & Witsch 2006; übersetzt von Ulrich Blumenbach und Marcus Ingendaay).
–, *Vergessenheit* (Köln: Kiepenheuer & Witsch 2008; übersetzt von Ulrich Blumenbach und Marcus Ingendaay).
–, *Der bleiche König* (Köln: Kiepenheuer & Witsch 2013; übersetzt von Ulrich Blumenbach).

Sachtexte

–, *Schicksal, Zeit und Sprache – Über Willensfreiheit* (Berlin: Suhrkamp 2012; übersetzt von Frank Jakubzik).
–, »Fictional Futures and the Conspicuously Young«, *Review of Contemporary Fiction*, Frühjahr 1988.
–, und Mark Costello, *Signifying Rappers. Warum Rap, den Sie hassen, nicht Ihren Vorstellungen entspricht, sondern scheißinteressant ist und wenn anstößig, dann bei dem, was heute so abgeht, von nützlicher Anstößigkeit* (Köln: Kiepenheuer & Witsch 2014; übersetzt von Ulrich Blumenbach und Maria Hummitzsch).
–, »The Horror of Pretentiousness«, *Washington Post*, 19. Februar 1990.
–, »Das leere Plenum. Versuch über David Marksons Roman *Wittgenstein's Mistress*«, in: *Schreibheft. Zeitschrift für Literatur*, Bd. 60 (April 2003); übersetzt von Gerd Burger.
–, »Tennis, Trigonometry, Tornadoes«, *Harper's*, Dezember 1991.
–, »Rabbit Resurrected«, *Harper's*, August 1992.
–, »E Unibus Pluram: Das Fernsehen und der amerikanische Roman«, in: *Schreibheft. Zeitschrift für Literatur*, Bd. 56 (Mai 2001); übersetzt von Marcus Ingendaay.
–, »Ticket to the Fair«, *Harper's*, Juli 1994.
–, *Schrecklich amüsant, aber in Zukunft ohne mich* (Köln: Kiepenheuer & Witsch 2004; übersetzt von Marcus Ingendaay).
–, »Feodor's Guide«, *The Village Voice*, 9. April 1996.
–, »John Updike, Champion Literary Phallocrat, Drops One«, *New York Observer*, 13. Oktober 1997.
–, »Neither Adult nor Entertainment«, *Premiere*, September 1998.
–, »The Weasel, Twelve Monkeys, and the Shrub«, *Rolling Stone*, 13. April 2000.

–, »Das große Weinen im Wohnzimmer von Mrs Thompson«, *Die Welt*, Mai 2006; übersetzt von Ulrich Blumenbach.
–, »Tense Present: Democracy, English and the Wars over Usage«, *Harper's*, April 2001.
–, *Georg Cantor: Der Jahrhundertmathematiker und die Entdeckung des Unendlichen* (München: Piper 2007; übersetzt von Helmut Reuter und Thorsten Schmidt).
–, *Am Beispiel des Hummers* (Köln: Kiepenheuer & Witsch 2010; übersetzt von Marcus Ingendaay).

Über die Quellen

Viele der Informationen über David stammen aus meinen Interviews mit seinen zahlreichen Freunden, seinen Angehörigen und Arbeitskollegen, die ich in den Danksagungen genannt habe. Eine zweite Quelle waren seine Bücher, die dritte seine außergewöhnlichen Briefe, die Dutzende seiner Briefpartner für mich kopiert oder mir geliehen haben. Vielleicht war David der letzte große Briefschreiber der amerikanischen Literatur (als Mails aufkamen, wurde seine Korrespondenz knapper und weniger anspruchsvoll). Glücklicherweise sind einige dieser Sammlungen jetzt oder bald im Ransom Center der University of Texas in Austin einzusehen, wo Wallaces Schriften verwahrt und Wissenschaftlern und Forschern zugänglich gemacht werden. Auch viele Jugendwerke und Marginalien von Wallace, aus denen ich zitiere, sind im Ransom Center zu finden.

Zusätzliche Quellen nach Kapiteln

Kapitel 1 »Nennen Sie mich Dave«

14 »Mein Vater hat«, aus David Lipsky, *Although of Course You End Up Becoming Yourself* (New York: Broadway 2010), S. 49.
18 »der schizogenen Erfahrung des Heranwachsens«, aus einem Interview mit Larry McCaffery für die *Review of Contemporary Fiction*, Sommer 1993.

19 »echte Sportskanone«, aus Lipsky, *Although of Course*, S. 52.

20 »Blendersyndrom«, aus einem Brief an Rich C., 19. September 2000.

27 »schwarzes Loch mit Zähnen«, aus David Lipsky, »The Lost Years & Last Days of David Foster Wallace«, *Rolling Stone*, 10. Oktober 2008.

Kapitel 2: »Der echte ›Waller‹«

31 »Symptom der Zuneigung ist Sprache«, Emily Dickinson, *Gedichte, englisch und deutsch* (München: Hanser 2006; neu übersetzt von Gunhild Kübler), S. 495.

35 »vor den Menschen zu verstecken«, aus Stacey Schmeidel, »Brief Interview with a 5-Draft Man«, *Amherst Magazine*, Frühjahr 1999.

42 »geckenhaften Schöngeistern«, aus dem McCaffery-Interview.

43 »mir die Wirklichkeit nicht zutraute«, aus einem Brief an Mary Karr, um den 22. Januar 1992.

45 »besonderen Kribbeln«, aus dem McCaffery-Interview.

45 »obligatorische lange Nase drehen«, aus einem Auftritt in der *Charlie Rose Show*, 27. März 1997.

46 »Wenn sich eine Beziehung« und »Die Sabrina-Brüder und der Fall des gehängten Hamsters«, aus *Sabrina*, Herbst 1982.

49 »es nach Blumen duftet« und »mit stumpfsinnigen, uninteressanten Menschen«, aus einem Brief an Corey Washington, 30. Juni 1983.

50 »praktisch in den Hintern rammte«, aus einem Brief an Corey Washington, 20. August 1983.

51 »Updikes Romane«, aus dem McCaffery-Interview.

52 »Gottverdammter Charlie«, aus einem Brief an Corey Washington, 1. Juli 1983.

52 »Nimm weder LSD«, aus einem Brief an Corey Washington, 5. August 1983.

53 »Das Zeug verfolgt einen«, aus Thomas Pynchon, *Die Versteigerung von No. 49* (Reinbek: Rowohlt 1973; übersetzt von Wulf Teichmann), S. 79.

53 »so enormen, dass Wallace«, aus einem Brief an Steven Moore, 7. März 1988.

53 »mit zwanzig eine Art Midlife-Crisis«, aus dem McCaffery-Interview.

54 »Das obsessive Lernen«, aus dem Schmeidel-Interview.

54 »ein klitzekleines bisschen«, aus einem Brief an Corey Washington, 20. August 1983.

56 »Ich war in Amherst«, aus einem Brief an Corey Washington, 1. November 1983.

57 »Jetzt siehst Du, wenn auch indirekt«, aus einem Brief an Corey Washington, 4. Oktober 1983.

58 »eine seltsame Art Fälscher«, aus Lipsky, *Although of Course*, S. 258.

60 »Rosen sind rot«, aus einem Brief an Corey Washington, 4. Dezember 1983.

62 »fast wie eine zweite Stimme im Kopf«, aus einem Auftritt in der *Charlie Rose Show*, 27. März 1997.

63 »Einen Hauch besser«, aus Alan Lelchuk, *Miriam in Her Forties*, (New York: Houghton Mifflin 1985), S. 329.

65 »Der perfekte Nährboden«, aus einem Brief an William Kennick, 4. Februar 1985.

66 »Es kommt mir fast vor wie schummeln«, aus einem Brief an Corey Washington, 15. Juli 1983.

69 »Blob-artigen« und »ausufernden«, aus einem Brief an William Kennick, 4. Februar 1985.

69 »Ich fing an zu überlegen«, aus einem Brief an Gerry Howard, 21. Januar 1986.

70 »der Verlust der gesamten äußeren Welt«, aus dem McCaffery-Interview.

70 »Die Welt ist alles«, aus Ludwig Wittgenstein, Werkausgabe Band I: *Tractatus logico-philosophicus. Tagebücher 1914–1916. Philosophische Untersuchungen* (Frankfurt/Main: Suhrkamp 1984), §1.

70 »Dieses Buch wird vielleicht«, Ludwig Wittgenstein, ebda., S. 9.

71 »eine empfindsame Geschichte«, aus dem McCaffery-Interview.

75 voll erfreulicher Abweichungen«, aus Thomas Pynchon, *Die Verstei-*

gerung von No. 49 (Reinbek: Rowohlt 1973; übersetzt von Wulf Teichmann), S. 14.

76 »ein echt schlauer Vierzehnjähriger«, aus einem Brief an Jonathan Franzen, 2.Mai 1989

Kapitel 3 »Westwärts!«

77 »Statt des ›Guru‹-Systems«, aus einem Brief von Mary Carter, 12. Februar 1985.

78 »Ich habe kein Geld«, aus einem Brief an John Leggett vom Iowa Writers' Workshop, 9. April 1985.

81 »ein weites Feld«, aus Thomas Pynchon, *Die Versteigerung von No. 49*, (Reinbek: Rowohlt 1973; übersetzt von Wulf Teichmann), S.19.

81 »Echt großartig«, »Ich bin weder bereit«, »einer Art Uringelb« und »Stimmt vielleicht nur zur Hälfte.«, aus einem Brief an Corey Washington, 25. August 1985.

82 »atemberaubend vernünftiges Wesen«, aus J. D. Salinger, »Für Esmé – in Liebe und Elend«, in: J. D. Salinger, *Neun Erzählungen* (Köln: Kiepenheuer & Witsch 2012; übersetzt von Eike Schönfeld), S.101.

82 »überall Giftspinnen«, aus einem Brief an William Kennick, undatiert, um den 6. November 1985.

83 »Man grillt sie mit einem Gasbrenner«, aus einem Brief an Corey Washington, 25. August 1985.

85 »Hier ist es großartig, Corey«, aus einem Brief an Corey Washington, 14. September 1985.

86 »Ich war ein ziemlicher Arsch«, aus Loren Stein, »David Foster Wallace: In the Company of Creeps«, *Publishers Weekly*, 3. Mai 1999.

90 »meinen Jackpot knackte«, aus einem Interview mit Laura Miller für Salon.com, 9. März 1996.

98 »Mir wurde von Menschen«, aus einem Brief an Frederick Hill Associates, 28. September 1985.

98 »Stellen Sie sich einen jungen Mann vor«, aus einem Brief an Bonnie Nadell, 7. November 1985.

99 »Ich hätte mich auch Seymour Arschl genannt«, aus einem Brief an Don DeLillo, um den 2. Februar 2001.

100 »ein frisch geschlüpftes Küken«, aus Leon Neyfakh, »Gerry Howard on Discovering, Editing and Hatching David Foster Wallace«, *New York Observer*, 17. September 2008.

101 »natürlich ohne ihr zu sagen«, aus einem Brief an Corey Washington, 30. Dezember 1985.

101 »Falls es übereilt erscheint« und »neurotisch und obsessiv«, aus einem Brief an Gerry Howard, 21. Januar 1986.

101 »Dieser Witz mit Carver und Apple« und »Je mehr Sie sein Gerede zusammenfassen«, aus einem Brief von Gerry Howard, 10. Januar 1986.

102 »könnte wohl abstoßend wirken« und »eine ganze Reihe von Werten«, aus einem Brief an Gerry Howard, 19.–20. Januar 1986.

103 »Außerdem bringen Sie sich um die Möglichkeit«, aus einem Brief von Gerry Howard, 10. Januar 1986.

104 »einen tiefen, bleibenden Eindruck«, aus einem Brief an Gerry Howard, 19.–20. Januar 1986.

104 »Ich gebe zu, dass ich einen möglicherweise ärgerlichen Hang«, aus einem Brief an Gerry Howard, 16. Januar 1986.

104 »Greise auftauchen«, aus einem Brief an Gerry Howard, 16. Januar 1986.

105 »Ich bin jung und verwirrt«, aus einem Brief an Gerry Howard, 19.–20. Januar 1986.

105 »Ich freue mich sehr«, aus einem Brief von Gerry Howard an Bonnie Nadell, 13. Januar 1986.

105 »Rick, Lenore und G.O.D.«, aus einem Brief an Gerry Howard, 16. Januar 1986.

109 »zwei defekte Wagen zockeln durch die Wüste«, aus Gale Walden, »Road Trip«, erschienen in der *Wisconsin Review*, 2010.

109 »mindestens die nächsten drei Jahre«, aus einem Brief an Corey Washington, 14. September 1985.

112 »Wallace die Geschichte im Grunde nicht erzählt«, aus einem Essay in der *Wigwag*, neu veröffentlicht in Sven Birkerts, *American Energies* (New York: Random House 1994).

113 »Es ist heiß hier«, aus einem Brief an Corey Washington, 13. Juli 1986.

113 »den Korrektor korrigieren«, aus einem Brief an Bonnie Nadell, 29. April 1986.

113 »Hoffe Sehr, Dass Ich Diese Spezielle Anhaufung«, aus einem Brief an Gerry Howard, 2. Juli 1986.

114 »Keine Autobiografie, kein Kokain«, aus einem Brief von Gerry Howard an Don DeLillo, 16. Juli 1986.

114 »Der Landstrich im Herzen Amerikas«, aus einem Brief von Richard Elman, 20. Februar 1986.

114 »Bei allem Charme«, aus einem Brief von Richard Elman an Gerry Howard, 19. Dezember 1986.

116 »in London einen Rechtsstreit«, aus einem Brief an Bonnie Nadell, 28. März 1987.

116 »Ich habe verflixt wenig geschafft« und »Ich gehe frühmorgens«, aus einem Brief an Corey Washington, 6. September 1986.

118 »pubertärer Pynchon«, aus *Kirkus Reviews*, 1. Januar 1986.

118 »Der Typ schien regelrecht sauer zu sein«, aus einem Brief an Gerry Howard, 2. Januar 1987.

118 »Vielleicht hat der Verlag«, aus einem Brief an Gerry Howard, 30. Januar 1987.

119 »ein großartiges Buch [...] ein fabelhafter Roman«, aus Rudy Rucker, »From the Mixed-Up Files of Lenore Beadsman«, *Washington Post*, 11. Januar 1987.

119 »eine ungeheure Überraschung«, aus Caryn James, »Wittgenstein is Dead and Living in Ohio«, *New York Times*, 1. März 1987.

119 »reichen Vorrat an Ehrgeiz und Erfindungsgeist«, aus Michiko Kakutani, »Life in Cleveland, 1990«, *New York Times*, 27. Dezember 1986.

119 »Mir erschien die Besprechung«, aus einem Brief an Gerry Howard, 2. Januar 1987.

120 »ziemlich runtergezogen«, aus einem Brief an Gerry Howard, 2. Januar 1987.

120 »Bonnie, ich habe noch nie in meinem Leben«, aus einem Brief an Bonnie Nadell, 28. März 1987.

120 »Man könnte meinen, ein brillanter junger Mann«, aus Helen Dubar, »A Whiz Kid and His Wacky First Novel«, *Wall Street Journal*, 24. April 1987.

121 »Nett, wenn auch etwas herablassend.«, aus einem Brief an Bonnie Nadell, 30. April 1987.

121 »Wegen der Lesung bin ich so nervös«, aus einem Brief an Bonnie Nadell, 28. März 1987.

121 »Die Lesung lief wirklich gut«, aus einem Brief an Bonnie Nadell, 6. April 1987.

122 »Ich schätze, die Verlobung«, aus einem Brief an Bonnie Nadell, 14. April 1987.

122 »Könnten Sie mir grob«, aus einem Brief an Dale Peterson, etwa 18. April 1987.

123 »Belletristik, die nicht mehr will«, zitiert in William R. Katovsky, »Hang 'Im High«, *Arrival*, April 1987.

124 »Bei diesem Film«, aus Lipsky, *Although of Course*, S. 170.

124 »weil mich die Vorstellung«, aus einem Brief an Gerry Howard, 25. April 1988.

126 »die aktuelle Literaturszene etwas aufzumischen«, aus einem Brief an Bonnie Nadell, 6. April 1987.

126 »Ich arbeite zurzeit«, aus einem Brief an Dale Peterson, 15. Februar 1986.

126 »Ich glaube, sie sind gut«, aus einem Brief an Bonnie Nadell, 11. Februar 1986.

126 »Nicht sehr nett, Bonnie«, aus einem Brief an Bonnie Nadell, 7. September 1987.

126 »schlauer, als ihr guttut«, von Alice Turner, zitiert in einem Brief an Bonnie Nadell, 30. April 1987.

127 »Offensichtlich ist Wallace«, aus einem Brief von C. Michael Curtis an Bonnie Nadell, 2. Juni 1986.

128 »schippert im Moment« und »Vielleicht Bread Loaf«, aus einem Brief an JT Jackson, 9. Juni 1987.

Kapitel 4 Ins Juxhaus

129 »Gott, habe ich ein Glück«, aus einem Brief an JT Jackson, 9. Juni 1987.

130 »Außerdem ist es wichtig«, aus John Barth, »Verirrt im Juxhaus« in: John Barth, *Ambrose im Juxhaus. Fiktionen für den Druck, das Tonband und die menschliche Stimme* (Reinbek: Rowohlt 1973; übersetzt von Susanna Rademacher), S. 77.

130 »Das Springen wäre«, aus Barth, »Verirrt im Juxhaus«, S. 85.

131 »dieses winzige, unendliche dichte Etwas«, aus Lipsky, *Although of Course*, S. 229.

137 »Ich habe noch nie«, von einer Postkarte an JT Jackson, 6. August 1987.

139 »Who's Who in the Cosmos«, *Esquire*, August 1987.

141 »einer Woche oder so«, aus Patrick Arden, »David Foster Wallace Warms Up«, *Book Magazine* 1999.

141 »Ich bin mir Seite für Seite sicher«, aus einem Brief an Bonnie Nadell, 20. September 1987.

142 »meiner Ansicht nach« und »Mag sein, dass die Geschichte überheblich wirkt«, aus einem Brief an Jonathan Franzen, 13.–14. August 1989.

142 »Ich habe doch tatsächlich vor Howard«, aus einem Brief an Bonnie Nadell, 20. September 1987.

143 »wie ein richtiger Mensch«, aus einem Brief von Dale Peterson, 7. August 1987.

143 »eine körnerfreie Bleibe«, aus einem Brief von Dale Peterson, 27. Juli 1987.

144 »ihre kleine Pumpe«, aus einem Brief von Dale Peterson, 7. August 1987.

144 »der reinste Horror«, aus dem McCaffery-Interview.

145 »Ich wollte etwas ganz Offenes«, aus einem Brief an Jonathan Franzen, 13.–14. August 1989.

145 »eine Art Abschiedsbrief«, aus Lipsky, *Although of Course*, S. 61.

145 »ein kleines Alkoholproblem« und »Viking darüber sehr glücklich«, aus einem Brief an JT Jackson, 20. September 1987.

145 »nicht besonders schön«, aus einem Brief an Corey Washington, 25. September 1987.

145 »Ich hocke inmitten von Kartons«, aus einem Brief an Bonnie Nadell, 2. September 1987.

145 »Bitte, *bitte* hol mich hier raus«, aus einem Brief an Bonnie Nadell, 20. September 1987.

149 »Im Grunde bin ich auf mich allein gestellt«, aus einem Brief an Forrest Ashby, 13. September 1987.

149 »Der Blick aus meiner Wohnung«, aus einem Brief an einen Freund, 9. November 1987.

149 »einfach *unglaublich* schlecht«, aus Lipsky, *Although of Course*, S. 62.

150 »Ich habe nicht nur mir wehgetan«, aus einem Brief an einen Freund, 9. November 1987.

150 »umwerfende neue Dichterinnen«, aus einem Brief an JT Jackson, 20. September 1987.

151 »Ich glaube, ich habe es mal wieder mit einer Frau versaut«, aus einem Brief an Forrest Ashby, 8. Februar 1988.

151 »zu verkatert«, aus einem Brief an Corey Washington, 8. Februar 1988.

151 »Erzähl mir mal, wie es läuft«, aus einem Brief an Rich C., 15. Februar 1988.

153 »Viele Geschichten stützen sich«, aus einem Brief von Alice Turner, 29. April 1988.

154 »S. 148 – Soweit ich weiß«, aus einem Brief an Gerry Howard, 25. April 1988.

155 »Sie haben nicht einmal geglaubt«, aus Lipsky, *Although of Course*, S. 225.

157 »Respekt einflößend«, aus einem Brief an Steven Moore, 26. Oktober 1987.

159 »Odem und Brot«, aus Gerald Manley Hopkins, »Der Schiffbruch der *Deutschland*«, in: Herrmann Rinn (Hrsg.), *Gerald Manley Hopkins, Gedichte – Schriften – Briefe* (München: Kösel 1954; übersetzt von Ursula Clemen und Friedhelm Kemp), S. 31.

160 »Mir fehlen die Hitze«, aus einem Brief an Corey Washington, 17. Mai 1988.

160 »Die Zeit messe ich daran«, aus einem Brief an Bonnie Nadell, 18. Juli 1988.

161 »Ich lege eine geringe«, aus einem Brief an Dale Peterson, 5. September 1988.

164 »Es kostet mich wirklich Mühe«, aus einem Brief an Jonathan Galassi, 21. Juni 1988.

165 »gering«, aus einem Brief an Jonathan Franzen, 11. September 1988.

166 »Mittlerweile dürftest Du es«, aus einem Brief an Bonnie Nadell, 23. Oktober 1988.

167 »Sie waren unangenehm«, aus einem Brief an Rich C., 30. September 1988.

167 »Ist es nicht großartig«, aus einem Brief von Gerry Howard, 21. Dezember 1988.

168 »das bei Weitem schlimmste«, aus einem Brief an Rich C., 30. Dezember 1988.

168 »Ich konnte aus emotionalen«, aus einem Brief an Steven Moore, 18. Januar 1989.

168 »Ich persönlich schicke«, aus einem Brief an Brad Morrow, 9. Februar 1989.

169 »Wenn ich je eine Partnerin«, aus einem Brief an Brad Morrow, 7. März 1989.

170 »95 % Portugiesen«, aus einem Brief an Jonathan Franzen, 2. Mai 1989.

171 »Es ist reizend und rummelig« und »Es ist gut möglich«, aus einem Brief an Steven Moore, 17. April 1989.

171 »gescheiterten Englischstudenten«, aus einem Brief an Steven Moore, 1. Mai 1989.

172 »Da ist niemand am Fenster«, aus David Markson, *Wittgensteins Mätresse* (Berlin: Berlin Verlag 2013; deutsch von Sissy Tax), S. 68.

173 »genau an der Stelle«, aus einem Brief an Steven Moore, 1. Mai 1989.

175 »Boston ist *großartig*«, aus einem Brief an Bonnie Nadell, 26. Mai 1989.

175 »fremde Frauen gevögelt«, aus Lipsky, *Although of Course*, S. 63.

175 »Ich stecke bei der Recherche«, aus einem Brief an Jonathan Franzen, 2. Mai 1989.

176 »Du wärst vielleicht überrascht«, aus einem Brief an Bonnie Nadell, 11. Mai 1989.

177 »Alice war wie immer wunderbar«, aus einem Brief an Bonnie Nadell, 26. Mai 1989.

177 »nicht dafür gedacht«, aus einem Brief an Steven Moore, 18. August 1989.

178 »Fett chillen«, aus einem Brief an Bonnie Nadell, 5. Juli 1989.

178 »Was mir an meinem Gefängnis gefällt«, aus einem Brief an Steven Moore, 12. Mai 1989.

179 »in Yaddo zwei Tage«, aus einem Brief an Steven Moore, 25. Mai 1989.

179 »Gute Übung. Für die unzähligen«, aus einem Brief an Steven Moore, 18. August 1989.

180 »zölibatäre Orden ansehen«, aus einem Brief an Bonnie Nadell, 22. August 1989.

180 »Gott sei Dank habe ich nicht«, aus einem Brief an Kathe Burkhart, 1. August 1989.

180 »Offenbar bist Du dazu verdammt«, aus einem Brief an Kathe Burkhart, 24. August 1989.

180 »mit meiner Get-Smart-Brotdose«, aus einem Brief an Jonathan Franzen, undatiert, etwa im Sommer 1989.

180 »plus Grundkurs Deutsch«, aus einem Brief an Steven Moore, 12. Mai 1989.

181 »journalistische Kurzversion«, aus einem Brief an Bonnie Nadell, 22. August 1989.

182 »schrecklich lang«, aus einem Brief an Bonnie Nadell, 22. August 1989.

182 »Unsere Zeitschrift ist«, aus einem Brief von Alice Turner, 5. Juli 1989.

182 »Unklarheit, Missdeutung, Täuschung«, aus einem Brief an Alice Turner, 11. Juli 1989.

182 »Ich muss schon sagen«, aus einem Brief von Alice Turner, 17. Juli 1989.

182 »zu eingenommen von seinem Talent«, aus der *Kirkus Reviews*, 15. Juli 1989.

182 »wirklich angeschissen«, aus einem Brief an Brad Morrow, 3. Juli 1989.

182 »kraftvollen Autor mit außergewöhnlichem Talent«, von Jennifer Levin, »Love Is a Federal Highway«, *New York Times*, 5. November 1989.

182 »Wie kann es einem Schriftsteller«, aus einem Essay in Wigwag, erneut veröffentlicht in Sven Birkerts, *American Energies* (New York: Random House 1994).

183 »Das meiste liest sich«, aus einem Brief an Steven Moore, 5. September 1989.

184 »der beste junge Autor der Gegenwart«, aus einem Brief an Steven Moore, 1. Mai 1989.

184 »haut glatt den Mais vom Kolben«, aus einem Brief an Jonathan Franzen, 2. Mai 1989.

184 »sichtlich nicht alle Kekse«, aus einem Brief an Jonathan Franzen, 25. Mai 1989.

185 »Zeigst Du nicht ziemlich genau das Gegenteil«, aus einem Brief von Jonathan Franzen, 22. Juli 1989.

185 »Dieser Jonathan Franzen«, aus einem Brief an Steven Moore, 25. August 1989.

186 »sentimentaler, überheblicher«, aus einem Brief an Jonathan Franzen, 13./14. August 1989.

187 »Das Buch ist in New York«, aus einem Brief an Bonnie Nadell, 1. November 1989.

187 »Ülkiger und ülkiger«, aus Lewis Carroll, *Alice im Wunderland*, (Frankfurt a. M.: Insel 2009; übersetzt von Christian Enzensberger), S. 22.

187 »ein schrilles, abgehacktes Lachen«, aus Lipsky, *Although of Course*, S. 229.

187 »Dieses Buch geht unter«, Widmung im Buch für Rich C., 17. Oktober 1989.

189 »als hätte sich jedes Axiom«, aus Lipsky, *Although of Course*, S. 68.

189 »Das reizende medizinische Personal«, aus einem Brief an Brad Morrow, 30. Oktober 1989.

Kapitel 5 »Gib mich bitte noch nicht verloren«

191 »Armageddon«, aus dem McCaffery-Interview.

193 »schwer rückfallgefährdet« und »Ich werde hier herausgeworfen«, aus einem Brief an Bonnie Nadell, 28. Januar 1989.

195 »schlechte Romane aus den Sechzigern«, aus Lipsky, *Although of Course*, S. 233.

195 »Wenn ich mich erst mal«, aus einem Brief an Steven Moore, 3. Januar 1990.

195 »Ich gehe Weihnachten«, aus einem Brief an Brad Morrow, 18. Dezember 1989.

195 »Es geht mir einigermaßen« und »Die meisten Typen«, aus einem Brief an Dale Peterson, 21. Dezember 1989.

196 »ein Autofreak aus South Shore«, aus einem Brief an David Markson, 29. Juli 1990.

197 »Das hier ist ein ruppiger Haufen«, »Ich bemühe mich« und »Ich habe Angst«, aus einem Brief an Rich C., 21. Dezember 1989.

198 »Sie haben mir Librium gegeben«, aus einem Brief an Rich C., 24. August 2000.

199 »niemand geselliger«, aus Lipsky, *Although of Course,* S. 138.

200 »von Harvard hierher zu kommen«, aus einem Brief an Dale Peterson, 21. Dezember 1989.

200 »Ich glaube, WM fällt mir« und »einmal als schale, schwärmerische Buchbesprechung«, aus einem Brief an Steven Moore, 3. Januar 1990.

202 »Offen gesagt habe ich«, aus einem Brief an Jonathan Franzen, 1. Mai 1990.

203 »Spätnachmittag mit Dir«, aus einem Brief von Jonathan Franzen, 5. Mai 1990.

203 »ein wirklich recht famoses Buch« und »unscheinbaren, unbezahlten Arbeit«, aus einem Brief an Jonathan Franzen, 21. Mai 1990.

204 »Ich sehe Belletristik«, aus einem Brief an Jonathan Franzen, 13./14. August 1989.

205 »Ich würde gern mehr erfahren«, aus einem Brief an Jonathan Franzen, 21. Mai 1990.

205 »so leer und deprimiert«, aus einem Brief an David Markson, 7. Juni 1990.

206 »Ich kann nicht ruhig« und »einen kleinen Phallus«, aus einem Brief an David Markson, 29. Juli 1990.

208 »einem Hipster-College«, aus einem Brief an David Markson, 18. Oktober 1990.

209 »Mit dem Seminar«, aus einem Brief an Jonathan Franzen, 9. September 1990.

209 »Meistens reden wir«, aus einem Brief an David Markson, 18. Oktober 1990.

209 »als würde man den Konsul«, aus einem Brief an David Markson, 29. Juli 1990.

210 »üppig«, aus einem Brief an David Markson, 18. Oktober 1990.

210 »Sie sind alle Fernsehprofis«, aus einem Brief an David Markson, 6. Januar 1991.

210 »Ich möchte wieder«, aus einem Brief an Steven Moore, 20. November 1990.

212 »Erst fand ich es albern«, aus einem Brief an Steven Moore, 26. Oktober 1990.

213 »Ich bin der beste Korrektor«, aus einem Brief an Steven Moore, 20. November 1990.

213 »habe es nicht einmal ertragen«, aus einem Brief an Steven Moore, 14. Dezember 1990.

213 »ich meinen ganzen Willen aufbringen musste«, aus einem Brief an David Markson, 21. April 1991.

214 »platt und forciert«, aus einem Brief an Jonathan Franzen, 5. November 1990.

214 »Die New Yorker, die ich kannte«, aus einem Brief an Jonathan Franzen, 21. April 1991.

214 »Ich glaube, dass Du irgendwann«, aus einem Brief von Jonathan Franzen, 22. Juli 1991.

214 »Angst panzert sich«, aus Emily Dickinson, *Gedichte, englisch und deutsch* (München: Hanser 2006; neu übersetzt von Gunhild Kübler), S. 42.

215 »Ich habe Mary endlich gesagt«, aus einem Brief an Jonathan Franzen, 7. Juni 1991.

215 »Es gibt nichts Neues«, aus einem Brief an Fred Brooke, 27. Juni 1991.

215 »Die Wohnung ist seltsam«, aus einem Brief an Jonathan Franzen, 4. Oktober 1991.

215 »an drei Nachmittagen«, aus einem Brief an Jonathan Franzen, 4. Oktober 1991.

217 »Gib mich bitte noch nicht verloren.«, aus einem Brief an Bonnie Nadell, Frühjahr 1991.

218 »langsam in Literatur vorantasten«, aus einem Brief an Forrest Ashby, 8. August 1991.

218 »ziemlich viel schreiben«, aus einem Brief an Dale Peterson, 23. August 1991.

221 »weil ich vor allem gerne wüsste«, aus einem Brief an Jonathan Franzen, 19. September 1990.

222 »zu dem Schluss gekommen, dass ich vielleicht«, aus Lipsky, *Although of Course*, S. 237.

222 »Der Schlüssel zu 92 ist, dass MMK das Wichtigste war«, aus den Randnotizen in Wallaces Ausgabe von Ernest Kurtz' Buch *Die Spiritualität der Unvollkommenheit.*

222 »Mit dem Schreiben läuft es überraschend gut«, aus einem Brief an Mary Karr, undatiert, ca. Frühjahr 1992.

227 »das Mutigste«, aus Lipsky, *Although of Course*, S. 241.

227 »Das Leben ist gut«, aus einem Brief an Brad Morrow, 29. Februar 1992.

228 »ein Roman«, aus einem Brief an Bonnie Nadell und Gerry Howard, 5. April 1992.

228 »einer der furchterregendsten Tage meines Lebens«, aus einem Brief an Deb Larson, 6. Dezember 1993.

229 »diese verrußte Stadt«, aus einem Brief an Brad Morrow, 29. Februar 1992.

230 »beste Kumpel und literarische Kombattanten«, aus einem Brief an Jonathan Franzen, 8. Juni 1992.

230 »für mich zu den gehaltvollsten in letzter Zeit«, aus einem Brief an Jonathan Franzen, 10. April 1992.

231 »Syracuse«, aus einem Brief an Debra Spark, 27. Mai 1992.

231 »fühle ich mich unallein und ungestresst«, aus einem Brief an Jonathan Franzen, 8. Juni 1992.

232 »Etwa wie Faulkner auf Acid«, aus einem Brief an Richard Elman, 12. November 1987.

233 »Wenn wir als Welt und Gott«, aus einem Brief an Jonathan Franzen, 15. Juli 1992.

233 »Ich muss richtig auf die Tasten hämmern« und »schrecklich hübsch hier«, aus einem Brief an Jonathan Franzen, 8. Juni 1992.

234 »Die Zeit der Heimlichtuerei«, aus einem Brief an Debra Spark, 19. August 1992.

234 »wo jede Menge Scheiß in die Luft fliegt«, zitiert in Evan Hughes, »Just Kids«, New York, 9. Oktober 2011.

235 »Du sollst wissen, dass ich hier BIN«, aus einem Brief an Mary Karr, undatiert, ca. 1992.

237 »so viel verborgener Schmerz und Lügen«, aus einem Brief an Mary Karr, ca. 22. Januar 1992.

237 »sie heilt auch«, aus einem Brief an Mary Karr, undatiert, ca. Frühjahr 1992.

237 »Sobald das Kind« und »narzisstisch bedürftige«, aus Alice Miller, *Das Drama des begabten Kindes und die Suche nach dem wahren Selbst* (Frankfurt a. M.: Suhrkamp 1983), S. 124 f. und S. 27/63.

238 »üblen Wutanfällen«, aus einem Brief an Jonathan Franzen, 12. September 1992.

238 »HEIRATE MICH«, aus einem Brief an Mary Karr, undatiert, ca. Herbst 1992 / Winter 1993.

240 »Bauchgefühls (das meldet sich so selten«, aus einem Brief an Michael Pietsch, 22. Juni 1992.

240 »mit aller Macht dem Geld nachzulaufen«, aus einem Brief an Gerry Howard, 30. Juni 1992.

241 »Verstand und Witz und formale Hochseilakrobatik«, aus einem Brief an Michael Pietsch, 22. Juni 1992.

242 »Wie ich Mark Leyner verstehe«, aus einem Brief von Michael Pietsch, 8. Juli 1992.

242 »Ich stecke bei dem Projekt«, aus einem Brief an Jonathan Franzen, 12. September 1992.

242 »Wenn ich in New York bin«, aus einem Brief an Alice Turner, 11. Dezember 1995.

244 »der Festtag im Auge leuchtete«, Ralph Waldo Emerson, »Manieren«, in: Ralph Waldo Emerson, *Essays* (Halle a. d. Saale: Paalzow & Lehmann 1894; übersetzt von Karl Federn und Thora Weigand), S. 130.

244 »Ich muss Sie vorwarnen«, aus einem Brief an Charlie Harris, 26. Dezember 1992.

244 »Mengenmäßig lohnt es sich«, aus einem Brief an Debra Spark, undatiert, ca. Winter 1992 / Frühjahr 1993.

246 »auf drei oder vier erhöhen«, aus einem Brief an Charlie Harris, 5. April 1993.

246 »irgendwie schütteln«, aus einem Brief an Don DeLillo, 14. März 1993.

247 »der am wenigsten seltsame Schriftsteller dort«, aus einem Brief an Corey Washington, 2. März 1993.

247 »Der Dekan ist ein Traum«, aus einem Brief an Dale Peterson, 28. Februar 1993.

Kapitel 6 »Unallein und ungestresst«

249 »verschiedener maskuliner Autos«, aus einem Brief an Corey Washington, 2. März 1993.

250 »genau die richtige boshafte Weltsicht für die ironischen Neunzigerjahre«, aus einem Brief von Steven Moore, 10. April 1993.

251 »Indem man höflich und banal ist«, aus einem Brief an Corey Washington, 16. April 1993.

251 »Nehmen Sie sich die Zeit«, aus einem Brief an Brandon Hobson, 31. März 1993.

251 »Mit Sicherheit bekommen sogar drittklassige«, aus einem Brief an Corey Washington, 16. April 1993.

253 »so jede Viertelstunde zum Klo«, aus einem Brief an einen Freund, 13. März 1998.

253 »Ich muss der Tatsache ins Auge sehen«, aus einem Brief an Jonathan Franzen, 12. September 1992.

254 »Auspacken, versuchen, zu schreiben«, aus einem Brief an Brad Morrow, 17. August 1993.

254 »Sex abgewöhnt«, aus einem Brief an Linda Perla, 15. Oktober 1993.

256 »Sie fragen mich, worum es« und »Fast alles, was auf emotionaler Ebene«, aus einem Brief von Michael Pietsch, 10. Juni 1993.

261 »Schlagabtausch von ich-sehe-das-so«, aus »Finite Jest«, *Slate*, 17. September 2008.

265 »Mit Hunden ist es viel einfacher«, aus Lipsky, *Although of Course*, S. 97.

268 »HOFFE, SIE KÖNNEN DAS LESEN«, aus einem Brief an Sven Birkerts, 14. November 1993.

268 »zu 80 % anders ausfielen«, aus einem Brief an Steven Moore, 25. Januar 1994.

269 »In solchen Fällen besteht der Trick darin«, aus einem Brief von Michael Pietsch, 18. November 1993.

269 »nur noch in Osteuropa« und »Zum guten Teil war das nur der Vorlauf«, aus einem Brief an Michael Pietsch, 16. Januar 1994.

272 »Ich schäme mich dafür«, aus einem Brief an Michael Pietsch, 2. April 1994.

273 »äußerst analgetischen Brief«, aus einem Brief an Michael Pietsch, 29. April 1993.

274 »mit Handschellen an mein Handgelenk gekettet«, aus einem Brief an Michael Pietsch, 27. Mai 1994.

275 »Ich fühle mich traurig und leer« und »einiges im Ms.«, aus einem Brief an Jonathan Franzen, 23. Juli 1994.

277 »verdächtige Witzchen über Leistenbrüche«, von einer Postkarte an Jonathan Franzen, ca. Juli 1994.

277 »von diesem Monster in meinem Kopf«, aus einem Brief von Michael Pietsch, 21. Oktober 1994.

278 »Hals Zusammenbruch, mit dem der Roman«, aus einem Brief von Michael Pietsch, 30. November 1994.

279 »Möglicherweise leide ich« und »Frontispiz-Seite«, aus einem Brief an Michael Pietsch, 19. Februar 1995.

279 »Wir wissen am Schluss genau«, aus einer Antwort auf einen Brief von Michael Pietsch, ca. Mai 1995.

280 »er das nicht ist«, aus einem Brief von Michael Pietsch, 12. Mai 1995.

280 »Ich habe ein Haus gekauft«, aus einem Brief an Don DeLillo, Mai 1995.

282 »Aussichten auf scharfsinnigen und ergiebigen«, von einer Postkarte an Jonathan Franzen, ca. März 1995.

283 »Ich durchlaufe eine Endlosschleife«, aus einem Brief an Elizabeth Wurtzel, ca. April 1995.

286 »Mir ist nicht wohl dabei«, aus einem Brief an Don DeLillo, ca. Mai 1995.

287 »man bei dem Gedanken, etwas zu streichen«, aus einem Brief an Michael Pietsch, ca. Mai 1995.

287 »Zustand redaktioneller Ekstase«, aus einem Brief von Michael Pietsch, 12. Mai 1995.

287 »Es war folgendermaßen« und »Ich bin bereit, jede einzelne Kürzung«, aus einem Brief von Michael Pietsch, 22. Mai 1995.

288 »Möglicher Einschub auf Seite 1229«, aus einem Fax an Michael Pietsch, 11. Juni 1995.

290 »einen Einband bekommen, der den Sicherheitskarten«, aus einem Brief an Don DeLillo, 10. September 1995.

291 »etwas dümmer und trotteliger als ich«, aus Lipsky, *Although of Course*, S. 41.

292 »Deines/unseres Korrektors«, aus einem Brief an Michael Pietsch, 19. Februar 1995.

292 »An den/die Korrektor/in: Hi«, aus einem Brief an Mike Mattil, undatiert, ca. Herbst 1995.

293 »im 8. Kreis der Hölle«, aus einem Brief an Debra Spark, Oktober 1995.

293 »Je länger ich die Fahnen korrigiere«, aus einem Brief an Michael Pietsch, Oktober 1995.

293 »etwa 47000 Tippfehler«, aus einem Brief an Alice Turner, 11. Dezember 1995.

293 »etwa 712000«, aus R. Z. Sheppard, »712 000 Typos!«, *Time*, 19. Februar 1996.

294 »kippeln wie bei einem Vestibulitiker«, aus einem Brief an Mike Mattil, 8. Oktober 1995.

294 »was bei den üblichen Kommunikationsmustern«, aus einem Brief an Alice Turner, 11. Dezember 1995.

295 »beschissenen Scheißalbtraum«, aus Lipsky, *Although of Course*, S. 248.

295 »Meisterwerk? Ich bin gerade mal 33«, aus einem Brief an Michael Pietsch, 20. September 1995.

295 »Mit den Lücken und Lakunen«, aus einem Brief an David Markson, 28. November 1995.

300 »brillanten, aber etwas aufgeblähten zweiten Roman«, aus *Publishers Weekly*, 29. Januar 1996.

300 »mit ziemlicher Sicherheit der größte und kühnste«, aus *Kirkus Reviews*, 1. Dezember 1996.

301 »wie eine Riesenwelle«, aus Sven Birkerts, »The Alchemist's Retort«, *The Atlantic*, Februar 1996.

301 »nichts für schwache Nerven«, aus *Library Journal*, Januar 1996.

301 »Anspruchsvoll und provokant«, aus John Harper, »A Wordy, Wacky World View«, *Orlando Sentinel*, 17. März 1996.

301 »frech-witzig und wirklich anrührend«, aus Bruce Allen, »Future Imperfect«, *Chicago Tribune*, 24. März 1996.

301 »der witzigste Autor seiner Generation«, aus Jonathan Dee, »Infinite Fest«, *The Village Voice*, März 1996.

301 »Die Buchpreise des nächsten Jahres«, aus Walter Kirn, »Long Hot Novel«, New York, 12. Februar 1996.

301 »abfällige Geschreibsel im *Esquire*«, aus einem Brief an David Markson, 28. November 1995.

301 »Rummel um das Riesending«, aus Will Blythe, *Esquire*, Dezember 1995.

301 »Ich bin mit der Veröffentlichung«, aus einem Brief von Michael Pietsch an Bonnie Nadell, 23. Januar 1996.

302 »Das Ganze wirkt wie ein schnittiges«, aus Jay McInerney, »Infinite Jest«, *New York Times Book Review*, 3. März 1996.

302 »Geschrieben und lektoriert (oder auch nicht lektoriert)«, aus Michiko Kakutani, »A Country Dying of Laughter. In 1079 Pages«, *New York Times*, 3. Februar 1996.

303 »Die Feststellung, der Roman«, aus Birkerts, »The Alchemist's Retort«.

304 »So ist doch das Leben an sich«, zitiert in Mark Caro, »The Next Big Thing«, *Chicago Tribune*, 23. Februar 1996.

305 »Saurons großem rotem Auge«, von einer Postkarte an Don DeLillo, 21. August 2001.

305 »eine ganze Wand voller Briefe«, aus einem Brief an Don DeLillo, 16. März [1996].

305 »Ich habe Freunde zu einem offenen AA-Meeting«, aus David Gates, »Levity's Rainbow«, *Newsweek*, 12. Februar 1996.

306 »Sie tun so, als würden sie einen küssen«, und »Nicht nur die Kritiker« und »bei der offiziellen Verlagsparty«, aus Frank Bruni, »The Grunge American Novel«, *New York Times Magazine*, 24. März 1996.

306 »was man in Illinois«, aus Valerie Stivers, »The Jester Holds Court«, stim.com, Mai 1996.

307 »auf eine Art habe ich das Gefühl«, aus einem Auftritt bei der *Charlie Rose Show*, 27. März 1997.

308 »Als ich jünger war«, aus einem Interview mit Tom Scocca für den *Boston Phoenix*, 23. Februar 1998.

308 »kein hippes Großstadtbuch«, aus einem Brief von Bonnie Nadell an Beth Davey, 3. November 1995.

309 »Ich glaube, ich habe bei dieser Party«, aus Lipsky, *Although of Course*, S. 178.

309 »rappelvoll und Furcht einflößend«, aus einem Brief an Don DeLillo, ca. 16. März 1996.

310 »für das Nervensystem ausgesprochen beruhigend«, aus Lipsky, *Although of Course*, S. 99.

311 »Ihr habt euch eure Sporen«, aus einem Brief an Don DeLillo, ca. 16. März 1996.

312 »Hirnfurz«, aus Lipsky, *Although of Course*, S. 98.

312 »ein *richtiges* Arschloch« und »für das Nervensystem ausgesprochen beruhigend«, aus Lipsky, *Although of Course*, S. 99.

312 »Das erinnert mich daran, wie begeistert ich war«, aus einem Brief von Michael Pietsch, 18. April 1996.

313 »Ich habe mir große Mühe gegeben«, aus einem Brief an Don DeLillo, ca. 16. März 1996.

314 »VIEL MEHR GETUE«, aus einem Brief an JT Jackson, ca. April 1996.

Kapitel 7 »Getöse und Gezische«

315 »seltsame, warme, tiefe Freude«, aus Lipsky, *Although of Course*, S. 283.

315 »Holzhändler und Techniker«, aus einem Brief an Alice Turner, 11. Dezember 1995.

315 »Die Schmuddelbrüder«, aus einem Brief an einen Freund, 28. Dezember 1997.

315 »Pferde im Garten«, aus einem Brief an Don DeLillo, 16. März 1996.

315 »Vor allem erinnere ich mich«, aus einem Brief an David Markson, 24. Juni 1996.

316 »Krampftrips« und »Brocken«, aus einem Brief an Michael Pietsch, 10. April 1996.

316 »für Volvo-Werbung«, aus einem Brief an Don DeLillo, 25. Juni 1997.

317 »im Grunde ein riesiges Auge«, aus einem Auftritt in *The Charlie Rose Show*, 27. März 1997.

317 »einen leidenschaftlichen und zutiefst«, aus Brigitte Frase, »A Writer Flails His Way Toward Honesty«, *San Francisco Chronicle*, 9. März 1997.

317 »die Realität festhalten will«, aus James Wood, Besprechung von »A Supposedly Fun Thing I'll Never Do Again«, *Newsday* 1989.

317 »uns Mr Wallace von Seiten«, aus Laura Miller, »A Supposedly Fun Thing I'll Never Do Again«, *New York Times*, 16. März 1997.

318 »Ich sage Ihnen, warum«, aus einem Interview mit Charlie Rose, 27. März 1997.

319 »Ich meine, verstehst Du«, aus einem Brief an einen Freund, 27. Juni 1998.

319 »von dem meisten Getöse«, aus einem Brief an Alice Turner, 11. Dezember 1995.

321 »Ich merke, dass ich dieses Jahr«, aus einem Interview mit Charlie Rose, 27. März 1997.

322 »regelrecht verrückt«, aus einem Brief an einen Freund, 28. Dezember 1997.

322 »Fetisch für die Eroberung«, aus einem Brief an Michael Pietsch, 19. Februar 1995.

322 »Ich wollte schon als Kind«, aus einem Brief an Brad Morrow, 24. November 1996.

323 »Echt hat nichts damit zu tun«, aus Margery Williams, *Das Samtkaninchen oder das Wunder der Verwandlung* (München: Herbig-Verlag 1997; übersetzt von Carsten Mayer), S. 12.

323 »maximal romantischen«, aus einem Brief an Rich C., 24. August 2000.

324 »kurz davor«, aus einem Brief an einen Freund, 28. Dezember 1997.

324 »Ziehen« und »die Leute, die Waschmittel verkaufen«, aus einem Brief an einen Freund, 3. Dezember 1997.

325 »Diese lebendige Hand«, aus John Keats, »Diese lebendige Hand«, in: Werner von Koppenfels/Manfred Pfister (Hrsg.), *Englische und amerikanische Dichtung Band 2* (München: dtv 2001; übersetzt von Werner von Koppenfels), S. 321.

325 »Mit dem Schreiben läuft es«, aus einem Brief an Don DeLillo, 7. September 1996.

326 »seltsame kleine Einseiter«, aus einem Brief an Brad Morrow, 11. November 1996.

326 »die spirituelle Leere«, aus dem Stein-Interview.

326 »Anfängerfrage«, aus einem Brief an Don DeLillo, 10. September 1995.

327 »Der Roman ist ein echter Killer«, zitiert in einem Brief an Don DeLillo, 19. September 1995.

327 »Möglicherweise will ich nur«, aus einem Brief an Don DeLillo, 10. Oktober 1995.

327 »Na gut, Dein erstes Buch«, aus einem Brief von Don DeLillo, 6. November 1995.

329 »Ich präpariere mich«, aus einer Notiz an Steven Moore, 13. Januar 1997.

330 »Ein seltsamer Blitz«, aus einem Brief an Don DeLillo, 11. September 1996.

330 »was heißt, dass ich nächstes Jahr«, aus einem Brief an Steven Moore, 8. Oktober 1996.

330 »ich im Grunde mein Über-Ich«, aus einem Brief an Don DeLillo, 20. Mai 1997.

331 »mit Sicherheit einen Sinn«, aus einem Brief an Rich C., 24. August 2000.

331 »Blowjobs der Kultur«, aus einem Brief an David Markson, 24. Juni 1996.

331 »Ich komme mit dem Schreiben weiter«, aus einem Brief an Steven Moore, 16. September 1997.

332 »die Version von mir«, »eine Maske«, »ausgelöscht oder so was«, »kleinste Irrtum oder Fehlgriff« und »dem Tag des Errichtens«, aus einem Brief an einen Freund, 3. Dezember 1997.

333 »Ich glaube, ich bin sehr offen«, aus einem Brief an Elizabeth Wurtzel, 1. April 1995.

336 »15 Minuten vorbei sind«, aus einem Brief an Steven Moore, 8. Oktober 1996.

336 »tatscht nach dem Ohr«, aus einem Brief an Don DeLillo, 19. Januar 1997.

338 »Jetzt stehe ich da«, aus einem Brief an Alex Pugsley, 15. Mai 1998.

338 »Es ist fast unmöglich«, aus einem Brief an einen Freund, 17. Januar 1998.

339 »drei Tage in Boschs Höllentableau«, von einer Postkarte an Don DeLillo, 30. Januar 1998.

339 »Ich glaube, ich bekomme«, von einer Postkarte an Jonathan Franzen, 10. Januar 1998.

340 »besonders düster«, aus einem Brief an Michael Pietsch, 17. August 1998.

340 »End-90er-Nimbus«, aus einem Brief an Bonnie Nadell, 29. August 1998.

340 »Glaube ich insgeheim«, aus einem Brief an Bonnie Nadell, 29. August 1998.

342 »eine Parodie (eine feministische Parodie)«, aus einer Notiz an Andrew Parker, 20. April 1998.

343 »Wie ich sehe, bleibt Hal«, aus einem Brief von Michael Pietsch, 6. Februar 1997.

343 »Ich bin recht zufrieden«, aus einem Brief an Michael Pietsch, 17. August 1998.

344 »nicht, weil es nicht funktioniert hat«, aus einem Brief an einen Freund, 22. Februar 1998.

345 »postpartalen Tief«, aus einem Brief an einen Freund, 25. Oktober 1998.

345 »Ich laufe heulend«, aus einem Brief an Brad Morrow, 4. April 1998.

346 »Wir haben geschnorchelt«, von einer Postkarte an Jonathan Franzen, 4. November 1998.

346 »Betrachtet man Fragen«, aus einem Brief an Don DeLillo, 25. November 1998.

347 »Es sind traurige Weihnachten«, von einer Karte an Don DeLillo, Dezember 1998.

348 »ich dann immer kichern muss«, aus einem Brief an Rich C., 24. August 2000.

348 »Ich habe früher selbst«, aus einer Nachricht an Lee Freeman, Herbst 1998.

350 »Sie war eine von denen«, aus J. D. Salinger, »Ein herrlicher Tag für Bananenfisch«, in *Neun Erzählungen* (Köln: Kiepeneuer & Witsch 2012; übersetzt von Eike Schönfeld), S. 11.

350 »eine Sammlung unglaublich«, aus »Overlooked«, *Salon*, 12. April 1999.

350 »zu so ziemlich jedem gemein«, aus einem Interview mit Michael Silverblatt auf KCRW, 12. August 1999.

350 »Das große Auge der Aufmerksamkeit«, aus einem Brief an Brad Morrow, 4. April 1998.

350 »Ich absolviere gerade«, aus einem Brief an Steven Moore, 4. Juni 1999.

351 »Die Statue redet!«, aus einem Brief an einen Freund, 28. Dezember 1997.

351 »einfach nur in Ruhe«, aus dem Arden-Interview.

351 »Ich wollte ein trauriges Buch«, aus einem Interview mit Michael Silverblatt auf KCRW, 12. August 1999.

352 »stürmischen Angriff«, aus Benjamin Weissman, »A Sleek and Brilliant Monster«, *LA Weekly*, 28. April 1999.

352 »scheinbar unerschöpfliche«, aus Andrei Cordescu, »Literary Cure«, *Chicago Tribune*, 23. Mai 1999.

352 »einem weiteren verrückten«, aus Adam Goodheart, »Please Phrase Your Answer in the Form of a Question«, *New York Times*, 20. Juni 1999.

352 »Diese Porträts sind«, aus Michiko Kakutani, »Calling Them Misogynists Would Be Too Kind«, *New York Times*, 1. Juni 1999.

352 »Die *NY Times* hat das Buch«, aus einem Brief an Steven Moore, 4. Juni 1999.

353 »meta-ironisch« und »stellt Wallaces Buch«, aus A. O. Scott, »The Panic of Influence«, *New York Review of Books*, 20. Februar 2000.

353 »Der Unterschied«, aus Seth Stevenson, »David Foster Wallace's Hideous Men«, *Slate*, 3. Juni 1999.

355 »Wir füllen präexistente Formen«, aus Frank Bidart, »Borges und ich«, in *Disire*: Poems (New York: FSG, 1999), S. 9.

356 »abgedrehten Sikhs«, aus einem Brief an Rich C., 24. August 2000.

357 »ein langer Marsch«, aus einem Brief an Don DeLillo, 3. November 1999.

358 »visuell gesehen kraftvoll«, aus einem Brief an Don DeLillo, 21. März 2000.

358 »Ich muss fast alles«, aus einem Brief an Jonathan Franzen, Sommer 2000.

358 »Ich habe Angst«, aus einem Brief an Rich C., 19. September 2000.

359 »dieser flüchtige, seltsame«, aus dem fakultativen Vorwort zu »Up Simba«, in *Consider the Lobster* (New York: Little, Brown 2005), S. 159.

360 »drei Monate, die« und »Wenn mir Sachtexte«, aus einem Brief an Don DeLillo, 21. März 2000.

361 »Ich kenne Gödels Beweis«, aus einem Brief an Jesse Cohen, 29. Juni 2000.

361 »nebenbei« und »Wussten Sie«, aus einem Fax an Jesse Cohen, 4. August 2000.

361 »Cantor und der schier«, aus einem Fax von Jesse Cohen, 7. August 2000.

362 »Das meiste Zeug von mir«, aus einem Brief an David Markson, 3. November 2000.

362 »ziemlich gut gekürzt«, aus einem Brief an Don DeLillo, 26. April 2001.

363 »Höhepunkte« und »gerade darauf einstellt«, von einer Postkarte an Don DeLillo, 20. August 2001.

364 »Die letzten Jahre«, »zwei Mal fast fertige« und »Übrigens entschuldige ich mich«, aus einem Brief an Michael Pietsch, 13. Oktober 2001.

366 »Das ist diese Kiste«, aus einem Interview mit Laura Miller, *Salon.com*, 9. März 1996.

366 »Ein Genre verfestigt sich« und »Lebendigkeit um jeden Preis«, aus James Wood, »Human, All Too Inhuman«, *The New Republic*, 30. August 2001.

367 »dem traditionellen Ansatz«, aus einem Brief an Don DeLillo, 28. April 2000.

367 »Ich bemühe mich sehr«, aus einem Brief an Rich C., 24. August 2000.

369 »Die Studenten scheinen«, aus einem Brief an Dale Peterson, 2. März 2001.

369 »zu Hause«, aus einem Brief an Brad Morrow, 31. April 2001.

Kapitel 8 Der bleiche König

371 »Welche Postleitzahl fängt«, aus einem Brief an Don DeLillo, 3. Juli 2002.

372 »gelben Schnee und fließenden Schnodder«, aus einem Brief an Brad Morrow, 21. März 2003.

373 »Er war für mich beinahe«, aus einem Brief an Brad Morrow, 1. Dezember 2002.

373 »viel weniger vulgär« und »ziemlich hoffnungslos«, aus einem Brief an Brad Morrow, 6. Januar 2003.

374 »offenbar im Land«, aus einem Brief an Brad Morrow, 30. April 2001.

374 »Wir stellen Sie ein«, aus Paul Brownfield, »Literary Star Out of Limelight«, *Los Angeles Times*, 27. April 2003.

374 »Mit Pomona habe ich«, aus einem Interview mit Dave Eggers, *The Believer*, November 2003.

376 »eigenen exzentrischen Recherchen«, aus einer Mail an Bonnie Nadell, 4. April 2003.

379 »Ich dachte, das kann er gar nicht«, aus einem Brief an Don DeLillo, ca. November 2002.

379 »Ich schreibe ein Buch über Mathe!«, von einer Postkarte an Steven Moore, 13. Januar 2002.

379 »elendes Mathebuch«, von einer Postkarte an Don DeLillo, 3. Juli 2002.

379 »Sowohl der Matheredakteur«, von einer Postkarte an Don DeLillo, 1. September 2002.

380 »Die Fahnen für«, von einer Postkarte an Don DeLillo, 4. Juni 2003.

381 »erfrischenden Plauderton«, aus John Allen Paulos, »Electrified Paté«, *American Scholar*, Winter 2004.

382 »Man fragt sich, für wen genau«, aus David Papineau, »Room for One More«, *New York Times*, 16. November 2003.

382 »Mathematiker darüber bestenfalls«, aus Rudy Rucker, »Infinite Confusion«, *Science*, 16. Januar 2004.

382 »Dr. Ragde, offensichtlich«, aus einem Brief an Jesse Johen, ca. Anfang 2004.

383 »das Beste von dem Zeug«, aus einem Brief an Michael Pietsch, 13. Oktober 2001.

383 »unglücklicher, komplizierter, verkopfter Männer«, aus einem Brief von Michael Pietsch, 28. November 2001.

383 »Ich komme mir im Moment«, aus einem Brief von Michael Pietsch, 3. Oktober 2003.

386 »nur eine winzige Kostprobe«, aus Michiko Kakutani, »Life Distilled from Details, Infinite and Infinitesimal«, *New York Times*, 1. Juni 2004.

387 »wälderfressendes Manuskript«, aus Steve E. Alford, »Wordy Wallace Has New Stories«, *Houston Chronicle*, 13. Juni 2004.

387 »Wallace hat jedes Recht«, aus Wyatt Mason, »Don't like it? You don't have to play«, *London Review of Books*, 18. November 2004.

389 »Karen reißt sich« und »Arbeitsmäßig sieht es finster aus«, aus einer Mail an Jonathan Franzen, 16. Juli 2005.

389 »Keine Nymphen mehr für mich«, von einer Postkarte an Steven Moore, 2. Februar 2002.

390 »Ich bin mir immer sicherer«, aus einer Mail an Jonathan Franzen, 18. Februar 2004.

391 »mistigen Hotel«, aus einem Brief an Don DeLillo, 26. Januar 2005.

392 »Ich frage mich nur« und »Prinzipiell kann ich«, aus einem Brief an Weston Cutter, undatiert.

392 »Ich stehe in den Startlöchern«, aus Brownfield, »Literary Star Out of the Limelight«.

394 »Du bist etwas Besonderes«, aus einem Brief an Evan Wright, 17. Oktober 1999.

396 »Im Moment erlaube ich mir«, aus einem Brief an Erica Neely, 3. Juli 2001.

398 »David Foster Wallaces Werk von 1996«, aus Chad Harbach, »David Foster Wallace!«, *n+1*, Ausgabe 1, Juli 2004.

399 »Ich finde es beeindruckend«, aus einer Mail an Jonathan Franzen, 18. November 2005.

399 »In meinem Kopf drängt sich«, aus einer Mail an Jonathan Franzen, 3. Januar 2006.

400 »DeLillos Geschichte mit«, aus einer Mail an Jonathan Franzen, 29. Januar 2006.

400 »Ich pendle zwischen«, aus einer Mail an Jonathan Franzen, 6. Juni 2007.

401 »Sie ist eine Mischung«, aus einer Mail an Jonathan Franzen, 26. September 2006.

402 »Es ist absolut großartig«, aus einem Brief von Christopher Hamacher, 7. März 2006.

402 »Darf ich dabei«, aus einem Brief an Christopher Hamacher, 22. Februar 2006.

402 »Du kommst nicht«, aus einem Brief von Christopher Hamacher, 8. Juli 2006.

403 »Ich verstehe zwar nie«, aus einem Brief von Stephen Lacy, 5. September 2005.

403 »Die Steuergesetzgebung gleicht«, aus einer Mail an Jonathan Franzen, 22. April 2007.

404 »Die Arbeit kommt mir immer noch«, aus einer Mail an Jonathan Franzen, 1. Dezember 2006.

404 »Ich verspüre eine derart«, aus einer Mail an Deborah Treisman, 12. Januar 2007.

407 »Enthüllungen enthüllen«, aus einem Brief an Gerry Howard, 16. Januar 1986.

407 »Digital = abstrakt = steril«, von einer Postkarte an Don DeLillo, 21. Juli 2000.

408 »Die einzelnen Teile«, aus einer Mail an Bonnie Nadell, 23. April 2007.

408 »Zurzeit bin ich Partisan«, aus dem Eggers-Interview.

409 »das Schreiben für eine Weile«, aus einer Mail an Jonathan Franzen, 16. April 2007.

409 »Was man hier beneidet«, aus einem unveröffentlichten Interview mit Didier Jacob, *Le Nouvel Observateur*, August 2005.

409 »selbst unter Druck«, aus einer Mail an Bonnie Nadell, 20. April 2007.

410 »Ich könnte mir vom Pomona«, aus einer Mail an Bonnie Nadell, 20. April 2007.

410 »Lass mich mal ordentlich«, aus einer Mail an Bonnie Nadell, 23. April 2007

411 »Ich fühle mich etwas ›sonderbar‹«, aus einer Mail an Jonathan Franzen, 4. August 2007.

411 »Übelkeit/Erschöpfung«, aus einer Mail an Jonathan Franzen, 20. September 2007.

412 »Die gute Nachricht«, aus einer Mail an Bonnie Nadell, 4. Dezember 2007.

412 »Es geht mir nicht gut«, zitiert in David Lipsky, »The Lost Years and Last days of David Foster Wallace«, *Rolling Stone*, 30. Oktober 2008.

412 »Im Herbst war ich«, aus einem Brief an Tom Bissell, 16. Februar 2008.

413 »Wir werden uns wunderbar amüsieren«, zitiert in David Lipsky, »The Lost Years and Last Days of David Foster Wallace«, *Rolling Stone*, 30. Oktober 2008.

Fußnoten

427 »Welche Farbe der Himmel hatte«, Stephen Crane, Männer im Boot, in: Hermann, Kesten (Hrsg.), *Die wirkliche Welt. Realistische Erzähler der Weltliteratur. Eine Anthologie* (Köln/Berlin: Kiepenheuer & Witsch 1962), S. 913.

429 »leidenschaftlich für diese Dinge«, aus einem Brief an Richard Elman, ca. 23. September 1985.

429 »Textäußeres«, Jacques Derrida: *Grammatologie* (Frankfurt a. M.: Suhrkamp 1994; übersetzt von Hans-Jörg Rheinberger und Hanns Zischler), S. 274.

430 »nur ich und Mom«, aus einem Brief an Corey Washington, 14. Januar 1986.

430 »[...] damit Wort und Bezug«, aus einem Brief an Bonnie Nadell, 31. Oktober 1985.

430 »Ich habe wahrscheinlich ein Komma«, aus Leon Neyfakh, »Gerry Howard, on Discovering, Editing, and Hatching David Foster Wallace: ›He Was the First Person Who Ever Called Me „Mister"‹«, *New York Observer*, 17. September 2008.

431 »Ich bin ein Exhibitionist«, aus einer unredigierten Mitschrift des McCaffery-Interviews.

431 »Ich putze Ihnen eine Woche«, aus einem Brief an Richard Elman, 1. Mai 1986.

432 »Das Beste an der ganzen Sache«, aus einer Antwort auf Marshall Boswells Fragebogen, 18. Mai 2002.

432 »eine Art künstlerische«, aus David Lipsky, *Although of Course*, S. 61.

432 »ziemlich freudlosen Trinker«, aus Lipsky, *Although of Course*, S. 142.

433 »Ein gewisser Onkel«, aus einem Brief an Gerry Howard, 1. Januar 1987.

433 »den Mund innerhalb einer Woche«, aus einem Brief an Jonathan Franzen, 2. Mai 1989.

433 »berauscht zu schreiben«, aus einem Brief an Jonathan Franzen, 1. Mai 1990.

433 »Titel vom Lektor aufgezwungen«, aus einem Brief an Brad Morrow, 18. März 1988.

434 »siebzehnseitigen Brief«, aus Lipsky, *Although of Course*, S. 34.

434 »jede Menge heiße Luft«, aus einem Brief an Christopher Hager, 28. Oktober 1995.

435 »untergehen, weil das Buch«, aus einem Brief an Brad Morrow, 7. März 1989.

435 »zu viel Pynchon«, aus einem Brief an Steven Moore, 7. März 1988.

435 »Meine Nase könnte den Riesen«, aus einem Brief an Steven Moore, 7. März 1988.

435 »schwillt an und spritzt«, aus Thomas Pynchon, *Die Enden der Parabel* (Reinbek: Rowohlt 1981; übersetzt von Elfriede Jelinek und Thomas Piltz), S. 196.

435 »ein paar echte, persönliche«, aus einem Brief an Jonathan Franzen, 13./14. August 1989.

436 »Na ja [...], ich habe wirklich«, aus Lipsky, *Although of Course*, S. 138.

437 »Es reicht nicht aus«, aus Paul de Man, »Die Rhetorik der Zeitlichkeit«, in: Christoph Menke (Hrsg.), *Die Ideologie des Ästhetischen* (Frankfurt a. M.: Suhrkamp 1993; übersetzt von Jürgen Blasius), S. 112.

437 »Konzentrier dich auf die Künstler«, aus einem Brief an Jonathan Franzen, 21. Mai 1990.

438 »fehlenden Affekt« und »Mangel an Klarheit«, von Mary Karr, »Against Decoration«, *Parnassus*, Frühjahr 1991.

438 »So funktioniert das bei mir nicht«, aus einer Antwort auf Marshall Boswells Fragebogen, 18. Mai 2002.

440 »für verrückt halten«, aus einem Brief an Deb Larson, 6. Dezember 1993.

440 »auf dem Bildschirm landen«, aus einem Brief an Sven Birkerts, 14. November 1993.

442 »Es ist doch so«, aus dem Scocca-Interview.

443 »Man macht keinen Entzug«, aus einem Brief an Evan Wright, 17. Oktober 1999.

444 »Ich glaube, mit ihm hätte Nick«, aus einem internen Memo von Jay Jennings an Donna Doherty bei der Zeitschrift *Tennis*, 20. Juni 1995.

444 »eher mündlich«, aus einem Fax an Joel Lovell von *Harper's*, ca. 1998.

445 »um mindestens 25 %«, aus einem Brief an Chris Hager, 28. Oktober 1995.

445 »Die Auflösung, über deren Fehlen«, zur Verfügung gestellt von Chris Hager.

445 »Für mich gibt es ein Ende«, aus einem Interview mit der Online-Zeitschrift *WORD*, 17. Mai 1996.

446 »genesenden Besserwisser«, aus dem Miller-Interview.

446 »Ich glaube nicht, dass er sie«, aus Lipsky, *Although of Course*, S. 231.

446 »Mit ihren ganz eigenen Talenten«, aus Lipsky, *Although of Course*, S. 5.

446 »Ein Student lieh mir«, aus einem Brief an Michael Schur, ca. 1998.

448 »Mögen der Frieden und der Segen«, aus einem Brief an Don DeLillo, ca. Juli 1999.

449 »Wir haben stattdessen«, aus einem Brief an Evan Wright, 28. April 1999.

451 »Was? Ich war noch nie ›promiskuitiv‹«, von einer Postkarte an Nick Solomon, 27. März 2006.

452 »Ich kenne sie, vielleicht«, aus einem Brief an Marie Mundaca, 27. Januar 1998.

452 »Ich habe Kenyon gar keine«, aus einem Brief an Christopher Hamacher, 22. Februar 2006.

452 »Was Du fragst, ist genau das Problem« und »Wir wussten und wissen alle«, aus einem Brief an Becky Bradway, Februar 2007.

Index

David Foster Wallace. Das hier ist Wasser / This Is Water.
Anstiftung zum Denken. Zweisprachige Ausgabe (Engl. / Dt.).
Deutsch von Ulrich Blumenbach. Taschenbuch.
Verfügbar auch als eBook

David Foster Wallace zeigt in dieser berühmt gewordenen Abschlussrede für die Absolventen des Kenyon College von 2005 mit einfachen Worten, was es heißt, Denken zu lernen und erwachsen zu sein. Mit frappierender Weisheit und entwaffnender Moral.

»Eine empfehlenswerte Ermutigung, über den eigenen Horizont hinauszudenken« *taz*

Leseproben und mehr unter www.kiwi-verlag.de KiWi